Krimi-Nacht

Prickelnde Lesestunden
für lange Abende

Roald Dahl · Ruth Rendell · Stephen King · Antonia Fraser
Manuel Vázquez Montalbán · Agatha Christie u.a.

SCHERZ

Ausgewählt von Gisela Eichhorn

Inhalt

Einsatz

Roald Dahl

Am Morgen des dritten Tages beruhigte sich das Meer. Selbst die empfindlichsten Passagiere – jene, die sich seit der Abfahrt kein einziges Mal hatten blicken lassen – tauchten aus ihren Kabinen auf und wankten aufs Sonnendeck. Der Decksteward gab ihnen Liegestühle und packte sie warm ein, und so lagen sie einer neben dem anderen in langen Reihen, das Gesicht der blassen, fast kühlen Januarsonne zugewandt.

Nach zwei recht stürmischen Tagen hatte diese plötzliche Ruhe etwas so Tröstliches, daß sich die allgemeine Stimmung beträchtlich hob. Zwölf Stunden guten Wetters erfüllten die Passagiere mit neuer Zuversicht, und um acht Uhr abends war der Hauptspeisesaal voller Menschen, die mit der selbstsicheren und selbstzufriedenen Miene abgehärteter Seeleute aßen und tranken.

Sie hatten ihre Mahlzeit noch nicht beendet, als sie an einer leichten Reibung zwischen sich und den Stuhlsitzen merkten, daß das große Schiff von neuem zu schlingern begann. Zuerst war es nur ein langsames, sanftes Wiegen, aber es genügte, die Atmosphäre im Saal sofort zu verändern. Einige Passagiere blickten von ihren Tellern auf, zögerten weiterzuessen, warteten, ja lauschten beinahe auf das nächste Schlingern und lächelten nervös, einen Schimmer heimlicher Angst in den Augen. Andere blieben völlig ungerührt, wieder andere behaupteten prahlerisch, gegen die Seekrankheit immun zu sein, und machten Witze über das Essen und das Wetter, um diejenigen zu quälen, die sich bereits elend fühlten. Die Bewegungen des Schiffes wurden immer schneller, immer heftiger, und schon fünf oder sechs Minuten nach dem ersten Schlingern rollte es schwer von einer Seite zur anderen. Die Passagiere versteiften sich in ihren Stühlen und versuchten, wie in einem Auto, das eine Kurve nimmt, den Druck durch Gegendruck unwirksam zu machen.

Dann kamen die ersten sehr starken Stöße. Mr. William Botibol, der am Tisch des Zahlmeisters saß, sah seinen Teller mit gekochtem Steinbutt und holländischer Sauce plötzlich unter der Gabel weggleiten. Die Unruhe der Passagiere nahm zu, jeder griff nach Tellern und Weingläsern. Mrs. Renshaw schrie auf und umklammerte den Arm des Zahlmeisters, ihres Nachbarn zur Linken.

»Wird 'ne schlimme Nacht werden«, meinte der Zahlmeister und blickte Mrs. Renshaw an. »Ich glaube, da braut sich etwas zusammen.« In seiner Stimme schwang eine Spur von Schadenfreude mit.

Ein Steward eilte herbei und befeuchtete das Tischtuch zwischen den Tellern mit Wasser. Die Aufregung legte sich, die meisten Passagiere aßen weiter. Ein paar, unter ihnen auch Mrs. Renshaw, erhoben sich vorsichtig und steuerten mit einer Art unauffälliger Hast zwischen den Tischen hindurch auf die Tür zu.

»Hm«, sagte der Zahlmeister. »Da geht sie hin.« Er blickte beifällig auf diejenigen seiner Herde, die ruhig sitzen geblieben waren und unverhohlen den selbstgefälligen Stolz zur Schau trugen, den Passagiere darein zu setzen scheinen, als seefest zu gelten.

Nach dem Essen wurde der Kaffee serviert. Mr. Botibol, der ungewöhnlich ernst und nachdenklich geworden war, stand auf, nahm seine Tasse und ging um den Tisch herum zu Mrs. Renshaws leerem Platz. Er setzte sich, beugte sich zu dem Zahlmeister und sagte in eindringlichem Flüsterton: »Ach bitte, dürfte ich Sie wohl etwas fragen?«

Der Zahlmeister, klein, dick und rotgesichtig, wandte sich ihm zu. »Na, wo fehlt's denn, Mr. Botibol?«

»Die Sache ist so . . .« Seine Miene war, wie der Zahlmeister feststellte, äußerst besorgt. »Ich würde gern wissen, ob der Kapitän schon die Strecke berechnet hat, die das Schiff bis morgen mittag zurücklegen wird – für die Tageswette, verstehen Sie? Ich meine, ob er's getan hat, bevor es so auffrischte.«

Der Zahlmeister, der irgendeine vertrauliche Mitteilung privater Natur erwartet hatte, lächelte und lehnte sich zurück, um seinen vollen Bauch zu entspannen. »Das möchte ich eigentlich annehmen«, erwiderte er. Obwohl er fand, daß kein Grund zum Flüstern vorlag, senkte er – wie immer, wenn man ein Flüstern beantwortet – unwillkürlich die Stimme.

»Und wann, glauben Sie, hat er die Strecke berechnet?«

»Irgendwann am Nachmittag. Das ist so seine übliche Zeit.«

»Um wieviel Uhr etwa?«

»Ach, ich weiß nicht. So gegen vier, würde ich sagen.«

»Nun verraten Sie mir noch etwas. Wie kommt der Kapitän zu dem jeweiligen Ergebnis? Macht er deswegen viel Umstände?«

Der Zahlmeister betrachtete lächelnd Mr. Botibols sorgenvolle Miene. Er wußte genau, worauf der Mann hinauswollte. »Nun, der Kapitän bespricht sich mit dem Navigationsoffizier, sie studieren die Wetterlage, berücksichtigen auch so manches andere und ziehen aus alledem ihre Schlüsse.«

Mr. Botibol nickte und grübelte über diese Antwort nach. Dann sagte er: »Glauben Sie, der Kapitän hat gewußt, daß sich das Wetter heute abend verschlechtern würde?«

»Da fragen Sie mich zuviel, Mr. Botibol.« Der Zahlmeister blickte in die kleinen schwarzen Augen seines Nachbarn und sah, daß Fünkchen der Erregung in ihnen tanzten. »Wirklich, das kann ich Ihnen beim besten Willen nicht sagen.«

»Wenn der Sturm noch stärker wird, wäre es vielleicht günstig, eine niedrige Nummer zu ersteigern, nicht wahr?« Das Flüstern war jetzt noch eindringlicher, noch besorgter.

»Kann schon sein«, meinte der Zahlmeister. »Ich bezweifle, daß der Alte mit einer wirklich stürmischen Nacht gerechnet hat. Heute nachmittag deutete ja noch nichts darauf hin.«

Die anderen am Tisch waren verstummt und suchten dem Gespräch zu folgen. Sie sahen den Zahlmeister mit jenem starren, gleichsam angespannt lauschenden Blick an, den manche Leute auf der Rennbahn haben, wenn sich in ihrer Nähe ein Trainer über die Chancen seiner Pferde verbreitet: leicht geöffnete Lippen, hochgezogene Augenbrauen, vorgestreckter, ein wenig zur Seite geneigter Kopf – der selbstvergessene, fast entrückte Blick eines Menschen, der etwas aus erster Quelle erfährt.

»Angenommen, Sie dürften mitmachen – auf welche Zahl würden Sie heute setzen?« flüsterte Mr. Botibol.

»Ich kenne die Eckzahlen noch nicht«, antwortete der Zahlmeister geduldig. »Die werden ja erst nach dem Dinner, unmittelbar vor Beginn der Versteigerung bekanntgegeben. Außerdem verstehe ich nicht viel davon. Ich bin nur der Zahlmeister, wissen Sie.«

Mr. Botibol erhob sich. »Entschuldigen Sie mich«, murmelte er und ging vorsichtig über den schwankenden Fußboden. Auf seinem Weg zwischen den Tischen hindurch mußte er sich zweimal an einer Stuhllehne festhalten, um bei dem Schlingern des Schiffes nicht das Gleichgewicht zu verlieren.

»Zum Sonenndeck, bitte«, sagte er zu dem Fahrstuhlführer.

Der Wind schlug ihm hart ins Gesicht, als er auf das offene Deck hinaustrat. Mit unsicheren Schritten erreichte er die Reling, und dort blieb er, krampfhaft festgeklammert, eine Weile stehen, um das Meer zu betrachten, auf das die Nacht herniedersank. Hoch schwollen die großen Wogen an und warfen sich gischtsprühend, weißen Pferden gleich, gegen den Sturm.

»Ziemlich bewegt draußen, nicht wahr, Sir?« sagte der Fahrstuhlführer, als sie hinunterfuhren.

Mr. Botibol glättete sein zerzaustes Haar mit einem kleinen roten Kamm. »Glauben Sie, daß wir wegen des Wetters die Geschwindigkeit herabgesetzt haben?« fragte er.

»Aber ja, Sir, gewiß. Wir sind beträchtlich runtergegangen, als es anfing. Das muß sein, schon damit uns die Passagiere nicht durcheinanderpurzeln.«

Im Rauchsalon versammelten sich die Leute bereits zur Versteigerung. Sie nahmen mit höflicher Zurückhaltung an den Tischen Platz, die Männer im Smoking, ein wenig steif, mit etwas zu scharf rasierten rosigen Wangen, und neben ihnen ihre kühlen, weißarmigen Frauen. Mr. Botibol setzte sich auf einen Stuhl in unmittelbarer Nähe des Auktionators. Er schlug die Beine übereinander, verschränkte die Arme und lehnte sich zurück – alles mit der verbissenen Miene eines Mannes, der eine gewaltige Entscheidung getroffen hat und sich um keinen Preis einschüchtern lassen will.

Der Gesamteinsatz, sagte er sich, wird rund siebentausend Dollar betragen. So hoch war er auch in den letzten beiden Tagen gewesen, und die einzelnen Nummern hatten zwischen drei- und vierhundert Dollar gekostet. Da es ein britisches Schiff war, rechnete man in Pfunden, aber bei seinen Überlegungen bevorzugte er die heimatliche Währung. Siebentausend Dollar – mein Gott, das war eine Menge Geld! Er würde es sich in Hundertdollarnoten auszahlen lassen und die Scheine in die Innentasche seines Jacketts stecken, wenn er an Land ging. Gar kein Problem. Und dann, ja dann würde er sofort ein Lincoln-Kabriolett kaufen. Gleich nach der Ankunft würde er den Wagen kaufen und in ihm nach Hause fahren – nur um des Vergnügens willen, Ethels Gesicht zu sehen, wenn sie aus der Haustür trat und ihn in dem neuen Wagen erblickte. Na, wäre das vielleicht nichts, Ethels Gesicht zu sehen, wenn er in einem funkelnagelneuen hellgrünen Lincoln-Kabriolett vorfuhr! Hallo, Ethel, Süße, würde er ganz lässig sagen, ich hab mir gedacht, ich bringe dir ein kleines Geschenk mit. Weißt du, er stand im Schaufenster, als ich vorbeikam, und da fiel mir auf einmal ein, daß du dir immer schon einen gewünscht hast. Gefällt er dir, Süße? würde er fragen. Gefällt dir die Farbe? Und dabei würde er ihr Gesicht beobachten.

Jetzt erhob sich der Auktionator. »Meine Damen und Herren!« rief er. »Der Kapitän hat die Strecke, die das Schiff bis morgen mittag durchfahren wird, auf fünfhundertfünfzehn Meilen veranschlagt. Wie üblich werden wir die Eckzahlen um zehn höher beziehungsweise tiefer ansetzen, so daß die Spielskala von fünfhundertfünf bis fünfhundertfünfundzwanzig reicht. Für den, der glaubt, die richtige Zahl liege weiter nach oben oder nach unten, gibt es natürlich noch das ›obere Feld‹ und das ›untere Feld‹, die beide gesondert versteigert werden. Also, wir ziehen die erste Nummer aus dem Hut . . . Hier . . . Fünfhundertzwölf?«

Im Salon wurde es still. Die Menschen saßen regungslos auf ihren Stühlen, alle Augen waren auf den Auktionator gerichtet. Eine gewisse Spannung lag in der Luft, und sie wuchs mit jedem Betrag, der genannt wurde. Hier handelte es sich nicht mehr um ein Spiel oder einen Spaß; das verriet schon die Art, wie jemand, der überboten worden war, seinen Widersacher musterte – lächelnd zwar, aber nur mit den Lippen lächelnd, während die Augen wachsam und völlig kalt blieben.

Nummer fünfhundertzwölf wurde bei einhundertzehn Pfund

zugeschlagen. Die nächsten drei, vier Nummern brachten etwa das gleiche ein.

Das Schiff schlingerte und stampfte. Jedesmal wenn es überkrengte, krachte die Holztäfelung an den Wänden, als wollte sie bersten. Die Passagiere hielten sich an den Sessellehnen fest und konzentrierten sich auf die Versteigerung.

»Unteres Feld!« rief der Auktionator. »Wir kommen jetzt zum unteren Feld.«

Mr. Botibol richtete sich auf. Sehr gerade, sehr steif saß er jetzt da. Er hatte beschlossen zu warten, bis niemand mehr bieten wollte; dann würde er einsteigen und das letzte Gebot machen. Seiner Berechnung nach mußte er noch mindestens fünfhundert Dollar auf der Bank haben, wahrscheinlich sogar etwas mehr. Das waren gut und gern zweihundert Pfund. Höher würde bei dieser Nummer bestimmt niemand gehen.

»Wie Sie alle wissen«, sagte der Auktionator, »umfaßt das untere Feld *jede* Zahl, die tiefer liegt als die untere Eckzahl, in diesem Fall jede Zahl unter fünfhundertfünf. Wenn Sie also meinen, das Schiff wird in den vierundzwanzig Stunden von heute mittag bis morgen mittag weniger als fünfhundertfünf Meilen zurücklegen, dann sollten Sie versuchen, sich diese Nummer zu sichern. Nun, wer bietet?«

Die Gebote stiegen sofort auf einhundertdreißig Pfund. Mr. Botibol schien nicht der einzige zu sein, der bemerkt hatte, daß schlechtes Wetter war. Einhundertvierzig ... fünfzig ... Dann nichts mehr. Der Aukionator hob den Hammer.

»Einhundertfünfzig zum ersten ...«

»Sechzig!« rief Mr. Botibol. Jedes Gesicht im Saal wandte sich ihm zu und starrte ihn an.

»Siebzig!«

»Achtzig!« rief Mr. Botibol.

»Neunzig!«

»Zweihundert!« rief Mr. Botibol. Um nichts in der Welt hätte er jetzt aufgehört.

Eine Pause trat ein.

»Bietet jemand mehr als zweihundert Pfund?«

Sitz still, ermahnte er sich. Sitz ganz still und sieh nicht hoch. Es bringt Unglück, wenn du hochsiehst. Halt die Luft an. Niemand überbietet dich, solange du die Luft anhältst.

»Zweihundert Pfund zum ersten . . .« Der Auktionator hatte einen kahlen rosigen Schädel, auf dem kleine Schweißperlen glitzerten. »Zum zweiten . . .« Mr. Botibol hielt die Luft an. »Und . . . zum dritten!« Der Hammer fiel auf den Tisch. Mr. Botibol schrieb einen Scheck aus und überreichte ihn dem Assistenten des Auktionators. Dann lehnte er sich in seinem Stuhl zurück, um das Ende abzuwarten. Er konnte doch nicht zu Bett gehen, bevor er wußte, wieviel der Gesamteinsatz betrug.

Als die Versteigerung beendet war, zählte man das Geld und kam auf zweitausendeinhundert und einige Pfund. Das waren ungefähr sechstausend Dollar. Neunzig Prozent der Summe gingen an den Gewinner, zehn Prozent an eine Stiftung für Seeleute. Neunzig Prozent von sechstausend waren fünftausendvierhundert. Nun – das genügte. Er konnte den Lincoln kaufen und behielt sogar noch etwas übrig. Mit diesem erfreulichen Gedanken ging Mr. Botibol glücklich und erwartungsfroh in seine Kabine.

Als er am nächsten Morgen erwachte, blieb er einige Minuten mit geschlossenen Augen liegen, um dem Tosen des Sturmes, dem Krachen und Knarren des schlingernden Schiffes zu lauschen. Kein Sturm war zu hören, kein Krachen, kein Knarren. Das Schiff schlingerte nicht. Er sprang aus dem Bett und lugte durch das Bullauge. Das Meer – o Gott – war spiegelglatt. Das große Schiff durchfurchte die See mit voller Kraft und holte offensichtlich die während der Nacht verlorene Zeit auf. Mr. Botibol drehte sich um und ließ sich langsam auf den Rand der Koje sinken. Ein leichtes Angstgefühl löste prickelnde elektrische Ströme in seiner Magengegend aus. Es war hoffnungslos. Natürlich würde jetzt eine der höheren Nummern gewinnen.

»Ach, mein Gott«, stöhnte er. »Was soll ich bloß tun?«

Was würde Ethel sagen? Es war einfach unmöglich, ihr zu gestehen, daß nahezu alles, was er in zwei Jahren erspart hatte, für einen Wettschein draufgegangen war. Ebenso unmöglich war es, ihr die Sache zu verheimlichen, denn wie sollte er sie hindern, weiterhin Schecks auszuschreiben? Und was war mit den monatlichen Raten für den Fernsehapparat und die *Encyclopaedia Britan-*

nica? Er sah schon den Zorn und die Verachtung in dem Blick seiner Frau: Immer wenn sie in Wut geriet, verengten sich ihre Augen, und das Blau wurde grau.

»Ach, mein Gott. Was *soll* ich bloß tun?«

Eines war sicher: Er hatte nicht die geringste Chance – es sei denn, das verdammte Schiff finge an, rückwärts zu laufen. Ja, wenn jemand den Kahn mit voller Kraft zurücklaufen ließe – das wäre die einzige Möglichkeit, doch noch zu gewinnen. Ob man vielleicht den Kapitän dazu überreden konnte? Mit dem Versprechen, ihm zehn Prozent des Gewinns abzutreten? Oder auch mehr, falls ihm das zuwenig war? Mr. Botibol begann zu kichern. Und dann hielt er plötzlich inne. Seine Augen und sein Mund öffneten sich weit in einem geradezu entsetzten Erstaunen. Wie ein Blitz, jäh und unerwartet, hatte ihn ein Gedanke durchzuckt, ein unerhört kühner Gedanke. Wieder sprang er aufgeregt aus dem Bett und lief zum Bullauge, um hinauszuschauen. Nun ja, dachte er, warum nicht? Warum eigentlich nicht? Die See war ruhig; es würde ihm nicht schwerfallen, so lange im Wasser herumzuschwimmen, bis sie ihn herauszogen. Er hatte das unbestimmte Gefühl, so etwas sei irgendwann, irgendwo schon einmal passiert, aber das sollte ihn nicht davon abhalten, es zu wiederholen. Das Schiff würde stoppen und ein Rettungsboot zu Wasser lassen, das sicherlich eine halbe Meile zurückfahren mußte, um ihn aufzufischen. Rechnete man noch den Rückweg zum Schiff dazu und die Zeit, die benötigt wurde, das Boot an Bord zu hieven, dann dauerte die Geschichte mindestens eine Stunde. Eine Stunde entsprach etwa dreißig Meilen. Das Schiff würde also dreißig Meilen weniger laufen. Das genügte auf jeden Fall, die Tagesleistung in das »untere Feld« zu verlagern. Er mußte nur dafür sorgen, daß jemand ihn über Bord fallen sah – nun, das ließ sich mühelos arrangieren. Und es war ratsam, sich leicht anzuziehen, damit ihn beim Schwimmen nichts behinderte. Sportkleidung, ja, das war gut. Ein Hemd, Shorts und Tennisschuhe – als ob er Decktennis spielen wollte. Und seine Uhr würde er in der Kabine lassen. Wie spät war es? Viertel nach neun. Je eher, desto besser. Geh gleich ran, dann hast du es hinter dir. Viel Zeit bleibt dir sowieso nicht mehr, denn um zwölf Uhr mittags läuft die Frist ab.

Mr. Botibol war ängstlich und aufgeregt, als er in seiner Sport-kleidung auf das Sonnendeck trat. Sein kleiner Körper mit den breiten Hüften und den unverhältnismäßig schmalen, abfallenden Schultern erinnerte – zumindest in der Form – an einen Schiffspoller. Die dünnen weißen Beine waren mit schwarzen Haaren bedeckt. Vorsichtig, fast unhörbar in seinen Tennisschuhen, ging er über das Deck und blickte nervös um sich. Nur eine ältere Frau mit sehr dicken Fußknöcheln und einem gewaltigen Hinterteil war zu sehen; sie lehnte an der Reling und schaute auf das Meer. Der Kragen ihres Persianermantels war hochgeschlagen, so daß Mr. Botibol ihr Gesicht nicht erkennen konnte.

Er blieb stehen und betrachtete sie aufmerksam aus einiger Entfernung. Ja, sagte er sich, sie ist wahrscheinlich geeignet. Sie wird vermutlich genauso schnell Alarm schlagen wie jeder andere. Aber warte einen Augenblick. Laß dir Zeit, William Botibol, laß dir Zeit. Weißt du noch, was du dir eben in der Kabine geschworen hast? Weißt du es noch?

Mr. Botibol – von jeher und in allem auf äußerste Sicherheit bedacht – war nicht gewillt, tausend Meilen vom nächsten Ufer entfernt ohne entsprechende Vorsichtsmaßnahmen in den Ozean zu springen. Er war noch keineswegs davon überzeugt, daß die Frau an der Reling unbedingt und auf jeden Fall Alarm schlagen würde, wenn er über Bord sprang. Seiner Meinung nach gab es zwei mögliche Gründe, aus denen sie ihn im Stich lassen konnte. Erstens war sie vielleicht taub oder blind. Für sehr wahrscheinlich hielt er das zwar nicht, aber es war immerhin denkbar, und warum sollte er etwas riskieren? Nun, um das herauszufinden, brauchte er sich vorher nur einen Augenblick mit ihr zu unterhalten. Zweitens – und das zeigte, in welchem Maße Selbsterhaltungstrieb und Angst das Mißtrauen fördern –, zweitens war ihm der Gedanke gekommen, daß die Frau vielleicht eine der höheren Nummern aus der Versteigerung besaß und somit einen triftigen finanziellen Grund hatte, keine Fahrtunterbrechung zu wünschen. Es gab Menschen, die schon für weit weniger als sechstausend Dollar einen anderen getötet hatten. Das war nichts Neues, so etwas konnte man jeden Tag in der Zeitung lesen. Warum also sollte sich Mr. Botibol auf ein Wagnis einlassen? Überzeuge dich erst einmal, daß alles seine Richtigkeit hat. Vergewissere dich. Fange eine kleine höfliche Unterhaltung mit der Frau an. Wenn sich herausstellt, daß sie nett und gutartig ist, brauchst du nichts zu befürchten und kannst leichten Herzens über Bord springen.

Mr. Botibol näherte sich wie zufällig der Frau und blieb neben ihr an der Reling stehen. »Guten Morgen«, grüßte er freundlich.

Sie drehte sich um. »Guten Morgen«, antwortete sie mit einem Lächeln, das ihrem an sich völlig reizlosen Gesicht etwas erstaunlich Gewinnendes gab und es fast schön erscheinen ließ.

Damit, sagte sich Mr. Botibol, wäre die erste Frage geklärt. Sie ist weder blind noch taub. Also weiter im Text. »Wie fanden Sie denn gestern abend die Versteigerung?« erkundigte er sich.

»Versteigerung?« Sie runzelte die Stirn. »Versteigerung? Was für eine Versteigerung?«

»Na, Sie wissen doch, diese blöde Sache, die jeden Abend nach dem Dinner im Salon veranstaltet wird. Die Tageswette. Ich hätte gern mal Ihre Meinung darüber gehört.«

Sie schüttelte den Kopf, wieder mit einem netten, sympathischen Lächeln, das diesmal ein wenig entschuldigend war. »Ich bin sehr faul«, gestand sie. »Ich gehe immer früh zu Bett. Ich esse im Bett Abendbrot. Es ist so beruhigend, wenn man im Bett Abendbrot ißt.«

Mr. Botibol lächelte ebenfalls und rückte langsam von ihr ab. »Muß jetzt gehen und meine Übungen machen«, sagter er. »Ich fange den Tag immer mit ein paar Übungen an. Es war mir ein Vergnügen, Sie kennenzulernen. Ein sehr großes Vergnügen...« Er ging etwa zehn Schritte, ohne daß sich die Frau nach ihm umschaute.

Alles war jetzt in bester Ordnung. Die See war ruhig, er war leicht angezogen, es gab mit größter Wahrscheinlichkeit keine menschenfressenden Haie in diesem Teil des Atlantiks, und die freundliche alte Dame würde Alarm schlagen. Nur eine Frage war noch offen: Konnte er das Schiff so lange aufhalten, daß ihm die Verzögerung wirklich zum Vorteil gereichte? Ja, das war so gut wie sicher. Außerdem hatte er es in der Hand, das Rettungsmanöver ein wenig auszudehnen, beispielsweise indem er dafür sorgte, daß sie ihn nicht gleich beim ersten Versuch herausfischten. Ein bißchen hin und her schwimmen, unauffällig zurückweichen, wenn sie sich ihm näherten, um ihn ins Boot zu ziehen . . . Jede gewonnene Minute würde ihm zustatten kommen. Er trat wieder an die Reling, aber plötzlich packte ihn eine neue Furcht. Wenn er nun in die Schiffsschraube geriet? Er hatte von Leuten gehört, denen das passiert war. Ach was, er würde ja nicht fallen, sondern springen. Das war etwas ganz anderes. Er mußte nur weit genug springen, dann entging er der Schraube bestimmt.

Mr. Botibol schritt gemächlich an der Reling entlang, bis er etwa zwanzig Meter von der Frau entfernt war. Sie schaute nicht zu ihm herüber. Um so besser. Er legte keinen Wert darauf, daß sie sah, wie er sprang. Wenn es keine Augenzeugen gab, konnte er später ohne weiteres sagen, er sei ausgerutscht und habe das Gleichgewicht verloren. Er blickte an der Schiffswand hinunter.

Tja, sehr tief würde er fallen. Und nun, bei näherer Überlegung, wurde ihm auch klar, wie leicht er sich verletzen konnte, wenn er flach auf dem Wasser aufschlug. Wer hatte sich doch gleich bei einem Bauchklatscher vom hohen Sprungbrett den Leib aufgerissen? Er mußte also beim Springen auf seine Haltung achten. Kerzengerade, Füße voran. Jawohl. Das graue Wasser schien so kalt, so tief zu sein, daß ihn ein Schauer überlief, als er es betrachtete. Aber jetzt oder nie. Sei ein Mann, William Botibol, sei ein Mann. Also dann . . . jetzt . . . los geht's . . .

Er kletterte auf die breite Reling, hielt sich dort oben drei schreckliche Sekunden im Gleichgewicht, und dann sprang er – er sprang so hoch und so weit, wie er nur konnte, und zugleich schrie er: »*Hilfe!*«

»*Hilfe! Hilfe!*« schrie er, während er fiel. Und schon verschwand er im Wassser.

Als der erste Hilferuf ertönte, zuckte die Frau an der Reling zusammen, hob rasch den Kopf, schaute umher und sah den kleinen Mann in weißen Shorts, weißem Hend und Tennisschuhen mit ausgebreiteten Armen und laut kreischend durch die Luft segeln. Einen Augenblick lang schien sie zu überlegen, was sie tun sollte; einen Rettungsring werfen, weglaufen und Alarm schlagen oder sich einfach umdrehen und schreien. Sie trat einen Schritt von der Reling zurück und wandte sich halb um, so daß sie mit dem Gesicht zur Kommandobrücke stand. So verharrte sie einige Sekunden, regungslos, angespannt, unentschlossen. Gleich darauf hatte sie den Schock überwunden, beugte sich über die Reling und spähte angestrengt ins Wasser, dorthin, wo es von der Schiffsschraube aufgewühlt wurde. Ein winziger runder schwarzer Kopf tauchte aus dem Schaum, ein Arm hob sich, winkte ein-, zweimal äußerst heftig, und eine schwache ferne Stimme rief irgend etwas Unverständliches. Die Frau beugte sich noch weiter vor und versuchte, den auf und ab tanzenden schwarzen Punkt im Auge zu behalten, aber bald, sehr bald war er so klein geworden, daß sie nicht genau wußte, ob er überhaupt noch da war.

Nach einer Weile kam eine zweite Frau an Deck. Sie war mager, hatte eckige Bewegungen und trug eine Hornbrille. Als ihr Blick auf die Frau an der Reling fiel, ging sie mit dem festen, militärischen Schritt alter Jungfern auf sie zu.

»*Hier* bist du also«, sagte sie.

Die Frau mit den dicken Knöcheln fuhr herum und sah sie an, erwiderte aber nichts.

»Ich habe dich gesucht«, fügte die Magere hinzu. »Überall habe ich dich gesucht.«

»Merkwürdig«, murmelte die Frau mit den dicken Knöcheln. »Da ist eben ein Mann über Bord gesprungen. Mit allen Kleidern.«

»Unsinn!«

»Doch, doch. Er sagte, er wollte seine Übungen machen, und sprang ins Wasser, ohne sich auszuziehen.«

»Komm jetzt mit nach unten«, befahl die magere Frau. Ihre Lippen waren plötzlich schmal geworden, ihr Gesicht hatte einen strengen, wachsamen Ausdruck und sie sprach weniger freundlich als zuvor. »Und daß du mir nicht wieder allein an Deck gehst. Du weißt sehr gut, daß du auf mich warten sollst.«

»Ja, Maggie«, antwortete die Frau mit den dicken Knöcheln, und wieder lächelte sie ihr zartes, vertrauensvolles Lächeln. Sie nahm die Hand der anderen und ließ sich fortführen.

»So ein netter Mann«, sagte sie. »Er hat mir zugewinkt.«

Nur ein Soldat

Frederick Forsyth

Der Motor spuckte schon seit mehr als zwei Meilen, und als er schließlich Anstalten machte, den Geist aufzugeben, hingen wir gerade an einer kurvenreichen Steigung. Ich betete zu allen meinen irischen Heiligen, daß er nicht ausgerechnet jetzt abkratzen und uns inmitten der wilden Schönheit des französischen Hinterlandes sitzenlassen möge.

Bernadette warf mir von der Seite beunruhigte Blicke zu, während ich mich über das Lenkrad beugte und den Gashebel bearbeitete, um dem sterbenden Motor noch den letzten Lebensfunken zu entlocken. Eindeutig war etwas faul unter der Haube, und ich war in puncto technischer Raffinessen der unbedarfteste Mensch der Welt.

Der alte Triumph Mayflower schaffte gerade noch den Hügel und verröchelte oben endgültig. Ich stellte den Motor ab, zog die Handbremse an und stieg aus. Bernadette trat zu mir, und wir blickten den jenseitigen Hang hinab, wo die Landstraße sich talwärts schlängelte.

Es war unleugbar wunderschön an jedem Sommerabend Anfang der fünfziger Jahre. Die Dordogne war noch nicht »entdeckt« – jedenfalls nicht von der Schickeria. Es war ein Stück Frankreich, das sich in Jahrhunderten kaum verändert hatte. Keine Fabrikschlote qualmten, keine Hochspannungsmasten strebten gen Himmel; keine Autobahnen schnitten häßliche Schrunden durch die grünen Täler. Dörfer nisteten an schmalen Feldwegen und bezogen ihren Unterhalt von den umliegenden Äckern, deren Ernten auf knarrenden Leiterwagen von Ochsengespannen heimgeführt wurden.

Diese ländliche Gegend hatten Bernadette und ich in unserem

betagten Sportwagen erforschen wollen. Es war unser erster Auslandsurlaub, also der erste außerhalb Irlands und Englands.

Ich holte die Straßenkarte aus dem Wagen, studierte sie und wies auf eine Stelle am nördlichen Rand des Dordognetals.

»Wir sind ungefähr hier – glaube ich«, sagte ich.

Bernadette spähte die vor uns liegende Straße hinab. »Dort unten ist ein Dorf«, sagte sie.

Ich folgte ihrem Blick. »Stimmt.«

Zwischen den Bäumen war eine Kirchturmspitze zu sehen, dann ein Stück Scheunendach. Ich blickte zweifelnd auf den Wagen und die Straße.

»Wir könnten ohne Motor runterkommen«, sagte ich, »aber weiter nicht.«

»Besser als hier zu übernachten«, sagte meine Ehehälfte.

Wir stiegen wieder ein. Ich nahm den Gang raus, trat auf die Kupplung und löste die Handbremse. Unsere Mayflower bewegte sich und kam dann in Fahrt. In gespenstischer Lautlosigkeit glitten wir hügelabwärts auf den fernen Kirchturm zu.

Das Gesetz der Schwerkraft brachte uns bis zu den ersten Häusern eines Weilers aus zwei Dutzend Anwesen, und der Schwung des Wagens beförderte uns bis zur Mitte der Dorfstraße. Dann blieb das Auto stehen. Wir stiegen wieder aus. Allmählich fiel die Dämmerung ein.

Die Straße war menschenleer. An der Mauer einer großen Ziegelscheune kratzte ein einsames Huhn im Schmutz. Zwei verlassene Heuwagen standen, die Deichseln in den Staub gesenkt, am Straßenrand, die Besitzer waren offenbar anderswo. Ich entschloß mich, an einem der Häuser mit den geschlossenen Fensterläden anzuklopfen und trotz meiner nicht vorhandenen Französischkenntnisse unsere mißliche Lage zu schildern, als hinter der Kirche, einen knappen Kilometer entfernt, eine Gestalt auftauchte und auf uns zukam.

Als sie näher kam, sah ich, daß es der Dorfpfarrer war. Damals trugen die Priester noch lange Soutanen, Schärpen und breitrandige Hüte. Ich suchte in meinem Gedächtnis nach der französischen Anrede für einen Geistlichen. Vergebens. Als er auf unserer Höhe angelangt war, rief ich: »*Father!*«

Es funktionierte. Er blieb stehen, trat dann zu uns heran und lächelte fragend. Ich wies auf den Wagen. Er strahlte und nickte, als wolle er sagen: Netter Wagen. Wie sollte ich ihm beibringen, daß er nicht einen nach Bewunderung für sein Fahrzeug lechzenden stolzen Autobesitzer vor sich hatte, sondern einen gestrandeten Touristen?

Latein, dachte ich. Er war schon älter, aber an einiges Latein aus der Schulzeit würde er sich erinnern. Aber wie sah es bei mir aus? Ich zermarterte mir das Hirn. Die frommen Patres hatten jahrelang versucht, mir Latein einzubleuen, aber außer bei der Messe hatte ich seither keinen Gebrauch von der Sprache gemacht, und das Meßbuch nimmt kaum Bezug auf die Probleme mit schadhaften Triumph-Motoren.

Ich wies auf die Kühlerhaube.

»*Currus meus fractus est*«, erklärte ich. Es bedeutet, genau gesagt, »mein Karren ist zerbrochen«, aber es schien zu klappen. Erleuchtung breitete sich auf dem runden Antlitz aus.

»*Ah, est fractus currus tuus, mi fili*«, wiederholte er.

»*In veritate, pater noster*«, bestätigte ich. Er dachte eine Weile nach, dann bedeutete er uns, dazubleiben und auf ihn zu warten. Rascheren Schritts eilte er von dannen und verschwand in einem Gebäude, das ich bei späterer Gelegenheit als die Dorfkneipe kennenlernte, die offenbar das Herz der Ansiedlung war. Ich hätte darauf kommen können.

Nach ein paar Minuten erschien er in Begleitung eines stämmigen Mannes in Hose und Hemd aus blauem Köper, der typischen Kleidung französischer Bauern. Die Leinenschuhe mit den Schnursohlen wirbelten Staub auf, als er neben dem trippelnden Priester auf uns zustapfte.

Als sie vor uns standen, ließ der Abbé einen französischen Wortschwall los und deutete dabei zuerst auf den Wagen und dann in beide Richtungen der Straße. Ich hatte den Eindruck, daß er seinem Pfarrkind erklärte, das Auto könne nicht die ganze Nacht auf der Straße stehen. Der Bauer nickte wortlos und entfernte sich wieder. Der Priester, Bernadette und ich standen wieder allein neben dem Wagen. Bernadette ging schweigend zum Straßenrand und setzte sich.

Wer jemals längere Zeit unbekannter Dinge harren mußte, die da kommen oder nicht kommen mochten, und dies in Gesellschaft eines Menschen, mit dem er kein Wort wechseln konnte, der weiß, wie es war. Ich nickte und lächelte. Er nickte und lächelte. Wir nickten und lächelten. Schließlich brach er das Schweigen.

»*Anglais?*« fragte er und wies auf Bernadette und mich. Ich schüttelte geduldig den Kopf. Der alte Jammer: Im Wandel der Geschichte gelten die Iren unwandelbar als Engländer.

»*Irlandais*«, sagte ich und hoffte, das Wort möge stimmen. Seine Miene erhellte sich.

»*Ah, Hollandais*«, sagte er. Wieder schüttelte ich den Kopf, führte den Abbé zum Heck des Wagens und deutete auf das Nationalitätenschild, das in Großbuchstaben, schwarz auf weiß, die Aufschrift IRL trug. Er lächelte mich an, als wäre ich ein schwieriges Kind.

»*Irlandais?*« Ich nickte und lächelte. »*Irlande?*« Ich nickte und lächelte heftiger. »*Partie d'Angleterre*«, sagte er. Ich seufzte. Es gibt Kämpfe, die man nicht gewinnen kann, und hier war weder der Ort noch die Zeit, dem Geistlichen zu erklären, daß Irland, nicht zuletzt dank des Opfersinns von Bernadettes Vater und Onkel, kein Teil Englands sei.

In diesem Moment tauchte aus einem engen Durchgang zwischen zwei holzverschalten Ziegelscheunen der Bauer auf einem alten asthmatischen Traktor auf. In einer Welt der Pferde- und Ochsenkarren konnte es durchaus der einzige Traktor des Dorfes sein, und der Motor klang nicht viel besser als der unserer Mayflower kurz vor dem Ende. Aber der Traktor kam über die Straße herangerattert und hielt direkt vor meinem Wagen.

Mit einem starken Seil band der Bauer den Triumph am Schlepphaken seines Traktors fest, und der Priester bedeutete uns, wir sollten einsteigen. So wurden wir, während der Priester nebenherging, die Straße entlang und in einen Hof gezogen.

In der zunehmenden Dämmerung erspähte ich ein abblätterndes Schild über einem Gebäude, das wiederum eine Scheune hätte sein können. Darauf stand »*Garage*«, und alles war dunkel und verschlossen. Der Bauer band meinen Wagen los und rollte sein Seil auf. Der Priester wies auf seine Uhr und die geschlossene

Werkstatt. Er deutete an, daß sie am folgenden Tag um sieben Uhr früh wieder öffnen werde, dann werde der Mechaniker kommen und sich den Schaden besehen.

»Was sollen wir inzwischen tun?« flüsterte Bernadette mir zu. Ich wandte mich an den Priester, legte den Kopf schräg und die gefalteten Hände an die Wange, das internationale Zeichen für Schlafenwollen. Der Priester verstand.

Wieder ein blitzschneller Wortwechsel zwischen dem Priester und dem Bauern. Ich verstand nichts, aber der Bauer hob den Arm und deutete. Ich erhaschte das Wort *Priss*, das mir nichts sagte, aber der Priester nickte zustimmend. Dann wies er uns durch Zeichen an, unseren Koffer aus dem Wagen zu holen und uns hinten auf den Traktor zu stellen.

Das taten wir, und der Traktor fuhr wieder aus dem Hof und die Hauptstraße entlang. Der freundliche Priester winkte uns nach, das letzte, was wir von ihm sahen. Wir kamen uns ziemlich blöd vor, als wir auf dem rückwärtigen Trittbrett des Traktors klebten, ich den Koffer mit unserem Nachtzeug in der einen Hand, und uns festhielten.

Unser stummer Fahrer fuhr die Straße entlang aus dem Dorf, über einen Bach und dann wieder einen Hügel hinauf. Kurz vor der Hügelkuppe schwenkte er in einen Wirtschaftshof ein, dessen Boden aus einer Mischung von Staub und Kuhfladen bestand. Vor der Haustür hielt er an und ließ uns absteigen. Der Motor lief weiter und machte einen Heidenkrach.

Der Bauer ging zur Tür und klopfte. Alsbald erschien im Licht einer drinnen brennenden Paraffinlampe eine kleine Frau mittleren Alters, die eine Schürze trug. Der Traktorfahrer redete mit ihr und deutete dabei auf uns. Sie nickte. Zufrieden kehrte der Fahrer zu seinem Traktor zurück und winkte uns zu der offenen Tür. Dann fuhr er weg.

Während des Gesprächs der beiden hatte ich im letzten Tageslicht das kleine Anwesen besichtigt. Es war, genau wie viele andere, die ich gesehen hatte, auf Mischbewirtschaftung abgestellt, ein bißchen von diesem, ein bißchen von jenem. Ein Kuhstall, ein Stall für das Pferd und die Ochsen, ein hölzerner Trog unter einem Pumpbrunnen und ein großer Misthaufen, auf dem eine Schar brauner Hühner nach Futter pickte. Alles sah verwittert und sonnengebleicht aus, nichts Modernes, nichts Technisches, nur eines der traditionellen französischen Kleingehöfte, deren Hunderttausende das Rückgrat der Landwirtschaft bilden.

Von irgendwoher hörte ich das rhythmische Niedersausen einer Axt, den dumpfen Schlag, wenn sie ins Holz fuhr, und das Splittern der Klötze, wenn der Holzhacker sie auseinanderriß. Jemand machte Brennholz für den nächsten Winter. Die Frau unter der Tür bedeutete uns, ins Haus zu treten.

Wir durchquerten einen Raum, vielleicht Wohnzimmer, Stube, Diele oder wie immer man ihn nennen mochte, wurden aber in die Küche geführt, die offensichtlich der Brennpunkt des häuslichen Lebens war: Steinfliesen, Ausguß, Eßtisch und zwei abgenutzte Sessel am offenen Kamin. Eine weitere Handpumpe am Ausguß bewies, daß das Wasser aus dem Hofbrunnen kam, und als Beleuchtung diente eine Paraffinlampe. Ich stellte den Koffer ab.

Unsere Wirtin erwies sich als nette Person. Rundlich, Apfelbäckchen, graues, zum Knoten straffgekämmtes Haar, verarbeitete Hände, langes graues Kleid, weiße Schürze und zur Begrüßung ein vogelgleiches Zwitschern. Sie stellte sich als Madame Priss vor, und wir nannten unsere für sie völlig unaussprechlichen Namen. Die Unterhaltung würde sich auch hier auf Nicken und Lächeln beschränken müssen, aber in Gedanken an unsere düsteren Ahnungen vor einer Stunde auf dem Hügel war ich froh, daß wir überhaupt eine Bleibe hatten.

Madame Priss bedeutete Bernadette, sie wolle ihr das Zimmer und die Waschgelegenheit zeigen; eine Aufmerksamkeit, die mir gegenüber offenbar nicht notwendig war. Die beiden Frauen verschwanden mit dem Koffer nach oben. Ich trat ans offene Fenster, das die warme Abendluft einließ. Es ging auf einen Hinterhof hinaus, wo im Unkraut neben einem hölzernen Schuppppen ein Karren abgestellt war. An den Schuppen grenzte ein kurzer, nicht ganz zwei Meter hoher Lattenzaun. Über dem Zaun erschien und verschwand das Blatt einer großen Axt, der Klang des Holzhakkens war weiter zu hören.

Nach zehn Minuten kam Bernadette erfrischt herunter, sie hatte sich in einer Porzellanschüssel mit kaltem Wasser aus einem Steinkrug gewaschen. Das Wasser, das aus dem oberen Fenster in den Hof geschüttet wurde, hatte wohl das Platschen verursacht, das ich gehört hatte. Ich hob fragend die Brauen.

»Ein nettes kleines Zimmer«, sagte sie. Madame Priss, die uns beobachtete, strahlte und nickte, sie hatte nicht die Worte, wohl aber den lobenden Tonfall verstanden. »Hoffentlich«, sagte Bernadette, »gibt's keine Flöhe.«

Ich war mir da nicht so sicher. Meine Frau war ein bevorzugtes Opfer von Ungeziefer und Mücken, die auf ihrer weißen keltischen Haut abscheuliche Schwellungen hervorrufen. Madame Priss komplimentierte uns in die abgenutzten Sessel, wir setzten uns und plauderten, während sie in der anderen Ecke der Küche am schwarzen gußeisernen Herd hantierte. Etwas Wohlriechendes stand auf dem Feuer, und der Duft machte mich hungrig.

Nach zehn Minuten bat sie uns zum Tisch, wo auf jeden eine Schüssel, ein Suppenlöffel und ein längliches, köstlich lockeres Weißbrot warteten. Dann stellte sie eine große Terrine mit einem Blechschöpfer darin in die Mitte und deutete an, wir sollten uns bedienen.

Ich füllte Bernadettes Schüssel mit der sämigen, nahrhaften und wohlschmeckenden Gemüsesuppe, die vorwiegend aus Kartoffeln bestand und sehr sättigte, glücklicherweise, denn sie stellte die ganze Abendmahlzeit dar. Sie war so gut, daß wir beide schließlich drei Portionen aßen. Ich wollte auch Madame Priss bedienen, aber sie ließ es nicht zu. Es war wohl nicht der Brauch.

»Servez-vous, monsieur, servez-vous«, sagte sie immer wieder, also füllte ich meinen eigenen Napf, und wir legten los.

Kaum fünf Minuten waren vergangen, als der Klang der Axt verstummte, und ein paar Sekunden später ging die Hintertür auf, und der Bauer erschien zum Abendessen. Ich stand auf, um ihn zu begrüßen, während Madame schnatternd unsere Anwesenheit erklärte; indes zeigte er nicht das geringste Interesse an zwei Fremden an seinem Tisch. Also setzte ich mich wieder.

Er war ein hünenhafter Mensch, der mit dem Kopf fast an die Decke stieß. Er ging nicht, er stampfte, und man hatte spontan den Eindruck – der sich als zutreffend erwies – von ungeheurer Körperkraft verbunden mit einem sehr langsamen Verstand.

Er war ungefähr sechzig, ein paar Jahre hin oder her, und das graue Haar war kurz geschoren. Ich sah, daß er winzige knollige Ohren hatte, und die Augen, die uns ohne das Zeichen eines Grußes anblickten, waren von arglosem leerem Babyblau.

Der Riese setzte sich wortlos auf seinen gewohnten Stuhl, und seine Frau füllte ihm sofort den Suppennapf randvoll. Seine Hände waren dunkel von Erde und, wenn ich nicht sehr irrte, anderen Substanzen, aber er machte keine Anstalten, sie zu waschen. Madame Priss setzte sich wieder auf ihren Platz, strahlte uns abermals kurz an und nickte mit dem Vogelkopf, und wir aßen weiter. Aus den Augenwinkeln sah ich den Bauern gewaltig aus dem Napf löffeln und große Brotstücke dazu verschlingen, die er kurzerhand von seinem Wecken abriß.

Zwischen Mann und Frau wurde kein Wort gewechselt, aber ich bemerkte, daß sie ihm von Zeit zu Zeit liebevolle und nachsichtige Blicke zuwarf, obgleich er keinerlei Notiz davon nahm.

Bernadette und ich versuchten, wenigstens untereinander ein Gespräch zu führen, mehr um das lastende Schweigen zu brechen, als um uns etwas mitzuteilen.

»Hoffentlich kann das Auto morgen früh repariert werden«, sagte ich. »Wenn es etwas Ernstes ist, muß ich vielleicht in die nächste größere Stadt und ein Ersatzteil oder einen Abschleppwagen holen.«

Ich schauderte bei dem Gedanken, was die Kosten dafür unserer schmalen Nachkriegs-Reisekasse antun würden.

»Was ist die nächste größere Stadt?« fragte Bernadette zwischen zwei Löffeln Suppe.

Ich vergegenwärtigte mir die Karte im Wagen. »Bergerac, glaube ich.«

»Wie weit ist das?« fragte sie.

»Oh, ungefähr sechzig Kilometer«, erwiderte ich.

Mehr gab es kaum zu sagen, also trat abermals Schweigen ein. Es hatte eine volle Minute gedauert, als aus dem Nichts plötzlich eine Stimme auf englisch sagte: »Vierundvierzig.«

Wir hatten in diesem Augenblick beide die Köpfe gebeugt, nun sah Bernadette zu mir auf. Ich war ebenso überrascht wie sie. Ich sah Madame Priss an. Sie lächelte glücklich und aß weiter. Bernadette wies unmerklich mit dem Kopf auf den Bauern. Ich wandte mich ihm zu. Er verschlang noch immer Suppe und Brot.

»Wie bitte?« fragte ich.

Er gab nicht zu erkennen, daß er mich gehört hatte, und noch ein paar Löffel Suppe, noch ein paar große Brotstücke verschwanden in seinem Schlund. Dann, zwanzig Sekunden nach meiner Frage, sagte er ganz deutlich auf englisch: »Vierundvierzig. Nach Bergerac. Kilometer. Vierundvierzig.«

Er sah uns nicht an; er aß ruhig weiter. Ich warf Madame Priss einen Blick zu. Sie ließ ein glückliches Lächeln aufblitzen, wie um zu sagen: O ja, mein Mann ist sprachbegabt. Bernadette und ich legten verblüfft die Löffel nieder.

»Sprechen Sie Englisch?« fragte ich den Bauern.

Sekunden vergingen. Schließlich nickte er schweigend.

»Waren Sie in England?« fragte ich.

Das Schweigen zog sich hin, keine Antwort. Sie kam volle fünfzig Sekunden nach meiner Frage.

»Wales«, sagte er und stopfte sich einen Brotbrocken in den Mund.

Jetzt sollte ich erklären, daß ich bei der Wiedergabe dieser Geschichte den Dialog ein wenig raffen muß, damit der Leser nicht vor Langeweile stirbt. Aber in Wirklichkeit war es anders. Das Gespräch, das sich allmählich anbahnte, dauerte eine Ewigkeit, da zwischen meinen Fragen und seinen Antworten ungemein lange Pausen lagen.

Zuerst dachte ich, er sei vielleicht schwerhörig. Aber das war er nicht. Er hörte recht gut. Dann dachte ich, er sei ein übervorsichtiger, mißtrauischer Mensch, der die Auswirkungen seiner Antworten bedachte, wie ein Schachspieler die Folgen eines Zuges bedenkt. Aber das war er auch nicht. Er war einfach ein schlichtes Gemüt von so langsamer Denkart, daß eine volle Minute vergehen konnte, bis er eine Frage in sich aufgenommen, die Antwort ausgedacht und schließlich von sich gegeben hatte.

Vielleicht hätte ich es aufgeben sollen, mich durch die Unterhaltung zu quälen, die die nächsten zwei Stunden in Anspruch nahm, aber ich war neugierig, warum ein Mann aus Wales hier im tiefsten französischen Hinterland einen Bauernhof bewirtschaftete.

Sehr langsam, stückchenweise, kam die Geschichte heraus, und sie war so ungewöhnlich, daß sie Bernadette und mich fesselte.

Sein richtiger Name war Price, aber im Französischen zu Priss geworden. Evan Price. Er stammte aus dem Rhonddatal in Südwales. Vor beinahe vierzig Jahren hatte er im Ersten Weltkrieg als gemeiner Soldat in einem Waliser Regiment gedient.

Mit diesem Regiment hatte er an der zweiten großen Marne-Schlacht, kurz vor Kriegsende, teilgenommen. Er war schwer verwundet worden und hatte schon wochenlang in einem britischen Lazarett gelegen, als der Waffenstillstand ausgerufen wurde. Die britische Army ging nach Hause, aber da Price noch immer nicht transportfähig war, blieb er in einem französischen Krankenhaus.

Dort pflegte ihn eine junge Krankenschwester, die sich während seiner Leidenszeit in ihn verliebte. Sie heirateten und zogen südwärts auf den kleinen Bauernhof ihrer Eltern in der Dordogne. Er war nie nach Wales zurückgekehrt. Nach dem Tod ihrer Eltern erbte seine Frau als einziges Kind den Hof, und hier saßen wir jetzt.

Madame Priss hatte während der ach so langsamen Erzählung still dagesessen, hatte nur dann und wann ein ihr bekanntes Wort aufgeschnappt und jedesmal strahlend gelächelt. Ich versuchte, mir vorzustellen, wie sie 1918 ausgesehen haben mochte, noch schlank, ein flinker emsiger Spatz, schwarzäugig, proper, bei der Arbeit zwitschernd.

Auch Bernadette rührte dieses Bild einer jungen französischen Krankenschwester, die das hilflose kindliche Riesenbaby im flandrischen Lazarett pflegte und sich in es verliebte. Sie beugte sich vor und berührte den Arm des Bauern.

»Das ist eine reizende Geschichte, Mr. Price«, sagte sie.

Er reagierte nicht.

»Wir sind aus Irland«, sagte ich, als fühlte ich mich auch meinerseits zu einer Mitteilung verpflichtet.

Er schwieg, während seine Frau ihm zum drittenmal den Napf füllte.

»Waren Sie jemals in Irland?« fragte Bernadette.

Sekunde um Sekunde verging. Er brummte und nickte. Bernadette und ich sahen einander freudig überrascht an.

»Haben Sie dort gearbeitet?«

»Nein.«

»Wie lange waren Sie in Irland?«

»Zwei Jahre.«

»Und wann war das?« fragte Bernadette.

»Neunzehnhundertfünfzehn . . . bis siebzehn.«

»Was haben Sie in Irland gemacht?« Längere Pause.

»War Soldat.«

Natürlich, ich hätte es wissen können. Er war nicht erst 1917 eingezogen worden. Er war schon früher eingezogen und 1917 nach Flandern geschickt worden. Vorher hatte er in Irland bei der britischen Army in Garnison gelegen.

Bernadettes Verhalten wurde ein wenig kühler. Sie entstammte einer glühend republikanisch gesinnten Familie. Vielleicht hätte ich die Sache auf sich beruhen lassen und nicht länger bohren sollen. Aber mein Journalistenberuf zwang mich, weiter zu fragen.

»Wo waren Sie stationiert?«

»In Dublin.«

»Ah. Wir sind aus Dublin. Hat es Ihnen gefallen?«

»Nein.«

»Das tut mir aber leid.«

Wir Dubliner sind im allgemeinen recht stolz auf unsere Stadt. Es wäre uns lieb, wenn auch Ausländer, sogar Garnisonstruppen, unsere Stadt zu schätzen wüßten.

Der erste Teil des Lebenslaufs des Veteranen Price rollte genauso vor uns ab wie der spätere – sehr, sehr langsam. Er wurde 1897 als Kind sehr armer Eltern im Rhonddatal geboren. Das Leben war hart und freudlos gewesen. 1914, mit siebzehn Jahren, hatte er sich, weniger aus Patriotismus, als um sich Nahrung, Kleidung und Unterkunft zu verschaffen, zur Army gemeldet. Er hatte es nie weiter als zum Gemeinen gebracht. Während andere an die Front nach Flandern kamen, blieb er zwölf Monate lang in Ausbildungslagern und in Armydepots in Wales. Gegen Ende des Jahres 1915 wurde er zu den Besatzungstruppen nach Irland versetzt und bezog die eisige Kaserne Islandbridge am Südufer des Liffey in Dublin.

Das eintönige Kasernendasein trug wohl die Schuld, daß er gesagt hatte, Dublin habe ihm nicht gefallen. Karge Schlafsäle, schlechter Sold, sogar schon damals, und die endlose sinnlose Abfolge von Spucken, Wienern, Knöpfen, Stiefeln und Betten, von Postenstehen in klirrend kalten Nächten und Wacheschieben im strömenden Regen. Und an Kurzweil nicht viel drin bei der Löhnung eines Gemeinen. Bier in der Kantine, wenig oder gar keinen Kontakt mit der katholischen Bevölkerung. Wahrscheinlich war er froh gewesen, nach zwei Jahren von dort wegzukommen. Aber, war er jemals froh oder traurig über irgend etwas, dieser schwerfällige Mensch?

»Ist nie irgend etwas Interessantes passiert?« fragte ich ihn schließlich in gelinder Verzweiflung.

»Nur einmal«, erwiderte er nach einer Weile.

»Und was war das?«

»Eine Hinrichtung«, sagte er, mit seiner Suppe beschäftigt.

Bernadette legte den Löffel aus der Hand und richtete sich auf. Ein frostiger Hauch lag plötzlich in der Luft. Nur Madame, die kein Wort verstand, und ihr Mann, der zu stumpfsinnig war, merkten nichts. Ich hätte entschieden aufhören sollen.

Schließlich waren damals viele Menschen hingerichtet worden. Gemeine Mörder wurden in Mountjoy gehenkt – aber gehenkt. Von Gefängnisbeamten. Hatte man da Militär zugezogen? Und auch britische Soldaten wurden exekutiert, wegen Mordes oder Vergewaltigung, gemäß Militärstrafrecht nach einem Kriegsgerichtsverfahren. Wurden sie gehenkt oder erschossen? Ich wußte es nicht.

»Wissen Sie noch, wann diese Hinrichtung war?« fragte ich.

Bernadette saß da wie erstarrt.

Mr. Price hob die wasserblauen Augen zu mir. Dann schüttelte er den Kopf.

»Ist lang her«, sagte er. Ich glaubte zuerst, er lüge, aber er log nicht. Er hatte es einfach vergessen.

»Gehörten Sie zum Exekutionskommando?« fragte ich.

Es dauerte die übliche Zeit, bis er nachgedacht hatte. Dann nickte er.

Ich überlegte, wie es sein mußte, einem Exekutionskommando anzugehören; über den Gewehrlauf einen anderen Menschen anzuvisieren, der in zwanzig Meter Entfernung an einen Pfahl gefesselt ist; auf das weiße Stück Pappe über dem Herzen zu zielen und die Mündung stetig auf diesen lebenden Menschen gerichtet zu halten; auf Kommando abzudrücken, den Knall zu hören, den Rückstoß zu fühlen, die gefesselte Gestalt unter dem kalkweißen Gesicht sich aufbäumen und in den Stricken zusammensacken zu sehen. Dann zurückzumarschieren in die Kaserne, das Gewehr zu reinigen und Frühstück zu fassen. Gottlob kannte ich das alles nicht und würde es nie kennenlernen.

»Überlegen Sie doch, wann es war«, drängte ich.

Er überlegte. Wirklich. Man konnte die Anstrengung beinahe fühlen. Schließlich sagte er: »Neunzehnhundertsechzehn. Im Sommer, glaube ich.«

Ich beugte mich vor und legte ihm die Hand auf den Arm. Er sah zu mir auf. Sein Blick war nicht ausweichend, nur geduldig fragend.

»Erinnern Sie sich . . . bitte, versuchen Sie es . . . wer war der Mann, der erschossen wurde?«

Aber es war zuviel. Sosehr er sich auch mühte, er konnte sich nicht erinnern. Am Ende schüttelte er den Kopf.

»Ist lang her«, sagte er.

Bernadette stand abrupt auf. Sie lächelte Madame mühsam höflich zu.

»Ich gehe ins Bett«, sagte sie zu mir, »komm auch bald.«

Ich ging zwanzig Minuten später hinauf. Mr. Price saß in seinem Sessel am Feuer, er rauchte nicht, er las nicht. Er starrte in die Flammen. Durchaus zufrieden.

Das Zimmer war dunkel, und ich wollte nicht mit der Paraffinlampe herumhantieren. Ich zog mich im Mondlicht aus, das durchs Fenster schien, und ging ins Bett.

Bernadette lag ganz still da, aber ich wußte, daß sie wach war. Und woran sie dachte. An dasselbe wie ich. An den strahlenden Frühling 1916, als am Ostersonntag eine Gruppe von Männern, Anhänger der damals unpopulären Idee eines von Großbritannien unabhängigen Irland, das Postamt und mehrere andere Amtsgebäude gestürmt hatten.

An die Hunderte von Soldaten, die zu Hilfe geholt wurden, um

die Besetzer mit Gewehr- und Artilleriefeuer herauszuscheuchen
– aber unter ihnen war nicht der Gemeine Price aus der langweiligen Kaserne Islandbridge, sonst hätte er die Sache erwähnt. An
den Qualm und den Lärm, den Schutt in den Straßen, die Toten,
die Sterbenden, Iren und Briten. Und an die Rebellen, die schließlich besiegt und im Stich gelassen aus dem Postamt geführt wurden. An die neue grün-orange-weiße Fahne, die sie auf dem Gebäude gehißt hatten und die jetzt heruntergerissen und wieder
durch den britischen Union Jack ersetzt wurde.

Das alles wird heute natürlich nicht in den Schulen gelehrt, da
es nicht zu den unerläßlichen Mythen gehört, aber geschehen ist es
doch. Als die Rebellen in Ketten zum Hafen von Dublin marschierten, um über die Irische See nach Liverpool ins Gefängnis
gebracht zu werden, schleuderten ihnen die Dubliner und vor allem die armen Katholiken Schimpfworte und Verwünschungen
nach, weil diese Männer so viel Ungemach über Dublin gebracht
hatten.

Damit hätte es vermutlich sein Bewenden gehabt, wären nicht
die britischen Behörden zu dem törichten und wahnwitzigen Entschluß gelangt, die sechzehn Anführer der Revolte zwischen dem
3. und 12. Mai im Gefängnis von Kilmainham hinrichten zu lassen.
In Jahresfrist sollte die Stimmung umschlagen, bei den Wahlen
von 1918 siegte die Unabhängigkeitspartei auf der ganzen Linie.
Nach zweijährigen Guerillakämpfen wurde endlich die Unabhängigkeit gewährt.

Bernadette regte sich neben mir. Sie war wie erstarrt, völlig im
Bann ihrer Gedanken an die hallenden eisenbeschlagenen Stiefel
des Exekutionskommandos, die in der Dunkelheit vor Sonnenaufgang von der Kaserne zum Gefängnis marschierten. An die Soldaten, die geduldig im großen Gefängnishof warteten, bis der Verurteilte herausgeführt und an den Pfahl an der Mauer gefesselt
wurde.

Und an ihren Onkel. In dieser warmen Nacht würde sie an ihn
denken. Die ganze Verehrung für ihren Vater, der schon vor ihrer
Geburt gestorben war, hatte sie auf dessen älteren Bruder übertragen. Er hatte sich als Gefangener geweigert, mit den Wärtern englisch zu sprechen, antwortete vor dem Kriegsgericht nur irisch,

stand am Pfahl, das Kinn gereckt und blickte in die Gewehrläufe, als der Sonnenrand sich über den Horizont schob. Und sie würde auch an die anderen denken . . . O'Connell, Clarce, MacDonough und Padraig Pearse. Natürlich an Pearse.

Ich stöhnte vor Verzweiflung über meine eigene Dummheit. Das war alles Unsinn. So viele waren standrechtlich erschossen worden, Sexualverbrecher, Plünderer, Mörder, Deserteure aus der britischen Army. Damals war das gang und gäbe. Schon in normalen Zeiten stand auf eine ganze Reihe von Verbrechen die Todesstrafe. Im Krieg wurde die Zahl der todeswürdigen Delikte noch beträchtlich erhöht.

Im Sommer, hatte Price gesagt. Das war eine ziemliche Spanne. Von Mai bis Ende September. Die Ereignisse des Frühjahres 1916 waren große Ereignisse in der Geschichte eines kleinen Volkes. Stumpfsinnigen Gemeinen gebührt kein Anteil an großen Ereignissen. Ich wies alle Gedanken von mir und schlief ein.

Wir erwachten früh, denn kurz nach Morgengrauen strömte die Sonne durchs Fenster, und das Federvieh im Hof machte einen Krach, der Tote aufgeweckt hätte. Wir wuschen uns, und ich rasierte mich recht und schlecht mit dem Wasser aus dem Krug, das ich danach aus dem Fenster goß. Es würde der ausgedörrten Erde im Hof guttun. Wir zogen unsere Kleider vom Vortag wieder an und gingen hinunter.

Madame Price setzte uns auf dem Küchentisch Schüsseln voll dampfendem Milchkaffee vor, dazu Brot und weiße Butter, alles sehr schmackhaft. Von ihrem Mann keine Spur. Ich war kaum mit meinem Kaffee fertig, als Madame Price mich hinaus vor die Tür winkte. Dort standen in dem mit Kuhfladen gepflasterten Hof an der Straßenseite mein Triumph und ein Mann, der sich als der Besitzer der Autowerkstatt erwies. Ich dachte, Mr. Price könne mir als Dolmetscher dienen, aber er war nirgends zu sehen.

Der Mechaniker ließ ausführliche Erklärungen vom Stapel, aber ich verstand nur ein einziges Wort. »Carburateur«, sagte er immer wieder, dann tat er, als bliese er durch ein Rohr, um den Schmutz daraus zu entfernen. Das also war es; so einfach. Ich gelobte, einen Kurs in elementarer Motorpflege zu belegen. Der Mann verlangte tausend Franc, was damals, ehe de Gaulle den Neuen Franc erfand, ungefähr ein Pfund Sterling war. Er gab mir die Wagenschlüssel zurück und verabschiedete sich.

Ich beglich unsere Schuld bei Mrs. Price, ebenfalls tausend Franc (damals konnte man im Ausland wirklich billig Urlaub machen), und rief Bernadette. Wir verstauten den Koffer und stiegen ein. Der Motor sprang sofort an. Nach einem letzten Winken verschwand Madame Price im Haus. Ich stieß ein Stück zurück, um in die Fahrstraße vor dem Hoftor einbiegen zu können.

Ich hatte die Straße gerade erreicht, als ein lauter Schrei mich anhielt. Durch mein offenes Seitenfenster sah ich Mr. Price über den Hof auf uns zurennen und dabei die große Axt über dem Kopf schwingen, als wäre sie ein Kinderspielzeug.

Mir wurde angst und bang, ich glaubte, er wolle uns angreifen. Er hätte den Wagen in Stücke hacken können, wenn ihm danach zumute gewesen wäre. Dann sah ich den beseligten Ausdruck in seinen Zügen. Der Schrei und die geschwungene Axt sollten uns nur noch rechtzeitig aufmerksam machen.

Keuchend kam er an, und sein großes Mondgesicht erschien in der Fensteröffnung.

»Es ist mir eingefallen«, sagte er. »Es ist mir eingefallen.«

Ich war verdutzt. Er strahlte wie ein Kind, das etwas Besonderes getan hat, um den Eltern eine Freude zu machen.

»Eingefallen?« fragte ich.

Er nickte. »Eingefallen«, wiederholte er, »wen ich damals in der Früh erschossen hab. Er war ein Dichter und hat Pearse geheißen.«

Bernadette und ich saßen da wie vom Blitz getroffen, regungslos, ausdruckslos, und starrten ihn stumm an. Der beseligte Ausdruck wich von seinem Gesicht. Er hatte sich so bemüht, uns einen Gefallen zu tun, und es war danebengegangen. Er hatte meine Frage sehr ernst genommen und sich die ganze Nacht hindurch das arme Hirn zermartert, um auf einen Namen zu kommen, der ihm überhaupt nichts sagte. Vor zehn Sekunden war ihm der Name nach so vielen Mühen endlich eingefallen. Er hatte uns gerade noch erwischt, und wir starrten ihn bloß mit leeren Augen wortlos an.

Seine Schultern sanken nach vorn. Er richtete sich auf, machte _kehrt und stapfte wieder zu seinem Feuerholz hinter dem Schuppen. Bald hörte ich die Schläge wieder im Takt niederfallen.

Bernadette starrte durch die Windschutzscheibe. Sie war weiß wie ein Laken, die Lippen waren ein dünner Strich. Ich sah im Geist einen grobschlächtigen Jungen aus dem Rhonddatal, dem vor so vielen Jahren der Kammerunteroffizier der Islandbridge-Kaserne ein Gewehr und einen Patronenstreifen aushändigte.

Bernadette sprach als erste. »Ein Unmensch«, sagte sie.

Ich blickte über den Hof, dorthin, wo die Axt auf- und niedersauste, geschwungen von dem Mann, der mit einem einzigen Schuß einen Krieg ausgelöst und dem Volk das Startzeichen zum Marsch in die Unabhängigkeit gegeben hatte.

»Nein, Mädchen«, sagte ich, »kein Unmensch. Nur ein Soldat, der seine Pflicht tat.«

Ich legte den Gang ein, und wir fuhren die Straße hinunter nach Bergerac.

Jemima Shore
und das Grab in der Sonne

Antonia Fraser

»*This is your graveyard in the sun*...« Das ist dein Friedhof in der
Sonne. Der großgewachsene junge Mann, der ihr im Weg stand,
sang diese Worte leise, aber deutlich vernehmbar. Jemima Shore
brauchte einen Augenblick, bis sie begriff, welchen Text er da zu
der Melodie des weltberühmten Calypso sang. Sie erschrak. Es
war eine hinterhältige und nicht gerade einladende kleine Par-
odie.

> *This is my island in the sun*
> *Where my people have toiled since time begun*...

Seit dem Tag ihrer Ankunft in der Karibik schien diese Melodie
ihre ständige Begleiterin zu sein. Wie alt war sie? Wie viele Jahre
war es her, seit der unnachahmliche Harry Belafonte sich mit ihr in
die Herzen aller gesungen hatte? Egal. Wie alt dieser Calypso auch
war, auf Bow Island und den anderen Westindischen Inseln, die
sie im Verlauf ihrer Reise besucht hatte, wurde er noch immer mit
Charme, Überzeugung und Beharrlichkeit gesungen.

Es war natürlich nicht die einzige Melodie, die sie auf diesen Inseln hörte. Laute, lärmende Musik, das hatte sie gelernt, gehörte
untrennbar zum Leben in der Karibik. Das war ihr bereits am
Flughafen aufgefallen. Der harte, unwiderstehliche Rhythmus der
Steelbands und das honigsüße Schmachten der Sänger waren
überall auf den Inseln bis spät in die Nacht hinein zu hören: Es war
das fröhliche Lied der Freiheit, des Tanzens und Trinkens – Rumpunsch – und, zumindest für die Touristen, das Lied des Urlaubs.

Für die Journalistin Jemima Shore allerdings war es keine Ur-
laubsmelodie, zumindest nicht offiziell. Aber das machte nichts;

Jemima gehörte zu den Menschen, die Urlaub am meisten genossen, wenn sich Vergnügen und Arbeit kombinieren ließen. Sie hatte ihr Glück kaum fassen können, als Megalith Television, ihr Arbeitgeber, eine Sendung genehmigt hatte, die sie Ende Januar aus dem eisigen Großbritannien in die sonnige Karibik führte. Denn normalerweise war es Cy Frederick, Jemimas Chef und Boß der gesamten Anstalt, der sich im Februar in der Karibik erholte, während Jemima, wenn überhaupt, in der drückenden Augustschwüle dorthin geschickt wurde. Noch dazu war das Projekt höchst interessant. Sie hatte wirklich Glück dieses Jahr.

»This is my island in the sun . . .« Aber was der junge Mann da vor ihr tatsächlich sang, war: *»your graveyard in the sun«.* Ihr Friedhof? Oder wessen sonst? Da der Mann zwischen Jemima und dem historischen Grab stand, das sie besuchen wollte, war es möglich, daß er aggressiv auf irgendein Eigentumsrecht pochte. Aber das kann doch gar nicht sein, dachte sie dann. Es war ein Witz, ein freundlich gemeinter Witz an einem freundlichen, sehr sonnigen Tag. Andererseits wirkte dafür der Gesichtsausdruck des jungen Mannes viel zu drohend.

Jemima erwiderte seinen Blick mit ihrem ganz speziellen, liebenswürdigen Lächeln, das dem britischen Fernsehpublikum bestens vertraut war. (Doch dieses Publikum wußte auch, daß Jemima sich, so liebenswürdig sie auch lächeln mochte, von niemandem etwas gefallen ließ, zumindest nicht in ihrer Sendung.) Sie merkte, daß der Mann gar nicht so jung war, wie sie zunächst gedacht hatte. Er war etwa in ihrem Alter, Anfang Dreißig, und ein Weißer, allerdings so sonnenverbrannt, daß er vermutlich kein Tourist, sondern einer der wenigen Europäer war, die auf Bow Island lebten, einer Insel, die sehr stolz war auf ihre erst kürzlich errungene Unabhängigkeit von einer viel größeren Insel.

Die Größe des Fremden war dagegen kein falscher erster Eindruck gewesen. Er überragte Jemima um einiges, obwohl auch sie nicht gerade klein war. Auch sah er ziemlich gut aus, bis auf die merkwürdig geformte, markante Nase mit hohem Rücken und deutlich hervortretendem Haken. Doch obwohl diese Nase das Ebenmaß seiner Gesichtszüge störte, war der Gesamteindruck nicht unattraktiv. Er trug helle Baumwollshorts, wie so ziemlich jeder Mann auf der Insel, ob nun weiß oder schwarz. Sein orange-farbenes T-Shirt zeigte das vertraute Symbol der Insel: den Umriß eines Bogens in Schwarz und eine schwarze Hand, die ihn spannte. Unter dem Bogen war einer der unzähligen Sprüche zu lesen, die – wiederum auf freundliche Art – mit dem Namen der Insel spielten: THIS IST THE END OF THE SUN-BOW! Das ist das Ende des Sonnenbogens.

Nein, in diesem freundlichen T-Shirt hatte er bestimmt nicht die Absicht, aggressiv zu sein.

Auf alle Fälle war es merkwürdig, daß der Fremde Jemima noch immer den Weg versperrte. Er stand direkt zwischen ihr und dem großen steinernen Archer-Grab, das sie von Postkarten kannte. So klein Bow Island auch war, wies es doch eine erstaunliche Menge an historischen Denkmälern auf. Nelson hatte die Insel mit seiner Flotte besucht, denn wie die Nachbarinseln war auch sie in die Napoleonischen Kriege verwickelt gewesen. Zweihundert Jahre vor ihm hatten zuerst die Briten, dann die Franzosen und dann noch einmal die Briten die Insel besetzt, die zu dieser Zeit den Kariben und davor den Arawaks gehört hatte. Schließlich kamen auch noch Afrikaner in diesen Schmelztiegel, die man hierher verschleppt hatte, um sie auf Zuckerrohrplantagen, von denen der Wohlstand der Insel abhing, arbeiten zu lassen. Aus dieser bunten Mischung waren die Leute hervorgegangen, die sich nun selbst die Bolander nannten.

Das Archer-Grab, in gewisser Weise der Grund für Jemimas Anwesenheit auf der Insel, stammte aus der Zeit der zweiten und letzten britischen Besiedlung. Hier lag der berühmteste Gouverneur in der Geschichte von Bow Island begraben, Sir Valentine Archer. Sogar der Name der Insel erinnerte an seine lange Herrschaft. Ursprünglich war Bow Island nach einem Heiligen benannt gewesen, und obwohl die Form der Insel entfernt an einen Bogen erinnerte, war es doch Gouverneur Archer gewesen, der ihr den neuen Namen gegeben hatte, um der Welt zu zeigen, daß dieser spezielle Archer, dieser spezielle Bogenschütze, diesen speziellen Bow, diesen Bogen, beherrschte.

Jemima wußte, daß das prächtige Monument Sir Valentine Archer neben seiner Frau Isabella zeigte. Dieses doppelte Totenbett aus Stein war gekrönt von einem weißen Holzüberbau, der an eine kleine Kirche erinnerte und den man errichtet hatte, entweder um dem Monument zusätzliche Bedeutung zu verleihen – obwohl es allein schon mit seiner Größe den kleinen Friedhof zu allen Zeiten dominiert haben mußte –, oder um es vor dem Klima zu schützen. Jemima hatte gelesen, daß ganz im Gegensatz zu den Gepflogenheiten des siebzehnten Jahrhunderts keine Namen von Archer-Kindern auf dem Grabstein eingemeißelt waren. Glaubte man der taktvollen Erklärung eines Historikers am Ort, war das so, weil Gouverneur Archer der ganzen Insel ein Vater gewesen war. Oder, mit den Worten eines Calypso, der nur auf dieser Insel gesungen wurde:

> Across the sea came old Sir Valentine –
> He came to be your daddy, and he came to be mine.
> Weit übers Meer kam Sir Valentine –
> Um dein Vater zu werden, und er wurd' auch der meine.

Kurz gesagt, bedeutete das, daß kein noch so großes Grabmal die gesamte Nachkommenschaft eines Mannes beherbergen konnte, der angeblich über hundert legitime wie illegitime Kinder gezeugt hatte. Die legitime Linie stand nun allerdings kurz vor dem Aussterben. Und Jemima war in die Karibik gekommen, um Miss Isabella Archer zu besuchen, die, zumindest offiziell, letzte ihres Geschlechts. Sie wollte eine Sendung über die alte Dame und ihren Stammsitz, das Archer Plantation House, machen, in dem angeblich seit fünfzig Jahren nichts mehr verändert worden war. Vor allem interessierte es sie, wie Miss Archer die Umwälzungen, die in den letzten Jahrzehnten über diesen Teil der Welt hereingebrochen waren, erlebt hatte.

»Greg Harrison«, sagte nun plötzlich der Mann, der Jemima den Weg versperrte. »Und das ist meine Schwester Coralie.« Ein Mädchen, das bis dahin von Jemima unbemerkt im Schatten des Kirchenportals gestanden hatte, trat etwas schüchtern vor. Auch sie war tiefbraun, und ihre von der Sonne flachsblond gebleichten Haare waren zu einem straffen Pferdeschwanz zusammengebunden. Seine Schwester. War eine Ähnlichkeit zu erkennen? Coralie trug ein ähnlich orangefarbenes T-Shirt wie er, aber ansonsten hatte sie nicht sehr viel von ihrem Bruder. Zum einen war sie ziemlich klein, und ihre Gesichtszüge waren eher reizvoll als schön. Außerdem fehlte ihr, was vermutlich ein Glück für sie war, die imponierende Nase ihres Bruders.

»Willkommen auf Bow Island, Miss Shore«, begann sie, doch ihr Bruder schnitt ihr das Wort ab. Er streckte Jemima eine große, muskulöse, sonnenverbrannte Hand entgegen.

»Ich weiß, was Sie hier wollen, und das gefällt mir ganz und gar nicht«, sagte Greg Harrison. »Sie wollen Vergessenes wieder aufwühlen. Warum lassen Sie Miss Izzy nicht in Frieden sterben?« Der Kontrast zwischen seinem scheinbar freundlichen Händedruck und den feindseligen, wenn auch ruhig und sachlich gesprochenen Worten war verwirrend.

»Ich bin Jemima Shore«, erwiderte sie, obwohl er das offensichtlich bereits wußte. »Gestatten Sie mir jetzt vielleicht, das Archer-Grab zu besichtigen? Oder kann ich das nur über Ihre Leiche?« Jemima lächelte ihn noch einmal liebenswürdig an.

»*Meine* Leiche!« Greg Harrison erwiderte das Lächeln, doch es wirkte nicht sehr herzlich. »Sind Sie vielleicht bis an die Zähne bewaffnet zu uns gekommen?« Bevor sie etwas erwidern konnte, begann er noch einmal, den weltberühmten Calypso zu summen. Jemima glaubte die Worte zu hören: »*This ist your graveyard in the sun.*« Schließlich meinte er: »Das wäre vielleicht gar keine schlechte Idee, wenn Sie Dinge ausbuddeln wollen, die besser begraben bleiben.«

Jemima fand, daß es nun Zeit zum Handeln war. Sie ging um Greg Harrison herum und marschierte entschlossen auf das Archer-Grab zu. Dort lag das in Stein gehauene Paar. »Gewidmet dem Andenken von Sir Valentine Archer, dem ersten Gouverneur dieser Insel, und seiner einzigen Frau Isabella, der Tochter von Randall Oxford, Gentleman«, las sie, und das erinnerte sie an ihr Lieblingsgedicht von Philipp Larkin über das Arundel Monument, das mit der Zeile begann: »Earl und Countess liegen hier in Stein« und endete mit: »Was von uns bleibt, ist Liebe.«

Aber jenes Paar lag tausend Meilen weit weg in der kühlen Abgeschlossenheit der Kathedrale von Chichester. Hier brannte die tropische Sonne auf Jemimas bloßen Kopf. Sie merkte, daß sie aus Ehrerbietung ihren großen Strohhut abgenommen hatte, und setzte ihn schnell wieder auf. Auch gab es hier – ein deutlicher Kontrast zu der sehr englisch wirkenden Kirche mit den spitzen gotischen Fenstern – anstelle der Eiben Palmen, deren schlanke Stämme sich wie Giraffenhälse im Wind wiegten. In einem Anflug von Sentimentalität hatte sie einmal weiße Rosen auf das Arundel Monument gelegt, und als sie sich jetzt daran erinnerte, fiel ihr Blick auf den Haufen leuchtend rosa und orangefarbener Hibiskusblüten, die auf dem Stein lagen. Ein Schatten fiel über sie.

»Tina legt immer Blumen aufs Grab.« Greg Harrison war ihr gefolgt. »Sooft sie es einrichten kann. Das heißt, fast jeden Tag. Und dann erzählt sie Miss Izzy, was sie getan hat. Rührend, nicht?« Aber so, wie er es sagte, klang es nicht, als fände er es besonders rührend. Vielmehr schwang soviel Verbitterung, ja beinahe Feindseligkeit in seiner Stimme mit, daß Jemima trotz der Sonnenhitze ein Schauer über den Rücken lief. »Oder ist es abstoßend?« fügte er, nun mit unverhüllter Feindseligkeit, hinzu.

»Greg«, murmelte Coralie Harrison schwach, als wollte sie protestieren.

»Tina?« erwiderte Jemima. »Das ist doch Miss Archers – Miss Izzys – Gesellschafterin. Wir haben miteinander korrespondiert. Im Augenblick kann ich mich allerdings nicht an ihren Familiennamen erinnern.«

»Wie Sie noch herausfinden werden, nennt sie sich inzwischen Tina Archer. Aber die Briefe an Sie hat sie wahrscheinlich noch mit Tina Harrison unterschrieben.« Harrison warf Jemima einen spöttischen Blick zu, doch sie hatte den Familiennamen der Gesellschafterin wirklich vergessen gehabt – schließlich war er nicht gerade sehr ungewöhnlich.

Lautes Rufen von der Straße unterbrach die Unterhaltung. Jemima sah einen jungen Schwarzen am Steuer eines der praktischen Mini-Cabrios, die jeder auf der Insel zu fahren schien. Er stand auf und rief etwas zu ihnen herüber.

»Greg! Cora! Kommt ihr zum –« den Rest verstand sie nicht, aber es hatte irgendwie mit einem Fisch und einem Boot zu tun. Ein Strahlen erhellte plötzlich Coralie Harrisons Gesicht, und einen Augenblick sah sogar Greg Harrison so aus, als würde er sich ehrlich freuen.

Er winkte. »Heh, Joseph. Komm her und sag Miss Jemima Shore von BBC Television guten Tag!«

»Megalith Television«, korrigierte ihn Jemima, doch vergeblich. Harrison fuhr fort: »Du hast doch sicher schon davon gehört. Sie macht eine Sendung über Miss Izzy.«

Der Mann sprang behende aus dem Auto und kam über den palmengesäumten Weg auf sie zu. Jemima fiel auf, daß auch er ausgesprochen groß war. Und wie der Großteil der übrigen Bolander, die sie bis jetzt getroffen hatte, hatte auch er Aussehen und Bewegungen eines geborenen Athleten. Eines hatte diese jahrhundertelange Mischung karibischer, afrikanischer und anderer Gene auf Bow Island mit Sicherheit produziert: ein Völkchen sehr gutaussehender Menschen.

»Miss Shore, das ist Joseph –«, doch bevor Greg Harrison den Nachnamen ausgesprochen hatte, merkte Jemima an seinem hinterhältigen Grinsen, was sie erwartete, »Joseph Archer. Zweifellos einer der zehntausend Nachfahren jenes zeugungsfreudigen Herrn, dessen Grab Sie so fasziniert betrachten.« Wirklich, was von uns bleibt, ist Liebe, dachte Jemima, während sie Joseph Archer die Hand schüttelte. Doch bei aller Hochachtung vor Philipp Larkin, von Sir Valentine schien einiges mehr übriggeblieben zu sein.

»Ach, Sie werden merken, daß wir hier alle Archer heißen«, sagte Joseph freundlich. Im Gegensatz zu Greg Harrison schien er aufrichtig erfreut, sie zu sehen. »Und was Sir Va-len-tine angeht –«, er sprach den Namen Silbe für Silbe aus, wie in dem Calypso, »geben Sie nichts auf die Geschichten, die man sich erzählt. Denn sonst würden wir ja alle in diesem hübschen alten Archer Plantation House wohnen, oder?«

»Und nicht nur meine Exfrau. Nein, Coralie, sag nichts. Ich könnte sie umbringen für das, was sie tut.« Wieder lief Jemima ein Schauer über den Rücken angesichts der Aggressivität, die in Greg Harrisons Stimme mitschwang. »Komm, Joseph, jetzt wollen wir uns deinen Fisch ansehen. Komm mit, Coralie.« Ohne zu lächeln, ging er davon, gefolgt von Joseph, der lächelte. Coralie allerdings blieb zurück und fragte Jemima, ob sie noch etwas für sie tun könne. Sie war immer noch ziemlich schüchtern, aber jetzt ohne ihren Bruder um einiges freundlicher. Jemima hatte das starke Gefühl, daß Coralie Harrison ihr etwas sagen wollte, etwas, das ihr Bruder nicht unbedingt hören sollte.

»Ich könnte vielleicht interpretieren, erklären« – Coralie hielt inne. Jemima sagte nichts. »Gewisse Dinge«, fuhr Coralie fort. »An einem Ort wie diesem gibt es viele Ebenen. Auch wenn er nur sehr klein ist, versteht ein Außenseiter nicht immer alles.«

»Und ich bin der Außenseiter? Natürlich bin ich das.« Jemima hatte angefangen, das Grab zu zeichnen, etwas, wozu sie ein zwar nur beschränktes, häufig aber sehr nützliches Talent mitbrachte. Sie verkniff sich die zutreffende, aber platte Feststellung, daß ein Außenseiter Interna manchmal objektiver sah als die Beteiligten, denn sie wollte hören, was Coralie zu sagen hatte. Würde sie zum Beispiel die ziemlich offensichtliche Abneigung ihres Bruders gegen seine ehemalige Frau erklären?

Aber ein ungeduldiger Ruf von ihrem Bruder, der bereits im Auto neben Joseph saß, bedeutete, daß Coralie im Augenblick nicht mehr sagen konnte. Sie eilte davon, und Jemima stand da und dachte mit neuerwachtem Interesse an ihren bevorstehenden Besuch bei Isabella Archer im Archer Plantation House. Wie es aussah, würde sie bei diesem Besuch auch Miss Archers Gesellschafterin kennenlernen, die wie ihre Arbeitgeberin dort in aller Behaglichkeit lebte.

Behaglichkeit. Schon aus der Entfernung strahlte das quadratische, niedere Herrenhaus Behaglichkeit aus. Ja, mehr noch, es vermittelte den Eindruck von anmutiger, altmodischer Geruhsamkeit. Während Jemima etwas später an diesem Tag in ihrem gemieteten Mini die lange, palmengesäumte Allee entlangfuhr – die Palmen hier waren viel höher als auf dem Friedhof –, stellte sie sich vor, sie führe zurück in die Vergangenheit, in die Zeit des Gouverneurs Archer, zu seinen üppigen Banketten, Festen und Bällen, bei denen die Gäste von schwarzen Sklaven bedient wurden.

In diesem Augenblick erschien eine junge Frau mit kaffeebrauner Haut und schwarzen, lockigen Haaren an der Tür. Im Gegensatz zu den Serviererinnen in Jemimas Hotel, die beim Abendessen Kopien der Dienerinnentracht längst vergangener Zeiten trugen – knöchellange bunte Kleider, weiße Musselinschürzen und Turbane –, war dieses Mädchen nach der neuesten Mode gekleidet mit einem scharlachroten Spaghettiträgertop und abgeschnittenen Jeans, die ihre glatten, braunen Beine weitgehend freiließen. Tina Archer – so stellte die junge Frau sich vor.

Es überraschte Jemima Shore nicht, daß Tina Archer, ehemalige Harrison, sehr umgänglich war. Ein Mensch, der den feindseligen und ungehobelten Greg Harrison verließ, hatte bei Jemima bereits im voraus einen Stein im Brett. Aber mit der schicken und modischen, fröhlich plaudernden Tina Archer an ihrer Seite war das Innere des Hauses ein größerer Schock für sie, als es sonst vielleicht gewesen wäre, denn es hatte absolut nichts Modernes an sich. Staub und Spinnweben waren zwar nirgends zu sehen, aber das Dämmerlicht, die schweren Massivholzmöbel – wo waren die leichten Korbstühle, die so gut zu diesem Klima paßten? – und vor allem die Verlassenheit ließen an dergleichen denken. Archer Plantation House erinnerte Jemima an die unzeitgemäße Behausung der armen Miss Havisham in Dickens' *Great Expectations*. Und schlimmer noch, dies alles umgab eine Atmosphäre von Traurigkeit. Oder vielleicht war es nur Einsamkeit, eine düstere, sterile Großartigkeit, die, das glaubte man zu spüren, viele Jahrhunderte in die Vergangenheit zurückreichte.

All das stand in krassem Gegensatz zum immer noch strahlenden Sonnenlicht des späten Nachmittags und der üppigen bunten Pracht tropischer Blumen draußen im Garten. So etwas hatte Jemima nicht erwartet. Informationen, die sie in London zusammengetragen hatte, hatten ihr ein ganz anderes Bild von Archer Plantation House vermittelt, eines, das viel eher dem Eindruck entsprach, den sie bei der Herfahrt gewonnen hatte, dem Eindruck einer vom Alter abgeklärten Anmut.

Sie hatte diese Überraschung noch kaum verdaut, als sie feststellen mußte, daß Miss Archer selbst nicht weniger erstaunlich war. So schnell sie sich von der unbeschwerten, heiteren Tina auf das moderige, düstere Haus hatte umstellen müssen, so schnell mußte sie sich nun noch einmal umstellen. Denn schon der erste Blick auf die alte Dame, die, wie Jemima wußte, mindestens achtzig war, vertrieb jeden Gedanken an Miss Havisham. Vor ihr stand keine gealterte, im Stich gelassene Braut, keine Elendsgestalt in einem vermodernden Hochzeitskleid von vor fünfzig Jahren. Miss Izzy Archer trug einen breitkrempigen Strohhut, ein weites, weißes Herrenhemd und ausgewaschene, an den Knien abgeschnittene Bluejeans. Ihre Füße steckten in braunen Sandalen, wie Kinder sie tragen. Wie sie aussah, hatte sie eben in ihren Kleidern geduscht oder war geschwommen. Sie war tropfnaß und hinterließ große Pfützen auf dem dicken Teppich und den dunklen, polierten Dielen des Salons, in dem sie Jemima empfing. Das sah man sogar in dem Dämmerlicht, das durch die geschlossenen Fensterläden, die den Blick aufs Meer versperrten, hereinströmte.

»Jetzt hab dich doch nicht so, Tina, meine Liebe«, rief Miss Izzy ungehalten, obwohl Tina kein Wort gesagt hatte. »Was machen die paar Tropfen Wasser denn schon aus? Flecken? Welche Flekken?« Tina hatte noch immer nichts gesagt. »Soll sich doch die Regierung darum kümmern, wenn's soweit ist.«

Obwohl Tina Archer noch immer schwieg und ihre Arbeitgeberin nur freundlich, ja fröhlich, ansah, verkrampfte sie sich in gewisser Weise, erstarrte in der Pose des höflichen Zuhörens. Jemima spürte, daß irgend etwas sie beunruhigt hatte.

»Jetzt mach dich doch nicht lächerlich, Tina, und stell dich nicht so an.« Die alte Dame schüttelte das Wasser ab wie ein kleiner, aber kräftiger Hund. »Du weißt doch, wie ich das meine. Wenn du es nicht weißt, wer denn sonst – wo ich doch meistens selber nicht weiß, was ich meine, geschweige denn rede. Du kannst dich eines Tages darum kümmern, ist das besser? Schließlich hast du dann genug Geld dafür. Da kannst du dir schon ein paar neue Bezüge und Teppiche leisten.« Mit diesen Worten nahm sie Jemima bei der Hand und führte sie, begleitet von der noch immer schweigenden Tina, zu einem dunkelroten Sofa in der hintersten Ecke des Salons. Und obwohl noch immer tropfnaß von Kopf bis Fuß, setzte sie sich entschlossen genau in die Mitte.

Auf diese Art erfuhr Jemima, daß das Archer Plantation House beim Tod seiner Besitzerin nicht unbedingt an die noch junge unabhängige Regierung von Bow Island fallen würde. Wenn Miss Izzy ihren Willen durchsetzen konnte, würde sie alles, das Haus und das Vermögen, Tina hinterlassen. Und das bedeutete unter anderem, daß Jemima keine Sendung mehr über ein Haus machen konnte, das schon bald ein Museum sein würde – was ein zentraler Punkt des Arrangements war, das sie hierhergeführt hatte, und was ihr ganz nebenbei die freundliche Hilfsbereitschaft dieser jungen Regierung gesichert hatte. War dieser Stand der Dinge neu? Und wie neu? Wußte die Regierung etwas davon? Wenn das Testament schon unterzeichnet war, mußte sie es wissen.

»Ich habe das Testament heute vormittag unterzeichnet, meine Liebe«, verkündete Miss Archer triumphierend, mit ihrer beinahe unheimlichen Fähigkeit, unausgesprochene Fragen zu beantworten. »Und dann bin ich schwimmen gegangen, um es zu feiern. Schwimmen ist meine Art, etwas zu feiern – das ist viel gesünder als Rum oder Champagner, obwohl natürlich genug von dem Zeug im Keller ist.« Sie hielt inne. »So ist es also, meine Liebe. Oder so wird es sein. Du wirst hier leben. Thompson sagt zwar, es wird Probleme geben. Aber was kann man heutzutage denn schon erwarten? Seit der Unabhängigkeit gibt's überall Probleme. Nicht daß ich gegen die Unabhängigkeit bin, ganz im Gegenteil. Aber alles Neue bringt neue Probleme zusätzlich zu den alten, das heißt, die Probleme werden immer mehr. Auf Bow Island wurde noch nie irgendein Problem gelöst. Warum nur?«

Aber Miss Izzy wartete nicht auf eine Antwort.

»Nein, ich bin sehr für die Unabhängigkeit, und das werde ich Ihnen ausführlich erklären, meine Liebe« – sie wandte sich an Jemima und legte ihr eine feuchte Hand auf den Ärmel –, »bei unserem Interview. Ich bin nämlich ein waschechter Bowlander, müssen Sie wissen.«

Und tatsächlich sprach Miss Izzy, im Gegensatz zu Tina, mit dem typischen leichten Singsang der Insulaner – ein Akzent, der in Jemimas Ohren nicht unattraktiv klang.

»Ich wurde im April vor zweiundachtzig Jahren in ebendiesem Haus geboren«, fuhr Miss Izzy fort. »Sie müssen zu meinem Geburtstagsfest kommen. Ich wurde während eines Hurrikans geboren. Ein guter Anfang. Aber meine Mutter ist im Kindbett gestorben, sie hätten damals nie diesen neumodischen Doktor rufen dürfen, nur weil er frisch aus England kam. Ein absoluter Trottel war er; ich erinnere mich noch gut an ihn. Eine einheimische Hebamme hätten sie holen sollen, dann wäre meine Mutter nicht gestorben, und mein Vater hätte Söhne haben können . . .«

Miss Izzy verlor sich in Erinnerungen, und obwohl Jemima eigentlich hier war, um genau diese zu hören, wanderten ihre Gedanken im Augenblick in eine ganz andere Richtung. Probleme? Welche Probleme? Welche Rolle spielte zum Beispiel Greg Harrison in dieser Angelegenheit – Greg Harrison, der wollte, daß man Miss Izzy »in Ruhe sterben« ließ? Greg Harrison, der mit Tina verheiratet gewesen war, jetzt aber nicht mehr. Mit Tina Archer, die jetzt Erbin eines Vermögens war.

Und vor allem, warum hatte diese freimütige alte Dame die Absicht, alles ihrer Gesellschafterin zu hinterlassen? Jedenfalls wußte Jemima nicht, wie ernst sie die Sache mit Tinas Familiennamen nehmen sollte. Joseph Archer hatte die Geschichte von Sir Valentines unzähligen Nachkommen lachend abgetan. Aber vielleicht war die schöne Tina Miss Izzy auf ganz besondere Weise verbunden. Vielleicht war sie die Frucht einer noch gar nicht so lange zurückliegenden Vereinigung eines kecken Archer mit einer Bolander-Jungfrau. Zumindest nicht so lange zurückliegend wie das siebzehnte Jahrhundert.

Jemima horchte auf, als Miss Izzy auf das Archer-Grab zu sprechen kam.

»Haben Sie das Grab schon gesehen? Tina hat herausgefunden, daß das alles ein Schwindel ist. Eine riesige Lüge, so wie es daliegt, im hellen Licht der Sonne – ja, Tina, meine Liebe, das waren deine Worte. Sir Valentine Archer, mein Ur-Ur-Ur . . .« Unzählige Urs folgten, bevor Miss Izzy schließlich »Großvater« sagte, aber Jemima mußte zugeben, daß die alte Dame wirklich mitgezählt zu haben schien. »Auf seinem Grabstein hat er eine riesige Lüge verewigen lassen.«

»Was Miss Izzy meint –« Das war das erste Mal, daß Tina den Mund öffnete, seit sie den verdunkelten Salon betreten hatten. Auch stand sie noch immer, während Jemima und Miss Izzy saßen.

»Erzähl mir nicht, was ich meine, Kind«, polterte die alte Dame eher herrisch als nachsichtig. In diesem Augenblick hätte Tina auch eine Plantagenarbeiterin des achtzehnten Jahrhunderts sein können und keine unabhängige und selbstbewußte junge Frau des ausgehenden zwanzigsten. »Die Inschrift ist eine Lüge. Sie war nämlich nicht seine einzige Frau. Diese Inschrift hätte uns warnen müssen. Tina will, daß der armen kleinen Lucie Anne Gerechtigkeit widerfährt, und ich ebenfalls. Das ist die wahre Unabhängigkeit. Ich war mein ganzes Leben lang unabhängig und werde jetzt bestimmt nicht damit aufhören. Sagen Sie mir eins, Miss Shore, Sie sind doch eine intelligente junge Frau beim Fernsehen. Die Mühe, etwas abzustreiten, macht man sich doch nur, wenn man genau weiß, daß es stimmt, nicht wahr? Beim Fernsehen macht man das doch die ganze Zeit so, oder?«

Jemima überlegte gerade, wie sie diese Frage diplomatisch und ohne ihren Beruf zu diskreditieren beantworten sollte, als Tina entschlossen und diesmal erfolgreich ihrer Arbeitgeberin das Reden abnahm.

»Ich studiere Geschichte an einer Universität in Großbritannien, Jemima. Genealogie ist mein Spezialgebiet. Ich habe Miss Izzy geholfen, ihre Papiere für das Museum in Ordnung zu bringen – oder für das, was ein Museum hätte werden sollen. Dann kam Ihre Anfrage wegen der Sendung, und ich habe angefangen, ein bißchen tiefer zu graben. Und dabei habe ich diese Heiratsurkunde gefunden. Der alte Sir Valentine hat seine karibische Geliebte, diese Lucie Anne, wirklich geheiratet. Erst spät im Leben und lange nach dem Tod seiner ersten Frau. Diese Lucie Anne war die Mutter seiner beiden jüngsten Kinder. Er wurde allmählich alt, und aus irgendeinem Grund beschloß er, sie zu heiraten. Vielleicht wegen der Kirche. Auf ihre Weise war diese Insel ja immer sehr gottesfürchtig. Vielleicht hat Lucie Anne, die sehr jung und sehr schön war, auf den alten Mann Druck ausgeübt und dazu die Kirche benutzt. Auf jeden Fall waren aus all den Hunderten von Kindern, die er gezeugt hat, diese beiden letzten legitim!«

»Und?« fragte Jemima auf ihre freundlich ermutigende Art.

»Ich stamme von Lucie Anne ab – und natürlich von Sir Valentine.«

Tina erwiderte ein liebenswürdiges Lächeln mit einem liebenswürdigen Lächeln. »Auch das habe ich im Kirchenregister herausgefunden, was bei dem Einfluß, den die Kirche hier hat, nicht schwer ist. Zumindest nicht für eine Expertin. Natürlich fließt auch noch anderes Blut in meinen Adern, wie bei den meisten von uns hier, darunter das einer spanischen Großmutter und auch ein bißchen französisches. Aber die Archer-Linie ist eindeutig und klar feststellbar.«

Tina schien zu spüren, daß Jemima sie mit Respekt ansah. Aber begriff sie auch, was Jemima tatsächlich dachte? Das ist eine gefährliche Frau, schoß es Jemima durch den Kopf. Charmant, aber gefährlich. Und manchmal vielleicht sogar skrupellos. Jemima fragte sich, wie sie diesen so gänzlich neuen Aspekt der Geschichte in ihrer Sendung einbauen sollte. Einerseits konnte man darin ein romantisches Aschenputtelmärchen sehen, die Entdeckung einer bis dahin unbekannten Erbin. Andererseits – einmal angenommen, Tina Archer war weniger Erbin als vielmehr Abenteurerin? Was würde in diesem Fall Megalith von einer intelligenten jungen Frau halten, die eine unschuldige alte Dame mit gefälschter Geschichtsforschung hereinlegte? Unter diesen Umständen konnte Jemima sogar verstehen, warum der Mann am sonnigen Grab sich so voller Verachtung über Tina Archer geäußert hatte.

»Ich habe heute vormittag beim Archer-Grab Greg Harrison kennengelernt«, bemerkte Jemima. »Ihr Exgatte, soweit ich weiß.«

»Natürlich ist er ihr Exgatte.« Miss Izzy übernahm das Antworten. »Dieser Taugenichts. Gregory Harrison ist ein Taugenichts seit dem Tag seiner Geburt. Er und seine Schwester. Herumtreiber. Keine Arbeit. Nur Segeln und Fischen. Als wäre die Welt ihnen was schuldig.«

»Halbschwester. Coralie ist seine Halbschwester. Und sie arbeitet in einer Hotelboutique.« Tina sagte das vollkommen neutral, aber wieder kam es Jemima so vor, als sei sie irgendwie beunruhigt. »Greg ist der Taugenichts in der Familie.« Trotz ihrer scheinbaren Ruhe schwang eine gewisse unterdrückte Verärgerung bei der Erwähnung ihres früheren Gatten mit. Mit welcher Verbitterung mußte diese Ehe geendet haben!

»Taugenichtse, alle beide. Sei froh, daß du diese Ehe hinter dir hast, Tina, meine Liebe«, rief Miss Izzy. »Und setz dich doch endlich, Kind – du stehst ja da wie ein Hausmädchen. Ach, wo ist übrigens Hazel? Es ist schon beinahe halb sechs. Es wird bald dunkel. Vielleicht sollten wir in den Garten gehen und uns den Sonnenuntergang ansehen. Wo ist Henry? Er sollte uns doch Punsch bringen. Der Archer Plantation Punsch, Miss Shore. Warten Sie, bis Sie ihn probiert haben. Eine geheime Zutat, wie mein Vater immer gesagt hat . . .«

Miss Izzy wandte sich mit Freuden wieder der Vergangenheit zu.

»Ich hole den Punsch«, sagte Tina, die immer noch stand. »Wissen Sie nicht mehr, Sie haben Hazel doch heute frei gegeben? Ihre Schwester heiratet drüben in Tamarind Creek. Henry hat sie hingefahren.«

»Wo ist dann der Junge? Wie heißt er gleich wieder? Der kleine Joseph.« Die alte Dame hörte sich nun schon ein wenig gereizt an.

»Wir haben doch keinen Jungen mehr«, erklärte Tina geduldig. »Nur noch Hazel und Henry. Und was Joseph angeht – also, der kleine Joseph Archer ist inzwischen doch schon ziemlich erwachsen, nicht?«

»Natürlich ist er das! Und den Joseph hab ich auch gar nicht gemeint, der hat mich erst vor ein paar Tagen besucht. Gab's da nicht noch einen anderen Jungen mit dem Namen Joseph? Vielleicht war das aber auch vor dem Krieg. Mein Vater hatte einen Stallburschen . . .«

»Ich hole jetzt den Rumpunsch.« Mit flinken, anmutigen Bewegungen verließ Tina das Zimmer.

»Hübsches Ding«, murmelte Miss Izzy. »Archer-Blut. Das kommt immer durch. Man sagt, die schönsten Menschen auf der Insel heißen immer noch Archer.«

Doch als Tina zurückkehrte, war die Stimmung der alten Dame umgeschlagen.

»Ich bin naß, und mir ist kalt«, verkündete sie. »Wenn ich hier sitzen bleibe, hole ich mir womöglich noch eine Erkältung. Und bald bin ich wieder ganz allein im Haus. Ich hasse es, allein zu sein. Schon als kleines Mädchen war ich nicht gern allein. Jeder weiß das. Tina, du mußt zum Abendessen bleiben. Und Miss Shore, Sie müssen auch bleiben. Es ist so einsam hier am Strand. Was soll ich machen, wenn Einbrecher kommen? Brauchst gar nicht die Stirn zu runzeln, es gibt jede Menge schlechter Menschen auf der Insel. Das ist auch nach der Unabhängigkeit nicht besser geworden.«

»Natürlich bleibe ich«, sagte Tina bereitwillig. »Ich habe es mit Hazel schon abgesprochen.«

Mit einem Anflug von schlechtem Gewissen fragte sich Jemima, ob nicht auch sie bleiben sollte. Aber an diesem Abend fand das allwöchentliche Strandfest des Hotels statt – Grillen und danach Tanz zur Musik einer Steelband. In der nördlichen Hemisphäre war Jemima eine begeisterte Tänzerin, und jetzt wollte sie es auch hier ausprobieren. Brauchte Miss Izzy wirklich zusätzliche Gesellschaft? Über den Strohhut der alten Dame hinweg tauschte sie mit Tina einen Blick, und die schüttelte leicht den Kopf.

Nach einem Schluck von dem berühmten Rumpunsch – was die geheime Zutat auch sein mochte, er war auf jeden Fall der stärkste, den sie auf der Insel bis jetzt getrunken hatte – konnte sie sich verabschieden. Bei Miss Izzy zeigte der Punsch bereits deutlich entspannende Wirkung. Sie wurde sehr schnell beschwipst, und Jemima fragte sich, wie lange sie überhaupt noch wach bleiben würde. Beim nächsten Mal würde sie sich früh am Morgen mit ihr treffen müssen.

Als Jemima losfuhr, versank der riesige rote Ball der Sonne eben hinter dem Horizont. Das Krachen der Brandung verfolgte sie. Archer Plantation House stand sehr abgeschieden auf einer Landzunge am Ende der langen Allee. Sie konnte es Miss Izzy nicht verdenken, daß sie dort nicht gerne allein war. Jemima lauschte dem Geräusch der Wellen, bis es von den ganz anderen Klängen einer Steelband im nächsten Dorf übertönt wurde. Das lenkte sie von den jüngsten Ereignissen in Archer Plantation House ab, und sie begann, sich auf den vor ihr liegenden Abend zu freuen. So oder so würde sie, zumindest eine Zeitlang, überhaupt nicht mehr an Miss Isabella Archer denken.

So kam es dann auch, denn die Strandparty war, zumindest am Anfang, genau so, wie Jemima es erwartet hatte – entspannt, freundlich und laut. Während sie mit einer Reihe von Partnern, Engländern, Amerikanern und Bolandern, zum Rhythmus der Steelband tanzte, spürte sie, wie alle Sorgen von ihr abfielen. Miss Izzys Rumpunsch mit seiner geheimen Zutat mußte tödlich gewesen sein, denn seine Wirkung war auch nach Stunden noch nicht verflogen. Sie merkte, daß sie das im Überfluß angebotene hoteleigene Gebräu gar nicht nötig hatte, das unter seiner großzügig mit Muskatnuß bestreuten Oberfläche sehr viel schwächer war als Miss Izzys. Für andere dagegen schien der Hotelpunsch genau das zu sein, was sie brauchten. So war es alles in allem genommen bereits eine sehr gelungene Party, lange bevor die silberne Sichel des Neumondes sich über den jetzt schwarzen Wellen der Karibik zeigte. Jemima, die gerade einmal allein am Wasserrand stand und dem Plätschern der Wellen lauschte, legte den Kopf zurück und betrachtete den Mond.

»Schicken Sie einen Wunsch zum Neumond hinauf?« Sie drehte sich um. Ein Mann – mindestens einen Kopf größer als sie – stand neben ihr im Sand. Sie hatte sein Näherkommen nicht bemerkt, die Wellen hatten seine Schritte übertönt. Im ersten Augenblick erkannte sie Joseph Archer in seinem weiten geblümten Hemd und der langen weißen Hose nicht, so wenig Ähnlichkeit hatte er noch mit dem Fischer, den sie mittags auf dem Friedhof kennengelernt hatte.

Und so kam es, daß der zweite Teil der Strandparty einen, zumindest für Jemima, unerwarteten Verlauf nahm.

»Ich sollte mir eigentlich etwas wünschen. Ich sollte mir wünschen, daß mir eine gute Sendung gelingt. Das wäre wohl angebracht und professionell.«

»Miss Izzy Archer und das alles?«

»Miss Izzy, Archer Plantation House, Bow Island – ganz zu schweigen vom Archer-Grab, dem alten Sir Valentine und dem allem.« Sie beschloß, Tina Archer und das alles nicht zu erwähnen.

»Das alles!« Er seufzte. »Hören Sie, Jemima, die ist wirklich gut, die Band. Wir sagen, sie ist so ungefähr die beste auf der ganzen

Insel. Wollen wir nicht tanzen? Über das alles können wir beide dann morgen sprechen. In meinem Büro.«

Sowohl die Bestimmtheit, mit der Joseph Archer sprach, als auch die Erwähnung seines Büros ließen Jemima aufhorchen. Bevor sie sich noch weiter in den Rhythmus des Tanzes verlor – was sie mit Joseph Archers Hilfe eben dabei war zu tun –, mußte sie herausfinden, was er meinte. Und wer er war.

Die zweite Frage war schnell beantwortet. Und damit gleichzeitig auch die erste. Auch wenn Joseph Archer in seiner Freizeit gelegentlich zum Fischen ging, war er im Hauptberuf Mitglied der neugebildeten Regierung der Insel. Sogar ein ziemlich wichtiges. Wichtig in den Augen der Welt, und wichtig vor allem in den Augen der Journalistin Jemima Shore. Denn Joseph Archer war der Minister für Tourismus, und in sein Ressort fielen Bereiche wie Umweltschutz, das kulturelle Erbe der Insel und – wie er es nannte – »das zukünftige National Archer Plantation House Museum«.

Auch jetzt schien es Jemima nicht angebracht, Tina Archer und die Tatsache zu erwähnen, daß möglicherweise sie die zukünftige Besitzerin von Archer Plantation House war. Wie Joseph selbst gesagt hatte, für das alles war am nächsten Morgen Zeit genug. In seinem Büro in Bowtown.

Sie tanzten noch eine Weile, und es war so, wie Jemima es erwartet hatte: Sie verlor sich in der Stimmung des Augenblicks, und zwar so sehr, daß es schon fast gefährlich wurde. Die Melodie von *This is my island in the sun* wurde gespielt, aber sie dachte kein einziges Mal an die Friedhofsversion. Doch dann sagte Joseph Archer sehr höflich und anscheinend mit Bedauern, daß er jetzt gehen müsse. Er habe sehr früh am Morgen eine Verabredung – aber nicht mit einem Fisch, fügte er mit einem Lächeln hinzu. Jemima versetzte es einen Stich, und sie hoffte nur, daß man ihr das nicht anmerkte. Aber sie hatte ja noch so viel Zeit. Es würde andere Nächte geben und andere Parties, andere Nächte am Strand, und aus dem Neumond würde ein Vollmond werden in den zwei Wochen, die ihr noch blieben, bevor sie nach England zurückkehren mußte.

Für Jemima war die Party zu Ende; aber das Fest ging weiter bis tief in die Nacht, es breitete sich über den Strand aus und sogar bis ins Wasser, lange nachdem der Mond schon wieder untergegangen war. Jemima, die unruhig schlief und von Träumen heimgesucht wurde, in denen Joseph Archer, Tina und Miss Izzy einen komplizierten Tanz vollführten, der nichts mit der eben noch genossenen inseltypischen Hüpferei zu tun hatte, hörte von ferne den Lärm.

Weit weg auf der einsamen Landzunge von Archer Plantation House wurde die Ruhe nicht von einer Steelband gestört, sondern vom Krachen der Wellen gegen die Felsen. Einen Fremden hätte es vielleicht überrascht, daß in dem großen Salon, dessen Läden bei Sonnenuntergang geöffnet worden waren, noch Licht brannte, aber keiner der Einheimischen, ein Fischer auf See etwa, hätte sich deswegen Gedanken gemacht. Jeder wußte, daß Miss Izzy Archer Angst vor der Dunkelheit hatte und gern alle Lichter brennen ließ, wenn sie zu Bett ging. Vor allem, da Hazel an diesem Tag bei der Hochzeit ihrer Schwester war und Henry sie hingefahren hatte, eine Tatsache, die den meisten Bolanders ebenfalls bekannt war.

Wie Jemima Shore schlief auch Miss Izzy nur schlecht. Unruhig warf sie sich in dem großen Himmelbett, in dem sie über achtzig Jahre zuvor zur Welt gekommen war, hin und her. Nach einer Weile stand sie auf und ging zu einem der hohen Fenster, die auf das Meer hinausgingen. Jemima hätte ihr Nachtgewand wohl ebenso bizarr gefunden wie ihren Badeanzug, denn sie trug kein steifes viktorianisches Nachthemd, wie man es in diesem Haus vielleicht erwartet hätte. Sie zog es vor, die alten, vor Jahrzehnten in der Jermyn Street gekauften weinroten Seidenpyjamas ihres Vaters »aufzubrauchen«, wie sie es nannte. Und da der letzte Sir Archer um einiges größer gewesen war als seine mollige kleine Tochter, schleiften die Hosenbeine über den Boden.

Miss Izzy sah zum Fenster hinaus. Sie ließ den Blick über den terrassenförmig angelegten, früher prächtig kultivierten, jetzt überwucherten Garten schweifen, der sich bis zu den Felsen am Ufer erstreckte. Obwohl das Meer fast völlig schwarz war, war die karibische Nacht doch nicht ganz dunkel. Außerdem fiel aus den Fenstern des Salons Licht auf die oberste Terrasse. Miss Izzy rieb sich die Augen und drehte sich zu dem berühmten Ölporträt von Sir Valentine Archer um, das alles beherrschend über dem Kamin in ihrem Schlafzimmer hing. Benommen und verwirrt, wie sie war – offensichtlich hatte sie zuviel Punsch getrunken –, beschlich sie das Gefühl, daß ihr Vorfahr sie ermutigen wollte, zum ersten Mal in ihrem Leben im Angesicht der Gefahr tapfer zu sein. Sie, die kleine Isabella Archer, die verwöhnte und verhätschelte Izzy, sein letzter legitimer Nachkomme – nein, nicht sein letzter legitimer Nachkomme, aber lebenslange Gewohnheiten legt man nur schwer ab –, wurde von dem Adlerblick des strengen alten Autokraten zu einer mutigen Tat angespornt.

Aber ich bin doch schon so alt, dachte Miss Izzy. Und dann: aber nicht zu alt. Wenn die Leute erst einmal gemerkt haben, daß man doch kein Feigling ist . . .

Sie sah noch einmal zum Fenster hinaus. Die Wirkung des Punsches verflog langsam. Jetzt war sie sich ziemlich sicher, was sie da sah. Etwas Dunkles, mit dunkler Kleidung und dunkler Haut – egal, auf jeden Fall war eine dunkle Gestalt aus dem Meer gekommen und schlich jetzt auf das Haus zu.

Ich muß tapfer sein, dachte Miss Izzy. Und laut sagte sie: »Dann wird er stolz auf mich sein. Auf sein tapferes Mädchen.« Wessen tapferes Mädchen? Nein, nicht Sir Valentines tapferes Mädchen – Daddys tapferes Mädchen. Ihre Gedanken drifteten wieder in die Vergangenheit. Ob Daddy mit mir zum Schwimmen gehen wird, um es zu feiern?

Miss Izzy ging nach unten. Sie hatte eben die Tür zum Salon erreicht und starrte in den immer noch hell erleuchteten, moderig rotsamtenen Innenraum, als der schwarzgekleidete Eindringling durch das Fenster ins Zimmer stieg.

Als der Eindringling langsam, die Hände in den schwarzen Handschuhen ausgestreckt, auf sie zukam, wußte Miss Izzy Archer tief in ihrem heftig klopfenden alten Herzen, daß Archer Plantation, das Haus, in dem sie zur Welt gekommen war, auch das Haus war, in dem sie sterben würde.

»Miss Izzy Archer ist tot. Jemand hat sie gestern nacht ermordet. Vielleicht ein Einbrecher.« Joseph Archer war es, der Jemima am nächsten Morgen diese Mitteilung machte.

Er saß hinter dem breiten Schreibtisch seines Ministerbüros in Bowtown, als er das sagte. Seine Stimme klang hohl und distanziert, und nur sein Bolander-Singsang erinnerte noch an Jemimas attraktiven Tanzpartner vom Abend zuvor. In seinem kurzärmeligen, aber offiziell wirkenden weißen Hemd und der dunklen Hose hatte er auch jetzt wieder nicht die geringste Ähnlichkeit mit dem abgerissenen Fischer, als den Jemima ihn kennengelernt hatte. So wie er jetzt vor ihr saß, war er wirklich ein typischer aufstrebender junger Politiker: ein Mitglied der neugebildeten Regierung von Bow Island. Nicht einmal etwas so Tragisches wie der Tod einer alten Dame – ein Mord, wie es aussah – schien bei ihm eine Gefühlsregung hervorzurufen.

Doch dann sah Jemima genauer hin und entdeckte etwas, das verdächtig wie Tränen in Joseph Archers Augen aussah.

»Ich habe es selbst erst erfahren, müssen Sie wissen. Der Polizeichef, Sandy Marlow, ist mein Cousin.« Er versuchte erst gar nicht, die Tränen wegzuwischen. Wenn es wirklich welche waren. Aber seine Worte waren offensichtlich als Erklärung gedacht. Für was? Für sein Schockiertsein? Für seinen Kummer? Schockiert war er bestimmt, aber empfand er Kummer? Es konnte wohl nichts schaden, wenn sie ihn taktvoll nach seiner genauen Beziehung zu Miss Izzy fragte.

Ihr fiel ein, daß er die alte Dame erst in der vergangenen Woche besucht hatte, zumindest wenn man Miss Izzys etwas ungenauen Worten über den »kleinen Joseph« Glauben schenken konnte. Sie dachte weniger an die mögliche Blutsverwandtschaft als an eine andere Beziehung. Schließlich hatte Joseph Archer selbst auf dem Friedhof erstere als Unsinn abgetan. Sie erinnerte sich, was er über Sir Valentine und dessen zahlreiche Nachkommenschaft gesagt hatte: »Geben Sie nichts auf die Geschichten, die man sich erzählt. Denn sonst würden wir ja alle in diesem hübschen alten Archer Plantation House wohnen, oder?« Worauf Greg Harrison so wütend bemerkt hatte: »Und nicht nur meine Exfrau.« Jetzt, da sie wußte, welche Rolle Tina Harrison, inzwischen Tina Archer, in

Miss Izzys Testament spielte, verstand sie natürlich besser, was dieser kurze Wortwechsel zu bedeuten hatte.

Das Testament. Jetzt würde Tina erben. Und sie würde erben dank eines Testaments, das Miss Izzy am Morgen vor ihrem Tod unterzeichnet hatte. Ganz offensichtlich hatte Joseph Archer recht, wenn er die Behauptung vieler Bolander mit dem Namen Archer, in einer rechtlich noch nachvollziehbaren Weise von Sir Valentine abzustammen, als Unsinn abtat. Bereits jetzt gab es einen deutlichen Unterschied zwischen Tina Archer, dem neben Miss Izzy angeblich einzigen legitimen Nachkommen, und den anderen Archers auf der Insel. Und diese Kluft würde sich noch vergrößern, wenn Tina erst einmal ihr Erbe angetreten hatte.

Es war außergewöhnlich heiß in Josephs Büro. Das lag weniger daran, daß Bow Island etwas rückständig gewesen wäre, sondern einzig und allein an der Tatsache, daß der beständig wehende frische Wind Klimaanlagen auf der Insel überflüssig machte. Nordamerikanische Touristen, die immer häufiger Klimaanlagen in ihren Hotels verlangten, erreichten damit nur, daß ein perfektes natürliches Luftaustauschsystem ruiniert wurde. Aber ein Regierungsbüro in Bowtown war doch etwas anderes. Ein riesiger Ventilator an der Decke ließ die Papiere auf Josephs Tisch gefährlich flattern. Jemima spürte, wie ihr der Schweiß hinunterlief unter dem langen und weiten, weißen T-Shirt, das sie wie ein Kleid mit einem Gürtel versehen hatte, um nicht zu salopp zu wirken, wenn sie einen Minister von Bow Island während seiner Arbeitszeit besuchte. Die ungläubige Betäubung, die sie angesichts der Nachricht von Miss Izzys Ermordung befallen hatte, verflog nun langsam. Mit beinahe schmerzhafter Deutlichkeit hatte sie jetzt diese letzte Begegnung in der verfallenden Pracht des Archer Plantation House vor Augen. Und schlimmer noch, die mitleiderregende Angst der alten Dame vor der Einsamkeit ging ihr nicht mehr aus dem Sinn. Mit welcher Leidenschaft hatte Miss Izzy noch darauf bestanden, nicht allein gelassen zu werden. »Schon als kleines Mädchen war ich nicht gern allein. Jeder weiß das. Was soll ich machen, wenn Einbrecher kommen?«

Und dann hatte wirklich jemand eingebrochen. Das nahm man

zumindest an, wie auch Joseph Archer gesagt hatte. Und dieser Einbrecher, falls es einer gewesen war, hatte die alte Dame getötet.

»Es tut mir so leid, Joseph«, begann Jemima zögernd. »Was für eine entsetzliche Tragödie! Haben Sie sie gut gekannt? Aber ich nehme an, jeder hier hat sie gekannt.«

»Schon seit frühester Kindheit. Meine Mutter war bei ihr Dienstmädchen. Aber dann ist sie sehr jung gestorben. Sie liegt auf diesem Friedhof, Sie wissen schon, in der einen Ecke. Miss Izzy war sehr gut zu mir nach dem Tod meiner Mutter, ja, das war sie wirklich. Sie war sehr freundlich. Man könnte ja auf den Gedanken kommen, daß sich eine alte Dame wie sie mit der Unabhängigkeit, unserer Unabhängigkeit, ziemlich schwertut, aber Miss Izzy hat gesagt, daß sie sehr froh darüber sei. ›England ist nichts mehr für mich, Joseph‹, hat sie gesagt. ›Ich bin Bolander wie ihr anderen auch.‹«

»Soweit ich weiß, haben Sie sie letzte Woche besucht. Miss Izzy hat es mir gesagt.«

Joseph sah Jemima mit ruhigem Blick an; jede Gefühlsregung war verschwunden. »Ja, ich hatte etwas mit ihr zu besprechen. Sie hatte sich da seltsame Dinge in den Kopf gesetzt. Aber das waren nur Hirngespinste. Und jetzt ist es ja vorbei. Möge sie in Frieden ruhen, unsere kleine alte Miss Izzy. Unser National Museum haben wir jetzt, das ist sicher, und dank seiner werden wir sie immer in ehrendem Andenken behalten. Es wird ein gutes Museum für unsere Geschichte werden. Hat man Ihnen das in London nicht gesagt, Jemima?« Mit Stolz in der Stimme fügte er hinzu: »Miss Izzy hat in ihrem Testament alles den Menschen von Bow Island hinterlassen.«

Jemima schluckte schwer. Stimmte das? Oder genauer, stimmte es noch immer? Hatte Miss *Izzy* gestern tatsächlich ein neues Testament unterzeichnet? Sie hatte das Thema ja nur kurz angeschnitten und dabei einen gewissen Thompson erwähnt, mit Sicherheit ihr Anwalt, nach dessen Ansicht es »Probleme« geben würde. »Joseph«, sagte Jemima, »auch Tina Archer war gestern nachmittag im Archer Planation House.«

»Ach, dieses Mädchen, und die Schwierigkeiten, die sie gemacht hat, oder es zumindest versucht hat. Tina und ihre Märchen und ihre gute Erziehung und ihr angebliches Geschichtswissen. Und wie hübsch sie ist.« Joseph war ziemlich heftig geworden, beruhigte sich allerdings schnell wieder. »Die Polizei wartet im Krankenhaus. Sie spricht noch nicht, ist noch nicht einmal bei Bewußtsein.« Und dann fügte er noch ruhiger hinzu: »Soweit ich gehört habe, ist sie jetzt nicht mehr so hübsch. Der Einbrecher hat sie niedergeschlagen, müssen Sie wissen.«

Es war noch heißer geworden in dem Büro, und sogar die Papiere auf dem Schreibtisch bewegten sich nur noch träge im Luftzug des Ventilators. Josephs Gesicht verschwamm vor Jemimas Augen. Auf keinen Fall durfte sie ohnmächtig werden; aber sie war noch nie ohnmächtig geworden. Sie konzentrierte sich verzweifelt auf das, was Joseph Archer ihr erzählte, auf seinen Bericht von den Ereignissen in der Mordnacht. Ihr Entsetzen über die Nachricht, daß Tina Archer im Haus gewesen war, als Miss Izzy getötet wurde, war irrational, das wußte sie sehr genau. Hatte denn Tina der alten Dame nicht versprochen, daß sie bei ihr bleiben würde?

Joseph erzählte eben, daß Miss Izzys Leiche im Salon von der Köchin Hazel entdeckt worden war, die im Morgengrauen von der Hochzeit ihrer Schwester zurückgekehrt war. Es war makaber, aber da Miss Izzy einen roten Seidenpyjama ihres Vaters trug und alle Stoffbezüge und Teppiche im Salon ebenfalls dunkelrot waren, hatte die arme Hazel anfangs gar nicht erkannt, wie ernst es um ihre Herrin stand. Es war nicht nur überall Blut, sondern auch Wasser – richtige Pfützen. Wer es auch gewesen sein mochte, der Miss Izzy getötet hatte, er war aus dem Meer gekommen. In Gummischuhen oder Schwimmflossen und vermutlich auch mit Handschuhen.

Doch Augenblicke später gab es für Hazel keinen Zweifel mehr, was Miss Izzy zugestoßen war. Auf dem Boden der Empfangshalle – da Henry sie an der Küche abgesetzt hatte, hatte sie das Haus durch den Hintereingang betreten – lag eine blutverschmierte Keule. Obwohl nicht aus einheimischer Herstellung, gehörte die Keule doch zum Haus. Sie war ein Andenken, vermutlich afrikanischen Ursprungs, an Sir John Archers Reisen in andere Teile des ehemaligen britischen Weltreichs und hatte bis zu diesem Tag gedrungen und gewichtig an einer Wand des Salons gehangen. Vermutlich hatte Sir Archer mit ihr Einbrecher in die Flucht schlagen wollen, doch für Miss Izzy war sie mehr als ein Erinnerungsstück gewesen. Sie hatte sie nie angerührt. Aber jetzt war sie mit ihr getötet worden.

»Nirgendwo Fingerabdrücke«, sagte Joseph. »Bis jetzt.«

»Und Tina?« fragte Jemima mit trockenen Lippen. Die Vorstellung von Wasserpfützen, die sich auf dem Boden des Salons mit Miss Izzys Blut vermischten, erinnerten sie allzu lebhaft an ihre Begegnung mit der alten Dame, als sie sich, tropfnaß in ihrem bizarren Badekostüm, ungeniert auf das Sofa gesetzt hatte.

»Der Einbrecher hat das ganze Haus durchwühlt. Sogar den Keller. Die Champagnerkisten, mit denen Miss Izzy immer geprahlt hatte, waren ihm jedoch offensichtlich zu schwer. Er hat nur etwas Rum getrunken. Die Polizei weiß noch nicht genau, was er alles mitgenommen hat, silberne Schnupftabakdosen vielleicht, denn von denen gab's jede Menge im Haus.« Joseph seufzte. »Und dann ist er nach oben gegangen.«

»Und hat Tina entdeckt?«

»In einem der Schlafzimmer. Er hat sie allerdings nicht mit derselben Waffe niedergeschlagen – zum Glück für sie, denn damit hätte er sie ebenso getötet wie Miss Izzy. Er hat die Keule unten liegengelassen und oben etwas zur Hand genommen, das um einiges leichter war. Vermutlich hatte er überhaupt nicht damit gerechnet, sie oder jemand anderen im Haus anzutreffen. Bis auf Miss Izzy natürlich. Tina muß ihn überrascht haben. Vielleicht ist sie aufgewacht. Einbrecher – also ich kann nur sagen, daß Einbrecher hier auf der Insel normalerweise niemanden umbringen, außer sie werden überrascht.«

Völlig unerwartet sackte Joseph hinter seinem Schreibtisch zusammen und stützte den Kopf in die Hände. Er murmelte etwas, das klang wie: »Wenn wir den finden, der Miss Izzy das angetan hat . . .«

Erst am nächsten Tag hatte sich Tina Archer so weit erholt, daß sie, immer noch stockend, mit der Polizei sprechen konnte. Wie beinahe alle Bewohner der Insel erfuhr auch Jemina Shore fast unverzüglich davon. Claudette, die Geschäftsführerin ihres Hotels, eine sympathische, wenn auch etwas geschwätzige Person, hatte zufällig eine Nichte, die als Krankenschwester arbeitete. Aber auf diese Weise breitete sich jede Neuigkeit auf der Insel aus. Zeitungen oder Radio waren überflüssig; dieses private Telegrafensystem war viel effektiver.

Jemina hatte die vergangenen vierundzwanzig Stunden ziemlich ziellos mit Schwimmen, Sonnenbaden und kleinen Ausflügen in ihrem Mini zugebracht. Sie überlegte sich, wann sie Megalith Television davon in Kenntnis setzen sollte, auf welche grausame Art ihre Pläne für die Sendung zerstört worden waren, und ob sie bereits Vorbereitungen für ihre Rückkehr nach London treffen sollte. Doch nach einer Weile gewann ihr Forscherdrang, diese unverbesserliche, nie stillbare Neugier die Oberhand. Sie merkte, daß sie die ganze Zeit über Miss Izzys Tod grübelte. Ein Einbrecher? Ein Einbrecher, der versucht hatte, auch Tina Archer zu töten? Oder ein Einbrecher, der von ihrer Anwesenheit im Haus nur überrascht worden war? Gab es einen Zusammenhang mit Miss Izzys Testament, und wenn ja, wie sah der aus?

Wieder dieses Testament. Doch das war etwas, über das sie nicht lange grübeln mußte. Denn Claudette, die Geschäftsführerin, war zufällig mit dem Bruder von Miss Izzys Köchin Hazel verheiratet. Und so erfuhr Jemima – wie vermutlich auch der Rest der Insel –, daß Miss Izzy am Morgen vor ihrem Tod tatsächlich in Bowtown ein neues Testament unterzeichnet hatte, daß Eddie Thompson, der Anwalt, sie gebeten hatte, es nicht zu tun, daß Miss Izzy es trotzdem getan hatte, daß Miss Izzy, wie versprochen, Hazel etwas hinterlassen hatte – und auch Henry, der noch viel länger bei ihr gearbeitet hatte –, und daß ein Teil des Schmucks an eine Cousine in England ging, »da doch die Juwelen von Miss Izzys Mutter sowieso schon seit ewigen Zeiten in einer Bank in England liegen«. Aber was den Rest anging, ein National Bolander Museum würde es jetzt auf keinen Fall mehr geben. Denn alles andere – dieses hübsche alte Archer Plantation House und Miss Izzys Vermögen, das ja angeblich so riesig war, aber wer wußte das schon so genau? – ging an Tina Archer.

Natürlich nur, wenn sie überlebte. Doch Claudettes neuestes, vorsichtiges Bulletin, übermittelt von ihrer krankenpflegenden Nichte und bestätigt von verschiedenen anderen gesprächigen Insulanern, lautete, daß sie schon wieder auf dem Weg der Besserung sei. Die Polizei habe bereits mit ihr sprechen können. In ein paar Tagen werde sie das Krankenhaus verlassen können. Und sie sei fest entschlossen, zu Miss Izzys Beerdigung zu gehen, die natürlich in dieser so typisch englischen und von so unpassend tropischer Vegetation gesäumten Kirche über dem sonnigen Grab stattfinden würde. Denn Miss Izzy hatte schon vor langem unmißverständlich klargemacht, daß sie in dem Archer-Grab, neben dem Gouverneur Sir Valentine und »seiner einzigen Frau Isabella«, beigesetzt werden wolle.

»Als letzte der Archers. Aber da es sich um ein Denkmal von nationaler Bedeutung handelte, mußte sie sich das genehmigen lassen. Natürlich wollte es sich die Regierung auf keinen Fall mit ihr verscherzen. Sie erhielt also die Genehmigung. Damals. Eine reine Ironie, nicht wahr?« Die Sprecherin, die auch nicht den kleinsten Versuch machte, ihren Abscheu zu verbergen, war Coralie Harrison. »Und jetzt erfahren wir, daß sie gar nicht die letzte der Archers war und daß wir die sogenannte Tina Archer als trauernde Erbin vorgesetzt bekommen. Und obwohl unsere Regierung verzweifelt nach Wegen sucht, wie sie das Testament aushebeln und doch noch das Haus für ihr kostbares Museum in die Finger bekommen kann, besitzt doch keiner genug schlechten Geschmack, um zu sagen, nein, keine Bestattung im Archer-Grab für die ungezogene alte Miss Izzy. Weil sie nämlich den Leuten von Bow Island keinen Penny hinterlassen hat.«

»Ein interessanter Gedanke«, murmelte Jemima. Sie saß mit Coralie Harrison unter dem spitz zulaufenden Strohdach der Strandbar des Hotels. Hier hatte sie in der Neumondnacht getanzt, hier war sie mit Joseph Archer gewesen – in der Nacht, in der Miss Izzy ermordet worden war. Jetzt glitzerte das Meer im Sonnenlicht, als wären Kristallsplitter auf seiner Oberfläche verstreut. Die Wellen hatten sich gelegt, und Surfer kreuzten fröhlich in der weiten Bucht mit ihrem palmengesäumten Strand. Riesige braune Pelikane hockten auf Stangen, die anzeigten, wo unter der Wasseroberfläche Felsen lagen. Hin und wieder erhob sich einer wie ein schwerfälliges Flugzeug und drehte neugierig seine Runden über den Köpfen der Schwimmer. Es war eine ruhige, fast idyllische Szene, doch in gar nicht so weiter Ferne stand auf einer Landzunge Archer Plantation House, das jetzt nicht nur verschlossen und verriegelt, sondern vermutlich auch von der Polizei versiegelt war.

Coralie war vom Strand zur Bar geschlendert gekommen. Es hatte beinahe so ausgesehen, als käme sie zufällig hier vorbei; alle Bolander nutzen häufig ihr Recht, ungehindert über den Sandstrand zu laufen, denn wie auf den meisten karibischen Inseln war kein Stück des Strandes in Privatbesitz, nicht einmal der vor dem Archer Plantation House. Jemima jedoch zweifelte nicht daran, daß es sich um einen gezielen Besuch handelte. Sie hatte ihre erste Begegnung nicht vergessen, Coralies zögerliche Annäherung, die dann so unvermittelt von Gregs herrischem Ruf unterbrochen worden war.

Es war der Tag nach der gerichtlichen Untersuchung im Mordfall Isabella Archer. Die Polizei hatte Miss Izzys Leiche freigegeben, in wenigen Tagen würde das Begräbnis stattfinden.

Die Archer-Familie und ihre einzelnen Verzweigungen interessierten Jemima so sehr, das mußte sie sich eingestehen, daß sie daran teilnehmen wollte, und außerdem hatte sie die alte Dame bei ihrer einzigen kurzen Begegnung ins Herz geschlossen. Megalith Television hatte sie in einem Telex von Bowtown aus nur mitgeteilt, sie müsse, als Folge der Streichung ihrer Sendung, noch einiges erledigen.

Die gerichtliche Untersuchung hatte zwar ein Verbrechen bestätigt, jedoch keinen Hinweis auf den Täter gebracht. Auch Tina Archers beeidigte Aussage hatte kaum etwas ergeben, das nicht bereits bekannt war oder zumindest vermutet wurde. Sie hatte in einem der vielen, etwas heruntergekommenen Schlafzimmer im Obergeschoß geschlafen, die immer für etwaige Gäste bereitstanden. Das Zimmer, das Miss Izzy für sie ausgesucht hatte, ging nicht aufs Meer hinaus. Die Chintzvorhänge mit ihrem Rosenmuster einer längst vergangenen Periode waren hier nicht ganz so verschlissen und ausgebleicht wie in anderen Zimmern, weil sie vor Sonne und Salz geschützt waren.

Miss Izzy war gut gelaunt ins Bett gegangen; es hatte sie beruhigt, daß Tina Archer die Nacht im Haus verbringen würde. Sie hatte mehrere Gläser Rumpunsch getrunken und dann angeboten, Henry eine Flasche vom berühmten Champagner ihres Vaters aus dem Keller holen zu lassen. Miss Izzy hatte dieses Angebot nach einigen Gläsern Punsch häufig gemacht, aber Tina hatte sie daran erinnert, daß Henry nicht im Haus war, und das Thema wurde fallengelassen. In ihrer Aussage gab Tina an, daß sie keine Ahnung habe, was die alte Dame geweckt und sie dazu gebracht haben könnte, die Treppe hinunterzugehen; ihrer Meinung nach habe das ganz und gar nicht ihrem Charakter entsprochen. Isabella Archer sei eine sehr selbstbewußte Dame gewesen, allerdings mit einer schrecklichen Angst vor der Dunkelheit, und eben wegen dieser Angst habe sie, Tina, überhaupt die Nacht im Haus verbracht. Was Tinas Erinnerung an den Überfall betraf, konnte sie nur sehr wenig sagen – der Schlag auf den Hinterkopf hatte die näheren Umstände vorübergehend oder für immer aus ihrem Gedächtnis gelöscht. Undeutlich und verworren erinnerte sie sich an ein helles Licht, doch das hätte ebensogut eine direkte Folge des Schlages sein können. Im Grunde genommen konnte sie sich zwischen dem Einschlafen in dem zerschlissenen, rosengemusterten Himmelbett und dem Aufwachen im Krankenhaus an gar nichts erinnern.

Coralies Lippen zitterten. Sie senkte den Kopf und trank mit einem Strohhalm einen Schluck von ihrem Longdrink; sie und Jemima tranken eine exotische, alkoholfreie Mischung aus Fruchtsäften, eine Erfindung von Matthew, dem Barkeeper. Vom Meer wehte eine wunderbar sanfte Brise herein, und Coralie trug ein weites, geblümtes Baumwollkleid, aber sie sah erhitzt und wütend aus. »Tina hat ihr ganzes Leben lang immer nur Intrigen gesponnen, und jetzt hat sie erreicht, was sie wollte. Davor wollte ich Sie an jenem Vormittag auf dem Friedhof warnen – trauen Sie Tina Archer nicht, wollte ich Ihnen sagen. Jetzt ist es zu spät, jetzt hat sie alles. Als sie noch mit Greg verheiratet war, habe ich versucht, sie zu mögen, ehrlich, Jemima, das habe ich wirklich. Die kleine Tina, so hübsch und so clever, aber immer in Schwierigkeiten . . .«

»Soweit ich weiß, denkt Joseph Archer ganz ähnlich über sie«, erwiderte Jemima. Bildete sie es sich nur ein, oder erhellte sich Coralies Gesicht bei der Erwähnung von Josephs Namen?

»Wirklich? Das freut mich. Es gab nämlich Zeiten, da war auch er sehr angetan von ihr. Sie ist ziemlich hübsch.« Ihre Blicke trafen sich. »Na ja, so hübsch auch wieder nicht, aber wenn man den Typ mag . . .« Nun lachten sie beide. Denn tatsächlich war Coralie Harrison ziemlich reizvoll, wenn man ihren Typ mochte, Tina Archer dagegen war nach allen Maßstäben hinreißend.

»Greg kann sie inzwischen natürlich nicht mehr ausstehen«, fuhr Coralie mit Überzeugung fort, »vor allem, seit er das mit dem neuen Testament erfahren hat. Als wir Sie an diesem Vormittag vor der Kirche trafen, hatte er es gerade erst gehört. Und deshalb – na ja, es tut mir leid, aber ich fürchte, er war sehr unhöflich, nicht?«

»Mehr feindselig als unhöflich.« Aber Jemima war mit etwas ganz anderem beschäftigt. »Wollen Sie damit sagen, daß Ihr Bruder von dem Testament wußte, bevor Miss Izzy getötet wurde?« rief sie.

»O ja. Jemand aus Eddie Thompsons Büro hat es Greg gesagt; Daisy Marlow vielleicht, er geht nämlich mit ihr. Wir wußten natürlich alle, daß so etwas möglich war, aber wir hofften, Joseph würde es Miss Izzy ausreden können. Und er hätte es ihr auch ausgeredet, wenn er nur genügend Zeit gehabt hätte. Dieses Museum bedeutet Joseph alles.«

»Ihr Bruder und Miss Izzy – ich vermute, das war nicht gerade eine einfache Beziehung.«

Jemima hatte geglaubt, mit ihrer sanftesten und einfühlsamsten Interviewstimme zu reden, aber Coralie entgegnete ihr beinahe schon verächtlich: »Sie hören sich ja wie die Polizei an!«

»Warum, hat die –?«

»Natürlich hat sie!« antwortete Coralie, bevor Jemima ihre Frage beenden konnte. »Jeder weiß doch, daß Greg Miss Izzy abgrundtief haßte. In seinen Augen war sie schuld am Zusammenbruch seiner Ehe, weil sie die kleine Tina zu sich genommen und ihr Hirngespinste in den Kopf gesetzt hat!«

»Aber war es denn nicht eher andersherum? Es war doch Tina, die sich die Familiengeschichte vorgenommen hat, zuerst für das

Museum und dann für meine Sendung? Sie haben doch gesagt, daß sie eine Intrigantin ist.«

»Ja, ich weiß, daß sie eine Intrigantin ist. Aber hat Greg das gewußt? Damals noch nicht. Er war zu der Zeit noch ganz vernarrt in sie, also mußte er der alten Dame die Schuld geben. Sie hatten einen schrecklichen Streit, und zwar vor Zeugen. Eines Abends stürmte er vom Strand ins Haus und schrie sie an. Hazel und Henry bekamen alles mit, und so erfuhr es die ganze Insel. Und an diesem Abend sagte ihm Tina, daß sie sich scheiden lassen und sich von nun an um Miss Izzy kümmern wolle. Ich fürchte, mein Bruder ist ein ziemlich extremer Mensch, zumindest in seinen Gefühlsausbrüchen. Er hat alle möglichen Drohungen ausgestoßen.«

»Aber die Polizei glaubt nicht –« Jemima hielt inne. Es war klar, was sie meinte.

Coralie schwang sich vom Barhocker herunter. Jemima gab ihr die riesige Strohtasche mit dem Bogenschützenlogo darauf, und sie hängte sie sich nach Insulanerart über die Schulter.

»Hübsch«, bemerkte Jemima höflich.

»Ich verkaufe sie im Hotel am North Point. Damit verdiene ich meinen Lebensunterhalt.« Der letzte Satz klang ziemlich spitz. »Nein«, fuhr Coralie fort, bevor Jemima noch etwas zu diesem Thema erwidern konnte. »Natürlich glaubt die Polizei nicht, um es mit Ihren Worten zu sagen, Greg hätte vielleicht Tina angegriffen – aber daß er Miss Izzy tötet, obwohl er genau weiß, daß er damit seiner Exfrau ein Vermögen in die Hände spielt? Unmöglich. Das würde nicht einmal die Polizei von Bow Island glauben.«

An diesem Abend traf Jemima Shore Joseph Archer wieder am Strand unter den Sternen. Aber der Mond hatte seit ihrer ersten Begegnung dort zugenommen und warf jetzt ein silbernes Band auf das nachtschwarze Meer. Auch war dieses Treffen kein unvorhergesehenes wie das erste. Joseph hatte sie wissen lassen, daß er den Abend frei hatte, und sie hatten sich in der Bar verabredet.

»Was halten Sie von einer nächtlichen Fahrt über unsere Insel, Jemima?«

»Nein. Machen wir's doch lieber wie richtige Bolander und spazieren am Strand entlang.« Jemima wollte allein mit ihm sein, wollte nicht an den endlosen Lichterketten der Hotels vorbeifahren, wollte nicht unaufhörlich den Lärm der Steelbands in den Ohren haben. Es kümmerte sie nicht, wie Joseph diesen Gegenvorschlag interpretierte.

Eine Zeitlang gingen sie schweigend am Wasserrand entlang und lauschten dem leisen Plätschern der Wellen. Nach einer Weile zog Jemima ihre Sandalen aus und platschte durch das warme, zurückweichende Wasser, bis Joseph sie schließlich bei der Hand nahm und auf den trockenen Strand zurückführte. Die Wellen wurden deutlich ungestümer, als sie die Spitze der ersten, breiten Bucht erreichten. Einen Augenblick lang standen sie dort, Joseph und Jemima, sein Arm kameradschaftlich um ihre Taille.

»Jemima, auch ohne den Neumond möchte ich mir wünschen –« Plötzlich erstarrte Joseph. Er ließ den Arm sinken, packte sie an der Schulter und drehte sie herum. »O Gott, o mein Gott, sehen Sie das?«

Die Gewalt seiner Bewegung ließ sie zusammenzucken. Im ersten Augenblick war sie abgelenkt von dem Band flackernden Mondlichts auf der dunklen Wasseroberfläche. Weit draußen, wo hohe Wellen sich an Felsen brachen, tanzten silbrigweiße Pferde über dem Wasser. Zuerst glaubte sie, Joseph deute aufs Meer hinaus. Doch dann sah sie das Licht.

»Das Archer House!« rief sie. »Ich habe gedacht, es ist verschlossen worden!« Es sah aus, als wären alle Lampen des Hauses angeschaltet, die Spitze der Landzunge, auf der es lang, war in helles Licht getaucht. So strahlend war die Beleuchtung, daß man hätte meinen können, dort würde ein großer Ball abgehalten, mit tausend brennenden Kerzen, wie in den Tagen des Gouverneurs Archer. Doch dann kam Jemima der melancholischere Gedanke, daß so das Haus wohl auch in der Nacht von Miss Izzys Tod ausgesehen haben mußte. Alle wußten doch, daß das Haus nie im Dunkeln lag. So hatte das Haus wohl auch für den Mörder ausgesehen, als der in dieser Nacht aus dem Meer gekommen war.

»Kommen Sie!« rief Joseph. Der Augenblick der Unbeschwertheit – vielleicht der Liebe? – war vorbei. Josephs Stimme klang grimmig und entschlossen.

»Zur Polizei?«

»Nein, zum Haus. Ich muß wissen, was da vor sich geht.« Und während sie über den Strand liefen, sagte Joseph plötzlich: »Eigentlich sollte das Haus *uns* gehören.«

Uns: dem Volk von Bow Island.

Seine Ruhelosigkeit, was dieses Museum betraf, fiel Jemima nun, nach ihrem Gespräch mit Coralie Harrison, um so stärker auf. Was würde ein Mann, oder auch eine Frau, für eine Erbschaft tun? Und es gab ja nicht nur eine Form der Erbschaft. War eine Erbschaft, die einem ganzen Volk zustand, manch einem nicht ebenso wichtig wie anderen eine persönliche Erbschaft? Joseph Archer war vor allen Dingen ein patriotischer Bolander. Und am Morgen nach Miss Izzys Tod hatte er von der Testamentsänderung noch nichts gewußt. Das hatte Jemima bei ihrem Besuch in seinem Büro gemerkt. Konnte ein Mann wie Joseph Archer, ein Mann, der ausschließlich dank seiner eigenen Entschlossenheit und Zielstrebigkeit in seiner Welt bereits Großes erreicht hatte, beschließen, das Gesetz selbst in die Hände zu nehmen, um seinen Leuten das Museum zu sichern, solange noch Zeit dafür war?

Aber deswegen die alte Dame töten, die ihm von Kindheit an so wohlgesonnen gewesen war? Sie erschlagen? Während Joseph, so hoch aufgeschossen im Mondlicht, vor ihr herlief, war er für Jemima ein absolutes und daher bedrohliches Rätsel.

Sie hatten die Landzunge erreicht, waren die Felsen hochgeklettert und eben bei der ersten Gartenterrasse angelangt, als im Haus die Lichter ausgingen. So, als hätte jemand einen Schalter betätigt. Nur der Mond über dem Meer warf einen kalten, gespenstischen Schein auf das jetzt wild wuchernde Buschwerk und die durchhängenden Balustraden.

Aber Joseph lief weiter und half Jemima über die riesigen, ausgetretenen Steinstufen. In der Dunkelheit konnte sie gerade noch erkennen, daß die Fenster des Salons offenstanden. Dort drinnen mußte jemand lauern, versteckt hinter den zerschlissenen roten Brokatvorhängen, die mit Miss Izzys Blut befleckt worden waren. Joseph, der Jemima bei der Hand gefaßt hatte, zog sie durch das mittlere Fenster.

Ein kurzer Aufschrei war zu hören und dann ein leiseres, tieferes Geräusch, als würde sie jemand in der Dunkelheit auslachen. Einen Augenblick später ging das Licht an.

Tina stand an der Tür, die Hand am Schalter. Sie trug einen weißen Verband auf dem Kopf wie einen Turban – aber sie lachte nicht, sie weinte.

»Ach, Sie sind es, Jo-seph, und Je-mi-ma Shore.« Zum ersten Mal hörte sie den Bolander-Singsang in Tinas Stimme. »Ich bin ja so erschrocken.«

»Alles in Ordnung, Tina?« fragte Jemima hastig, um zu verbergen, daß auch sie selbst ganz schön erschrocken war. Die haßerfüllte Spannung zwischen den beiden anderen, die so verschieden im Aussehen waren und doch, wie es der Zufall wollte, beide Archer hießen, war beinahe körperlich spürbar. Jemima betrachtete es als ihre Pflicht, sie zu lockern. »Sind Sie ganz allein hier?«

»Die Polizei hat gemeint, ich könne ins Haus.« Tina ignorierte die Frage. »Sie ist hier fertig mit allem. Und außerdem«, ihr verängstigtes Schluchzen war verebbt, und sie hatte etwas bewußt Provokatives an sich, als sie jetzt auf sie zukam, »warum eigentlich nicht?« Sie brauchte nicht mehr zu sagen. Die Worte » da alles mir gehört« hingen in der Luft.

Joseph öffnete nun zum ersten Mal, seit sie den Salon betreten hatten, den Mund. »Ich möchte mich im Haus umsehen«, sagte er barsch.

»Joseph Archer, Sie verschwinden hier. Gehen Sie zurück, woher Sie gekommen sind, in Ihr schäbiges, kleines Büro.« Dann wandte sie sich mit ihrer gewohnt liebenswürdigen Art an Jemima. »Es tut mir leid, aber wissen Sie, wir beide sind seit langem alles andere als Freunde. Und außerdem haben Sie mir einen solchen Schrecken eingejagt.«

Joseph machte auf dem Absatz kehrt. »Bei der Beerdigung sehen wir uns wieder, Miss Archer.« So wie er das sagte, klang es außergewöhnlich bedrohlich.

In dieser Nacht kam es Jemima so vor, als schliefe sie kaum, obwohl verschwommene Erinnerungen an zerrissene, bedrohliche Träume darauf hindeuteten, daß sie in der Stunde vor Sonnenaufgang doch eingedöst sein mußte. Der Tag war noch grau, als sie zum Fenster hinaussah. Die Wipfel der Palmen bogen sich; es ging ein ziemlich heftiger Wind.

Als sie dann wieder auf ihrem Bett lag, versuchte sie sich daran zu erinnern, was sie geträumt hatte. Irgendwie fügten sich diese Traumfetzen zu einem Gesamtbild zusammen, das wußte sie ganz genau. Ziemlich wütend wünschte sie sich, daß plötzlich Licht in ihr schläfriges Bewußtsein dringen würde, wie die Sonne in wenigen Augenblicken durch den Palmengürtel am Ostrand der Hotelanlage brechen würde. Hier in der Karibik gab es keine sanfte, langsam sich entwickelnde und wie mit rosigen Fingern sich ausbreitende Morgendämmerung: Ein einziger flacher, gleißend heller Strahl war der Vorbote, und dann schien den ganzen Tag lang heiß und unerbittlich die Sonne. Eine solche plötzliche Klarheit brauchte sie jetzt auch in ihrem Kopf.

Feindseligkeit. Das war ein wichtiger Teil des Ganzen – das Wesen der Feindseligkeit. Die Feindseligkeit etwa zwischen Joseph und Tina Archer, die in der vergangenen Nacht so heftig und so öffentlich, mit ihr, Jemima, als Zeugin, ausgebrochen war, daß man auf den Gedanken kommen konnte, der Streit wäre nur ihretwegen inszeniert worden.

Wie überhaupt alles inszeniert wurde: Tina Archer, die immer irgend etwas inszenierte, immer irgenwelche Intrigen spann, wie Coralie Harrison und auch Joseph Archer gesagt hatten. Und das brachte sie zu dem zweiten Paar in diesem merkwürdigen Vierergespann: den Harrisons, Bruder und Schwester, oder genauer, Halbbruder und Halbschwester, wie Tina Miss Izzy korrigiert hatte.

Noch mehr Feindseligkeit: Greg, der Tina früher einmal geliebt hatte und sie jetzt verabscheute. Joseph, der Tina vielleicht ebenfalls einmal geliebt hatte. Coralie, die vielleicht, oder sehr warhscheinlich, Joseph geliebt hatte und Tina mit Sicherheit verabscheute. Die hübsche und clevere kleine Tina, das Archer-Grab, die Steinfiguren von Sir Valentine und seiner Gemahlin, die Inschrift. Während Jemima langsam wieder eindöste, versammelten sich die vier Gestalten, diese vier Bolander, die eine gemeinsame Vergangenheit vereinte, zu einem Calypso mit einem sehr verwirrenden Text:

This ist your graveyard in the sun
Where my people have toiled since time begun

Ein außergewöhnlich lautes Geräusch auf dem Wellblechdach über ihrem Kopf brachte sie wieder zur Besinnung. Ein lautes Krachen, fast so, als hätte es eine Explosion gegeben oder als hätte man eine Rakete auf die Hütte abgefeuert. Bei dem Gedanken an eine Rakete erkannte sie, daß es tatsächlich eine Art Geschoß gewesen war: Es mußte wohl eine Kokosnuß gewesen sein, die mit solchem Lärm auf das Wellblechdach gefallen war. Das Hotel warnte seine Gäste ganz offiziell davor, sich unter die Palmen zu setzen, deren so unschuldig aussehende Wedel ganz unvermittelt ihre tödlich schweren Nüsse abwerfen konnten. KOKOSNÜSSE KÖNNEN VERLETZUNGEN VERURSACHEN stand auf einem Schild.

Ein solcher Schlag auf meinen Kopf hätte ganz sicher eine Verletzung verursacht, dachte Jemima, wenn nicht sogar den Tod.

In diesem Augenblick brachen wie auf ihr Stichwort die Strahlen der Sonne durch die Palmwedel im Osten und drangen durch die Fensterläden in ihr Zimmer. Und Jemima erkannte nicht nur warum, sondern auch wie alles geschehen war. Wer von all diesen Leuten Miss Isabella Archer auf diesen Friedhof in der Sonne geschickt hatte.

Die Szene am Archer-Grab einige Stunden später besaß dieselbe Mischung aus englischer Tradition und Inselexotik, die Jemina schon bei ihrem ersten Besuch so fasziniert hatte. Nur war sie diesmal aus einem tieferen, traurigerem Grund hier als nur aus touristischer Neugier. In der Kirche wurden traditionelle englische Lieder gesungen, doch vor der Tür spielte eine Steelband, so wie Miss Izzy es sich gewünscht hatte. Als eine, die auf der Insel geboren worden war, hatte sie auf einem richtigen Bolander-Begräbnis bestanden.

Die Bolander, die in großer Zahl gekommen waren, zeigten in ihrer Kleidung diese extreme Förmlichkeit – dunkle Anzüge, weiße Hemden, Krawatten, dunkle Kleider, dunkle Strohhüte, sogar weiße Handschuhe –, die Jemima schon bei sonntäglichen Kirchgängern und den adrett uniformierten Schulkindern von

Bow Island aufgefallen war. Bow-Island-T-Shirts waren nirgends zu sehen, viele der üppig bunten Blumengebinde jedoch hatten die für die Insel so charakteristische Bogenform. Die Größe der Trauergemeinde war ein deutliches Zeichen der Hochachtung für die Verstorbene. Auch wenn Miss Izzy Archers Testament für die Regierung eine große Enttäuschung war, für die Bolander selbst war die alte Dame ein Teil ihrer Geschichte gewesen.

Tina Archer trug einen dunklen Schal um ihren Kopf, der den Verband fast ganz verhüllte. Joseph Archer, der ein Stück entfernt von ihr stand und sie nicht ansah, wirkte in seinem Ministeranzug zugleich elegant und formell, ein geachtetes Mitglied der Regierung. Die Harrisons standen nebeneinander, Coralie mit gesenktem Kopf. Greg dagegen hatte den Kopf stolz erhoben und schien mit verächtlichem Blick jeden Lügen strafen zu wollen, der zu behaupten wagte, er hätte mit der Frau, deren Leiche nun ins Familiengrab gesenkt wurde, nicht auf bestem Fuß gestanden.

Als der Sarg, so klein und deshalb so rührend, den Blicken entschwand, ging ein Seufzen durch die Trauernden. Sie stimmten eine Hymne an, und die Steelband nahm leise im Hintergrund die Melodie auf.

Jemima schob sich unauffällig durch die Menge und stellte sich neben den großen Mann.

»Sie werden ihr nie trauen können«, sagte sie leise. »Sie hat Sie schon einmal manipuliert, sie wird Sie wieder manipulieren. Beim nächsten Mal wird es ein anderer sein, der die schmutzige Arbeit macht. Und dann sind Sie das Opfer. Glauben Sie wirklich, daß Sie ihr trauen können? Einmal eine Mörderin, immer eine Mörderin. Eines Tages werden Sie sich wünschen, daß Sie sie erledigt hätten.«

Der große Mann sah zu ihr hinunter. Und dann sah er mit einem schnellen, wütend zweifelnden Blick zu Tina Archer hinüber. Zu Tina Archer Harrison, der einzigen Frau für ihn.

»Warum Sie –?« Einen Augenblick lang glaubte Jemima, Greg Harrison würde sie gleich hier am offenen Grab niederschlagen, so wie er die alte Miss Izzy und, wenn auch nur zum Schein, Tina niedergeschlagen hatte.

»Greg, mein Lieber.« Es war Coralie Harrisons jammernde, protestierende Stimme. »Was werfen Sie ihm da vor?« flüsterte sie dann, an Jemima gewandt. Aber die Aufdeckung, für Coralie und die übrigen Bolander, der Verschwörung von Tina Archer und Greg Harrison fing eben erst an.

Alles übrige war Aufgabe der Polizei, die mit geduldiger Arbeit die Details klären und schließlich den Fall lösen würde. Und im Verlauf dieser Ermittlungen würden die Verschwörer sich im Streit trennen, und zwar diesmal tatsächlich. Der Polizei fiel die unangenehme Aufgabe zu, die neuen Lügen der Tina Archer zu entwirren, die jetzt schwor, sie habe gerade erst ihr Gedächtnis wiedergefunden, und Greg sei es gewesen, der sie in dieser Nacht beinahe getötet hätte, und sie habe absolut nichts damit zu tun. Im Gegenzug beschuldigte Greg Harrison Tina, und diesmal war seine Wut echt. »Es war ihr Plan, von Anfang an. Sie hat alles inszeniert. Ich hätte nie auf sie hören sollen!«

Bevor Jemima Bow Island verließ, ging sie noch einmal in Joseph Archers Büro, um sich von ihm zu verabschieden. Diese Tragödie hatte mehr Opfer gefordert als nur Miss Izzy Archer. Die arme Coralie war eines dieser Opfer: Sie war felsenfest überzeugt gewesen, daß ihr Bruder, trotz seines aufbrausenden Temperaments, nie Miss Izzy hätte töten können, nur um seiner Exfrau einen Gefallen zu tun. Wie alle anderen auf Bow Island wußte sie nichts von dem Komplott, das darin bestand, daß Greg und Tina öffentlich gegenseitige Feindseligkeit demonstrierten, ihre Scheidung bekanntgaben und dabei die ganze Zeit planten, Miss Izzy zu töten, sobald sie ihr Testament geändert hatte. Greg, der seine Exfrau so offensichtlich haßte, würde nie in Verdacht geraten, und Tina würde mit ihren unbestreitbaren Verletzungen nur Mitleid erwecken.

Ein anderes kleines Opfer, ein sehr viel weniger wichtiges allerdings, war die Romanze, die sich zwischen Joseph Archer und Jemima Shore hätte entwickeln können. Jetzt, in seinem dampfend heißen Büro mit dem unaufhörlich sich drehenden Ventilator, sprachen sie über andere Dinge als über den Neumond und neue Wünsche.

»Sie müssen sehr froh sein, daß Sie Ihr Museum doch noch bekommen«, sagte Jemima.

»Ja, aber auf diese Weise wollte ich es nicht«, erwiderte Joseph und fügte dann hinzu: »Aber wissen Sie, Jemima, wenigstens wurde der Gerechtigkeit Genüge getan. Und ich glaube, tief in ihrem Herzen wollte Miss Izzy, daß wir dieses Museum bekommen. Ich hätte sie schon zur Vernunft gebracht, wenn sie nur lange genug gelebt hätte.«

»Das ist der Grund, warum die beiden gerade zu diesem Zeitpunkt zugeschlagen haben. Sie wagten nicht, noch länger zu warten, weil sie wußten, wie sehr Miss Izzy Sie schätzte«, bemerkte Jemima. Sie hielt inne, doch ihre Neugier war zu groß. Eines mußte sie noch erfahren, bevor sie abreiste. »Das Archer-Grab und das alles. Daß Tina von Sir Valentines zweiter rechtmäßigen Frau abstammt. Stimmt das?«

»Ja, es stimmt. Aber für die meisten von uns ist das ohne Bedeutung. Wissen Sie was, Jemina? Auch ich stamme von dieser allseits bekannten zweiten Frau ab. Vielleicht. Und vielleicht auch noch einige andere. Lucie Anne hatte zwei Kinder, das dürfen Sie nicht vergessen, und die Bolander haben große Familien. Für Tina Archer war das wichtig, für mich nicht. Ich wollte das nie. Was mich betrifft, war Miss Izzy die letzte der Archers. Möge sie in ihrem Grab in Frieden ruhen.«

»Aber was wollen Sie dann für sich selbst? Oder für Bow Island, wenn Ihnen das lieber ist.«

Joseph lächelte, und in diesem Lächeln blitzte der attraktive Fischer auf, der sie auf Bow Island willkommen geheißen hatte, der fröhliche Tanzpartner. »Kommen Sie eines Tages wieder nach Bow Island, Jemima. Machen Sie eine neue Sendung über uns, über unsere Geschichte und das alles, und dann werde ich es Ihnen sagen.«

»Vielleicht tu ich das wirklich«, erwiderte Jemima Shore.«

Manchmal kommen sie wieder

Stephen King

Jim Normans Frau hatte seit zwei Uhr auf ihn gewartet, und als sie den Wagen vor dem Apartmenthaus, in dem sie wohnten, vorfahren sah, ging sie ihm entgegen. Sie war im Geschäft gewesen und hatte ein Festessen eingekauft: zwei Steaks, eine gute Flasche Wein, einen Kopfsalat und eine Dressingsauce aus Mayonnaise und Chili. Als er jetzt aus dem Auto stieg, hoffte sie inständig (und nicht zum erstenmal an diesem Tag), daß es etwas zu feiern gab.

Mit seiner neuen Aktentasche in der einen und vier Lehrbüchern in der anderen Hand kam er den Weg entlang. Sie konnte den Titel des obersten lesen: *Einführung in die Grammatik*. Sie legte die Hände auf seine Schultern und fragte: »Wie ist es gelaufen?«

Und er lächelte.

Aber in jener Nacht hatte er zum erstenmal seit langer Zeit wieder den alten Traum, und er erwachte schweißgebadet und mit einem Schrei hinter den Lippen.

Das Vorstellungsgespräch war vom Direktor der Harold Davis High School und dem Leiter der englischen Abteilung geführt worden. Irgendwann war auch das Thema seines Zusammenbruchs angeschnitten worden. Er hatte damit gerechnet.

Der Direktor, ein bleicher, kahlköpfiger Mann namens Fenton, hatte sich zurückgelehnt und zur Decke geschaut, während sich Simmons, der Englischleiter, seine Pfeife angezündet hatte.

»Ich stand damals unter einer ziemlich starken nervlichen Belastung«, erklärte Jim Norman. Seine Finger in seinem Schoß wollten zucken, doch er riß sich zusammen.

»Ich glaube, das können wir verstehen«, erwiderte Fenton lächelnd. »Ich will auch nicht weiter in Sie dringen, aber wir sind wohl alle einer Meinung, wenn ich behaupte, daß das Unterrichten, insbesondere an High-Schools, ein Streßberuf ist. Fünf von sieben Unterrichtsstunden steht man auf der Bühne, und man spielt vor dem schwierigsten Publikum der Welt. Deshalb«, schloß er nicht ohne Stolz, »haben Lehrer auch häufiger Magengeschwüre als andere Berufsgruppen, mit Ausnahme der Leute bei der Flugsicherung.«

»Die nervlichen Belastungen, die zu meinem Zusammenbruch geführt haben«, begann Jim, »waren . . . außergewöhnlich.«

Fenton und Simmons nickten ihm unverbindlich ermutigend zu, und Simmons ließ sein Feuerzeug aufschnappen, um seine Pfeife neu anzuzünden. Das Büro schien plötzlich sehr eng, sehr bedrückend. Jim hatte das komische Gefühl, als ob jemand gerade eine Heizlampe in seinem Nacken angeschaltet hätte. Seine Finger zuckten nervös in seinem Schoß, und er zwang sich, sie stillzuhalten.

»Ich war im letzten Jahr und machte gerade meine Referendarzeit. Meine Mutter war im Sommer davor gestorben – Krebs –, und in meinem letzten Gespräch mit ihr bat sie mich, weiterzumachen und meine Ausbildung zu beenden. Mein Bruder, er war älter als ich, starb, als wir beide noch ziemlich jung waren. Er hatte Lehrer werden wollen, und sie dachte . . .«

Er konnte ihrem Blick ansehen, daß er abschweifte und dachte: *Mein Gott, ich baue Mist.*

»Ich habe ihr ihren Wunsch erfüllt«, fuhr er fort, ohne weiter auf die komplizierte Beziehung zwischen seiner Mutter, seinem Bruder Wayne – der arme Wayne, den sie ermordet hatten – und ihm selbst einzugehen. »In der zweiten Woche meines Unterrichtspraktikums wurde meine Verlobte bei einem Verkehrsunfall mit Fahrerflucht angefahren. Irgendein jugendlicher Raser mit einem frisierten Wagen . . . Sie haben ihn nie geschnappt.«

Simmons brummte ermutigend.

»Ich machte weiter. Es schien keinen anderen Weg für mich zu geben. Sie hatte ziemliche Schmerzen – ein komplizierter Beinbruch und vier gebrochene Rippen –, aber es war nichts lebensgefährliches. Ich glaube, mir war überhaupt nicht bewußt, unter welcher nervlichen Belastung ich stand.«

Vorsichtig jetzt. Ab hier balancierst du auf Glatteis.

»Ich machte mein Praktikum an der Center Street Vocational Trades High«, fuhr Jim fort.

»Ich kenne die Trades High School«, bemerkte Fenton. »Ein wirklich idyllisches Fleckchen unserer Stadt. Springmesser, Motorradstiefel, selbstgebastelte Pistolen im Spind, Erpresserbanden, die die anderen gegen Entrichtung einer Gebühr beschützen, und jeder dritte Schüler verkauft Rauschgift an die beiden anderen.«

»Es gab da einen Jungen namens Mack Zimmermann. Ein sensibles Kind. Spielte Gitarre. Er war bei mir in einem Aufsatzkurs, und er hatte Talent. Eines Morgens kam ich herein, gerade als ihn zwei Jungen festhielten, während ein dritter seine Yamaha-Gitarre gegen den Heizkörper schlug. Zimmer schrie. Ich brüllte sie an, sie sollten sofort damit aufhören und mir die Gitarre geben. Als ich auf sie zuging, traf mich ein Faustschlag.« Jim zuckte die Achseln.

»Das war alles. Ich hatte einen Nervenzusammenbruch. Keine Schreikrämpfe oder hysterischen Angstzustände. Ich konnte einfach nicht zurückgehen. Sobald ich auch nur in die Nähe der Schule kam, krampfte sich alles in mir zusammen. Ich konnte kaum atmen, mir brach der kalte Schweiß aus –«

»Das kenne ich«, unterbrach mich Fenton freundlich.

»Ich entschloß mich zu einer Psychoanalyse. Es war eine Gruppentherapie. Einen Psychiater konnte ich mir nicht leisten. Sie half mir. Sally und ich haben inzwischen geheiratet. Sie hat von dem Unfall nur ein leichtes Hinken und eine Narbe zurückbehalten, sonst ist sie so gut wie neu.« Er sah die beiden Männer offen an. »Und ich glaube, das gleiche kann man auch von mir sagen.«

»Sie haben dann Ihre Referendarzeit an der Cortez High School beendet, wenn ich richtig informiert bin«, stellte Fenton fest.

»Da waren Sie aber auch nicht gerade auf Rosen gebettet«, fügte Simmons hinzu.

»Ich wollte eine schwere Schule«, erklärte Jim. »Ich tauschte mit einem Kollegen, um auf die Cortez High School zu kommen.«

»Ein ›sehr gut‹ vom Fachbeauftragten der Schulbehörde und von Ihrem beurteilenden Lehrer«, bemerkte Fenton.

»Ja.«

»Und einen Durchschnitt von knapp unter 1 in den vier Jahren Ihres Praktikums.«

»Die Collegearbeit hat mir Spaß gemacht.«

»Fenton und Simmons sahen einander an und erhoben sich. Jim stand ebenfalls auf.

»Wir werden uns wieder bei Ihnen melden«, sagte Fenton. »Es kommen noch einige andere Bewerber . . .«

»Ja, natürlich.«

». . . aber wenn Sie meine Meinung hören wollen, kann ich Ihnen sagen, daß ich von Ihren Zeugnissen und Fähigkeiten sehr beeindruckt bin.«

»Das freut mich zu hören.«

»Sim, vielleicht hätte Mr. Norman gern einen Kaffee, bevor er geht.«

Sie reichten sich die Hand.

»Ich glaube, Sie haben die Stelle, wenn Sie sie wollen«, meinte Simmons draußen auf dem Korridor. »Das ist natürlich inoffiziell. Sprechen Sie also noch nicht darüber.«

Jim nickte. Es gab noch eine ganze Menge anderer Dinge, über die er nicht sprechen wollte.

Die Davis High School war ein abstoßender Steinklotz mit bemerkenswert modernen Einrichtungen – allein der naturwissenschaftliche Flügel war im Haushaltsbudget des vergangenen Jahres mit 1,5 Millionen Dollar veranschlagt worden. Die Klassenräume, in denen noch die Geister der WPA-Arbeiter unter Roosevelt, die sie gebaut hatten, und die der Nachkriegsschüler, die sie als erste benutzt hatten, spukten, waren mit modernen Schreibtischen und Wandtafeln ausgestattet. Die Schüler waren sauber, ordentlich angezogen, lebhaft und wohlhabend. Sechs von zehn aus den oberen Klassen fuhren ihren eigenen Wagen. Alles in allem eine gute Schule. Eine Schule, an der das Unterrichten in den Siebzigern Spaß machte. Sie ließ Center Street Vocational dagegen wie das dunkelste Afrika aussehen.

Doch wenn die Schüler gegangen waren, schien sich etwas Altes, Bedrückendes über die Korridore zu legen und in den leeren Räumen zu flüstern. Ein schwarzes, böses Etwas, das sich nie richtig zeigte. Manchmal, wenn er mit seiner neuen Aktentasche durch den Korridor des Flügels 4 zum Parkplatz hinausging, glaubte Jim Norman fast, sein Atmen hören zu können.

Ende Oktober kam der Traum wieder, und diesmal schrie er. Als er mühsam den Weg in die Realität zurückgefunden hatte, sah er Sally aufrecht im Bett neben ihm sitzen und seine Schulter festhalten. Sein Herz hämmerte heftig.

»Mein Gott«, stöhnte er und rieb sich mit der Hand durch das Gesicht.

»Bist du in Ordnung?«

»Natürlich. Ich habe geschrien, was?«

»Und wie. Hast du schlecht geträumt?«

»Ja.«

»Von damals, als diese Jungen die Gitarre von dem anderen zerschlagen haben?«

»Nein. Noch davor. Manchmal kommt es wieder, das ist alles. Kein Grund zur Aufregung.«

»Wirklich nicht?«

»Nein.«

»Möchtest du ein Glas Milch?« Ihre Augen waren dunkel vor Sorge.

Er gab ihr einen Kuß auf die Schulter. »Nein. Und jetzt schlaf weiter.« Sie knipste das Licht aus, und er lag da und starrte in die Dunkelheit.

Er hatte einen guten Stundenplan als Neuer im Kollegium. Die erste Stunde war frei. In der zweiten und dritten hatte er Anfänger, eine Gruppe, die eher langweilig war, und eine, die ihm Spaß machte. Die vierte Stunde war seine Lieblingsstunde: amerikanische Literatur in einer Gruppe von Schülern im letzten Jahr, die danach das College besuchen würden und die einen Heidenspaß daran hatten, die alten Meister eine Stunde am Tag so richtig auseinanderzunehmen. Die fünfte Stunde war eine »Sprechstunde«, in der Schüler mit persönlichen oder schulischen Problemen zu ihm kommen konnten. Es gab anscheinend nur wenige, die solche Probleme hatten (oder sie mit ihm besprechen wollten), und so verbrachte er den größten Teil dieser Stunde mit einem guten Roman. Die sechste Stunde war ein Grammatikkurs und entsetzlich trocken.

Sein einziges Kreuz war die siebte Stunde. Der Kurs nannte sich *Leben mit Literatur* und fand in einem zellenähnlichen Klassenraum im zweiten Stock statt, wo es Anfang Herbst heiß war und kalt, wenn der Winter heranrückte. Der Kurs selbst war ein Wahlfach für die »Lernschwachen«, wie es in den Unterrichtsverzeichnissen euphemistisch heißt.

Jims Kurs bestand aus siebenundzwanzig »Lernschwachen«, von denen die meisten Sport als Leistungsfach hatten. Das Harmloseste, was man ihnen hätte vorwerfen können, wäre Desinteresse gewesen, und manche von ihnen waren regelrecht boshaft. Als Jim einmal in den Klassenraum kam, entdeckte er an der Tafel eine obszöne und grausam wahrheitsgetreue Karikatur von sich, unter der überflüssigerweise »Mr. Norman« stand. Jim wischte sie kommentarlos weg und begann mit dem Unterricht, ohne sich um das Gekicher in der Klasse zu kümmern.

Er bemühte sich, den Unterricht interessant zu gestalten, arbeitete mit Filmmaterial und bestellte mehrere hochinteressante, schwierige Texte – doch alles umsonst. Die Stimmung im Klassenraum wechselte zwischen wilder Ausgelassenheit und dumpfem Schweigen. Anfang November brach während einer Diskussion über *Von Mäusen und Menschen* eine Prügelei zwischen zwei Jungs aus. Jim griff ein und brachte die beiden zum Direktor. Als er nach seiner Rückkehr das Buch an der Stelle wieder öffnete, wo er aufgehört hatte, sprangen ihm dort die Worte »Scheiß Pauker« entgegen.

Er ging mit seinem Problem zu Simmons, der die Achseln zuckte und seine Pfeife anzündete. »Ich kann Ihnen da auch nicht weiterhelfen, Jim. Die letzte Stunde ist immer ziemlich übel. Und für einige von ihnen bedeutete eine schlechte Abschlußnote in Ihrem Kurs kein Football oder Basketball mehr. Und da sie die anderen Grundkurse in Englisch hinter sich haben, müssen sie sich wohl oder übel mit Ihnen abfinden.«

»Und ich mich mit ihnen«, brummte Jim verdrießlich.

Simmons nickte. »Zeigen Sie ihnen, daß es Ihnen ernst ist, und sie werden mitarbeiten, und sei es auch nur, um sich weiter für Sport zu qualifizieren.«

Doch die siebste Stunde war und blieb ein Pfahl in seinem Fleische.

Eins der größten Probleme in *Leben mit Literatur* hieß Chip Osway, ein schwerfälliger, plumper Brocken von einem Jungen. Anfang Dezember, während der kurzen Pause zwischen Football und Basketball (Osway spielte beides), erwischte Jim ihn mit einem Spickzettel und schickte ihn aus dem Klassenzimmer.

»Wenn du mich durchrasseln läßt, kannst du was erleben, verdammter Pauker!« schrie Osway durch den dämmrigen Korridor des dritten Stockes. »Hast du kapiert?«

»Weiter«, erwiderte Jim. »Spar dir deinen Atem.«

»Wir kriegen dich schon, Dreckskerl.«

Jim kehrte in den Klassenraum zurück, wo ihn die Schüler mit ausdruckslosen Gesichtern anstarrten, die nichts verrieten. Er hatte plötzlich das Gefühl zu träumen, ein Gefühl, das ihn schon früher befallen hatte ... früher ...

Wir kriegen dich schon, Dreckskerl.

Er holte sein Notizbuch aus dem Pult, schlug es auf der Seite mit der Überschrift »Leben mit Literatur« auf und malte langsam eine sechs in die Prüfungsspalte neben Chip Osways Namen.

In jener Nacht hatte er wieder den Traum.

Der Traum spulte sich immer mit grausamer Langsamkeit ab, so daß er Zeit hatte, alles zu sehen und zu fühlen. Und es war doppelt schlimm, weil er Ereignisse noch einmal durchmachte, die auf einen bekannten Schluß hinliefen, ähnlich, als wenn man angeschnallt in einem Wagen sitzt, der gerade über den Rand eines Abgrunds rollt.

In dem Traum war er neun und sein Bruder Wayne zwölf. Sie gingen die Broad Street in Stratford, Connecticut, hinunter. Ihr Ziel war die Bücherei von Stratfort. Jims Bücher waren zwei Tage überfällig, und er hatte sich heimlich vier Cent aus der Tasse im Küchenschrank genommen, mit denen er die Strafgebühr bezahlen wollte. Es waren Sommerferien. Man konnte den Duft des frisch gemähten Grases riechen. Aus einem Fenster einer Wohnung im ersten Stock drang die Geräuschkulisse eines Footballspiels auf die Straße, und die Schatten der Gebäude wurden langsam länger, als die Abenddämmerung hereinbrach.

Hinter Teddy's Market und dem Sitz der Burrets Building Company war ein Bahnübergang, und auf der anderen Seite lungerten immer ein paar Halbstarke aus der Gegend um eine geschlossene Tankstelle herum – fünf oder sechs Jungen in Lederjacken und Nietenjeans. Jim haßte den Gedanken, an ihnen vorbeizugehen. Sie brüllten Sprüche wie »hey, ihr beiden Hosenscheißer« und »hey, wollt ihr Prügel beziehen« und »hey, wo soll's denn hingehen«, und einmal verfolgten sie sie sogar einen halben Block. Aber Wayne weigerte sich, wegen ihnen einen Umweg zu gehen, denn das wäre ja feige gewesen.

Im Traum rückte der Übergang gefährlich näher, und das Herz begann einem in der Brust zu flattern wie ein großer schwarzer Vogel. Man konnte alles ganz deutlich sehen: die Neonreklame der Burrets Company, die zu flackern anfing, die Rostflecken auf dem grünen Übergang, das Glitzern von Glasscherben zwischen dem Schotter im Schienenbett, eine alte Fahrradfelge im Rinnstein.

Du versuchst, Wayne zu sagen, daß du das alles schon mal erlebt hast, nicht einmal, sondern hundertmal. Die Halbstarken lungern diesmal nicht bei der Tankstelle herum; sie haben sich im Schatten unter der Eisenbahnüberführung versteckt. Aber du bringst kein Wort heraus. Du bist hilflos.

Dann seid ihr in der Unterführung, und einige der Schatten lösen sich von den Wänden. Ein großer Junge mit einem blonden Bürstenschnitt und einem gebrochenen Nasenbein drückt Wayne gegen die rußigen Steine des Viadukts und sagt: *Wir wollen Geld.*

Laß mich in Ruhe.

Du versuchst wegzulaufen, aber ein dicker Junge mit fettigem schwarzem Haar hält dich fest und schmeißt dich neben deinem Bruder gegen die Wand. Sein linkes Augenlid zuckt nervös, als er zischt: *Komm schon, Kleiner, wieviel hast du dabei?*

V-ier Cent.

Du verdammter Lügner.

Wayne versucht freizukommen, und ein dritter Junge mit merkwürdig orangeroten Haaren hilft dem Blonden, ihn festzuhalten. Der Junge mit dem zuckenden Lid schlägt dir plötzlich eine auf den Mund. Du hast auf einmal ein schweres Gefühl in den Leisten, und dann bildet sich ein dunkler Fleck auf deinen Jeans.

Hey, guck mal, Vinnie, er hat sich in die Hose gemacht!

Wayne versucht immer verzweifelter, sich zu befreien, und fast schafft er es auch – aber nur fast. Ein anderer Junge, in einer schwarzen Baumwollhose und einem weißen T-Shirt, wirft ihn zurück. Er hat ein kleines rotes Muttermal am Kinn. Die Mauern des Durchgangs beginnen zu zittern. Die Eisenträger fangen eine dröhnende Vibration auf. Ein Zug naht.

Jemand schlägt dir die Bücher aus der Hand, und der Junge mit dem Muttermal am Kinn tritt sie in den Rinnstein. Waynes rechter Fuß schießt plötzlich vor und trifft den Jungen mit dem zuckenden Lid zwischen den Beinen. Der schreit auf.

Vinnie, er haut ab!

Der Junge mit dem zuckenden Gesicht schreit wie verrückt, aber sein Geheul geht im ansteigenden, ohrenbetäubenden Donnern des herannahenden Zuges unter. Dann ist er über ihnen, und die Welt ist erfüllt von seinem Lärm.

Springmesser blitzen im Licht auf. Der Junge mit dem blonden Bürstenhaar hat eins, Muttermal das andere. Du kannst nicht hören, was Wayne schreit, aber du liest die Worte von seinen Lippen ab:

Lauf, Jimmy, lauf.

Du läßt dich auf die Knie fallen, und die Hände, die dich festhalten, sind auf einmal weg. Wie ein Frosch schlüpfst du zwischen einem Paar Beinen hindurch. Eine Hand rutscht über deinen Rücken, versucht, dich festzuhalten, aber es gelingt ihr nicht. Und dann rennst du den Weg zurück den ihr gekommen seid, mit der ganzen furchtbaren, zähen Langsamkeit der Träume. Du schaust zurück und siehst –

Er erwachte in der Dunkelheit. Sally schlief friedlich neben ihm. Er biß die Zähne zusammen, um den aufkommenden Schrei zu unterdrücken, und als er ihn erstickt hatte, ließ er sich zurückfallen.

Als er zurückgeschaut hatte, zurück in die gähnende Dunkelheit des Viadukts, hatte er gesehen, wie der blonde Junge und Muttermal ihre Messer in den Körper seines Bruders stießen – Blondie direkt unterhalb des Brustbeins und Muttermal genau in die Leisten seines Bruders.

Heftig atmend lag Jim wach im Dunkeln und wartete darauf, daß dieses neun Jahre alte Gespenst wich, wartete auf einen ruhigen Schlaf, der alles andere auslöschte.

Und irgendwann später kam der Schlaf.

In den Schulen der Stadt wurden die Weihnachtsferien und die Semesterferien zusammengefaßt, und die Ferien dauerten so fast einen Monat. Der Traum kam zweimal wieder, ganz am Anfang und danach nicht mehr. Er und Sally besuchten ihre Schwester in Vermont, wo sie sehr viel Ski liefen. Sie waren glücklich.

Jims Leben-mit-Lit-Problem schien draußen, in der kristallklaren Luft, belanglos und ein bißchen albern. Mit einer Winterbräune und ruhig und gesammelt kehrte Jim in den Schulalltag zurück.

Simmons hielt ihn auf dem Weg zu seiner zweiten Stunde an und reichte ihm einen Schnellhefter.

»Ein neuer Schüler«, siebte Stunde. Heißt Robert Lawson. Neu zugezogen.«

»Hey, ich habe doch schon siebenundzwanzig, Sim. Der Kurs ist so schon überfüllt.«

»Es bleibt trotzdem bei siebenundzwanzig. Bill Stearns ist am Dienstag nach Weihnachten gestorben. Autounfall mit Fahrerflucht.«

»*Billy?*«

Das Bild formte sich vor seinen Augen wie eine Schwarzweißaufnahme. William Stearns, einer der wenigen guten Schüler in *Leben mit Lit.* Ruhig, gleichmäßig gute Noten in seinen Prüfungen. Meldete sich nicht oft, wußte aber gewöhnlich die richtigen Antworten (durchsetzt mit einem angenehmen, trockenen Humor), wenn er aufgerufen wurde. Tot? Mit fünfzehn Jahren. Seine eigene Sterblichkeit wisperte plötzlich durch seinen Körper wie ein kalter Luftzug unter einer Tür.

»Mein Gott, wie schrecklich. Weiß man schon, wie es genau passiert ist?«

»Die Polizei kümmert sich um den Fall. Er war in der Stadt, um ein Weihnachtsgeschenk umzutauschen. Als er die Rampart Street überqueren wollte, wurde er von einer alten Fordlimousine überfahren. Das Kennzeichen hat sich niemand gemerkt; man weiß nur, daß auf einer Tür ›Klapperschlange‹ stand . . . wie es ein Jugendlicher auf seinen Wagen schreiben würde.«

»Mein Gott«, sagte Jim noch einmal.

»Es klingelt«, unterbrach ihn Simmons.

Er eilte davon und blieb noch einmal kurz stehen, um eine Gruppe von Schülern, die um einen Trinkbrunnen standen, in ihre Klassen zu schicken. Mit einem Gefühl der Leere begab sich Jim in seine eigene Klasse.

In seiner Freistunde beschäftigte er sich mit Robert Lawsons Akte. Die erste Seite war ein grünes Blatt von der Milford High-School, von der Jim noch nie etwas gehört hatte. Das zweite war ein Persönlichkeitsdiagramm. IQ von 78. Ein paar manuelle Fähigkeiten, aber nicht viele. Aggressive, abweisende Antworten auf den Barnett-Hudson-Persönlichkeitstest. Schlechte Ergebnisse bei der Eignungsprüfung. Ein durch und durch typischer Schüler für *Leben mit Lit*, dachte Jim mißmutig.

Die nächste Seite war ein Führungszeugnis, das gelbe Blatt. Das Milfordblatt war weiß mit einem schwarzen Rand und erschreckend voll. Lawson hatte schon in unzähligen Schwierigkeiten gesteckt.

Jim blätterte um, warf einen flüchtigen Blick auf das Schulfoto von Robert Lawson und sah noch einmal hin. Entsetzen kroch plötzlich in seine Magengrube und rollte sich dort zusammen, warm und zischend.

Lawson starrte so feindselig in die Kamera, als säße er Modell für ein Polizeifoto für die Verbrecherkartei und nicht für ein Schulfoto. Auf seinem Kinn war ein kleines rotes Muttermal.

Bis zur siebten Stunde hatte Jim alles herangezogen, was es an vernünftigen und logischen Überlegungen gab. Er sagte sich, daß es Tausende von Jungen mit einem roten Muttermal am Kinn geben mußte. Er sagte sich, daß jener Halbstarke, der seinen Bruder, vor sechzehn Jahren, erstochen hatte, heute mindestens zweiunddreißig sein mußte.

Doch seine dunklen Vorahnungen wollten sich nicht zerstreuen lassen, als er die Stufen zum zweiten Stock hinaufstieg. Und noch ein anderer angstvoller Gedanke bemächtigte sich seiner: *Genauso hast du dich damals gefühlt, als du den Nervenzusammenbruch bekommen hast.* Der beißende Geschmack der Panik lag in seinem Mund. Vor der Tür zu Raum 23 trieben sich wie üblich eine Reihe von Schülern herum, von denen einige hineingingen, als sie Jim herankommen sahen. Ein paar aber ließen sich nicht stören und flüsterten grinsend miteinander. Er entdeckte den Neuen neben Chip Osway. Robert Lawson trug Bluejeans und schwere gelbe Traktorstiefel – der letzte Schrei in diesem Jahr.

»Geh rein, Chip.«

»Ist das ein Befehl?« Er grinste ausdruckslos über Jims Kops hinweg.

»Ja.«

»Haben Sie mich bei diesem Test durchfallen lassen?«

»Ja.«

»Schön, dann können Sie . . .« Der Rest ging in einem unverständlichen Gemurmel unter.

Jim wandte sich an Robert Lawson. »Du bist also der Neue«, stellte er fest. »Dann will ich dir gleich sagen, wie es bei uns hier so läuft.«

»Natürlich, Mr. Norman.« Seine rechte Augenbraue wurde von einer kleinen Narbe geteilt, eine Narbe, die Jim kannte. Ein Irrtum war ausgeschlossen. Es war verrückt, völlig verrückt, aber wahr. Dieser Junge hatte vor sechzehn jahren ein Messer in seinen Bruder gestoßen.

Betäubt und wie aus weiter Ferne hörte er sich die Klassenordnung zitieren, während Robert Lawson die Daumen in seinen Armeegürtel hakte, lächelnd zuhörte und dann zu nicken begann, als seien sie alte Freunde.

»Jim?«

»Hmm?«

»Hast du irgend etwas ?«

»Nein.«

»Hast du immer noch Probleme mit den Jungen von *Leben mit Lit*?«

Keine Antwort.

»Jim?«

»Nein.«

»Geh doch heute abend mal früh schlafen.«

Aber er tat es nicht.

In jener Nacht war der Traum besonders schlimm. Als der Junge mit dem roten Muttermal seinen Bruder erstach, rief er Jim nach: »Der nächste bist du, Kleiner. Mitten durch die Hose.«

Er erwachte schreiend.

Das Thema in jener Woche war *Herr der Fliegen,* und Jim sprach gerade über die Symbolik, als Lawson die Hand hob.

»Robert?« sagte er ruhig.

»Warum starren Sie mich die ganze Zeit so an?«

Jim blinzelte und merkte, wie sein Mund trocken wurde.

»Sehen Sie weiße Mäuse? Oder steht meine Hose auf?«

Die Klasse kicherte nervös.

»Ich habe dich nicht angestarrt«, erwiderte Jim ruhig. »Kannst du uns sagen, warum sich Ralph und Jack über . . .«

»Sie haben mich *angestarrt.*«

»Möchtest du vielleicht mit Mr. Fenton darüber sprechen?«

Lawson schien nachzudenken. »Nö.«

»Gut. Kannst du uns jetzt sagen, warum sich Ralph und Jack . . .«

»Ich habe das Buch nicht gelesen. Ich finde es blöd und langweilig.«

Jim lächelte gepreßt. »Tatsächlich? Du solltest dir vor Augen halten, daß du nicht nur dein Urteil über das Buch fällst, sondern das Buch auch ein Urteil über dich fällt. Kann mir vielleicht jemand anders sagen, warum sich Jack und Ralph über die Existenz des Untiers gestritten haben?«

Kathy Slavin hob zaghaft die Hand, worauf Lawson sie mit einem zynischen Blick musterte und etwas zu Chip Osway sagte.

Den Bewegungen seiner Lippen nach sah es wie »hübsche Titten« aus. Chip nickte.

»Ja, Kathy.«

»Ist es nicht, weil Jack das Untier jagen wollte?«

»Richtig.« Er drehte sich um und fing an, etwas an die Tafel zu schreiben. Im selben Augenblick, als er der Klasse den Rücken zukehrte, klatschte eine Grapefruit neben seinem Kopf gegen die Tafel.

Er zuckte zurück und fuhr herum. Ein paar Mitschüler lachten, während Osway und Lawson Jim nur unschuldig ansahen.

Jim bückte sich und hob die Grapefruit auf. »Man sollte sie jemandem unter euch in seinen gottverdammten Hals stopfen«, erklärte er mit einem Blick auf die hintere Hälfte der Klasse.

Kathy Slavin riß den Mund auf.

Er warf die Grapefruit in den Papierkorb und wandte sich wieder der Tafel zu.

Er schlug die Morgenzeitung auf und hatte gerade die Kaffeetasse am Mund, als sein Blick auf die Überschrift ungefähr in der Mitte der Seite fiel. »Mein Gott!« unterbrach er seine Frau in ihrem morgendlichen Geplapper. Er hatte plötzlich das Gefühl, als sei sein Magen voller Splitter –

»Mädchen stürzt zu Tode: Katherine Slavin, eine siebzehnjährige Schülerin an der Harold Davis High School, fiel gestern am späten Nachmittag vom Dach des Apartmenthauses, in dem sie wohnte. Es ist noch ungeklärt, ob es sich dabei um einen Unfall handelt oder ob sie vorsätzlich hinuntergestürzt wurde. Das Mädchen, das auf dem Dach einen Taubenschlag hatte, war nach Aussage seiner Mutter mit einem Sack Futter hinaufgestiegen.

Nach Angaben der Polizei hat eine nicht namentlich genannte Frau aus einem Nachbargebäude drei Jungen beobachtet, die um 18.45 Uhr über das Dach liefen, wenige Minuten nachdem der Körper des Mädchens (Fortsetzung Seite 3) –«

»War das Mädchen eine Schülerin von dir, Jim?«

Doch er konnte sie nur stumm ansehen.

Zwei Wochen später kam ihm Simmons nach der Glocke zur

Mittagspause mit einem Schnellhefter in der Hand im Korridor entgegen, und Jim bekam ein schrecklich flaues Gefühl im Magen.

»Ein neuer Schüler«, meinte er ausdruckslos zu Simmons. »In *Leben mit Lit.*«

Simmons runzelte die Stirn. »Woher wissen Sie das?«

Jim zuckte die Achseln und streckte die Hand nach dem Hefter aus.

»Ich muß mich beeilen. Wir haben gleich eine Konferenz der Fachleiter. Sie sehen ein bißchen mitgenommen aus. Ist Ihnen nicht gut?«

»Doch. Natürlich.«

»Hier.« Simmons reichte ihm den Hefter und klopfte ihm auf die Schulter.

Als er weg war, schlug Jim die Akte auf der Seite mit dem Foto auf, wobei er schon im voraus zusammenzuckte, wie jemand, der eine Faust auf sich zukommen sieht.

Doch das Gesicht war ihm nicht sofort vertraut. Es war ein ganz gewöhnliches Jungengesicht. Vielleicht hatte er es vorher schon einmal gesehen, vielleicht auch nicht. Der Neue, David Garcia, war ein ungeschlachter Junge mit negroiden Lippen und dunklen, unordentlichen Haaren. Aus dem gelben Blatt ging hervor, daß er ebenfalls von der Milford High School kam und zwei Jahre in der Besserungsanstalt von Granville gewesen war. Wegen Autodiebstahls.

Als Jim den Hefter zuklappte, zitterten seine Hände leicht.

»Sally?«

Sally, die gerade beim Bügeln war, hob den Kopf. Er hatte auf das Fernsehen gestarrt, in dem gerade ein Basketballspiel lief, ohne richtig wahrzunehmen, was er sah.

»Schon gut«, fuhr er fort. »Ich habe vergessen, was ich gerade sagen wollte.«

»Dann muß es eine Lüge gewesen sein.«

Er lächelte mechanisch und wandte sich wieder dem Bildschirm zu. Fast hätte er ihr eben alles erzählt. Aber wie konnte er? Das Ganze war mehr als verrückt. Womit hätte er anfangen sollen? Mit dem Traum? Seinem Nervenzusammenbruch? Oder dem Auftauchen von Robert Lawson?

Nein. Mit Wayne – deinem Bruder.

Aber er hatte nie darüber gesprochen, noch nicht einmal während seiner Therapie. Seine Gedanken wanderten zu David Garcia und dem betäubenden Entsetzen zurück, das ihn überkommen hatte, als sie sich im Korridor gegenübergestanden hatten. Auf dem Foto hatte er nur vage bekannt ausgesehen. Aber Fotos bewegen sich auch nicht . . . oder zucken nicht.

Garcia hatte bei Lawson und Chip Osway gestanden, und als er den Kopf hob und Jim Norman sah, lächelte er. Sein rechtes Augenlid begann zu zucken, und Jim konnte mit unheimlicher Deutlichkeit Stimmen sprechen hören:

Komm schon, Kleiner, wieviel hast du dabei?

V-vier Cent.

Du verdammter Lügner . . . hey, guck mal, Vinnie, er hat sich in die Hose gemacht!

»Jim? Hast du etwas gesagt?«

»Nein.«

Aber er war sich nicht sicher. Langsam bekam er sehr große Angst.

Eines Tages Anfang Februar klopfte es nach Schulschluß an der Tür zum Lehrerzimmer, und als Jim aufmachte, sah er sich Chip Osway gegenüber. Der Junge sah aus, als hätte er Angst. Jim war allein; es war zehn nach vier, und der letzte seiner Kollegen war vor einer Stunde gegangen. Er war gerade dabei, einen Stapel Aufsätze aus dem Kurs »Amerikanische Literatur« zu korrigieren.

»Ja, Chip?« fragte er ruhig.

Chip trat von einem Fuß auf den anderen. »Kann ich Sie einen Augenblick sprechen, Mr. Norman?«

»Natürlich. Aber wenn du wegen dieses Tests kommst, kann ich dir gleich sagen, daß du umsonst –«

»Nein, deshalb bin ich nicht hier. Eh, kann ich hier rauchen?«

»Sicher.«

Als er seine Zigarette anzündete, zitterte seine Hand leicht. Er sagte sicher eine Minute lang nichts, und es schien, als könnte er nicht. Seine Lippen zuckten, die Hände verschränkten sich ineinander, und die Augen verengten sich zu Schlitzen, als suchte ein inneres Ich nach einem Weg, sich auszudrücken.

»Wenn sie's tun, will ich, daß Sie wissen, daß ich nichts damit zu tun habe!« platzte er schließlich heraus. »Ich mag diese Typen nicht! Sie sind widerlich!«

»Welche Typen, Chip?«

»Lawson und dieser widerliche Garcia.«

»Haben sie etwas mit mir vor?« Das alte Entsetzen, das er aus den Träumen kannte, ergriff wieder von ihm Besitz, und er wußte die Antwort schon im voraus.

»Zuerst habe ich sie gemocht«, erklärte Chip. »Wir sind zusammen losgezogen und haben ein paar Bier getrunken. Dann habe ich angefangen, über Sie und diesen Test zu meckern. Und daß ich es Ihnen heimzahlen wollte. Aber das habe ich nur so gesagt! Ich schwöre es!«

»Und was war dann?«

»Sie sind sofort darauf angesprungen. Wollten wissen, wann Sie aus der Schule kommen, was für ein Auto Sie fahren und so was. Ich wollte wissen, was die beiden gegen Sie haben, und Garcia hat gesagt, daß sie Sie schon ziemlich lange kennen . . . hey, ist Ihnen nicht gut?«

»Die Zigarette«, entgegnete Jim heiser. »Ich kann mich einfach nicht an den Rauch gewöhnen.«

Chip drückte sie aus. »Ich habe sie gefragt, seit wann sie Sie kennen, und Bob Lawson hat gemeint, daß ich mir damals noch in die Hosen gemacht hätte. Aber sie sind siebzehn, genauso alt wie ich.«

»Und dann?«

»Also, dann hat sich Garcia über den Tisch zu mir herübergebeugt und gemeint, daß ich mich bestimmt nicht richtig schlimm an Ihnen rächen könnte, wenn ich nicht wüßte, wann Sie aus der verdammten Schule kommen. Das hat er gesagt. Und was ich denn vorhätte. Ich habe gesagt, daß ich Ihnen die Reifen kaputtstechen wollte, damit Sie dann mit vier platten Reifen dastehen.« Er sah Jim bittend an. »Ich hätte es nie im Leben getan. Ich habe es nur gesagt, weil ich . . .«

»Weil du Angst hattest?« unterbrach ihn Jim ruhig.

»Ja, und ich habe noch immer Angst.«

»Was sagten sie zu deinem Plan?«

Chip zog die Schultern zusammen. »Bob Lawson hat gesagt: ›Das ist alles? Mehr Phantasie hast du nicht, du Jammerlappen?‹ Ich habe versucht, mich nicht einschüchtern zu lassen, und sie gefragt, was sie denn mit Ihnen anstellen würden. Dann hat Garcias Auge angefangen zu zucken, und er hat etwas aus seiner Tasche geholt. Dann hat er es aufschnappen lassen, und ich habe gesehen, daß es ein Springmesser war. Da bin ich abgehauen.«

»Wann ist das gewesen, Chip?«

»Gestern. Ich habe Angst, neben diesen Kerlen zu sitzen, Mr. Norman.«

»Okay. Schon gut.« Jim starrte auf die Seiten, die er gerade korrigiert hatte, ohne sie wirklich zu sehen.

»Was wollen Sie jetzt tun?«

»Ich weiß es nicht. Ich weiß es wirklich nicht.«

Am Montagmorgen wußte er es immer noch nicht. Sein erster Gedanke war gewesen, Sally alles zu erzählen, angefangen mit der Ermordung seines Bruders vor sechzehn Jahren. Aber es war unmöglich. Sie hätte sich zwar bemüht, ihn zu verstehen, aber sie wäre wahrscheinlich nur erschrocken gewesen und hätte ihm nicht geglaubt.

Simmons? Auch das war unmöglich. Simmons würde ihn für verrückt halten. Und vielleicht war er das sogar. Bei der Gruppentherapie, an der er damals teilgenommen hatte, hatte einmal ein Mann gesagt, daß ein Nervenzusammenbruch so ähnlich sei, als wenn man eine Vase zerbricht und sie dann wieder zusammenklebt. Sie sei dann nicht mehr so wie früher, denn man müsse jetzt viel vorsichtiger mit ihr umgehen. Man könnte keine Blume mehr hineinstellen, denn Blumen brauchen Wasser, und Wasser könnte den Leim auflösen.

Bin ich tatsächlich verrückt?

Wenn er es war, dann war Chip Osway es auch. Dieser Gedanke kam ihm, als er in seinen Wagen stieg, und eine Welle der Erregung durchlief ihn.

Natürlich! Lawson und Garcia hatten ihn in Chip Osways Gegenwart bedroht. Vor Gericht würde es vielleicht nicht ausreichen, aber es müßte genügen, daß die beiden aus der Schule ausgeschlossen wurden, wenn er Chip dazu bringen konnte, seine Geschichte in Fentons Büro zu wiederholen. Und er war fast sicher, daß ihm das gelingen würde, denn auch Chip hatte seine Gründe, die beiden möglichst weit weg zu wünschen.

Er fuhr gerade auf den Parkplatz, als er daran denken mußte, was mit Billy Stearns und Kathy Slavin passiert war.

In seiner Freistunde ging er hinauf ins Sekretariat. Die für die Schülerregistrierung zuständige Sekretärin stellte gerade die Anwesenheitsliste zusammen.

»Ist Chip Osway heute anwesend?« erkundigte er sich beiläufig.

»Chip . . .?« Sie sah ihn unschlüssig an.

»Charles Osway«, verbesserte sich Jim. »Chip ist sein Spitzname.«

Sie blätterte einen Stapel von Zetteln durch, warf einen flüchtigen Blick auf einen und zog ihn dann heraus. »Er fehlt, Mr. Norman.«

»Können Sie mir seine Telefonnummer geben?«

Sie steckte sich den Bleistift ins Haar. »Natürlich.« Aus der O-Kartei suchte sie die Nummer heraus und reichte sie Jim, der von einem der Büroapparate aus telefonierte.

Er ließ es sicher ein dutzendmal klingeln und wollte gerade wieder auflegen, als sich am anderen Ende eine rauhe, verschlafene Stimme meldete: »Ja?«

»Mr. Osway?«

»Barry Osway ist seit sechs Jahren tot. Ich bin Gary Denkinger.«

»Sind Sie Chip Osways Stiefvater?«

»Was hat er ausgefressen?«

»Wie bitte?«

»Er ist abgehauen. Ich will wissen, was er angestellt hat.«

»Soweit ich weiß, nichts. Ich wollte nur mit ihm sprechen. Haben Sie eine Ahnung, wo er sein könnte?«

»Nö, ich muß nachts arbeiten. Ich kenne seine Freunde nicht.«

»Sie wissen also nicht –«

»Nee. Er hat den alten Koffer und fünfzig Bucks mitgenommen, die er vom Verkaufen gestohlener Autoteile oder Hasch oder was weiß ich, womit sich diese Burschen sonst Geld verdienen, gespart hat. Ich glaube, er ist ab nach San Francisco, um da als Hippie herumzugammeln.«

»Würden Sie mich anrufen, wenn Sie etwas von ihm hören? Jim Norman, englische Abteilung.«

»Klar doch.«

Als Jim den Hörer auflegte, sah die Sekretärin auf und verzog den Mund zu einem flüchtigen, nichtssagenden Lächeln. Jim erwiderte das Lächeln nicht.

Zwei Tage später tauchten auf der morgendlichen Anwesenheitsliste die Worte »hat die Schule verlassen« hinter Chip Osways Namen auf. Jim machte sich darauf gefaßt, daß Simmons mit einem neuen Hefter bei ihm erschien. Eine Woche später war es dann soweit.

Betäubt starrte er auf das Foto. Es gab keinen Zweifel. Statt des Bürstenschnitts waren die Haare jetzt lang, aber immer noch blond. Und das Gesicht war dasselbe, das von Vincent Corey. Für seine Freunde und Vertrauten Vinnie. Mit einem unverschämten Grinsen auf den Lippen sah er Jim vom Foto an.

Jims Herz klopfte schwer, als er sich dem Klassenraum näherte, in dem die siebte Stunde stattfand. Lawson, Garcia und Vinnie Corey standen vor der Tür neben dem Schwarzen Brett – alle drei streckten sich, als sie Jim herankommen sahen.

Vinnie zeigte sein unverschämtes Grinsen, doch seine Augen waren so kalt und tot wie winzige Eisschollen. »Sie müssen Mr. Norman sein. Hi, Norm.«

Lawson und Garcia kicherten.

»Ich bin Mr. Norman.« Jim ignorierte die Hand, die ihm Vinnie entgegenstreckte. »Merk dir das, ja?«

»Aber klar doch. Wie geht's Ihrem Bruder?«

Jim erstarrte. Er fühlte, wie sich seine Blase löste, und wie aus weiter Ferne, am Ende eines Korridors irgendwo in seinem Gehirn, vernahm er eine geisterhafte Stimme: *Hey, guck mal, Vinnie, er hat sich in die Hose gemacht!*«

»Was weißt du über meinen Bruder?« fragte er heiser.

»Nichts«, entgegnete Vinnie. »Nicht viel.« Auf ihren Gesichtern lag wieder jenes ausdruckslose, gefährliche Grinsen.

Es klingelte, und sie schlenderten ins Klassenzimmer.

In der Telefonzelle vor dem Drugstore, um zehn Uhr an jenem Abend.

»Vermittlung? Können Sie mich mit dem Polizeirevier in Stratford, Connecticut, verbinden? Ich weiß die Nummer nicht.«

Klicken in der Leitung. Rücksprache.

Der Polizist war Mr. Nell gewesen. Ein weißhaariger Mann und damals etwa Mitte Fünfzig. Als Kind war es schwierig, das Alter zu schätzen. Ihr Vater war tot, und Mr. Nell hatte das irgendwoher gewußt.

Nennt mich Mr. Nell, Jungs.

Jim und sein Bruder trafen sich jeden Mittag und gingen zusammen ins Stratford Diner, wo sie ihre Lunchbrote aßen. Mom gab ihnen immer einen Nickel für Milch mit – damals wurde die Milch in der Schule noch nicht kostenlos ausgegeben. Und manchmal kam dann Mr. Nell herein, der Ledergürtel knirschte unter dem Gewicht seines Bauchs und seines 38ers, und kaufte ihnen beiden ein Stück Apfelkuchen.

Wo waren Sie, als sie meinen Bruder erstochen haben, Mr. Nell?

Die Verbindung wurde hergestellt, und es läutete einmal.

»Polizei Stratford.«

»Guten Abend. Mein Name ist James Norman. Ich rufe von auswärts an.« Jim nannte die Stadt. »Ich hätte gern gewußt, ob Sie mir Auskunft über jemanden geben können, der so um 1957 bei der Polizei in Stratford gewesen sein muß.«

»Einen Augenblick, Mr. Norman.«

Nach einer kurzen Pause meldete sich eine andere Stimme.

»Sergeant Morton Livingstone, Mr. Norman. Um wen geht es?«

»Tja, also wir Kinder nannten ihn einfach Mr. Nell. Können Sie damit . . .?«

»Sicher, natürlich! Don Nell ist inzwischen pensioniert. Er ist jetzt drei- oder vierundsiebzig.«

»Lebt er immer noch in Stratford?«

»Ja, in der Barnue Avenue. Möchten Sie die genaue Adresse?«

»Und die Telefonnummer, wenn Sie sie haben.«

»Sicher. Haben Sie Don gekannt?«

»Er hat meinem Bruder und mir immer Apfelkuchen im Stratford Diner gekauft.«

»Mein Gott, das existiert schon seit zehn Jahren nicht mehr. Einen Moment bitte.«

Nach einem Augenblick war er wieder da und gab Jim eine Adresse und eine Telefonnummer durch. Jim notierte sie sich, bedankte sich bei Livingstone und hängte ein.

Er wählte noch einmal die Vermittlung an, nannte die Nummer und wartete. Als das Telefon zu läuten begann, wurde Jim von einer starken Spannung ergriffen. Er beugte sich vor und drehte der Trinkhalle des Drugstores instinktiv den Rücken zu, obwohl niemand da war außer einem untersetzten jungen Mädchen, das in einer Zeitschrift las.

Am anderen Ende der Leitung wurde abgenommen, und es meldete sich eine volle, maskuline Stimme, die keineswegs alt klang. »Ja?« Dieses eine Wort löste eine staubige Kettenreaktion von Erinnerungen und Emotionen aus, genauso überraschend wie die Pawlowsche Reaktion, die ausgelöst werden kann, wenn man eine alte Platte im Radio hört.

»Mr. Nell? Donald Nell?«

»Am Apparat.«

»Mein Name ist James Norman, Mr. Nell. Erinnern Sie sich zufällig noch an mich?«

»Sicher«, antwortete die Stimme sofort. »Und an den Apfelkuchen. Ihr Bruder wurde ermordet . . . erstochen. Schrecklich. Er war so ein netter Junge.«

Jim mußte sich gegen die Wand der Telefonzelle lehnen. Jetzt, nachdem sich die Spannung so plötzlich gelöst hatte, wurden seine Knie auf einmal weich. Er merkte, daß er nahe daran war, sich alles von der Seele zu reden, und kämpfte verzweifelt dagegen an.

»Diese Jugendlichen sind doch nie geschnappt worden, Mr. Nell, nicht?«

»Nein. Es gab nur einige Verdächtige. Ich erinnere mich, daß wir Sie zu einer Gegenüberstellung in meinem Polizeirevier von Bridgeport geholt haben.«

»Haben Sie mir damals die Namen der Verdächtigen genannt?«

»Nein. Sie sollten uns bei der Gegenüberstellung nur die Nummern der von Ihnen identifizierten Jungen nennen. Wieso interessieren Sie sich auf einmal wieder für diese Sache, Mr. Norman?«

»Lassen Sie mich in Verbindung mit diesem Fall ein paar Namen aufzählen«, erwiderte Jim. »Ich möchte wissen, ob sie Ihnen irgend etwas sagen.«

»Mein Sohn, ich kann mich unmöglich –«

»Vielleicht doch.« Jim fühlte eine Spur von Verzweiflung in sich aufsteigen. »Robert Lawson, David Garcia, Vincent Corey. Sagt Ihnen einer der Namen –«

»Corey«, unterbrach ihn Mr. Nell ausdruckslos. »Ich erinnere mich an ihn. Vinnie die Viper. Ja, er gehörte auch zu den Verdächtigen. Seine Mutter hatte ein Alibi für ihn. Robert Lawson sagt mir nichts. Ein ganz normaler Name. Aber Garcia . . . irgendwie kommt mir der Name bekannt vor. Aber ich weiß nicht genau, woher. Himmel, ich werde wirklich alt.« Er klang, als ärgerte er sich über sich selbst.

»Wäre es vielleicht möglich, Mr. Nell, daß Sie diese Jungen überprüfen?«

»Sie werden heute kaum mehr Jungen sein.«

Ach, tatsächlich?

»Hören Sie zu, Jimmy. Ist vielleicht einer von diesen Burschen aufgetaucht und macht Ihnen jetzt Ärger?«

»Ich weiß nicht so recht. Es sind ein paar merkwürdige Dinge passiert. Dinge, die mit der Ermordung meines Bruders zu tun haben.«

»Was für Dinge?«

»Das kann ich Ihnen nicht sagen, Mr. Nell. Sie würden mich für verrückt halten.«

»Und? Sind Sie es?« erwiderte er schnell und interessiert.

Jim zögerte. »Nein.«

»Schön. Ich kann die Namen über das Revier von Stratford überprüfen lassen. Wie kann ich Sie erreichen?«

Jim gab ihm seine Telefonnummer. »Am besten können Sie mich dienstagsabends erreichen.« Er war fast jeden Abend zu Hause, aber dienstagsabends ging Sally zu ihrem Töpferkursus.

»Was machen Sie beruflich, Jimmy?«

»Ich bin Lehrer.«

»Ah ja. Wissen Sie, es könnte ein paar Tage dauern. Ich bin inzwischen nämlich pensioniert.«

»Sie klingen immer noch genau wie früher.«

»Sie dürften mich nicht sehen!« Er gluckste. »Mögen Sie immer noch so gern Apfelkuchen, Jimmy?«

»Natürlich«, log Jim. Er haßte Apfelkuchen.

»Das freut mich. Tja, wenn Sie sonst nichts mehr haben, dann werde ich jetzt –«

»Doch, da ist noch etwas. Gibt es eine Milford High-School in Stratford?«

»Nicht, daß ich wüßte.«

»Das habe ich mir fast –«

»Das einzige, was hier in der Gegend Milford heißt, ist der Milford-Friedhof draußen an der Ash Heights Road. Aber da hat bisher noch nie jemand sein Examen gemacht.« Er stieß ein trockenes Lachen aus, das in Jims Ohren wie das Klappern von Knochen in einer Grube klang.

»Vielen Dank«, hörte er sich sagen. »Auf Wiedersehen.«

Mr. Nell hatte aufgelegt, und mechanisch folgte Jim der Aufforderung der Vermittlung, sechzig Cent einzuwerfen. Er drehte sich um – und starrte geradewegs in ein grausiges, plattgedrücktes Gesicht, das gegen die Scheibe gepreßt war, eingerahmt von zwei Händen mit gespreizten Fingern, die sich, wie die Nasenspitze, weiß auf dem Glas abzeichneten.

Es war das grinsende Gesicht von Vinnie der Viper.

Jim schrie.

Die siebte Stunde.

In *Leben mit Lit* wurde ein Aufsatz geschrieben. Die meisten Köpfe waren schwitzend über die Blätter gebeugt, und die Schüler brachten ihre Gedanken so verbissen zu Papier, als würden sie Holz hacken. Nur drei nicht. Robert Lawson, der auf Billy Stearns Platz saß, David Garcia auf Kathy Slavins und Vinnie Corey auf Chip Osways. Sie saßen vor leeren Seiten und beobachteten ihn.

Kurz bevor es klingelte, sagte Jim leise: »Ich möchte dich nach der Stunde einen Augenblick sprechen, Vinnie.«

»Aber klar, Norm.«

Lawson und Garcia kicherten laut, während der Rest der Klasse schwieg. Als es klingelte, gaben sie ihre Blätter ab und schossen förmlich zur Tür hinaus. Lawson und Garcia blieben zurück, und Jim merkte, wie sich sein Magen verkrampfte.

Ist es jetzt soweit?

Dann nickte Lawson Vinnie zu. »Bis nachher also.«

»Ja.«

Die beiden gingen hinaus. Lawson schloß die Tür hinter sich, und auf der anderen Seite der Milchglasscheibe schrie David Garcia plötzlich heiser: *»Norm ist erledigt!«* Vincent blickte auf die Tür und dann zurück auf Jim. Er lächelte.

»Ich war gespannt, ob Sie sich trauen würden«, begann Vinnie.

»So?«

»Ich habe Ihnen ganz schön Angst eingejagt draußen vor der Telefonzelle, was, Papi?«

»Papi sagt heute niemand mehr, Vinnie. Ist nicht mehr in. Es ist so tot wie Buddy Holly.«

»Ich rede, wie ich will«, gab Vinnie zurück.

»Wo ist der andere? Der mit den komischen roten Haaren.«

»Weg, Mann.« Doch unter der äußeren Gleichgültigkeit entdeckte Jim Wachsamkeit.

»Er lebt, nicht? Deshalb ist er jetzt auch nicht hier. Er lebt und ist jetzt so um die zwei-, dreiunddreißig, wie ihr, wenn ihr nicht –«

»Bleicher war immer eine Niete. Den können Sie vergessen.«

Vinnie richtete sich auf seinem Stuhl auf und legte die Hände flach auf den Tisch vor ihm. Seine Augen glitzerten. »Mann, ich kann mich noch genau an die Gegenüberstellung erinnern. Sie haben ausgesehen, als wollten sie sich gleich in Ihre dreckige alte Cordhose machen. Wie Sie mich und Davie angestarrt haben! Ich habe Sie behext!«

»Ja. Ihr habt mich sechzehn Jahre mit Alpträumen verfolgt. War das nicht genug? Warum jetzt das? Warum ich?«

Vinnie verzog verwirrt das Gesicht, dann lächelte er wieder.

»Weil wir noch nicht mit Ihnen abgerechnet haben, Mann. Zwischen uns steht noch eine Rechnung offen.«

»Wo bist du gewesen?« wollte Jim wissen. »Ich meine, bis jetzt?«

Vinnies Mund wurde zu einem Strich. »Das steht jetzt nicht zur Debatte. Kapiert?«

»Du warst unter der Erde, nicht, Vinnie? Sie haben dir ein Loch gegraben. Sechs Fuß tief, auf dem Milford-Friedhof. Sechs Fuß in –«

»Halten Sie den Mund!«

Er war aufgesprungen. Der Tisch fiel zur Seite.

»Es wird nicht leicht werden«, sagte Jim. »Ich werde es euch nicht einfach machen.«

»Wir werden dich umbringen – Papi. Dann kannst du dir das Loch mit eigenen Augen ansehen.«

»Raus hier.«

»Vielleicht auch deine entzückende kleine Frau.«

»Wage es, sie anzufassen, du gottverdammter Mistkerl –« Bei der Erwähnung von Sally wollte er blind vor Wut und Angst auf Vinnie los.

Vinnie grinste und ging hinüber zur Tür. »Ganz ruhig. Nur nicht die Nerven verlieren.« Er kicherte.

»Wenn meiner Frau etwas passiert, bringe ich dich um.«

Vinnies Grinsen wurde noch breiter. »Mich umbringen? Mann, ich dachte, Sie wüßten, daß ich schon lange tot bin.«

Er ging hinaus. Seine Schritte hallten noch lange von den Wänden des Korridors wider.

»Was liest du da, Schatz?«

Jim hielt das Buch, *Wie man Geister beschwört*, so hoch, daß sie den Titel lesen konnte.

»Wie interessant.« Sie wandte sich wieder dem Spiegel zu, um ihre Frisur zu überprüfen.

»Nimmst du zurück ein Taxi?«

»Es sind doch nur vier Blocks. Außerdem ist es gut für meine Figur, wenn ich mal zu Fuß gehe.«

»Letztens hat jemand eine meiner Schülerinnen in der Summer

Street überfallen«, log er. »Sie glaubt, daß er sie vergewaltigen wollte.«

»Ja? Wer?«

»Dianne Snow«, erfand er aufs Geratewohl einen Namen. »Sie ist ein sehr vernünftiges Mädchen. Nimm dir ein Taxi, ja?«

»Also gut.« Sie blieb vor seinem Sessel stehen, ging in die Knie, nahm sein Gesicht in die Hände und sah ihm in die Augen. »Was ist los, Jim?«

»Nichts.«

»Doch. Ich fühle es.«

»Nichts, womit ich nicht fertig würde.«

»Hat es . . . hat es mit deinem Bruder zu tun?«

Ein Hauch von Entsetzen durchfuhr ihn, als ob in seinem Innern eine Tür geöffnet worden wäre. »Wie kommst du denn darauf?«

»Du hast letzte Nacht im Schlaf seinen Namen gestöhnt. *Wayne, Wayne*, hast du gesagt. *Lauf weg, Wayne.*«

»Es ist nichts.«

Doch sie wußten beide, daß es nicht stimmte. Jim blickte ihr nach, als sie hinausging.

Um Viertel nach acht rief Mr. Nell an: »Wegen dieser Jungen brauchen Sie sich keine Sorgen mehr zu machen«, erklärte er. »Sie sind alle tot.«

»So?« Jim hielt den Zeigefinger auf die Stelle in *Wie man Geister beschwört*, an der er gerade war, und hörte gespannt zu.

»Ein Autounfall. Sechs Monate nachdem Ihr Bruder ermordet wurde. Sie wurden von einem Polizisten verfolgt. Der Polizist hieß übrigens Frank Simon. Er arbeitet heute bei einer Geldtransport-firma. Verdient da wahrscheinlich einen hübschen Batzen mehr.«

»Sie hatten also einen Unfall.«

»Der Wagen kam mit über hundert Meilen Tempo von der Fahrbahn ab und stieß mit einem Starkstrommast zusammen. Als man den Strom endlich abgestellt und sie aus dem Auto gekratzt hatte, waren sie halb gar gegrillt.«

Jim schloß die Augen. »Haben Sie den Bericht über den Unfall gelesen?«

»Sicher.«

»Stand da irgend etwas über den Wagen drin?«

»Er war frisiert.«

»Gibt es eine Beschreibung?«

»Eine schwarze Fordlimousine, Baujahr 1954. Auf einer Seite stand ›Klapperschlange‹. Paßt alles. Die Burschen können keinen Ärger mehr machen.«

»Sie hatten noch einen Komplizen, Mr. Nell. Ich weiß nicht, wie er heißt, aber sein Spitzname war Bleicher.«

»Das muß Charlie Spender sein«, antwortete Mr. Nell ohne zu überlegen.

»Er hat sich mal die Haare gebleicht. Ich erinnere mich noch genau daran. Der Erfolg waren weißen Strähnen, und er hat dann versucht, es wieder dunkel zu färben. Die weißen Strähnen wurden orange.«

»Wissen Sie, was er jetzt macht?«

»Er ist Berufssoldat geworden. Meldete sich acht- oder neunundfünfzig zur Armee, nachdem ein Mädchen aus der Gegend ein Kind von ihm erwartete.«

»Wie könnte ich ihn erreichen?«

»Seine Mutter lebt in Stratford. Sie kann Ihnen sagen, wo Sie ihn finden können.«

»Können Sie mir Ihre Adresse geben?«

»Nicht, bevor Sie mir nicht verraten haben, worum es geht.«

»Das kann ich nicht, Mr. Nell. Sie würden mich für verrückt halten.«

»Lassen wir es auf einen Versuch ankommen.«

»Ich kann wirklich nicht.«

»Also schön, mein Sohn.«

»Würden Sie –« Doch die Leitung war schon tot.

»Verdammt!« fluchte Jim und legte den Hörer auf die Gabel. Im selben Augenblick klingelte der Apparat unter seiner Hand, und er zuckte zurück, als hätte er sich verbrannt. Schwer atmend starrte er auf das Telefon. Es klingelte dreimal, viermal. Er nahm den Hörer auf. Hörte zu. Schloß die Augen.

Ein Streifenwagen überholte ihn auf dem Weg zum Krankenhaus und fuhr dann mit heulender Sirene voraus. Im Unfallraum war ein junger Arzt mit einem kurz gestutzten Schnurrbart. Er sah Jim aus dunklen, emotionslosen Augen an.

»Entschuldigen Sie, ich bin James Norman und –«

»Es tut mir leid, Mr. Norman. Ihre Frau ist um 21.04 Uhr gestorben.«

Er merkte, wie er ohnmächtig wurde. Die Welt um ihn herum rückte in weite Ferne. Alles verschwamm vor seinen Augen, und in seinen Ohren summte es schrill. Sein Blick wanderte ziellos umher, sah grün gekachelte Wände, eine fahrbare Bahre, die im Licht der Deckenlampe glitzerte, eine Schwester mit schief sitzender Haube. *Zeit, daß du dich im Spiegel überprüfst, Schätzchen.* Ein Pfleger lehnte an der Wand vor dem Unfallraum Nr. 1. Er trug einen schmutzigen weißen Kittel, auf dem ein paar vereinzelte Blutflekken schimmerten, und war gerade dabei, mit einem Messer seine Fingernägel sauberzumachen. Der Pfleger hob den Kopf und grinste Jim an. Es war David Garcia.

Da verlor Jim das Bewußtsein.

Die Beerdigung. Wie ein Tanz in drei Akten. Das Haus. Die Leichenhalle. Der Friedhof. Gesichter, die aus dem Nichts auftauchten, vorbeiwirbelten und irgendwo in der Dunkelheit wieder verschwanden. Sallys Mutter, die tränennassen Augen hinter einem schwarzen Schleier verborgen. Ihr Vater, der fassungslos und alt aussah. Simmons. Andere. Sie stellten sich vor und schüttelten ihm die Hand. Er nickte, ohne sich ihre Namen zu merken.

Ein paar Frauen brachten etwas zu essen mit, eine von ihnen eine Apfeltorte, von der irgend jemand ein Stück aß, und als er in die Küche kam, sah er sie auf dem Küchenschrank stehen, und dort, wo sie angeschnitten war, quoll der Saft wie gelbbraunes Blut auf den Tortenteller, und er dachte: *Fehlt nur noch ein ordentlicher Löffel Vanilleeiscreme obendrauf.*

Er merkte, wie seine Hände und Beine zitterten und verspürte den Wunsch, hinüber zum Küchenschrank zu gehen und den Kuchen gegen die Wand zu schleudern.

Und dann verabschiedeten sie sich, und es kam ihm so vor, als sähe er sich in einem selbstgedrehten Videofilm, wie er Hände schüttelte, nickte und sagte: Danke . . . Ja, das werde ich . . . Vielen Dank . . . Das ist sie bestimmt . . . Danke . . .

Als alle fort waren, gehörte das Haus wieder ihm allein. Er ging hinüber zum Kaminsims, das mit Andenken aus ihren Ehejahren vollgestellt war. Ein Stoffhund mit Perlen als Augen, den sie während ihrer Flitterwochen auf Coney Island gewonnen hatte. Zwei Ledereinbände mit seinem und ihrem Universitätsdiplom. Ein Paar Riesenwürfel aus Styropor, die sie ihm geschenkt hatte, nachdem er vor ungefähr einem Jahr beim Pokern einmal sechzehn Dollar verloren hatte. Eine Tasse aus feinem Chinaporzellan, die sie im letzten Jahr in einem Trödelladen in Cleveland gekauft hatte. Und in der Mitte ihr Hochzeitsfoto. Er legte es hin, setzte sich in seinen Sessel und starrte auf den leeren Bildschirm des Fernsehgerätes. Und langsam nahm ein Plan in seinem Kopf Gestalt an.

Eine Stunde später klingelte das Telefon und riß ihn aus einem leichten Halbschlaf. Er griff nach dem Hörer.

»Der nächste bist du, Norm.«

»Vinnie?«

»Mann, sie war wie 'ne Tontaube in 'ner Schießbude. Peng und kaputt.«

»Ich werde heute abend in der Schule sein, Vinnie. Raum 23. Ich lasse das Licht aus. Es wird genauso sein wie unter dem Bahnübergang damals. Ich denke, ich kann sogar einen Zug beschaffen.«

»Du willst die Sache endlich zu Ende bringen, was?«

»Richtig. Ihr werdet also da sein.«

»Vielleicht.«

»Bestimmt«, antwortete Jim und hängte ein.

Es war fast dunkel, als er die Schule erreichte. Er parkte den Wagen auf dem üblichen Platz, öffnete den Hintereingang mit seinem Hauptschlüssel und ging zuerst hinauf zur englischen Abteilung im ersten Stock. Er schloß auf, öffnete den Plattenschrank und ging die Schallplatten durch. Ungefähr in der Mitte des Stapels hielt er ein und zog eine Platte mit dem Titel *Hi-Fi Sound Effects* heraus. Er drehte sie herum. Das dritte Stück auf der A-Seite war »Güterzug: 3:04.« Er legte das Album auf den tragbaren Plattenspieler der Abteilung und zog *Wie man Geister beschwört* aus seiner Manteltasche. Er schlug das Buch an einer markierten Stelle auf, las und nickte. Dann schaltete er das Licht aus.

Raum 23.

Er baute den Plattenspieler auf, stellte die Lautsprecherboxen so weit wie möglich auseinander und legte dann das Stück mit dem Güterzug auf. Das Geräusch schwoll aus dem Nichts an, bis es den ganzen Raum mit dem rauhen Dröhnen von Dieselmotoren und dem metallischen Kreischen von Stahl auf Stahl erfüllte.

Wenn er die Augen schloß, konnte er sich fast vorstellen, er wäre unter der Broad Street-Bahnüberführung, auf die Knie heruntergedrückt, und sähe zu, wie das schreckliche Drama auf seinen unvermeidlichen Schluß hin ablief . . .

Er öffnete die Augen, nahm den Tonarm von der Platte und legte ihn neu auf. Dann setzte er sich hinter sein Pult und schlug *Wie man Geister beschwört* bei einem Kapitel auf, das die Überschrift »Böse Geister und wie man sie ruft« trug. Seine Lippen bewegten sich beim Lesen, und ab und zu hielt er inne, um etwas aus seiner Tasche zu holen, das er vor sich auf den Tisch legte.

Das erste war ein altes und zerknittertes Foto von ihm und seinem Bruder auf dem Rasen vor dem Apartmenthaus in der Broad Street, wo sie gewohnt hatten. Sie hatten beide den gleichen kurzen Haarschnitt, und beide lächelten sie verlegen in die Kamera. Das zweite war ein kleines Glas mit Blut. Er hatte eine streunende Katze eingefangen und ihr mit seinem Taschenmesser die Kehle durchgeschnitten. Das dritte war das besagte Taschenmesser. Und das vierte und letzte war ein Schweißband, das er aus einer alten Baseballmütze herausgerissen hatte. Aus Waynes Baseballmütze. Jim hatte sie in der Hoffnung aufbewahrt, daß er und Sally eines Tages einen Sohn haben würden, der sie tragen würde.

Er stand auf, ging hinüber zum Fenster und sah hinaus. Der Parkplatz war leer.

Er machte sich daran, die Schultische an die Wände zu schieben, so daß in der Mitte ein kreisförmiger Freiraum blieb. Als er damit fertig war, holte er ein Stück Kreide aus seiner Schreibtischschublade und zeichnete mit Hilfe eines Maßstabs ein Pentagramm auf den Fußboden, wobei er sich ganz genau an die Vorlage im Buch hielt.

Sein Atem ging jetzt schwerer. Er schaltete das Licht aus, nahm die Dinge, die er mitgebracht hatte, in eine Hand und begann zu rezitieren.

»Dunkler Vater, höre mich an um meiner Seele willen. Ich bin einer, der Opfer verspricht. Ich bin einer, der eine finstere Gefälligkeit für ein Opfer erbittet. Ich bin einer, der Vergeltung der linken Hand sucht. Ich bringe Blut als Versprechen für ein Opfer mit.«

Er schraubte den Deckel vom Glas, in dem ursprünglich Erdnußbutter gewesen war, schüttete das Blut in das Pentagramm.

In dem dunklen Klassenraum ging eine Veränderung vor sich. Es ließ sich nicht genau beschreiben, aber die Luft wurde schwerer. Sie schien dicker zu werden und Kehle und Magen mit Blei auszufüllen. Die tiefe Stille wurde noch intensiver, schwoll an mit etwas Unsichtbarem.

Er folgte genau den alten Riten.

Jetzt lag etwas in der Luft, das Jim an eine Gelegenheit erinnerte, als er einmal mit einer Klasse ein riesiges Kraftwerk besichtigt hatte – ein Gefühl, als sei die Luft mit Elektrizität geladen und als vibriere sie. Und plötzlich begann eine seltsam leise und unangenehme Stimme zu ihm zu sprechen.

»Was wünschst du?«

Jim konnte nicht sagen, ob er sie tatsächlich hörte oder sich nur einbildete, sie zu hören. Er sagte zwei Sätze.

»Das ist eine kleine Gefälligkeit. Was gibst du mir dafür?«

Jim sagte drei Worte.

»Beide«, flüsterte die Stimme. »Den linken und den rechten. Einverstanden?«

»Ja.«

»Dann gib mir, was mir gehört.«

Er klappte sein Taschenmesser auf, drehte sich zum Schreibtisch herum, legte die rechte Hand flach auf die Platte und hackte mit vier harten Hieben seinen rechten Zeigefinger ab. Blut floß auf das Löschpapier darunter, wo es ein dunkles Muster bildete. Es tat überhaupt nicht weh. Er schob den Finger beiseite und nahm das Messer in die andere Hand. Den linken Finger abzuschneiden, war schwieriger. Seine rechte Hand fühlte sich ohne Zeigefinger sonderbar fremd an, und das Messer rutschte ihm immer wieder weg. Schließlich warf er es mit einem unwilligen Knurren beiseite, griff sich den Finger und riß ihn ab. Dann warf er alle zwei in das Pentagramm. Ein kurzer Lichtblitz zuckte auf, der an das Blitzlichtpulver erinnerte, wie es ganz früher bei Fotoaufnahmen verwendet wurde. Kein Rauch, bemerkte er. Kein Schwefelgeruch.

»Welche Gegenstände hast du mitgebracht?«

»Ein Foto. Und ein Stück Tuch, das seinen Schweiß aufgenommen hat.«

»Schweiß ist wertvoll«, entgegnete die Stimme, und in ihrem Ton lag eine kalte Gier, die Jim frösteln ließ. »Gib sie mir.«

Jim warf sie in das Pentagramm. Wieder blitzte es auf.

»Es ist gut.«

»Wenn sie kommen«, gab Jim zurück.

Er bekam keine Antwort. Die Stimme war verschwunden – falls es sie überhaupt gegeben hatte. Er beugte sich näher zum Pentagramm vor. Das Foto lag immer noch da, aber es war schwarz und rissig. Das Schweißband war weg.

Draußen auf der Straße war ein Geräusch zu hören, zuerst nur schwach, dann zunehmend lauter. Ein frisierter Wagen mit speziellen Schalldämpfern, der zunächst in die Davis Street einbog und dann näher kam. Jim setzte sich und horchte, ob er vorbeifahren oder einbiegen würde. Er bog ein.

Das Echo von Schritten auf der Treppe.

Robert Lawsons hohes Kichern, dann eine Stimme: »Schschsch!« und wieder Lawsons Kichern. Die Schritte kamen näher, verloren ihr Echo, und dann wurde die Glastür am Ende der Treppe aufgeschlagen.

»Juuu-huuu, Normie!« rief David Garcia schrill.

»Bist du da, Normie?« flüsterte Lawson und kicherte. »Hey, bisse da oder nich?«

Vinnie sagte nichts, aber Jim konnte ihre drei Schatten sehen, als sie den Korridor entlangkamen. Vinnie war der größte, und in einer Hand hielt er einen langen Gegenstand. Es klickte leise, und der lange Gegenstand wurde noch länger.

Sie standen jetzt vor der Tür, Vinnie in der Mitte. Alle drei hatten sie Messer in den Händen.

»Wir kommen, Mann«, sagte Vinnie leise. »Wir kommen, um dich ein für alle Male fertigzumachen.«

Jim schaltete den Plattenspieler ein.

»Hey«, rief Garcia und zuckte zurück. »Was ist das?«

Der Güterzug kam näher. Man konnte fast spüren, wie die Wände zu zittern begannen.

Das Geräusch schien plötzlich nicht mehr aus den Lautsprechern zu kommen, sondern von irgendwo weit entfernt in Zeit und Raum.

»Die Sache gefällt mir nicht«, stellte Lawson fest.

»Zu spät«, entgegnete Vinnie. Er trat vor und fuchtelte mit dem Messer herum. »Gib uns dein Geld, Papi.«

. . . laß mich in Ruhe . . .

Garcia wich zurück. »Was zum Teufel —«

Aber Vinnie zögerte keine Sekunde. Er bedeutete den anderen, sich zu verteilen, und was Jim in seinem Blick las, hätte Erleichterung sein können.

»Komm schon, Kleiner, wieviel hast du dabei?« fragte Garcia plötzlich.

»Vier Cent«, antwortete Jim wahrheitsgemäß. Er hatte sie aus dem Pennyglas im Schlafzimmer herausgesucht. Der jüngste stammte von 1956.

»Du verdammter Lügner.«

. . . laßt ihn in Ruhe . . .

Lawson sah über seine Schulter, und seine Augen weiteten sich. Die Wände waren verschwommen, wie nicht vorhanden. Der Güterzug heulte. Das Licht der Straßenlampen auf dem Parkplatz hatte einen rötlichen Ton angenommen, wie das Neonschild der Burrets Building Company, das gegen den abendlichen Himmel flackerte.

Etwas kam aus dem Pentagramm heraus, etwas mit dem Gesicht eines kleinen Jungen von vielleicht zwölf Jahren. Ein Junge mit kurzgeschnittenen Haaren.

Garcia schoß vor und schlug Jim auf den Mund. Er konnte Knoblauch und Peperoni in Garcias Atem riechen. Alles lief ganz langsam und schmerzlos ab.

Jim fühlte plötzlich eine bleierne Schwere in seinen Leisten, und seine Blase löste sich. Als er an sich herunterblickte, sah er, wie ein dunkler Fleck auf seiner Hose erschien, der sich rasch ausbreitete.

»Hey, guck mal, Vinnie, er hat sich in die Hose gemacht!« rief Lawson. Der Ton stimmte, doch auf seinem Gesicht lag ein Ausdruck von Entsetzen – der entsetzte Ausdruck einer Puppe, die zum Leben erwacht ist, nur um feststellen zu müssen, daß sie an Fäden hängt.

»Laßt ihn in Ruhe«, sagte das Etwas mit Waynes Gesicht, aber es war nicht Waynes Stimme – es war die kalte, gierige Stimme jenes Wesens aus dem Pentagramm. »Lauf, Jimmy! Lauf! Lauf weg! Lauf weg!«

Jim ließ sich auf die Knie fallen, und eine Hand rutschte über seinen Rücken und versuchte, ihn festzuhalten, aber es gelang ihr nicht.

Als er aufblickte, sah er, wie Vinnie, das Gesicht zu einem Zerrbild des Hasses verzogen, sein Messer direkt unterhalb des Brustbeins in das Wayne-Etwas stieß . . . und dann ein Schrei, sein Gesicht fiel zusammen, wurde rissig, schwarz und schrecklich.

Dann war er verschwunden.

Garcia und Lawson erwischte es einen Augenblick später, und verzerrt und entstellt verschwanden auch sie.

Jim lag keuchend auf dem Boden, während das Dröhnen des Güterzuges verebbte.

Sein Bruder sah auf ihn hinunter.

»Wayne?« flüsterte er.

Und das Gesicht veränderte sich. Es schien zu schmelzen und ineinanderzulaufen. Die Augen wurden gelb, und eine gräßliche Bösartigkeit grinste ihm aus ihnen entgegen.

»Ich komme wieder, Jim«, flüsterte die kalte Stimme.

Und dann war das Etwas verschwunden.

Jim stand langsam auf und schaltete den Plattenspieler mit einer verstümmelten Hand aus. Er betastete seine Lippen. Sie bluteten von Garcias Schlag. Er ging zur Tür und schaltete das Licht ein. Der Raum war leer. Er blickte hinaus auf den Parkplatz – er war ebenfalls leer, abgesehen von einer einzelnen Radkappe, die den Mond in einer schwachsinnigen Pantomime reflektierte. Die Luft im Klassenzimmer roch alt und muffig – die Atmosphäre von Mausoleen. Er wischte das Pentagramm auf dem Fußboden aus und begann, die Tische für den Vertreter am nächsten Tag zurechtzurücken. Seine Finger schmerzten schlimm – *welche Finger*? Er würde einen Arzt aufsuchen müssen. Er schloß die Tür und stieg langsam die Treppe hinunter, wobei er seine Hände gegen die Brust hielt. Auf halbem Weg nach unten ließ ihn etwas – ein Schatten, oder vielleicht auch nur eine Intuition – herumfahren.

Etwas Unsichtbares schien zurückzuspringen.

Jim dachte an die Warnung in *Wie man Geister beschwört* – an die Gefahr, die darin lag. Man konnte sie vielleicht rufen, sie vielleicht dazu bringen, etwas für einen zu tun. Man konnte sie sogar wieder loswerden.

Aber manchmal kommen sie wieder.

Er ging weiter und fragte sich, ob der Alptraum wirklich vorbei war.

Der Möwenmörder

E. W. Heine

Jeder kennt Venedig, aber wer kennt schon Grado, die venezianische Tochterstadt im Golf von Triest?

Falls Sie jemals hierherkommen, so sollten Sie sich der Stadt vom Meer her nähern. Wie eine Fata Morgana taucht das alte Gemäuer aus dem Dunst der Lagune auf. Das Wasser ist schlammig und flach wie das friesische Wattenmeer. Schiffe vermögen sich nur in engen, ausgebaggerten Straßen zu bewegen, die mit Reisigbesen markiert sind. Wer hier vom Weg abkommt, bleibt im Schlamm der Lagune stecken.

Um so froher war ich, als ich nach Einbruch der Dunkelheit das Leuchtfeuer des kleinen Hafens dicht vor mir entdeckte. Die Bora, vor der ich hierher geflohen war, hatte inzwischen die Windstärke vier erreicht. Seit zwei Stunden fuhr ich ohne Segel mit laufendem Motor, ständig in Sorge, die Straße zu verlieren und im Schlamm zu enden.

An der Mole lagen vier Jachten, alle größer als mein Boot. Ich warf Buganker und legte mich leewärts neben einen Zweimaster mit italienischem Hoheitszeichen. Der Sturm staute die Wellen zu beachtlicher Höhe. Ich war heilfroh, als ich ohne Schaden Achterleinen, Vorleine und Fender festgemacht hatte. Mit einer Mannschaft ist das kein Problem, aber wenn man wie ich allein durch die Gegend schippert, so weiß man mit nur zwei Händen nicht, was man zuerst erledigen soll. Als der Kahn endlich festlag, wußte ich es. Ich genehmigte mir einen doppelten Whisky aus der Flasche. Meine Glieder waren steif und schmerzten. Ich war naß und fror. Von allen Möglichkeiten zu reisen ist Segeln mit Abstand die unbequemste. Ich war so müde, daß ich angezogen einschlief.

Ein Schrei schreckte mich aus dem Schlaf. Hatte ich geträumt?

Ich wagte nicht zu atmen. Ein Schrei zerriß die Stille, der Schrei eines Tieres, einer gemarterten Katze. Oder war es ein Kind?

Ich sprang aus dem Bett. Stieß mir den Kopf blutig. Suchte die Taschenlampe. Vergeblich. Da war der Schrei wieder. Es war ein Todesschrei. Mir gefror das Blut. Aufhören! Das ist ja entsetzlich. Ich tastete mich zum Aufgang.

Als ich mich ins Freie zwängte, war es totenstill. Im Osten sikkerte blutig die Morgenröte über den Horizont. Nichts war zu hören. Nur die Wellen schlugen gegen den Bug. Hatte ich geträumt? Ich wartete mit angehaltenem Atem. Nichts. Auf keinem der Schiffe brannte Licht. Wie große tote Fische lagen sie auf dem Wasser. Außer mir schien niemand etwas gehört zu haben. Die Kälte trieb mich zurück in meine Koje. Aber ich fand keinen Schlaf mehr.

Als die Sonne in die Kabine schien, zog ich mich an. Ich machte mir Tee und stellte fest, daß ich dringend neuen brauchte. Meine Einkaufsliste war ohnehin zwei Seiten lang, und so ging ich an Land, denn die Händler auf den Märkten in Italien öffnen ihre Stände kurz nach Sonnenaufgang.

Auf der Jacht backbord von mir schien noch alles zu schlafen. Ein stolzes Boot. Deckplanken und Maste waren aus warmem Mahagoni. Die Messingbeschläge schimmerten in der Morgensonne wie Gold. Und dann sah ich die Möwe. Ihre ausgebreiteten Schwingen zitterten im Wind. Schnabel und Augen waren weit aufgerissen. Das Gefieder war blutverschmiert. Irgend jemand hatte sie bei lebendigem Leibe an den Mast genagelt. Ich dachte an den Schrei. Sie haben sie gekreuzigt. Mein Gott, was gibt es nur für Menschen! Mein Magen revoltierte. Ich mußte mich abwenden. Sie haben sie wahrhaftig gekreuzigt. Diese Schweine!

Auf dem Platz vor dem Dom hatten die Fischer den Fang der Nacht ausgebreitet: purpurrote Barben mit Flossen wie Blütenblätter, stachelige Koboldfische, blauschleimige Aale, Warzenfische, Muränen und achtarmige Polypen, skurril, wie von Picasso entworfen.

Ich dachte an die Möwe.

Nachdem ich meine Einkäufe erledigt hatte, ging ich hinüber zum Dom. Eine alte Frau kniete vor dem Altar. Ihr Haar schimmerte im flackernden Kerzenlicht wie Meerschaum. Es roch nach Weihrauch und Bohnerwachs. Mein Blick fiel auf den Gekreuzigten. Ich mußte an die Möwe denken.

Am großen Kanal sah ich den Möwen zu. Wie Seerosen schaukelten sie auf dem schmutzigen Wasser. Jemand warf ihnen ein Stück Brot zu. Pfeilschnell flogen sie ihrer Beute entgegen. Ein gelber Schnabel schnappte sie noch in der Luft. Die Leerausgegangenen beschimpften krächzend ihr Mißgeschick.

Wie kann jemand eine Möwe an den Mast seines Schiffes nageln? Der Gedanke ging mir nicht mehr aus dem Kopf. Natürlich, die meisten Bootseigner mögen die Möwen nicht. Die Seevögel übernachten mit Vorliebe auf den festgemachten Schiffen. Mit ihrem Kot besudeln sie das ganze Deck. Aber ist das ein Grund, sie zu kreuzigen? Zwei Eimer Wasser, und das Deck ist wieder klar. Der Kerl neben mir mußte ein unglaublicher Sadist sein.

Als ich zum Hafen zurückkam, sah ich ihn. Mit nacktem Oberkörper hing er in einem Liegestuhl und schlief. Er schlief wirklich, denn er schnarchte. Behaart wie ein großer Affe lag er da, völlig erschöpft. Am frühen Morgen! Müde vom Möwenmorden.

Aber dann sah ich den wahren Grund seiner Müdigkeit. Sie war nackt und drehte mir den Rücken zu. Sie war damit beschäftigt, ihr langes, blauschwarzes Haar zu einem Zopf zu flechten. Ich bewunderte den zarten, zerbrechlichen Schwung der Nackenlinie und den kleinen festen Po. Auf den ersten Blick hielt ich sie für ein Kind, aber dann sah ich ihre Brüste im Profil. Ich hielt den Atem an. Elastisch und spitz wippten sie im Rhythmus der flechtenden Finger. Mit einem Ruck, so als spürte sie meinen Blick auf ihren Brüsten, wandte sie mir das Gesicht zu. Sie sah mich. Ihre Augen weiteten sich vor Angst. Es waren die Augen einer Chinesin oder Japanerin. Drei Herzschläge lang verharrte sie völlig regungslos, vom Schreck gelähmt, dann huschte sie leichtfüßig wie ein scheues Tier davon.

Ich verstaute meinen Proviant, holte die gestrige Eintragung im Logbuch nach und überprüfte den Diesel. Natürlich dachte ich die ganze Zeit über nur an sie. Als ich wieder an Deck stieg, war der Liegestuhl leer. Zwei bärtige Segler von dem weiter backbord liegenden Schoner kamen herüber. Ich lud sie ein, an Bord zu kommen. Sie waren Engländer, Studenten, und wollten trotz der schlechten Wettervorhersage noch heute hinüber zur jugoslawischen Küste. Wir tranken Tee und Rum, sprachen vom Wetter und vom Segeln, von den Zielen, die vor uns lagen, und von den guten und schlechten Erfahrungen in den Häfen, die hinter uns lagen, als die Sprache auf den italienischen Zweimaster neben mir kam.

»Ein brutaler Typ«, sagte der ältere der beiden Engländer, der John hieß und wie Charles Darwin aussah. »Als wir vor einer Woche hier anlegten, war der Hafen voll von Möwen. Dann kam er und räumte auf. Er fängt die schlafenden Vögel mit Schlingen und nagelt sie lebendig an den Mast. Ihre Todesschreie verjagen die anderen.«

»Habt ihr mit ihm gesprochen?«

»Er spricht nur Italienisch und läßt keinen auf sein Schiff. Sie waren zu dritt. Zwei Männer sind kurz nach der Landung mit einem Taxi davongefahren. Seitdem hockt er allein auf dem Schiff, sonnt sich oder killt Möwen.«

Sie erwähnten mit keinem Wort die junge Chinesin. Es war klar, daß er sie versteckt hielt. Vielleicht war sie seine Gefangene. Aber warum hatte ich sie dann so erschreckt? Mußte ihr nicht jeder Kontakt mit der Außenwelt als Rettung erscheinen? Oder hatte man sie so eingeschüchtert, daß sie nur noch willenloses Opfer war, eine festgenagelte Möwe?

Der Nachmittag verging, ohne daß sich etwas auf dem Nachbarschiff rührte. Ich war schon der Meinung, sie seien an Land gegangen, während ich mich unter Deck mit den Engländern unterhalten hatte, da bemerkte ich, wie der Zweimaster bei ruhiger See zu schaukeln begann. Die Bewegung war nicht stark. Wenn ich das Boot nicht beobachtet hätte, so wäre sie mir vermutlich gar nicht aufgefallen. Es war so, als wenn sich unter Wasser ein großer Fisch am Kiel den Rücken scheuern würde.

Ich lockerte meine Achterleinen und zog mich so dicht an den Italiener heran, daß ich mein Ohr an seine Bordwand legen konnte.

Ganz deutlich hörte ich das Wimmern einer Frauenstimme, erstickte Schreie, Stöhnen und Röcheln. Das Blut gefror mir in den Adern. Er brachte sie um. Ich wollte mich schon hinüberschwingen, als ein männlicher Schrei an mein Ohr drang, ein wilder, heiserer Aufschrei. Und mit einem Mal durchzuckte mich die Erkenntnis, daß ich nicht der vom Schicksal geschickte Retter war, sondern ein kleiner, mieser Voyeur, der seine Nachbarn beim Bumsen belauschte. Angewidert zog ich mich zurück.

Als ich eine halbe Stunde später an Deck kam, schaukelte der Zweimaster schon wieder. Kein Wunder, daß dieser geile alte Affe schon morgens schnarchte. Die Kleine war doch noch ein Kind. Ob sie ihn liebte? Wie kann man jemanden lieben, der Möwen kreuzigt?

Obwohl es kühl war, setzte ich mich am Abend demonstrativ nach draußen, vor mir auf dem Tisch eine zollfreie Flasche Bourbon. Die Maiabende waren lang, und ich hatte Zeit. Kurz vor acht ließ er sich endlich sehen.

»Guten Abend. *Good evening*«, rief ich hinüber.

»*Buona sera*«, antwortete er.

»Wie wär's mit einem Drink?« fragte ich und zeigte auf die noch fast volle Flasche. Er schüttelte verneinend den Kopf: »*Non parlo tedesco.*« Und dann sagte er: »*Buona notte*«, drehte mir den Rücken zu und verschwand im Inneren seines Schiffes.

Ich ging an Land und suchte mir eine Trattoria, wo ich mit ein paar alten Fischern Valpolicella trank.

Ich verstand nur die Hälfte von dem, was sie in gebrochenem Englisch erzählten.

Als ich spät in der Nacht zum Boot zurückkehrte, war der Himmel bewölkt. Die Hafenlaternen waren bereits erloschen. Es war finster wie in einem wasserdichten Seesack. Ich setzte mich ans Heck, um noch eine Zigarette zu rauchen, riß ein Streichholz an, das Licht flammte auf: Für einen kurzen Augenblick sah ich sie. Sie stand hinter dem großen Fenster in der Messe und schaute zu mir herüber. Ein Ausdruck unaussprechlicher Traurigkeit lag auf ihrem Gesicht. Als ich ein zweites Zündholz anriß, war sie verschwunden.

Später im Traum kam sie zu mir. Sie war nackt. Sie beugte sich über mich und streichelte mich mit ihren spitzen Brüsten. Kalt wie ein Fisch war ihre Haut. »Wärme mich«, sagte sie. Ich nahm sie, und sie öffnete den Mund so, als wollte sie schreien. Und dann schrie sie. Es war der Todesschrei einer Möwe. Er riß mich aus meinem Traum. Doch bevor ich erwachte, hörte ich die Stimme des Mannes, ein unterdrückter Fluch. Polternde Schritte. Ein eiserner Gegenstand fiel zu Boden. Dann folgte ein Schlag, so, als ob die Axt in den lebendigen Leib eines Baumes fährt. Ich griff nach meiner Taschenlampe und stürzte nach oben. »Ist da jemand?« rief ich.

Stille. Nur Wind und Wellen.

Ich knipste die Lampe an. Mitten auf dem Deck wie ein Geist in wallendem Gewand stand die kleine Chinesin. Ihr offenes Haar wehte im Wind. In der rechten Hand hielt sie einen Hammer. Am Mast flatterte eine festgenagelte Möwe. Darunter lag mit dem Gesicht auf den Planken ein Mann. Er röchelte wie ein Erstickender. Ich sprang hinüber. Vor mir lag der Möwenmörder. Sein Schädel war eine einzige blutige Masse. Reglos wie eine steinerne Rachegöttin stand sie neben ihrem Opfer. Ich nahm ihr den Hammer aus der Hand und kniete neben dem Erschlagenen nieder. Man brauchte kein Arzt zu sein, um zu erkennen, daß dem Mann nicht mehr zu helfen war.

»Warum hast du das getan?« fragte ich angewidert.

Sie antwortete nicht. Mit weit aufgerissenen Augen starrte sie auf die noch lebende Möwe am Mast. Man hatte sie erst vor wenigen Minuten gekreuzigt.

Und mit einem Mal ahnte ich, was geschehen war: Ich sah ihn, wie er den ängstlich flatternden Vogel aus der Schlinge nahm.

»Nein, bitte nicht«, hatte die junge Chinesin gebettelt. »Bitte.«

Er hatte gelacht, sie beiseite gestoßen, zum Hammer gegriffen und den ersten Nagel durch die besonders empfindliche Stelle unter dem Ansatz des zitternden Flügels getrieben. Die Möwe hatte vor Schmerz geschrien. Die junge Frau hatte die Hände gegen ihre Ohren gepreßt. »Nein«, schrie sie. »Nein.« Aber schon hatte er den zweiten Nagel in das schreiende Tier geschlagen. Sie hatte sich auf den Mann geworfen. Überrascht von dem unerwarteten Angriff hatte er das Gleichgewicht verloren, war zu Boden gestürzt. Der Hammer war seiner Hand entglitten.

»Na warte«, hatte er geschrien, »dir werde ich es zeigen . . .« Doch bevor er wieder auf den Beinen gewesen war, hatte sie den

Hammer ergriffen und zugeschlagen, einmal, zweimal, dreimal...

Ich schaute mich um. Obwohl es inzwischen bereits tagte, schien niemand das Entsetzliche bemerkt zu haben. Friedlich schlafend lagen die anderen Schiffe da. Aus der Richtung des Marktes hörte man die ersten Motorengeräusche der Lieferwagen.

»Wir müssen ihn wegschaffen«, sagte ich. »Komm, hilf mir.« Ich wickelte ihn samt Hammer ins Vorsegel und beschwerte das Paket mit der Ankerkette. Gemeinsam schafften wir ihn hinüber zu mir aufs Boot. Nachdem ich die blutigen Deckplanken sorgfältig gereinigt hatte, löste ich meine Halteleinen, holte den Anker ein und stach in See.

Sie hatte die ganze Zeit kein Wort gesprochen. Schweigsam und scheu wie ein gefangenes Tier kauerte sie auf dem Boden, die Augen voller Angst.

Ich sprach zu ihr wie zu einem Kind, obwohl ich ihr ansah, daß sie mich nicht verstand: »Mach dir keine Sorgen. Er hat bekommen, was er verdiente. Es war Notwehr. Er war ein brutales Schwein, ein Sadist, einer, der Möwen kreuzigt. Alles wird gut werden. Keiner hat uns gesehen. Wir werden ihn über Bord werfen, draußen auf offener See. Niemand wird ihn dort finden. Du bist frei. Ich werde dir helfen. Hab keine Angst.«

Sie aß nicht und sie trank nicht. Wie hypnotisiert saß sie da. Ich wickelte sie in eine Wolldecke und flößte ihr heißen Grog ein. Willenlos ließ sie alles mit sich geschehen. Ich streichelte ihr Haar.

Wir segelten vor einem besonders klippenreichen Abschnitt der jugoslawischen Küste. Das Ruder verlangte meine ganze Aufmerksamkeit. Als ich nach ihr sah, war sie in tiefen Schlaf gesunken, aus dem sie erst am Abend wieder erwachte. Sie erhob sich wortlos. Ihre Augen suchten den eingewickelten Leichnam. Ich hatte ihn mittags über Bord gerollt. Erleichtert kletterte sie wieder zurück in die Kajüte. Ich hörte, wie der Kühlschrank geöffnet wurde. Sie benagte ein halbes Huhn. Ein Tier, dachte ich, eine große Katze. Am tierhaftesten jedoch war ihr Schweigen. Mit großen Augen hörte sie zu, wenn ich mit ihr sprach. Aber sie selbst sagte kein einziges Wort. Wenn ich auf mich zeigte und meinen Namen nannte, so erhellte ein Lächeln ihr Gesicht, so als verstünde sie. Wenn ich aber auf sie zeigte und nach ihrem Namen fragte, so schwieg sie.

»Ich glaube, du bist stumm.« Sie schwieg. Nur ihre Augen sprachen. »Du hast schöne Augen, Katzenaugen.« Sie verstand mich nicht. Oder doch?

In einer kleinen, einsamen Bucht gingen wir vor Anker. Während ich die Segel einholte, verschwand sie in der Kajüte und improvisierte in wenigen Minuten ein hervorragendes chinesisches Abendessen.

»Ich glaube, ich habe einen guten Fang mit dir gemacht.« Ich nahm sie in meine Arme. »Bitte nicht, noch nicht. Laß mir Zeit!« bettelten ihre Augen.

Später stand sie an der Reling und flocht ihr Haar.

»Du bist schön, kleine Möwe«, sagte ich.

In der Nacht hatte ich einen Traum. Wir lagen nackt auf dem warmen Sandstrand einer tropischen Meeresbucht. Die Brandung rauschte. Wir liebten uns. Sie wand sich unter mir wie eine Schlange. Und dann öffnete sie ihre Lippen zu einem fürchterlichen Schrei. Es war der Todesschrei einer Möwe.

Ich erwachte. Wo bin ich? Was ist los? Schlaftrunken taumelte ich an Deck. Im kalten Morgenlicht am Mast sah ich sie, den blutigen Hammer in der rechten Faust. Mit kurzen, harten Schlägen trieb sie den Nagel durch die zuckende Möwe.

»Nein!« schrie ich. »Nein!« Ich warf mich auf sie, um das Entsetzliche zu verhindern. Und während ich stürzte und sie mit dem Hammer über mir sah, wußte ich mit einem Mal, daß alles ganz anders gewesen war.

Der Fieberbaum

Ruth Rendell

Wo es Malaria gibt, dort wächst der Fieberbaum.

Er hat fedrige, farnähnliche Blätter, frischgrün und zart, wie sie bei vielen Bäumen in tropischen Regionen vorkommen. Sein Erscheinungsbild ist anmutig und hat ein Flair von Jugendlichkeit, so als warte jeder Fieberbaum erst noch darauf, erwachsen zu werden. Das Hervorstechendste an ihm jedoch ist die Farbe seiner Rinde. Es ist das Gelb unreifer Zitronen. Fieberbäume unterscheiden sich von allen anderen durch ihre schlanken, gelben Stämme.

Ford wußte, wie der Baum genannt wurde, und er erkannte ihn auch, aber seinen botanischen Namen wußte er nicht. Auch hatte er nie gehört, weshalb man ihn Fieberbaum nannte – ob die Eingeborenen seine Blätter oder Rinde oder Früchte als Arznei gegen die Malaria verwandten, oder ob der Name einfach nur von seiner warnenden Gegenwart herrührte, überall dort nämlich, wo es die Malaria übertragenden Moskitos gab. Bei seinem Anblick hier in Ntsukunyane spürte er denn auch förmlich ein Fieber in seinem Blut aufsteigen.

Ein Afrikaner in Khakishorts und -hemd öffnete ihnen den Schlagbaum, so daß sie das Tor in der Umfriedung passieren konnten. Drinnen sah es nicht anders aus als draußen, derselbe Busch, still, reglos, von keinem Windhauch bewegt, erstreckte sich nach beiden Richtungen. Während er auf der Teerbetonstraße die zweieinhalb Kilometer zur Rezeptionsbaracke dahinfuhr, dachte Ford, wie es wohl wäre, wenn er jetzt den Kopf wandte und er sähe Marguerite neben sich auf dem Beifahrersitz. Eine Illusion, der nachzuhängen er gar nicht erst wagte, und sie währte auch ohnehin kaum eine Minute. Tricia zerstörte sie. Sie begann ihn mit ihren Schulmädchenfragen zu traktieren, vorgebracht mit hoher, unnatürlicher Stimme.

Es war wieder ein Schwarzer, aber in schmuckerer Uniform, mit weit mehr Verzierungen, der ihren Buchungsbeleg entgegennahm und ihn mit der Gästeliste verglich. Man mußte Wochen im voraus zahlen für das Privileg, sich hier aufzuhalten. Ford hatte einen Tag, nachdem er Marguerite Lebewohl gesagt hatte und, für immer, zu Tricia zurückgekehrt war, seine Buchung vorgenommen.

»Meine Frau wüßte gern die Gebietsgröße von Ntsukunyane«, sagte er.

»Vier Millionen Morgen.«

Ford ließ ein angemessenes Pfeifen ertönen. »Haben wir die Chance, einen Leoparden zu sehen?«

Der Mann zuckte die Achseln und lächelte. »Wer weiß? Sie können Glück haben. Sie sind ja eine ganze Woche hier, da werden Sie sicherlich Löwen, Elefanten und Flußpferde sehen, vielleicht auch einen Geparden. Der Leopard aber ist ein Nachttier, und Sie müssen ja immer bis sechs Uhr abends im Camp zurück sein.« Er sah auf seine Uhr. »Ich rate Ihnen auch, fahren Sie jetzt weiter, Sir, wenn Sie es noch bis Thaba schaffen wollen, bevor die dort die Pforten schließen.«

Ford stieg wieder in den Wagen. Es war beinahe vier. Die Sonne Afrikas, eine lebende Allgegenwart, eine eigene Gottheit, brannte durch einen Dunstschleier. Es ging kein Windhauch. Tricia, in blaßgelbem Sonnenkleid mit Rüschen, hatte ihren Arm aus dem offenen Fenster gehängt, und die blondbehaarte Haut war glutrot. Er teilte ihr mit, was der Mann gesagt hatte, und auch daß drinnen in der Baracke ein Anschlag gehangen hatte: »Es ist streng verboten, Schußwaffen ins Wildreservat mitzunehmen, Tiere zu füttern, die Geschwindigkeitsgrenze zu überschreiten und Abfälle zurückzulassen.«

»Und vor allem darf man nicht aus dem Wagen steigen«, ergänzte Ford.

»Was? Überhaupt nicht?« Tricia machte ihre blaßblauen Augen rund und – wie Murmeln.

»So steht es da.«

Sie zog ein Gesicht. »Dämliche olle Vorschriften!«

»Man braucht sie halt«, erwiderte er.

Ja, man brauchte sie – hier drinnen genauso wie draußen in der Welt. Es ist streng verboten, sich zu verlieben, seine Frau zu verlassen und zu versuchen, ganz von vorn anzufangen. Er warf einen Blick zu Tricia hinüber, um zu sehen, ob ihr wohl die gleichen Gedanken durch den Kopf gingen. Sie hatte ihren neckischen Gesichtsausdruck, lieb, niedlich.

»Eine Belohnung«, rief sie eifrig, »für den, der zuerst ein Tier sieht!«

»Na schön.« Er hatte sich auf diese Versöhnung eingelassen, auf diese Ferienreise mit ihr, diese zweiten Flitterwochen, und jetzt mußte er es eben versuchen. Er mußte sich Mühe geben. Es würde nicht so einfach geschehen, wie die Liebe zwischen ihm und Marguerite dagewesen war, unvermutet und unbeabsichtigt.

»Und wer gibt die Belohnung?« fragte er.

»Wenn ich gewinne, du, und wenn du gewinnst, dann ich. Und wenn ich es bin, dann möchte ich ein Geschenkchen aus dem Camp Shop; ein sehr hübsches, teures Sächelchen.«

Der Gewinner war Ford. Er sah ein einzelnes Zebra aus dem Dornengestrüpp auf der rechten Seite heraustreten, und dann eine kleine Herde. »Krieg *ich* nun ein Geschenk aus dem Shop?«

Er spürte es mehr, als daß er es sah, ihr affektiertes Kopfschütteln. »Nein«, sagte sie, »du kriegst einen Kuß.« Und sie preßte warme, trockene Lippen auf seine Wange.

Es machte ihn unmerklich schaudern. Ford verlangsamte das Tempo, damit das Zebra die Straße überqueren konnte. Das Dornengebüsch hatte fünf Zentimeter lange Stacheln. Am Straßenrand wuchs eine Art wilder Zinnie mit winzigen Blüten, korallenrot, die rote Tupfer zwischen das trockene, bleiche Gras setzten. Im Busch gab es rostrote Ameisenhügel mit hohen Spitzen, wie Zinnen von Märchenburgen. Noch achtunddreißig Kilometer bis Thaba. Er beschleunigte wieder, hielt sich eben unter der Geschwindigkeitsgrenze und ignorierte, so gut er konnte, Tricia jedesmal, wenn sie ihn bat, langsamer zu fahren. Sie würden jetzt ohnehin keins der großen Raubtiere mehr sehen, nicht an diesem Nachmittag, da war er ganz sicher, höchstens Impalas, Zebras und vielleicht eine Giraffe. Er hatte sich früher bei seinen Geschäftsreisen öfter Urlaub genommen, um nach Serengeti oder in den Krügerpark zu fahren, er kannte sich aus. Er holte das Fernglas für Tricia heraus, stellte es ein und hängte ihr den Lederriemen um den Hals, denn er hatte weder all die Ferngläser und Kameras vergessen, die sie bereits fallen gelassen und kaputtgemacht hatte, eben weil sie das unterlassen hatte, noch ihre Tränenströme hinterher. Der Wagen hatte keine Klimaanlage, und die Hitze lag schwer und stumm zwischen ihnen. Sie fuhren westwärts, vor ihnen versank die Sonne mit mattem gelbem Glanz. Der Schweiß rann Ford aus den Achselhöhlen und zwischen den Schulterblättern herunter, durchnäßte sein ohnehin schon feuchtes Hemd und überzog seine Haut mit einem kalten, klebrigen Film.

Auf der Mitte einer Straßenkreuzung stand eine Steinpyramide mit Pfeilen darauf und wies den Weg nach Thaba, dem größten Camp bei Waka-Suthu, und zur Hippo-Brücke über den Suthufluß. Oben auf der Spitze saß ein Pavian mit einem grauen, flauschigen Jungen auf den Knien. Tricia streckte schmachtend die Arme danach aus. Sie hatte nie ein Kind gehabt. Die Pavianmutter begann auf dem Kopf ihres Babys Flöhe zu fangen. Tricia stieß einen kleinen, nervösen Schrei aus, halb entsetzt, halb belustigt. Ford fuhr die Straße nach Thaba hinunter und passierte die Einfahrt zum Camp zehn Minuten, bevor sie für die Nacht das Tor schlossen.

Die Dunkelheit setzt unvermittelt ein in Afrika. Die Dämmerung ist nur von kurzer Dauer; kaum hat man sie bemerkt, ist sie schon vorüber, und die Nacht fällt herein. In den kurzen Momenten der Dämmerung leuchten all die blassen Dinge förmlich auf, und die Vögel lassen ein sanftes Murmeln hören. Im Camp von Thaba gab es ein Restaurant und einen Laden, runde Hütten mit Strohdächern und hölzerne Chalets mit Veranden davor. Ford und Tricia war ein Chalet an der nördlichen Begrenzung zugewiesen worden, und von ihrer Veranda aus konnte man hinter dem hohen Drahtzaun den Suthufluß gemächlich und still zwischen dem hohen Röhricht an seinen Ufern dahinfließen sehen. Die Dämmerung hatte eben eingesetzt, als sie die hölzernen Stufen hinaufstiegen. Ford trug ihre Koffer. Und da sah er die Fieberbäume, zwei Stück, die fedrigen Blätter vom Zwielicht ins Graue verblichen, die Stämme jedoch von schärferem, stechenderem Gelb als am Tage.

»Ganz gut, daß wir unsere Malariatabletten genommen haben«, meinte Ford, als er die Tür aufstieß. Als das Licht brannte, sah er an der gegenüberliegenden Wand zwei Moskitos sitzen. »Anopheles sind die Überträger der Malaria, bloß, unglücklicherweise verraten sie einem nicht, ob sie Anopheles sind oder nicht.«

Getrennt stehende Betten, Lampen, ein Ventilator, ein Kühlschrank, eine offenstehende Tür zu Toilette und Duschbad. Tricia setzte ihren Make-up-Koffer, ohne den sie nirgendwo hinging, auf dem Bett am Fenster ab. Das Licht war nicht besonders hell. Das war keine der Lampen im ganzen Camp, denn die Elektrizität kam von einem eigenen Generator. Dies hier war eine kleine Kolonie von Menschen in einer Welt, die den Tieren gehörte, eine Umkehrung der gewöhnlichen Ordnung der Dinge. Vom Fenster aus konnte man andere Chalets sehen, andere trübe Lichter, andere parkende Wagen. Tricia redete mit den beiden Moskitos.

»Ist dein Name Anna Phyllis? Nein? Liebling, du kannst ganz beruhigt sein. Sie sagt, sie heißt Mary Jane und ihr Mann John Henry.«

Ford brachte ein Lächeln zustande. Er hatte Tricias Scherzhaftigkeit hingenommen und sich daran gewöhnt, bis er Marguerites Witz entdeckt hatte. Er schob seinen Koffer in den Schrank, ohne ihn auszupacken, und ging unter die Dusche. Tricia stand auf der Veranda und lauschte den Zikaden, Tausenden von Zikaden. Es war stockdunkel geworden, während sie ihre Kleider aufgehängt hatte, und der Himmel war übersät mit hellen Sternen.

Sie hatte Ford zurückbekommen von dieser Frau, und jetzt mußte sie ihn festhalten. Sie hatte ein paar Pfund abgenommen, eine Menge neuer Kleider gekauft und sich Strähnen ins Haar färben lassen. Eigentlich hatten Männer ihr von jeher Angst eingeflößt, angefangen von ihrem Vater, als sie ein Kind war. Und damals, als sie ein Kind war, hatte sie auch damit begonnen, Kind zu spielen mit all den kleinen Vorteilen, die sich daraus ergaben. Sie hatte herausgefunden, daß ihr Vater gegenüber kleinen Mädchen freundlicher und nachgiebiger war als gegenüber ihrer Mutter. Ford hatte ein kleines Mädchen geheiratet, anschmiegsam und niedlich, und es hatte ihm sehr wohl gefallen, bis er einer erwachsenen Frau begegnet war. Tricia wußte das alles, aber wie sie ihn halten sollte, das wußte sie jetzt nicht besser als früher. Die alten Methoden erschienen ihr genauso langweilig und abgestanden, wie auch er sie vermutlich empfand. Wie sie da so auf der Veranda stand, wünschte sie sich halb und halb, sie wäre allein, müßte nicht partout einen Ehemann haben, müßte sich nicht aus Gründen der Konvention und des Stolzes, wegen des Unterhaltes und wegen der Gesellschaft an ihm festklammern. Sehnsüchtig horchte sie hinaus, ob nicht ein Löwe brüllte da draußen im Busch hinter dem Zaun; aber es gab nirgends einen Laut, abgesehen von den Zikaden.

Ford kam in einem Frotteemantel heraus. »Wo hast du das Mückenzeug? Den Spray?«

Sofort verängstigt sagte sie: »Ich weiß nicht.«

»Was heißt das, du weißt nicht? Du mußt es doch wissen. Ich hab dir im Hotel die Sprühdose gegeben und gesagt, du sollst sie in dein Dingsda, diesen Make-up-Koffer tun.«

Sie machte den Koffer auf, obwohl sie wußte, daß die Mückensprühdose nicht darin war. Natürlich nicht. Sie sah sie ja im Geiste vor sich auf der Badezimmerablage im Hotel, zurückgelassen, weil sie so sperrig war. Sie biß sich auf die Lippen und sah Ford verstohlen von der Seite an. »Wir können ja im Laden was kaufen.«

»Tricia, der Laden schließt um sieben, und es ist jetzt zehn nach.«

»Dann kaufen wir eben morgen früh was.«

»Moskitos sind aber zufällig nachts höchst aktiv.« Er wühlte zwischen den Flaschen und Töpfen in ihrem Koffer herum. »Nun sieh dir diesen ganzen nutzlosen Quatsch an: ›Reinigungsmilch‹, ›Perlglanz-Tönung‹, ›Feuchtigkeitscreme‹ – wie ein blutjunges Mannequin! Den Mückenspray mitzunehmen und dafür die ›Perlglanz-Foundation‹ zurückzulassen, darauf bist du wohl nicht gekommen, was?«

Ihre Lippen zitterten. Sie spürte, wie sie – fast unbewußt – ihre runden Augen machte und die Lippen zu einem Lispelmündchen vorschob. »Aber an die Tabletten haben wir gedacht.«

»Das wird die verdammten Viecher nicht am Stechen hindern!«
Er ging ins Bad zurück und knallte die Tür hinter sich zu.

Marguerite hätte nicht vergessen, die Sprühdose mitzunehmen.
Tricia wußte, er dachte wieder an Marguerite, sein Kopf war ange-
füllt von ihr, sie hatte sich schon während der ganzen langen Fahrt
nach Thaba unabweisbar und mit Macht in seine Gedanken gedrängt.

Sie fing an zu weinen. Das Wasser floß ihr nur so aus den Augen
und wollte nicht aufhören. Sie zog ein anderes Kleid an, und im-
merfort weinte sie weiter. Die Tränen durchweichten den Puder,
den sie auf ihr Gesicht stäubte.

Sie aßen im Restaurant zu Abend. Tricia in ihrem rosa geblümten Crêpe war die einzige aufgemachte Frau dort. Früher hätte sie
sich eingebildet, alle anderen Gäste blickten sie an, weil sie sie be-
wunderten, jetzt aber schien ihr eher Hohn und Spott dahinterzu-
stecken. Sie aß ihr kleines, zu lange gekochtes Stück Seehecht und
ihr großes, zu lange gebratenes, unter Semmelbröseln verborgenes
Stück Kalbfleisch und betrachtete die roten Flecken der Moskitostiche, die sich auf Fords Arm abzeichneten.

Es gab keine Beleuchtung im Camp außer dem Licht, das aus
den Fenstern des Hauptgebäudes und aus den Chalets fiel. Nach
und nach gingen die Lichter aus, und es wurde sehr dunkel. Trotz
seiner Moskitostiche schlief Ford augenblicklich ein, Tricia aber
wurde durch das Geräusch des Ventilators wach gehalten. Um elf
Uhr schaltete sie ihn aus und öffnete das Fenster. Da endlich
konnte sie einschlafen, aber um vier Uhr wachte sie schon wieder
auf, lag eine halbe Stunde wach, stand dann auf, zog sich an und
ging hinaus.

Es war noch dunkel, aber die Dunkelheit lichtete sich schon ein
wenig, so als ob man ihren dichtesten Schleier bereits fortgezogen
habe. Schwerer Tau lag auf dem Gras. Als sie unter einem Merula-
baum, überladen mit kleinen, grünen, aprikosenförmigen Früch-
ten, hindurchging, stob ein Schwarm Fledermäuse aus seinen
Zweigen auf und umflatterte ihren Kopf. Wäre Ford bei ihr gewesen, sie hätte losgeschrien und sich an ihn geklammert, da sie aber
allein war, verhielt sie sich still. Das Camp und der Busch jenseits
des Zauns waren voller Geräusche. Laute, die Tricia an die Ge-

mälde von Hieronymus Bosch gemahnten – Teufelchen, Dämonen und grauenhafte Homunkuli, die, wären ihnen Stimmen verliehen, wohl Laute ausstoßen würden wie diese hier – Knurren, leises Pfeifen und Zirpen und winzige, dünne Schreie.

Sie spazierte umher, wartete auf den Tagesanbruch, glaubte, es würde ein grandioses Spektakel sein. Aber es war bloß eine graue Blässe am Himmel, bleiche Farblosigkeit zwischen sich teilenden schwarzen Wolken, und ein Gefühl der Enttäuschung erschreckte sie, so, als sei dies Symbol oder Omen für etwas viel Einschneidenderes in ihrem Leben als nur der Anbruch eines beliebigen Tages.

Ford wachte auf und brachte es zuerst nicht fertig, die Augen wegen der Schwellungen durch die Moskitostiche zu öffnen. Wie Flocken von Distelwolle saßen die Moskitos an den Wänden, dicht an dicht, von oben bis unten. Er stand auf, stolperte halbblind aus dem Schlafzimmer und ließ sich das Wasser aus der Dusche über das Gesicht laufen. Tricia trat ein, starrte auf sein Gesicht, kicherte nervös, biß sich aber sofort auf die Lippen.

Die Tore des Camps wurden um halb sechs geöffnet, und die Autos begannen hinauszuströmen. Tricia hatte nie den Führerschein gemacht, und Ford konnte nichts sehen, also gingen sie ins Restaurant zum Frühstücken. Als der Laden öffnete, kaufte Ford zwei Sorten Mückenschutzmittel und, innerlich seufzend, weil er ihre Entschuldigungen und ihre bettelnden Augen nicht länger ertragen konnte, für Tricia eine Halskette aus Elfenbeinperlen und einen Rock mit aufgedruckten Giraffen. Um neun Uhr, als die Schwellungen um Fords Augen ein wenig abgeklungen waren, fuhren sie mit dem Wagen los und nahmen die Straße zur Hippo-Brücke.

Der Tag war feucht und brütend heiß. Ford hatte die Mückenstiche gezählt, die er abbekommen hatte, und kam auf die stattliche Summe von vierundzwanzig. Schwer zu glauben, daß zwei kleine Chinintabletten ausreichen sollten gegen vierundzwanzig Stiche, von denen einige mit Sicherheit von der Anopheles herrühren mußten. Hatte er nicht sofort, als sie gestern abend gekommen waren, die beiden Fieberbäume gesehen? Jetzt steuerte er den Wagen langsam und verbissen, nahezu wortlos, die geschwollenen Augen hinter einer Sonnenbrille verborgen.

126

Am Suthufluß hielt er an, und später noch einmal an einem Wasserloch, und sie suchten angestrengt die Wasseroberfläche ab. Aber nirgends tauchte etwas auf, wenn man den dicken, dunklen Ast nicht rechnete, der am Ende plötzlich verschwand und sich dadurch nachträglich als ein Krokodil auswies. Es war schon zu spät am Vormittag, um noch viel zu sehen außer Marabustörchen, die regungslos und in sich versunken auf einem Bein in einer Lichtung oder auf dem dürren Ast eines Baumes standen. Ford schwenkte sein Fernglas über den Busch hin, der sich in ungebrochener, scheinbar lebloser Eintönigkeit bis zu den blauen Gebirgszügen am fernen Horizont erstreckte.

Von den Moskitostichen allein konnte man doch kein regelrechtes Fieber bekommen. Wenn Malaria im Anzuge war, dann würde sie nicht jetzt ausbrechen. Dennoch empfand Ford, wie er so im Wagen neben Tricia saß, eine Art Fieberwahn. Vielleicht kam es nur durch die schwere Irritation seiner gesamten Körperoberfläche, durch das Brennen der Haut und die Unfähigkeit, sich zu bewegen, ohne neue Qualen heraufzubeschwören. Aber es zog auch seinen Geist in Mitleidenschaft, und jedesmal, wenn er Tricia ansah, stieg eine Art Panik in ihm auf. Warum war er zu ihr zurückgegangen? War er verrückt? Seine Augen, sein ganzer Kopf pulsierte, als ob seine Temperatur erhöht sei. Diese rosa Jeans waren zu eng für Tricia, und die Rüschen an ihrer weißen Bluse waren lächerlich. Mit Hilfe des Fernglases hatte sie in den Zweigen eines Peepulbaumes eine Familie kleiner, grauer Affen entdeckt, und sie hing aus dem Fenster, machte ständig girrende Lockrufe. Jetzt öffnete sie die Wagentür, hielt sie spaltbreit offen und wandte ihm einen Blick zu, wie ein Kind seinen Vater anblickt, wenn er etwas verboten hat, das es dennoch brennend gern tun möchte.

Sie hatten weder Großkatzen noch einen Elefanten zu Gesicht bekommen, sie hatten nicht einmal einen Schakal gesehen. Ford hob die Schultern.

»Okay, aber wenn ein Aufseher vorbeikommt und dich erwischt, dann kriegen wir verdammten Ärger.«

Sie stieg aus dem Wagen und ließ die Tür offen. Das Gras, das am Straßenrand begann und die Wildnis bedeckte, so weit das

Auge reichte, war hoch und spröde. Es reichte Tricia bis ans Knie. Eine Löwin oder ein Gepard, die etwa darin lagen, wären vollständig verborgen gewesen. Ford griff nach dem Fernglas und blickte in die andere Richtung, um nicht Tricia ansehen zu müssen, die wieder einmal vergessen hatte, sich den Riemen der Kamera um den Hals zu legen. Sie unternahm Annäherungsversuche bei den Affen, die vor ihr zurückwichen; dabei umarmten sie einander, verbargen Köpfe an Schultern, wie bedrohte Flüchtlinge auf einem kitschigen Gemälde. Langsam schwenkte er sein Glas. Und da sah er knappe hundert Meter von einer unruhig grasenden kleinen Ziegenherde entfernt die beiden Katzengesichter dicht beieinander, die aneinandergeschmiegten Leiber, die gefleckten Rücken . . . Geparden! Ihm fiel ein, daß er einmal gehört hatte, sie seien die schnellsten Tiere der Welt.

Er mußte Tricia rufen und sie sofort in den Wagen zurückholen. Aber er rief nicht. Durch das Glas beobachtete er die großen Katzen, die dort so anmutig lagerten, gesättigt und in sich ruhend, wenn auch mit offenen Augen. Marguerite hätten sie gefallen, sie liebte Katzen, sie besaß eine Burmakatze, ebenso geschmeidig, schlank und gelassen wie diese wilden Kreaturen. Tricia kam in den Wagen zurück, voll lauten Entzückens, wie süß die Affen waren. Er ließ den Motor an und fuhr los, ohne ihr von den Geparden zu erzählen.

Später, so gegen fünf Uhr am Nachmittag, wollte sie wieder aus dem Wagen aussteigen, und er hielt sie nicht zurück. Sie spazierte die Straße auf und ab und redete auf Mungos ein. In kaum mehr als einer Stunde würde es dunkel sein. Wenn er nun den Wagen anließe und ohne sie ins Camp zurückfuhr, schoß es ihm durch den Kopf. Leoparden waren nächtliche Jäger, die bis zur Dunkelheit warteten. Die Schwellungen um seine Augen waren nahezu ganz abgeklungen, aber sein Hals, die Arme und Hände schmerzten noch wegen der Heftigkeit der Stiche. Die Mungos flüchteten ins Gras, als Tricia leise redend näher kam, die Hände beschwörend ausgestreckt. Ein Wagen mit vier Männern kam aus Richtung der Hippo-Brücke angefahren. Er verlangsamte das Tempo, und der Fahrer streckte den Kopf heraus. Sein Gesicht war ziegelrot, hatte grobe Züge, das Haar ein rostiges Blond, und seine Stimme verriet den Akzent des in Afrika geborenen weißen Mannes durch seine gequetschten Vokale.

»Die Dame sollte aber nicht so auf der Straße rumlaufen!«

»Ich weiß«, versetzte Ford, »ich hab's ihr gesagt.«

»Verzeihung, wissen Sie, daß Sie da etwas sehr Gefährliches tun, so aus dem Wagen zu steigen?« Die Stimme dröhnte einschüchternd. Tricia errötete. Sie tat geziert beleidigt, lächelte, biß sich auf die Lippen. Dabei hatte sie im Grunde große Angst vor diesem Mann, der sie ansah, als verachte er sie, als widere sie ihn an. Wenn er ins Camp zurückkam, würde er sie verpetzen?

»Versprechen Sie, daß Sie's nicht weitersagen?« stammelte sie, den Kopf zur Seite gelegt.

Er gab ein zorniges Grunzen von sich und zog den Kopf zurück. Der Wagen fuhr weiter. Mit einem Satz war Tricia wieder auf dem Beifahrersitz neben Ford. Sie hatten weniger als eine Stunde Zeit, nach Thaba zurückzufahren. Ford fuhr los und folgte dem Wagen mit den vier Männern.

Beim Abendessen saßen die vier am Nebentisch. Tricia fragte sich, wie vielen Leuten sie wohl von ihr erzählt hatten, denn sie bildete sich ein, daß etliche Gäste sie neugierig oder feindselig anblickten. Der Mann mit dem krausen, blonden Haar, den sie Eric nannten, prahlte laut damit, was er und seine Gefährten an diesem Tage alles gesehen hätten – wahre Prachtstücke von Löwen, zwei Flußpferde, Hyänen und die seltene Säbelantilope.

»Sie können nicht erwarten, daß Sie da unten an der Hippo-Brücke viel zu sehen kriegen, wissen Sie«, meinte er zu Ford. »Die große Show läuft bei Sotingwe. Nehmen Sie gleich morgen früh die Straße nach Sotingwe, und ich garantiere Ihnen Löwen.«

Mit Tricia sprach er nicht, er sah sie nicht einmal an. Vor zehn Jahren hätten sich die Männer im Restaurant den Kopf verrenkt, um sie anzusehen, und obgleich sie sich insgeheim vor ihnen fürchtete, hatte sie sich doch zitternd in ihren Blicken gesonnt. Als sie durch das Gras zu ihrem Chalet zurückgingen, klammerte sie sich an Fords Arm.

»Um Gottes willen, denk an meine Mückenstiche!« sagte er.

Lange lag er wach in seinem Einzelbett, einen Fußbreit von Tricias entfernt, und dachte an die Leoparden dort jenseits der

Einfriedung, die nachts jagten. Der Leopard glitt auf dem Ast eines Baumes entlang und ließ sich von dort auf seine Beute fallen. Löwinnen jagten am frühen Morgen und brachten, was sie erlegt hatten, ihren Gefährten und den Jungen. Ford hatte all diese Dinge auf dem Fernsehschirm gesehen. Wie Geparden jagten, wußte er nicht, nur, daß sie sehr schnell waren. Ein wütender Elefant konnte sich auf ein Auto werfen und es zerdrücken, oder mit einem Schlag seines Fußes die Windschutzscheibe zertrümmern.

Es war zu dunkel, um Tricia zu sehen, aber er wußte, sie war wach; sie lag ganz still, und manchmal hielt sie den Atem an. Dann folgte ein tiefes Ausatmen, ein Seufzer, der durch das Rasseln des Ventilators hindurch hörbar war.

Vor Jahren hatte er versucht, ihr das Autofahren beizubringen. Man sagte ja, ein Mann solle nie versuchen, seiner Frau etwas beizubringen, er habe keine Geduld mit ihr und könne keine Zugeständnisse machen. Tricia hatte denn auch nie recht Fortschritte gemacht. Dauernd mußte man gewärtig sein, daß sie die unmöglichsten, lächerlichsten Sachen machte, und dann hatte er sie angebrüllt. Sie machte eine Fahrprüfung und fiel durch, und sie behauptete, das sei bloß passiert, weil der Prüfer sie angeschnauzt habe. Tricia schien zu glauben, kein Mensch dürfe ihr gegenüber auch nur die Stimme erheben, und ein Blick von ihr genüge, um alle Männer als Sklaven zu ihren Füßen niedersinken zu lassen.

Er hätte es gern gesehen, wenn sie imstande gewesen wäre, ihn beim Fahren abzulösen. Schließlich gab es keinen Zweifel, daß man eine Menge versäumte, wenn man sich auf die Straße konzentrieren mußte. Aber es hatte gar keinen Sinn, es auch nur vorzuschlagen. Fords Wagen war einer der ersten in der Schlange, die um halb sechs Uhr früh durch das Gatter hinausfuhr in die graue Dämmerung, die stumme Buschlandschaft. An der Steinpyramide, auf der zusammengekauert eine Pavianfamilie saß, bog er in die Straße nach Sotingwe ein.

Ein paar Kilometer weiter stießen sie auf Löwen. Eric und seine Freunde waren bereits da, lehnten sich mit ihren Kameras aus den Fenstern. Die Löwenfamilie, zwei ausgewachsene Muttertiere, zwei Junglöwinnen und ein halbwüchsiger Löwe mit zaghaft sprießender Mähne, lag mitten auf dem Fahrweg. Ford hielt an und parkte am Rand, Erics Wagen gegenüber.

»Hab ich Ihnen nicht gesagt, hier würden Sie Glück haben?« rief er Tricia zu. »Ich hoffe, Sie kommen nicht wieder auf die Idee, auszusteigen und auf Entdeckungen zu gehen!«

Tricia würdigte ihn keines Blickes und antwortete auch nicht. Sie sah nur die Löwen. Die Sonne ging auf, überstrahlte den Himmel mit rosa-orangenem Glanz, und eine kleine Brise bewegte zitternd all die blaßgrünen, farnähnlichen Blätter ringsum. Die größere der erwachsenen Löwinnen erhob sich gemächlich – eher gelangweilt als erschreckt durch Erics aufwendige Fotoausrüstung –, schlenderte ins Gestrüpp, quer durch das hohe, trockene Gras und die roten Zinnien. Die Jungen folgten ihr, die andere Löwin folgte ihr . . . Ford beobachtete durch das Glas, wie sie mit stolz erhobenen Köpfen dahinschritten, selbst die Kleinen auf anmutig lässige, gemessene Art. Nirgends ringsumher waren Impalas, auch keine Giraffen, keine Gnus. Die Welt hier gehörte den Löwen.

Das meiste spielte sich bei Sotingwe ab, in der Nähe des Wasserloches. Ein Elefant mit Ohren wie indische Zimmerfächer überstäubte sich mit rotem Sand, den er aus seinem Rüssel blies. Tricia stieg aus dem Wagen, um den Elefanten zu fotografieren, und Ford versuchte nicht, sie daran zu hindern. Er kratzte seine Moskitostiche, die vom brennenden ins juckende Stadium übergegangen waren. Wieder einmal hatte Tricia nicht daran gedacht, sich den Kamerariemen um den Hals zu hängen. Sie bahnte sich einen Weg ans Ufer hinunter und betrachtete aus sicherer Entfernung – war überhaupt irgendeine Entfernung hier sicher? – ein Krokodil. Ohne sich recht darüber klar zu sein und ohne selbst ganz zu verstehen, was er damit meinte, dachte Ford, daß es die falsche Tageszeit war; es war zu früh. Sie fuhren zum Frühstück nach Thaba zurück.

Beim Frühstück und auch später beim Lunch wieder sprudelte Eric förmlich über von dem, was er gesehen hatte. Er hatte den Sandweg genommen, der von Sotingwe zur Suthu-Brücke hinunterführte, und dort, hoch in einem Baum am Wasser, war ein Leopard gewesen. Malcolm hatte ihn zuerst gesichtet – schlafend ausgestreckt auf einem Ast, ein gutes Stück entfernt, aber durch den Feldstecher ganz deutlich zu sehen.

»Massiver, mächtiger Bursche, mit diesen typischen, mehr rechteckigen Flecken«, sagte Eric, eine Zigarre rauchend.

Tricia wollte nun natürlich auch zur Suthu-Brücke, also nahm Ford ebenfalls den Sandweg, nachdem sie ihre Siesta gehalten hatten. Malcolm beschrieb ihnen haargenau, wo er den Leoparden gesehen hatte. Er hielt es für möglich, daß er dort immer noch auf seinem Ast schlief.

»Einen guten halben Kilometer hinter der Brücke. Schauen Sie auf die linke Seite. Da ist dann so eine Art Lichtung mit einem von diesen Bäumen mit dem gelben Stamm darauf. Und da lag der Bursche auf einem Ast zur rechten Seite der Lichtung.«

Der Sandweg war nur eine Fahrspur aus roter Erde zwischen grünen Wegrändern. Ford fand die Lichtung mit dem einzelnen Fieberbaum, aber der Leopard war verschwunden. Langsam fuhr er zur Brücke hinunter, die sich über den trägen, grünen Fluß spannte. Als er den Motor abstellte, war es totenstill, die Luft heiß und schwer. Nichts regte sich, außer den Mücken, die wie aufs Geratewohl torkelnd und dennoch zielstrebig über der Wasseroberfläche tanzten.

Tricia stieg jetzt schon mit größter Selbstverständlichkeit aus dem Wagen. Diesmal machte sie sich nicht einmal mehr die Mühe, ihm ihren scheuen, erlaubnisheischenden Blick zuzuwerfen. Sie trug ein rot und weiß gestreiftes Sonnentop mit Trägern, die zu schmal, und einen Rock, der zu eng war. Sie rannte zum Ufer hinunter, zog eine Sandale aus und tauchte kühn einen Fuß ins Wasser. Sie lachte, schüttelte den Fuß und sprenkelte Wassertropfen über die trockenen, runden Steine. Ford mußte daran denken, wie er all diese kleinen Dinge an ihr liebte, als er sie gerade kennengelernt hatte, und nun würde er all das für den Rest seines Lebens ertragen müssen. Der Schweiß brach ihm aus, als ob seine Körpertemperatur sprunghaft angestiegen sei.

Sie hüpfte auf den Steinen und im Wasser herum und raffte den Rock hoch. Es waren keine Tiere zu sehen. Den ganzen Nachmittag über hatten sie bloß Impalas gesehen. Die Sonne begann zu sinken und den dunstigen, blaßgetönten Himmel zu verfärben.

Tricia, jetzt bereits drüben am anderen Ufer, brach ein weiteres Ntsukunyane-Verbot und pflückte Maßliebchen, steckte sich eins hinter jedes Ohr. Mit einer Blüte zwischen den Zähnen wie eine spanische Tänzerin schwenkte sie ihre Hüften und lächelte.

Ford drehte den Zündschlüssel und ließ den Motor an. In wenig mehr als einer Stunde wurde es dunkel, und lange vorher schon wurden die Tore in Thaba verschlossen. Er setzte den Wagen vorwärts, stieß zurück, machte ein Zickzack-Wendemanöver, wie Tricia es sicherlich genannt hätte. Und als er jetzt in Fahrtrichtung Thaba stand, den Schalthebel auf ›Drive‹ gelegt, den Fuß auf dem Gaspedal ... da sog er tief den Atem ein, während ihm der Schweiß zwischen den Schulterblättern hinunterrann.

Die Hitze ließ Luftspiegelungen über dem Weg flirren, aus denen heraus ein Wagen auf sie zukam. Ford stoppte und schaltete den Motor aus. Es war nicht Erics Wagen, sondern einer, der einem jungen amerikanischen Urlauberpaar gehörte. Der junge Mann hob die Hand und grüßte zu Ford hinüber.

Ford rief Tricia zu: »Beeil dich, sonst kommen wir zu spät.« Aber da war sie schon wieder im Wagen. Ihre Blumen hatte sie auf dem Weg fallengelassen.

Ford war also drauf und dran gewesen, sie einfach zurückzulassen, so sehr wünschte er sich, sie loszusein. Sie zitterte am ganzen Körper, und sie preßte die Hände fest zusammen, damit er es nicht sah. Er war wirklich drauf und dran gewesen, wegzufahren und sie hier der Dunkelheit und den Löwen zu überlassen oder den Leoparden, die bei Nacht jagten. Er wäre glatt davongefahren, aber dann war der Wagen der Amerikaner gekommen.

Stumm dachte sie darüber nach. Die Amerikaner kehrten bald nach ihnen um und fuhren auf dem Sandweg hinter ihnen her. Impalas standen um den einsamen Fieberbaum herum, horchten vielleicht auf unhörbare Laute, witterten vielleicht unsichtbare Gefahren. Der Sonnenuntergang überzog den Himmel mit rauchigem Gelb. Tricia grübelte darüber nach, was Ford vorgehabt haben mußte – nämlich, zum Camp zurückzufahren, knapp bevor sie die Einfahrt schlossen, die einsetzende Dunkelheit zu beobachten in dem Bewußtsein, daß sie hier draußen war, niemandem etwas über ihr Verschwinden zu erzählen ... wer würde sie denn auch vermissen? Eric? Malcolm? Und dann wäre Ford eben nicht ins Restaurant gegangen, und morgen früh, wenn sie die Tore öffneten, wäre er einfach weggefahren. Abmeldungen waren überflüssig in Ntsukunyane, wo man Wochen im voraus zahlte.

Der perfekte Mord. Wer sollte nach ihr suchen, wenn niemand wußte, daß es nötig war? Und wenn man ihre Knochen fand? Ein Satz Knochen – Mensch, Impala, Wasserbock –, das sah einander alles sehr ähnlich, nachdem sich Schakale und Geier darüber hergemacht hatten. Und wenn er wieder nach Hause kam, würde er sagen, er habe sie Marguerites wegen verlassen . . .

An diesem Abend war er netter zu ihr, höflicher. Vielleicht, weil er Angst hatte, sie hätte begriffen oder ahnte zumindest, was sich in Wahrheit dort in Sotingwe abgespielt hatte?

»Wir haben doch gesagt, wir wollten eines Abends Champagner trinken. Wie wär's denn jetzt? Nichts geht über die Gegenwart.«

»Wenn du möchtest«, meinte Tricia. Ihr war schon die ganze Zeit übel, und sie hatte keinen Appetit.

Ford prostete ihr mit dem Champagnerglas zu: »Auf uns beide!« Er bestellte sämtliche Gänge des Menüs, Suppe, Fisch, Wiener Schnitzel, Crème brûlée. Sie stocherte in ihrem Essen herum und mußte immer nur daran denken, daß er vorgehabt hatte, sie umzubringen. Nie mehr konnte sie sich jetzt sicher fühlen, denn nachdem es ihm einmal mißglückt war, würde er es wieder versuchen. Vielleicht nicht auf die gleiche Weise, aber dann eben auf eine andere. Wie konnte sie wissen, ob er es nicht bereits getan hatte? Womöglich hatte er zum Beispiel diese Chinintabletten durch Aspirin ersetzt, oder vielleicht würde er versuchen, sie zu ertränken, wenn sie wieder in dem Hotel in Mombasa waren. Nie mehr würde sie vor ihm sicher sein, außer, sie verließe ihn.

Und genau das wünschte er sich ja, abgesehen von ihrem Tod wäre es das Beste, was ihm passieren konnte.

In der Nacht lag sie wach und malte sich aus, wie das wäre, wenn sie zurückginge, um bei ihrer Mutter zu leben, während er wieder zu Marguerite zurückkehrte. Er schlief ebenfalls nicht. Sie hörte seine unregelmäßigen, wachen Atemzüge. Sie hörte sein Bett knarren, wenn er sich ruhelos umherwarf, hörte das Mahlen des Ventilators, das Sirren eine Mücke. Wenn sie nicht schon getötet worden wäre, so liefe sie jetzt also womöglich voller Panik dort draußen im Busch umher, in der Dunkelheit, voller Angst, einen Schritt zu tun, voller Angst aber auch, sich still zu verhalten, voller Angst vor jeglichem Laut, ohne indessen zu wissen, welche Laute sie am meisten fürchten mußte. Es schien kein Mond. Das hatte sie gesehen, ehe sie zu Bett gegangen war, und in ihrem Kalender hatte sie festgestellt, daß morgen Neumond sein würde. Der Himmel war während der Dämmerung bezogen gewesen, und jetzt war es stockdunkel. Leoparden aber sahen – vielleicht durch das Licht der Sterne oder aber durch ein instinktgesteuertes inneres Auge – unfehlbarer, als es normaler Sehkraft möglich war. Lautlos würde er sich von seinem Ast fallen lassen und seine Zähne in die wehrlose Kehle schlagen.

Die sirrende Mücke hatte Ford an etlichen Stellen seines Gesichtes, seines Halses und an seinem linken Fuß gestochen. Er hatte am Abend vergessen, sich mit dem Mückenschutzmittel einzureiben. Früh am Morgen, bei Tagesanbruch, stand er auf, zog sich an und machte seinen Spaziergang rund um das Camp. Sonst war noch kein Mensch auf, bloß einer der afrikanischen Bediensteten, der den Wagen eines Gastes abspritzte. Aus dem Busch jenseits des Zaunes ertönte Rumoren und spitze Schreie.

Hatte er allen Ernstes die Absicht gehabt, Tricia loszuwerden, indem er sie, wie man so schön sagte, den Löwen zum Fraß vorwarf? Ja, einen schlimmen Augenblick lang wohl, gestand er sich ein, weil Fieber sein Blut, Gift seine Venen überschwemmt hatte. Und sie wußte Bescheid, das war ihm klar. In gewisser Hinsicht vielleicht gar nicht so schlecht, daß sie es wußte. Es mußte ihr zeigen, wie hoffnungslos diese Ehe war, die sie krampfhaft aufrechtzuerhalten versuchte.

Die Schwellungen an seinem Fuß, obwohl verborgen unter der Socke, ließen den Spann durch die Sandale hervorquellen. Der Fuß fühlte sich steif an und brannte, und er wurde sich bewußt, daß er leicht humpelte. Er lehnte sich an den Stamm eines Fieberbaumes, die Haut gegen die kühle, feuchte, gelbe Rinde gepreßt, zog seine Sandale aus und betastete den geschwollenen Fuß vorsichtig mit den Fingerspitzen. Niemals kam eine Mücke Tricia zu nahe, sie schienen den Kontakt mit ihrem bleichen, trockenen Fleisch tunlichst zu meiden.

Sie war auf, als er hereingehumpelt kam, saß auf ihrem Bett und lackierte sich die Fingernägel. Wie konnte man mit einer Frau zusammenleben, die sich in einem Wildreservat die Fingernägel bemalte?

Sie fuhren nicht vor neun Uhr aus dem Camp. Auf der Straße nach Waka-Suthu begegnete ihnen Erics zurückkommender Wagen.

»Hier herunter ist kilometerweit nichts los, Sie verschwenden bloß Ihre Zeit.«

»Okay«, sagte Ford, »danke.«

»Sotingwe, das ist und bleibt der Platz. Haben Sie gestern den Leoparden gesehen?« Ford schüttelte den Kopf. »Na ja, wir können nicht alle Glück haben.«

An der Hippo-Brücke spielten Elefanten im Fluß, bespritzten sich gegenseitig mit Wasser und rempelten einander mit schweren Schultern an. Ford dachte schon, das wäre der Höhepunkt des Vormittags, aber dann erlebten sie den Tod eines Beutetieres. Sehen taten sie ihn genaugenommen nicht, es war schon vor ein paar Stunden zur Strecke gebracht worden, aber die Löwin und ihre Jungen taten sich noch immer an dem Kadaver gütlich, einem von schwarzem Blut verkrusteten Rippenkorb. Sie saßen im Wagen und sahen zu. Nach einer Weile ließen die Löwen das Skelett im Stich und marschierten, einer hinter dem anderen, durch das Gras davon. Aber schon hatten sich die kleinen Schakale gesammelt, ein ganzes Rudel, versteckt hinter Bäumen. Gegen vier kam Ford auf der Rückfahrt den gleichen Weg entlang, und da waren die Geier am Werk und pickten die Knochen ab.

Es war ein heißer Tag mit gnadenlosem Sonnenschein, der Himmel blau und vollkommen klar. Fords Fuß war auf das Doppelte seiner normalen Größe angeschwollen. Ihm fiel auf, daß Tricia heute nicht ein einziges Mal den Wagen verlassen hatte, und sie hatte weder kleinmädchenhaft auf ihn eingeredet, noch gekichert, noch ihm verschämte Küsse verpaßt. Sie glaubte also wohl, er habe versucht, sie umzubringen? Wirklich eine absurde Einbildung! In Wirklichkeit hatte er ihr doch bloß einen Schreck einjagen

136

wollen, damit sie begriff, wie dumm es war, die Vorschriften zu übertreten und den Wagen zu verlassen. Warum sollte er sie denn auch umbringen? Er konnte sie ja einfach verlassen. Er würde sie auch verlassen, und sobald sie wieder in Mombasa waren, *würde* er es ihr sagen. In dem Gedanken daran wandte er sich ihr zu und lächelte. Er hielt an der Lichtung, auf der der Fieberbaum stand; gelb die Rinde, zart und fedrig die Blätter, so stand er da im Sonnenschein wie ein junger Schößling im Frühling.

»Warum steigst du eigentlich nicht mehr aus?«

Sie zauderte. »Ach, es gibt ja nichts zu sehen.«

»Nein?«

Er hatte das Stachelschwein schon mit bloßem Auge ausgemacht, aber er reichte ihr den Feldstecher. Sie blickte hindurch und lachte vor Entzücken. Genau so hatte sie immer gelacht, als sie jung war, nicht aus Belustigung, sondern aus hellem Entzücken. Er schloß die Augen. »Oh, das süße Stachelschwein!«

Sie griff auf den Rücksitz nach der Kamera. Und dann stockte sie. Er sah die Furcht, den Argwohn in ihren Augen. Schweigend zog er den Zündschlüssel ab und streckte ihn ihr auf der flachen Hand hin. Sie errötete. Er blickte sie unverwandt an, genoß ihre Verlegenheit, gekränkt, daß sie ihn solcher Gemeinheit für fähig hielt.

Sie zögerte, aber sie nahm den Schlüssel. Sie packte die Kamera und öffnete die Wagentür; dabei hielt sie den Schlüssel an seinem Etui in der linken, die Kamera in der rechten Hand. Er sah, daß sie schon wieder nicht den Riemen der Kamera, seiner kostbaren Pentax, um den Hals gelegt hatte, das tat sie ja nie. Er hätte es ihr zum tausendsten Male sagen können, aber er brachte einfach nicht die Energie auf. Sein geschwollener Fuß puckerte, und er dachte an die endlosen Tage in Ntsukunyane, die ihnen noch bevorstanden. Marguerite schien so unendlich weit entfernt, nicht bloß auf der entgegengesetzten Seite der Erde.

Gute fünfzehn Sekunden, ehe es wirklich passierte, wußte er schon, daß Tricia die Kamera fallen lassen würde. Es kam, weil sie den Schlüssel in der anderen Hand hatte. Wenn der Riemen um ihren Hals gelegen hätte, dann wäre das nicht weiter schlimm gewesen. Er wußte, wie es war, wenn man in jeder Hand etwas trug und den sicheren Halt unter Händen und Füßen verlor. In so einem Augenblick hatte man kein Gefühl dafür, welches der Dinge wertvoll und wichtig war und welches nicht. Tricia hielt prompt den Schlüssel fest und ließ die Kamera fallen. Um das Stachelschwein besser fotografieren zu können, war sie auf die verschlungenen Wurzeln eines Baumes geklettert, Wurzeln, die so hart aussahen wie Stufen einer Steintreppe.

Sie schrie leise auf. Durch das Krachen und den Schrei erschreckt, stellte das Stachelschwein seine Stacheln auf. Ford sprang aus dem Wagen, zuckte zusammen, als er seinen Fuß auf den Boden stellte, und humpelte durch das Gras auf Tricia zu, die dastand wie angewurzelt, aus Angst vor ihm. Die Kamera, die Teile seiner Kamera, waren zwischen die knorrigen, versteinerten Baumwurzeln gefallen. Er ließ sich auf die Knie fallen, brüllte sie an, verfluchte sie.

Da rannte Tricia. Sie rannte zum Wagen zurück und stieß den Schlüssel ins Zündschloß. Der Wagen stand in Richtung Thaba, und die Uhr im Armaturenbrett zeigte fünf Uhr fünfunddreißig. Ford kam angehumpelt, schwenkte die Arme, die Hände voll zerbrochener Teile der Kamera. Sie blickte von ihm fort und trat das Gaspedal hart durch.

Der Sonnenuntergang überzog den Himmel mit klarem Orangerot, schwarze Balken der heraufkommenden Nacht lagen am Horizont. Sie stellte fest, sie konnte fahren, wenn sie mußte, auch wenn sie keine Prüfung bestehen konnte. Etwa einen Kilometer die Straße hinunter kam ihr das amerikanische Pärchen entgegen. Der Mann steckte den Kopf aus dem Fenster. »Gibt's da irgend etwas, um das es sich lohnt, runterzufahren?«

»Nicht das geringste«, sagte Tricia, »Sie verschwenden bloß Ihre Zeit.«

Der junge Mann wendete seinen Wagen und fuhr hinter ihr her. Es war zwei Minuten nach sechs, als sie nach Thaba hineinfuhren, die allerletzten Wagen. Hinter ihnen schlossen sich die Gatter.

Auf der Suche nach Sherezade

Manuel Vázquez Montalbán

Carvalho kam an diesem Tag ebenso besorgt wie beunruhigt von der *Caja de Ahorros* zurück. Das Guthaben wuchs nicht in dem Maß, wie er es für seine alten Tage geplant hatte. Er brauchte keinen Kalender, um zu wissen, daß sein fünfzigster Geburtstag vor der Tür stand, und noch nie hatte er von einem Privatdetektiv gehört, der sich nach dem sechzigsten Geburtstag jedes Jahr ein Paar neue Schuhe leisten konnte. Schuhe von Privatdetektiven gleichen müden Tieren mit den archäologischen Überresten von halben, auf dem Pflaster der Städte durchgewetzten Sohlen. Wenn er einmal endgültig senil sein würde, wollte Carvalho nicht in ein Alters- oder Seniorenheim, mochte es auch noch so sauber und elegant sein. Lieber wollte er in seinem Haus in Vallvidrera das Ende erwarten und von einer Krankenschwester mit tiefem Ausschnitt gepflegt werden, die mit alten Leuten umgehen konnte, das heißt, sie nicht wie sonst üblich wie taube Kleinkinder behandelte. Aber seine letzten Fälle hatten ihm nicht allzuviel eingebracht, und seit fünfzehn Tagen hatte niemand mehr an seine Tür geklopft.

»Du mußt eine Annonce in die Zeitung setzen!« empfahl ihm Charo jedesmal in Krisenzeiten.

»Annoncieren ist was für Gauner, Nutten und Naive!« dachte oder sagte Carvalho schließlich auch.

Vielleicht sagte er es auch nur, dachte aber bei sich, es sei wohl an der Zeit, endlich dieses Vorurteil aufzugeben, als er in der Mietskaserne an den Ramblas zu seiner Bürowohnung hinaufstieg. Die Götter hatten seine Gedanken belauscht, und auf einem Stuhl, der unter ihren Körpermassen ächzte, erwartete ihn eine wasserstoffblonde Dame mit einer Frisur aus der Zeit, als gutbürgerliche Damen noch auf klassenbewußte Frisuren Wert legten.

Die Hand eines Experten hatte ihr die Farben des »Ewig Weiblichen« aufgetragen: die Wangenknochen mit Rouge getönt, den Mund mit Lippenstift vergrößert und die Augen in einem Spinnennetz aus falschen Wimpern und Wimperntusche gefangen.

»Meine Tochter ist verschwunden«, sagte sie ohne Umschweife.

»Pardon! Gestatten Sie, daß ich mich vorstelle! Mein Name ist Josefa Bonaire, in Künstlerkreisen besser bekannt als Mme. Pepita. Aber glauben Sie ja nicht, meine Tochter sei eine Nutte!«

Carvalho zuckte die Achseln. Mme. Pepita war zu dieser frühen Morgenstunde mit ihrer von kosmetischem Kleister triefenden Wamme und ihrem Wortschwall buchstäblich eine Bedrohung. Über ihre linke Schulter lugte ein Füchslein, das zu Lebzeiten allerliebst gewesen sein mußte.

»Sie ist Künstlerin. Schlangentänzerin.«

»Heutzutage verschwinden Töchter und tauchen auch wieder auf. Einer meiner Klienten verlor seine Tochter auf dem Jahrmarkt, beim Karussell, und vier Jahre später war sie wieder da. Sie war inzwischen mit einem Apotheker aus Sevilla verheiratet.«

»Wie alt war die Tochter, als sie verschwand?«

»Sechzehn.«

»Mein Tochter ist fünfundzwanzig, und sie hat sich nicht verlaufen. Sie tanzte in Griechenland bei einer Supershow, im Hilton in Athen. Hier, sehen Sie sich das Foto an!«

Ein schlankes, durchtrainiertes, dunkelhäutiges Wesen im Bikini an einem olympischen Schwimmbecken, im Hintergrund der Parthenon.

»Ich war damals auch in Griechenland, als ich noch mit ihrem Vater zusammen auftrat, dem ›Großen Marcel‹. Dann starb er – Gott hab ihn selig! –, und ich widmete mich an verschiedenen Orten dem französischen Chanson. Es war Dalidas große Zeit. Also, Dalida war ganz nach meinem Geschmack! *Ventiquattro mila baci* haben wir praktisch zur selben Zeit gesungen, ich und sie. Ich trat auch vor Don Juan de Borbón in Estoril auf. Er fragte mich: ›Könnten Sie *Luna de España* singen?‹ Als ob ich ausgerechnet dieses Lied nicht im Repertoire gehabt hätte! Also sang ich für ihn: *Ay luna, lunera cascabelera . . .* Stellen Sie sich vor, wie lange das her ist! Damals ahnte noch keiner, daß der Sohn von Don Juan eine so große

Zukunft vor sich hatte und einmal so nobel und bekannt werden würde! Ich kenne die Welt, und meine Tochter tut nichts, ohne mich um Rat zu fragen. Nach diesem Foto in Athen schrieb sie mir, sie würde mit einem französischen Freund eine Kreuzfahrt nach Djerba machen, nach Tunesien. Dort wollte sie in einem Hotel des Club Mediterrané wohnen und dann nach Marbella kommen. Von dort würde sie sich wieder melden und dann den Rest des Urlaubs in einem kleinen Haus in Lloret de Mar verbringen, das mir gehört. Das war's. Seit diesem Brief habe ich nichts mehr von ihr gehört.«

»Wo soll ich beginnen? Die Kreuzfahrt Punkt für Punkt wiederholen? Soll ich auf Djerba anfangen?«

»Was ist Ihrer Meinung nach das beste?«

»Wenn ich nach Marbella fahre, haben wir vielleicht Glück, und Sie kommen billiger weg.«

Kaum war Mme. Pepita gegangen, kam Biscuter hinter dem Vorhang hervor, der Carvalhos Büro von der kleine Kochnische trennte, hinter der sich Biscuters Schlaf- und Rumpelkammer und die Toilette befanden.

»Die hat vielleicht einen Kropf, Chef! Mit dem Kehlsack vorne dran muß sie ja singen wie eine Lerche. Haben Sie Hunger? Es gibt Goldbarbe *a la mallorquina* mit Gemüse der Saison.«

Carvalho aß an seinem Schreibtisch, studierte nebenbei Fahrpläne und tätigte Anrufe. Nach dem letzten Schluck »Señorío del Bierzo« zündete er sich eine »Cerdán« an. Biscuter war an seiner Schreibtischecke ebenfalls fertig mit dem Essen, nahm mit fachmännisch zusammengekniffenen Äuglein seine »Cerdán« entgegen und war der Komplize von Carvalhos stummen Überlegungen. Erfreut beobachtete der Detektiv, mit welcher Sicherheit der häßliche Zwerg mit dem schütteren Bart die Zigarre ansteckte, wobei eine geheimnisvolle kapillare Nervosität die aschblonden Härchen über seinen Ohren absträubte.

»Was ist ein Schlangenmensch, Biscuter?«

»So ein Kerl mit Flöte, stimmt's, Chef?«

»Nein, das verwechselst du mit einem Schlangenbeschwörer. Ein Schlangenmensch ist ein besonders gelenkiger Artist mit überdehnten Sehnen an Muskeln und Knochen, der unglaubliche Körperhaltungen einnehmen kann: Er kann sich den Fuß in den Nakken setzen und sich mit den Fußsohlen die Wangen streicheln.«

»Wie ekelhaft, Chef! Würden Sie sich nicht auch vor Füßen in Ihrem Gesicht ekeln?«

Mme. Pepitas Tochter war bei Barcelonas Künstleragenten als »La Chicle« bekannt, »Kaugummi«, obwohl sie auf Plakaten als »Sherezade« firmierte. Bei einer ihrer Nummern ließ sie eine Kaugummischlange zwischen ihren Lippen hervorkommen und über ihre verschlungenen Körperformen züngeln. Eine Sextänzerin also. »Natürlich tritt sie nackt auf«, meinte Señor Prats Pont, ein Agent.

»Auf dem Foto fand ich sie nicht besonders sexy.«

»Auf der Bühne ist sie besser. Sie ist nicht so eine Attraktion wie die großen Stars, aber bei diesen Begegnungen gruseln sich die Leute. Es erregt sie, wenn sie die Schenkel öffnet und es dann so aussieht, als würde sie gleich in der Mitte aufbrechen, verstehen Sie?«

»Ja, ja. Tritt sie allein auf?«

»Anfangs arbeitete sie mit ›El Musculitos‹ zusammen. Ein sehr gut gebauter Junge. Wenn sie eine Acht oder eine Sechzehn bildete – das muß man gesehen haben, unglaublich, welche Stellungen möglich sind! –, dann hob er sie mit einem Arm hoch . . . so . . . Sehen Sie?«

»Ja.«

». . . dann wechselte er sie auf den anderen Arm . . . So . . . Haben Sie's gesehen?«

Der Agent keuchte, als führe er selbst den Kraftakt von »El Musculitos« durch, und blieb mit hochgereckten Armen stehen, als wage er nicht, »La Chicle« wieder abzusetzen.

»Lassen Sie das Mädchen wieder runter, und sagen Sie mir: Tritt Sie jetzt allein auf?«

»Jawohl. Sie wird entweder allein engagiert oder zusamen mit andern Schlangentänzerinnen, vor allem im Ausland. Mit einheimischen Schlangentänzerinnen.«

»Wie ist sie persönlich?«

»Durch und durch Profi.«

»Ich sagte persönlich. Ihr Privatleben.«

»Sie verkrachte sich mit ›El Musculitos‹ und verlobte sich dann in aller Form mit dem Direktor eines Nachhilfeinstituts in Pueblo Nuevo. Aber beide Männer wissen nichts von ihr. Ich habe mich im Auftrag von Mme. Pepita bei beiden erkundigt. ›El Musculitos‹ tritt als Kraftakt im *Dalton Club* auf und spielt außerdem den Plumpsackwerfer.«

»Den was?«

»Na ja, der die Betrunkenen am Kragen packt und mit einem Fußtritt auf die Straße befördert.«

Carvalho wartete, bis der *Dalton Club* aufmachte, und ging zu »El Musculitos«. Auf einer Projektorleinwand drehte und wand sich eine Blondine, und man war nicht sicher, ob sie mit der Banane in der Hand masturbierte oder nicht; es war so wenig sicher, daß sechs oder sieben Manager inmitten der diensthabenden Animiermädchen und frischrasierten brasilianischen Transvestiten den Atem anhielten. »El Musculitos« fühlte sich in seinem zugeknöpften Hemd nicht wohl und schob dauernd einen Finger zwischen Hals und Kragen, um sich etwas Erleichterung zu verschaffen.

»Ich sagte es schon zu Señor Prats, ich weiß nichs von Sherezade.«

»Das sagte er mir auch. Aber vielleicht können Sie mir irgendein persönliches Detail verraten, das mir weiterhilft. Stellen Sie sich die weite Entfernung zwischen Athen und Marbella vor! Dazwischen liegt fast das ganze Mittelmeer mit seinen tausend Ecken und Winkeln!«

»El Musculitos« lachte.

»Wo es einen guten Schwanz gibt, da ist auch Sherezade.«

»Hatte sie so viel Spaß an der Sache?«

»Uff! Ich hab noch nie ein geileres Mädchen kennengelert. Wenn die einen Hosenschlitz sieht, hat sie für nichts anderes mehr Augen.«

»Und ihre arme Mutter hat keine Ahnung!«

»Das ist ja wohl was anderes. Die trägt keinen Slip mehr, für den Fall, daß doch noch mal einer was von ihr will.«

»El Musculitos« war ein Hüne wie aus einem Comic mit athletischen Fallschirmspringern und obszön wie einer dieser Vorstadtbengels, die sich den ganzen Tag auf öffentlichen Plätzen ihre männlichen Attribute befingern, als wollten sie nachprüfen, ob die Frucht schon reif ist.

»Sie machen es mir nicht gerade leicht. Stellen Sie sich vor, ich muß den ganzen Mittelmeerraum nach hypertrophen Geschlechtsteilen abklappern!«

»Ich weiß nicht, was ›hypertroph‹ heißt.«

Es störte ihn, daß er das Wort ›hypertroph‹ nicht verstand!

»Das heißt so etwas wie Übergröße.«

»Ach so, o. k. Suchen Sie ab dieser Größe!« Dabei zeigte er mit den Händen eine in Anbetracht der fraglichen Materie ganz respektable Länge.

»Erfüllt der mit dem Institut diese Anforderungen?«

»Glaub ich nicht. Aber Dorita, also Sherezade, bekam manchmal einen Rappel und wollte unbedingt heiraten, nicht mehr posieren, sondern heiraten, und der Typ sieht wie ein Ehemann aus.«

»Wie sehen die denn aus?«

»Wie Fische. Wie diese Fische, die sich in die Goldfischgläser von Einfamilienhäusern verirren.«

»El Musculitos« besaß Phantasie.

Nicht aber Joan Dotras Puigcerber, Magister der Naturwissenschaften, der Philosophie und der Geisteswissenschaften, wie aus zweien seiner sechs Diplome hervorging, die ihm an der Wand seines Büros im Institut Arnau de Vilanova den Rücken stärkten. Señor Dotras war schon seit geraumer Zeit über vierzig, kalt und dick und hatte schon seit geraumer Zeit seine Fingernägel nicht mehr geschnitten, die hart wie Schildpatt waren.

»Nicht die geringste Ahnung.«

Nur ein Intellektueller konnte mit so viel Pathos feststellen, daß er nicht die geringste Ahnung von etwas hatte. Nicht die geringste Ahnung, wo die Schlangentänzerin stecken konnte und welche privaten oder beruflichen Pläne sie hegte.

»Nicht die geringste Ahnung.«

Aber nachdem er sich genügend von ihr distanziert hatte, ahnte er allmählich doch so einiges.

»Ich habe im Laufe meines Lebens so manche Tür für immer zugeschlagen, und wenn ich eine Tür für immer zuschlage, dann heißt das, daß sie für immer zubleibt.«

»Ich verstehe Ihre Lage.«

»Sie verstehen?«

Hilfloser Sarkasmus lag in seiner Stimme und in der hochgezogenen Braue. Ich verstehe ihn nicht, und er interessiert mich auch nicht, dachte Carvalho, wartete aber darauf, daß der Lehrer seinen Eingeweiden Luft machte.

»Sie werden davon gehört haben, daß wir heiraten wollten, und es ist wahr. Als ich sie kennenlernte, wußte ich nichts von ihrem exotischen Beruf, aber als ich davon erfuhr und ihr zusah, ich weiß nicht, da entstand in mir ein komplexes Gefühl. Kennen Sie den Film *Der blaue Engel* mit Marlene Dietrich? Es war ähnlich wie die Beziehung zwischen Lola und Professor Rath. Ich hatte schon immer eine literarische Ader, und ich will nicht sagen, daß sie ganz unterdrückt war, denn ich habe selbst einiges geschrieben, aber sie litt doch sehr unter dem Druck dieses Instituts, das ich von meinem Vater geerbt habe – das heißt, meine Schwestern und ich. Für mich war der Wechsel von der Tagwelt des Instituts zur Nachtwelt des Clubs, wo Sherezade auftrat, höchst attraktiv. Es ist ja eine psychologische Tatsache, daß normale, verantwortungsbeladene Existenzen ab und zu ein Ventil brauchen.«

»Wenn ich mich recht entsinne, ist Lola im Film eine destruktive Persönlichkeit, die Professor Rath benutzt und in ihre Welt holt. Sherezade dagegen wollte heiraten und Direktorsgattin eines Nachhilfeinstituts werden.«

Er lachte wie Sir Laurence Oliver in einem Film, an den sich Carvalho nur verschwommen erinnerte.

»Ich verstehe, was Sie damit sagen wollen, und bin Ihnen nicht böse deshalb. Ein Nachhilfeinstitut ist ebenso respektabel wie jede andere Bildungseinrichtung. Aber Dora – so hieß sie wirklich – sagte tatsächlich, sie wolle heiraten, und so stellte ich sie meinen Schwestern vor. Diesen Tag werde ich nie vergessen. Am Anfang ging alles gut. Meine Schwestern sind engelhafte Wesen, schon etwas älter, und haben sich wirklich bemüht, der Situation gerecht zu werden, weil sie mich lieben und von meiner Begeisterung für Dora wußten. Eine Stunde nach Beginn des Besuchs war ich schon völlig aufgelöst und bereute, sie überhaupt eingeladen zu haben. Sie können sich nicht vorstellen, wie . . .«

»Nicht die geringste Ahnung.«

»Je länger meine Schwestern sprachen, desto verächtlicher wurde ihre Miene, und ihre Antworten wurden immer schneidender, ja verletzender. Meine Schwestern, die Ärmsten, sie sind ja nicht dumm, wurden immer stiller und stiller, und als Dora glaubte, die Oberhand gewonnen zu haben, begann sie Dinge zu sagen, die ich nie zuvor von ihr gehört hatte – Schweinereien, unerhörte Frechheiten; sie hatte eine teuflische Lust daran, zu provozieren.«

»Hatte sie getrunken?«

»Ja; sie betrank sich ab und zu gerne und ›ließ ihr Haar im Wind flattern‹, wie sie es nannte. Ich hatte zu dem Anlaß Champagner besorgt. Er war schön kühl, und Dora trank mehr, als für sie gut war.«

»Wissen Sie noch, welche Marke?«

»Nein. Ist das denn wichtig?«

»Entscheidend.«

»Es war keine besondere Marke. Ich gebe nicht gerne zu viel für Getränke aus.«

»Ein schlechter Champagner kann für eine Frau verhängnisvoll sein. Tat sie etwas so Schlimmes, daß es zum Bruch der Verlobung führte?«

Señor Dotras Puigcerber schloß die Augen, um die Bilder der Ereignisse zu ordnen, und als er sie öffnete, stand darin die ganze Roheit der erlebten Szene.

»Irgendwann fragte sie meine Schwestern, ob sie sie schon einmal auf der Bühne gesehen hätten. Nein. Natürlich hatten sie das nicht. Und bevor ich einschreiten konnte, zog sie Rock und Bluse aus und begann sich – nur mit Büstenhalter und Höschen bekleidet – zu drehen und zu winden. Dann stieg sie auf den mit Gläsern und Flaschen beladenen Tisch und nahm eine ihrer Stellungen ein, eine obszöne Stellung, wobei sie ein Quadrat bildete und ihr Schamhaar dem Betrachter frivol entgegenreckte.«

Dotras' Augen schlossen sich nicht. Sie suchten in Carvalhos Augen das erhoffte Entsetzen, fanden es aber nicht.

»Ich kann mich Ihrer Ansicht leider nicht anschließen. Beim Erzählen bedienen Sie sich kultureller Elemente, die Sie bei der Ausübung Ihres Berufs erworben haben. Sie zitieren Filme oder Schriftsteller. Dora zeigte lediglich, was sie konnte.«

»Das war noch nicht alles. In ihrem entfesselten Redeschwall sagte sie fürchterliche Dinge über ihren Vater und ihre Mutter, aus denen hervorging, daß sie eine traumatische Erziehung von zwei verantwortungslosen Individuen genossen hat, die den Unterschied zwischen Gut und Böse nicht kannten.«

»Ich bin schockiert, Señor Dotras!«

»Zwei Perverse, die, wenn sie Lust hatten, vor den Augen des unschuldigen Kindes Partnertausch betrieben . . .«

Carvalho hatte kein Bedürfnis, den Monolog bis zum Ende anzuhören, und erhob sich abrupt, um sich zu verabschieden.

»Wenn Sie sie treffen sollten, bitte kein Wort davon, daß Sie mit mir gesprochen haben! Mir graut vor der bloßen Möglichkeit, daß sie sich gezwungen sehen könnte, sich an mich zu erinnern.«

»Sind Ihre Schwestern über die unangenehme Sache hinweggekommen?«

»Ja, es sind zwei bewundernswert starke Frauen. Aber sie werden es nicht glauben, manchmal, wenn sie mich ansehen, legt sich ein Schatten von Zweifel oder Trauer über ihre Augen, der mich erschüttert.«

Carvalho zweifelte nicht daran. Die Schwestern dachten: Joan, was bist du für ein Waschlappen!

Er sagte Charo Bescheid, daß er in den Süden fuhr.

»In welchen Süden?«

»In Spanien gibt's nur einen.«

Der Koffer, den er packte, war genauso spartanisch wie sein Leben, aber nicht ohne einen Restaurantführer und den Wunsch, die Gier nach einer gastronomischen *via crucis,* die im *Levante* in Benisan mit einer majestätischen Paella beginnen sollte, beim größten Paellalieferanten Seiner Majestät des Königs von Spanien, gefolgt von einem Abendessen im *Rincón de Pepe* in Murcia. Für die Zeit danach stellte er sich geistig und körperlich auf einen Aufenthalt in der *Hacienda* in Marbella ein, solange er an der Costa del Sol zu tun haben würde. Die vereinzelten frühmorgendlichen Passanten stießen dampfende Wolken aus. Carvalho blieb einen Augenblick nachdenklich vor den Plakaten des *Panam's* stehen. Sussy d'Oro, Strip komplett. Perita en Dulce und *live sex* aus Kopenhagen. Die Sonne machte mit ihren Strahlen die Ecke vor dem *Cosmos* zu einem warmen Refugium, und dort döste Bromuro, der Schuhputzer, auf seinem Kasten und ließ sich von der Sonne streicheln. Die lückenhafte Geographie seiner Gesichtsfalten geriet in Bewegung, als er aus Carvalhos Mund seinen Namen hörte. Er öffnete sogar die gelben Augen und einen Mund voller Dunkelheit und Anisdunst.

»Pepiño, erschreck mich nicht so! Her mit den Schuhen!«

»Nichts da. Bromuro, ich brauche eine Information.«

»Ohne Schuheputzen keine Infos. Jeder hat seine Berufsehre.« Damit bemächtigte er sich der Schuhe von Carvalho.

»Meine tägliche Ration Sonne. Die Sonne bleibt immer die Sonne. Egal, wieviel Dreck die Menschheit produziert, sie kommt immer durch. Alles zwischen dir und mir und der Sonne ist menschlicher Dreck. Luftverschmutzung, Pepiño. Es geht längst nicht mehr um Kommunismus oder Demokratie. Denkste! Die Menschheit kämpft um die Rettung der Erde. Wir brauchen wieder eine Legion, wie in der guten alten Zeit!«

Bromuro summte die Hymne der Legion: *Soy el novio de la muerte . . .*[*]

Carvalho wartete geduldig das Ende des ökologischen Vortrags ab. Die mit rußigen Mitessern übersäte Glatze sieht aus wie eine triste, schmutzig-faule Frucht, aus der wie durch ein Wunder eine Stimme kommt.

»Was sagt dir der Name Madame Pepita?«

»Kaum was, eigentlich nichts.«

»Und der Große Marcel?«

»Jetzt dämmert's mir langsam! Mme. Pepita war so 'ne Witwe, ganz appetitlich. Zuerst trat sie mit dem Großen Marcel zusammen auf. Er stach sie, und sie wackelte dabei mit den Titten, ob-

---

[*] »Ich bin der Verlobte des Todes . . .« Man bedenke dabei, daß der Tod im Spanischen weiblich ist!

wohl sie immer behauptete, sie würde französische Chansons singen. *Rigat*, Bolero. Sie war ziemlich bekannt. Kennst du das *Rigat* noch, Pepe?«

»Nicht so richtig.«

»Das war noch Kabarett, nicht diese Discoscheiße, die jetzt Mode ist, damit die Jugend taub wird und den Ruf der sterbenden Natur nicht hören kann!«

»O. k., du weißt, worum es geht. Was war mit den beiden?«

»Nichts Besonderes. Ein anständiges Ehepaar, das seinen Lebensunterhalt mit Arschwackeln verdiente.«

»Und die Tochter? Sherezade, Schlangentänzerin?«

»Das ist was anderes. Aber ich weiß es nicht mehr so genau. Sag denen mal, sie sollen mir einen Anis rüberbringen, der schließt mein Archiv auf.«

Bromuro kippte seinen Anis, als sei es der letzte Tropfen Wasser im Universum.

»So gefällt's mir, Pepiño, verdammt noch mal! Der Anis läßt hier drin die Sonne aufgehen!«

»Dann laß sie mal ein wenig für mich scheinen, Bromuro, und erzähl mir von der Schlangentänzerin Sherezade!«

»Eine von denen, die sogar Massageöl nehmen, um high zu werden. Hast du das schon probiert?«

»Nein.«

»Du hältst die Flasche an die Nase, offen natürlich. Ein Nasenloch hältst du zu, und mit dem anderen atmest du tief ein. Dann andersrum.«

»Ist sie registriert?«

»Die kam schon registriert zur Welt.«

Carvalho drückte Bromuro einen Fünftausender in die Hand und stieß in die dunklen Gäßchen vor, die unten am Hafen von den Ramblas abzweigen. Er erreichte ein neues, mehrstöckiges Gebäude, das auf Trümmern im alten Viertel gebaut worden war; es besaß sogar einen Aufzug, der ihn zu einer funktionalistischen, stereotypen Wohnungstür brachte. Der Schlüssel, den er aus der Tasche zog, kratzte in der offenen Narbe des Schlosses und öffnete die Tür mit routinierter Präzision. Im Halbdunkel tastete er sich vorwärts bis zur nächsten Tür und machte sie auf. Im Dunst von

Heizung und Nacht zeichnete sich der Körper einer Frau im Bett ab, halb nackt, halb kapriziös verhüllt mit einer Decke, die die ruhenden Kurven eng umschloß. Er betrachtete sie schweigend, kleidete sich aus und schob sie etwas beiseite, um sich Platz zu schaffen.

»Bist du immer noch nicht weg, alter Bock!«

»Ich bin's, Pepe.«

»Pepe!« Charo erkannte ihn mit verschlafenem, aber lächelndem Gesicht und einer entsprechenden Umarmung.

»Was willst du, mit mir schlafen oder träumen?«

»Beides, in alphabetischer Reihenfolge.«

Aber Charos wohlgemeinte Bemühungen waren so schlaftrunken, daß sie eine Minute später schon wieder eingenickt war. Carvalho träumte mit offenen Augen von der Reise.

Der Paellakoch winkte ihn in die Küche zu der langen Reihe von Feuerstellen für Paellas mit Huhn, Kaninchen, Schnecken, mit *bajocons*, einer dicken, valencianischen Bohnenart, und einem *sofrito* aus Tomate und grünen Bohnen einer dicken, würzigen, derben Art. Es sah aus wie eine Paellaschmiede, und das Endprodukt war ein festes, fleischiges Gericht, das nach einer Vorspeise mit Salat und Thunfisch in Öl lasterhaft gut schmeckte – zuerst vom Teller, dann pedantisch in kleinen Portionen vom Boden der Pfanne gekratzt, wo das Feuer in der Reiskruste die Quintessenz der verschiedenen Geschmacksrichtungen konzentriert zu haben schien. Nun waren Körper und Seele versöhnt mit der langwierigen Fahrt, vor allem der anstrengenden Verfolgung von Lkws und gemächlichen Bauern auf einem Streckenabschnitt zwischen Alicante und Murcia. Es war ein herrlicher Luxus, im *Rincón de Pepe* speisen zu können, aber Carvalho mußte zunächst den Segura hinauf- und hinunterspazieren, um seinem Magen und dem Restaurant Zeit zu lassen, sich fürs Abendessen zu öffnen.

Er bestellte ein klassisches Gericht, Auberginen mit gratinierten Scampi und eine Goldbarbe im Salzmantel, und lauschte Raimondos Vortrag über die traditionellen Topfgerichte.

»Der *mújol* ist eindeutig zu fett. Wir machen ihn hier mit Klippfisch.«

»Ich habe schon eine Paella hinter mir, daher möchte ich kein Topfgericht.«

»Weißer Reis und etwas, was man kennt, das nimmt keinen Platz weg.«

Die anstrengende Strecke zwischen Puerto Lumbreras und Granada mit einer Unzahl kleiner Fischerhäfen und arthritischer Lkws ließ es ihm geraten erscheinen, in den Außenbezirken von Granada ein Motel zu nehmen, das allein für den Nachtportier gebaut zu sein schien.

»Ziemlich einsam hier.«

»Wenn der Sommer kommt, wird das anders. An der Bar bekommt man keinen Platz mehr. Alles Leute auf der Durchreise.«

Die Aussicht auf den großzügigen Innengarten des Motels mit seinen leeren Zellen langweilte Carvalho. Er vertraute sich der diffizilen Semiotik der Hinweisschilder an, die ihn zur Kellerbar führten, einem großen Raum mit roten Schatten, als hätten die Dunkelheit und die Anwesenden eine Ladung leuchtendes Blut abbekommen. Vertreter über Vertreter, große, kleine, mittlere, aber fast alles Katalanen. Nur in einer Ecke sangen leise zwei Andalusier, sich gegenseitig dabei unterstützend, von ihrem Leid zu erzählen und das Gleichgewicht nicht zu verlieren angesichts ihres mit leeren Gläsern übervollen Tisches. Vier oder fünf dunkelhäutige Frauen, die geradewegs aus dem Harem Abderramans III. zu kommen schienen, wo sie sich zwanzig Jahre lang im Kampf für die Abschaffung der Kerkerschaft verdient gemacht hatten. Ein Barkeeper, dessen Blässe sich als weißer Flecken gegen die Orgie in Rot durchsetzte. Carvalho setzte sich neben den singenden Andalusiern an die Bar, trank und spitzte die Ohren, während er darauf wartete, daß Kopf und Bauch Bettreife signalisierten.

»Weißt du, was ich dir sage, Paco? Wo ein Andalusier auftaucht, räumen die andern das Feld. Du brauchst dir bloß die Kandidatenliste anzusehen. Rot wie 'ne Tomate! Felipe González . . .«

»Andalusier.«

»Guerra.«

»Andalusier.«

»Paquirri.«

»Andalusier.«

»Die Pantoja.«

»Andalusierin.«

»Christoph Columbus.«

»Andalusier.«

»Der Erfinder von *pescado frito*[*].«

»Andalusier.«

»Der Erfinder von Stockfisch.«

»Andalusier.«

»Der Erfinder von *manzanilla*[**].«

»Andalusier.«

»Die Heilige Jungfrau von Triana.«

»Andalusierin.«

»Und die *Virgen del Rocío*«, ergänzte Carvalho und verdiente sich damit die Aufmerksamkeit und den Beifall der beiden sowie die Einladung zu einem Whisky.

»Dieser Whisky ist so miserabel, daß er aus Katalonien sein muß«, sagte einer der beiden mit lauter Stimme, so daß es die katalanischen Vertreter hören mußten, die sich mit den Exkonkubinen des Kalifen beschäftigten. Die beiden waren aus Sevilla und im Auftrag der *Junta de Andalucía* in politischer Mission unterwegs nach Almería.

»Die in Almería wollen nämlich nicht darauf hören, was Sevilla sagt, und wir sorgen dafür, daß sie hören, was, Paco?«

»Denen werden die Ohren klingen!«

»Entweder sie machen endlich den Sprung in die Neuzeit, oder sie stehen in der Unterhose da.«

Der Redegewandtere war früher konkreter Dichter gewesen, heute war er Vizesekretär des Sekretärs eines amtierenden Abgeordneten oder Sekretär eines Vizesekretärs eines amtierenden Abgeordneten, und der andere begleitete ihn als Dolmetscher.

»Aber in Almería wird doch Spanisch oder Andalusisch gesprochen?«

»Die sind total borniert. Ich drücke mich gerne konzeptuell aus, und er übersetzt. Ich sage: Wenn ihr euch nicht der Umstrukturie-

---

[*] kleine gebratene Fische
[**] herber Sherry aus Sanlúcar/Andalusien

rung anschließt, die eine Agrarreform in Verbindung mit den Ideen der Neuzeit impliziert und zu technologischen Spitzenleistungen führt, verliert ihr den Anschluß an die dritte industrielle Revolution aufgrund von ideologischen Skrupeln, die zum wertlosen Erbe aus der Zeit zwischen den Kriegen gehört. Und er übersetzt dann.«

»Wie übersetzen Sie das?«

»Ich sage denen: Wenn ihr nicht auf die Chefs hört, werdet ihr politisch arbeitslos, und das ist eine der schlimmsten Sorten von Arbeitslosigkeit, die es gibt. Das verstehen sie sofort.«

»Bravo, Paco, bravo!«

Auf dem Büro der Marinekommandantur in Malaga zeigte man sich entgegenkommend gegenüber dem guten Freund der Familie, der diese lange Reise gemacht hatte, um ein Mädchen zu finden, von der man nicht wußte, wo sie war, ja, die vielleicht selbst nicht wußte, wohin man sie gebracht hatte. Es gab Unterlagen über die Schiffe, die im letzten Monat Malaga, Marbella und Puerto Banús angelaufen hatten. Wenn das Mädchen aus Marbella geschrieben hätte, hätte ihr Schiff wahrscheinlich in Puerto Banús angelegt.

»Tatsächlich sind zwei Yachten von Tunesien gekommen, die ›Vignoble‹ unter französischer und die ›Fucsia‹ unter italienischer Flagge; ihr Kapitän ist allerdings Österreicher, David Sumbulowitsch. Die ›Vignoble‹ kommt wohl nicht in Frage. Sie hatte eine französische Familie an Bord, die durchs Mittelmeer kreuzte. Von der ›Fucsia‹ ist lediglich der Name des Kapitäns vermerkt und daß sich zwei Gäste an Bord befanden.«

In einer Kneipe, wo es nur Malaga gab, trank Carvalho zwei Gläser dieses Weines, trotz der miesen Laune, die der Inhaber an den Tag legte, als hätte er die Nase voll davon, daß ihm ständig die Fässer leergetrunken wurden.

»Einen Wein aus Malaga.«

»Aus La Coruña wird er schon nicht sein.«

Carvalho hätte sich gerne mit einem Fußtritt für die schlechte Laune bedankt, beherrschte sich aber, um sich die Reise nicht zu verderben. Von der Terrasse über dem Mittelmeer aus schweifte sein Blick hinüber zu den verführerischen weißen Dörfern im Landesinneren, Benalmádena, Mijas, Coín und Ojén. Er hatte sie auf einer spirituellen Pilgerfahrt durch Andalusien kennengelernt, auf der Suche nach dem *duende**, der so viele berühmte Reisende behext hatte.

Den *duende* hatte er nicht gefunden, wohl aber ausgezeichnete Bergschinken in den Alpujarras, in Ronda und Montejaque, sowie Weine für vor und nach dem Essen, die absolut zu einer Epoche gehörten, als Menschheit und Geographie noch in gutem Verhältnis zur Vorsehung standen. Als er Marbella erreichte, hatte er zehn Gläser leichten Sherry getrunken und eine ganze Schiffsladung *pescadito frito* im Bauch, die er hier und dort unterwegs vernascht hatte. Er fuhr direkt zum Hafen und suchte in zwei Büchern nach der eventuellen Ankunft der Yacht »Fucsia« unter italienischer Flagge, Eigentümer David Sumbulowitsch.

»Wenn sie nicht hier ankam, welchen anderen Hafen könnte sie dann angelaufen haben?«

»Derartige Schiffe fahren nicht nach Cabopino, das ist ein Privathafen der Villensiedlung. Allenfalls Puerto Banús.«

In Puerto Banús war die Ankunft der »Fucsia« am 4. Oktober registriert; Abfahrt am 8. Oktober.

»Wer befand sich an Bord?«

»Registriert sind der Kapitän David Sumbulowitsch, der französische Staatsbürger Henri Grazier und Juan Lasplazas als Gast.«

»Kein Mädchen?«

»Nein.«

»Kam die Yacht hierher zurück?«

»Nur, um Lasplazas abzusetzen. Sie hatten anscheinend eine Tour nach Gibraltar gemacht. Weil die Grenze von Spanien aus geschlossen ist, kann man es nur vom Meer aus erreichen. Eine Menge Leute fahren hin, um einzukaufen. Das muß auch Lasplazas getan haben.«

»Ist er aus der Gegend hier?«

»Er stammt aus einer sehr bekannten Familie aus Algeciras. Aber er lebt das ganze Jahr über in Nueva Andalucía und arbeitet

---

* »Dämon«, bekannt durch Garcia Lorcas Essay *Theorie und Spiel des Dämon*

als Wachmann im Casino, na ja, was heißt Wachmann, er wirft die Leute raus, die Stunk machen.«

Von einem Rausschmeißer zum anderen.

Im Casino stank es nach ausgekotztem Geld, und zwei Putzfrauen tanzten einen seltsamen, gemessenen Tanz auf zwei Scheuerlappen, mit denen sie den gewachsten Boden polierten. Sie waren so vertieft in die Arbeit, den doppelten Boden der Welt auf Hochglanz zu bringen, daß sie den Geschäftsführer nicht beachteten, der Carvalho seine Aufmerksamkeit widmete, während er gleichzeitig fünftausend andere Dinge erledigte.

»Passen Sie auf Ihr Herz auf! Dieser Weg führt direkt zum Infarkt.«

»Wie bitte?«

»Sie tun zu viele Dinge auf einmal, das ist nicht gut.«

»Also mir ist das Privatleben von Lasplazas völlig schnuppe.«

»Das ist ein Wort.«

»Hier tut er seine Pflicht, und draußen macht er seine krummen Geschäfte, wie alle an diesem Küstenstrich hier. Wenn er Frauen ausbeutet, ist das seine Sache.«

»Ich habe nicht gesagt, daß er das tut.«

»Dann sag *ich's* eben.«

»Bei welcher Gewerkschaft finde ich die Frauen?«

»Fangen Sie bei Remedios an, die ist am längsten dabei. Sie müßte alle Schützlinge auf der Liste haben.«

»Sie halten nicht allzuviel von Señor Lasplazas.«

Der kleine Mann sah aus wie ein Seminarist aus Zamora, den eine schlechte Frau aus der Bahn geworfen hatte, dachte Carvalho, sagte es aber nicht.

»Den Teufel treibt man mit dem Beelzebub aus. Wir brauchen hier solche Leute, um uns vor ihresgleichen zu schützen.«

Eine ganze Philosophie. Als er das Casino verließ, sprang ihn der Anblick der Villensiedlungen an, die das Meer zumauerten, mit dem entscheidenen Willen, jegliche Überbleibsel von Landschaft aufzufressen. Er beschloß, zum direkten Angriff auf Señor Lasplazas und seine Prophetin Remedios überzugehen. Sie mußte sehr populär sein, denn die erste Frau, bei der er sich nach ihr erkundigte, zeigte ihm sofort das Apartment, wo sie wohnte. Carvalho fand die Tür angelehnt und traf auf eine nackte Frau, die vor dem trüben Spiegel einer Frisierkommode saß und gemächlich ihr langes, schwarzes Haar bürstete. Sie wandte sich zu ihm um, und alle Vorsprünge ihres Körpers sahen violett aus, die Brustwarzen, die delikaten Lippen, sogar die Augen.

»Reme?«

»Bist du ein Freund von Juan?«

»Ich könnte einer werden.«

»Kommst du von ihm?«

Sie war aufgestanden. Die dunklen Brüste bedeckte sie mit der Bürste, ließ aber den Venushügel frei. Er schimmerte in einer metallischen Dunkelheit, wie Carvalho sie bisher nur beim Schamhaar von Negerinnen beobachtet hatte. Er wandte den Blick nicht von dem Drahtverhau ab, deshalb schien ihm auch ihre Stimme aus diesem Bermudadreieck zu kommen.

»Du gefällst mir besser als mancher andere. Hat er dir den Preis gesagt?«

»So oft ich will.«

»Das ist doch kein Preis!«

»Vielleicht viel mehr als ein Preis. Ich kann dir aber versprechen, daß ich es für dich umsonst mache.«

»Bist wohl ein Witzbold. Baske?«

»Wieso Baske?«

»Die Basken machen immer gute Witze.«

»Ich will mit Lasplazas sprechen, und wenn er nicht da ist, warte ich auf ihn.«

Die Frau blies sich eine nicht vorhandene Locke aus der Stirn und zuckte die Achseln, bevor sie ihm den Rücken kehrte und ihre Toilette fortsetzte. Aber Carvalhos Augen ließen ihren nackten Rücken nicht los; sie drehte sich ab und zu um, als würde sein Blick sie kitzeln; erst war sie amüsiert, dann immer ärgerlicher.

»Hör mal, Witzbold! Hast du noch nie eine nackte Frau gesehen? Weißt du nicht mehr, wie deine Mutter aussah, als sie dich zur Welt brachte?«

»Meine Mutter durfte mich nicht nackt gebären.«

Sie tat, als gebe sie es auf, und rieb sich merkwürdig metallische

Substanzen ins Haar, so daß sie sofort wie ein Tier aussah, dessen Gehirn einer elektronischen Untersuchung unterzogen wurde.

»Bist du Lasplazas' Freundin?«

»Kann schon sein.«

»Hat er noch andere?«

Jetzt drehte sie sich um und stemmte eine Hand auf den nackten Schenkel.

»Hör endlich auf mit den Sprüchen!«

»Ich hab mich noch nie so lange mit einer nackten Frau unterhalten.«

»Das wundert mich, du siehst aus wie ein Schwätzer, nicht mehr. Hör mal, Süßer, wolltest du wirklich nicht mit mir ins Bett? Wenn du das nämlich nicht willst, dann geh nach Puerto Banús, kauf dir 'ne Tüte Chips und 'ne Limom, und schau dir die schönen Schiffchen an! Los, Herzchen, ich werde nervös mit so einem Idioten hinter mir!«

»Cholerische Frauen leben nicht lange.«

Zwischen Wut und Verblüffung entschied sich die Frau für das, was auf halbem Weg dazwischen lag, Verachtung.

»Leck mich am Arsch!«

Carvalho spürte, daß ihm jemand hinter seinem Rücken die Schau stahl, und wandte sich rechtzeitig um, um den Mann zu sehen, der den ganzen Türrahmen ausfüllte.

»Juan, der Typ da macht nichts als Witze. Wieso schickst du solche Halbstarke zu mir?«

»Ich habe dir diesen Señor nicht geschickt.«

Lasplazas gab ihr mit dem Kopf ein Zeichen, und sie verschwand in der Intimsphäre des Badezimmers. Die Luft hinter ihr blieb voller O, die der Schwung ihrer Hinterbacken gezeichnet hatte. Carvalho bewunderte den Bizeps, der zum Vorschein kam, als Lasplazas den Ärmel seines Polohemds Marke Fred Perry fast bis zur Achsel hochkrempelte.

»Wenn Sie mich suchen, dann haben Sie mich gefunden.«

»In Wirklichkeit suche ich die Freundin eines Freundes von Ihnen.«

»Je nachdem, wie man's nimmt, habe ich viele oder wenige Freunde.«

»Dann passen Sie gut auf, daß Sie's richtig nehmen, weil es bei dieser Sache um Ihr Gesicht geht. Ich rede von Sherezade, der Tochter von Mme. Pepita und dem Großen Marcel.«

»Wohl eine Chinesenfamilie?«

Carvalho schlug zweimal zu, kräftig, gut gezielt, aber väterlich, und als Lasplazas wie ein Stier auf ihn losgehen wollte, begegnete er auf halbem Weg zwischen ihm und Carvalho der 15-cm-Klinge eines Stiletts. Er wich zurück, seine Hand zuckte zur Hosentasche, aber Carvalho ließ die stählerne Klinge kurz vor seinen weitaufgerissenen Augen tanzen. Er beruhigte sich beinahe übergangslos und beschloß, sich grinsend an die Wand zu lehnen.

»Das Mädchen kam mit einer Yacht, mit der ›Fucsia‹. Dann fuhren Sie mit dieser Yacht nach Gibraltar und zurück. Aber offensichtlich ohne das Mädchen. Wo ist sie?«

»Als ich an Bord kam, war zwischen Henri und ihr alles aus. Sie hatten sich vier Tage lang gestritten, dann verschwand das Mädchen, nicht ohne vorher Henri die Krallen durchs Gesicht zu ziehen, daß es wie eine Landkarte aussah. Henri ist tatsächlich ein Typ, der schwer zufriedenzustellen ist.«

»Wo ist Henri?«

»Er ist verschwunden. Vielleicht zur Legion.«

»Ich gebe dir Zeit bis heute abend, um die Geschichte nach meinem Geschmack abzuändern. Andernfalls komme ich ins Casino, dann können wir das Gespräch ziemlich laut fortsetzen, und hinterher kannst du alles der Polizei erklären.«

Lasplazas war es nicht gewohnt, daß man ihm den Fuß in den Nacken setzte, und ein alter Hochmut ließ ihn ohnmächtig und mit erstickter Stimme protestieren: »Was wollen Sie eigentlich? Woher soll ich wissen, wo diese Alte steckt? Fragen Sie doch Sumbulowitsch, vielleicht weiß er mehr als ich!«

»Wo finde ich ihn?«

»Auf jeder Cocktailparty. Es ist einer von denen, über die *Hola* schreibt, so ein Jet-set-Typ.«

»Hol das Partyprogramm.«

»Heute abend gibt es einen großen Empfang mit kaltem Buffet bei einem Filmschauspieler, Rory Weisberg.«

Als er auf die Straße hinaustrat, überblickte Carvalho sofort die Situation. Zwei dunkelhäutige und wie Schatten in die Länge gezogene Männer schienen mit ihrem Rücken das Haus abzustützen. Aber ihre Beine waren sprungbereit. Ein Blick nach oben bestätigte Carvalho, daß Lasplazas auf dem Balkon stand. Er ging direkt auf die beiden zu; ihre Rücken schienen beinahe von der Hauswand zurückzufedern, und die Männer kamen auf Carvalho zu. Als sie wenige Meter vor ihm standen, zog der Detektiv, wie zur Kontrolle, die Pistole aus dem Schulterhalfter und sah nach, ob sie geladen war. Die Männer erstarrten, lediglich die Hälse bewegten sich, um die Köpfe zu heben und zum Balkon hinaufzusehen. Auf eine Handbewegung von Lasplazas hin drehten sie Carvalho den Rücken zu, als sei ihnen plötzlich ein anderer Weg eingefallen, der richtige. Carvalho steckte die Pistole wieder ein und folgte ihnen. Zuerst in seinem eigenen Tempo, dann ging er schneller, und sie ebenfalls, um nicht eingeholt zu werden. Sekunden später bewegten sie sich schon im Laufschritt vorwärts, die beiden nervös, Carvalho sozusagen grinsend. Plötzlich teilten sie die Welt untereinander auf, einer bekam die rechte, der andere die linke Hälfte. Carvalho folgte dem, der ihm schwächer und verängstigter erschien, und erwischte ihn, als er gerade den Fuß in eine Bar setzen wollte.

»Bitte, Caballero, wissen Sie, wo ich Sherezade finde, die Schlangentänzerin?«

Der Mann war völlig unbeeindruckt von der Frage, als sei es das Natürlichste der Welt. Er senkte den Kopf und fragte: »Und was ist das?«

»Eine Frau.«

Carvalho zeigte ihm ein Foto.

»Kenn ich nicht.«

»Auch nicht von ihr gehört?«

»Nein.«

»Woher kennen Sie Lasplazas?«

»Von nirgends. Ich weiß nicht, wer das sein soll.«

»Der Schlägertyp auf dem Balkon.«

»Mit Schlägern habe ich nichts zu tun. Ich bin arbeitslos. Haben Sie einen Job für mich? Nein? Dann lassen Sie mich in Ruhe!«

»Kann ich Ihnen behilflich sein?« fragte eine Stimme hinter Carvalho. Der andere war um die Welt gelaufen und stand nun hinter ihm. Der Detektiv drehte sich nicht um, sondern sagte: »Ich war gerade dabei, diesem Arbeitslosen einen Job zu besorgen.«

»Das wird schwierig sein. Mein Freund ist Totengräber.«

»Und Sie?«

»Sein Assistent.«

Carvalho trat kräftig mit dem Fuß nach hinten, drehte sich um und erwischte den anderen, der sich vor Schmerz krümmte, gerade noch an den Jackenaufschlägen. Er stellte ihn neben seinen Freund und sah die beiden an.

»Ob ihr Arbeitslose seid, weiß ich nicht, aber ein paar Gauner ganz bestimmt. Sagt eurem Lasplazas, er soll mich ab jetzt mit solchen Idioten wie euch verschonen!«

Groll stand in den Augen des Geschlagenen und verfolgte Carvalho, bis er um die Ecke bog und zu seinem Auto ging, um so schnell wie möglich zum Hotel *Meliá Don Pepe* zu kommen. Der Portier wußte seine exzellente Eintrittskarte zu schätzen.

»Ich komme von Señor Weisberg. Ich bin zu seinem Empfang heute abend eingeladen und möchte ein Zimmer mit Blick zum Meer.«

Der Portier nickte beifällig zu den hervorragenden Empfehlungen und Wünschen des Gastes.

»Ach ja. Ich vergaß ganz, ihn nach dem Weg zu seiner Villa zu fragen.«

»Seien Sie unbesorgt! Señor Weisberg ist in dieser Gegend sehr bekannt, und sein Anwesen liegt in Las Lomas in der Sierra Blanca, direkt hinter der Buchinger-Klinik.«

Während der Page seine Koffer hinauftrug, kaufte sich Carvalho eine komplette Sammlung von Klatschzeitungen, breitete sie auf dem Bett aus und studierte die drei parallelen Berichte, in denen die Empfänge in Marbella erwähnt wurden. In zweien davon war Rory Weisberg abgebildet, umgeben von Privilegierten, einschließlich des obligaten arabischen Millionärs und der üblichen Happiness-Manager der Costa del Sol. Nach einstündiger Lektüre war Carvalho so gut informiert, daß er Prinzessin Gunilla von Bismarck duzen und sogar auf die Wange küssen konnte.

Gunilla von Bismarck nahm Carvalhos Wangenküßchen gnädig entgegen und hauchte ihrerseits mit ihrem kleinen Mund zwei Andeutungen von Küßchchen in die Luft.

›Der Marqués von Alfarache machte uns miteinander bekannt, bei der Modenschau von Queta Kleiser.«

»Ah, genau! Die Modelle waren einfach wundervoll!«

Obwohl er ein Faible für Blondinen hatte, gab es zu viele Attraktionen um ihn herum, um der deutschen Prinzessin allzuviel Zeit zu widmen. Hier war dreidimensional vertreten, was vom iberischen Jet-set zehn Jahre des politischen Umschwungs und der gesellschaftlichen Artenselektion überstanden hatte. Im Zentrum der Aufmerksamkeit standen der arabische Multimillionär Suleiman Al-Refendi und die Filmschauspielerin Jacqueline Bisset mit ihrem Begleiter, einem russischen Ballettänzer, der aus dem Osten geflohen war, um zu sehen, wie es ihm im Westen ergehen würde. Die Gastgeber trugen Gastgebermienen zur Schau, eine stets lächelnde Grimasse und wachsame Augen, damit es keinem an etwas mangelte, nicht einmal an Konversation. Deshalb kam Rory Weisberg zu Carvalho, der für sein Empfinden allzu allein dastand, und führte ihn zu einer Gruppe, wo Jaime de Mora y Aragón über die Ausrottung der australischen Känguruhs dozierte.

»Also einen Känguruhmantel habe ich noch nie gesehen«, bemerkte eine mörderische Dame, die jeden Pelz tragen würde, egal, um welchen Preis.

»Und Sie sind in der Versicherungsbranche tätig?«

»Schiffsversicherungen, ja. Wie haben Sie's erraten?«

»Sie sehen aus wie ein Versicherungsagent.«

Rory Weisberg betrachtete Carvalho mit einer gewissen Neugier, während er im Geist die Gästeliste durchging und überlegte, in welche Schublade er gehörte. Carvalho fand den Schauspieler etwas farblos und kahlköpfig, obwohl es schon zu lange her war, seit er ihn im Kino in der Rolle eines glücklosen englischen Coronels gesehen hatte, der fünftausend indische Lanzen buchstäblich in ein Sieb verwandelt hatten. Señora Weisberg kam mit einer dringenden Bitte herbei, und ihr Gatte folgte diesem Wunder aus kleinen Muskeln, die fünf Stunden täglich massiert und durchgeknetet wurden.

»Wollen Sie mit Suleiman Al-Refendi eine Versicherung abschließen? Ich könnte Ihnen behilflich sein.« Jaime de Mora zwinkerte Carvalho zu.

»Eigentlich bin ich gekommen, um mich mit David Sumbulowitsch zu treffen, dem Besitzer der ›Fucsia‹.«

»David? David und ich sind die besten Freunde.«

Der Bruder der Königin Fabiola von Belgien breitete die Arme aus, um die Dimensionen ihrer Freundschaft anzuzeigen. Ein Arm kehrte in Ruhestellung zurück, der andere blieb oben und wies auf jemanden in der Menge.

»Dort ist er. David!«

Ein großer, magerer junger Mann wandte sich ihnen zu, mit nach unten gezogenen Wulstlippen und müden, hervorquellenden Augen. Seine Stirn war in zwei Rundungen unterteilt. Zwischen Jaime de Mora und David Sumbulowitsch öffnete sich ein Korridor, und der Eigentümer der »Fucsia« durchschritt ihn mit erstauntem Lächeln.

»Das ist er.«

David Sumbulowitsch musterte Carvalho mit einem halben Lächeln und Jaime de Mora mit der anderen Hälfte.

»Was ist die Pointe in diesem Witz?«

»Dieser Herr hat nach dir gesucht.«

Er ließ ihm keine Zeit, sich zu wundern. Carvalho legte den Arm um ihn und schleppte ihn in einen ruhigen Winkel, mit einem bedeutungsvollen Seitenblick auf Don Jaime. Dabei bemerkte er, wie sich die Muskulatur unter dem Druck seines gebieterischen Armes immer mehr anspannte. Carvalho ging weiter, bis sie im Garten eine ruhige Ecke für ein Tête-a-tête gefunden hatten.

»Wer sind Sie?«

»Ich bin auf der Suche nach Sherezade.«

»Das ist ein Tanz, nicht?«

»Eine Tänzerin. Eine Tänzerin, die mit Ihnen und Grazier von Djerba bis irgendwohin gefahren ist.«

Er hatte keine Lust, ihm Auskunft zu geben. Seine Handbewegung war allzu lustlos und ohne die geringste Absicht, die genaue Richtung anzuzeigen, in die sie verschwunden war. Carvalho packte den desorientierten Arm und zog daran, bis sie sich wirklich Auge in Auge gegenüberstanden.

»Wetten, du erinnerst dich, wohin sie ging?«

»Vorsicht mit diesen Händen!«

Der Besitzer der »Fucsia« schwitzte im Gesicht. Carvalho wollte ihm zwei Gerade aufs Gehirn geben, als sich eine schwere Hand auf seine Schulter legte. Es war Weisberg in Begleitung von zwei Hausdienern oder immerhin zwei Männern, die als Hausdiener kostümiert waren.

»Mir scheint, Sie haben sich im Empfang geirrt. Señor . . . Carvalho . . . Hast du ihn eingeladen, David?«

»Nein.«

Er grinste triumphierend, während er sich mit einem Klaps aus Carvalhos Umarmung befreite. Die beiden Hausdiener gingen auf Carvalho zu, blieben aber stehen, als er die Arme hob und ihnen, um Frieden bettelnd, zulächelte.

»Ich gehe schon. Es war in der Tat eine Verwechslung.«

Señora Weisberg kam mit spitzen Schreien herbeigelaufen.

»Er ist da! Der Kuskus aus Marrakesch ist da!«

Er nickte der Dame zu, als er an ihr vorbeiging, gefolgt von Weisberg und den beiden Schlägertypen. An der Tür drehte er sich mit der Miene eines Mannes um, der eine vertrauliche Frage stellen will.

»Ein Kuskus aus Marrakesch?«

»Suleiman Al-Refendi beehrt uns mit einem Kuskus, der aus Marrakesch eingeflogen wird.«

»Aufgewärmter Kuskus war schon immer ein Fehler, und das wird er auch bleiben.«

Das war der Moment, in dem er einen Faustschlag bekam, und er fand sich wieder, am Boden sitzend, allein, über ihm der Sternenhimmel und die mondbeschienene Silhouette einer Dattelpalme.

Sein Unterkiefer schmerzte, war aber noch an seinem Platz, und als er die Augen über die Vegetation des Parks und die geparkten Autos schweifen ließ, fühlte er die Gegenwart eines anderen und ging in die Defensive. Ein silberhaariger Mittfünfziger sah ihn gutmütig lächelnd an und wartete darauf, daß er ihn erkannte. Carvalho ging im Kopf Dutzende persönlicher Daten durch, bis er das Gesicht mit einer Erinnerung zur Deckung brachte.

»John Cromford.«

Der Hüne gab ihm die Hand und schüttelte sie so heftig, daß ihm ein stechender Schmerz in das malträtierte Kinn fuhr.

»Sie haben dich nicht gerade gut behandelt.«

»Hast du's gesehen?«

Cromford nickte und ging neben Carvalho her, oder Carvalho war es, der neben Cromford herging.

»Diese Leute sind sehr offen, aber sie haben ihre Regeln. Sie wollen keine CIA-Agenten auf ihren Empfängen.«

»Ich bin kein CIA-Agent mehr. Und du?«

»Ich auch nicht. Ich bin jetzt Gärtner.«

»Hier?«

»Nein. Sagen wir mal, ich bin Gärtner en gros. Ich besitze eine Baumschule. Zum Beispiel sind alle Blumen und Pflanzen in dieser Villensiedlung von West bis Ost und von Nord bis Süd sozusagen meine Kinder. Sie sind in meiner Baumschule geboren.«

»Bist du Rentner?«

»Im Ruhestand.« Er erinnerte sich an Cromfords Kopf. Er hatte wie der eines Helikoptergottes ausgesehen, ein mächtiges, blutgieriges Haupt, über dem sich ein Deckenventilator des *Raffles* in Singapur gedreht hatte. Cromford hatte damals für den Intelligence Service gearbeitet und Carvalho hatte eine Propagandareise des Dalai Lama überwacht, da er gerade zwischen einem Auftrag in Bangkok und einem Baliurlaub etwas freie Zeit gehabt hatte. Aber er hatte Cromford schon von früher gekannt. London, Miami, Lissabon.

»Und was treibst du?«

»Privatdetektiv.«

Cromford verzog das Gesicht.

»Gute Fußballer sind meistens schlechte Trainer.«

»In meinem Alter tauge ich nur noch als Zuschauer.«

»Was wolltest du bei Rory?«

»Ist er dein Freund?«

»Hier ist keiner mit keinem befreundet, aber wir sind alle Freunde.«

»Ein Mädchen, das verschwunden ist oder sich versteckt hält.«

»Minderjährig?«

»Nein.«

»Ihr Mann?«

»Nein, ihre Mutter.«

»Diese Spanier!«

Cromford lachte überlaut und klopfte Carvalho mit ebenso übertriebener Vertraulichkeit auf die Schulter. Fünfhundert Singapur Sling an der Bar des *Raffles* in einer Woche waren dafür noch lange kein Grund.

»Die Mama auf der Suche nach ihrer vierzigjährigen Tochter!«

»Fünfundzwanzigjährig! Was willst du? Die Familie spielt hier eben eine große Rolle. Kennst du Sumbulowitsch?«

»Hier kennt jeder jeden und keiner keinen.«

»Du bist ein Philosoph!«

»Ich kenne ihn. Ein kleiner Gauner, der davon lebt, daß er seine Yacht vermietet und den Kapitän spielt. Ein Möchtegern-Abenteurer.«

»Und Lasplazas?«

»Kaum mehr als ein Schläger.«

»Für einen kleinen Gärtner weißt du ganz gut Bescheid.«

»Instinkt. Die Spürnase verliert man nicht. Heute wohnen ganz andere Leute hier an der Küste. Früher waren es reiche Franquisten, heute sind's reiche Araber, der Rest ist Fußvolk. Wonach riecht die Geschichte mit dem Mädchen?«

»Nach Mädchenhandel.«

Cromford hatte Carvalho zu seinem Wagen geführt. War es sein erstaunlicher Instinkt, oder hatte er es gewußt? Mit einem schnellen Seitenblick erhaschte er Carvalhos versteckte Überraschung.

»Das Auto müßte deins sein, stimmt's? Es ist das billigste von allen, die hier rumstehen.«

Carvalho erwartete, irgendwohin auf ein Glas eingeladen zu werden. Umsonst. Cromford schwieg im Mondlicht und dachte nach. Als Carvalho bereits im Auto saß, steckte er den Kopf zum Seitenfenster herein und sagte: »Fahr morgen nach Ceuta! Als normaler Tourist. Zum Einkaufen. Geh zum Kaufhaus Calatrava, grüß den Besitzer von mir und sag ihm bloß, du willst den Türken sprechen, mehr nicht. Er wird dir sagen, ob es um Mädchenhandel geht. Wenn er nein sagt, dann ist sie mit einem schwedischen Geiger durchgebrannt, zum Beispiel. Erzähl mir, was du rausgefunden hast!«

Damit steckte er ihm eine Visitenkarte in die Jackentasche, die er bereits in der Hand gehabt hatte.

Er erwachte mit dem Gefühl, daß etwas nicht stimmte, tatsächlich schmerzte sein Unterkiefer, und es war schon beinahe zu spät für die erste Fähre von Algeciras nach Ceuta. Er erwischte das Schiff der Transmediterranea, als die Auffahrrampe für Pkws schon halb hochgezogen war. Dann suchte er in dem zollfreien Geschäft an Bord wie besessen nach guten Zigarren, fand aber nur ein paar zweit- oder drittklassige kanarische, ein Mangel, der durch eine Unzahl von höllisch lauten Elektrogeräten kompensiert wurde. Ceuta war die Fortsetzung des *Duty-free-Shops:* kein Quadratmillimeter der Stadt war ohne diese Kästen aus kosmischem oder plastischem Material, aus denen Hundemeuten heulten und Jagd auf Menschenohren machten. Sein Tonfall war dementsprechend wenig vertraulich, als er im Kaufhaus Calatrava versuchte, sich gegen das herrschende musikalische Getöse durchzusetzen. Als das Wort »der Türke« das simultane Geheul der Rocksänger aus den diversen Vorführgeräten übertönte, überzog Wut das Gesicht des Besitzers mit dem mörderischen Impuls, die Stimme des Eindringlings zu ersticken. Aber der Name Cromford ließ ihn durch Seitengäßchen, die von der Hauptgeschäftsstraße abzweigten, zum arabischen Viertel traben. Das Haus des Türken war ein alpin-spanisches Chalet mit Palme, bei dem noch manche Elemente vom optischen Ordnungswillen des früheren Besitzers zeugten, aber der Türke hatte daraus das Hinterzimmer eines nicht vorhandenen Ladens gemacht. Alles schien aus einem Ausverkauf aus dritter Hand zu stammen, und der Türke selbst hatte Verhalten und Blick eines resteverwertenden Lumpensammlers. Er betrachtete und beschnüffelte das Foto von Sherezade und hörte sich Carvalhos Kurzbericht an wie ein Sonderangebot von etwas, an dem er kein Interesse hatte. Er schüttelte den Kopf.

»Die ist bei keinem Mädchenhändlerring aufgetaucht. Sagen Sie John, er kann beruhigt sein. Türkenwort!«

Carvalho wollte ihn dazu bringen, sich das Bild noch einmal anzuschauen, während er ihm die Geschichte zum zweitenmal erzählte, aber der Türke erhob sich, drehte sich um und verschwand hinter einem Wandschirm, der anscheinend von einem Einbruch in einem billigen Puff stammte. Auch der Mann, der Carvalho hergebracht hatte, war verschwunden, und er mußte allein zum Hafen und der Hauptgeschäftsstraße zurückgehen. Er hatte noch stundenlang Zeit bis zur Abfahrt der Fähre, die ihn zur Halbinsel zurückbringen würde, und das einzige, das ihm geeignet erschien, die Deprimiertheit zu überwinden, war eine Dose iranischer Kaviar. In den zollfreien Supermärkten war iranischer Kaviar so teuer wie Glanzstücke aus der privaten Diamantensammlung von Königin Juliana von Holland. Aber er hatte ihn sich verdient, und er erstand ein halbes Pfund, das in einem Kistchen mit Trockeneis vor der Hitze geschützt war. Wegen ihrer elementaren farblichen Anziehungskraft kaufte er noch zehn Kistchen gepreßten Kabeljaurogen und versuchte, einen Angestellten dazu zu bewegen, ihm zu verraten, wo er am besten arabisch essen gehen konnte.

»Wenn man gut spanisch essen kann, lohnt es sich doch nicht, arabisch essen zu gehen.«

»Das ist ein Argument.«

Es gab eine ziemlich weitverzweigte Verschwörung mit dem Ziel, ihm das arabische Essen auszureden, woraus er schloß, daß Ceutas Tage als spanische Stadt gezählt waren. Wenn dieses extreme Stadium gastronomischer Intoleranz erreicht war, bedeutete das die Unmöglichkeit des Dialogs zwischen beiden Gruppen. Aber es war weder seine Aufgabe, noch hatte er die Zeit, die herrschenden Zustände zu ändern, und so unterwarf er sich der Speisekarte eines Restaurants am Strand: Schwertfischsuppe oder Schwertfisch vom Grill.

»Bringen Sie mir, was für Ceuta am typischsten ist!«

»Gazpacho und Schwertfisch.«

Er kapitulierte vor der Durchschlagskraft des gegrillten Schwertfischs und trank zum Essen. »La Quinta«, einen leichten, goldgelben Sherry, mit dem er seine ganze Andalusienreise durchtränken wollte. Er nahm das erste Schiff, das zurückfuhr, und ließ den Wortschwall eines kleinen, alten Artillerieobersten a. D. über sich ergehen, den der Anblick des Felsens von Gibraltar zu ihrer Rechten erschütterte.

»Mir kocht jedesmal das Blut, wenn ich diesen Teil Spaniens sehe, der unter dem Stiefel der Invasoren blutet. Waren die Spanier nicht Manns genug, dieses Stück unserer Stammlande zurückzuerobern, das seit dreihundert Jahren in den Klauen des heimtückischen Albion schmachtet?«

»Tragen Sie es mit Fassung! Denken Sie bloß mal daran, wie nahe Columbus New York gekommen ist! Heute kräht kein Hahn mehr danach.«

»Natürlich, natürlich«, räumte der kleine Alte ein, fasziniert von diesem Aspekt des spanischen Niedergangs, der bis jetzt seinem patriotischen Auge verborgen geblieben war.

»Und jetzt gehört es den Negern!« fügte der Oberst a. D. mit der ganzen Wut hinzu, die er im eher von den Krampfadern als von dem Restchen an Muskeln aufrechterhaltenen Leib hatte. Carvalho verabschiedete sich wärmstens von seinem Gesprächspartner und wünschte ihm die baldige Rückeroberung von Gibraltar. Seinerseits machte er sich an die Rückeroberung seines Wagens, den er in der großen Straße zum Hafen geparkt hatte. Als er ihn erreichte, sah er den Arbeitslosen von San Pedro auf der Kühlerhaube sitzen.

»Wie ich sehe, haben Sie Arbeit gefunden. Sie haben auf mein Auto aufgepaßt.«

»Lasplazas will Sie sehen.«

»Er wird mich früh genug sehen, keine Bange!«

»Er hat mich hergeschickt. Er sagte, er weiß vielleicht etwas über das, was Sie suchen, und erwartet Sie um neun im *Antonio's* in Marbella.«

»Um neun Uhr fünf.«

»Wenn es sein muß, auch um neun Uhr fünf.«

»Ich denke, das ist ihm egal.«

Der Mann schien neugierig auf die Tasche in Carvalhos Hand zu schauen. Der Detektiv nahm verschiedene Dosen heraus.

»Iranischer Kaviar.«

»Sie lassen sich's gutgehen, wie ich sehe.«

»Hier, nehmen Sie! Das ist Kabeljaurogen. Nicht ganz so gut, aber für Arbeitslose nicht schlecht. Ihr Jungs braucht Proteine.«

John Cromford sah im – wenn auch späten – Tageslicht immer noch aus wie der joviale Bösewicht, als den ihn Carvalho an der Bar des *Raffles* kennengelernt hatte. Der Engländer wollte den Überraschungseffekt vom Vortag verlängern und strich sich, als er ihn sah, mit der Hand über die Augen.

»Unmöglich! Du bist ein Gespenst!«

»Ein Gespenst auf Reisen.«

»Wie war's in Ceuta?«

»Dein Türke sagt, es sei nichts dran. Das Mädchen sei verschwunden, weiter nichts.«

»Das kommt vor.«

Er ging ihm voraus auf eine Terrasse, von der aus man die Pflanzungen seiner Baumschule überblicken konnte. Kaum hatten sie in zwei hohen philippinischen Korbsesseln Platz genommen, erschien ein Hausmädchen und stellte zwei hohe, volle Gläser auf den Tisch.

»Singapur Sling. Immer noch dein geheimes Laster?«

»Ich trinke nur noch Wein und eiskalten Grappa. Meine Leber macht nicht mehr so mit.«

»Letztes Mal, als ich dich sah, standen wir an der Bar im *Raffles*, und vor uns die beiden obligaten Singapur Slings. Sieh mal, was für ein Sonnenuntergang!«

Der ehemals rotblonde Engländer war ergraut und hielt seine Glückskurve nur mühsam durch sportliche Betätigungen in Zaum. Golf- und Tennisschläger lagen verstreut im Zimmer herum, das sich auf die Terrasse über der Costa del Sol öffnete, mit Blick auf ein stilles, die Nacht ankündigendes Meer.

»In den Tropen ist man immer durch einen Feuchtigkeitsfilm von der Realität getrennt. Hier bekommt man die Natur ungefiltert. Wild. Das gefällt mir.«

Carvalho ließ sich von Cromford Haus und Umgebung zeigen. Die Ellbogen auf eine pseudorustikale Balustrade gestützt, störte er Cromfords Verzückung gewaltsam mit der herausgeschleuderten Frage: »Kennst du Lasplazas gut?«

»Vieleicht. Bist du nur hinter verirrten Mädchen her?«

»Ich schmuggle auch iranischen Kaviar. Ich hab die ganze Tasche voll.«

»Halt dich ran! Khomeini macht Schluß mit iranischem Kaviar. Revolutionen machen Schluß mit dem Vergnügen; das ist das erste, was sie unterdrücken.«

»Bist du immer noch damit beschäftigt, Revolutionen in Konterrevolutionen zu verwandeln?«

»Ich habe eine Baumschule. Ich bin jetzt dabei, Bäume und Pflanzen für die Gärten an der Costa del Sol zu züchten. Was sagt dir das Wort ›Jakaranda‹?«

»Ein Getränk, ein Tanz, eine Frau oder ein Baum.«

»Ein Baum. In Spanien gedeiht er nur hier an der Küste und natürlich auf den Kanaren, aber hier herrscht ein subtropisches Mikroklima. Willst du meine Pflanzungen sehen?«

Fast übergangslos, vielleicht um der Klebrigkeit eines Gesprächs über die Landschaft zu entgehen, nahm Carvalho die Einladung an und begab sich mit Cromford auf einen Lehrgang durch die tropischen Arten, die manchmal den falschen Eindruck eines falschen Dschungels erweckten.

»Palmen vermehren sich nur, wenn man sie paarweise pflanzt. Männchen und Weibchen müssen beisammen sein.«

Cravalho hörte ihm zu und dachte dabei über den frischgebackenen Botaniker nach. Cromford war ein Glückspilz unter den englischen Agenten gewesen, hatte bei einer undurchsichtigen Geschichte als Tripelagent für einen Vorgesetzten gearbeitet, der für vier Seiten tätig gewesen war, und daraufhin seine vorzeitige Pensionierung erreicht. Er war nur scheinbar ein untätiger Pensionär. Tatsächlich spionierte er für die arabischen Anleger an der Costa del Sol, dem Brückenkopf für die Rückeroberung von »El-Andalus« auf der Basis von Petrodollars. Welche Rolle spielte er in dieser Falschspielerrunde? Die »Fucsia«. David Sumbulowitsch. Henri Grazier. Lasplazas. Die »Fucsia« war nicht für Schmuggel bekannt, auch David Sumbulowitsch nicht. Niemand wußte das geringste über Henri Grazier. Auch nicht über Sherezade. Er wählte den Moment, als Cromford die Eignung der Sümpfe von Istán zur Bewässerung erläuterte, um einen Knüppel zwischen die Beine seines gärtnerischen Vortrags zu werfen.

»Ich gehe nicht, ehe ich Sherezade gefunden habe. Du kennst mich.«

Es gelang ihm, Cromford zu einem Schweigen zu bringen, das besser war als der Lärm der weitschweifigen Plantagenführung.

»Lasplazas ist dein Mann.«

»Scheint dein Lieblingsschurke zu sein.«

»Ein übler Vogel. *Un chu-lo-u-tas am-bi-des-tro*[*]«, sagte er mühsam, aber befriedigt über die korrekte Aussprache der schwierigen ausländischen Silben. Nachdem er seinen Mund von diesem Ballast befreit hatte, schien Cromford glücklich zu sein. Seine Augen verabschiedeten sich.

»Ich werde dich nicht länger belästigen.«

»Es war mir ein Vergnügen.«

Er beugte sich noch ins Auto, um zu sagen: »An deiner Stelle würde ich mich an die Schützlinge von Lasplazas halten. Geh zu Contreras in der Bar *Scirocco* in Puerto Banús, und sag ihm, daß du von mir kommst. Er wird dir Adressen geben.«

»Lasplazas hat mich zu sich bestellt.«

»Verabredungen mit Lasplazas lohnen sich nicht und gehen fast immer schlecht aus.«

Es dauerte seine Zeit, bis Contreras zum Gespräch bereit war. Er spielte wie besessen ein Computerpiel mit Marsmännchen.

»Ich brauch noch tausend«, war die einzige Antwort, die er gab. Endlich verließ er mit einer erschöpften Bewegung die Maschine und rügte Carvalho für seine Störung. »Ohne Konzentration geht's nicht.«

Er war ein kleiner Vogel mit wohlzusammengefügten Knöchelchen in seinem Tänzerkörper. Er hörte aufmerksam zu und leerte nebenbei ein schnelles Glas Abendsherry.

»Einen Abendsherry!« hatte er dem Kellner gesagt und einen

---

[*] Ein bisexueller Zuhälter

lieblichen Sherry bekommen, den er zungenschnalzend genoß. Dann schrieb er etwas auf eine Serviette und gab sie Carvalho.

»Das ist alles, was ich weiß. Seien Sie nett zu ihnen! Die Mädchen sind in Ordnung. Haben sie Dummheiten gemacht?«

»Sie nicht. Lasplazas steckt bis zum Hals in der Tinte.«

»Vorsicht mit dem Burschen! Ein ganz ausgebuffter Typ. Trauen Sie ihm nicht über den Weg!«

»Wie ich sehe, ist Lasplazas nicht sehr beliebt.«

»Er ist ein Zuhälter, und für Zuhälter habe ich nichts übrig.«

»Woher kennen Sie Cromford?«

»Über meine Frau. Sie kauft immer bei ihm die Geranien. Er hat die schönsten an der Costa del Sol. Ist Ihnen nicht aufgefallen, daß die Geranien in diesem Teil von Andalusien die schönsten Farben haben?«

»Und Sumbulowitsch?«

»Auch so ein Großbürger.«

»Großbürger sind nicht Ihr Fall?«

»Es gibt zu viele davon, wissen Sie. Das einzig Gute an ihnen sind die Trinkgelder, die sie geben, aber sie tun es ganz unberechenbar, je nach Laune. Und am nächsten Tag kriegt man einen Tritt und kann zusehen, wo man bleibt.«

Er hätte auch über Mondflecken oder den Ausfall von »d« in intervokalischer Position reden können und trank dabei reichlich und in einer derartigen Geschwindigkeit, daß sich die Würmer wohl bald an seiner lieblich marinierten Leber erfreuen würden.

»Trinken Sie nicht so viel! Das ist ungesund«, sagte Carvalho als eine Art Verabschiedung.

»Das Ungesunde ist immer das Interessanteste.«

Carvalho drang in die drei »befreiten« Wohnungen ein, wo Lasplazas seine Schützlinge arbeiten ließ, zwischen Estepona und San Pedro de Alcántara. Die falsche Blondine in Estepona hatte sich mit Melissengeist einen angetrunken und begann zu weinen, als sie feststellte, daß Carvalho nichts Gutes im Schilde führte und sie fragte, was ein Mädchen wie sie in einem solchen Bett zu suchen habe. Ihr Vater war bei einem Schiffbruch ums Leben gekommen, sie war bei den Briones in Montánchez Hausmädchen geworden und hatte dort Juanito Lasplazas kennengelernt, den Sohn eines der renommiertesten Ärzte von Algeciras. Inklusive Schwangerschaft und Abtreibung war die Geschichte so klischeehaft, daß nicht einmal der kleine Altar mit der Heiligen Jungfrau der Schmerzen fehlte. In San Pedro de Alcántara blieb das Mädchen mit den grün geschminkten Augen eine halbe Stunde lang dabei, sie sei Masseurin und Spezialistin für Unterwassermassage, könne sich aber leider die Geräte nicht leisten – die besten seien aus Deutschland und unerschwinglich. Schließlich ließ sie eine Geschichte los, die der der Blonden sehr ähnlich war, allerdings war der Vater diesmal Briefträger gewesen, hatte seine Frau mit acht Kindern sitzengelassen und war mit der Frau des Kastrierers von Almonacid nach Barcelona abgehauen. Auf halbem Weg zwischen San Pedro und Marbella unterhielt sich Carvalho in einem hinter Eukalyptus verborgenen Häuschen mit einer Frau um die Vierzig, aber frisch und weitläufig wie der Strand, die Lasplazas wie eine inzestuöse Mutter liebte und mit der ganzen Kraft ihres Herzens und ihrer Hüften für ihn arbeitete. Bei keiner erwähnte er das Foto der sehnigen Schlangentänzerin, aber alle drei vervollständigten das Bild, das er sich von Lasplazas gemacht und das Contreras bestätigt hatte.

Er fuhr nach Nueva Andalucía und stieg wieder die Treppe zu Remedios' Apartment hinauf. Die Tür war verschlossen. Auf sein Klopfen antwortete die Stimme der Violetten mit einem »Ich komm ja schon!«, um eventuelle Ungeduld zu besänftigen. Die Tür öffnen und wieder zuschlagen wollen war eins, aber Carvalho warf sich mit seinem ganzen Körper dagegen, und die Frau wurde mit ausgebreiteten Armen und Beinen zurückgeschleudert, die aus einem winzigen Kimono voller chinesischer Buchstaben aus Hongkong hervorragten. Dumpf und tränenerstickt nannte sie ihn dreimal einen Hurensohn. Carvalho schloß die Tür ab und prüfte nach, ob Lasplazas anwesend war. Dann hielt er dem Mädchen die Fotografie unter die Nase.

»Entweder du sagst mir jetzt, wo sie ist, oder du und dein Lude können im Knast Spinnweben ansetzen.«

»Du bist nicht der Kerl, der Juanito auch nur ein Haar am Arsch krümmt.«

»Laß die Schweinereien! Wer hat dir beigebracht, so ordinär daherzureden? Los, wir gehen sofort auf die Wache!«

Sie wollte nicht auf die Wache gehen, lieber reden. Die Zicke auf dem Foto habe sich wie eine Klette an Juanito gehängt, weil ihr Mann kein Mann und auch sonst nichts war. Und wer Streit suche, der finde ihn auch.

»Und dein Juanito hat den kleinen Franzosen gevögelt, weil er so ein toller Mann ist, daß es ihm nicht drauf ankommt, ob er's von hinten oder von vorn macht.«

»Was weißt du schon!«

»Wo ist das Mädchen?«

Sie zuckte die Achseln und wandte ihm mit der ganzen Würde, die ihr noch blieb, den Rücken zu. Irgend jemand trat die Tür ein, und das Zimmer war plötzlich voll von Uniformierten, hysterischen Schreien und Rippenstößen. Carvalho bekam praktisch einen Pistolenlauf in den Mund, und Remedios wurde in die hinteren Räume gestoßen, damit sie sich anzog. Der Kommandant der Gruppe bedachte Carvalho mit einem strengen, warnenden Blick. Überflüssig zu fragen, wohin man ihn bringen würde. Als Carvalho im Streifenwagen saß, machte er sich auf eine lange Nacht unter Räubern und Gendarmen gefaßt.

Es dauerte eine Stunde, bis sie ihm alle Einzelheiten des Puzzles geliefert hatten. David Sumbulowitsch war am Strand von Guadalmina in einem Zuckerrohrfeld tot aufgefunden worden, und mehrere Finger hatten auf den Eindringling gedeutet, der sich mit ihm auf dem Empfang bei Weisberg gestritten hatte.

»Was suchten Sie in Remes Wohnung?«

»Was kann man in Remes Wohnung wohl suchen?«

»Sie sagt, Sie seien ein Verrückter, der nur mit ihr Konversation treiben wollte.«

»Jeder hat eben so seine perversen Neigungen.«

»Was machen Sie an der Costa del Sol?«

»Ich bin Tourist.«

»Worum ging es bei Ihrem Streit mit Sumbulowitsch?«

»Er wollte mich auf dem Empfang nicht vorstellen. Ich finde es toll, mit all diesen Leuten auf Tuchfühlung zu sein. Die Zeitschriften sind voll von ihnen und . . .«

»In welchem Auftrag sind Sie hier?«

Wenn sie diese Frage stellten, hieß das, daß weder Reme noch die anderen Sherezade erwähnt hatten, um entweder Lasplazas oder sich selbst zu decken. Er sprach darüber, wie er den ganzen Tag seine Zeit verbracht hatte, erzählte von der Reise nach Ceuta und den Kaviarpreisen, was man mit gepreßtem Kabeljaurogen machen könne und von Taramas, einem exquisiten Gericht des östlichen Mittelmeers. Die Beamten auf dieser Wache waren große Kosmopoliten, oder sie hatten zuviel Zeit und ließen Carvalho lügen bzw. nicht die ganze Wahrheit sagen, ohne mit der Wimper zu zucken. Aber die Stunden vergingen, und in der Zwischenzeit war die Realität draußen im Fluß und veränderte sich, ohne daß er eingreifen konnte. Er schlief auf einem Stuhl ein, der seinen Abdruck auf seinem Körper und seiner Seele hinterließ. Am nächsten Tag war er selbst ein Stuhl voller Kanten und Schmerzen, der nach den Befehlen einer neuen Verhörsmannschaft sprach oder schwieg. Aber der Dirigent des Orchesters war immer noch dieser finstere Mensch, der ihn festgenommen hatte. Carvalho ließ ganz beiläufig den Namen Cromford fallen, als spiele er bei dieser Geschichte eine ganz untergeordnete, praktisch unwichtige Rolle.

»Na ja, als ich wieder von Ceuta zurück war, trank ich mit Cromford ein paar Gläser . . .«

Der Finstere kniff die Augen zusammen und wälzte seinen Riesenleib über den Schreibtisch auf Carvalho zu.

»Mit wem haben Sie ein paar Gläser getrunken?«

»Mit Cromford. John Cromford, ein Freund von mir, den ich zufällig auf der Party bei Weisberg traf.«

»Sind Sie ein Freund von Cromford?«

»Ja, und er von mir.«

Der Beamte sprang auf und verließ das Büro. Die beiden andern Vernehmungsbeamten zündeten sich Zigaretten in alphabetischer oder irgendeiner andern geheimen Reihenfolge an. Leichtfüßig und säuselnd kam der Chef zurück.

»Mannomann, manchmal sind wir Profis wirklich die, die von unserem Beruf am wenigsten verstehen! Warum haben Sie mir nicht gleich gesagt, daß Sie vorgestern den ganzen Abend bei Cromford waren?«

»Es war nicht der ganze Abend.«

»Jedenfalls lange genug, um über jeden Verdacht erhaben zu sein. Sumbulowitsch wurde etwa um diese Zeit umgebracht, und Sie können nicht an zwei Orten zugleich gewesen sein.«

»Lassen Sie sich nicht durch den falschen Schein täuschen, Kommissar! Ebenso, wie die plausibelsten Motive Mißtrauen verdienen, ist auch bei den plausibelsten Alibis Vorsicht geboten!«

Verblüffung ließ in diesem Moment die Züge des Polizisten nach einem neuen, der neuen Situation angemessenen Ausdruck suchen.

»Also bitte. Gehen Sie! Unterschreiben Sie ein Protokoll, und gehen Sie!«

Es war Zeit zum Abendessen, als Carvalho die Schönheit des andalusischen Sternenhimmels wieder in Besitz nahm, der eigens als Hintergrund für die herbstlichen weißen Würfelbauten dazusein schien. Entweder Sherezade oder ein Abendessen in der *Hacienda*, deren Küche eine der berühmtesten in ganz Spanien war. Langustencroquetten, Seeteufel mit Porreesauce, Perlhuhn mit grünem Pfeffer, Malaga-Eis, rezitierte Carvalho für sich, schizophren, innerlich gespalten in den *maître*, der in ihm steckte, und den Privatdetektiv.

»Das professionelle Gewissen sei der Fluch deines Lebens!« sagte er angewidert und verfluchte das genetische Erbe von Verantwortlichkeiten, das ihm ein Vater vermacht hatte, der stolz behauptete, er habe sich niemals vor der Arbeit gedrückt, außer während seiner sechs Gefängnisjahre unter Franco.

»Und selbst dort habe ich in der Verwaltung gearbeitet!« pflegte er hinzuzufügen, dieser Über-Galicier.

Cromford selbst löste den Konflikt, der ihn vor dem Kommissariat in einem mit Pflanzen und Blumen bemalten Jeep erwartete, dem passenden Auto für einen passionierten Gärtner. Cromford riß die Tür weit auf, und Carvalho nahm auf dem Beifahrersitz Platz. Erst als er saß, stellte er fest, daß sie nicht allein waren. Die beiden Arbeitslosen und Contreras schauten grußlos zur Seite. Schweigend fuhr Cromford los.

»Sieh einer an, die Arbeitslosen! Und ich dachte, es seien die Knechte von Lasplazas.«

Er wiederholte den Satz zweimal, aber keiner antwortete ihm.

Der Jeep fuhr in Richtung Estepona und bog am Supermarkt in eine Seitenstraße ein, die sich zur Sierra Blanca hinaufschlängelte. Unmöglich, rechtzeitig die Tür zu öffnen und beim Absprung eine gewisse Chance zu haben, daß er sich nicht im Graben den Schädel einschlug oder in einen Abgrund stürzte. Wieder bogen sie ab und in einen Feldweg ein, der bergauf zu einem Pinienwald führte, in dessen überflüssigem nächtlichen Schatten das Auto abgestellt wurde. Cromford bedeutete ihm mit einer Kopfbewegung, auszusteigen, und die vier Männer standen unter den Bäumen und dem Mond. Nur Cromford schien etwas vorzuhaben. Mit einer Handbewegung befahl er den drei Begleitern, dazubleiben, und forderte Carvalho auf, mit ihm dem Fußweg zu folgen. Als sie außer Hörweite waren, folgten ihnen die andern, um Carvalho zum Sieb zu machen, falls es ihm einfiel, gegen ihren Willen plötzlich loszurennen. Cromford legte ihm – auch für einen Engländer unpassend, der schon lange Zeit an der Costa del Sol lebte – väterlich den Arm um die Schultern. Dieser Arm sollte ihn nicht nur psychologisch stützen, sondern auch festhalten.

»Das Beste, was du tun kannst, ist nach Hause fahren. Der Tod dieses Jungen kompliziert die Lage.«

»Ich kann nicht mit leeren Händen zurückkommen. Ich habe eine Klientin, die auf ihre Tochter wartet.«

»Du kannst nicht mit leeren Händen zurückkommen . . .« wiederholte der andere, als denke er über einen nicht offen zutage liegenden tieferen Sinn dieser Feststellung nach.

»Stell dir vor, du kommst nicht mit leeren Händen nach Hause. Wärst du imstande, mit vollen Händen zurückzukehren, aber den Mund zu halten?«

»Ich kam her, um nach einem Mädchen zu suchen, sonst nichts.«

»Das, was du von mir willst, kann ich dir nicht so einfach auf dem Präsentierteller servieren: Bitte schön, dein Mädchen. Du mußt sie dir erkämpfen. Aber ich kann dir sagen, wer sie hat und wo sie ist. Alles andere ist deine Sache.«

»Wer hat sie?«

»Lasplazas und seine Bande.«

»Ich dachte, es sei deine!«

»Nein. Bis vor drei Jahren war alles ganz *easy*. Aber irgend jemand hat diesem Zuhälter Geld und Macht gegeben; er fing an, sich in den Mädchenhandel einzumischen und brachte damit ernstere Dinge in Gefahr, die schon aufgebaut waren. Mit diesem miserablen Geschäft ist er drauf und dran, fünfzehn Jahre Arbeit zunichte zu machen, fünfzehn Jahre, in denen ich es in dieser Gegend zu etwas gebracht habe. Der Mord an Sumbulowitsch war der Tropfen, der das Faß zum Überlaufen bringt, aber noch ist nicht der richtige Zeitpunkt für eine Antwort.«

»Gehörte Sumbulowitsch zu dir?«

»Nein. Lasplazas hat ihn umgebracht, um die Sache noch komplizierter zu machen. Deine Ankunft hat eine Menge Leute Verdacht schöpfen lassen, und diese Leiche zwingt uns zu wochenlangem Stillhalten.«

»Ich weiß gar nicht, wieso du dich aufregst. Die Araber stehen noch auf deiner Seite.«

»Nicht alle Araber sind gleich, und nicht alle spielen dasselbe Spiel. Bevor dieser Zuhälter so frech wurde, kontrollierte ich die Grenze zwischen Gut und Böse an der gesamten Costa del Sol. Polizei, Regierung, Kaziken, Grundbesitzer . . . Alle wußten, wenn sie sich mit mir verbinden, lösen sie ihre Probleme.«

»Und jetzt?«

»Jetzt haben wir sozusagen eine veränderte Sachlage, und wenn du noch mehr Ärger machst mit deinem Mädchen und es noch mehr Tote gibt, dann werden zu viele ihre Nase in unsere Angelegenheiten stecken. Du mußt nach Marbella fahren, ganz oben in die Altstadt, und die Spelunke *El Periquito Mudo** suchen. Wenn du heute nacht hingehst, hast du das Überraschungsmoment auf deiner Seite. Laß dich nicht an der Tür aufhalten, und geh so schnell wie möglich ins obere Stockwerk, koste es, was es wolle. Du mußt die Waffe mitnehmen. Oben findest du Sherezade. Nimm dich in acht vor Lasplazas! Seine Füße sind tödlich, und er geht in die vollen.«

»Grazier?«

---

* Zum stummen Grünpapagei

»Er war der Angelhaken für den Fisch. Er hat Lasplazas schon ein halbes Dutzend erstklassige Täubchen zugeführt.«

»Sumbulowitsch?«

»Er war lästig geworden, und seine Leiche ist eine Provokation.«

»Und du?«

»Ich bin ein guter Freund, dem du einen Gefallen schuldest.«

»Und wenn ich nebenbei Lasplazas umbringe, bist du nicht gerade traurig, stimmt's?«

Cromford schloß die Augen, die neue Situation bestätigend.

»Das hätte einen Preis, einen erstklassigen Preis.«

»Ich arbeite nie für mehr als einen Klienten, und ich habe schon so lange keinen mehr umgebracht, daß ich vergessen habe, wie man das macht.«

Er ließ sein Auto auf der gewollt künstlerisch mit Flußkieseln gepflasterten Straße stehen, hinter sich die Zufahrtsstraßen, die auf die Höhe von Marbella hinaufführen, einem kleinen alten Dorf, das sich nach vorne und seitlich zum Meer hin ausgebreitet hat, in seinem alten Kern aber seinen Wurzeln treu geblieben ist und die andalusische Dorfstuktur mit Nachbarn und Gevattern bewahrt hat. Über dem Eingang strahlte abwechselnd grün und rot die Leuchtreklame des *Periquito Mudo*. Mit einem Rippenstoß vertagte er den Versuch einer Frage aus dem Mund eines lockigen Jünglings, ging durch den halbdunklen und halbleeren Diskothekenraum unter den Messerstichen der jaulenden Jagdhundmeute durch und stieß die kleine Tür an der Rückwand auf, die zu einer mit einem buntgemusterten Teppich belegten Treppe führte. Er drehte sich kurz um und gab dem inzwischen energisch lallenden und fragenden Jüngling einen Tritt zwischen die Beine. Die Treppe führte ihn zu einer weiteren Tür, und er betrat den Salon eines Bordells aus der Zeit vor dem Koreakrieg, mit einer langen, umlaufenden Polsterbank und einem runden Bett in der Mitte, darüber das Damoklesschwert einer Liberty-Lampe aus blauem Milchglas. Dort saß in einem durchsichtigen kurzen Hemdchen mit untergeschlagenen Beinen Sherezade. Sie schwitzte im Gesicht und an den Schläfen. Als Carvalho sie schüttelte, klapperte sie mit den Wimpern und antwortete mit Urlauten aus weiter Ferne, als kämen sie aus den tiefsten Tiefen ihres Körpers und sollten ebenso weit in die Ferne gehen. Er sah sich ihre Pupillen an; sie waren stark erweitert. Sie schwitzte Rauschgift aus allen Poren. In einer Ecke kauerte, um nicht bemerkt zu werden, eine alte Eingeborene, betrachtete die Szene und wagte nicht einmal wegzulaufen. Carvalho führte Sherezade zu ihr.

»Gib mir alles, was du von ihr hast!«

Eine Handtasche mit ihren Papieren und etwas Geld. Ein Reiseköfferchen. Carvalho führte das Mädchen zur Treppe. Unten standen wie eine Mauer der lockige Jüngling und Lasplazas. Carvalho zog eine Pistole aus der Innentasche seines Jacketts und entsicherte sie. Als sie an Lasplazas vorbeigingen, blieb das Mädchen stehen.

»Hast du Henri gesehen? Er hat meine Koffer.«

Carvalho stieß sie sanft vorwärts und blieb, zunächst schweigend, vor Lasplazas stehen, als wisse er nicht so recht, was er als nächstes tun sollte. Dann sagte er: »Paß auf! Sie wollen dir an die Kehle, und du wirst danach nicht gerade gut aussehen.«

»Wer hat Ihnen das gesagt?«

Überrascht überblickte Lasplazas das Lokal, die Situation. »Wer? Wer hat Ihnen das gesagt?« Carvalho antwortete ihm nicht, er war mit Sherezade beschäftigt, die zurück wollte und Lasplazas hartnäckig löcherte: »Hast du Henri gesehen? Er hat meine Koffer!«

Carvalho stieß sie vorwärts und ging selbst rückwärts, um die Bewegungen der beiden Männer unter Kontrolle zu haben. Sein Wille zu gehen war stärker als Doras Kraft. Er brachte sie sozusagen im Flug zum Auto und wartete dann ab, bis sie gekotzt hatte, wobei sich ihr durchtrainierter Körper von der Hauswand zum Bordstein bog. Carvalho kurbelte die Fenster herunter. Eine frische, salzige Brise begleitete sie auf der Fahrt hinunter zum Paseo del Mar, wo Carvalho parkte. Kaum dem Auto entstiegen, erbrach sich Dora wieder, vor dem Hintergrund eines Meeres, das man eher ahnen als sehen konnte.

Dann brachte Carvalho sie nach Torremolinos in ein Hotel. Er legte sie aufs Bett, band ihre Handgelenke mit einem Laken am Rost der Matratze fest und legte sich neben sie, um seine nächste Reise nach Marbella zu planen. Er wollte sie nur deshalb machen, um herauszufinden, ob es möglich war, Langustencroquetten »ohne jede Reue« zuzubereiten.

Dann döste er vor sich hin, registrierte aber wachsam die nervösen Zuckungen des Mädchens und jedes Geräusch auf dem Flur. Schließlich fiel er in einen tiefen Schlaf und ließ völlig außer acht, was um ihn herum geschah. Er schreckte hoch in der unterbewußten Panik, es sei etwas passiert, was aber nicht der Fall war. Die Panik verwandelte sich in Überraschung. Sherezade hatte sich von ihren Fesseln befreit und bildete auf dem Bett eine seltsame Figur. Nackt, mit dem Kopf knapp über dem Bett, wie der Kopf einer Schlange, hatte sie die Beine über dem Arsch gekreuzt und mit den Händen die Füße gepackt, um die innere Spannung ihres Körpergebäudes auszuhalten.

»Entflechte dich mal, Mädchen, sonst paßt du nicht in mein Auto!«

Telefonisch bestellte er ihr etwas zum Anziehen. Er wollte die Erfahrung der letzten Nacht nicht wiederholen, wo er sie in ihrem luftigen Negligé ins Hotel gebracht und keine bessere Entschuldigung gefunden hatte als die, daß er sie bei einem Schiffsunglück gerettet habe. Deshalb zeigte er auf Sherezade, als sie zur Rezeption gingen, und sagte zum Portier: »Sehen Sie? Jetzt, wo sie sich das Salz abgewaschen hat, sieht sie wieder ganz anständig aus.«

Alles war für den Empfang von Madame Pepita vorbereitet. Sherezade hatte fast während der ganzen Fahrt geschlafen und, kaum in Carvalhos Büro, darauf bestanden, sofort weiterzuschlafen. Biscuters Lotterbett hatte nichts dagegen einzuwenden. Als nun die Chansonette mit pathetischer Geste ins Zimmer trat und mit brechender Stimme ausrief: »Dora! Meine Tochter!« – erstarben ihr Pathos, Stimme und Atmung beim Anblick von Biscuter und Carvalho. Sie waren mitten im Handgemenge mit Schweinefleischbällchen und Scampischwänzen, wie ihr Carvalho angesichts ihres Ekels vor dem Gericht und der Situation erläuterte. Er lud sie ein, mit ihnen zu frühstücken, aber Mme. Pepita schützte merkwürdige, schwer nachzuvollziehende Probleme mit ihrer Linie vor. Ungeduldig blieb sie stehen, während Biscuter ihre Tochter holte und Carvalho kurz den schriftlichen Bericht resümierte, den er ihr in einem Umschlag übergab.

»Alles in allem habe ich sie mit knapper Not aus den Fängen einer Organisation von Mädchenhändlern befreit.«

»Meine Tochter im Libanon! Für immer verloren!«

»Sie werden nicht mehr in den Libanon gebracht. Die dort haben heute weder Zeit noch Lust noch geeignete Gebäude für diese Art von Zerstreuung.«

»Wie geht es ihr?«

»Sie werden sie gleich sehen.«

Mme. Pepita füllte den Scheck aus und gab ihn Carvalho mit der Freude einer guten Mutter, völlig unpassend für jemand, der soeben zweihundertfünfzigtausend Peseten losgeworden war. Die behandschuhte Hand, die den Scheck hielt, erbebte, ebenso die Stimme und der Blick, als Biscuter Sherezade ins Zimmer brachte, eine muskulöse Jugendliche in kurzem Negligé, die am Daumen lutschte.

»Dora, meine Tochter!«

Sie stürzte sich auf sie, und aus der Perspektive der Schlangentänzerin sah es aus, als wälze sich ein weicher, erdrückender Berg über sie, der schwere Düfte verströmte. Das Mädchen wich zwei Schritte zurück, wodurch sie Zeit gewann, den Ansturm der Mutter aufzuhalten und ihre geistige Muskulatur anzuspannen. Sherezades Augen wurden riesengroß, als werde ihr plötzlich klar, was sie wiederfand, wenn sie sich von dieser Mutter wiederfinden ließ. Mit einem geschickten Hüftschwung wich sie dem gefühlvollen Wal aus und war zur Tür hinaus, bevor Carvalho eingreifen konnte. Mme. Pepita rannte, schneller als Biscuter und Carvalho, hinter der Tochter her die Treppe hinunter. Der Detektiv hielt Biscuter mit einer Handbewegung zurück.

»Laß sie! Wir haben schon abkassiert.«

Dann sahen sie vom Fenster aus zu, wie die Schlangentänzerin halbnackt über die Ramblas zum Hafen lief, verfolgt von dieser Mutter in einem Wirbel von Tränen, Pelzen, Schreien und Zärtlichkeiten, die sie wohl nie loswerden würde, denn der Vorsprung der Schlangentänzerin wuchs stetig, während sie sich ihren Weg freikämpfte durch gescheiterte, ausgestoßene Randexistenzen, die sonst schwer zu beeindrucken, aber an diesem Morgen absolut beeindruckt waren.

Es wird euch leid tun, wenn ich tot bin

Henry Slesar

In der Südostecke der Dachkammer, wo das Licht durch das Bodenfenster auf ihr Schreibpapier fiel, befeuchtete Susie die Spitze ihres Bleistiftstummels. Ihre hohe, weiße Stirn legte sich in Falten, als sie das Vokabular der Zehnjährigen nach einer passenden Begrüßungsformel für den Brief durchforschte, den zu schreiben sie gerade im Begriff war. Schließlich entschied sie sich für das indirekte »Lieber Mr. Hudson« und kritzelte die Worte umständlich oben auf die Seite.

Sie war sich nicht ganz sicher, ob es richtig war, Rock Hudson mit ihren Familienproblemen zu behelligen. Die Mädchen, die sie aus der Schule kannte, wären in schwärmerische Bewunderung ausgebrochen oder hätten um Bilder und Autogramme gebeten. Susies Brief aber sollte anders sein und einem ernsthaften Anliegen dienen.

»Lieber Mr. Hudson, würden Sie mir bitte helfen? Ich wohne in der Elm Avenue. Nr. 80 in Mount Colony, New York. Mein Stiefvater ist ein Scheusal. Er schlägt meine Mutter, trinkt und flucht und hat ihr einmal das Handgelenk gebrochen. Manchmal schlägt er mich auch, einmal war ich so grün und blau, daß ich deshalb nicht zur Schule gehen konnte. Ich weiß, wieviel Sie zu tun haben, aber . . .«

Irgendwo im Haus schlug eine Tür zu. Dieses alltägliche Geräusch stieß Susie in die Wirklichkeit zurück und ließ sie mit der plötzlichen Einsicht auf die gerade niedergeschriebenen Zeilen blicken, daß sie keine Bedeutung für den Schattenmann haben würden, der sich heroisch über die Leinwand des »Leuchtturm«, des Kinos von Mount Colony, bewegte. Trotzdem kehrte sie wieder zu ihrer Traumvorstellung zurück, zu ihrer Vision von dem schwarzglänzenden Straßenkreuzer, der vor ihrem Haus vorfuhr, und von Rock Hudson, der, grimmig und entschlossen dreinblickend, auf die Haustür zukam, bereit, Susie und ihre leidende Mutter zu befreien. Sie sah sein Gesicht ganz deutlich vor sich, ein gutes, warmes Gesicht voller Tatkraft und Freundlichkeit. Manchmal verwechselte sie es mit dem Gesicht von Onkel Harold, nur daß Onkel Harold nicht annähernd so gut aussah. Er war nicht ihr richtiger Onkel, aber der engste Freund ihrer Mutter, vielleicht ihr *einziger* Freund, und einmal, als Susies Stiefvater wieder sternhagelvoll und gemein war, hatten sie beide ein paar Sachen zusammengepackt und waren zu Onkel Harolds Hütte in den Poconos gezogen, wo der Onkel den ganzen Sommer zubrachte und als irgendwas für die Parkverwaltung tätig war. Das war Susies schönster Sommer gewesen, aber er hatte nicht lange gedauert. Eines Abends hatte sie gehört, wie ihre Mutter und Onkel Harold leise miteinander sprachen, zumeist über Geld, und ehe sie es sich versah, waren sie wieder in dem großen, im Kolonialstil erbauten Haus in der Elm Avenue gewesen . . .

Susie sah mit dem duldsamen, leicht amüsierten Blick eines Erwachsenen auf den Brief in ihrem Schoß. Dann zerriß sie ihn in kleine Schnipsel. Rock Hudson würde ihre Mutter und sie nicht vor dem Ungeheuer im Tweedanzug retten, das dort wohnte; sie wußte das mit kalter Gewißheit. Sie fühlte sich in den wenigen Minuten, die sie gerade durchlebt hatte, erwachsen und weiser geworden.

Sie ging nach unten. Das Hausmädchen Bella kam aus dem Schlafzimmer ihrer Mutter, und als es Susie erblickte, fing das fette alte Huhn zu gackern an. »Nun *sieh* dir mal den Staub auf deinem Kleid an. Dafür wird dir deine Mutter eine Tracht Prügel verpassen.«

»Wird sie *nicht*«, sagte Susie trotzig und schüttelte ihr dünnes Goldhaar.

»Na gut, aber du kommst ihr besser nicht so unter die Augen. Ich weiß schon, wo du warst. Wieder da oben in der schmutzigen alten Dachkammer, wo du weiß Gott was getrieben hast.«

»Was ist los, Bella?« Susies Mutter erschien auf halber Höhe der Treppe. »Was hat Susie angestellt?«

»Fragen Sie sie selbst, Mrs. Grayson, ich bin doch kein Spitzel.«

Murrend ging die alte Frau ihren Geschäften nach, und Susies Mutter sagte: »Was gibt's, Susie? Wo hast du den ganzen Nachmittag gesteckt?«

»Ich . . . ich habe einen Brief geschrieben.«

»An wen?«

»Kann ich dir nicht sagen.«

Das Gesicht ihrer Mutter, das wunderschönste, traurigste Gesicht der Welt, nahm einen unerklärlich ärgerlichen Ausdruck an.

»Du wirst ein widerspenstiges, stures Ding. Antworte gefälligst – an wen hast du geschrieben?«

»An Onkel Harold!« platzte Susie heraus.

Die Reaktion ihrer Mutter war bestürzend. Sie griff Susies Arm, zerrte sie in ihr Schlafzimmer und schlug die Tür hinter ihnen zu.

»Du sollst ihn hier nie erwähnen!« flüsterte sie wild. »Ich habe dir doch gesagt, daß du niemals über Harold reden sollst! Dein Vater wird dann sehr wütend.«

Tränen stiegen Susie in die Augen. »Aber ich dachte, er wäre dein *Freund* . . .«

»Gib mir den Brief, Susie.«

»Ich . . . habe ihn zerrissen.«

»Was hast du geschrieben? Was hast du Harold erzählt?«

»Ich habe ihm von . . . von Mr. Grayson geschrieben. Wie er sich betrinkt und dich schlägt . . .«

»O Susie!«

»Ich wollte, daß er uns hilft!« Susie schluchzte, und die Tränen erleichterten sie. »Ich wollte, daß er herkommt und uns rettet!«

Plötzlich spürte sie die Arme ihrer Mutter um sich, die sie in mütterliche Wärme einhüllten. Sie sagte nichts mehr, sondern überließ sich ganz dem freudvollen Augenblick. Ihre Mutter hielt sie umschlungen, bis die Tränen versiegten und sie sich müde fühlte.

»Du verstehst diese Dinge noch nicht, Susie. Wenn du älter bist, dann vielleicht. Mr. Grayson ist kein schlechter Mensch. Er ist nur irgendwie krank, das ist alles . . .«

»Ich hasse ihn!«

»Susie, Susie«, sagte ihre Mutter. »So etwas darfst du nicht sagen, nie. Und du darfst Harold nie wieder erwähnen. Versprichst du mir das? Willst du das Mutter zuliebe tun?«

»Gut«, murmelte Susie schläfrig und mit einem letzten Schluchzer. »Gut, Mutter . . .«

Als sie an diesem Abend im Dunkel ihres Schlafzimmers dem Heimchen zuhörte, das sich auf ihrem Fensterbrett häuslich niedergelassen hatte, vernahm sie unten im Haus Stimmen.

Sie sprang aus dem Bett und lief zur Tür, aber die Laute, die sie hörte, waren keine Wörter, sondern nur Melodien. Die eine war eine zornige, häßliche – der heisere Bariton ihres Stiefvaters; die andere war der tiefe, besänftigende Tonfall ihrer Mutter. Sie öffnete die Tür einen Spalt.

». . . dummen Anschuldigungen«, sagte ihre Mutter. »Du sagst solche Dinge nur, wenn du in diesem Zustand bist, morgen tun sie dir dann leid.«

»Hör damit auf, mich um Schläge anzubetteln, Laura! Glaubst du, ich weiß nicht, was mit dir los ist? Du *möchtest*, daß ich dich schlage. Da kannst du dir dann richtig gut und gerechtfertigt vorkommen – damit du wieder mit deinem naturliebenden Freund abhauen kannst . . .«

Ihre Mutter schrie auf. Mit einem Stöhnen kam Susie aus ihrem Schlafzimmer und lief zum Treppenabsatz.

»Hör auf!« schrie sie. »Hör auf!«

Einen Augenblick lang herrschte Schweigen. Dann erschien *er*, noch immer im Mantel, einen weißen Seidenschal lose um seinen Stiernacken geschlungen. Sein großes, rotes Gsicht war erregt und die dünnen, grauen Haarsträhnen auf seinem Kopf zerzaust. Er schaute herauf und grinste.

»Ah, die kleine Miss Bringtsinordnung ist also wach?« sagte er mit schwerer Zunge. »Geh wieder ins Bett, Susie, das hier ist eine Party für Erwachsene.«

»Laß sie in Frieden! Laß meine Mutter in Frieden!«

Er stampfte donnernd mit dem Fuß auf die erste Treppenstufe und tat so, als wollte er auf sie losstürzen. Als Susie sich panikartig umdrehte und in das Schlafzimmer zurückhastete, lachte er.

Drinnen warf sie sich auf das Bett und zog sich die Kissen über den Kopf.

»Das wird dir leid tun«, murmelte sie mit zitternder Stimme, die Zähne so fest aufeinandergepreßt, daß es weh tat. »Es wird dir leid tun, wenn ich tot bin . . .«

Damit hatte sie sich das Stichwort für die Wachträume dieses Abends gegeben. Sie sah die Szene ganz klar vor sich, so als erschiene sie auf einem Fernsehschirm. Ihre Mutter, tragisch schön in Schwarz, ungezügelt schluchzend vor einem rührend kleinen Sarg. Bella, das Hausmädchen, schmerzgebeugt, Vergebung von dem stillen, toten Kind erflehend. Dahinter ihre Schulfreundinnen, schluchzend und schniefend, insgeheim neidisch. Und der Wichtigste von allen, Mr. Grayson, ihr Stiefvater, zitternd und bleich, wieder und wieder sich selbst verdammend: »Was hab ich getan? Was hab ich nur getan? Es ist meine Schuld, alles meine Schuld . . .«

Im allgemeinen glitt Susie leicht aus ihren abendlichen Phantasievorstellungen in den Schlaf hinüber. Heute aber blieb sie wach, zu tief bewegt von ihrer eigenen Beerdigung. Der Tod war eine abstrakte, erwachsene Sache, heute aber dachte Susie an den Tod – und der Gedanke war süß. »Es wird ihm leid tun«, flüsterte sie. »Es wird *allen* leid tun . . .«

Getröstet von diesem Gedanken, schlief sie ein.

Der nächste Tag war ein Sonnabend. Sie verbrachte den verregneten Vormittag in der Geheimecke der Dachkammer und verfaßte schön formulierte Abschiedsbriefe. Schließlich entschied sie sich für einen, der kurz war und ohne Umschweife. Sie würde bei Einbruch der Dämmerung das Haus verlassen und langsam den Pfad zum Fluß hinuntergehen, der sich etwa einen Kilometer von der Elm Avenue dahinschlängelte. Und dann . . .

Sie klemmte den Brief unter das Zierdeckchen auf ihrer Frisierkommode und ging hinunter, um einen letzten Blick auf ihre Mutter zu werfen.

Aber sie war nicht da. Sie fand Bella in ihrem Zimmer und erfuhr, daß ihre Mutter in die Stadt gegangen war, um irgendeine Besorgung zu machen. Bella zog sich auch um, denn es waren ihre anderthalb freien Tage und sie wollte mit dem Vieruhrzug in die Stadt fahren. »Du wirst aber trotzdem nicht allein sein«, sagte Bella gehässig. »Dein Vater ist in seinem Arbeitszimmer.«

»Er ist *nicht* mein Vater«, sagte Susie.

Als das Mädchen ging und sie mit Mr. Grayson allein im Haus war, verspürte Susie eine seltsame Ruhe. Sie fürchtete sich nicht mehr vor ihm; es gab nichts, womit er sie jetzt noch verletzen konnte.

Als es sechs wurde, fing sie an, sich Sorgen zu machen. Wenn es noch viel später würde, könnte sie ihren Plan nicht mehr ausführen. Sie würde keinen Vorwand mehr finden können, um das Haus nach Einbruch der Dunkelheit zu verlassen. Sie müßte bald gehen, jetzt gleich. Sie würde halt darauf verzichten müssen, ihre Mutter noch einmal zu sehen.

Sie ging die Treppe hinauf und hörte hinter sich die Stimme ihres Stiefvaters.

»Susie?«

Sie drehte sich um und sah ihn an. Er trug eine schwarze, rot paspelierte Hausjoppe aus Samt und eine kleine, randlose Brille, was ihn alt und harmlos ausehen ließ.

»Susie, es tut mir leid, was gestern abend . . .«

»Ich hasse dich«, sagte sie sanft.

»Sprich nicht so. Du weißt, wie ich bin, wenn ich . . . krank bin.«

»Ich wünschte, du wärst wirklich krank«, sagte sie und fühlte sich dabei stolz und kühn. »Ich wünschte, du wärst so krank, daß du sterben würdest.«

Sein Gesicht veränderte sich, es lief rot an und erstarrte. Das war um so erschreckener, als er nüchtern und bei klarem Verstand war . . .

»Du kleines Luder«, zischte er. »Du gemeines kleines Luder . . .«

»Laß mich in Ruhe!« schrie Susie und kletterte die Stufen hoch – sicher, daß er wieder hinter ihr her war. Sie schlug die Tür ihres Zimmers hinter sich zu, atmete schwer und lauschte. Als sie nichts hörte, ging sie zur Frisierkommode und fand dort ihren Abschiedsbrief. Sie las ihn noch einmal durch, und es kam ihr eine neue, bessere Fassung in den Sinn. Sie zerriß den Brief in kleinste Fetzchen. Dann setzte sie sich hin und schrieb einen neuen Abschiedsgruß.

»Mein Stiefvater haßt mich. Er wird mich töten. Er hat gesagt, daß er mich zum Fluß bringen und wie eine Katze ersäufen wird. Laßt ihm diesen Mord nicht ungestraft durchgehen.«

Sie unterstrich das Wort »Mord« dreimal und überprüfte dann den Text, bis sie sicher war, daß er seinen Zweck erfüllen würde. Sie legte ihn sorgfältig auf ihr Kopfkissen und ging zum Wandschrank. Sie zog sich ihre roten Gummistiefel über die Schuhe, legte sich ihren hübschesten buntkarierten Wollschal um den Hals und setzte sich eine Baskenmütze auf. Dann zog sie sich den blauen Frühjahrsmantel mit den blinkenden Messingknöpfen an und ging zur Tür.

Als sie auf Zehenspitzen die Treppe hinunterschlich, erblickte sie flüchtig ihren Stiefvater im Wohnzimmer. Er stand an der Bar und eröffnete gerade eine weitere Trinkernacht. Dann hastete sie durch den Hintereingang auf die Straße.

Es war ein weiter Weg bis zum Fluß, und als sie endlich die stillen, träge gleitenden Wasser erreichte, in denen sich die orangefarbene Glut des Sonnenuntergangs spiegelte, wurde sie, was ihren Plan anbetraf, immer unsicherer. Es war eine Sache, sich den Schmerz vorzustellen, den ihr Tod mit sich bringen würde; eine andere war es aber zu wissen, daß sie selbst dem allen nicht würde beiwohnen können. Wenn sie nur *gewiß* sein könnte, daß es einen Himmel gab, von dem aus sie die Erde mit einem starken Fernglas beobachten konnte ... Aber Susie war sich dessen nicht sicher. Sie blieb am Ufer des Flusses stehen und verspürte Zweifel. Was, wenn Tod nur Dunkelheit und Vergessen bedeutete?

Sie erschauerte und steckte einen Finger ins Wasser. Es war kalt. Wenn sie ganz langsam anfinge, dachte sie, Stückchen um Stückchen ... Sie nahm die Baskenmütze ab und warf sie aufs Wasser. Sie glitt stromabwärts davon, ein Schiff mit einer Troddel als Schornstein. Dann legte sie Schal und Gummistiefel ab und verfuhr mit ihnen ebenso. Sie zog den Mantel aus und schleuderte ihn so weit hinaus, wie sie nur konnte.

Dann stieg sie zögernd das Ufer hinunter.

In dem Augenblick, als das Wasser ihre Fußgelenke umspülte, schrie sie auf und brachte sich taumelnd in Sicherheit. Es war ihr vorgekommen, als hätte der Fluß mit Millionen eisiger Finger nach ihr gegriffen. Es war schrecklich. Der Tod war schrecklich!

Das kam wie eine Offenbarung über sie, traf sie als Schock. Sie legte die Hand auf ihr Herz und spürte dankbar sein Pochen. Dann wandte sie sich um und floh vor der Drohung, die von dem Fluß ausging, vor der Dunkelheit, die der Tod war.

Mit schwankenden Schritten folgte sie dem Weg, der nach Hause führte. Aber sie wußte, daß sie da nicht hingehen konnte, sie konnte ihn *jetzt* nicht ertragen. Er würde vom Trinken entstellt sein. Er würde furchtbar sein . . . Nein, dachte Susie. Sie würde in die Stadt gehen. Das war nicht weit, und sie konnte den Abend in der geheiligten Zuflucht des Kinos verbringen. Wenn es dann ganz dunkel geworden war, konnte sie unbemerkt ins Haus schlüpfen, durch den Hintereingang.

Erst als sie die gelben Lichter am Eingang des »Leuchtturm« sah, fiel ihr ein, daß sie kein Geld bei sich hatte. Aber es gab da doch einen Weg. Sie erinnerte sich daran aus jener weit zurückliegenden Zeit, als sie sieben oder acht Jahre alt gewesen war und das Geheimnis des freien Zutritts zum Kino entdeckt hatte – nämlich die offene, unbewachte Seitentür.

Sie ließ sich auf einem der rückwärtigen Sitze nieder und sah sich den neuen Rock-Hudson-Film gleich zweimal an.

Als es Zeit war, nach Hause zu gehen, war es so dunkel, wie sie es noch niemals erlebt hatte. Sie ging schnell, bis sie das große weiße Haus auf dem Hügel, seine hellerleuchteten Fenster sah.

Sie schloß die Außentür ganz leise hinter sich. In der Vorratskammer war es dunkel, und hinter der Pendeltür waren undeutlich Stimmen zu hören.

Sie legte das Ohr ans Holz und lauschte.

»Aber das ist idiotisch, absolut idiotisch!« sagte ihr Stiefvater mit vom Trinken verzerrter Stimme. »Ich hab das blöde Balg nicht angerührt . . .«

Eine Stimme antwortete, und Susie war erstaunt, als sie ihre tiefen und männlichen Töne vernahm.

»Wie erklären Sie sich dann den Zettel, den Ihre Frau gefunden hat, Mr. Grayson? Und wie erklären Sie sich diese Sachen hier? Ihre Mütze, ihren Schal, ihren Mantel . . . Sie erkennen sie doch wieder, oder nicht?«

»Susie!« schrie die Stimme ihrer Mutter gequält auf, »o Susie!«

Sie wollte durch die Pendeltür stürzen, sich in die Arme ihrer Mutter werfen und ausrufen: »Mir ist nichts passiert, Mutter, mir ist nichts passiert!« Aber die Angst ließ sie wie angewurzelt stehenbleiben. Sie konnte ihrem Stiefvater nicht gegenübertreten und auch nicht dem Fremden mit der harten Stimme, der ihm diese scharfen Fragen stellte . . .

»Ja, natürlich erkenne ich sie. Die gehören Susie, gut, aber ich schwöre zu Gott, daß ich niemals . . .«

»Wir wollen das alles hier nicht fortsetzen, Mr. Grayson. Ich glaube, es wäre vielleicht das beste, wenn Sie mit uns kämen.«

»Aber ich hab das Gör nicht angefaßt! Laura, um Himmels willen, hilf mir doch, damit sie mir glauben . . .«

Susie hielt sich die Ohren zu.

Als sie die Hände wieder herunternahm, war es still.

Sie öffnete die Tür einen Spaltbreit. Draußen auf der Auffahrt hörte sie einen Motor und das Knirschen von Autoreifen auf dem Kies. Sie wartete mit angehaltenem Atem. Dann machte sie die Tür ein Stück weiter auf.

»Mutter . . .« flüsterte sie.

Irgendwie kam der Schrei nicht aus dem geöffneten Mund der Mutter heraus. Ihre Mutter schlug die Hand davor – und dann öffnete sie die Arme und nahm Susie in ihre mütterliche Wärme auf.

»O Susie, Susie«, murmelte sie, »wo bist du nur gewesen? Wie konntest du uns so erschrecken?«

»Es tut mir leid, Mutter, es tut mir leid«, schluchzte Susie. »Ich dachte, ich würde es wirklich schaffen, in den Fluß zu springen . . . damit alle glauben sollten, daß *er* es getan hat . . .«

Ihre Mutter stieß sie von sich, forschte ungläubig in dem tränenüberströmten Gesicht.

»Susie, wie konntest du dir nur so was ausdenken!«

»Ich hasse ihn! Ich hasse ihn!«

»Still!« sagte ihre Mutter und zog sie wieder fest an sich.

So blieben sie fast eine Minute lang stehen. Dann wischte die Mutter ihr Tränen und Schmutz von den Wangen und nahm sie bei der Hand.

»Komm mal mit«, sagte sie und führte sie zur Treppe. »Du kommst mit mir und tust genau, was ich dir sage.«

Sie gingen die Treppe hoch, an den Schlafzimmern vorbei bis hinauf zur Dachkammer.

»Du magst die Kammer, nicht wahr, Susie?«

»Ja, Mutter.«

»Würdest du gerne für eine Weile hier oben wohnen und auch schlafen?«

Susies Augen leuchteten. »O ja, Mutter!«

»Und würdest du gern in ein, zwei Tagen Onkel Harold in den Poconos besuchen? Nur du allein?«

»O Mutter!« Susie schrie vor Freude auf.

Die Arme ihrer Mutter umschlangen sie wieder. »Du wirst einen herrlichen Sommer verleben«, sang sie leise und mit weicher Stimme. »Und später komme ich dann zu dir. Später . . .« Sie räusperte sich. »Hat dich irgend jemand gesehen? Nachdem du aus dem Haus gegangen bist? Irgend jemand?«

»Nein, Mutter.«

»Mein gutes kleines Mädchen«, sagte ihre Mutter und wiegte sie sanft in den Armen. »Mein liebes kleines Baby . . .«

Spanisches Blut

Raymond Chandler

1

Big John Masters war groß, fett, ölig. Er hatte blaue Backen und sehr dicke Finger, an denen die Knöchel Grübchen waren. Sein braunes Haar war straff aus der Stirn nach hinten gekämmt, und er trug einen weinfarbenen Anzug mit aufgesetzten Taschen, einen weinfarbenen Binder, ein lohbraunes Seidenhemd. Die dicke braune Zigarre zwischen seinen Lippen hatte eine Bauchbinde mit sehr viel Rot und Gold.

Er krauste die Nase, linste noch einmal auf seine Trumpfkarte, versuchte ein Grinsen zu unterdrücken.

Er sagte: »Leg noch was drauf, Dave – aber komm mir nicht mit dem Rathaus!«

Eine Vier kam und eine Zwei. Dave Aage betrachtete sie feierlich über den Tisch hin, sah dann in sein eigenes Blatt. Er war sehr groß und dünn, hatte ein langes knochiges Gesicht und Haar von der Farbe nassen Sands. Er hielt den Kartenstock flach auf der Hand, drehte langsam die oberste Karte um und ließ sie über den Tisch segeln. Es war die Pik-Dame.

Big John Masters öffnete weit den Mund, fuchtelte mit seiner Zigarre, kicherte.

»Her mit den Penunsen, Dave. Da hat eine Dame mal goldrichtig gelegen.« Er legte mit einem affektierten Schlenker seine Trumpfkarte auf. Eine Fünf.

Dave Aage lächelte höflich, bewegte sich nicht. Eine gedämpfte Telefonklingel läutete in seiner Nähe, hinter langen Seidenvorhängen, die die sehr hohen Spitzbogenfenster säumten. Er nahm seine Zigarette aus dem Mund und legte sie sorgfältig auf die Kante eines Aschenbechers auf einem Taburett neben dem Kartentisch, griff hinter den Vorhang nach dem Telefon.

Er sprach mit kühler, fast flüsternder Stimme in die Muschel, dann hörte er lange zu. Nichts veränderte sich in seinen grünlichen Augen, keine Regung zeigte sich auf seinem schmalen Gesicht. Masters wand sich unbehaglich, biß hart auf seiner Zigarette herum.

Nach langer Zeit sagte Aage: »Okay, Sie hören von uns.« Er legte den Hörer auf die Gabel und stellte den Apparat hinter den Vorhang zurück.

Er griff wieder nach seiner Zigarre, zupfte sich am Ohrläppchen. Masters fluchte. »Was ist in dich gefahren, Mensch? Rück mal zehn Eier raus.«

Aage lächelte trocken und lehnte sich zurück. Er griff nach einem Drink, süffelte, stellte ihn wieder hin, sprach um seine Zigarette herum. Alle seine Bewegungen waren langsam, nachdenklich, fast geistesabwesend. Er sagte: »Sind wir nicht ein raffiniertes Gespann, John, wir zwei beiden?«

»Tja. Uns gehört die Stadt. Aber mit unserm Ving-et-un hier hat das nichts zu schaffen.«

»Es sind grad noch zwei Monate bis zur Wahl, stimmt's, John?«

Masters sah ihn mit finsterem Stirnrunzeln an, fischte in seiner Tasche nach einer frischen Zigarre, rammte sie sich in den Mund.

»Und?«

»Mal angenommen, unserem zähesten Opponenten passierte was. Genau in diesem Moment. Wäre das nicht toll?«

»Äh?« Masters hob die Brauen, die so dick waren, daß es aussah, als hätte sein ganzes Gesicht daran zu arbeiten, sie in die Höhe zu bringen. Er dachte einen Augenblick nach, mit saurer Miene. »Das wäre ausgesprochen lausig – wenn sie den Kerl nicht pronto erwischten. Zum Teufel, die Wähler würden sofort denken, wir wären die Anstifter.«

»Du redest gleich von Mord, John«, sagte Aage geduldig. »Von Mord habe ich kein Wort gesagt.«

Masters senkte die Brauen und knaupelte an struppig schwarzem Haar, das ihm aus der Nase wuchs.

»Na schön, dann rück schon raus damit!«

Aage lächelte, blies einen Rauchring, sah ihn entschweben und sich in dünne Flocken auflösen.

»Ich hab grad einen Anruf gekriegt«, sagte er sehr leise. »Donegan Marr ist tot.«

Masters bewegte sich langsam. Sein ganzer Körper bewegte sich langsam auf den Kartentisch zu, beugte sich weit darüber. Als sein Körper nicht mehr weiterkonnte, streckte sein Kinn sich vor, bis die Backenmuskeln herausstanden wie dicke Drähte.

»Was?« fragte er mit belegter Stimme. »Was?«

Aage nickte, ruhig wie aus Eis. »Aber mit dem Mord hattest du recht, John. Es *war* Mord. Grad vor einer halben Stunde oder so. In seinem Büro. Man weiß nicht, wer's war – noch nicht.«

Masters zuckte die schweren Achseln und lehnte sich zurück. Er blickte mit stumpfsinnigem Ausdruck in die Runde. Ganz plötzlich begann er zu lachen. Sein Gelächter bellte und röhrte in dem kleinen turmartigen Zimmer herum, in dem die beiden Männer saßen, flutete hinüber in ein riesiges Wohnzimmer und hallte wider in einem Labyrinth von schwerem dunklem Mobiliar, genügend Stehlampen, um einen Boulevard zu erleuchten, einer Doppelreihe Ölgemälde in massivgoldenen Rahmen.

Aage saß schweigend da. Langsam rieb er seine Zigarette im Aschenbecher aus, bis von der Glut nichts mehr übrig war als ein dunkler Schmier. Er klopfte sich die knochigen Finger ab und wartete.

Masters hörte so abrupt zu lachen auf, wie er angefangen hatte. Das Zimmer war sehr still. Masters sah müde aus. Er wischte sich das große Gesicht.

»Wir müssen was tun, Dave«, sagte er ruhig. »Das hätte ich fast vergessen. Wir müssen das rasch vom Tisch bringen. Ist Dynamit.«

Aage langte wieder hinter den Vorhang und griff sich das Telefon, schob es über den Tisch, mitten durch die verstreuten Karten.

»Also – über das Wie sind wir uns doch im klaren, oder?« sagte er gelassen.

Ein schlaues Blitzen trat in Big John Masters' schlammbraune Augen. Er leckte sich die Lippen, griff mit einer großen Hand nach dem Apparat.

»Tja«, sagte er schnurrend, »das sind wir, Dave. In dem Fall ja, bei . . .!«

Er wählte mit einem dicken Finger, der kaum in die Löcher gehen wollte.

2

Donegan Marrs Gesicht wirkte kühl, gepflegt, gefaßt, selbst jetzt noch. Er war in weichen grauen Flanell gekleidet, und sein Haar zeigte dasselbe weiche Grau wie sein Anzug, zurückgekämmt aus einem rötlichen, jugendlichen Gesicht. Die Haut auf den Stirnknochen war blaß an den Stellen, über die ihm das Haar fiel, wenn er aufstand. Die übrige Haut war sonnengebräunt.

Er hing zurückgesunken in einem gepolsterten blauen Bürosessel. Eine Zigarre war in einem Aschenbecher ausgegangen, der auf dem Rand einen bronzenen Windhund trug. Seine linke Hand baumelte neben dem Stuhl, und seine rechte Hand hielt locker eine Pistole im Sonnenlicht, das durch das große geschlossene Fenster hinter ihm hereinfiel.

Blut hatte die linke Seite seiner Weste durchtränkt, hatte den grauen Flanell fast schwarz gemacht. Er war tot, war es schon seit einiger Zeit.

Ein hochgewachsener Mann, sehr braun und schlank und still, lehnte an einem braunen Mahagoni-Aktenschrank und betrachtete starr den toten Mann. Seine Hände steckten in den Taschen eines eleganten blauen Serge-Anzugs. Ein Strohhut saß ihm auf dem Hinterkopf. Aber es war nichts Nachlässiges um seine Augen oder seinen straffen, fest geschlossenen Mund.

Ein großer sandhaariger Mann tastete auf dem blauen Teppich herum. Er sagte mit belegter Stimme, vorgebeugt: »Keine Patronenhülse, Sam.«

Der dunkle Mann regte sich nicht, gab keine Antwort. Der andere stand auf, gähnte, sah auf den Mann im Stuhl.

»Verdammter Mist! Das wird einen Wirbel geben. Zwei Monate vor der Wahl. Jungejunge, ist das aber ein Schlag ins Gesicht!«

Der dunkle Mann sagte langsam: »Wir sind zusammen zur

Schule gegangen. Waren immer dicke Freunde. Beide in dasselbe Mädchen verknallt. Ich zog den kürzeren, aber gute Freunde sind wir geblieben, alle drei. Er war immer ein großartiger Kerl ... Vielleicht eine Spur zu gerissen.«

Der sandhaarige Mann stapfte im Zimmer herum, ohne etwas zu berühren. Er beugte sich vor und schnüffelte an der Pistole auf dem Schreibtisch, schüttelte den Kopf, sagte: »Nicht draus geschossen worden – aus der hier.« Er krauste die Nase, schnupperte in der Luft. »Klimaanlage. Die drei obersten Stockwerke. Dazu auch noch schalldicht. Kostspieliges Zeug. Man hat mir erzählt, das ganze Gebäude wäre elektrogeschweißt. Nirgends eine Vernietung. So was schon mal gehört, Sam?«

Der dunkle Mann schüttelte langsam den Kopf.

»Möchte wissen, wo die Schreibhilfe war«, fuhr der sandhaarige Mann fort. »So ein großes Tier wie er hat doch wohl mehr als bloß ein Mädchen gehabt.«

Der dunkle Mann schüttelte wieder den Kopf. »Nein, bloß die eine, glaube ich. Und die war zum Lunch. Er war ein einsamer Wolf, Pete. Scharf wie ein Wiesel. In ein paar Jahren hätte er die Stadt übernommen.«

Der sandhaarige Mann stand jetzt hinter dem Schreibtisch, beugte sich fast über die Schulter des Toten. Er blickte auf einen ledergebundenen Terminkalender nieder, mit lederfarbenem Papier. Er sagte langsam: »Jemand namens Imlay war hier für zwölf Uhr fünfzehn vorgesehen. Der einzige Eintrag in diesem Ding.«

Er sah nach einer billigen Uhr an seinem Handgelenk. »Halb zwei. Lange vorbei schon. Wer ist Imlay? ... Moment, warte mal! Es gibt da doch einen Unterstaatsanwalt, der Imlay heißt. Er kandidiert als Richter, auf der Masters-Aage-Welle. Kannst du dir vorstellen ...«

Ein scharfes Klopfen kam von der Tür. Das Büro war so lang, daß die beiden Männer einen Augenblick überlegen mußten, bevor sie sich im klaren waren, welche der drei Türen es war. Dann ging der sandhaarige Mann auf die entfernteste von ihnen zu und sagte dabei über die Schulter: »Vielleicht der Medizinmann. Laß das bei deinem Lieblingsreporter durchsickern, und du bist deinen Job los. Hab ich recht?«

Der dunkle Mann gab keine Antwort. Er bewegte sich langsam zum Schreibtisch, beugte sich ein wenig vor, sprach leise zu dem Toten.

»Mach's gut, Donny. Laß allem seinen Lauf. Ich kümmere mich drum. Ich kümmere mich auch um Belle.«

Die Tür am Ende des Büros ging auf, und ein energischer Mann mit Tasche kam herein, trottete über den blauen Teppich und setzte seine Tasche auf den Tisch. Der sandhaarige Mann schloß die Tür vor einer Traube von Gesichtern. Er schlenderte zum Schreibtisch zurück.

Der energische Mann legte den Kopf auf die Seite, während er den Leichnam untersuchte. »Zwei Stück«, murmelte er. »Sieht ganz nach 32er aus – Stahlgeschosse. Dicht am Herzen vorbeigegangen. Er muß ziemlich bald gestorben sein. Vielleicht so nach einer Minute oder zweien.«

Der dunkle Mann gab einen angewiderten Laut von sich und ging zum Fenster, stand da mit dem Rücken zum Raum, sah hinaus, auf die Dächer von Hochhäusern und in einen warmen blauen Himmel. Der sandhaarige Mann beobachtete, wie der Arzt ein totes Lid anhob. Er sagte: »Wenn der Pulverfritze doch schon hier wäre! Ich werde mal telefonieren. Dieser Imlay . . .«

Der dunkle Mann wandte leicht den Kopf, mit einem matten Lächeln. »Tu's ruhig. Aber viel zu raten wird's hier kaum geben.«

»Ach, ich weiß nicht«, sagte der Mann vom Gerichtsmedizinischen Institut, während er ein Handgelenk durchbog und dann den Rücken seiner eigenen Hand an die Gesichtshaut des Toten hielt. »Muß nicht unbedingt so verdammt politisch sein, wie Sie denken, Delaguerra. Sieht gut aus als Leiche.«

Der sandhaarige Mann griff äußerst behutsam mit einem Taschentuch nach dem Telefon, legte den Hörer daneben, wählte, nahm den Hörer mit dem Taschentuch hoch und hielt ihn sich ans Ohr.

Einen Augenblick später senkte er das Kinn, sagte: »Pete Marcus. Weck mal den Inspector.« Er gähnte, wartete wieder, sprach dann in ganz anderem Ton: »Marcus und Delaguerra, Inspector, in Donegan Marrs Büro. Fingerabdrücke und Kamera noch nicht eingetroffen . . . Äh? . . . Auf dem Posten bleiben, bis der Commissioner erscheint? . . . Okay . . . Jawohl, ist hier.«

Der dunkle Mann wandte sich um. Der Mann am Telefon winkte ihm. »Dein Typ wird verlangt, Spanier.«

Sam Delaguerra nahm den Hörer, ignorierte das vorsorgliche Taschentuch, lauschte. Sein Gesicht wurde hart. Er sagte ruhig: »Klar hab ich ihn gekannt – aber ich habe nicht mit ihm geschlafen . . . Niemand ist hier außer seiner Sekretärin. Sie hat uns telefonisch alarmiert. Auf dem Terminkalender steht ein Name – Imlay, Verabredung um zwölf Uhr fünfzehn. Nein, wir haben noch nichts angerührt . . . Nein . . . Okay, sofort.«

Er legte so langsam auf, daß das Klicken des Apparats kaum hörbar war. Seine Hand blieb darauf ruhen, fiel dann plötzlich und schwer an seiner Seite nieder. Seine Stimme war belegt.

»Ich bin abberufen worden, Pete. Du sollst die Stellung halten, bis Commissioner Drews eintrifft. Keiner kommt hier rein. Weder Weiß noch Schwarz noch Cherokese.«

»Weshalb hat man dich zurückgepfiffen?« kläffte der sandhaarige Mann ärgerlich.

»Weiß ich nicht. War ein Befehl«, sagte Delaguerra tonlos.

Der Mann vom Gerichtsmedizinischen Institut hörte auf, einen Formularblock zu bekritzeln, und streifte Delaguerra mit einem neugierigen scharfen Seitenblick.

Delaguerra durchquerte das Büro und ging durch die Verbindungstür. Sie führte in ein etwas kleineres Büro, von dem ein Teil als Wartezimmer abgetrennt war, mit einer Gruppe Ledersessel und einem Zeitschriftentisch. Innerhalb der Schalterschränke standen ein Schreibmaschinentisch, ein Safe, einige Aktenschränke. Ein kleines dunkles Mädchen saß an dem Tisch, den Kopf auf ein zusammengeknülltes Taschentuch gesenkt. Der Hut saß ihr schief und verbeult auf dem Kopf. Ihre Schultern zuckten, und ihr heftiges Schluchzen war wie ein Keuchen.

Delaguerra tätschelte ihr die Schulter. Sie sah mit tränenüberströmtem Gesicht zu ihm auf, mit verzerrtem Mund. Er lächelte in ihr fragendes Gesicht nieder, sagte sanft: »Haben Sie Mrs. Marr schon angerufen?«

Sie nickte, stumm, von Schluchzern geschüttelt. Er tätschelte ihr noch einmal die Schulter, blieb noch einen Augenblick neben ihr stehen, ging dann hinaus, die Lippen zusammengepreßt und ein hartes dunkles Glitzern in den schwarzen Augen.

3

Das große englische Haus lag ein ganzes Stück ab von dem schmalen gewundenen Betonband, das De Neve Lane hieß. Der Rasen hatte ziemlich langes Gras, mit einem Schlängelpfad aus Natursteinplatten, die fast darunter verschwanden. Es gab einen Giebel über der Haustür und Efeu an der Mauer. Um das ganze Haus wuchsen Bäume, nah daran, und gaben ihm etwas Dunkles und Abgelegenes.

Alle Häuser in der De Neve Lane hatten dasselbe wohlberechnete Fluidum von Nachlässigkeit, ja Vernachlässigung. Aber die hohe grüne Hecke, die Zufahrt und Garagen verbarg, war so sorgfältig geschoren wie ein französischer Pudel, und gar nichts Dunkles oder Mysteriöses war um die Massen von gelben und flammenfarbenen Gladiolen, die vom anderen Ende des Rasens herüberleuchteten.

Delaguerra stieg aus einem lohfarbenen Cadillac-Tourenwagen, der kein Verdeck hatte. Es war ein altes Modell, schwer und schmutzig. Der hintere Teil hatte ein straff gespanntes Stoffverdeck. Delaguerra trug eine weißen Leinenkappe und dunkle Augengläser und hatte seinen blauen Serge mit einem leichten grauen Ausflugsanzug – Reißverschlußjacke in modischem Wams-Stil – vertauscht.

Er sah ganz und gar nicht nach einem Polizisten aus. Er hatte auch in Donegan Marrs Büro nicht wie ein Polizist ausgesehen. Er ging langsam den Plattenpfad hinauf, griff nach einem Türklopfer aus Messing an der Haustür, klopfte dann aber doch nicht damit. Er drückte statt dessen auf eine Klingel an der Seite, die vom Efeu fast ganz verdeckt wurde.

Eine lange Wartepause entstand. Es war sehr warm, sehr still. Bienen summten über das warme helle Gras. In der Ferne schwirrte ein Rasenmäher.

Die Tür ging langsam auf, und ein schwarzes Gesicht sah zu ihm hinaus, ein langes trauriges schwarzes Gesicht mit Tränenspuren auf dem lavendelfarbenen Gesichtspuder. Das schwarze Gesicht lächelte fast, sagte stockend: »Ach, Mr. Sam, Sie! Ist sehr gut, daß kommen!«

Delaguerra nahm die Kappe ab, ließ die Sonnenbrille zwischen den Fingern schwingen. Er sagte: »Hallo, Minnie. Es tut mir leid. Ich muß Mrs. Marr sprechen.«

»Ist klar. Kommen gleich rein, Mr. Sam.«

Das Mädchen trat beiseite, und er ging in eine schattige Halle mit Fliesenboden. »Noch keine Reporter dagewesen?«

Das Mädchen schüttelte langsam den Kopf. Ihre warmen braunen Augen waren wie benommen, erschüttert von Entsetzen.

»Keine gewesen noch . . . Missis auch noch nicht lange wieder da. Hat gesagt kein Wort. Immer nur stehn in dem Sonnenzimmer, wo gar keine Sonne kann reinkommen.«

Delaguerra nickte, sagte: »Sprechen Sie mit niemandem, Minnie. Man will versuchen, die Sache noch eine Weile geheimzuhalten, daß nichts in die Zeitungen kommt.«

»Ich nichts sagen, Mr. Sam. Ganz bestimmt nicht.«

Delaguerra lächelte sie an, ging geräuschlos auf Kreppsohlen durch die gefliste Halle zum hinteren Teil des Hauses, wandte sich in eine weitere Halle, die im rechten Winkel an die erste stieß und genauso angelegt wa. Er klopfte an eine Tür. Es kam keine Antwort. Er drückte auf die Klinke und trat in einen langen schmalen Raum, in dem es trotz vieler Fenster dämmrig war. Bäume wuchsen dicht vor den Fenstern, drückten ihr Laub gegen das Glas. Einige der Fenster waren von langen Kretonne-Vorhängen maskiert.

Das hochgewachsene Mädchen in der Mitte des Zimmers sah ihn nicht an. Sie stand reglos, starr. Sie starrte die Fenster an. Ihre Hände hingen verkrampft an den Seiten nieder.

Sie hatte rotbraunes Haar, das alles Licht zu sammeln schien, das es hier gab, und einen weichen Schein um ihr kalt-schönes Gesicht legte. Sie trug ein sportlich geschnittenes blaues Samtkostüm mit aufgesetzten Taschen. Ein weißes Taschentuch mit blauer Borte sah aus der Brusttasche, sorgfältig auf Spitze zusammengelegt, wie das Taschentuch eines Stutzers.

Delaguerra wartete, ließ seine Augen sich an die Dämmerung gewöhnen. Nach einer Weile sprach das Mädchen durch die Stille, mit leiser, heiserer Stimme.

»Ja . . . nun haben sie ihn erwischt, Sam. Endlich haben sie ihn doch erwischt. War er denn so verhaßt?«

Delaguerra sagte leise: »Er hatte einen Beruf, in dem es haßvoll zugeht, Belle. Ich glaube, er hat das Spiel so sauber gespielt, wie er konnte, aber er hat nicht vermeiden können, sich dabei Feinde zu machen.«

Sie wandte langsam den Kopf und sah ihn an. Lichter wechselten in ihrem Haar. Gold glitzerte darin. Ihre Augen waren von bestürzend strahlendem Blau. Ihre Stimme schwankte ein wenig, als sie sagte: »Wer hat ihn getötet, Sam? Hat man schon eine Vermutung?«

Delaguerra nickte langsam, setzte sich in einen Korbstuhl, schwang Kappe und Sonnenbrille zwischen den Knien.

»Tja. Wir glauben zu wissen, wer es war. Ein Mann namens Imlay, Beamter in der Oberstaatsanwaltschaft.«

»Mein Gott!« hauchte das Mädchen. »Wie weit soll es mit dieser verrotteten Stadt noch kommen!«

Delaguerra fuhr tonlos fort: »Es war etwa so – wenn du sicher bist, daß du's wissen willst . . . jetzt schon.«

»Das bin ich, Sam. Seine Augen starren mich von allen Wänden an, wohin ich auch sehe. Sie bitten mich, etwas zu tun. Er war großartig zu mir, Sam. Wir hatten auch unsere Konflikte, natürlich, aber . . . sie waren im Grunde ohne Bedeutung.«

Delaguerra sagte: »Dieser Imlay kandidiert als Richter und hat dabei die Masters-Aage-Gruppe im Rücken. Er ist in den flotten Vierzigern, und offenbar hatte er mal kleine Spielchen mit einer Nachtclub-Nummer namens Stella La Motte gemacht. Irgendwie, was weiß ich, sind die beiden dabei fotografiert worden, sehr betrunken und ohne was an. Donny hatte die Fotos, Belle. Sie wurden in seinem Schreibtisch gefunden. Laut Notiz auf seinem Terminkalender hatte er um zwölf Uhr fünfzehn mit Imlay eine Verabredung. Wir nehmen an, daß es zu einem Streit kam und Imlay die Nerven verlor.«

»Hast *du* diese Fotos gefunden, Sam?« fragte das Mädchen, sehr ruhig.

Er schüttelte den Kopf, lächelte gewunden. »Nein. Hätte ich's, dann wären sie wohl nicht auf den Tisch gekommen. Commissioner Drew hat sie gefunden – nachdem mir die Untersuchung entzogen worden war.«

Ihr Kopf fuhr zu ihm herum. Ihre strahlend blauen Augen wurden weit. »Dir die Untersuchung entzogen? Donnys Freund?«

»Tja. Nimm's nicht zu tragisch. Ich bin Polizist, Belle. Schließlich muß ich gehorchen.«

Sie sagte nichts, sah ihn nicht mehr an. Nach einer kleinen Weile sagte er: »Ich hätte gern die Schlüssel zu eurer Hütte am Puma Lake. Ich habe Auftrag, hinzufahren und mich umzusehen, nachzuschauen, ob sich irgendwelche Hinweise finden. Donny hat dort manchmal Besprechungen gehabt.«

Irgend etwas im Gesicht des Mädchens veränderte sich. Es bekam einen fast verächtlichen Ausdruck. Ihre Stimme war leer. »Ich hole sie dir. Aber du wirst dort nichts finden. Wenn du denen helfen willst, Donny Dreck an den Stecken zu binden – damit sie diesen Imlay reinwaschen können . . .«

Er lächelte ein wenig, schüttelte langsam den Kopf. Seine Augen waren sehr tief, sehr traurig.

»Red keinen Unsinn, Kleines. Ich würde mein Abzeichen hinschmeißen, ehe ich das täte.«

»Ich verstehe.« Sie schritt an ihm vorbei zur Tür, ging aus dem Zimmer. Er saß ganz still, während sie fort war, starrte mit leerem Blick die Wand an. Etwas wie Schmerz und Verletztsein lag auf seinem Gesicht. Er fluchte sehr leise, mit verhaltener Stimme, vor sich hin.

Das Mädchen kam wieder, trat zu ihm und streckte die Hand aus. Etwas sprang klirrend in die seine.

»Die Schlüssel, Polizist.«

Delaguerra stand auf, ließ die Schlüssel in eine Tasche gleiten. Sein Gesicht wurde hölzern. Belle Marr ging zu einem Tisch hinüber, und ihre Nägel kratzten rauh auf dem Kästchen aus Goldzellenschmelz, als sie eine Zigarette herausnahm. Mit dem Rücken zu ihm sagte sie: »Wie gesagt, ich glaube nicht, daß du Glück haben wirst. Wirklich schade, daß ihr ihm bislang nur Erpressung anhängen konntet.«

Delaguerra atmete langsam aus, stand einen Moment, wandte sich dann ab. »Okay«, sagte er leise. Seine Stimme klang ganz beiläufig jetzt, als wär's ein schöner Tag, als wäre niemand getötet worden.

An der Tür drehte er sich noch einmal um. »Ich besuche dich, wenn ich wieder zurück bin, Belle. Vielleicht fühlst du dich dann besser.«

Sie gab keine Antwort, rührte sich nicht. Sie hielt die unangezündete Zigarette starr in Höhe ihres Mundes, dicht davor. Nach einem Augenblick fuhr Delaguerra fort: »Du solltest eigentlich wissen, wie mir zumute ist. Donny und ich waren einmal wie Brüder zueinander. Ich – habe gehört, du wärst nicht so besonders gut mit ihm ausgekommen . . . Ich bin heilfroh, daß das nicht zutrifft. Aber verhärte dich nicht, Belle. Es gibt keinen Anlaß dazu – mir gegenüber.«

Er wartete ein paar Sekunden, starrte ihren Rücken an. Als sie immer noch stumm blieb und reglos, ging er hinaus.

4

Eine enge felsige Straße führte vom Highway ab und oberhalb des Sees an der Bergflanke entlang. Hüttendächer zeigten sich hier und da zwischen den Fichten. Ein offener Schuppen war in den Hang hineingebaut. Delaguerra stellte seinen staubigen Cadillac darunter ab und kletterte einen schmalen Pfad hinunter zum Wasser.

Der See war tiefblau, aber sehr flach. Zwei oder drei Kanus trieben darauf, und in der Ferne, hinter einer Biegung, klang das Tuckern eines Außenbordmotors. Delaguerra ging zwischen dicken Wänden aus Unterholz, auf Fichtennadeln, bog um einen Baumstumpf und schritt über eine kleine Brücke aus Baumstämmen hinüber zur Marr-Hütte.

Sie war aus halbrunden Stämmen gebaut und hatte eine breite Veranda nach der Seeseite. Sie wirkte sehr einsam und leer. Der Quellbach, der unter der Brücke floß, machte neben dem Haus einen Bogen, und auf der einen Seite der Veranda fiel der Berg steil ab bis zu den großen flachen Steinen, zwischen denen das Wasser dahinrieselte. Die Steine waren davon bedeckt, wenn das Wasser hoch stand, im Frühling.

Delaguerra ging auf Holzstufen hinauf und zog die Schlüssel aus der Tasche, schloß die schwere Vordertür auf, blieb dann ein Weilchen noch auf der Veranda stehen und zündete sich eine Zigarette an, bevor er hineinging. Es war sehr still, sehr angenehm, sehr kühl und klar hier nach der Hitze der Stadt. Ein Blauhäher saß auf einem Baumstumpf und pickte sich nach den Flügeln. Weit draußen auf dem See klimperte jemand auf einer Ukulele. Delaguerra ging in die Hütte.

Er betrachtete ein paar verstaubte Geweihe, einen großen rohen, mit Zeitschriften bedeckten Tisch, ein altmodisches Batterie-Radio, ein kastenförmiges Grammophon mit einem unordentlichen Stapel Platten daneben. Große Gläser standen herum, die nicht gespült worden waren, auf einem Tisch vor dem großen steinernen Kamin, neben einer Flasche Scotch. Ein Wagen fuhr hoch oben die Straße entlang und hielt irgendwo, nicht allzuweit weg. Delaguerra sah sich stirnrunzelnd um, sagte: »Reine Zeitverschwendung«, mit matter Stimme, mit einem Gefühl der Vergeblichkeit. Es hatte gar keinen Sin. Ein Mann wie Donegan Marr ließ nichts, was irgendwie wichtig war, in einer Berghütte herumliegen.

Er warf einen Blick in zwei Schlafzimmer, eins bloß ein Behelfsquartier mit einem Paar Feldbetten, eins besser möbliert, mit einem ordentlich gemachten Bett und, quer darüber geworfen, einem geschmacklosen Damenpyjama. Er sah nicht so aus, als hätte Belle Marr ihn getragen.

Hinten im Haus gab es eine kleine Küche, mit einem Benzinkocher und einem Herd für Holzfeuerung. Delaguerra sperrte mit einem weiteren Schlüssel die Hintertür auf und trat auf eine schmale Veranda hinaus, die zu ebener Erde lag, unweit eines großen Stapels Klafterholz und einer doppelschneidigen Axt auf einem Block.

Dann sah er die Fliegen.

Ein hölzerner Treppensteig führte seitlich am Haus hinab zu einem Holzschuppen darunter. Ein Strahl Sonne war durch die

Bäume geschlüpft und lag quer über dem Steg. In diesem Sonnenlicht fraß ein Klumpen Fliegen auf etwas Bräunlichem, Klebrigem herum. Die Fliegen wollten sich nicht verscheuchen lassen. Delaguerra bückte sich, streckte die Hand aus und berührte die klebrige Stelle, schnüffelte an seinem Finger. Sein Gesicht zuckte und wurde starr.

Ein Stück weiter, im Schatten, vor der Tür des Schuppens, gab es einen weiteren, kleineren Fleck aus der bräunlichen Masse. Er zog sehr schnell die Schlüssel heraus und fand den, der das große Vorhängeschloß am Schuppen öffnete. Er stieß die Tür auf.

Drinnen lag ein großer loser Haufen Klafterholz. Nicht Spaltholz – Klafterholz. Nicht gestapelt, nur einfach aufeinander geworfen. Delaguerra begann die großen rohen Stücke beiseite zu stoßen.

Als er eine ganze Menge davon auf die Seite geworfen hatte, konnte er zugreifen und zwei kalte steife Fußgelenke in Florsokken umfassen und den toten Mann heraus ans Licht ziehen.

Es war ein schlanker Mann, weder groß noch klein, in einem gutgeschnittenen Korbwebenanzug. Seine kleinen adretten Schuhe hatten Hochglanz, über dem nur ein wenig Staub lag. Ein Gesicht hatte er nicht, jedenfalls nicht mehr viel davon. Es war durch einen furchtbaren Schlag zu Brei geworden. Die Schädeldecke war gespalten, das Hirn und Blut hatten sich mit dem dünnen graubraunen Haar vermischt.

Delaguerra richtete sich rasch auf und ging ins Haus zurück, ins Wohnzimmer, wo die halbe Flasche Scotch auf dem Tisch stand. Er entkorkte sie und setzte sie an den Mund, wartete einen Augenblick, trank dann nochmals.

Er sagte laut »Puh!« und schauerte zusammen, als der Peitschenschlag des Whiskys seine Nerven traf.

Er ging wieder zum Holzschuppen hinunter und bückte sich eben, als er hörte, wie irgendwo der Motor eines Wagens angelassen wurde. Er erstarrte. Das Motorengeräusch schwoll an, dann verklang es, und es herrschte wieder Stille. Delaguerra zuckte die Achseln, durchsuchte die Taschen des toten Mannes. Sie waren leer. Eine von ihnen, die vermutlich das Firmenzeichen einer Reinigung getragen hatte, war abgerissen worden. Ebenfalls abgerissen, von der Innentasche der Jacke, war das Firmenschild des Schneiders; es hatte nur ausgefranste Stiche hinterlassen.

Der Mann war schon steif. Er mochte seit vierundzwanzig Stunden tot sein, länger noch nicht. Das Blut auf seinem Gesicht war dick geronnen, aber noch nicht vollkommen getrocknet.

Delaguerra hockte sich eine kleine Weile neben ihn und blickte auf das helle Glitzern des Puma Lake hinaus, aufs ferne Blitzen eines Kanupaddels. Dann ging er in den Holzschuppen zurück und klaubte im Holz herum nach einem schweren Block mit besonders viel Blut, fand aber keinen. Er ging wieder nach oben und durchs Haus auf die Veranda hinaus, trat ans Ende der Veranda, starrte den Steilhang hinunter, starrte dann nieder auf die großen flachen Steine im Bach.

»Tja«, sagte er leise.

Auf zweien der Steine saßen Fliegen, ganze Trauben von Fliegen. Er hatte sie bis jetzt noch nicht bemerkt. Der Steilhang fiel hier etwa dreißig Fuß ab, genug, um den Kopf eines Menschen zu zerschmettern, wenn er entsprechend auftraf.

Er setzte sich in einen der großen Schaukelstühle und rauchte ein paar Minuten lang, ohne sich zu bewegen. Sein Gesicht hatte die Stille tiefer Nachdenklichkeit, seine schwarzen Augen wirkten wie in sich gekehrt und abwesend. Es lag ein verspanntes, hartes, wenn auch leicht sardonisch gebrochenes Lächeln um seine Mundwinkel.

Schließlich ging er still wieder durchs Haus und schleppte den Toten in den Holzschuppen zurück, bedeckte ihn lose mit dem Holz. Er schloß den Schuppen ab, verschloß auch das Haus, stieg wieder den schmalen, steilen Pfad zur Straße hinauf und zu seinem Wagen.

Es war schon nach sechs, aber die Sonne stand immer noch hell am Himmel, als er abfuhr.

5

Ein alter Ladentisch diente als Bar in der Bierkneipe am Straßenrand. Drei niedrige Hocker standen davor. Delaguerra saß auf dem letzten neben der Tür, starrte ins schaumige Innere eines leeren Bierglases. Der Barmann war ein dunkler Junge in einem Overall, mit scheuen Augen und glattem Haar. Er stotterte: »S-s-soll ich Ihnen n-noch ein Glas b-b-bringen, M-mister?«

Delaguerra schüttelte den Kopf, stand auf von dem Hocker. »Das ist Schieberbier, mein Söhnchen«, sagte er traurig. »Geschmacklos wie eine Rasthaus-Blondine.«

»P-portola B-bräu, Mister. G-g-gilt als das b-beste.«

»Ach was. Ist der letzte Dreck. Ihr schenkt's bloß aus, weil euch sonst die Konzession flöten ginge. Alsdann, Söhnchen.«

Er ging zur Gazetür hinüber, sah hinaus auf den sonnigen Highway, auf dem die Schatten allmählich schon lang wurden. Jenseits des Betons lag eine Kiesfläche von vier mal vier Metern, eingefaßt von einem weißen Zaun. Zwei Wagen parkten dort: Delaguerras alter Cadillac und ein staubiger, reichlich mitgenommener Ford. Ein hochgewachsener dünner Mann in khakifarbenem Whipcord stand neben dem Cadillac und betrachtete ihn.

Delaguerra zog eine Bulldog-Pfeife heraus, stopfte sie halb aus einem Reißverschlußbeutel, zündete sie mit langsamer Sorgfalt an und schnippte das Streichholz in die Ecke. Dann straffte er sich ein wenig, als er wieder durch die Gazetür sah.

Der hochgewachsene dünne Mann knöpfte das Stoffverdeck auf, das den hinteren Teil von Delaguerras Wagen überspannte. Er rollte es ein Stück zurück und stand dann da und spähte in den Gepäckraum hinunter.

Delaguerra öffnete leise die Gazetür und ging in langen, lockeren Schritten über den Highway-Beton hinüber. Seine Kreppsohlen knirschten auf dem Kies der anderen Seite, aber der dünne Mann drehte sich nicht um. Delaguerra trat neben ihn.

»Hab ich also doch richtig gesehen, daß Sie hinter mir waren«, sagte er träge. »Wo brennt's denn?«

Der Mann drehte sich ohne alle Hast um. Er hatte ein langes, saures Gesicht, Augen in der Farbe von Seetang. Seine Jacke stand offen, von einer Hand links über der Hüfte zurückgeschoben. Dadurch zeigte sich eine Pistole, im Gürtelhalfter, der Kolben vorn, Kavallerie-Stil.

Er sah Delaguerra mit einem leicht schiefen Lächeln von oben bis unten an.

»Ist das Ihr Schlitten hier?«

»Was denken *Sie* denn?«

Der dünne Mann schob die Jacke noch weiter zurück und zeigte einen Bronzestern auf seiner Tasche.

»Ich denke daran, daß ich Jagdhüter im Toluca County bin, Mister. Ich denke daran, daß jetzt Schonzeit ist und daß für Hirschkühe überhaupt immer Schonzeit ist.«

Delaguerra senkte sehr langsam den Blick, sah hinten in seinen Wagen, beugte sich vor, um unter das Verdeck zu spähen. Eine junge Hirschkuh lag da, auf allerlei Gerümpel, neben einem Jagdgewehr. Die sanften Augen des toten Tieres, glanzlos im Tode, schienen ihn mit sanftem Vorwurf anzublicken. Am schlanken Hals der Hirschkuh war getrocknetes Blut.

Delaguerra richtete sich auf, sagte freundlich: »Das ist ja eine reizende Bescherung.«

»Haben Sie einen Jagdschein?«

»Ich jage nicht«, sagte Delaguerra.

»Hilft Ihnen nicht viel. Wie ich sehe, haben Sie ein Gewehr.«

»Ich bin Polizist.«

»Ach wirklich – Polizist? Dann haben Sie doch bestimmt auch einen Stern?«

»Habe ich.«

Delaguerra griff in die Brusttasche, zog den Stern heraus, rieb ihn am Ärmel, hielt ihn hin auf der flachen Hand. Der dünne Jagdhüter starrte darauf nieder, leckte sich die Lippen.

»Leutnant bei der Kripo, was? Stadtpolizei.« Sein Gesichtsausdruck wurde abwesend und träge. »Okay, Leutnant. Wir werden rund zehn Meilen talwärts fahren – in Ihrer Karre. Ich werd dann sehn, daß ich per Anhalter zu meiner zurückkomme.«

Delaguerra steckte das Abzeichen weg, klopfte sorgfältig seine Pfeife aus, trat die Glut in den Kies. Er zog das Stoffverdeck lose wieder nach vorn.

»Festgenommen?« fragte er ernst.

»Festgenommen, Leutnant.«

»Gehn wir.«

Er stieg ein, hinters Steuer des Cadillac. Der dünne Jagdhüter ging auf die andere Seite, stieg neben ihm ein. Delaguerra ließ den Wagen an, stieß zurück, wendete und fuhr los, den glatten Beton des Highway hinunter. Das Tal in der Ferne lag in tiefem Dunst. Jenseits des Dunstes ragten am Horizont riesige Gipfel. Delaguerra ließ den großen Wagen gemächlich rollen, ohne Hast. Die beiden Männer blickten starr geradeaus, ohne zu sprechen.

Nach langer Zeit sagte Delaguerra: »Ich wußte gar nicht, daß es am Puma Lake Wild gibt. Und weiter bin ich gar nicht gewesen.«

»Ganz in der Nähe liegt ein Wildschutzgebiet, Leutnant«, sagte der Jagdhüter gelassen. Er starrte durch die staubige Windschutzscheibe. »Ein Teil des Toluca County Forest – oder wußten Sie das auch noch nicht?«

Delaguerra sagte: »Sie werden lachen, aber ich hab's tatsächlich nicht gewußt. Ich bin noch nie in meinem Leben auf die Jagd gegangen. Derart rabiat hat mich die Arbeit bei der Polizei noch nicht gemacht.«

Der Jagdhüter grinste, sagte nichts. Der Highway führte über einen Bergsattel, dann lag der Hang auf der rechten Seite der Straße. Kleine Canyons begannen sich in die Berge zur Linken zu öffnen. Einige von ihnen hatten Feldwege oder Schotterstraßen, die seitlich vom Highway abführten, halb überwachsen, mit ausgemahlenen Fahrrinnen.

Delaguerra riß den großen Wagen hart und jäh nach links, ließ ihn auf ein Rodungsgelände mit rötlichem Erdreich und trockenem Gras schießen, trat mit Wucht auf die Bremse. Der Wagen schleuderte, schwankte, kam mit einem knirschenden Ruck zum Stehen.

Der Jagdhüter wurde heftig nach rechts geschleudert, dann nach vorn gegen die Windschutzscheibe. Er fluchte, zuckte hoch und fuhr sich mit der rechten Hand über den Leib, nach der Pistole im Halfter.

Delaguerra packte ein dünnes, hartes Handgelenk und drehte es scharf gegen den Leib des Mannes. Das Gesicht des Jagdhüters wurde unter der Sonnenbräune weiß. Seine linke Hand fingerte krampfhaft an seinem Halfter herum, erschlaffte dann. Er sprach mit gepreßter, Schmerz unterdrückender Stimme:

»Macht's bloß noch schlimmer, Polizist. Ich bekam einen Tip übers Telefon, in Salt Springs. Beschrieb Ihren Wagen, sagte, wo er stand. Sagte, es läge eine Hirschkuh drin. Ich . . .«

Delaguerra ließ das Handgelenk los, riß das Gürtelhafter auf und den Colt heraus. Er warf die Waffe aus dem Wagen.

»Raus mit Ihnen, Sie Jagdspezialist! Reisen Sie per Anhalter weiter, wie Sie gesagt haben. Was ist los – können Sie von Ihrem Gehalt nicht mehr leben? Sie haben mir das Tier selbst in den Wagen praktiziert, oben am Puma Lake, Sie gottverdammter Gauner!«

Der Jagdhüter stieg langsam aus, blieb mit leerem Gesicht neben dem Wagen stehen, mit lockerem, schlaffem Unterkiefer.

»Rabiater Bursche«, murmelte er. »Das wird Ihnen noch leid tun, Polizist. Ich knalle Ihnen eine Anzeige hin, die sich gewaschen hat.«

Delaguerra rutschte über den Sitz, stieg zur rechten Tür aus. Er trat dicht an den Jagdhüter heran, sagte sehr langsam: »Vielleicht irre ich mich ja in Ihnen, Mister. Vielleicht haben Sie wirklich einen Anruf bekommen. Vielleicht.«

Er riß die tote Hirschkuh mit einem Schwung aus dem Wagen, legte sie auf die Erde, beobachtete den Jagdhüter. Der dünne Mann bewegte sich nicht, machte keinen Versuch, in die Nähe seiner Pistole zu kommen, die ein paar Meter weiter entfernt im Gras lag. Seine seetangfarbenen Augen waren stumpf, sehr kalt.

Delaguerra stieg wieder in den Cadillac, löste die Bremse, ließ den Motor an. Er stieß auf den Highway zurück. Der Jagdhüter machte immer noch keine Bewegung.

Der Cadillac sprang vorwärts, schoß die Steilstraße hinunter, kam außer Sicht. Als er ganz verschwunden war, hob der Jagdhüter seine Pistole auf und steckte sie in sein Halfter zurück, schleifte die Hirschkuh hinter einen Busch und machte sich auf den Weg, den Highway entlang, zum Kamm des Steilhangs hinauf.

6

Das Mädchen am Empfangstisch im Kenworthy sagte: »Dieser Mann hat Sie dreimal zu erreichen versucht, Leutnant, wollte aber keine Nummer hinterlassen. Und dann rief noch zweimal eine Dame an. Wollte aber ebenfalls weder Namen noch Nummer angeben.«

Delaguerra nahm drei Zettel von ihr entgegen, las den Namen »Joey Chill« darauf und die verschiedenen Zeiten. Er ließ sich noch ein paar Briefe geben, dankte dem Empfangsmädchen mit einer leichten Berührung seiner Mütze und trat in den automatischen Fahrstuhl. Im dritten Stock stieg er aus, ging einen schmalen ruhigen Korridor hinunter, schloß eine Tür auf. Ohne Licht zu machen, ging er quer durchs Zimmer zu einer hohen Fenstertür, öffnete sie weit, stand da und blickte in den dick-dunklen Himmel hinaus, aufs Blitzen der Neonlichter, auf die stechenden Strahlen der Scheinwerfer auf dem Ortega Boulevard, zwei Blocks weiter.

Er zündete sich eine Zigarette an und rauchte sie bis zur Hälfte, ohne sich zu bewegen. Sein Gesicht im Dunkel war sehr lang, beunruhigt. Schließlich trat er vom Fenster weg und ging in ein kleines Schlafzimmer, knipste eine Tischlampe an und zog sich aus. Er stellte sich unter die Dusche, rubbelte sich mit dem Handtuch ab, zog saubere Wäsche an und ging in die Kochnische, um sich einen Drink zu mischen. Er schlürfte ihn und rauchte eine weitere Zigarette, während er sich fertig anzog. Das Telefon im Wohnzimmer klingelte, als er sein Halfter umschnallte.

Es war Belle Marr. Ihre Stimme klang verschwommen und kehlig, als hätte sie stundenlang geweint.

»Ich bin ja so froh, daß ich dich endlich erreiche, Sam. Ich – ich hab's nicht so gemeint, wie ich's gesagt habe. Ich war geschockt und ganz durcheinander, hatte absolut die Fassung verloren. Du wußtest das auch, nicht wahr, Sam?«

»Aber sicher, Kleines«, sagte Delaguerra. »Mach dir keine Gedanken darüber. Im übrigen hast du ganz recht gehabt. Ich bin grad vom Puma Lake zurückgekommen, und ich glaube, man hat mich da nur raufgeschickt, um mich loszuwerden.«

»Du bist alles, was ich jetzt noch habe, Sam. Du paßt auf, nicht wahr, daß dir nichts passiert?«

»Wer sollte mir denn was tun?«

»Das weißt du genau. Ich bin nicht blind, Sam. Ich weiß, das alles war ein Komplott, ein schmutziges politisches Komplott, um ihn loszuwerden.«

Delaguerras Finger spannten sich krampfhaft um den Hörer. Sein Mund fühlte sich wie erstarrt an und hart. Einen Moment lang konnte er kein Wort hervorbringen. Dann sagte er: »Es könnte auch einfach das sein, wonach es aussieht, Belle. Ein Streit wegen der Bilder. Schließlich hatte Donny das Recht, einem solchen Burschen zu sagen, er solle von der Kandidatenliste verschwinden. Das war keine Erpressung . . . Und dann hatte er immerhin eine Pistole in der Hand, weißt du.«

»Komm zu mir raus und besuch mich, wann du kannst, Sam.« Ihre Stimme zögerte, blieb in der Schwebe, wie in verfließendem Gefühl, wie in Wehmut und Sehnsucht.

Er trommelte auf die Schreibtischplatte, zögerte wieder, sagte: »Aber sicher . . . Wann ist zuletzt jemand am Puma Lake gewesen, auf der Hütte?«

»Ich weiß nicht: Ich selber war wohl ein ganzes Jahr nicht mehr da. Er ist immer . . . allein gegangen. Vielleicht hat er sich dort mit Leuten getroffen. Ich weiß nicht.«

Er sagte noch etwas Unbestimmtes, sagte nach einem Moment Auf Wiedersehn und legte auf. Er starrte gegen die Wand über dem Schreibtisch. In seinen Augen war jetzt ein frisches Licht, ein hartes Glitzern. Sein ganzes Gesicht war gespannt, es hatte allen Zweifel verloren.

Er ging ins Schlafzimmer zurück, um seinen Mantel und Strohhut zu holen. Schon im Begriff zu gehen, griff er nach den drei Telefonzetteln mit dem Namen »Joey Chill«, riß sie in kleine Stücke und verbrannte die Stücke in einem Aschenbecher.

Pete Marcus, der große sandhaarige Polizeibeamte, saß seitlich an einem kleinen, mit Papieren übersäten Scheibtisch in einem kahlen Büro, in dem zwei derartige Schreibtische standen, an gegenüberliegenden Wänden. Der andere Schreibtisch war sauber und ordentlich, hatte eine grüne Filzunterlage mit einer Schreibgarnitur aus Onyx, einen kleinen Messingkalender und eine Ohrschneckenmuschel als Aschenbecher.

Ein rundes Strohkissen, das leicht wie eine Zielscheibe aussah, war senkrecht gegen die Rückenlehne eines Stuhls am Fenster gestellt worden. Pete Marcus hatte ein Bündel einfacher Federhalter in der linken Hand und war damit beschäftigt, sie nach dem Kissen zu schleudern, wie ein mexikanischer Messerwerfer. Er tat es mit abwesender Miene und ohne sonderliche Geschicklichkeit.

Die Tür ging auf, und Delaguerra kam herein. Er schloß die Tür und lehnte sich dagegen, sah Marcus hölzern zu. Der sandhaarige Mann quietschte auf seinem Stuhl herum und kippte ihn gegen den Schreibtisch zurück, kratzte sich das Kinn mit einem breiten Daumennagel.

»He, Spanier. Netten Ausflug gehabt? Der Chef bellt schon nach dir.«

Delaguerra grunzte, steckte sich eine Zigarette zwischen die glatten braunen Lippen.

»Warst du in Marrs Büro dabei, als die ominösen Fotos gefunden wurden, Pete?«

»Tja, war ich, aber selber gefunden hab ich sie nicht. War der Commissioner. Wieso?«

»Hast du gesehn, wie er sie fand?«

Marcus starrte einen Moment, dann sagte er ruhig, auf der Hut: »Er hat sie schon richtig gefunden, Sam. Nichts von Unterschiebung – wenn's das ist, was du meinst.«

Delaguerra nickte, zuckte die Achseln. »Irgendwas über die Kugeln raus?«

»Ja-ah. Keine 32er – sondern 25er. Eine niedliche Westentaschenknarre. Kupfer-Nickel-Geschosse. Allerdings 'ne Automatik, und Patronenhülsen haben wir überhaupt keine gefunden.«

»An die hat Imlay also gedacht«, sagte Delaguerra gelassen, »die Fotos dagegen, für die er einen Mord beging, hat er vergessen.«

Marcus senkte die Füße auf den Boden und beugte sich vor, blickte unter seinen braungelben Brauen her in die Höhe.

»Könnte schon sein. Sie geben ihm ein Motiv, aber nachdem Marr ja die Pistole in der Hand hatte, ist's mit dem Vorsatz Essig.«

»Gute Kopfarbeit, Pete.« Delaguerra ging zu dem kleinen Fenster hinüber, blieb davor stehen und sah hinaus.

Nach einem Moment sagte Marcus mürrisch: »Wie du siehst, ersticke ich nicht grade mehr in Arbeit, Spanier.«

Delaguerra drehte sich langsam um, ging hinüber und trat dicht an Marcus heran, sah auf ihn nieder.

»Gifte dich nicht, Kleiner. Du bist mein Partner, und ich bin nun mal als Marrs Verbindungsmann zur Polizei abgestempelt. Da kriegst du eben auch was ab. Dich legen sie auf Eis, und mich haben sie zum Puma Lake rauf in Marsch gesetzt, damit mir dort irgendwer eine kleine Hirschkuh in den Gepäckraum meines Wagens praktizieren und ein Jagdhüter mich damit erwischen konnte.«

Marcus stand ganz langsam auf, die Fäuste verkrampft an den Seiten. Seine schweren grauen Augen öffneten sich sehr weit. Seine große Nase war blaß um die Nüstern.

»Niemand hier würde *so* weit gehen, Sam.«

Delaguerra schüttelte den Kopf. »Das glaube ich auch nicht. Aber sie konnten einem Wink gefolgt sein, mich da raufzuschicken. Und irgendein Außenstehender hat dann den Rest besorgt.«

Pete Marcus setzte sich wieder hin. Er griff nach einem der spitzen Federhalter und schleuderte ihn ingrimmig nach dem runden Strohkissen. Die Federspitze blieb stecken, der Halter zitterte, brach ab und klapperte zu Boden.

»Hör zu«, sagte er mit belegter Stimme, ohne aufzusehen, »das hier ist ein bloßer Job für mich. Weiter nichts. Nur für die täglichen Brötchen. Ich mache diese Arbeit bei der Polizei nicht aus Idealismus wie du. Sag bloß ein Wort, und ich knalle den gottverdammten Stern dem alten Knacker in die Fresse.«

Delaguerra beugte sich nieder, versetzte ihm einen Knuff in die

Rippen. »Zieh Leine, Polizist. Mir wird schon was einfallen. Fahr erst mal nach Hause und sauf dir einen an.«

Er öffnete die Tür und ging rasch hinaus, ging einen marmorverkleideten Korridor entlang bis zu einer Stelle, wo er sich zu einer kleinen Halle mit drei Türen weitete. Auf der mittleren stand: *Chef der Kriminalpolizei. Bitte eintreten.* Delaguerra trat in ein kleines Vorzimmer, das durch eine einfache Barriere geteilt war. Ein Polizeistenograph hinter der Barriere blickte kurz auf, winkte dann mit einem Kopfruck nach einer inneren Tür. Delaguerra öffnete eine Durchgangsklappe in der Barriere und klopfte an die innere Tür, ging dann hinein.

Zwei Männer saßen in dem großen Büro. Tod McKim, der Chef der Kriminalpolizei, hockte hinter einem schweren Schreibtisch, sah Delaguerra hartäugig entgegen, als er eintrat. Er war ein großer, schlaksiger Mann, der schon etwas schwammig geworden war. Er hatte ein langes, launisch melancholisches Gesicht. Sein eines Auge saß nicht ganz gerade in seinem Kopf.

Der Mann, der in einem rundlehnigen Sessel am Ende des Schreibtisches saß, war wie ein Dandy gekleidet, trug Gamaschen. Ein perlgrauer Hut, graue Handschuhe und ein Spazierstock aus Ebenholz lagen neben ihm auf einem anderen Stuhl. Er hatte einen Schopf aus weichem weißem Haar und ein hübsches, ungezügeltes Gesicht, das durch ständige Massage seine rosa Farbe behalten hatte. Er lächelte Delaguerra an, sah vage amüsiert aus und ironisch, rauchte eine Zigarette in einer langen Bernsteinspitze.

Delaguerra nahm McKim gegenüber Platz. Dann sah er den weißhaarigen Mann kurz an und sagte: »Guten Abend, Commissioner.«

Commissioner Drew nickte lässig, sagte aber nichts.

McKim beugte sich vor und prankte stumpfe plumpe Finger mit abgekauten Nägeln auf die glänzende Schreibtischplatte. Er sagte ruhig: »Sie haben sich ja viel Zeit gelassen mit der Rückmeldung. Irgendwas gefunden?«

Delaguerra starrte ihn an, ein flaches, ausdrucksloses Starren.

»Das war doch gar nicht Zweck der Übung – abgesehen vielleicht von einer erlegten Hirschkuh im Gepäckraum meines Wagens.«

Nichts veränderte sich in McKims Gesicht. Kein Muskel regte sich darin. Drew zog einen rosa polierten Fingernagel an seiner Kehle nieder und gab mit Zunge und Zähnen ein reißendes Geräusch von sich.

»Ts, ts, was sind denn das für Sprüche, junger Mann, gegenüber Ihrem Boss?

Delaguerra sah weiter nur McKim an, wartete. McKim sprach langsam, traurig: »Sie haben eine gute Personalakte, Delaguerra. Ihr Großvater war einer der besten Sheriffs, die das County je hatte. Heute haben Sie sich eine Menge Dreck an den Stecken geholt. Es liegt eine Anschuldigung wegen Jagdfrevels gegen Sie vor, wegen Behinderung eines Beamten von Toluca County bei Ausübung seiner Dienstpflicht und wegen Widersetzlichkeit bei der Festnahme. Haben Sie zu dem allen was zu sagen?«

Delaguerra sagte tonlos: »Ist schon Haftbefehl gegen mich erlassen?«

McKim schüttelte langsam den Kopf. »Es handelt sich um eine amtsinterne Beschwerde. Keine formelle Anzeige. Mangel an Beweisen, schätze ich.« Er lächelte trocken, ohne Humor.

Delaguerra sagte ruhig: »In dem Fall werden Sie meinen Stern wollen, nehme ich an.«

McKim nickte, schweigend. Drew sagte: »Sie haben den Finger ein bißchen zu fix am Abzug. Und auch Ihr Mundwerk geht ein bißchen zu rasch mit Ihnen durch.«

Delaguerra zog sein Abzeichen heraus, rieb es am Ärmel, sah es an, schob es über das glatte Holz des Tisches.

»Okay, Chef«, sagte er sehr leise. »Ich habe spanisches Blut, rein spanisches. Nicht das eines Nigger-Mex und auch nicht das eines Yaqui-Mex. Mein Großvater hätte eine Situation wie diese mit weniger Worten und mehr Pulverdampf erledigt, aber das soll nicht heißen, daß ich sie komisch finde. Ich bin vorsätzlich in eine Falle gelockt worden, weil ich mit Donegan Marr eng befreundet war. Sie wissen und ich weiß, daß mein Job hier nie davon beeinflußt worden ist. Der Commissioner und seine Hintermänner sind sich dessen aber vielleicht nicht so sicher.«

Drew stand jäh auf. »Bei Gott, so werden Sie mit mir nicht reden«, kläffte er.

Delaguerra lächelte langsam. Er sagte nichts, sah überhaupt nicht in Drews Richtung. Drew setzte sich wieder, mit finster gerunzelter Stirn und heftig atmend.

Nach einem Moment steckte McKim das Abzeichen weg, in die mittlere Schublade seines Schreibtischs, und stand auf.

»Sie sind vom Dienst suspendiert, bis der Disziplinarausschuß über Sie entschieden hat, Delaguerra. Bleiben Sie mit mir in Tuchfühlung.« Er ging rasch aus dem Zimmer, durch die innere Tür, ohne einen Blick zurückzuwerfen.

Delaguerra schob seinen Stuhl zurück und richtete den Hut auf seinem Kopf. Drew räusperte sich, setzte ein konziliantes Lächeln auf und sagte: »Vielleicht bin ich selber eben ein bißchen hastig gewesen. Das Irische in mir. Darum keine Feindschaft nicht. Eine Lektion, wie sie Ihnen da erteilt wird, haben wir alle mal einstecken müssen. Darf ich Ihnen einen kleinen Rat geben?«

Delaguerra stand auf, zeigte ihm ein Lächeln, ein kleines, dürres Lächeln, das nur seine Mundwinkel verzog und den Rest seines Gesichts hölzern ließ.

»Ich weiß, wie er lautet, Commissioner. Lassen Sie die Finger vom Fall Marr.«

Drew lachte, gut gelaunt jetzt wieder. »Nicht unbedingt. Es gibt gar keinen Fall Marr. Imlay hat die Schießerei zugegeben, durch seinen Anwalt, nimmt Notwehr für sich in Anspruch. Er will sich morgen stellen. Nein, mein Rat lautet anders. Fahren Sie nach Toluca County zurück und sagen Sie dem Jagdhüter, daß es Ihnen leid tut. Ich glaube, mehr braucht's nicht, um den Fall aus der Welt zu schaffen. Sie könnten's immerhin mal versuchen und abwarten.«

Delaguerra bewegte sich gemächlich zur Tür und machte sie auf. Dann drehte er sich mit einem plötzlich aufblitzenden Grinsen, das alle seine weißen Zähne zeigte, noch einmal zu Drew um.

»Ich seh's jedem an der Nasenspitze an, wenn er ein Ganeff ist, Commissioner. Dieser hier hat sein Schmerzensgeld für die Mühe schon längst in der Tasche.«

Er ging hinaus. Drew sah zu, wie die Tür sich schloß, mit weichem Schleifen, mit einem trockenen Klick. Sein Gesicht war steif vor Wut. Das Rosa seiner Haut hatte sich ein teigiges Grau verwandelt. Die Hand, in der er die Bernsteinspitze hielt, zitterte wild, und Asche fiel aufs Knie seiner makellosen, messerscharf gebügelten Hose.

»Bei Gott«, sagte er, wie erstarrt in der Stille, »du bist vielleicht ein aalglatter Spanier! Du bist vielleicht so glatt wie Spiegelglas – nur daß man verdammt viel schneller ein Loch hineinkriegt!«

Er stand auf, schwerfällig vor Wut, bürstete sich sorgsam die Asche von der Hose und streckte eine Hand nach Hut und Spazierstock aus. Die manikürten Finger der Hand zitterten immer noch.

8

Die Newton Street, zwischen der Dritten und Vierten, war ein Block von billigen Kleiderläden, Pfandleihen, Arkaden mit Spielautomaten, schäbigen Hotels, vor denen Männer mit verschlagenen Augen Worte an ihren Zigaretten vorbeigleiten ließen, ohne die Lippen zu bewegen. Auf der Mitte des Blocks hing über einem Eingangsvorbau ein vorspringendes hölzernes Schild mit der Aufschrift: *Stoll's Billiard Parlours.* Stufen führten hinunter vom Rand des Bürgersteigs. Delaguerra ging die Stufen hinab.

Vorn in dem Billardraum war es fast dunkel. Die Tische waren zugedeckt, die Queues standen in starren Reihen in den Gestellen. Aber weit hinten gab es Licht, hartes weißes Licht, das Trauben von Köpfen und Schultern als Silhouetten erkennen ließ. Man hörte Lärm herüber, Streiten, Wettgeschrei. Delaguerra ging auf das Licht zu.

Plötzlich, wie auf ein Signal hin, hörte der Lärm auf, und aus der Stille drang das scharfe Klicken von Bällen, der dumpfe Prall des Stoßballs gegen Bande und wieder Bande, schließlich der Finalschlag einer Dreier-Karambolage. Dann flammte der Lärm wieder auf.

Delaguerra blieb neben einem zugedeckten Tisch stehen und zog einen Zehn-Dollar-Schein aus der Brieftasche, zog ein gummiertes Etikett aus einem Fach der Brieftasche. Er schrieb darauf: »Wo ist Joe?«, klebte es leicht auf der Banknote fest, faltete die

Banknote einmal längs und einmal quer. Er ging weiter auf das Menschengewimmel zu, drängte sich Schritt für Schritt hindurch, bis er dicht am Tisch war.

Ein hochgewachsener blasser Mann mit einem leidenschaftslosen Gesicht und sauber gescheiteltem braunem Haar war gerade damit beschäftigt, sein Queue zu kreiden und die Lage der Bälle auf dem Tisch zu studieren. Er beugte sich vor, brückte mit starken weißen Fingern. Der Wettlärm versank in Stille wie ein Stein. Der hochgewachsene Mann stieß eine glatte, mühelose Quarte.

Ein pausbäckiger Mann auf seinem hohen Schemel intonierte: »Vierzig für Chill. Abstand ist acht.«

Der hochgewachsene Mann kreidete wieder sein Queue, blickte sich müßig um. Seine Augen gingen über Delaguerra weg ohne ein Zeichen des Erkennens. Delaguerra trat näher an ihn heran, sagte: »Wetten Sie auch selber, Max? Fünf Eier gegen den nächsten Stoß.«

Der hochgewachsene Mann nickte. »Nehme an.«

Delaguerra legte die gefaltete Banknote auf die Tischkante. Ein Junge in gestreiftem Hemd griff danach. Max Chill kam ihm wie unabsichtlich in den Weg, schob die Banknote in die Westentasche, sagte tonlos: »Fünf gelten«, und beugte sich zu einem neuerlichen Stoß vor.

Es wurde ein sauberer Zickzackstoß, ein Haarlinienstoß. Er brachte rauschenden Beifall. Der hochgewachsene Mann händigte dem Helfer im gestreiften Hemd sein Queue aus, sagte: »Kleine Pause. Ich muß mal verschwinden.«

Er ging nach hinten durch den Schatten, durch eine Tür mit der Aufschrift »Männer«. Delaguerra zündete sich eine Zigarette an, betrachtete das übliche Gesindel der Newton Street in der Runde. Max Chills Gegner, ebenfalls ein hochgewachsener, blasser, leidenschaftsloser Mann, stand neben dem Markör und sprach mit ihm, ohne ihn anzusehen. In ihrer Nähe paffte, allein und mit hochnäsiger Miene, ein sehr gut aussehender Filipino in elegantem lohbraunem Anzug eine schokoladenfarbene Zigarette.

Max Chill kam zum Tisch zurück, langte nach seinem Queue, kreidete es. Er griff mit einer Hand in die Weste, sagte beiläufig:

»Sie kriegen ja noch einen Fünfer von mir raus, Kumpel«, reichte Delaguerra einen gefalteten Geldschein hinüber.

Er machte drei Karambolagen hintereinander, fast ohne zu unterbrechen. Der Markör sagte: »Vierundzwanzig für Chill. Abstand ist zwölf.«

Zwei Männer lösten sich aus der Menge, gingen auf den Ausgang zu. Delaguerra schloß sich ihnen unauffällig an, folgte ihnen zwischen den zugedeckten Tischen durch bis zum Fuß der kleinen Treppe. Dort blieb er stehen, faltete den Geldschein in seiner Hand auseinander, las die Adresse, die unter seine Frage auf das Etikett gekritzelt war. Er knüllte die Banknote in seiner Hand zusammen, wollte sie in die Tasche stecken.

Etwas Hartes bohrte sich ihm in den Rücken. Eine näselnde Stimme, wie eine gezupfte Banjosaite, sagte: »Ach, helfen Sie doch lieber mal mir damit aus, ja?«

Delaguerras Nasenflügel bebten, spannten sich. Er sah die Stufen hinauf auf die Beine der beiden Männer vor sich, deren Umrisse sich im grellen Widerschein der Straßenlichter abzeichneten.

»Okay«, sagte die näselnde Stimme grimmig.

Delaguerra ließ sich zur Seite fallen, warf sich in der Luft herum. Sein Arm schoß schlangengleich nach hinten. Seine Hand packte einen Fußknöchel, als er fiel. Eine sausende Pistole verfehlte seinen Kopf, krachte ihm aufs Schultergelenk und ließ einen scharfen Schmerz durch seinen linken Arm niederfahren. Hartes, heißes Atmen erklang. Irgend etwas schlug gegen seinen Strohhut, ohne Kraft. Ein dünnes, reißendes Scharren kam ganz aus seiner Nähe. Er rollte sich herum, drehte den Fuß mit, zog ein Knie unter sich und schnellte in die Höhe. Er kam auf die Füße, katzenhaft, geschmeidig. Er stieß den Knöchel von sich, mit aller Kraft.

Der Filipino im lohbraunen Anzug schlug rücklings auf den Boden. Eine Pistole schlotterte hoch. Delaguerra trat sie aus einer kleinen braunen Hand, und sie schlitterte unter den Tisch. Der Filipino blieb still auf dem Rücken liegen, den Kopf hochgereckt, den Hut mit der saloppen Krempe immer noch wie festgeleimt auf seinem öligen Haar.

Hinten im Billardraum ging die Karambolagepartie friedlich

weiter. Wenn überhaupt jemand die Scharrgeräusche am Eingang mitbekommen hatte, so rührte sich jedenfalls keiner, ihnen nachzugehen. Delaguerra riß einen umriemten Totschläger aus der Hüfttasche, beugte sich vor. Das verkrampfte braune Gesicht des Filipino duckte sich.

»Mußt noch eine Menge lernen. Hoch mit dir, Jungchen.«

Delaguerras Stimme war eisig unterkühlt, aber völlig gelassen. Der dunkle Mann rappelte sich auf, hob die Arme, dann schoß seine linke Hand plötzlich nach seiner rechten Schulter. Der Totschläger brachte sie nieder, mit einem beiläufigen Schlenker von Delaguerras Handgelenk. Der braune Mann stieß einen dünnen Schrei aus, wie ein hungriges Kätzchen.

Delaguerra zuckte die Achseln. Sein Mund verzog sich zu einem sardonischen Grinsen.

»Kleiner Raubüberfall am Abend, was? Okay, Gelbgesicht, vielleicht ein andermal. Im Moment hab ich zu tun. Zieh Leine!«

Der Filipino glitt zwischen die Tische zurück, kauerte sich nieder. Delaguerra nahm den Totschläger in die linke Hand, griff mit der rechten nach einem Pistolenkolben. Einen Moment lang blieb er so stehen, beobachtete die Augen des Filipino. Dann drehte er sich um, ging rasch die Stufen hinauf und verschwand.

Der braune Mann stürzte vor, an der Wand entlang, und kroch unter den Tisch, um seine Pistole zu suchen.

9

Joey Chill, der die Tür aufriß, hielt eine kurze, etwas ramponierte Pistole ohne Visierkorn in der Hand. Er war ein kleiner Mann, zäh, mit einem verspannten, besorgt wirkenden Gesicht. Er brauchte eine Rasur und ein frisches Hemd. Ein strenger, tierischer Geruch drang aus dem Zimmer hinter ihm.

Er senkte die Pistole, grinste säuerlich, trat zurück ins Zimmer.

»Okay, Bulle. Sie haben sich ja ganz schön Zeit gelassen.«

Delaguerra ging hinein und schloß die Tür. Er schob seinen Strohhut weit zurück auf seinem drahtigen Haar und sah Joey Chill ohne jeden Ausdruck an. Er sagte: »Soll ich mir etwa von jedem kleinen Gauner in der Stadt die Adresse merken? Mußte sie mir erst von Max holen.«

Der kleine Mann brummelte etwas vor sich hin und ging dann und legte sich aufs Bett, schob die Pistole unters Kopfkissen. Er verschränkte die Hände hinter dem Kopf und blinzelte gegen die Decke.

»Haben Sie'n Hunderter dabei, Bulle?«

Delaguerra stieß sich einen Stuhl vor das Bett und ließ sich rittlings darauf nieder. Er holte seine Bulldog-Pfeife heraus, stopfte sie langsam, streifte mit einem widerwilligen Blick das geschlossene Fenster, die abgestoßene Emaille des Bettgestells, das schmutzige, zerwühlte Bettzeug, die Waschschüssel in der Ecke, über der zwei schmierige Handtücher hingen, die nackte Frisierkommode mit der Gideon-Bibel und der halben Flasche Gin obendrauf.

»Untergetaucht?« erkundigte er sich, ohne sonderliches Interesse.

»Die Heilsarmee ist hinter mir her, Bulle. Ich muß 'n Weilchen von der Bildfläche verschwinden. Also hören Sie, ich hab da was. Ist einen Hunderter wert.«

Delaguerra steckte langsam seinen Tabakbeutel weg, gleichgültig, hielt ein angerissenes Streichholz an seine Pfeife, paffte mit aufreizender Gemächlichkeit. Der kleine Mann auf dem Bett fing an zu zappeln, beobachtete ihn nervös von der Seite. Delaguerra sagte langsam: »Als Spitzel sind Sie gut, Joey. Das können Sie immer von mir bescheinigt kriegen. Aber hundert Eier sind eine ganz schöne Stange Geld für einen Polizisten.«

»Ist's aber wert, Mann. Wenn Ihnen der Mord an diesem Marr wichtig genug ist, daß Sie ihn richtig aufklären wollen.«

Delaguerras Augen wurden beweglos und sehr kalt. Seine Zähne hielten das Mundstück der Pfeife gepackt. Er sprach sehr ruhig, mit Ingrimm.

»Ich werd's mir mal anhören, Joey. Und ich bezahle, wenn's das wert ist. Aber wehe Ihnen, wenn's nicht stimmt.«

Der kleine Mann rollte sich herum, stützte sich auf den Ellbogen. »Wissen Sie, wer das Mädchen war, das mit Imlay zusammen auf diesen Pyjama-Fotos?«

»Ich kenne den Namen«, sagte Delaguerra gleichmütig. »Die Fotos hab ich gar nicht gesehen.«

»Stella La Motte ist bloß ihr Künstlername. Richtig heißt sie Stella Chill. Mein Schwesterchen.«

Delaguerra verschränkte die Arme auf der Lehne des Stuhls. »Das ist ja reizend«, sagte er. »Reden Sie weiter.«

»Sie hat ihn reingelegt, Bulle. Reingelegt für ein paar Päckchen Heroin von einem schlitzäugigen Flip.«

»Was, einem Filipino?« Delaguerras Stimme klang hastig, rauh. Sein Gesicht war jetzt voller Spannung.

»Tja, ein kleiner brauner Bruder. Ein Schönling, immer wie aus dem Ei gepellt, ein Schnee-Dealer. Ein gottverdammter Fatzke. Heißt Toribo. Genannt wird er Caliente Kid. Er hatte eine Wohnung auf demselben Flur wie Stella, gleich gegenüber. Da hat er ihr das Zeug dann eingetrichtert. Und sie schließlich zu dem Trick mit Imlay gezwungen. Der kriegte von ihr ein paar Tropfen schweres Zeug in den Schnaps und ging aus. Worauf sie den Flip reinließ und der die Fotos schoß, mit 'ner Minné-Kamera. Allerliebst, was? . . . Und dann, typisch Nutte, kriegt sie das heulende Elend und jammert Max und mir die ganze Schose in die Ohren.«

Delaguerra nickte, schweigend, fast wie erstarrt.

Der kleine Mann grinste scharf, zeigte seine winzigen Zähne. »Und was mach ich? Ich häng mich an den Flip ran. Lebe richtig in seinem Schatten, Bulle. Und nach 'ner kleinen Weile führt er mich peng direkt in Dave Aage sein Hochhaus-Apartment im Vendome . . . Schätze, das ist ein Häppchen wert.«

Delaguerra nickte langsam, schüttelte ein wenig Asche ab auf die Fläche seiner Hand und blies sie weg. »Wer weiß sonst noch davon?«

»Max. Wird's bestätigen, wenn Sie ihn richtig behandeln. Bloß will er selber nichts damit zu tun haben. Macht nicht mit bei solchen Spielchen. Er hat Stella Geld gegeben, daß sie aus der Stadt weg konnte, und dann dichtgemacht. Denn mit diesen Jungens ist nicht zu spaßen.«

»Also kann Max auch nicht wissen, wohin Sie die Spur des Filipino geführt hat, Joey.«

Der kleine Mann setzte sich scharf auf, schwang die Füße auf den Boden. Sein Gesicht wurde mürrisch.

»Ich nehm Sie nicht auf den Arm, Bulle. Hab ich noch nie gemacht.«

Delaguerra sagte ruhig: »Ich glaube Ihnen ja, Joey. Ich hätte nur gern noch einen Beweis mehr dafür. Was machen Sie sich denn für einen Reim auf das Ganze?«

Der kleine Mann schnaufte verächtlich. »Teufel auch, das sticht einem doch in die Augen, daß es schon weh tut. Entweder hat der Flip die Geschichte von vornherein für Masters und Aage gemacht, oder er ist an sie rangetreten, als er die Fotos hatte. Dann kriegte Marr die Fotos in die Finger, und das hätt er ja todsicher nicht, wenn die beiden das nicht selber gedeichselt hätten, bloß daß er nicht wußte, daß sie die Dinger ebenfalls hatten. Imlay hat für ihre Partei kandidiert, als Richter. Okay, er war ihr Lump, aber er war eben ein Lump und unzuverlässig dazu. Wenn man so säuft wie der und einem dauernd die Nerven durchgehn? Das weiß doch jeder!«

Delaguerras Augen glitzerten ein wenig. Der Rest seines Gesichts war wie aus Holz geschnitzt. Die Pfeife in seinem Mund stand so unbeweglich, als sei sie festzementiert.

Joey Chill fuhr fort, mit seinem scharfen kleinen Grinsen: »Also haben sie den großen Coup gelandet. Haben Marr die Fotos zugespielt, ohne daß er wußte, wo sie herstammten. Dann kriegte Imlay 'nen Tip, wer sie hätte und was da alles drauf zu sehen wäre, und daß Marr ihm die Daumenschrauben anlegen wollte. Was blieb einem Burschen wie Imlay da wohl übrig? Er mußte auf die Jagd, Bulle – und Big John Masters und sein Busenfreund konnten sich die Ente braten.«

»Beziehungsweise das Wildbret«, sagte Delaguerra abwesend.

»Äh, was? Also, ist das ein Happen oder nicht?«

Delaguerra griff nach seiner Brieftasche, schüttelte das Geld heraus, zählte auf dem Knie ein paar Scheine ab. Er rollte sie zu einem festen Packen zusammen und schnippte sie hinüber aufs Bett.

»Ich hätte liebend gern noch einen kleinen Draht zu Stella, Joey. Wie steht's damit?«

Der kleine Mann stopfte sich das Geld in die Hemdtasche,

schüttelte den Kopf. »Nichts zu machen. Sie könnten's höchstens noch mal bei Max versuchen. Ich glaube, sie ist aus der Stadt weg, und ich, ich verdrücke mich jetzt ebenfalls, wo ich die Pinke habe. Denn wie gesagt, mit diesen Jungens ist nicht zu spaßen – und vielleicht bin ich nicht gut genug gewesen beim Beschatten . . . Bei mir hat sich nämlich selber ein Schleicher ins Schlepptau gehängt.« Er stand auf, gähnte, fügte hinzu: »Schlückchen Gin gefällig?«

Delaguerra schüttelte den Kopf, sah dem kleinen Mann zu, wie er zur Kommode hinüberging und die Ginflasche hob, um sich eine gehörige Portion in ein dickes Glas zu gießen. Er leerte das Glas, wollte es hinstellen.

Glas klirrte am Fenster. Es gab einen Schlag wie von einem schlappen Handschuh. Ein kleines Stück Fensterscheibe fiel auf das nackte fleckige Holz jenseits des Teppichs, fast zu Joey Chills Füßen.

Der kleine Mann stand zwei oder drei Sekunden lang vollkommen reglos. Dann fiel das Glas aus seiner Hand, schlug auf und rollte gegen die Wand. Dann gaben seine Beine nach. Er ging nach der Seite zu Boden, rollte langsam herum auf den Rücken.

Blut begann träge über seine Backe zu kriechen, aus einem Loch über seinem linken Auge. Es bewegte sich schneller. Das Loch wurde groß und rot. Joey Chills Augen blickten leer gegen die Decke, als ginge ihn nun auf einmal alles nichts mehr an.

Delaguerra glitt still vom Stuhl nieder, auf Hände und Knie. Er kroch an der Längsseite des Bettes entlang, hinüber zur Wand am Fenster, streckte von dort die Hand aus und griff Joey Chill unters Hemd. Er hielt die Finger ein Weilchen auf das Herz, zog sie weg, schüttelte den Kopf. Er hockte sich tief geduckt in die Fensterecke, nahm den Hut ab und schob den Kopf dann sehr vorsichtig hoch, bis er über den unteren Scheibenrand hinaussehen konnte.

Er blickte auf die hohe kahle Wand eines Lagerhauses, gegenüber einer kleinen Gasse. Es hatte ein paar einzelne Fenster, hoch oben, aber keins davon war erleuchtet. Delaguerra zog den Kopf wieder nach unten, sagte ruhig, leise vor sich hin: »Gewehr mit Schalldämpfer, möglicherweise. Sehr saubere Leistung.«

Seine Hand streckte sich noch einmal aus, scheu, zog Joey Chill die kleine Rolle Banknoten aus dem Hemd. Er kroch an der Wand entlang zur Tür zurück, immer noch geduckt, griff hoch und zog den Schlüssel aus der Tür, öffnete sie, richtete sich auf und trat schnell hinaus, schloß die Tür von außen ab.

Er ging einen schmutzigen Korridor entlang und vier Treppen hinunter in eine enge Halle. Die Halle war leer. Es gab einen Empfangstisch und eine Glocke darauf, aber niemand stand dahinter. Delaguerra blieb an der Spiegelglastür stehen, die auf die Straße führte, und blickte über die Straße zu einem Fachwerkhaus hinüber, einer Pension offenbar, auf deren Veranda ein paar alte Männer in Schaukelstühlen hockten und rauchten. Sie sahen sehr friedlich aus. Er beobachtete sie mehrere Minuten lang.

Dann trat er hinaus, suchte blitzschnell und mit scharfen Blicken beide Seiten des Blocks ab, ging an geparkten Wagen entlang bis zur nächsten Ecke. Zwei Blocks weiter winkte er einem Taxi und fuhr zu *Stoll's Billiard Parlours* an der Newton Street zurück.

Licht brannte jetzt im ganzen Billardraum. Bälle klickten und rollten, Spieler drängten sich im dicken Dunst von Zigarettenrauch. Delaguerra sah sich um, ging dann zu einer Registrierkasse hinüber, neben der ein pausbäckiger Mann auf einem hohen Hokker saß.

»Sind Sie Stoll?«

Der pausbäckige Mann nickte.

»Wo ist Max Chill?«

»Schon lange weg, Bruder. Sind nur bis hundert Punkte hochgegangen. Wird wohl zu Hause sein, schätze ich.«

»Wo ist das, zu Hause?«

Der pausbäckige Mann streifte ihn mit einem raschen, flackernden Blick, der wie ein Lichtfinger über ihn wegstrich.

»Keine Ahnung.«

Delaguerra hob eine Hand zu der Tasche, in der er sonst sein Abzeichen stecken hatte. Er ließ sie wieder sinken – versuchte sie nicht zu schnell sinken zu lassen. Der pausbäckige Mann grinste.

»Plattfuß, was? Okay, er wohnt im Mansfield, drei Blocks westlich an der Grand.«

10

Cefarino Toribo, der gutaussehende Filipino in dem gutgeschnittenen lohbraunen Anzug, klaubte zwei silberne Zehn-Cent-Stücke und drei Pennys vom Schalter im Telegraphenamt und lächelte die gelangweilte Blondine an, die ihn bediente.

»Das geht doch gleich raus, Zuckerchen?«

Sie warf einen eisigen Blick auf das Telegrammformular. »Hotel Mansfield? Ist in zwanzig Minuten da – und Ihren Zucker können Sie sparen.«

»Okay, Zuckerchen.«

Toribo schlenderte elegant aus dem Amt. Die Blondine spießte das Telegramm auf einen Dorn, sagte über die Schulter: »Der ist doch nicht ganz dicht. Schickt ein Telegramm in ein Hotel, das bloß drei Blocks weiter liegt.«

Cefarino Toribo bummelte die Spring Street entlang, ließ über seine hübsche Schulter eine Rauchspur aus einer schokoladenfarbenen Zigarette hinter sich. An der Vierten wandte er sich westlich, ging drei Blocks weiter, bog zum Seiteneingang des Mansfield ab, bei dem Friseurladen. Er ging ein paar Marmorstufen hinauf zu einem Entresol, durch den rückwärtigen Teil eines Schreibzimmers und über eine teppichbelegte Treppe zum zweiten Stock. Er huschte an den Fahrstühlen vorbei und stolzierte dann einen langen Korridor entlang bis zum Ende, musterte die Nummern an den Türen.

Er kam den halben Weg zu den Fahrstühlen wieder zurück, setzte sich in eine Nische, in der unter einem Doppelfenster zum Hof ein Tisch mit Glasplatte und ein paar Sessel standen. Er zündete sich eine frische Zigarette an seinem Stummel an, lehnte sich zurück und lauschte zu den Fahrstühlen hinüber.

Er beugte sich scharf vor, so oft einer in diesem Stockwerk hielt, horchte, ob Schritte kamen. Die Schritte kamen nach etwas über zehn Minuten. Er stand auf und trat hinter die Ecke der Wand, wo die Nischenerweiterung begann. Er zog eine lange dünne Pistole unter dem rechten Arm hervor, nahm sie in die rechte Hand, hielt sie nach unten gerichtet zwischen Körper und Wand.

Ein gedrungener, pockennarbiger Filipino in Pagenuniform

kam den Korridor entlang, ein kleines Tablett in der Hand. Toribo gab ein zischendes Geräusch von sich, hob die Pistole. Der gedrungene Filipino wirbelte herum. Sein Mund ging auf, und seine Augen quollen hervor beim Anblick der Pistole.

Toribo sagte: »Welches Zimmer, du Armleuchter?«

Der gedrungene Filipino lächelte sehr nervös, beschwichtigend. Er trat näher, zeigte Toribo einen gelben Umschlag auf seinem Tablett. Die Ziffern 338 waren mit Bleistift auf das Fenster des Umschlags geschrieben.

»Leg's da hin«, sagte Toribo ruhig.

Der gedrungene Filipino legte das Telegramm auf den Tisch. Er wandte die Augen nicht von der Pistole.

»Verschwinde«, sagte Toribo. »Du hast es unter der Tür durchgeschoben, kapiert?«

Der gedrungene Filipino zog den runden schwarzen Kopf ein, lächelte noch einmal nervös und ging dann sehr schnell davon, auf die Fahrstühle zu.

Toribo steckte die Pistole in die Jackentasche, zog ein zusammengefaltetes weißes Papier heraus. Er schlug es sehr sorgfältig auseinander, schüttete glitzerndes weißes Pulver daraus auf die Hohlstelle, die sich zwischen seinem linken Daumen und Zeigefinger bildete, als er die Hand spreizte. Er schnupfte das Pulver mit einem scharfen Atemzug die Nase hoch, zog ein flammenfarbenes Seidentaschentuch heraus und wischte sich die Nase damit ab.

Er stand eine kleine Weile still. Seine Augen bekamen den stumpfen Farbton von Schiefer, und die Haut auf seinem braunen Gesicht schien sich über den hohen Backenknochen zu spannen. Er atmete hörbar durch die Zähne.

Er griff nach dem gelben Umschlag und ging den Korridor entlang bis ans Ende, blieb vor der letzten Tür stehen, klopfte.

Eine Stimme rief etwas. Er legte die Lippen dicht an die Tür, sprach mit hoher, sehr respektvoller Stimme.

»Post für Sie, Sir.«

Bettfedern knarrten. Schritte kamen drinnen über den Boden. Ein Schlüssel drehte sich im Schloß, und die Tür ging auf. Toribo hatte zu diesem Zeitpunkt seine dünne Pistole bereits wieder in der Hand. Als die Tür aufging, trat er schnell in die Öffnung, seitlich, mit einem anmutigen Schwenk seiner Hüften. Er setzte Max Chill die Mündung der dünnen Pistole auf den Bauch.

»Zurück!« sagte er leise, und seine Stimme hatte jetzt das metallische Näseln einer gezupften Banjosaite.

Max Chill wich vor der Pistole zurück. Er wich quer durch den Raum zurück bis zum Bett und setzte sich auf das Bett, als seine Beine auf die Kante trafen. Bettfedern knarrten, und eine Zeitung raschelte. Max Chills bleiches Gesicht unter dem sauber gescheitelten Haar hatte überhaupt keinen Ausdruck.

Toribo schloß leise die Tür, ließ sie zuschnappen. Als der Riegelbolzen schnappte, wurde Max Chills Gesicht plötzlich ein krankes Gesicht. Seine Lippen begannen zu zittern, zitterten fort.

Toribo sagte höhnisch, mit seiner näselnden Stimme: »Du hast bei den Bullen gesungen, was? *Adiós.*«

Die dünne Pistole zuckte in seiner Hand, zuckte weiter und weiter. Ein wenig blasser Rauch lispelte aus der Mündung. Das Geräusch, das die Pistole machte, war nicht lauter als das eines Hammers, der einen Nagel einschlägt, oder eines Knöchels, der scharf auf Holz klopft. Sie machte dieses Geräusch siebenmal.

Max Chill legte sich sehr langsam auf das Bett. Seine Füße blieben auf dem Boden. Seine Augen wurden leer, und seine Lippen teilten sich, und rosa Schaum begann sich auf ihnen zu kräuseln. Blut erschien an verschiedenen Stellen auf der Vorderseite seines losen Hemds. Er lag ganz still auf dem Rücken und sah gegen die Decke, die Füße immer noch auf dem Boden, und der rosa Schaum brodelte auf seinen blauen Lippen.

Toribo nahm die Pistole in die linke Hand und steckte sie wieder unter den Arm. Er schlängelte sich seitlich zum Bett hinüber und blieb daneben stehen, sah auf Max Chill hinab. Nach einer Weile hörte der rosa Schaum auf zu brodeln, und Max Chills Gesicht wurde das stille, leere Gesicht eines Toten.

Toribo ging zurück zur Tür, öffnete sie, wollte rückwärts hinausgehen, die Augen immer noch auf dem Bett. Da regte sich etwas hinter ihm.

Er wollte sich herumwerfen, seine Hand fuhr hoch. Etwas sauste ihm an den Kopf. Der Fußboden neigte sich auf einmal seltsam vor seinen Augen, stürzte auf sein Gesicht zu. Er hatte kein Bewußtsein mehr, als der Boden sein Gesicht traf.

Delaguerra stieß die Beine des Filipino mit dem Fuß ins Zimmer, der Tür aus dem Weg. Er zog die Tür auf, ließ sie einschnappen, ging steif hinüber zum Bett, einen umriemten Totschläger schwingend an der Seite. Er blieb eine lange Zeit neben dem Bett stehen.

Schließlich sagte er halblaut vor sich hin: »Die räumen auf. Ja-ah – die räumen wirklich auf.«

Er ging zu dem Filipino zurück, wälzte ihn herum und durchsuchte seine Taschen. Er fand eine elegante Brieftasche ohne alle Ausweispapiere, ein mit Granaten besetztes goldenes Feuerzeug, ein goldenes Zigarettenetui, Schlüssel, einen goldenen Drehbleistift und ein goldenes Messer, das flammenfarbene Taschentuch, loses Geld, zwei Pistolen samt Reservemagazinen dafür, und fünf Briefchen Heroin-Pulver in der Fahrkartentasche des lohbraunen Jacketts.

Er ließ die Sachen verstreut auf dem Boden liegen, stand auf. Der Filipino atmete schwer, mit geschlossenen Augen. In der einen Backe zuckte ein Muskel. Delaguerra zog eine Rolle dünnen Draht aus der Tasche und band dem braunen Mann die Handgelenke damit auf dem Rücken zusammen. Er schleifte ihn zum Bett hinüber, setzte ihn gegen den Pfosten, schlang einen Strang Draht um den Pfosten und dann um seinen Hals. Er befestigte das flammenfarbene Taschentuch an der Drahtschlinge.

Er ging ins Bad und holte ein Glas Wasser und klatschte es dem Filipino, so heftig er nur konnte, ins Gesicht.

Toribo zuckte, würgte scharf, als der Draht in seinen Hals schnitt. Seine Augen sprangen auf. Er öffnete den Mund, um zu schreien.

Delaguerra riß den Draht straff gegen die braune Kehle. Der Schrei wurde abgeschnitten, unterbrochen wie von einem Schalter. Es kam nur noch ein krampfhaftes, angstvolles Gurgeln. Toribos Mund tropfte.

Delaguerra ließ die Drahtschlinge wieder locker und brachte seinen Kopf dicht an den Kopf des Filipinos heran. Er sprach sanft zu ihm, mit einer trockenen, sehr tödlichen Sanftheit.

»Du willst singen, Flip. Vielleicht nicht sofort, vielleicht nicht einmal bald. Aber nach einer Weile willst du singen bei mir, einfach singen.«

Die Augen des Filipino rollten gelb. Er spuckte. Dann schlossen sich seine Lippen, fest.

Delaguerra lächelte ein schwaches, ingrimmiges Lächeln. »Zähes Jungchen«, sagte er sanft. Er riß das Taschentuch zurück, hielt es fest und hart, so daß der Draht in die braune Kehle über dem Adamsapfel schnitt.

Die Beine des Filipino begannen auf den Boden zu schlagen. Sein Körper bewegte sich in jähen Stößen. Das Braun seines Gesichts wurde ein tiefes, blutdunkles Purpurrot. Seine Augen quollen heraus, blutunterlaufen.

Delaguerra ließ den Draht wieder locker.

Der Filipino keuchte sich Luft in die Lungen. Sein Kopf sackte nach vorn, zuckte dann zurück gegen den Bettpfosten. Ein Schauer überlief ihn.

»*Si* . . . ich singe«, hauchte er.

11

Als es schellte, legte Ironhead Toomey sehr sorgfältig eine schwarze Zehn auf einen roten Buben. Dann leckte er sich die Lippen und legte alle Karten hin und sah sich nach der Vordertür des Bungalows um, die hinter dem Durchgangsbogen zum Eßzimmer lag. Er stand langsam auf, ein ungeschlachter Brocken von einem Mann mit lockerem grauem Haar und einer großen Nase.

Im Wohnzimmer, jenseits des Bogens, lag ein dünnes blondes Mädchen auf einer Couch und las unter einer Lampe mit defektem rotem Schirm in einer Zeitschrift. Sie war hübsch, aber zu blaß, und die dünnen, hochgewölbten Brauen gaben ihrem Gesicht einen verwirrt-verschreckten Ausdruck. Sie legte die Zeitschrift weg und schwang die Füße auf den Boden und sah mit scharfer, jäher Furcht in den Augen zu Ironhead Toomey hinüber.

Toomey gab ihr schweigend einen Wink mit dem Daumen. Das Mädchen stand auf und ging sehr schnell durch den Bogen und eine Schwingtür in die Küche. Sie schloß die Schwingtür langsam, so daß sie kein Geräusch machte.

Es schellte abermals, länger diesmal. Toomey schob seine weißbesockten Füße in Filzpantoffeln, hängte sich eine Brille über die große Nase, griff nach einem Revolver, der auf einem Stuhl neben ihm lag. Er hob eine zerknüllte Zeitung vom Boden auf und drapierte sie locker um die Pistole, die er in der linken Hand hielt. Dann schlenderte er ohne Eile zur Tür.

Er gähnte, als er sie öffnete, beäugte mit schläfrigem Blick durch die Brille den hochgewachsenen Mann, der auf der Veranda stand.

»Okay«, sagte er verdrießlich. »Reden Sie schon, was wollen Sie?«

Delaguerra sagte: »Ich bin von der Polizei. Ich möchte Stella La Motte sprechen.«

Ironhead Toomey legte einen Arm quer über die Tür, so dick wie ein Jul-Block, und lehnte sich mit seinem ganzen Gewicht gegen den Rahmen. Er behielt seinen gelangweilten Ausdruck bei.

»Irrtum in der Hausnummer, Bulle. Hier gibt's keine Nutten.«

Delaguerra sagte: »Ich werd mal reinkommen und nachsehn.«

Toomey sagte gutgelaunt: »Einen Dreck werden Sie.«

Delaguerra zog sehr glatt und sehr schnell eine Pistole aus der Tasche, ließ sie auf Toomeys linkes Handgelenk niedersausen. Die Zeitung und der große Revolver fielen auf den Boden der Veranda. Toomeys Gesicht nahm einen etwas weniger gelangweilten Ausdruck an.

»Blöder Witz«, fuhr Delaguerra ihn an. »Gehn wir rein.«

Toomey schüttelte sein linkes Handgelenk, nahm den anderen Arm vom Türrahmen und holte zu einem harten Schwinger aus, der Delaguerras Kinn treffen sollte. Delaguerra wich mit dem Kopf ein paar Zoll aus. Er runzelte die Stirn, gab mit Zunge und Lippen ein Geräusch der Mißbilligung von sich.

Toomey sprang auf ihn ein. Delaguerra trat einen Schritt zur Seite und schmetterte die Pistole an einen großen grauen Kopf. Toomey landete auf dem Bauch, halb im Haus und halb auf der Veranda. Er grunzte, pflanzte die Hände fest auf den Boden und schickte sich zum Aufstehen an, als hätte ihn überhaupt nichts getroffen.

Delaguerra stieß Toomeys Pistole mit einem Tritt aus dem Weg. Eine Schwingtür im Haus machte ein leichtes Geräusch. Toomey hatte sich auf ein Knie und eine Hand aufgerichtet, als Delaguerra nach dem Geräusch hinübersah. Er führte einen Schlag nach Delaguerras Magen, traf ihn auch. Delaguerra grunzte und schlug Toomey wieder auf den Schädel, hart. Tomey schüttelte den Kopf, murrte: »So 'ne Klopperei ist bei mir bloß Zeitverschwendung, Junge.«

Er tauchte zur Seite weg, erwischte Delaguerras Bein, riß es vom Boden weg. Delaguerra setzte sich auf die Bretter der Veranda, kippte in den Türweg. Sein Kopf schlug gegen den Pfosten, ließ ihn Sterne sehen.

Die dünne Blonde stürzte durch den Türbogen heran, eine kleine Automatik in der Hand. Sie richtete sie auf Delaguerra, schrie wild: »Her mit dem Ding, verdammt!«

Delaguerra schüttelte den Kopf, wollte etwas sagen, holte dann aber nur tief Luft, da Toomey begann, ihm den Fuß umzudrehen. Toomey biß die Zähne zusammen und drehte an dem Fuß, als wäre er ganz allein damit auf der Welt und es wäre sein eigener Fuß und er könnte damit machen, was ihm paßt.

Delaguerras Kopf schlug wieder nach hinten, und sein Gesicht wurde weiß. Der Schmerz verzog seinen Mund zu einer grellen Grimasse. Er stemmte sich hoch, packte mit der linken Hand Toomeys Haar, zerrte den großen Kopf in die Höhe und hinüber, bis das Kinn hochkam, mit aller Anstrengung. Dann schmetterte er den Lauf seines Colts gegen das Kinn.

Toomey wurde schlaff, eine träge Masse, fiel quer über Delaguerras Beine nach vorn und nagelte ihn am Boden fest. Delaguerra konnte sich nicht mehr rühren. Er stemmte sich mit der rechten Hand gegen den Boden und versuchte zu verhindern, daß Toomeys Gewicht ihn auf die Bretter niederdrückte. Er konnte die rechte Hand mit der Pistole nicht vom Boden lösen. Die Blondine stand jetzt nah bei ihm, mit wilden Augen, weiß im Gesicht vor Wut.

Delaguerra sagte mit erschöpfter Stimme: »Seien Sie nicht dumm, Stella. Joey . . .«

Das Gesicht der Blondine war unnatürlich. Ihre Augen waren

unnatürlich, hatten ganz kleine Pupillen, mit sonderbar flachem Glitzern darin.

»Bullen!« schrie sie fast. »Bullen! Gott, wie ich Bullen hasse!«

Die Pistole in ihrer Hand krachte. Der Widerhall füllte den Raum, drang durch die offene Tür hinaus, erstarb an dem Hochbretterzaun auf der anderen Straßenseite.

Ein scharfer Schlag, wie der eines Golfschlägers, traf Delaguerra an der linken Kopfseite. Schmerz erfüllte seinen Kopf. Licht flammte auf – blendend weißes Licht, das die Welt erfüllte. Dann war es dunkel. Er fiel lautlos, in bodenlose Dunkelheit.

12

Licht kam als roter Nebel vor seinen Augen wieder. Harter, bitterer Schmerz folterte seinen Kopf an der Seite, zuckte durch sein ganzes Gesicht, bohrte in seinen Zähnen. Seine Zunge war heiß und dick, als er sie zu bewegen versuchte. Er versuchte seine Hände zu bewegen. Sie waren weit weg von ihm, waren überhaupt nicht seine Hände.

Dann öffnete er die Augen, und der rote Nebel wich, und er sah in ein Gesicht. Es war ein großes Gesicht, sehr nah vor ihm, ein riesiges Gesicht. Es war fett und hatte blaue Backen, und eine Zigarre mit grellem Band steckte in einem grinsenden, dicklippigen Mund. Das Gesicht kicherte. Delaguerra schloß die Augen wieder, und der Schmerz schlug über ihm zusammen, überschwemmte ihn. Er verlor die Besinnung.

Sekunden, oder Jahre, vergingen. Er sah wieder in das Gesicht. Er hörte eine dicke Stimme.

»Na also, er beehrt uns wieder. Ein ganz schön zäher Bursche ist das ja.«

Das Gesicht kam näher, das Ende der Zigarre glühte kirschenrot. Dann hustete er gequält, würgte am Rauch. Der Kopf schien ihm zu platzen. Er spürte, wie frisches Blut über seinen Backenknochen glitt, die Haut kitzelte, dann über steifes getrocknetes Blut kroch, das bereits auf seinem Gesicht festgebakken war.

»Das bringt ihn wieder auf Vordermann« sagte die dicke Stimme.

Eine andere Stimme mit einem Anflug von irischem Akzent sagte etwas Sanftes und Obszönes. Das große Gesicht wirbelte herum zu dem Klang und knurrte.

Delaguerra kam jetzt ganz wieder zu sich. Er konnte den Raum klar erkennen, konnte die vier Leute erkennen darin. Das große Gesicht war das Gesicht von Big John Masters.

Das blonde Mädchen hockte auf dem einen Ende der Couch und starrte mit einem Ausdruck auf den Boden, als sei sie gedopt, die Arme steif an den Seiten, die Hände außer Sicht in den Kissen.

Dave Aage hatte seinen langen, schlaksigen Körper an eine Wand gelehnt, neben einem Fenster mit zugezogenen Vorhängen. Sein keilförmiges Gesicht wirkte gelangweilt. Commissioner Drew saß auf dem anderen Ende der Couch, unter der ausgefransten Lampe. Das Licht ließ Silber schimmern in seinem Haar. Seine blauen Augen waren sehr hell, sehr aufmerksam.

Eine glänzende Pistole war in Big John Masters' Hand. Delaguerra streifte sie mit einem Blinzeln, wollte aufstehen. Eine harte Hand stieß ihn vor die Brust, schleuderte ihn zurück. Eine Welle von Übelkeit überlief ihn. Die dicke Stimme sagte rauh: »Nun mal langsam, Schleicher. Sie haben Ihren Jux gehabt. Jetzt sind wir an der Reihe.«

Delaguerra leckte sich die Lippen, sagte: »Geben Sie mir einen Schluck Wasser.«

Dave Aage trat von der Wand weg und ging durch den Eßzimmerbogen. Er kam mit einem Glas zurück, hielt es Delaguerra an den Mund. Delaguerra trank.

Masters sagte: »Ihr Mumm gefällt uns, Bulle. Aber Sie machen nicht den richtigen Gebrauch davon. Anscheinend sind Sie ein Bursche, der einen Wink nicht versteht. Jammerschade. Dadurch sind Sie vom Fenster. Verstanden?«

Die Blondine wandte den Kopf und sah Delaguerra mit schweren Augen an, sah dann wieder weg. Aage ging zu seiner Wand zurück. Drew fing an, sich mit raschen nervösen Fingern über die Gesichtsseite zu streichen, als spüre er den Schmerz von Delaguerras blutigem Kopf im eigenen Gesicht. Delaguerra sagte langsam: »Wenn Sie mich umbringen, hängen Sie bloß ein bißchen höher, Masters. Auch wer in großem Stil pfuscht, ist immer noch ein Pfuscher. Sie haben schon zwei Männer für nichts und wieder nichts umbringen lassen. Sie wissen ja nicht einmal, was Sie da eigentlich zu vertuschen versuchen.«

Der große Mann fluchte rauh, riß die glänzende Pistole hoch, senkte sie dann langsam wieder, mit einem tückischen Blick. Aage sagte lässig: »Reg dich nicht auf, John. Laß ihn ruhig sein Sprüchlein aufsagen.«

Delaguerra sagte im selben langsamen, gleichmütigen Ton: »Die Dame da drüben ist die Schwester der beiden Männer, die Sie haben umbringen lassen. Sie hatte ihnen ihre Geschichte erzählt – wie Imlay reingelegt worden war, wer die Fotos hatte, wie Donegan Marr dazu gekommen war. Ihr kleiner Filipino, der Lump, hat inzwischen ein bißchen gesungen. Im wesentlichen ist der Fall jetzt klar. Sie konnten nicht sicher sein, daß Imlay Marr töten würde. Vielleicht erwischte Marr ja auch Imlay. Egal jedenfalls, denn für Sie lief beides nach Wunsch, so oder so. Nur, wenn Imlay Marr tötete, mußte der Fall schnellstens aufgeklärt werden. Und eben da lag der Punkt, wo Sie ins Schleudern kamen. Sie fingen mit der Vertuscherei an, bevor Sie noch richtig wußten, was eigentlich passiert war.«

Masters sagte rauh: »Gefasel, Bulle, nichts als lausiges Gefasel. Sie verschwenden meine Zeit.«

Die Blondine wandte den Kopf, Delaguerra zu, Masters' Rükken zu. Harter grüner Haß lag jetzt in ihren Augen. Delaguerra zuckte nur leicht die Achseln, fuhr fort: »Es war eine reine Routinesache für Sie, die Chill-Brüder durch Killer erledigen zu lassen. Es war auch reine Routinesache, rasch zu veranlassen, daß mir die Untersuchung entzogen wurde, daß ich in eine Fall lief und suspendiert wurde, weil Sie glaubten, ich stünde auf Marrs Gehaltsliste. Aber mit der ganzen Routine war's Essig, als Sie Imlay plötzlich nicht mehr auftreiben konnten – da saßen Sie echt im Druck.«

Masters' harte schwarze Augen wurden weit und leer. Sein dicker Hals schwoll an. Aage kam ein paar Schritte näher von der

Wand und blieb dann wie erstarrt stehen. Nach einem Augenblick schlug Masters die Zähne zusammen, sprach sehr ruhig: »Schöner Knüller, Bulle. Erklären Sie uns mal die Pointe.«

Delaguerra berührte sein verschmiertes Gesicht mit den Spitzen zweier seiner Finger, betrachtete die Finger dann. Seine Augen waren unergründlich tief, uralt.

»Imlay ist tot, Masters. Er war schon tot, als Marr getötet wurde.«

Das Zimmer war sehr still. Niemand darin bewegte sich. Die vier Leute, die Delaguerra vor sich hatte, waren wie versteinert vor Schreck. Nach einer langen Zeit holte Masters rauh Atem und stieß ihn wieder aus und sagte fast flüsternd: »Kommen Sie schon über damit, Bulle, kommen Sie über damit, oder bei Gott, ich werde . . .«

Delaguerras Stimme schnitt ihm das Wort ab, kalt, ohne jede Empfindung: »Imlay ging zu Marr, das stimmte schon. Warum sollte er auch nicht? Er hatte ja keine Ahnung, daß man doppeltes Spiel mit ihm trieb. Nur ging er bereits gestern abend zu ihm, nicht erst heute. Er fuhr mit ihm zusammen zur Hütte am Puma Lake, um die Sache in aller Ruhe mit ihm durchzusprechen. Das wurde jedenfalls sein Alibi. Da oben dann gerieten sich die beiden in die Haare, und Imlay wurde getötet, kippte über die Brüstung der Veranda, schlug sich auf den Felsen unten den Schädel in Stücke. Er liegt in dem Holzschuppen unter Marrs Hütte, so tot wie der Heilige Abend vorm Jahr . . . Okay, Marr versteckte ihn und fuhr in die Stadt zurück. Heute nun rief ihn plötzlich jemand an, erwähnte den Namen Imlay, traf eine Verabredung für zwölf Uhr fünfzehn. Was sollte Marr nun machen? Er mußte erst mal Zeit gewinnen natürlich, sein Büromädel zum Lunch wegschicken, sich eine Pistole zurechtlegen, die er im Notfall sofort erreichen konnte. Er war zu diesem Zeitpunkt auf alles gefaßt. Nur hat ihn der Besucher dann doch überlistet, so daß er von der Pistole keinen Gebrauch mehr machen konnte.«

Masters sagte ruppig: »Zum Teufel, Mann, Sie sind doch bloß ein Klugscheißer. Diese ganzen Sachen können Sie doch gar nicht wissen.«

Er sah sich nach Drew um. Drews Gesicht war grau, klamm.

Aage kam noch ein wenig näher von der Wand und blieb dicht neben Drew stehen. Das blonde Mädchen regte keinen Muskel.

Delaguerra sagte müde: »Sicher, ich rate bloß, aber ich rate so, daß es zu den Tatsachen paßt. Es muß einfach so gewesen sein. Marr war kein blutiger Anfänger, was Schußwaffen betrifft, und er war eher nervös, auf alles gefaßt. Warum kam er dann nicht zum Schuß? Weil es eine Frau war, die ihn besuchte.«

Er hob einen Arm, wies auf die Blondine. »Da haben Sie Ihren Killer. Sie hat Imlay geliebt, obwohl sie ihn reingelegt hat. Sie ist süchtig, und Süchtige sind nun mal so. Auf einmal tat's ihr leid, und sie kriegte das Heulen, und dann ging sie eben selber auf Marr los. Fragen Sie sie!«

Die Blondine sprang auf, mit einem geschmeidigen Satz. Ihre rechte Hand fuhr aus den Kissen hoch, die kleine Automatik darin, mit der sie Delaguerra niedergeschlagen hatte. Ihre grünen Augen waren blaß und leer und starrend. Masters wirbelte herum, drosch mit dem glänzenden Revolver nach ihrem Arm.

Sie schoß zweimal auf ihn, direkt und genau, ohne auch nur einen Anflug von Zögern. Blut schoß ihm seitlich aus dem dicken Hals, weiter unten aus der Jacke. Er taumelte, ließ den glänzenden Revolver fallen, fast zu Delaguerras Füßen. Er fiel gegen die Wand hinter Delaguerras Stuhl, den einen Arm vergebens nach einem Halt daran ausgestreckt. Seine Hand traf die Wand und schleifte daran nieder, als er fiel. Er krachte schwer auf, regte sich nicht mehr.

Delaguerra hatte den glänzenden Revolver fast schon in der Hand.

Drew war aufgesprungen, schreiend. Das Mädchen wandte sich langsam zu Aage um, schien Delaguerra gar nicht zu beachten. Aage riß eine Luger unter dem Arm hervor und stieß Drew mit dem Arm aus dem Weg. Die kleine Automatik und die Luger krachten zur gleichen Zeit. Die kleine Pistole verfehlte ihr Ziel. Das Mädchen wurde auf die Couch geschleudert, ihre linke Hand krampfte sich gegen ihre Brust. Sie verdrehte die Augen, versuchte die Pistole noch einmal zu heben. Dann fiel sie seitlich auf die Kissen, und ihre linke Hand wurde schlaff, sank ihr von der Brust. Die Vorderseite ihres Kleids war plötzlich eine einzige

Woge von Blut. Ihre Augen öffneten sich und schlossen sich, öffneten sich und blieben offen.

Aage schwang die Luger zu Delaguerra herum. Seine Brauen hatten sich zu einem scharfen Grinsen der äußersten Anstrengung hochgesträubt. Sein glattgekämmtes, sandfarbenes Haar umschloß seinen knochigen Schädel so fest, als wäre es aufgemalt.

Delaguerra schoß viermal auf ihn, in so rasend schneller Folge, daß die Explosionen wie das Rattern einer Maschinenpistole klangen.

In dem winzigen Zeitraum, bevor er fiel, wurde Aages Gesicht das dünne, leere Gesicht eines alten Mannes, wurden seine Augen die leeren Augen eines Idioten. Dann knickte sein langer Körper wie ein Taschenmesser in sich zusammen, und er sackte zu Boden, die Luger immer noch in der Hand. Sein eines Bein gab unter ihm nach, als wäre überhaupt kein Knochen darin.

Pulvergeruch hing scharf in der Luft. Die Luft war noch wie taub vom Schall der Schüsse. Delaguerra brachte sich langsam auf die Füße, winkte Drew mit dem glänzenden Revolver.

»Ihre Party, Commissioner. Ist alles so gelaufen, wie Sie's wollten?«

Drew nickte langsam, weiß im Gesicht, zitternd. Er schluckte, bewegte sich langsam über den Boden, an Aages hingestrecktem Körper vorbei. Er blickte auf die Couch nieder, auf das Mädchen, schüttelte den Kopf. Er ging hinüber zu Masters, ging in die Knie, berührte ihn. Er stand wieder auf.

»Alle tot, glaube ich«, murmelte er.

Delaguerra sagte: »Eine schöne Bescherung. Was ist mit dem großen Brocken geworden? Dem Zementschädel?«

»Sie haben ihn weggeschickt. Ich – ich glaube nicht, daß sie Ihnen ans Leben wollten, Delaguerra.«

Delaguerra nickte ein wenig. Sein Gesicht begann sich zu glätten, die starren Linien schwanden langsam daraus. Die Seite, die keine blutstarrende Maske war, begann wieder menschlich auszusehen. Er netzte sich das Gesicht mit einem Taschentuch. Es wurde hellrot von Blut. Er warf es weg und fingerte sich behutsam das verfilzte Haar zurecht. Ein Teil davon hing im getrockneten Blut fest.

»Und wie die das wollten!« sagte er.

Das Haus war sehr still. Auch von draußen war kein Laut zu hören. Drew lauschte, schnüffelte, ging zur Vordertür und sah hinaus. Die Straße draußen war dunkel, still. Er kam zurück und trat dich an Delaguerra heran. Sehr langsam arbeitete sich ein Lächeln auf sein Gesicht.

»Es ist schon eine verteufelte Geschichte«, sagte er, »wenn ein Polizei-Commissioner gezwungen ist, sein eigener Geheimdienstmann zu sein – und ein anständiger Polizist mit einem hinterhältigen Trick aus dem Dienst gezogen werden muß, damit er ihm helfen kann.«

Delaguerra sah ihn ohne Ausdruck an. »Auf die Tour wollen Sie's durchziehn?«

Drew sprach jetzt ganz ruhig. Das Rosa war wieder in seinem Gesicht. »Im Interesse der Polizei, Mann, und der Stadt – und in unserem eigenen Interesse ist das der einzige Weg, es durchzuziehn.«

Delaguerra sah ihm scharf in die Augen.

»Ich finde's auch nicht schlecht so«, sagte er mit toter Stimme. »Wenn es so durchgezogen wird – *ganz genau so.*«

13.

Marcus brachte den Wagen zum Stehen und grinste bewundernd zu dem großen, von Bäumen beschatteten Haus hinüber.

»Ganz hübsch«, sagte er. »Da könnt ich auch wohl einen längeren Urlaub aushalten.«

Delaguerra stieg langsam aus dem Wagen, als wäre er steif und sehr müde. Er war hutlos, trug seinen Strohhut unter dem Arm. Ein Teil seiner linken Kopfseite war rasiert, und den rasierten Teil bedeckte ein dickes Polster aus Mull und Pflastern, über der Naht. Ein Docht aus drahtigem schwarzem Haar ragte über den Rand des Verbands hinaus, mit lächerlicher Wirkung.

Er sagte: »Tja – aber ich bleibe gar nicht hier, du Dummkopf. Warte auf mich.«

Er ging den Steinpfad entlang, der sich durch das Gras wand.

Bäume warfen lange Schattenspeere über den Rasen, durch das Morgensonnenlicht. Das Haus war sehr still, die Jalousien waren heruntergelassen, am Messingklopfer hing ein dunkler Kranz. Delaguerra ging nicht zur Tür hinauf. Er bog auf einen Seitenweg ab, der unter den Fenstern entlangführte, und ging um das Haus herum, an den Gladiolenbeeten entlang.

Hinter dem Haus gab es wieder Bäume, wieder Rasen und Blumen, wieder Sonne und Schatten. Es gab einen Teich mit Wasserlilien und einem großen steinernen Ochsenfrosch. Dahinter standen im Halbkreis Liegestühle um einen Eisentisch mit gekachelter Platte. In einem davon saß Belle Marr.

Sie trug ein schwarzweißes Kleid, locker und salopp, und auf ihrem kastanienbraunen Haar saß ein Gartenhut mit breiter Krempe. Sie hockte sehr still da, sah über den Rasen weg in die Ferne. Ihr Gesicht war weiß. Das Make-up darauf hatte einen leichten Schimmer.

Sie wandte langsam den Kopf, lächelte ein dumpfes Lächeln, wies auf einen Stuhl neben sich. Delaguerra nahm nicht Platz. Er zog seinen Strohhut unter dem Arm hervor, schnippte mit einem Finger gegen die Krempe, sagte: »Der Fall ist abgeschlossen. Es wird Inquest-Verhandlungen geben, Untersuchungen, Drohungen, eine Menge Leute werden die Mäuler aufreißen und die Öffentlichkeit mit allem möglichen Quatsch vollposaunen, und so weiter. Die Zeitungen werden ein Weilchen Wirbel machen. Aber dahinter, in den Akten, ist alles abgeschlossen. Du kannst nun langsam versuchen, es zu vergessen.«

Das Mädchen sah jäh zu ihm auf, weitete die leuchtend blauen Augen, sah wieder weg, über das Gras.

»Ist's sehr schlimm mit deinem Kopf, Sam?« fragte sie leise.

Delaguerra sagte: »Nein. Geht schon wieder gut . . . Was ich sagen wollte – diese La Motte hat Masters erschossen – und auch Donny. Aage hat dann sie erschossen. Und ich habe Aage erschossen. Alle tot, rund um die Uhr. Bloß wie Imlay umgekommen ist, werden wir wahrscheinlich nie mehr erfahren. Ich wüßte aber auch nicht, was daran noch wichtig sein sollte jetzt.«

Ohne zu ihm aufzublicken, sagte Belle Marr ruhig: »Aber woher hast du gewußt, daß Imlay das war, oben auf der Hütte? In der

Zeitung stand doch . . .« Sie brach ab, schauerte plötzlich zusammen.

Er starrte hölzern auf den Hut nieder, den er in der Hand hielt. »Gewußt hab ich das gar nicht. Mein Gedanke war, daß eine Frau Donny erschossen haben müßte. Ich hatte nur so eine vage Ahnung, daß Imlay das war, am See oben. Die Beschreibung paßte.«

»Wie bist du denn auf den Gedanken gekommen, daß es eine Frau war, die Donny . . . die Donny tötete?« In ihrer Stimme war eine schleppende, halb flüsternde Stille.

»Ich hab's einfach gewußt.«

Er trat ein paar Schritte weg, sah in die Bäume hinauf. Er wandte sich langsam wieder, kam zurück, blieb wieder neben ihrem Stuhl stehen. Sein Gesicht war sehr müde.

»Wir haben eine schöne Zeit zusammen gehabt – wir drei. Du und Donny und ich. Es ist schrecklich, was das Leben den Menschen antut. Es ist alles vorbei jetzt – alles, was gut daran war.«

Ihre Stimme war immer noch ein Flüstern, als sie sagte: »Alles vielleicht doch nicht, Sam. Wir müssen uns oft sehen von jetzt an.«

Ein vages Lächeln bewegte die Winkel seiner Lippen, schwand wieder. »Es ist das erstemal, daß ich etwas vertusche«, sagte er ruhig. »Ich hoffe, es ist auch das letztemal.«

Belle Marrs Kopf zuckte ein wenig. Ihre Hände packten die Armlehnen des Stuhls, wirkten grell weiß auf dem gefirnißten Holz. Ihr ganzer Körper schien zu erstarren.

Nach einem Augenblick griff Delaguerra in die Tasche, und etwas Goldenes glitzerte in seiner Hand. Er sah trüb darauf nieder.

»Hab meinen Stern zurückgekriegt«, sagte er. »Er ist nicht mehr so sauber, wie er einmal war. Aber wohl so sauber wie die meisten. Ich werd versuchen, ihn so zu erhalten.« Er steckte ihn in die Tasche zurück.

Sehr langsam stand das Mädchen vor ihm auf. Sie hob das Kinn, starrte ihn mit einem langen, offenen Blick an. Ihr Gesicht war eine Maske aus weißem Gips unter dem Rouge.

Sie sagte: »Mein Gott, Sam – ich fange an zu verstehen.«

Delaguerra sah ihr nicht ins Gesicht. Er blickte an ihrer Schulter vorbei auf irgendeinen vagen Fleck in der Ferne. Er sprach vage, weit entfernt.

»Sicher . . . Ich kam auf den Gedanken, daß es eine Frau gewesen sein müßte, weil die Waffe eine kleine Pistole war, wie Frauen sie erfahrungsgemäß benutzen. Aber nicht nur aus diesem Grund. Nachdem ich oben bei der Hütte gewesen war, wußte ich, daß Donny mit Gefahr gerechnet haben mußte und daß es für einen Mann ganz und gar nicht leicht gewesen wäre, ihn zu überrumpeln. Aber die ganze Konstellation deutete schlüssig darauf hin, daß Imlay es getan hatte. Masters und Aage nahmen sofort an, er sei's gewesen, und ließen einen Rechtsanwalt telefonisch zugeben, daß er's gewesen sei, und versprechen, er würde sich am nächsten Morgen stellen. Also war's für jeden, der nicht wußte, daß Imlay tot war, ganz natürlich, entsprechend mitzuziehen. Außerdem würde kein Polizist je auf die Vermutung kommen, eine Frau könnte die Patronenhülsen aufgehoben haben. Als ich Joey Chills Geschichte hatte, dachte ich erst, die La Motte könnte es gewesen sein. Aber das dachte ich schon nicht mehr, als ich's in ihrer Gegenwart sagte. Das war dreckig von mir. Ich hab dadurch ihren Tod mit herbeigeführt, in gewisser Hinsicht. Obwohl sie kaum noch große Chancen gehabt haben dürfte, würde ich meinen, bei der Bande.«

Belle Marr starrte ihn immer noch an. Die Brise wehte ihr einen Haarwisch in die Stirn, und das war das einzige an ihr, was sich bewegte.

Er holte die Augen aus der Ferne zurück, sah sie einen kurzen Moment lang tiefernst an, sah dann wieder weg. Er zog einen kleinen Schlüsselbund aus der Tasche, warf ihn auf den Tisch.

»Drei Dinge waren schwer vorstellbar, bis mir dann endlich ein Licht aufging. Die Notiz auf dem Terminkalender, die Pistole in Donnys Hand, das Fehlen der Patronenhülsen. Dann begriff ich plötzlich. Er war nicht gleich tot gewesen. Er hatte Herz – und er hatte Verstand und nutzte ihn bis zum letzten Flackern seiner Lebenskraft – um jemanden zu beschützen. Die Handschrift auf dem Kalender war ein bißchen zittrig. Er hat die Notiz erst hinterher geschrieben, als er allein war, im Sterben. Er hatte an Imlay gedacht, und indem er den Namen schrieb, half er die Spur verwischen. Dann holte er die Pistole aus dem Schreibtisch, um mit ihr in der Hand zu sterben. Blieben jetzt nur noch die Patronenhülsen.

Auch dahinter bin ich gekommen, nach einer Weile. Die Schüsse waren aus kurzer Entfernung abgefeuert worden, quer über den Tisch, und am einen Ende des Tisches standen Bücher. Dort fielen die Hülsen hin, sie blieben auf dem Schreibtisch liegen, wo er sie erreichen konnte. Vom Boden hätte er sie nicht mehr aufheben können. An deinem Ring da ist auch ein Schlüssel zu seinem Büro. Ich bin gestern nacht hingegangen, ganz spät noch. Ich habe die Hülsen gefunden, in einem Klimabehälter bei seinen Zigarren. Kein Mensch hat sie dort gesucht. Man findet ja schließlich auch nur, was man zu finden erwartet.«

Er hörte auf zu sprechen und rieb sich die Seite seines Gesichts. Nach einem Augenblick fügte er hinzu: »Donny hat das Beste getan, was er tun konnte – und ist dann gestorben. Er hat seine Sache großartig gemacht – und ich werde sie ihm nicht durchkreuzen.«

Belle Marr öffnete langsam den Mund. Ein unverständliches Babbeln kam zuerst heraus, dann ein Wort, eine Reihe von klaren Worten.

»Es war nicht nur wegen der Frauen, Sam. Es war wegen der Art der Frauen, die er hatte.« Sie schauerte zusammen. »Ich werde jetzt in die Stadt fahren und alles zu Protokoll geben.«

Delaguerra sagte: »Nein. Ich hab's dir doch schon gesagt. Ich werde ihm seinen Plan nicht durchkreuzen. In der Stadt bei der Polizei ist man ganz zufrieden so, wie es ist. Das Ganze ist Politik. Es hat die Stadt von der Masters-Aage-Bande befreit. Es hat zwar auch Drew nach oben gebracht, aber nur für ein Weilchen, denn letzten Endes ist er doch zu schwach, um sich lange zu halten. Also spielt das keine Rolle . . . Du wirst überhaupt nichts tun, weder so noch so. Du wirst akzeptieren, was Donny mit letzter Kraft als seinen letzten Willen gezeigt hat. Du bleibst aus allem heraus. Lebe wohl.«

Er sah noch einmal in ihr weißes, erschüttertes Gesicht, ganz kurz. Dann wandte er sich ab und ging über den Rasen davon, an dem kleinen Teich vorüber mit den Lilien und dem steinernen Ochsenfrosch, am Haus entlang und hinaus zum Wagen.

Pete Marcus warf die Tür zu. Delaguerra stieg ein und setzte sich und legte den Kopf weit nach hinten gegen die Lehne, rutschte nieder im Sitz und schloß die Augen. Er sagte matt:

»Laß es langsam angehen, Pete. Der Kopf tut mir ganz gräßlich weh.«

Marcus startete und bog auf die Straße, fuhr langsam die De Neve Lane zurück zur Stadt. Das von Bäumen beschattete Haus verschwand hinter ihnen. Die hohen Bäume verbargen es schließlich ganz.

Erst als sie schon weit davon weg waren, schlug Delaguerra die Augen wieder auf.

Der vierte Mann

Agatha Christie

Der Domherr Parfitt schnaufte ein wenig. Für einen Mann in seinem Alter wurde es langsam beschwerlich, Zügen nachrennen zu müssen. Einmal war seine Figur nicht mehr die alte, und mit dem Verlust seiner Schlankheit hatte sich gleichzeitig eine rasch eintretende Atemnot bemerkbar gemacht. Diese entschuldigte der Domherr, wie auch jetzt, stets würdevoll mit den Worten: »Mein Herz, verstehen Sie?«

Er sank mit einem Schnaufer der Erleichterung in die Ecke des Abteils erster Klasse. Die Wärme des geheizten Zuges empfand er als äußerst angenehm. Draußen fiel Schnee. Er hatte Glück gehabt, für die lange Nachtreise noch einen Eckplatz zu erwischen. Diese Reise war sowieso lästig.

Die anderen drei Eckplätze waren schon besetzt. Während er dies feststellte, bemerkte der Domherr Parfitt, daß ihn der Mann in der entfernten Ecke ihm gegenüber freundlich und erkennend anlächelte. Dieser Mann war glattrasiert, sein Gesichtsausdruck war leicht spöttisch, und die Haare an den Schläfen begannen grau zu werden. Auf den ersten Blick stand fest, daß sein Beruf mit dem Gesetz in Zusammenhang stehen mußte. Niemand hätte ihn auch nur einen Moment lang einer anderen Berufsgruppe zugeteilt. Tatsächlich war Sir George Durand ein berühmter Rechtsanwalt.

»Guten Abend«, bemerkte er freundlich, »Sie mußten wohl ordentlich rennen, was?«

»Ist für mein Herz gar nicht gut, fürchte ich«, sagte der Domherr. »Welcher Zufall, Sie hier zu treffen, Sir George. Fahren Sie weit nach Norden?«

»Nach Newcastle«, sagte Sir George lakonisch. Dann fügte er hinzu: »Kennen Sie übrigens Dr. Campbell Clark?«

Der Mann, der auf derselben Seite des Abteils saß wie der Domherr, verbeugte sich höflich.

»Wir trafen uns auf dem Bahnsteig«, fuhr der Rechtsanwalt fort. »Ein zweiter Zufall.«

Parfitt musterte Dr. Campbell Clark mit deutlichem Interesse. Den Namen hatte er schon oft gehört. Dr. Clark war einer der ersten Nervenärzte und Spezialist für Geisteskrankheiten, sein letztes Buch *Das Problem des Unbewußten* gehörte zu den meistdiskutierten Büchern des Jahres.

Parfitt sah ein viereckiges Kinn, eindringliche blaue Augen und rötliches Haar, in dem noch kein grauer Schimmer zu bemerken war, das jedoch dünn zu werden schien. Er empfing auch den Eindruck einer starken Persönlichkeit.

Als wäre es das Natürlichste von der Welt, musterte der Domherr nun den Mann, der ihm gegenübersaß. Parfitt erwartete bereits, auch dort einem erkennenden Blick zu begegnen, doch der vierte Mitreisende erwies sich als ein völlig Fremder – ein Ausländer, wie der Domherr annahm. Er war dunkler im Typ, als Erscheinung unbedeutend. In einen dicken Mantel gemummt, schien er fast eingeschlafen zu sein.

»Der Domherr Parfitt aus Bradchester?« fragte Dr. Campbell Clark mit angenehmer Stimme.

Der Domherr sah geschmeichelt aus. Seine wissenschaftlichen Predigten waren zu einem Schlager geworden – besonders seitdem auch die Zeitungen sie druckten. Ja, das war es, was die Kirche brauchte – moderne, interessante Aussagen.

»Ich habe Ihr Buch mit großem Interesse gelesen, Dr. Campbell Clark«, sagte er. »Obwohl es wegen der fachlichen Diktion hier und da für mich ein wenig schwer verständlich war.«

Durand unterbrach sie: »Möchten Sie sich lieber unterhalten oder schlafen, Hochwürden? Ich muß zugeben, daß ich seit einiger Zeit an Schlaflosigkeit leide und daß mir persönlich das erstere lieber wäre.«

»Ganz meine Meinung, auf jeden Fall«, sagte Parfitt. »Ich schlafe selten auf Nachtreisen, und das Buch, das ich mitgenommen habe, ist ziemlich langweilig.«

»Wir bilden jedenfalls eine vorbildliche Versammlung, in der alle Kräfte vertreten sind, die Kirche, das Gesetz und die Medizin«, bemerkte der Arzt lächelnd.

»Wir könnten also eine allumfassende Meinung über irgendein Problem bilden«, lachte Durand, »die Kirche vom geistlichen Blickwinkel her, ich für die rein weltlichen und rechtlichen Standpunkte, und Sie, Doktor, für das weite Feld vom pathologischen bis zum parapsychologischen Standpunkt. Ich denke, wir drei könnten jedwedes Problem erschöpfend behandeln.«

»Nicht so vollständig, wie Sie glauben«, widersprach Dr. Clark. »Es fehlte nämlich ein Standpunkt, den Sie ausgelassen haben und der ziemlich wichtig ist.«

»Nämlich?«

»Der Standpunkt des sogenannten Mannes auf der Straße.«

»Ist der so wichtig? Hat nicht der ›Mann auf der Straße‹ gewöhnlich unrecht?«

»Fast immer. Aber er hat etwas, das bei der Meinung der Experten fehlt – den persönlichen Standpunkt. Denn schließlich geht nichts ohne persönliche Verbindungen,. Zu dieser Meinung bin ich durch meinen Beruf gekommen. Auf jeden Patienten, der zu mir kommt und wirklich krank ist, kommen wenigstens fünf, denen nichts anderes fehlt als die Fähigkeit, mit anderen harmonisch zusammenzuleben. Das äußert sich dann auf alle möglichen Arten, aber im Grunde ist es immer dasselbe: Eine rauhe Oberfläche erzeugt seelische Reibungen mit der Umwelt.«

»Ich stelle mir vor, eine Menge Ihrer Patienten hat es mit den Nerven«, bemerkte der Domherr verächtlich. Seine eigenen Nerven waren ausgezeichnet.

»Ach, was meinen Sie damit?« Der andere wandte sich ihm zu, schnell wie der Blitz. »Nerven! Die Leute gebrauchen dieses Wort und lachen darüber, wie Sie es jetzt tun. ›Ach, es ist nichts‹, sagen sie dann, ›es sind nur meine Nerven.‹ Aber mit diesem Wort haben sie dieses ungelöste und schwierigste Problem berührt. Sie können so ziemlich jedes x-beliebige körperliche Leiden haben und davon geheilt werden. Aber wir wissen noch heutzutage nur wenig mehr von den hundert und aber hundert Formen von Geisteskrankheiten als – nun, sagen wir – zur Zeit von Königin Elizabeth I.«

»Ach, du liebe Güte«, sagte der Domherr Parfitt, ein wenig beschämt über sein eigenes Lachen. »Ist das wirklich so?«

»Erinnern Sie sich doch, es ist eine Gnade Gottes«, fuhr Dr. Campbell Clark fort. »In früheren Zeiten betrachtete man den Menschen einfach als Tier: Körper und Seele – mit Schwerpunkt auf ersterem.«

»Körper, Seele und Geist«, berichtigte der Geistliche sanft.

»Geist?« Der Arzt lächelte merkwürdig. »Was meint ihr Kleriker eigentlich mit Geist? Ihr habt das niemals klar definiert, wissen Sie. Durch die ganzen Jahrhunderte hindurch habt ihr euch um eine exakte Erklärung herumgedrückt.«

Der Domherr räusperte sich, um seine Antwort vorzubereiten, doch zu seinem Ärger wurde ihm keine Gelegenheit dazu gegeben.

Der Arzt fuhr fort: »Sind wir überhaupt sicher, daß es Geist und nicht vielmehr Geister heißen muß?«

»Geister?« fragte Sir George Durand mit hochgezogenen Augenbrauen.

»Ja.« Campbell Clark warf ihm unwillkürlich einen Blick zu. Er beugte sich vor und tippte dem anderen auf die Brust. Er sagte ernst: »Sind Sie sicher, daß in dieser Struktur nur ein einziger sitzt? Das ist doch der Körper, wie Sie wissen; eine begehrenswerte Residenz, die man möblieren muß – für sieben, einundzwanzig, einundvierzig, siebzig oder wieviel Jahre auch immer. Und am Ende schafft der Bewohner die Sachen hinaus – nach und nach –, dann geht alles aus dem Haus heraus . . . und das Haus verkommt, wird eine Stätte des Ruins, des Verfalls. Aber waren Sie sich niemals der Anwesenheit anderer bewußt? Der leise auftretenden Diener, die man nur bemerkt an der Arbeit, die sie leisten – und deren Erledigung Ihnen niemals bewußt wurde? Oder der Freunde, mit ihren Stimmungen, die Sie für die Zeit ihrer Anwesenheit, wie man so sagt, zu einem anderen machten? Sie sind der König im Schloß, ganz richtig, aber seien Sie davon überzeugt, der Teufel ist auch drin.«

»Mein lieber Clark«, grunzte der Rechtsanwalt, »was Sie da sagen, verursacht mir ein äußerst unangenehmes Gefühl. Ist mein eigenes Wesen wirklich das Schlachtfeld einander bekämpfender Persönlichkeiten? Ist das der Wissenschaft letzter Schluß?«

Jetzt war es an dem Arzt, die Achseln zu zucken.

»Ihr Körper jedenfalls«, sagte er trocken. »Und wenn der Körper so ein Schlachtfeld ist, warum nicht auch der Geist?«

»Sehr interessant«, sagte der Domherr Parfitt, »eine großartige Wissenschaft.« Für sich dachte er, aus dem Gedanken kann ich eine aufsehenerregende Predigt machen . . .«

Dr. Campbell Clark hatte sich in seine Polster zurückgelehnt, seine momentane Aufregung war verflogen. In trockenem Berufston bemerkte er: »Es ist jedenfalls eine Tatsache, daß ich heute abend wegen eines Falles von Persönlichkeitsspaltung nach Newcastle fahre. Sehr interessanter Fall. Natürlich eine Art Nervenkrankheit, aber ziemlich ernst.«

»Persönlichkeitsspaltung«, wiederholte Sir George Durand gedankenvoll. »Das ist nicht allzu selten, glaube ich. Es gibt auch so etwas wie Gedächtnisschwund, nicht wahr? Ich erinnere mich an einen Fall, den wir neulich im Erbschaftsgericht hatten.«

Dr. Clark nickte.

»Ein klassischer Fall dafür war der von Felicie Bault«, sagte er. »Sie werden bestimmt davon gehört haben.«

»Natürlich«, entgegnete der Domherr Parfitt. »Ich erinnere mich, in den Zeitungen darüber gelesen zu haben – aber das ist schon eine ganze Weile her, mindestens sieben Jahre.«

Dr. Clark nickte.

»Dieses Mädchen wurde in Frankreich sehr bekannt. Wissenschaftler aus der ganzen Welt kamen zu ihr, um sie zu sehen. Sie hatte nicht weniger als vier verschiedene Persönlichkeiten. Sie wurden bekannt als Felicie 1, Felicie 2, Felicie 3 und so weiter.«

»Nahm man nicht auch dabei vorsätzlichen Betrug an?« fragte Sir George lebhaft.

»Die Verschiedenartigkeit der Persönlichkeiten von Felicie 3 und Felicie 4 war ein bißchen anzweifelbar«, gab der Arzt zu. »Aber die wesentlichen Tatsachen bleiben. Felicie Bault war ein Bauernmädchen aus der Normandie. Sie war das dritte von fünf Kindern, die Tochter eines Säufers und einer geistig nicht gesunden Mutter. Während eines seiner Saufgelage erwürgte der Vater die Mutter und wurde daraufhin, soweit ich mich entsinnen kann, lebenslänglich eingesperrt. Felicie war damals fünf Jahre alt. Mitleidige Leute kümmerten sich um die Kinder, und Felicie wurde von einer unverheirateten englischen Adeligen aufgenommen und erzogen. Die Dame hatte eine Art Heim für notleidende Kinder. Sie konnte mit Felicie wenig anfangen. Sie beschrieb das Mädchen als anomal langsam und dumm, als jemand, dem man nur mit allergrößter Mühe Lesen und Schreiben beibringen konnte und dessen Hände ungeschickt seien. Diese Dame, Miss Slater, versuchte, aus dem Mädchen eine Hausgehilfin zu machen. Sie fand auch einige Anstellungen für Felicie, als sie alt genug dazu war, diese Stellungen anzunehmen. Aber nirgendwo blieb sie lange, und zwar wegen ihrer Dummheit und Faulheit.«

Der Arzt machte eine Pause, und der Domherr, der die Beine übereinanderschlug und sein Reisegepäck näher zusammenschob, bemerkte plötzlich, daß der Mann, der ihm gegenübersaß, sich leicht bewegte. Seine Augen, die er bisher geschlossen gehalten hatte, waren jetzt geöffnet, und sein Blick war mit spöttischem und undefinierbarem Ausdruck auf den würdigen Domherrn gerichtet. Es hatte den Anschein, als ob der Mann zugehört und sich heimlich über das amüsiert hatte, was er gehört hatte.

»Es gibt da eine Fotografie, die Felicie Bault im Alter von siebzehn zeigt«, fuhr der Arzt fort. »Sie zeigt sie als ungeschlachtes Bauernmädchen von recht derbem Körperbau. Nichts auf dem Bild deutet darauf hin, daß sie bald eine der bekanntesten Persönlichkeiten in Frankreich sein würde. Fünf Jahre später, mit 22, hatte Felicie Bault eine schwere Nervenkrankheit, und bei der Genesung begann sich das seltsame Phänomen zu manifestieren. Das Folgende sind Tatsachen, die von vielen berühmten Wissenschaftlern bestätigt wurden. Die Persönlichkeit von Felicie 1 war nicht unterscheidbar von der Felicie Bault, die das Mädchen die zweiundzwanzig Jahre hindurch gewesen war. Felicie 1 schrieb Französisch nur schlecht und recht. Sie sprach keine Fremdsprachen und konnte nicht Klavier spielen. Felicie 2 dagegen sprach fließend Italienisch und sogar etwas Deutsch. Ihre Handschrift war der der Felicie 1 sehr unähnlich, sie schrieb fließend Französisch, und zwar mit gutem Ausdruck. Sie konnte über politische Fragen und Kunst diskutieren, und sie spielte leidenschaftlich gern Klavier. Felicie 3 hatte mit Felicie 2 viel gemeinsam. Sie war intelligent und offensichtlich gut erzogen, doch was Moral und Charakter anging, war sie das extreme Gegenteil. Sie schien ein äußerst verdorbenes Geschöpf zu sein – aber nur im pariserischen, nicht im provinziellen Sinne. Sie kannte alle Gaunerausdrücke von Paris und die Sprache der eleganten Halbwelt. Ihre Redewendungen waren unflätig, und sie schimpfte wüst auf die Religion und die sogenannten ›feinen Leute‹. Schließlich gab es noch Felicie 4 – ein verträumtes, dösiges, halbirres Geschöpf, besonders fromm und angeblich hellseherisch begabt. Diese vierte Persönlichkeit war unbefriedigend und wenig aufschlußreich. Man hat manchmal angenommen, sie sei ein vorsätzlicher Betrug auf Kosten von Felicie 3 – eine Art Scherz, den sie sich leichtgläubigen Zuhörern gegenüber erlaubte.«

Der Arzt machte eine kleine Pause.

»Hierzu muß ich sagen, allerdings muß ich Felicie 4 davon ausschließen, daß jede Persönlichkeit verschieden und völlig getrennt von jeder anderen war und von den anderen Persönlichkeiten keine Kenntnis hatte. Felicie 2 war unzweifelhaft die dominierende und blieb manchmal vierundzwanzig Stunden lang vorherrschend, dann mochte urplötzlich für ein oder zwei Tage wieder Felicie 1 erscheinen. Danach vielleicht Felicie 3 oder 4, aber die beiden letzteren blieben selten länger als ein paar Stunden bemerkbar. Jeder Wechsel wurde von heftigen Kopfschmerzen begleitet, von schwerem Schlaf, und jedesmal trat ein absoluter Gedächtnisschwund der vorangegangenen Persönlichkeit ein. Die gerade herrschende Persönlichkeit nahm das Leben da wieder auf, wo sie es verlassen hatte, und war sich der Zeit, die dazwischen lag, nicht bewußt.«

»Bemerkenswert«, murmelte der Domherr, »sehr bemerkenswert. Wie wenig wir doch von den Wundern des Universums wissen!«

»Wir wissen, daß es darin ein paar sehr schlaue Betrüger gab«, bemerkte der Rechtsanwalt trocken.

»Der Fall der Felicie Bault wurde von Rechtsanwälten, Ärzten und Wissenschaftlern untersucht«, sagte Dr. Campbell Clark schnell. »Der bekannte Quimbellier, Sie werden sich erinnern, führte eingehende Untersuchungen durch und bestätigte die Ansichten der Wissenschaftler. Warum sollte uns das überhaupt so sehr überraschen? Wir finden doch häufig Eier mit zwei Dottern, oder etwa nicht? Oder Zwillingsbananen? Warum keine Doppelseele oder, wie in diesem Fall, eine vierfache Seele – in einem einzigen Körper.«

»Doppelseele?« protestierte der Domherr.

Dr. Campbell Clark wandte ihm seinen durchdringenden blauen Blick zu.

»Wie sollen wir das anders bezeichnen? Vorausgesetzt, daß die Persönlichkeit überhaupt die Seele ist?«

»Es ist gut, daß so etwas nur selten als ›Laune der Natur‹ auftritt«, bemerkte Sir George. »Wenn dieser Fall normal wäre, würde das zu recht hübschen Komplikationen führen.«

»Dieser Fall ist allerdings ungewöhnlich«, stimmte der Arzt zu. »Es ist jammerschade, daß keine längeren Studien betrieben werden konnten. Durch Felicies unerwarteten Tod wurde allem ein rasches Ende gesetzt.«

»Dieser Tod war sonderbar, wenn ich mich recht erinnere«, sagte der Rechtsanwalt langsam.

Dr. Campbell Clark nickte.

»Eine völlig unerklärliche Geschichte. Das Mädchen wurde eines Morgens tot im Bett gefunden. Sie war offensichtlich erdrosselt worden. Aber zu jedermanns Überraschung konnte ohne jeden Zweifel bewiesen werden, daß sie sich selbst erdrosselt hatte. Die Male an ihrem Hals stammten von ihren eigenen Fingern. Eine Selbstmordart, die, obwohl körperlich nicht unmöglich, eine beachtliche Muskelkraft und große menschliche Willensstärke erforderte. Was das Mädchen zu einer solchen Wahnsinnsanstrengung getrieben hat, wurde nie herausgefunden. Ihr seelisches Gleichgewicht muß immer labil gewesen sein, aber damit endete alles. Der Vorhang fiel für immer über das Geheimnis der Felicie Bault.«

In diesem Moment lachte der Mann in der vierten Ecke auf.

Die drei anderen fuhren herum wie von der Tarantel gestochen. Sie hatten die Existenz des vierten vollkommen vergessen. Als sie auf den Platz starrten, auf dem er saß – noch immer eingemummt in seinen Mantel –, lachte er wieder.

»Sie müssen entschuldigen, Gentlemen«, sprach er in perfektem Englisch, das aber einen ausländischen Klang hatte.

Er setzte sich auf und entblößte ein blasses Gesicht mit kleinem, pechschwarzem Schnurrbart.

»Ja, Sie müssen entschuldigen«, sagte er und verbeugte sich spöttisch. »Aber wirklich! Wurde in der Wissenschaft jemals das letzte Wort gesprochen?«

»Wissen Sie etwas von diesem Fall, über den wir sprechen?« fragte der Arzt höflich.

»Von dem Fall? Nein. Aber ich kannte sie.«

»Felicie Bault?«

»Ja. Und Annette Ravel auch. Sie haben niemals von Annette Ravel gehört, wie ich sehe? Die Geschichte der einen ist gleichzeitig die Geschichte der anderen. Glauben Sie mir, Sie wissen nichts von Felicie Bault, wenn Sie nicht auch die Geschichte der Annette Ravel kennen.«

Er zog seine Uhr hervor und sah darauf.

»Noch genau eine halbe Stunde bis zur nächsten Station. Ich habe Zeit, Ihnen die Geschichte zu erzählen – das heißt, wenn Sie sie hören wollen.«

»Bitte, erzählen Sie«, antwortete der Arzt ruhig.

»Herzlich gern«, sagte Parfitt. »Herzlich gern.«

Sir George Durand nahm nur eine Haltung gespannter Aufmerksamkeit an.

»Mein Name«, begann der fremde Reisegefährte, »ist Raoul Letardeau. Sie hatten von einer englischen Dame gesprochen, einer Miss Slater, die ihr Leben der Wohltätigkeit gewidmet hatte. Ich wurde in diesem Fischerdorf in der Bretagne geboren, und als meine Eltern bei einem Zugunglück ums Leben kamen, war es Miss Slater, die mir zu Hilfe kam und mich vor dem bewahrte, was ihr Engländer das Waisenhaus nennt. Sie hatte schon an die zwanzig Kinder unter ihrer Obhut, Mädchen und Jungen. Unter diesen Kindern waren auch Felicie Bault und Annette Ravel. Wenn es mir nicht gelingt, Ihnen die Persönlichkeit von Annette verständlich zu machen, Gentlemen, werden Sie nichts verstehen. Sie war das Kind einer, wie man bei uns sagt, *fille de joie*, eines Freudenmädchens, das, von seinem Liebhaber verlassen, an Tuberkulose gestorben war. Die Mutter war Tänzerin gewesen, und auch Annette hatte den Wunsch, zu tanzen. Als ich sie zum erstenmal sah, war sie ein Kind von elf Jahren, ein kleines Ding mit Augen, die abwechselnd spotteten und versprachen – ein kleines Wesen, ganz Feuer und Leben. Auf einmal machte sie mich zu ihrem Sklaven. ›Raoul, tu dies für mich; Raoul, tu das für mich!‹ Und ich gehorchte. Ich betete sie an, und sie wußte es.

Manchmal gingen wir zum Strand hinunter, zu dritt – denn Felicie kam immer mit. Dann zog Annette Schuhe und Strümpfe aus und tanzte auf dem Sand. Und wenn sie atemlos niedersank, erzählte sie uns, was sie tun und was sie sein würde.

›Seht ihr, ich werde berühmt werden. Ja, ganz groß und berühmt. Ich werde Hunderte und Tausende von Seidenstrümpfen haben – die feinsten Seidenstrümpfe. Und ich werde ein wunderschönes Apartment haben. Alle meine Liebhaber werden jung und schön und auch reich sein. Und wenn ich tanze, wird ganz Paris kommen, mir zuzusehen. Sie werden staunen und schreien und rufen und ganz wahnsinnig werden, wenn ich tanze. Aber im Winter werde ich nicht tanzen. Da fahre ich in den Süden, in die Nähe der Sonne. Dort gibt es Villen mit Orangenbäumen. Eine davon wird mir gehören. Ich werde auf seidenen Kissen in der Sonne liegen und Orangen essen. Und dich, Raoul, werde ich nie vergessen, wenn ich auch noch so reich und berühmt bin. Ich werde dich beschützen und deine Karriere fördern. Felicie wird meine Zofe sein – nein, ihre Hände sind zu ungeschickt. Sieh sie dir nur an, wie groß und schwerfällig sie sind.‹

Felicie wurde dann böse. Aber Annette fuhr fort, sie aufzuziehen.

›Sie ist so damenhaft, Felicie – so elegant, so vornehm. Sie ist eine verkleidete Prinzessin – ha, ha.‹

›Mein Vater und meine Mutter waren verheiratet, das ist besser als bei deinen Eltern‹, zischte Felicie dann verächtlich.

›Ja, und dein Vater hat deine Mutter umgebracht. Eine feine Sache, die Tochter eines Mörders zu sein.‹

›Und dein Vater hat deine Mutter verfaulen lassen‹, entgegnete Felicie.

›Ach ja.‹ Annette wurde nachdenklich. ›Arme Mama. Man muß

gesund und stark bleiben. Das ist das Wichtigste: Man muß gesund und stark bleiben.‹

›Ich bin stark wie ein Pferd‹, prahlte Felicie.

Das war sie wirklich. Sie hatte doppelt soviel Kraft wie jedes andere Mädchen im Heim. Und sie war niemals krank.

Aber sie war dumm, verstehen Sie, dumm wie ein blödes Tier. Ich wunderte mich oft, warum sie immer Annette nachlief, überallhin. Aber es ging von ihr eine Art Faszination aus. Manchmal haßte sie Annette, glaube ich, denn Annette war wirklich nicht nett zu ihr. Sie verhöhnte Felicies Langsamkeit und Dummheit und quälte sie in Gegenwart der anderen. Ich habe gesehen, wie Felicie ganz weiß vor Wut wurde. Manchmal habe ich gedacht, daß sie die Finger um Annettes Hals legen und ihr das Leben nehmen würde. Sie war nicht klug und nicht schnell genug, auf Annettes Beleidigungen die richtigen Antworten zu finden, aber sie erfaßte mit der Zeit, daß sie ihr nur ganz Bestimmtes zu erwidern brauchte, das nie seine Wirkung verfehlte. Das war der Hinweis auf ihre Gesundheit und Stärke. Sie erfaßte das, was ich schon wußte: Annette beneidete sie um ihre körperliche Stärke, und instinktiv traf Felicie damit die schwache Stelle ihrer Feindin.

Eines Tages kam Annette besonders fröhlich zu mir.

›Raoul‹, sagte sie, ›wir werden mit der dummen Felicie einen Scherz machen. Wir werden sterben vor Lachen.‹

›Was hast du vor?‹

›Komm hinter den Vorhang, dann erzähle ich es dir.‹

Wie es schien, hatte Annette irgendwo ein Buch aufgetrieben. Den größten Teil hatte sie nicht verstanden. Wahrscheinlich war alles ein bißchen zu hoch für sie. Es war ein frühes Werk über Hypnose.

›Es muß etwas Glänzendes sein, steht darin. Ich habe dazu die Messingkugel an meinem Bettgestell ausgesucht. Man kann sie drehen. Vergangene Nacht ließ ich Felicie sie ansehen. Sieh immer nur den Kopf an! habe ich gesagt. Du darfst deinen Blick nicht wegnehmen! Dann drehte ich die Kugel. Raoul, ich habe richtig Angst bekommen. Ihre Augen sahen so komisch aus – wie wahnsinnig, schrecklich. Felicie, habe ich sie gefragt, wirst du alles tun, was ich sage? Ich werde alles tun, was du sagst, Annette, hat sie geantwortet. Und dann sagte ich: Morgen um zwölf Uhr wirst du eine weiße Wachskerze auf den Spielplatz mitbringen und sie dort aufessen. Wenn dich jemand fragt, sagst du, es sei die beste Zukkerstange, die du je gegessen hättest. Oh, Raoul, denk dir das bloß aus!‹

›So etwas wird sie nie wirklich tun‹, warf ich ein.

›In dem Buch steht aber, daß sie es doch tut. Ich kann es auch nicht glauben – aber, oh, Raoul, wenn das alles stimmt, was in dem Buch steht, was gäbe das für einen Spaß!‹

Ich selbst fand die Idee auch lustig. Wir erzählten es unseren Kameraden, und um zwölf waren wir alle auf dem Spielplatz. Pünktlich auf die Minute kam Felicie mit einer Kerze und begann feierlich, daran herumzuknabbern. Ja, meine Herren, wir waren alle ganz aus dem Häuschen! Jeden Augenblick ging ein anderes Kind zu Felicie und fragte sie, ob das gut schmecke, was sie da äße. Und Felicie antwortete jedesmal, daß es die beste Zuckerstange sei, die sie je gegessen habe ... Wir bogen uns vor Lachen. Wir lachten so laut, daß der Lärm Felicie aufzuwecken und in die Wirklichkeit zurückzurufen schien. Sie blinzelte erstaunt mit den Augen, starrte auf die Kerze, dann auf uns. Schließlich fuhr sie sich mit der Hand über die Stirn. ›Ja, was tue ich denn da?‹ murmelte sie.

›Du ißt eine Kerze!‹ brüllten wir.

›Ich befahl dir das. Ich befahl dir das!‹ schrie Annette vor Freude und tanzte herum.

Felicie starrte sie einen Moment lang an. Dann ging sie langsam auf Annette zu.

›Dann bist du es, die mich lächerlich gemacht hat. Ich glaube, ich erinnere mich. Oh, ich werde dich dafür töten.‹

Sie hatte das sehr ruhig gesagt, so daß Annette plötzlich wegrannte und sich hinter mir versteckte.

›Rette mich, Raoul! Ich habe Angst vor Felicie. Es war doch nur ein Scherz, Felicie. Nur ein Scherz.‹

›Ich mag solche Scherze nicht‹, sagte Felicie. ›Versteht ihr? Ich hasse dich. Ich hasse euch alle!‹

Dann brach sie plötzlich in Tränen aus und rannte fort.

Annette war, glaube ich, über das Ergebnis ihres Experiments erschrocken und versuchte nicht, es zu wiederholen. Doch von diesem Tage an schien ihre Herrschaft über Felicie noch stärker geworden zu sein.

Ich glaube heute, Felicie haßte sie tödlich, aber sie konnte Annette nicht mehr verlassen. Sie lief Annette überall nach wie ein Hund.

Tja, meine Herren, bald darauf nahm ich meine erste Stellung an. Ich besuchte das Heim nur noch während meiner Ferien. Annettes Wunsch, Tänzerin zu werden, war nicht ernst zu nehmen gewesen, aber als sie älter wurde, entwickelte sie eine hübsche Singstimme, und Miss Slater erklärte sich damit einverstanden, ihr Gesangsstunden geben zu lassen.

Annette war nicht faul. Sie arbeitete fieberhaft, ohne sich Ruhe zu gönnen. Miss Slater mußte sie manchmal davon abhalten, sich zu überanstrengen. Einmal sprach sie mit mir über Annette.

›Du hast Annette doch immer gern gemocht. Rede auf sie ein, daß sie nicht zuviel arbeitet. Neulich hatte sie einen Husten, der mir gar nicht gefiel.‹

Durch meine Arbeit mußte ich bald darauf weit fortfahren. Zuerst erhielt ich noch ein oder zwei Briefe von Annette, dann folgte Schweigen. Dann war ich fünf Jahre in Amerika.

Durch Zufall kam ich danach wieder nach Paris. Ich las ein Plakat, das eine Annette Ravelli ankündigte. Es war auch ein Bild der Dame darauf abgebildet. Ich erkannte sie sofort wieder. Am Abend ging ich in das bezeichnete Theater. Annette sang in französischer und italienischer Sprache. Auf der Bühne war sie großartig. Nachher ging ich in ihre Garderobe. Sie empfing mich sofort.

›Oh, Raoul!‹ rief sie aus und streckte mir ihre weißen Hände entgegen. ›Das ist wunderbar. Wo bist du in all den Jahren gewesen?‹

Ich erzählte es ihr, aber sie schien nicht richtig zuzuhören.

›Siehst du, jetzt habe ich es fast erreicht.‹

Triumphierend wies sie auf ihre Garderobe, die voll von Blumen war.

›Die gute Miss Slater muß sehr stolz sein auf deinen Erfolg.‹

›Die Alte? Nein, überhaupt nicht. Sie wollte doch, daß ich aufs

Konservatorium gehe, weißt du nicht mehr? Ich sollte Konzertsängerin werden. Aber ich bin eine Künstlerin. Hier auf der Varietébühne kann ich mich am besten verwirklichen.‹

In dem Moment trat ein gutaussehender Mann im besten Alter ein. Sein Benehmen war vornehm und wohlerzogen. Bald entnahm ich seinen Gesprächen, daß er Annettes Manager war. Er sah zu mir hin, und Annette erklärte ihm, daß ich ein Freund aus ihrer Kinderzeit und gerade in Paris sei, hier ihr Bild auf dem Plakat gesehen hätte.

Daraufhin war der Herr sehr leutselig und freundlich zu mir. In meiner Gegenwart holte er ein Brillantarmband hervor und legte es um Annettes Handgelenk. Als ich mich erhob, um fortzugehen, wandte sie sich mir mit einem triumphierende Blick zu.

Aber als ich ihre Garderobe verließ, hörte ich ihren Husten, einen scharfen, trockenen Husten. Ich wußte, was dieser Husten bedeutete. Er war das Erbe ihrer tuberkulösen Mutter.

Zwei Jahre darauf sah ich sie wieder. Sie hatte bei Miss Slater Zuflucht gesucht. Ihre Karriere war beendet. Ihre Krankheit war weit fortgeschritten, und die Ärzte sagten, daß man nichts mehr tun könne.

Ach, ich werde niemals vergessen, wie ich sie sah. Sie lag an einem geschützten Platz im Garten. Man hielt sie Tag und Nacht draußen. Ihre Wangen waren hohl und gerötet, ihre Augen glänzten fiebrig, und sie hustete sehr viel. Sie begrüßte mich mit einer Verzweiflung, die mich verblüffte.

›Es tut gut, dich zu sehen, Raoul. Du weißt, was sie sagen – daß es mit mir zu Ende geht. Sie sagen es hinter meinem Rükken, verstehst du? Wenn sie mit mir sprechen, sind sie zuversichtlich und trösten mich. Aber es ist nicht wahr, Raoul, es ist nicht wahr! Ich werde es mir selbst nicht erlauben, zu sterben. Sterben? Jetzt, wo ein schönes Leben vor mir liegt. Es ist der Wille zu leben, darauf kommt es an. Das sagen alle berühmten Ärzte von heute. Ich gehöre nicht zu den Schwachen, die sich gehenlassen. Ich fühle mich schon viel besser – sehr viel besser, hörst du!‹

Sie richtete sich auf und stützte sich auf die Ellbogen, um ihren Worten Nachdruck zu verleihen, dann fiel sie zurück, von heftigem Husten geschüttelt, der ihren ausgezehrten dünnen Körper hin und her warf.

›Der Husten – das ist nichts‹, japste sie. ›Und die Blutstürze erschrecken mich nicht. Ich werde die Ärzte überraschen. Es ist der Wille, auf den es ankommt. Denk daran, Raoul, ich werde leben.‹

Es war entsetzlich, erbarmungswürdig, verstehen Sie?

Da kam Felicie Bault mit einem Tablett heraus, mit einem Glas heißer Milch. Sie reichte es Annette und sah ihr beim Trinken mit einem unergründlichen Ausdruck in den Augen zu. Irgendwie schien dieser Blick eine innere Befriedigung auszudrücken. Auch Annette fing den Blick auf. Sie schleuderte das Glas fort, daß es in Stücke zersprang.

›Siehst du, wie sie mich ansieht? So sieht sie mich jetzt immer an. Sie freut sich, daß ich bald sterbe. Ja, sie weidet sich daran. Sie, die so stark und gesund ist. Sieh sie nur an, keinen Tag war sie krank, nicht einen einzigen! Und alles für nichts. Was nützt ihr ihr starkes Gerippe? Was kann sie damit machen?‹

Felicie bückte sich und hob die Glassplitter auf.

›Ich mache mir nichts daraus, was sie sagt‹, bemerkte sie dabei mit einer singenden Stimme. ›Was macht das schon? Ich bin ein ehrbares Mädchen. Aber was sie betrifft, sie wird die Qualen des Fegefeuers bald kennenlernen. Ich bin eine Christin, ich sage nichts!‹

›Du haßt mich!‹ schrie Annette. ›Du hast mich immer gehaßt. Aber ich kann dich verzaubern, trotz alledem. Ich kann dir befehlen, etwas zu tun, ganz egal was, und du wirst es tun. Siehst du, ich kann dir jetzt sagen, du sollst hier vor mir im Gras niederknien, und du wirst es tun.‹

›Das ist ja albern‹, sagte Felicie mit Unbehagen.

›Aber ja, du wirst es tun. Du wirst! Um mir zu Gefallen zu sein. Herunter auf deine Knie. Ich sage es dir, ich, Annette. Auf deine Knie, Felicie!‹

Ob es nun der besondere Ton war, der in Annettes Stimme schwang, oder ein tieferes Motiv – Felicie gehorchte. Sie sank langsam auf ihre Knie nieder, ihre Arme weit ausgestreckt, und ihr Gesichtsausdruck war leer und dumm.

Annette warf den Kopf zurück und lachte.

›Sieh nur, was für ein dummes Gesicht sie hat! Wie lächerlich sie aussieht . . . Du kannst jetzt wieder aufstehen, Felicie, danke. Es hat keinen Zweck, mich so böse anzusehen, ich bin deine Herrin. Du mußt tun, was ich sage.‹

Erschöpft sank sie in die Kissen zurück. Felicie nahm das Tablett und ging langsam fort. Einmal sah sie noch über ihre Schulter zurück, und der schwelende Haß in ihrem Blick erschreckte mich.

Ich war nicht dabei, als Annette starb. Aber es muß schrecklich gewesen sein. Sie hing am Leben. Sie kämpfte gegen den Tod wie eine Wahnsinnige. Wieder und wieder soll sie geschrien haben: ›Ich will nicht sterben – hört ihr mich? Ich will nicht sterben, ich will leben – leben . . .‹

Miss Slater erzählte mir alles, als ich sie sechs Monate später wieder besuchte.

›Mein armer Raoul‹, sagte sie freundlich. ›Du hast sie immer geliebt, nicht wahr?‹

›Immer – immer. Aber was konnte ihr das nützen? Lassen Sie uns nicht mehr davon sprechen. Sie ist tot – sie, die so sprühend war, so voller Leben.‹

Miss Slater war eine mitfühlende Frau. Sie sprach von anderen Dingen. Sie machte sich um Felicie große Sorgen, sagte sie. Das Mädchen habe einen merkwürdigen Nervenzusammenbruch erlitten. Seitdem sei ihr Verhalten sehr seltsam.

›Wissen Sie‹, ergänzte Miss Slater nach einigem Zögern, ›sie lernt jetzt Klavier spielen.‹

Das wußte ich nicht, und es überraschte mich sehr. Felicie – und Klavier spielen lernen! Ich hätte sofort beschwören können, daß das Mädchen nicht eine Note von der anderen unterscheiden konnte.

›Sie hat Talent, sagt man‹, fuhr Miss Slater fort. ›Ich kann das nicht verstehen. Ich habe sie immer für – nun, Raoul, du weißt schon, sie war immer ein dummes Mädchen.‹

Ich nickte.

›Sie ist oft so seltsam – ich weiß dann wirklich nicht, wie ich alles verstehen soll.‹

Ein wenig danach betrat ich den Lesesaal. Felicie spielte Klavier.

Sie spielte eine Melodie, die ich Annette in Paris hatte singen hören. Verstehen Sie, meine Herren? Es versetzte mir einen ordentlichen Schock. Als sie mich hörte, brach sie ab und wandte sich mir zu, ihre Augen voller Spott und Intelligenz. Einen Moment lang dachte ich – nun, ich will nicht sagen, was ich dachte.

›Tiens‹, sagte sie. ›Da sind Sie ja, Monsieur Raoul.‹

Ich kann die Art, wie sie das sagte, nicht beschreiben. Für Annette hatte ich nie aufgehört, Raoul zu sein. Aber Felicie hatte mich, seit wir uns als Erwachsene wiedergetroffen hatten, immer mit ›Monsieur Raoul‹ angeredet. Aber die Art, wie sie es jetzt sagte, war ganz anders – so, als ob das ›Monsieur‹, leicht übertrieben gesprochen, sie irgendwie amüsierte.

›Ach, Felicie‹, stammelte ich. ›Sie sehen heute ganz anders aus. Woher kommt das?‹

›So? Tue ich das?‹ fragte sie nachdenklich. ›Das ist komisch. Aber seien Sie nicht so feierlich, ich werde Sie wieder Raoul nennen. Spielten wir nicht als Kinder zusammen? Damals war das Leben noch freundlicher. Lassen Sie uns von der armen Annette sprechen – sie ist tot und begraben. Wo mag sie nur sein, ob im Fegefeuer oder wo, ich möchte es zu gern wissen.‹

Und sie trällerte etwas von einem Lied, nicht sehr deutlich, aber die Worte ließen mich aufhorchen.

›Felicie‹, rief ich aus. ›Sie sprechen Italienisch?‹

›Warum denn nicht, Raoul? Ich bin gar nicht so dumm, wie ich immer tue.‹ Sie lachte über meine Verwunderung.

›Ich verstehe nicht . . .‹

›Dann will ich es Ihnen erzählen. Ich bin eine sehr gute Schauspielerin, obwohl das niemand vermutet. Ich kann viele Rollen spielen – und ich spiele sie gut.‹ Wieder lachte sie und lief rasch aus dem Zimmer, bevor ich sie aufhalten konnte.

Ehe ich abfuhr, sah ich sie wieder. Sie war in einem großen Sessel eingeschlafen. Sie schnarchte laut. Ich blieb stehen und beobachtete sie, fasziniert, doch innerlich abgestoßen. Plötzlich wachte sie auf und fuhr hoch. Ihr Blick, stumpf und leblos, traf den meinen.

›Monsieur Raoul‹, stammelte sie mechanisch.

›Ja, Felicie, ich muß jetzt gehen. Möchten Sie mir nicht noch einmal etwas vorspielen, bevor ich gehe?‹

›Ich? Spielen? Sie machen sich über mich lustig, Monsieur Raoul.‹

›Aber Sie haben mir doch heute morgen etwas vorgespielt. Erinnern Sie sich nicht mehr?‹

Sie schüttelte den Kopf.

›Ich, gespielt? Wie kann ein armes Mädchen wie ich Klavier spielen?‹

Sie hielt einen Moment inne, als ob sie über etwas nachdächte. Dann winkte sie mich näher zu sich heran.

›Monsieur Raoul, hier in diesem Haus geschehen merkwürdige Dinge. Sie denken sich Betrügereien und üble Scherze aus. Sie verstellen die Uhren. Ja, ja, ich weiß genau, was ich sage. Und alles ist ihr Werk.‹

›Wessen Werk?‹ fragte ich verblüfft.

›Das von Annette – dieser bösen Hexe! Als sie noch lebte, hat sie mich immer gequält. Jetzt, da sie tot ist, kommt sie von den Toten zurück, um mich zu quälen. Sie war schlecht, durch und durch schlecht, glauben Sie mir!‹

Ich starrte Felicie an und konnte sehen, daß sie entsetzliche Angst hatte. Ihre Augen traten aus dem Kopf hervor.

›Sie war schlecht. Sie würde Ihnen das Brot vom Mund wegreißen und die Kleider vom Körper – und die Seele aus dem Leib . . .‹

Sie preßte mich plötzlich an sich.

›Ich habe Angst, hören Sie – Angst! Ich höre ihre Stimme, nicht in meinen Ohren – nein, hier in meinem Kopf!‹ Sie tippte sich an die Stirn. ›Sie will mich aus mir selbst vertreiben – mich ganz aus mir selber vertreiben, was soll dann aus mir werden?‹

Ihre Stimme hatte sich fast zum Schreien erhoben. Aus ihren Augen starrte die animalische Angst eines todwunden Tieres . . . Plötzlich lächelte sie, ein freundliches Lächeln voller Schlauheit, aber etwas war an diesem Lächeln, das mich erschauern ließ.

›Wenn es einmal soweit kommt . . . Ich bin sehr stark mit den Händen – ich habe sehr starke Hände . . .‹

Ich hatte niemals vorher mit Bewußtsein ihre Hände angesehen. Ich sah sie jetzt an und erschrak gegen meinen Willen. Untersetzte, gedrungene, brutale Hände und – wie Felicie gesagt hatte – ungewöhnlich kräftig . . . Ich kann Ihnen die Übelkeit nicht beschreiben, die ich empfand. Mit Händen wie diesen mußte ihr Vater ihre Mutter erwürgt haben . . . Das war das letztemal, daß ich Felicie sah.

Anschließend mußte ich nach Südamerika fahren. Ich kehrte erst zwei Jahre nach ihrem Tod wieder zurück. Ich hatte in den Zeitungen über ihr Leben und von ihrem plötzlichen Tod gelesen. Dann habe ich noch einige Einzelheiten mehr erfahren – heute abend, von Ihnen, meine Herren. Felicie 3 und Felicie 4, wie Sie sagten. Sie war eine gute Schauspielerin, wissen Sie.«

Der Zug verlor langsam an Geschwindigkeit. Der Mann in der Ecke setzte sich aufrecht und knöpfte seinen Mantel zu.

»Was ist Ihre Theorie dazu?« fragte der Rechtsanwalt und beugte sich vor.

»Ich kann kaum glauben . . .«, begann der Domherr Parfitt . . .

Der Arzt sagte nichts. Er starrte unverwandt auf Raoul Letardeau.

»Die Kleider von ihrem Körper – und die Seele aus ihrem Leib . . .«, wiederholte der Franzose leichthin. Er stand auf. »Ich sage Ihnen, Messieurs, die Geschichte von Felicie Bault ist die Geschichte von Annette Ravel. Sie kannten sie nicht, Gentlemen. Ich kannte sie. Sie liebte das Leben allzusehr . . .«

Er hatte schon den Türgriff in der Hand – bereit, auszusteigen, als er sich noch einmal umdrehte und dem Domherrn Parfitt auf die Brust tippte.

»*Monsieur le docteur* dort drüben sagte vorhin, daß all das« – seine Hand legte sich auf den Magen des Domherrn, und der Domherr stöhnte – »nur eine Residenz ist. Sagen Sie, wenn Sie in Ihrem Haus einen Einbrecher vorfinden, was würden Sie tun? Ihn erschießen, oder etwa nicht?«

»Nein!« schrie der Domherr. »Nein, natürlich nicht! Ich meine – nicht in diesem Land.«

Doch die letzten Worte hatte er in die Luft gesprochen, die Tür des Abteils knallte zu.

Der Geistliche, der Rechtsanwalt und der Arzt waren allein.

Die vierte Ecke im Abteil war frei.

Kein Zutritt für Mord

Jack Ritchie

»Ralph«, sagte ich, »in den vergangenen fünf Monaten sind vier Frauen eines gewaltsamen Todes gestorben. Ich bin davon überzeugt, daß sie von ein und demselben Mann ermordet worden sind.«

»Aber, Henry, jedesmal, wenn uns so ein Serienmörder unterkommt, dann ist er noch immer so aufmerksam gewesen, uns entweder vor oder nach dem Mord Briefe zu schicken. Haben wir auch nur einen Brief gekriegt?«

»Wir werden auch keinen bekommen. Denn an einem ist diesem Mann doch weiß Gott nicht gelegen, nämlich, daß wir Wind von seinem Tun und Treiben in der Gegend hier bekommen.«

»Was für vier Frauen?« fragte Ralph.

Ich öffnete einen großen braunen Umschlag und holte fotokopierte Zeitungsausschnitte heraus. »In den letzten fünf Monaten wurden vier Frauen ermordet. In der Reihenfolge ihres Ablebens: zuerst eine Mrs. Elizabeth Thompson, sie wurde in ihrem Haus in Fox Point erschossen. Die dortige Polizei kam zu dem Schluß, sie wäre von einem Eindringling, vermutlich einem Einbrecher, ermordet worden. Einen Monat später wurde eine Mrs. Elaine Whitecliff aus Grafton in ihrem Schlafzimmer erschlagen. Wiederum schloß die Polizei auf einen Eindringling. Vor sechs Wochen kam eine Mrs. Emily Kearney bei einem Spaziergang auf ihrem Landsitz zu Tode. Sie wurde erwürgt. Und vorgestern brachte man einer Mrs. Marianne Trestle tödliche Stichwunden bei, als sie in ihrer Gartenlaube *Schöner Wohnen* las.«

»Und wo ist da die Verbindung?«

»Nun ja, erst bei diesem letzten Mord regte sich in mir der Verdacht, daß da etwas ganz und gar nicht stimmte. Ich hebe keine

Zeitungsausschnitte auf – außer dann und wann ein Rezept – um meinem Gedächtnis also auf die Sprünge zu helfen, bin ich ins Archiv des *Journal* gegangen, habe die Berichte über die Morde noch einmal durchgelesen und sie dann fotokopieren lassen.«

Ralph wartete ungeduldig.

»Jedes Opfer war verheiratet, und in jedem der Fälle hatte der Ehemann für die Tatzeit ein perfektes Alibi. Thompson hielt eine Rede bei einem Festessen, Whitecliff spielte mit ein paar Geschäftsfreunden Bridge, Kearney war auf einer Vorstandssitzung und Trestle machte auf dem Golfplatz seines Country Clubs ein Viererspiel, obendrein noch mit einem Bundesrichter. Diese Tatsachen wurden in den Zeitungsberichten erwähnt, weil vermutlich im Falle von Gattinnenmord jeder automatisch den Ehemann verdächtigt, und der Verdacht sollte wohl gar nicht erst aufkommen.«

Ralph sagte mit einem Schulterzucken: »Na gut, sie hatten Alibis. Und was soll daran denn nicht stimmen?«

»Aber *vier* Morde an vier *reichen* Frauen, und *vier* Ehemänner mit einem perfekten Alibi?« Ich schmunzelte vielsagend. »Das ist einfach zuviel Zufall, um wahr zu sein.«

»Und nun meinst du, die sind alle von einem Verrückten umgebracht, der was gegen reiche Frauen hat?«

»Das nun auch wieder nicht. Nein, vier Morde an vier reichen Frauen, deren Ehemänner perfekte Alibis hatten, deuten alle in eine Richtung. Ein *gedungener* Killer. Ein professioneller Mörder.«

Ralph trabte unlustig hinter mir her, als er mich zu Captain Johnsons Büro begleitete.

Der Captain hörte sich meine Geschichte an, las die fotokopierten Zeitungsausschnitte und blickte zur Decke.«

»Henry, ist dir nicht aufgefallen, daß jedes der Opfer in einem Vorort ermordet wurde? Mit anderen Worten, das fällt nicht in unsere Gerichtsbarkeit. Das ist nicht unser Revier.«

»Aber, Captain«, meldete ich respektvollen Protest an, »wir können davor doch nicht einfach die Augen verschließen. Wir können das nicht so auf sich beruhen lassen.«

»Henry, ich habe nicht die Absicht, das so auf sich beruhen zu lassen. Ich will die betreffenden Polizeidezernate anrufen, und dann sollen die die Sache in die Hand nehmen. Aber das ist auch alles, was ich mache. Wie ich schon sagte, Henry, das ist nicht unser Revier.«

Ralph und ich verbrachten den Tag mit recht lokalen Angelegenheiten. Am Ende unserer Schicht stand mein Entschluß fest. »Also, Ralph, ich kann mich da einfach nicht heraushalten. Ist dir klar, wie schwierig es ist, *zwei* Vorstadtdezernate zur Zusammenarbeit zu bewegen, geschweige denn vier? Dieser Fall erfordert einen einzigen hellen Kopf und Kombinationsgabe, um all die Einzelteile zusammenzufügen.«

»Henry, der Captain hat nein gesagt.«

»Ich mache das in meiner Freizeit und nicht auf Kosten des Reviers. Morgen ist mein freier Tag.«

Zu Hause in meinem Apartment ging ich meine Rezeptsammlung durch, bis ich den Zeitungsausschnitt mit Bœuf Stroganoff gefunden hatte und bereitete mein Nachtmahl. Nach dem Essen und dem darauffolgenden Abwasch legte ich meine Beethoven-Streichquartette auf und machte es mir in meinem Sessel gemütlich. Ich stopfte meine Meerschaumpfeife, zündete sie an und ließ meinen Verstand arbeiten.

Die Morde auf dem direkten Weg zu ermitteln, das lief nicht. Ich, als von außen Kommender, würde ganz sicher die Vorortpolizei gegen mich haben. Nein, der Dienstweg fiel aus. Mir blieb kaum etwas anderes übrig, als die Morde durch glasklares, knallhartes Kombinieren aufzuklären – ein Unterfangen, das keinerlei Schrecken für mich barg.

Vier Männer hatten jemand engagiert, um ihre Frauen, aus welchem Grund auch immer, loszuwerden. War es denkbar, daß diese vier Männer vier *verschiedene* Killer gedungen hatten? Denkbar, ja. Wahrscheinlich, nein. Ehe nicht das Gegenteil bewiesen war, würde ich also von der Voraussetzung ausgehen, daß sie alle ein und denselben Mann engagiert hatten.

Wenn ich nun jemand dingen möchte, meine Frau umzubringen – gesetzt den Fall, ich hätte eine –, wie würde ich das anstellen? Wie auch nur *einen* Mordwilligen ausfindig machen, geschweige denn einen professionellen Killer? Man konnte doch nun wirklich nicht überall herumfragen, ob jemand etwa ein professioneller Killer sei oder vielleicht einen an der Hand hätte?

Nein, war es nicht wahrscheinlicher – oder zumindest einer Überlegung wert –, daß hier der profesionelle Killer auf die Suche ging? Seine Kundschaft aufspürte?

Wenn ich nun ein professioneller Killer wäre, würde das sehr wahrscheinlich einen häufigen Ortswechsel mit sich bringen, oder? Ganz abgesehen davon, daß es gefährlich war, sich zu lange in einer Gegend aufzuhalten, würde es wohl auch nicht ausbleiben können, daß einem dort die potentiellen Kunden ausgingen.

Ja, ich würde reisen müssen. Vielleicht ein Jahr in einem Teil des Landes und dann weiterziehen. Wie aber würde ich meine Kunden aufspüren? Wohlhabende, selbstverständlich. Nicht, daß die Armen und die Mittelklasse gefeit wären gegen den Drang, ihre Ehefrauen zu beseitigen, hier jedoch mußte man sich an die wirklich Reichen heranmachen.

Wie aber geht man bei denen auf Mordkundenfang? Platzt man einfach in ihre Büros oder Sitzungszimmer hinein und erkundigt sich, ob sie ihre Gattinnen aus dem Weg geräumt haben möchten?

Natürlich nicht.

Nein, man müßte sie zwangloser und privater kennenlernen. Bei einem Drink vielleicht. Oder bei mehr als einem. Und wo könnte das sein? Wie bietet sich einem professionellen Killer die Gelegenheit, vier verschiedene Männer kennenzulernen, die ihre Gattinnen gern unter der Erde sähen?

Stirnrunzelnd grübelte ich über meinen Zeitungsausschnitten, und dann meinte ich, die Antwort gefunden zu haben. Trestle hatte sich zu dem Zeitpunkt, als seine Frau ermordet wurde, auf dem Golfplatz des Raddison Country Club befunden. Gab es einen besseren Ort, sich bei den Reichen anzubiedern, als einen Country Club? Vor allem beim neunzehnten Loch?

Ob so ganz zufällig alle vier betroffenen Gatten *demselben* Country Club angehörten? Das war einer Überprüfung wert.

Ich sah die gelben Seiten des Telefonbuches durch, fand die Liste der Country Clubs und fing an zu wählen.

Eine neutrale Stimme, vermutlich die einer Angestellten, meldete sich am Apparat. »Raddison Country Club.«

»Ich bin von außerhalb«, sagte ich. »Ich sollte James Whitecliff in seinem Country Club treffen. Nur hat Jimmy leider vergessen, mir zu sagen, *welchem* Club er angehört, so muß ich also herumtelefonieren. Ist bei Ihnen ein James Whitecliff Mitglied?«

»Ja. Soll ich ihn ausrufen lassen?«

»Nein, danke, bemühen Sie sich nicht. Ich bin ja gleich dort. Ach übrigens, wo ich gerade noch dran bin, ich glaube, da ist noch einer meiner Freunde in Ihrem Club. Franklin Kearney?«

»Ja, den habe ich gerade in die Bar gehen sehen.«

»Vielen Dank.« Ich hing auf.

So, so, Trestle, Whitecliff und Kearney gehörten also demselben Club an. Ich fand, jetzt konnte ich ruhig davon ausgehen, daß auch Thompson dazugehörte, doch das nachzuprüfen, war morgen auch noch ein Tag.

Diese Nacht schlief ich recht gut, und am Morgen, nach dem Frühstück, ging ich hinunter zu meinem Auto.

Bis zum Raddison Country Club war es eine Dreiviertelstunde Fahrt. Eine kleine, nahezu unscheinbare Tafel zu Beginn der Auffahrt machte darauf aufmerksam, daß dies ein privater Country Club sei, doch weder Tor noch Torwärter verliehen dem Verbot Nachdruck. Ich fuhr bis vor das Hauptgebäude, parkte das Auto auf einem angenehm schattigen Parkplatz und begab mich auf dem Weg über die Bar in das Gebäude.

Ich wandte mich an einen ältlichen Barkeeper. »Können Sie mir sagen, wo ich den Geschäftsführer des Clubs finde?«

»Mr. Tarleton? Den habe ich schon seit ein paar Tagen nicht mehr gesehen.«

»Ach«, sagte ich und überlegte, was nun zu tun sei.

Er musterte mich kurz. »Wollen Sie ihn in einer Clubangelegenheit sprechen?«

»Hm, ja.«

»Wenn das so ist, dann wenden Sie sich wohl besser an Mr. O'Higgins. Mr. Tarleton ist Clubmitglied und hat den Titel, aber O'Higgins macht die Arbeit. Er wird dafür bezahlt. Wie ich. Sein Büro ist eine Treppe tiefer, biegen Sie rechts ab, wo Sie reingekommen sind.«

Ich ging den gleichen Weg zurück und dann, wie man mir gesagt hatte, einen engen, spärlich beleuchteten Flur entlang bis zu der Tür mit der Aufschrift *Geschäftsführer*.

Vor mir ein kleines, vollgestopftes Büro und ein hochgewachse-ner Mann mit einer etwas zerquälten Miene. »Ja, bitte, was kann ich für Sie tun?«

»Können Sie mir sagen, ob ein Mr. Mathew Thompson bei Ihnen Mitglied ist?«

Einen Augenblick lang ging er mit sich zu Rate, ob das wohl streng geheim sein mochte oder nicht, dann nickte er: »Ja, er ist Mitglied bei uns.«

Jetzt hatte ich das Quartett beisammen. »Dieser Club hat doch Aufnahmebeschränkungen, oder?«

In seinen Augen glomm plötzlich Besorgnis auf. »Oh, keines-wegs ... Wir haben zwei Juden, einen Mohammedaner, zwei Schwarze und einen ...«

Ich winkte ab. »Mit Aufnahmebeschränkungen meine ich die *Zahl* der Mitglieder.«

Er war erleichtert. »Ach so. Wir halten unsere Mitgliederzahl immer auf einem Stand von dreihundert. Dazu kommen natürlich die Angehörigen.«

»Und wenn ein Platz frei wird, dann füllen Sie doch die Lücke?«

»Ja. Immer, wenn jemand stirbt oder wegzieht oder ganz ein-fach ausscheidet, obwohl sich bislang nur ganz selten jemand zu diesem äußersten Schritt entschlossen hat.«

»Und wie füllen Sie die Lücke? Über eine Bewerberliste?«

»Nein, etwas anders. Das neue Mitglied muß von mindestens drei Mitgliedern empfohlen sein. Danach führt das Aufnahmegre-mium ein Gespräch mit ihm und fällt dann die Entscheidung.«

Ich war auf Sand gelaufen. Wie zum Teufel kam ein professio-neller Mörder zu drei Empfehlungen für die Aufnahme in einen exklusiven Club?

Meine Gedanken arbeiteten, während O'Higgins mich mit er-neuter Besorgnis musterte. Dann hatte ich es. Natürlich. Einer der früheren Kunden unseres Mörders in, sagen wir, Philadelphia, ließ sich dazu überreden, einem guten Bekannten in, sagen wir, der Gegend von Milwaukee, einen Brief des Inhaltes zu schreiben, daß »einer meiner besten Freunde in Eure Gegend zieht und daß es mir sehr lieb wäre, wenn Du ihn in Deinem Club unterbringen könntest«.

Und dieser Freund aus der Gegend von Milwaukee würde zwei weitere Mitglieder auftreiben, und sie würden dann den Mörder als Mitglied in Vorschlag bringen. Dabei spielte es keine Rolle, ob einer der drei nun ein angehender Kunde war oder nicht. Was eine Rolle spielte, war, daß der Mörder sich jetzt am neuen Wohnort geschäftlich etablieren konnte.

»Ob ich wohl Ihre Mitgliedsliste einsehen dürfte? Mich interessieren in erster Linie die Mitglieder, die im letzten Jahr neu dazugekommen sind.«

O'Higgins mauerte. »Ich bitte Sie, wer sind Sie eigentlich?«

Ich hatte gehofft, daß er diese Frage nicht stellen würde, aber da sie nun einmal heraus war, zeigte ich ihm die Dienstmarke in meiner Brieftasche. Ich steckte sie ein, ehe er sie nahe genug beäugen konnte, um *Polizeipräsidium Milwaukee* auszumachen. »Sergeant Henry Turnbuckle von der Kriminalpolizei«, sagte ich und merkte zu spät, daß ich besser einen Decknamen verwendet hätte.

O'Higgins ging zu einem Büroschrank und kam mit einem Aktendeckel zurück. Er zog eine Liste hervor und ging sie mit dem Finger durch. »Im vergangenen Jahr hatten wir nur vier neue Mitglieder.«

Ich las Namen, die mir nichts sagten. »Könnten Sie mir in zwei, drei Sätzen kurz etwas über jeden dieser Herren sagen?«

»Also, Livingston gehört zu den Sheboygan Livingstons. Sie stellen sanitäre Anlagen her. Neilson stammt aus einer Pionierfamilie in Fox Point. Yarrow, ein Rechtsanwalt und Anlageberater, kommt aus Grafton. Und Netterly ist gerade von St. Louis zugezogen. Ich weiß nichts über ihn, aber drei unserer Mitglieder haben ihn wärmstens empfohlen. Er hält sich viel hier im Club auf. Ist wohl gern in Gesellschaft.«

Ich lächelte grimmig. »Wie wahr.«

Ich ging nach oben in die Bar zurück und nahm mir einen Hokker. »Ein Glas Sherry, bitte.«

Der Barkeeper betrachtete mich unschlüssig, dann hob ein Türenklappen an. Nach geraumer Weile hatte er eine Flasche aufgetrieben. »Das ist nicht mehr sehr gefragt, nicht einmal mehr bei den Damen.«

Während ich an meinem Glas nippte, musterte ich den Spiegel

hinter der Bar, der mir seinerseits eine gute Sicht über die Tische im Raum gestattete. Zu dieser frühen Tageszeit waren nur ein halbes Dutzend Leute anwesend.

Ich wandte mich erneut an den Barkeeper. »Sie wissen nicht zufällig, ob Mr. Netterly heute morgen im Clubhaus ist?«

Er zeigte ihn mir. »Das ist er, der da drüben am Tisch neben den Terrassenfenstern.«

Netterly war ein kräftig gebauter Mann unbestimmbaren mittleren Alters, er saß allein da und blickte gelangweilt drein.

Ich begab mich mit meinem Glas zur Terrassentür in seine Hörweite und starrte die Aussicht da draußen an. Ich seufzte tief auf. Zweimal.

»Was liegt Ihnen denn auf der Seele, alter Knabe?« fragte Netterly. Er deutete auf einen Stuhl. »Setzen Sie sich doch, allein schmeckt mir mein Drink nicht.«

Ich stellte mich als Edward Carson vor, und wir ergingen uns ungefähr fünf Minuten lang in vorsichtigen Allgemeinplätzen, tasteten uns sozusagen ab, und dann kam ich, nach einem nochmaligen Seufzer, zur Sache. »Es ist wegen . . . meiner Frau.«

»Ihre Frau?«

»Sie treibt sich mit einem anderen rum. Ich weiß nicht, wer es ist, ich weiß nur, daß es ihn gibt. Und es gibt wohl auch noch mehr als nur den einen.«

Er zeigte Mitgefühl. »Haben Sie schon mal an Scheidung gedacht?«

Ich lachte bitter. »Scheidung? Sie würde mich bis aufs Hemd ausnehmen. Als ich sie kennenlernte, da habe ich sie praktisch in der Gosse aufgelesen. Meine Familie mochte sie nicht, niemand mochte sie, aber ich wollte ja nicht hören. Jetzt, wo es zu spät ist, bin ich klüger. Was würde ich nicht alles tun, um sie loszuwerden. Manchmal kommen mir so wahnsinnige Ideen, wie ein Gewehr zu nehmen und ihr eine Kugel durch den Kopf zu jagen.«

»Aber, aber, das wäre doch keine Lösung Ihres Problems. Es sei denn, Sie sitzen gern hinter Gittern.«

Ich stürzte mein Glas in einem Zug hinunter. »Sie kennen nicht so ganz zufällig jemand, den man anheuern könnte, daß er meine Frau umbringt?«

In seinen Augen war eindeutig ein Aufflackern zu erkennen gewesen. »Ist das Ihr Ernst?«

»Und ob das mein Ernst ist. So ernst, daß ich jedem fünfzigtausend Dollar zahle, der das endlich besorgt.«

Ich ließ ein paar Sekunden verstreichen und stand dann auf. »Also, es muß doch irgendwo jemand geben, der so was macht, und den werde ich weiß Gott ausfindig machen.«

Netterly winkte. »Einen kleinen Augenblick, alter Knabe. Lassen Sie uns das in Ruhe besprechen. Trinken Sie noch einen von dem, was Sie da im Glas haben.« Der Barkeeper reagierte auf sein Zeichen und brachte uns noch einmal dasselbe.

Netterly nippte an seinem Bourbon. »Ist das Ihr voller Ernst? Wollen Sie wirklich jemand engagieren, der Ihre Frau umbringt?«

»Mein voller Ernst.«

»Oder ist es etwa nur der Alkohol?«

»Nein.«

»Und Sie würden fünfzigtausend zahlen?«

»In bar.«

Er rieb sich das Kinn und blickte mich immer noch starr an. »Tja, vielleicht wüßte ich wirklich jemand, der das für Sie besorgen würde.«

»Wer?« gab ich wortkarg zurück.

Er deckte seine Karten auf. »Ich.«

Es war klar, daß ich ihn nicht auf der Stelle festnehmen konnte. Ich hatte keinen konkreten Beweis dafür, daß er gerade mein Angebot angenommen hatte. Sein Wort würde gegen das meine stehen. Ich mußte also den Beweis erbringen. »Ich habe leider im Augenblick nicht so viel Geld bei mir.«

»Das habe ich auch nicht erwartet.«

»Aber ich kann es holen. Wir treffen uns dann heute nachmittag um zwei Uhr wieder hier.«

Ich fuhr zum Polizeipräsidium, wo ich ein kleines Tonbandgerät anforderte, das haarscharf innen in die Brusttasche meiner Jacke paßte. Das Mikrophon verbarg sich listig in einem dezenten Button des Rotary International Club an meinem linken Revers.

Ich schnitt Zeitungen zur Größe von Dollarnoten zurecht, bis mein Packen an die sieben Zentimeter hoch war. Den schlug ich in Packpapier ein und klebte das Päckchen mit Tesafilm zu.

Um zwei Uhr trafen Netterly und ich uns im Raddison Country Club wieder. Unterdessen war es schon etwas voller geworden, also verzogen wir uns an einen Tisch in einer Nische.

»Ach, übrigens«, sagte ich und starrte mit Mißfallen auf meine Digitaluhr, »haben Sie genaue Uhrzeit?«

Er warf einen Blick auf seinen eigenen Chronometer. »Es ist genau zwei Uhr.«

Ich gab vor, meine Uhr zu stellen. »Heute ist doch der fünfzehnte September, oder?«

Er nickte. »Der fünfzehnte September 1981.«

Ich ließ von meiner Uhr ab. »Also, dann zum Geschäftlichen. Sie haben es sich doch nicht etwa anders überlegt? Sie haben immer noch vor, meine Frau für mich umzubringen?«

»Ja.«

»Und Sie wollen dafür fünfzigtausend Dollar haben?«

»Jawohl, fünfzigtausend Dollar.«

Ich legte das Päckchen auf den Tisch. »Ich habe ein ziemlich schlechtes Namensgedächtnis. Sagten Sie nicht, daß Ihr Name Clarence Netterly ist?«

»Ganz recht. Der Name ist Clarence Netterly.« Er nahm das Päckchen und wog es in der Hand.

Ich lächelte. »Und jetzt händige ich, Ihnen als Edward Carson bekannt, am fünfzehnten September 1981 um zwei Uhr an Sie fünfzigtausend Dollar für den Mord an meiner Frau aus.«

»In der Kürze liegt die Würze, alter Knabe.«

Ich zog meine Brieftasche hervor und schickte mich an, ihm meine Dienstmarke zu zeigen und ihn zu verhaften.

Netterly schien zwei Männern an einem Tisch direkt vor unserer Nische ein Zeichen zu geben. Sie erhoben sich wie ein Mann und steuerten auf uns zu. »Mr. Edward Carson«, sagte der eine, »ich verhafte Sie wegen Anstiftung zum Mord an Ihrer Ehefrau.« Er machte Anstalten, mich über meine Rechte zu belehren.

Ich unterbrach ihn augenblicklich und zeigte nun meinerseits Netterly an. »Das ist Ihr Mann. Der *Angestiftete* ist der Gesuchte.«

Netterly öffnete das Jackett und förderte ein Tonbandgerät zutage, das dem meinen wie ein Ei dem anderen glich. Sein Mikrophon schien in einem dezenten Button des Lions Club an seinem linken Revers verborgen zu sein.

Er betrachtete mich abfällig. »Ich fand, es wäre wohl besser, auf Ihr Angebot einzugehen, bevor Sie verschwinden und jemand auftun, der Ihre Frau tatsächlich umgebracht hätte. Ich dachte mir, das ist die einzige Möglichkeit, den zu stoppen. Ist alles hier auf Tonband.«

»Meine Herren«, sagte ich und mir wurde ein bißchen schwül, »wir sind alle Opfer eines Mißverständnisses. Ich habe gar keine Frau, und ich heiße auch nicht Edward Carson. In Wirklichkeit bin ich zufällig Sergeant bei der Kriminalpolizei in Milwaukee.«

Die beiden Ziviler prüften meine Marke, und einer von ihnen sagte achselzuckend. »Sie haben also eine Dienstmarke in der Brieftasche. Das muß ja noch lange nicht heißen, daß Sie dieser Henry Turnbuckle sind. Die Brieftasche kann ja geklaut sein.«

Langsam bildete sich ein Menschenauflauf. Ich räusperte mich. »Wie wär's, wenn wir das an einem stilleren Plätzchen ausmachen würden?«

Wir vier begaben uns in ein kleines Vorzimmer, wo ich erfuhr, daß ich gerade die Bekanntschaft von Sergeant Morrison und Sergeant-Stellvertreter O'Reilly von der Kriminalpolizei gemacht hatte.

Morrisons Augen blickten kalt. »Sie sitzen ganz schön in der Tinte, Mister, selbst wenn Sie dieser Henry Turnbuckle sind. Wieso treiben Sie sich in unserem Revier herum? Ist Ihnen Milwaukee nicht groß genug, oder sind Sie der Meinung, daß wir mit unserer Arbeit nicht allein fertig werden?«

»Ganz im Gegenteil«, hakte ich rasch ein, »ich finde, die Leute aus Ihrem Dezernat leisten hervorragende Arbeit. War schon immer so und wird auch immer so sein. Echte Profis.«

Während ich nach einer annehmbaren Erklärung für meine Anwesenheit in ihrem Revier suchte, verließ O'Reilly den Raum. Kurz darauf war er zurück. »Ich habe das Polizeipräsidium Milwaukee angerufen. So ein Captain Johnson kommt direkt raus; mal sehen, ob der Sie identifizieren kann.«

Ich schloß die Augen. »Aber das war doch *ganz und gar* nicht nötig. Der Captain ist ein sehr beschäftigter Mann. Das hätten wir doch auch ganz allein ausmachen können.«

Zwanzig Minuten später stelle sich Captain Johnson ein. Langsam umrundete er drei-, viermal meinen Stuhl und trat dann einen Schritt zurück, um mich zu mustern. »Ja«, sagte er, nachdem er mich dreißig Sekunden lang fixiert hatte, »das ist wirklich Henry, ich könnte einen Eid darauf ablegen.«

Ehrlich, ich habe keine Ahnung, warum er soviel Zeit brauchte, um mich zu identifizieren.

Er lächelte. »Tja, tja, Henry, da hast du dir ja hübsch was eingebrockt.«

Ich durfte gehen, nachdem ich Captain Johnson mein Wort gegeben hatte, mich am nächsten Morgen in aller Frühe zur Entgegennahme einer angemessenen Disziplinarstrafe in seinem Büro zu melden.

Auf dem Heimweg kaufte ich mir eine Flasche Sherry. Es war die zweite in diesem Jahr.

Abends mühte ich mich über einem Kreuzworträtsel in Sonntagsformat, als plötzlich Ralph bei mir auftauchte.

Er strahlte. »Henry, also, du hast's wieder mal geschafft. Uns den Mörder ans Messer geliefert. Er ist schon hinter Schloß und Riegel.«

Zuerst blickte ich etwas verständnislos, faßte mich aber rasch. »Aha, genau wie ich vermutet hatte. Also war Netterly doch der Killer. Er hat wohl eine Falle geargwöhnt und wollte mit einem superschlauen Trick die Spürhunde der Justiz von seiner Fährte ablenken.«

»Nein, Henry. Netterly ist nicht der Mörder.«

Nicht Netterly? Aber, wenn es nicht Netterly war, wer um alles in der Welt war es dann? Ich schlug mir an die Stirn, und das nicht zu knapp. Aber natürlich. *O'Higgins.* Der arbeitsfreudige Geschäftsführer des Clubs. Wenn *einer* etwas über alle Klubmitglieder und ihre Probleme wußte! Ich lachte in mich hinein. »So auf Anhieb würde ich sagen, daß der Name des Mörders *O'Higgins* ist.«

»Nein, Henry. *Auch nicht* O'Higgins. Lionel Casterbridge.«

»Linoel Casterbridge?«

Ralph hielt darauf, die Leute zappeln zu lassen. »Als du im Country Club abgezogen warst, da meinte Captain Johnson, er könnte an der Bar noch schnell einen zur Brust nehmen. Er erkannte den Barkeeper, und es fiel ihm ein, daß der immer noch auf Bewährung draußen war. Und wenn du unter Bewährung stehst, dann gibt es *einen* Job, den du nicht annehmen darfst, nämlich Barkeeper. Also gab sich Johnson zu erkennen. Der Barkeeper wurde weiß wie die Wand, fing an zu zittern und sah aus, als ob er jeden Augenblick abhauen oder umkippen würde. Mit anderen Worten, eine richtige Überreaktion. Also dachte Johnson sich, da könnte noch mehr dahinterstecken als nur ein Verstoß gegen die Bewährungsvorschriften. Er nahm den Mann auf die Seite und knöpfte ihn sich vor. Der Barkeeper gehört nicht zu der Sorte, die lange durchhält. Er verhaspelte sich von hinten bis vorn, dann rutschten ihm ein paar Sachen raus, und zum guten Schluß fiel er dann um.«

Ich erfaßte die Situation. »Und der Barkeeper heißt Lionel Casterbridge?«

»Nein, Henry. Charley Stevens.«

Ich hatte mich bewundernswert in der Gewalt. »Wer zum Teufel ist dann Lionel Casterbridge?«

»Er und Stevens waren Zellennachbarn in Waupon und kamen ungefähr zur gleichen Zeit auf Bewährung raus. Als Stevens dann diesen Job an der Bar kriegte, da kam ihm von seinen Gästen so allerhand zu Ohren. Das brachte ihn auf eine glänzende Idee. Die Leute erzählen gewöhnlich einem Barkeeper mehr als ihrem Psychiater. Er brauchte nun nur noch seine Informationen zu sammeln und sie an Casterbridge weiterzugeben, der dann den persönlichen Kontakt herstellte, die geschäftlichen Verhandlungen führte und die Morde erledigte. Die Beute teilten sie halbe-halbe.«

Ralph schmunzelte. »Der Captain sagt, du kannst deine Meldung morgen früh in seinem Büro vergessen. Es ist alles vergeben.«

Ich ging zum Fenster und besah mir die tristen Sterne an einem tristen Nachthimmel.

»Henry«, sagte Ralph, »du solltest nicht immer hier drinnen hocken. Mehr unter Menschen gehen. Das Buch des Lebens leben.«

»Lieber Ralph, man kann das Buch des Lebens nicht leben. Man hat ja kaum Zeit, das Inhaltsverzeichnis zu lesen, geschweige denn, das Sachregister durchzusehen. Und außerdem hatte ich einen Onkel, der ist an seinen Ausschweifungen gestorben. Kein schöner Tod.«

Dessen ungeachtet schenkte ich mir noch ein Glas Sherry ein.

Miss Gibson

Linda Barnes

Ich reise nicht gern, höchstens mal mit dem Auto oder mit dem Taxi. Und selbst dann habe ich gern das Sagen und fahre selbst. Wenn Sie mich tatsächlich einmal in einem Flugzeug treffen sollten, hat sicher ein anderer die Rechnung bezahlt. Wenn Sie mich in der ersten Klasse sehen – die Flugnummer 707 der United nach Denver, weiter mit der ersten Klasse United Nummer 919 nach Portland, Oregon –, können Sie absolut sicher sein, daß die Dame, die mein Ticket bezahlt hat, Dee Willis heißt.

Sie erinnern sich doch an die Pop- und Bluessängerin, die nach zwanzig Jahren Tingelei durch die Bars endlich einen Grammy bekam? Diese heiße neue Sängerin mit – kann das sein? ist das möglich? – so etwas wie Würde und Integrität. Dee war immer schon verdammt stur gewesen und scherte sich nicht um Trends. Sie machte einfach das weiter, was sie schon immer getan hatte. Sie hat sich nie dem Publikum verkauft. Die Fans mußten sich schon selbst ein bißchen anstrengen.

Teufel, sogar ich muß es zugeben: Dee hat verdammt viel Integrität. Sie fördert gute Zwecke, singt sich bei Wohltätigkeitsveranstaltungen für kranke Musiker und Aids-infizierte Kinder die Seele aus dem Leib. Mir persönlich schnürt es angesichts ihrer Güte immer ein bißchen die Kehle zu, weil ich auf Dee eifersüchtig bin, solange ich denken kann: erstens und auf ewig wegen ihrer wunderschönen, hohen Sopranstimme; zweitens, weil sie mir vor einiger Zeit meinen damaligen Ehemann Carl Therieux, einen Cajun-Bassisten, ausgespannt hat.

Da wundert es nicht, daß ihre hastig hingekritzelte Bitte mich nicht dazu bewegen konnte, meine Höhle in Cambridge, Mass., zu verlassen. Auch die Aussicht auf Flug- und Konzerttickets erster

Klasse konnten mich nicht umstimmen. Erst ein sorgfältig ausgehandeltes Honorar lockte mich in die Boeing 737, durch deren winzige Fenster ich jetzt nach unten schaute.

Dee nennt etwas ihr eigen, das ich unbedingt besitzen möchte, und damit meine ich nicht meinen Exmann, der jetzt nicht mehr zu ihrer Band gehört und sich außerdem auch nie in ihrem »Besitz« befand. Vor fünfundzwanzig Jahren traf Dee Reverend Gary Davis, den blinden Bluesmusiker, der Spirituals schrieb und, wenn es ihn überkam, auch Hymnen an die menschliche Schwäche wie »Baby, Let Me Follow You Down« spielte. Der Reverend war so angetan von Dee, daß er ihr Miss Gibson, seine Lieblingsgitarre, vermachte. Dee spielt kaum noch auf Miss Gibson, weil sie ein ganzes Arsenal speziell für sie angefertigter elektrischer Gitarren und glänzende Stratocaster besitzt. Ich würde Miss Gibson behandeln, wie es ihr gebührt, ihr ein besseres Zuhause geben.

Die Vorstellung, daß Reverend Davis' Gibson meiner alten National-Steel-Gitarre Gesellschaft leisten könnte, verlieh meiner Phantasie Flügel. Ich umklammerte die Armlehnen und versuchte, das Flugzeug mit Gedankenkraft zu lenken.

Lächerlich. Ich atmete sechsmal tief durch, akzeptierte die Sinnlosigkeit der Telekinese und verfiel in unruhigen Schlaf.

Am International Airport von Denver machte ich einen Zwischenstopp und verschwand in einer nahegelegenen Damentoilette, wo ich mir kaltes Wasser ins Gesicht spritzte, meine roten Haare ausschüttelte, und in der Hoffnung, daß die Beleuchtung schlecht war, einen haßerfüllten Blick in den Spiegel warf. Eine Mutter von Zwillingen blieb ruhig und gelassen, während der eine ihrer Sprößlinge kotzte und der andere sich die Seele aus dem Leib schrie.

Während wir in der Maschine nach Portland auf den Start warteten, bat ein Mann auf der anderen Seite des Ganges die Stewardess um einen Bailey's auf Eis. Auf meinem Flug von Boston nach Denver hatte ich mir trotz der großzügigen Angebote keinen Alkohol bestellt, aber jetzt klang der Bailey's so verführerisch, daß ich beschloß, dem Mann Gesellschaft zu leisten.

Bailey's war zu Hause immer der Lieblingsdrink meines Vaters gewesen. In Bars bevorzugte er ein Bier und einen Schnaps, genau wie alle anderen irischen Polizisten. Auch nachdem meine Eltern sich getrennt hatten, hatte meine Mutter immer noch eine Flasche davon für ihn im Haus. Sie selbst trank am liebsten Pfefferminzlikör. Widerlich.

Viele Bailey's später knirschte ich mit den Zähnen, als die Räder des Flugzeugs krachend auf der Landebahn von Portland aufkamen. Ich entspannte mich erst wieder, als das verdammte Ding zum Stehen kam. In Flugzeugen habe ich immer das Gefühl, keine Kontrolle über die Situation zu haben.

Dee Willis hat immer schon Stil gehabt, und jetzt hat sie auch noch das Geld dazu: Am Ausgang wartete ein Typ in voller Livree und mit einem Schild mit der Aufschrift CARLYLE auf mich. Er hatte breite Schultern und war stämmig. Während wir darauf warteten, daß meine Reisetasche auf dem Förderband vorbeikam, widersetzte er sich all meinen Versuchen, Konversation mit ihm zu machen. Dann hievte er sie hoch, riß erstaunt den Mund auf, als er merkte, wie leicht sie war, und musterte mich mit zusammengekniffenen Augen, als wolle er mich fragen, warum ich meine Sachen nicht einfach mit an Bord genommen und uns die zwanzigminütige Warterei erspart hatte.

Ich sah keinerlei Veranlassung, ihm zu erklären, daß ich mein Gepäck aufgeben mußte, weil sich darin eine Smith & Wesson 4053, zwei Magazine und ausreichend Munition befanden, um einen Flugzeugrumpf zu Schweizer Käse zu verarbeiten. Ich bin kein US-Marshal, sondern nur eine Privatdetektivin; ich darf im Flugzeug keine Waffen dabeihaben. Um überhaupt Waffen tragen zu dürfen, würde ich mich mit den Portlander Polizisten in Verbindung setzen, ihnen meinen Auftrag erklären und eine zeitlich befristete Genehmigung beantragen müssen.

Ich hatte Dee gesagt, sie solle jemanden aus Portland anheuern. Aber anscheinend ist es mein Schicksal, Dee immer wieder gute Ratschläge zu geben, die sie nie befolgt.

»Ich werde verfolgt«, hatte sie in ihren immer dringlicheren Anrufen gesagt. Der Mann war in jedem Konzert in jeder Stadt, immer in der gleichen Sitzreihe, mit bunter Westernkleidung, fast, als wolle er, daß sie ihn sehe, als wolle er aus der Menge herausstechen. Immer zu nahe.

Ron, Dees langjähriger Leadgitarrist, und ein paar andere Jungs von der Band hatten den Mann eines Abends zur Rede gestellt. Er war überhaupt nicht erstaunt gewesen, hatte sich nicht verdrückt. Beim nächsten Konzert war er wieder aufgetaucht, als sei nichts gewesen – und jetzt sandte er, vielleicht auch jemand anders, verwelkte Blumen und häßliche Briefe. Dee hatte mir per Federal Express ein Beispiel der halblyrischen Art geschickt:

Unser Leben ist durch Ketten aus Stahl verknüpft,
Ketten aus Stahl, meine Lady Blue.
Ich hab 'ne Kettensäge gesehen im Eisenwarenhandel.
Und ich hab an dich gedacht. An dich gedacht.

Das alles in Druckschrift, plump wie ein Neandertaler. Mit billigem Kugelschreiber. Ohne Unterschrift. Wahrscheinlich nicht die Sorte Fanpost, die Dee gern bekommt. Und keinerlei Beweis dafür, daß der Brief von dem Mann stammte, der sie verfolgte.

Aufgrund eines Versehens mußte Dee in Portland drei Shows hinter sich bringen. Eigentlich sollte sie in einer großen Halle auftreten, doch ihr Manager hatte den Buchungsfehler erst entdeckt, als es nur noch Stehplätze gab. Da sie all die Leute, die sie schließlich doch noch zum Star gemacht hatten, nicht enttäuschen wollte, hatte sie eine kleinere Halle angemietet. Intim. Nahe dran am Publikum. Nahe dran an dem Mann, der sie verfolgte. Sie hatte Angst.

Heuer einen Leibwächter an, hatte ich ihr vorgeschlagen.

Ja, dich, hatte sie gesagt. Daraufhin hatten wir uns über die Konditionen unterhalten, und in denen war auch Miss Gibson inbegriffen. Dann waren die Tickets gekommen. Für die Flüge und alle drei Konzerte.

Tolle Plätze.

»Ich hab gedacht, hier in Portland schneit's nicht«, murmelte ich, als der Chauffeur und ich uns durch den eisigen Wind kämpften, der hin und wieder weiche, feuchte Schneeflocken herantrieb.

»Das ist der erste Schneesturm seit '89«, brummte er. »Extra für Sie bestellt.«

»Fahren Sie oft im Schnee?« fragte ich.

»Nee«, antwortete er und versuchte, ziemlich wirkungslos übrigens, den Schnee mit dem Handschuh von der Windschutzscheibe zu entfernen.

Im Terminal waren mir bereits Leute aufgefallen, die sich die Nasen an den Panoramafenstern plattdrückten und mit großen Augen die schäbigen fünfzehn Zentimeter Schnee bestaunten, für die die Bewohner von Boston höchstens ein Lächeln übrig gehabt hätten. Gleich empfand ich Mitleid für die Leute hier, die nur zwei klimatische Zustände kannten – regnerisch und trocken –, und ich wünschte mir, ich hätte dem Fahrer eine Schippe anbieten können statt meiner Pistole.

Ich blinzelte müde. Ich war nach ein Uhr morgens angekommen, also war es jetzt nach vier Uhr. Bostoner Zeit. Das bißchen Schlaf, das mir auf der Strecke nach Denver vergönnt gewesen war, zählte nichts im Vergleich zu der Bailey's-Sauferei. Ich konnte mich kaum auf den Beinen halten in dem eisigen Wind.

Ich war dankbar, als der Chauffeur die Beifahrertür hinten aufmachte, und konnte gut verstehen, daß er nicht höflich wartete, bis ich eingestiegen war. Dann hörte ich, wie er den Kofferraum öffnete, und empfand so etwas wie Bedauern, weil ich wieder von meinem Gepäck getrennt war.

Ich fahre manchmal Taxi, wenn ich als Privatdetektivin nicht genug Geld verdiene, um meine Fixkosten zu bezahlen. Also wanderte mein Blick sofort zu der Sonnenblende. Kein Foto, keine Lizenz. Mach dir keine Gedanken, redete ich mir ein. Das hier ist kein Taxi, sondern eine Limousine. Und für die gab es in den meisten Städten keine Vorschriften.

Ich hielt inne, ein Bein bereits im Wagen. Die Verriegelungen an den vorderen Türen waren wie kleine »Ts«, die an den hinteren gerade, glatt und kurz, wie die abgefeilten Dinger auf dem Rücksitz vom Streifenwagen.

Ich zog den Fuß zurück und trat direkt in einen Schneehaufen, der sofort meine dünnen Stiefel durchweichte. »Haben Sie einen Schaber im Kofferraum?« fragte ich so beiläufig wie möglich und versuchte dabei, auf gleiche Höhe wie der Chauffeur zu kommen.

Er wich zurück. »Keine Ahnung. Wollen Sie nachschauen?«

Meine Ledersohlen rutschten über das Glatteis auf dem Gehsteig. Ich mußte mich aufs Stehen konzentrieren. Das war keine Ausrede, sondern die nackte Wahrheit. Der »Chauffeur« versetzte mir einen Stoß und hatte kein Problem, mich kopfüber nach vorne zu schieben. Ich besaß kaum die Geistesgegenwart, den Kopf einzuziehen. Wenn ich es nicht getan hätte, hätte es mir möglicherweise das Genick gebrochen, als der Kofferraumdeckel herunterknallte.

Gott und der Ford Motor Company sei gedankt für den großen Kofferraum der Lincoln Town Cars. Und für die weichen Matten. Mein Kopf stieß gegen meinen weichen Matchbeutel.

Verdammt. Ja, ich hatte einen Jetlag, war halb betrunken und befand mich zu einer völlig unchristlichen Zeit in einer wildfremden Stadt, aber zumindest hatte Dee den Mann beschrieben, der sie verfolgte: Er war bullig, groß wie ein Schrank und vierschrötig wie mein »Chauffeur«. Ich fluchte und fluchte noch einmal. Eine Uniform macht Eindruck. Man muß einem Kerl in Livree, einem Kerl, der deinen Namen auf einem Schild spazierenträgt, einfach vertrauen.

Der Motor heulte viel zu schnell auf, als daß der Fahrer die Fenster ordentlich sauber gemacht haben konnte. Als wir uns in Bewegung setzten, versuchte ich herauszufinden, wie groß der Kofferraum tatsächlich war. Ich streckte zuerst meinen rechten Arm aus, dann meinen linken, drückte mit beiden gegen den Kofferraumdeckel, dann mit beiden Füßen, nur für den Fall, daß das Schloß nicht richtig zugegangen war. Aber nein, das Glück hatte ich nicht. Sieben plus zwei, dachte ich. Sieben plus zwei.

Ich selbst fahre einen alten Toyota, aber als Autofan führe ich mir an den Kiosken und in den Büchereien immer die Jahresberichte über die neuesten Modelle zu Gemüte, vorausgesetzt, ich muß kein Geld dafür hinblättern. Und sieben plus zwei bedeutet, daß der Kofferraum riesig ist; darin ist genug Platz für sieben große Koffer und zwei kleine Reisetaschen. Kubikzentimeter verfügbaren Sauerstoffs wären in meinem Fall allerdings ein passenderes Maß gewesen.

Ich lag auf dem Rücken wie eine Schildkröte. Mein Matchbeutel, der vermutlich kleiner war als die Reisetaschen aus den Jahresberichten, befand sich neben meinem Kopf. Meine Knie berührten den Kofferraumdeckel. Es herrschte undurchdringliche Dunkelheit. Wir rasten um eine Ecke, und ich wurde in eine noch unbequemere Position gedrückt.

Hatten Lincoln Town Cars eine Verbindung zwischen Kofferraum und Rücksitz? Wahrscheinlich nicht. Die hatten meistens nur die Wagen mit geringem Kofferraumvolumen. Trotzdem kroch ich tiefer in den Kofferraum hinein und tastete nach einer Vorrichtung, die möglicherweise nach vorne führte. Große Anstrengung, kein Erfolg. Nur Schweiß.

Also blieb mir nur noch mein Matchbeutel. Ich mußte ihn in die richtige Position schieben, ihn öffnen, die Smith & Wesson in ihrem silikongefütterten Holster sowie ein Magazin finden und sie laden. Und ich durfte nicht aus Versehen einen Schuß abgeben. Ich stellte mir vor, wie eine Kugel durch das Innere des Kofferraums jagte und immer wieder abprallte, bis sie ein weiches, gemütliches Ziel in meinem Körper fand. Ich stellte mir vor, den Tank zu treffen. Selbst wenn die Kugel mich und alle entflammbaren Flüssigkeiten verfehlte, würde mich der Knall taub machen.

Wir fuhren zu schnell um eine Kurve. Ich versuchte, Halt zu finden, schlitterte aber nach rechts, weg von meinem Matchbeutel.

Der Mann, der Dee verfolgte, hatte einen Verbündeten unter Dees Leuten. Dee ist nämlich kein Plappermaul, sie kann schweigen. Sie erzählt nicht allen Roadies und Groupies ihre Pläne. Hatte sie irgend jemandem etwas von meiner Ankunft gesagt? Hatte sie vielleicht eine Notiz beim Telefon liegenlassen? Hatte jemand sie belauscht, als sie im Reisebüro anrief? Hatte sie einen Handlanger mit der Aufgabe betraut, der für den Verfolger von Dee arbeitete?

Wer wollte Dee aufhalten, ihr einen Schreck einjagen, damit sie nicht mehr auftrat?

Sie war nie mit einer Backgroundsängerin oder einer Vorgruppe aufgetreten. Niemand aus ihrer Mannschaft würde auf die Idee kommen, Dee Willis ersetzen zu wollen.

Vielleicht hatte ihre Plattenfirma einen Schläger angeheuert, um sie von der Bühne ins Plattenstudio zu scheuchen. Dee machte nicht viele Alben; sie liebte die Aufregung eines Liveauftritts. Sie sagt, sie hat eine Roadband und ist stolz darauf.

Für ihre letzten beiden CDs bekam sie schon nach kürzester Zeit

Platin. Wenn sie mehr Studioaufnahmen machte, verdiente vielleicht irgendwer bei MCA/America sich eine goldene Nase.

Aber würde ein Gigant der Unterhaltungsindustrie einen Schläger anheuern, um einen seiner Stars einzuschüchtern? Den Leuten in L. A. würde ich alles zutrauen.

Ich robbte wieder in Richtung Matchbeutel.

Erster Schritt: einfach. Den Matchbeutel aufmachen. Die Schlüssel dazu hatte ich in der Gesäßtasche; aus Handtaschen mache ich mir nicht viel. Zum erstenmal seit der Schulzeit wünschte ich mir, daß ich nicht über einsachtzig wäre. Ich rollte zur Seite, drückte einen Arm nach hinten und holte den Schlüssel heraus. Klingt vielleicht ganz leicht, aber probieren Sie das mal im Dunkeln, in einem Kofferraum und obendrein noch in einem schlingernden Fahrzeug.

Meine Finger ertasteten das Schloß, öffneten den Beutel und fanden das Pistolenholster. Ich steckte es zwischen meine zitternden Knie. Dann war alles nur noch eine Frage der Zeit, denn meine Finger wurden immer gefühlloser und unbeweglicher, je kälter sie wurden. Und mit Handschuhen hätte ich überhaupt nichts ausgerichtet.

Ich konnte kein Magazin finden. Etwas Spitzes stach mich in die Hand. Was? Eine Nagelschere, die aus meiner Toilettentasche ragte? Blut quoll aus der Stichwunde; ich wischte etwas davon auf die Matte. Ein Beweis. Nur für alle Fälle. Ein schlangenähnliches Kleidungsstück wickelte sich um mein Handgelenk. Eine Strumpfhose. Da. Endlich schloß sich meine Hand um ein Viereck aus Metall. Die Schachtel mit der Munition befand sich ganz unten in dem Beutel.

In welche Richtung sollte ich schauen, wenn er den Kofferraum öffnete? Sollte ich es mit einer ganzen Rolle versuchen, um die Ellbogen auf dem Boden aufstützen zu können? Der Wagen blieb stehen. Eine rote Ampel? Ein Verkehrsstau? Ich hörte, wie eine Tür aufging und zugeknallt wurde. Was war, wenn er Unterstützung holte? Was, wenn er den Wagen einfach stehenließ? »Frau während Schneesturm in Portland erfroren.« Vielleicht würde er in einer Woche wiederkommen und meine Leiche in den Fluß werfen.

Ich schob das Magazin in die Waffe.

Ich zwang mich zum Atmen. Ein und aus. Langsam und regelmäßig. Ich hörte keine Schritte.

Der Kofferraumdeckel öffnete sich so schnell, daß ich nur kurz eine Hand mit erhobenem Wagenheber sah, bevor die Taschenlampe mich blendete. Der Lichtstrahl gab mir eine Zielrichtung an. Der Hals tat mir weh von der Anstrengung, den Kopf aufrecht zu halten. Ich unterdrückte ein Zähneklappern und brüllte: »Lassen Sie sofort den Wagenheber fallen.«

Zieh nie die Waffe, wenn du nicht vorhast, sie zu benutzen. Schieß nie, wenn du nicht vorhast, deinen Gegner zu töten. Das hatten sie mir auf der Polizeischule beigebracht. Ich hätte keinerlei Gewissensbisse gehabt, den Chauffeur zu erschießen, schon weil er so ein lausiger Fahrer war, aber ich wollte ihm zuerst ein paar Fragen stellen.

Wenn er die Taschenlampe ausgeschaltet und sich schnell bewegt hätte, hätte er mich vielleicht erwischt. Ich hatte den Finger am Abzug, wenn das Licht ausginge, würde ich feuern.

Aber es ging nicht aus. Es schwankte ein wenig, und dann hörte ich einen dumpfen Schlag, wie von einem Wagenheber, der im Schnee landet.

»Hey«, sagte er, die Stimme um etliches höher als vorher. »Immer mit der Ruhe. Ich sehe vielleicht gefährlich aus, aber ich bin es nicht.«

»Tja, und bei mir ist es umgekehrt«, sagte ich in bedrohlichem Tonfall und überlegte dabei, wie zum Teufel ich aus dem Kofferraum herauskommen sollte, ohne auf das Schwein zu schießen. Denn irgendwie mußte ich ihn ablenken, während ich herauskletterte.

»Haben Sie das Ding entsichert?« fragte er nervös.

»Raten Sie mal«, antwortete ich. »Gehen Sie fünf Schritte zurück und legen Sie sich in den Schnee.«

»In den Schnee?«

»Ja, mit dem Gesicht nach oben. Machen Sie mir einen Schneeengel, und zwar einen guten.«

»Einen Schneeengel?« wiederholte er.

»Lassen Sie sich einfach auf den Rücken fallen«, sagte ich. »Wie heißen Sie überhaupt?«

»Warum?«

»Weil ich eine Knarre habe und Sie nicht, Sie Idiot.«

»Ich heiße Clay«, murmelte er.

»Okay, Clay. Ich möchte hören, wie Sie Arme und Beine schlagen. Ich will hören, wie Sie die Hände über dem Kopf zusammenschlagen, verstanden? Und zwar laut und regelmäßig. Wenn ich das Gefühl haben sollte, daß Sie sich den Wagenheber unter den Nagel reißen wollen, können Sie Ihre Kniescheibe vergessen.«

Ich bewegte mich erst, als ich ein Schnauben und dann rhythmisches Klatschen hörte. Dann schwang ich die Beine über die Kante des Kofferraums und brachte mich selbst in eine halb sitzende Position.

»Na schön, Engel«, sagte ich, sobald ich mich hochgerappelt hatte. Die Beine waren mir eingeschlafen und taten weh. Mein linker Arm brannte. Am liebsten hätte ich mich in den Schnee gehockt und geheult. Mich hingelegt und auch einen Engel gemacht.

»Was?« fragte er.

»Wollen wir uns unterhalten, oder soll ich schießen?«

»Kann ich jetzt aufstehen?«

»Warum? Wollen Sie sterben wie ein Mann?«

»Es ist arschkalt hier unten. Wenn wir uns unterhalten wollen, dann lassen Sie uns in den Wagen gehen und die Heizung andrehen.«

»Ich hab eine bessere Idee«, sagte ich, griff hinter mich und holte meinen Matchbeutel aus dem Kofferraum.

»Was?«

»Schlagen Sie weiter mit den Armen. Ich werde mich jetzt zehn Schritte vom Wagen entfernen. Kommen Sie nicht auf dumme Gedanken. Ich bin immer noch in Schußweite. Und wenn ich es Ihnen sage, stehen Sie auf, gehen zum Wagen und setzen sich in den Kofferraum.«

»In den Kofferraum?«

»Ja, wir tauschen den Platz.«

»Und dann?«

Er hatte einen Südstaatenakzent. Kein Wunder, daß er keine

Ahnung hatte, wie man einen Schneeengel machte. Sein Akzent erinnerte mich an jemanden, dessen Stimme ein bißchen tiefer gewesen war.

»Das haben Sie mir auch nicht gesagt, als Sie mich in den Kofferraum gestoßen haben«, sagte ich. »Oder?«

Er sah mich wütend an, ohne mir eine Antwort zu geben.

»Ich mache jetzt meine zehn Schritte«, sagte ich. »Sie können aufstehen.«

Er befolgte meine Anweisungen.

»Wer hat Sie angeheuert, Dee Willis zu erschrecken?« fragte ich.

Keine Antwort.

»Nun kommen Sie schon«, drängte ich ihn. »Sie meinen wohl, ich hätte nicht den Mumm, Sie kaltblütig zu erschießen, was? Denken Sie lieber noch mal drüber nach. Ich bin eine zugelassene Privatdetektivin, die für einen Fall angeheuert worden ist. Und meine Waffe ist auch legal. Es gibt Beweise – mein Blut, meinen Schweiß und meine Haare – in dem verdammten Kofferraum. Und dann wären da noch Ihre Fingerabdrücke auf dem Wagenheber. Eindeutig Notwehr.«

Nichts.

»Also: Wer hat Sie angeheuert?«

Ich mühte mich völlig umsonst ab. Ich weiß nicht – im Kino bedroht der eine den anderen mit der Waffe, stellt Fragen und bekommt seine Antworten. Tja, und im richtigen Leben habe ich es immer mit Idioten zu tun, die nicht weiter denken können als bis zu ihrer nächsten Mahlzeit.

Ich stieß dampfend den Atem aus und sagte: »Na schön, dann eben anders. Leeren Sie Ihre Taschen aus und lassen Sie alles in den Schnee fallen. Ich will sehen, wie die Autoschlüssel runterplumpsen. Und Ihre Brieftasche. Wahrscheinlich haben Sie ein Messer, und das würde ich auch gern im Schnee sehen.«

»Scheiße. Ich hab kein Messer.«

Ich zielte links neben seinen Fuß, drückte ab und traf eine Stelle im Schnee, knapp zehn Zentimeter neben seinem Fuß, näher, als ich beabsichtigt hatte.

»Das Messer.«

»Mein Gott, Lady«, sagte er. »Es ist in meinem Stiefel.«

»Tja, dann setzen Sie sich eben mit Ihrem fetten Arsch auf den Boden und ziehen Ihre Stiefel aus. Ganz ruhig. Stützen Sie sich mit der rechten Hand auf. So. Und ziehen Sie die Stiefel mit der linken aus. Einen nach dem andern. Ganz langsam. Und dann legen Sie das Messer auf den Boden. Ach ja, und ziehen Sie gleich noch die Socken aus, wenn Sie schon dabei sind.«

»Dann hol ich mir Frostbeulen.«

»Nicht so schlimm wie der Tod«, sagte ich freundlich. »Okay. Und jetzt stehen Sie auf und gehen zum Wagen. Die Hände bitte über den Kopf. Wenn Sie einen Schritt in meine Richtung tun oder sich nach dem Messer oder dem Wagenheber bücken, mache ich Hackfleisch aus Ihnen, ist das klar? Meine Finger sind inzwischen so kalt, daß ich Sie wahrscheinlich nur noch in den Bauch treffe. Aber Sie können sich drauf verlassen, daß ich das ganze Magazin abfeuern werde. Ich habe noch sieben Schuß übrig. Großes Kaliber.«

Ich fühlte mich besser, sobald ich den Kofferraumdeckel zugeknallt hatte. Dann hob ich die Schlüssel vom Boden auf und verschloß das verdammte Ding, nur um sicherzugehen.

Ich warf meinen Matchbeutel auf den Rücksitz, sammelte die Sachen des »Chauffeurs« ein – Stiefel, Stinkesocken und alles.

Sobald ich auf dem Fahrersitz saß, drehte ich den Zündschlüssel und schaltete die Heizung an. Dann sicherte ich die Smith & Wesson und legte sie ins Handschuhfach.

Ich suchte nach einer Straßenkarte. Nichts. Weder im Handschuhfach noch in den Sitztaschen. Während der Tag hereinbrach, sah ich mir die Brieftasche des Mannes genauer an.

Bargeld: einhundertsiebenundachtzig Dollar. Dazu ein verknitterter Zettel mit meinem – falsch geschriebenen – Namen, der Fluglinie – richtig geschrieben – und der Ankunftszeit. Ich steckte ihn in die Tasche und ging ein ganzes Arsenal sich widersprechender Ausweise durch. Er hatte einen kalifornischen Führerschein, der auf den Namen Claude Fillmer ausgestellt war. Und eine Discover Card auf Clyde Fulton. Dazu kamen mehrere Visitenkarten auf den Namen Clyde, eine davon mit der Information, er sei Versicherungsvertreter der State Farm Insurance, eine weitere, die seine Verbindung zur California Security Incorporated belegte.

Warum, so fragte ich mich, hatte er sich nicht gleich zum Präsidenten gemacht?

Ein Motelschlüssel für Zimmer Nummer 138.

Der Ausweis eines Videoverleihs auf den Namen Claude.

Ein Burger-King-Kassenzettel. So kam ich nicht weiter; ich hätte ihn dazu zwingen sollen, sich nackt auszuziehen.

Mooney, mein früherer Chef bei der Bostoner Polizei, hat mir einmal gesagt, daß Exsträflinge meist noch mehr in ihren Stiefeln versteckten als ein Messer. Fast konnte ich seine Stimme hören. Hoffentlich fing ich nicht zu halluzinieren an.

An der Innenseite des linken Stiefels ertastete ich ein Rechteck aus Pappe. Ich drehte den Stiefel um, schüttelte ihn, doch die Karte steckte im Futter. Sie fühlte sich zu dick und zu steif an für ein Herstelleretikett. Mit Clays (oder Claudes oder Clydes) Messer holte ich das Ding heraus, und ich freute mich über den Schaden, den ich dem Leder dabei zufügte.

Es handelte sich um einen Ausweis, wie man ihn oft in billigen Brieftaschen findet. Clayton Fuller hatte Teile davon mit kaum leserlicher Schrift ausgefüllt. Wenn Clayton etwas zustieß, etwas, das dazu führte, daß sich jemand seine Stiefel genauer ansah, interessierte das Mrs. Caroline Fuller in Hazlehurst, Mississippi, seiner Meinung nach am meisten.

Hazlehurst, Mississippi. Der Name verschwamm mir vor den Augen.

Memphis ist gleichbedeutend mit Elvis.

Detroit ist Aretha.

Liverpool bringen alle mit Lennon und McCartney in Verbindung.

Und Hazlehurst, Mississippi, ist der Geburtsort des legendären Robert Johnson, eines Mannes, der in seinem tragisch kurzen Leben insgesamt einundvierzig Stücke aufnahm und damit den Country Blues für immer geprägt hat. Sie nannten ihn den King des Delta Blues. Jeder Bluesmusiker, der etwas auf sich hielt, würde damit prahlen, im selben Ort wie Robert Johnson zu Hause zu sein, auch ein Musiker, der Jahre nach Johnsons mysteriösem Tod 1938 zur Welt gekommen war.

Zumindest einer hatte damit geprahlt.

Ich mußte den Wagen aus dem Schnee herausmanövrieren. Möglicherweise ging ich dabei angesichts meines Fahrgastes im Kofferraum ein bißchen unsanfter vor als unbedingt nötig.

Ich hatte keine Ahnung, wo wir waren. Also fuhr ich einfach auf der Suche nach einem Laden, einer Telefonzelle oder einem Polizeirevier drauf los. In dem Lincoln war noch eine halbe Tankfüllung Benzin.

Ich lenkte den Wagen auf den Parkplatz eines kleinen Tante-Emma-Ladens in der Nähe der Kreuzung und zog den Schlüssel ab, nachdem ich sämtliche Türen verschlossen hatte. Ich konnte es mir nicht leisten, daß mein vermutlich gestohlenes Auto noch einmal gestohlen wurde. Über der Tür des Tante-Emma-Ladens befand sich ein Schild mit dem Zeichen der Pacific Bell Telephone Company. Der Verkäufer schüttelte traurig den Kopf, während er mir mitteilte, daß ich mich in Gresham, Oregon, aufhielt. Frauen am Steuer, schien sein Blick zu sagen, wußten kaum jemals, wo sie waren. Ich war froh, daß ich meine Waffe im Handschuhfach gelassen hatte.

Ich bat um ein Telefonbuch und zehn Dollar Kleingeld. Und so fand ich heraus, daß es für ganz Mississippi nur eine einzige Vorwahl gibt: 601.

Claytons Mama war daheim, praktisch ans Haus gebunden, erklärte sie mir, seit die Arthritis sie so plagte, und sie erzählte mir alle möglichen Anekdoten über ihren Sohn und seine Freunde aus Kindertagen. Was für ein Gedächtnis.

Ich war ziemlich erschöpft, als es mir endlich gelang, sie loszuwerden. Mit Clays Geld kaufte ich mir eine Ausgabe des *Oregonian*, eine Straßenkarte, einen Becher heißen Kaffee und einen riesigen Nestlé-Knusperriegel.

Frühstück.

Im Vorübergehen klopfte ich auf den Kofferraumdeckel.

»Ich werd' bald ohnmächtig hier drin«, brüllte Clay.

»Gut«, rief ich zurück.

Gott allein weiß, was der neugierige Verkäufer, der mich durch die Jalousien hindurch beobachtete, dachte. Ich trank den Kaffee, ohne mich auf den Geschmack zu konzentrieren, und aß die Hälfte des Knusperriegels im Stehen in der frischen Morgenluft. Es war ein schönes Gefühl, im Sonnenlicht draußen zu sein.

Bei Dees erstem Konzert in Portland war die Luft anders – stickig und verraucht. Nach ein paar Stunden Schlaf hatte ich die Halle betreten, sobald die Türen geöffnet wurden. Ich war die erste Zuhörerin in dem winzigen Raum. Der Mann, der Dee verfolgt hatte, war nicht da. Die Polizei hatte ihn mir gern abgenommen. Davor hatten wir uns noch einmal unter vier Augen unterhalten. Ich hatte ihm erklärt, daß es wenig ratsam für ihn sei, den Namen Dee Willis zu erwähnen. Schließlich wollte er keine Drohbriefe bekommen und im Gefängnis massakriert werden.

Dee ist nämlich beliebt bei den Gefangenen, weil sie immer wieder in Gefängnissen auftritt.

Ich gestaltete meine Lügen so simpel wie möglich. Ich war am Flughafen gelandet und hatte kein Taxi finden können. Der Kerl hatte sich als Fahrer eines Limousinendienstes ausgegeben, mir angeboten, mich für zwanzig Dollar in die Stadt zu fahren, und mich angegriffen. Ich zeigte meine Zulassung und die Waffenlizenz aus Massachusetts vor. Der Kerl hatte sich das falsche Opfer ausgesucht. Die Bullen konnten meine Reaktion verstehen. Ich übergab ihnen die unterschiedlichen Ausweise von Clayton und schlug ihnen vor, für alle seine angeblichen Namen ausstehende Haftbefehle und Bewährungsverletzungen zu überprüfen.

Wahrscheinlich, so dachte ich, würden sie schnell fündig werden.

Nun sah ich den Leuten zu, die hereinkamen, jungen und alten, herausgeputzten und lässigen. Sie lachten, machten Scherze, bereiteten sich auf das Vergnügen vor.

Es gab keine Vorgruppe. Als der Vorhang aufging, spielte die Band »For Tonight«, das frühe Stück, das Dee sozusagen zu ihrer Erkennungsmelodie gemacht hatte. Ihre Stimme kam verstärkt von überallher. Die Zuschauer machten große Augen. Sie erwarteten, daß sie von rechts auf die Bühne kommen würde, dann von links, dann durch irgendeinen Gang. Doch sie wählte den Augenblick ihres Auftritts perfekt, dramatisch wie immer, und kam hinter einer Leinwand auf der Bühne hervor. Ihr weißer Smoking glitzerte im Licht in allen Farben.

Ich lehnte mich auf meinem Samtpolster zurück und ließ mich von ihrem Auftritt verzaubern. Von den schweißglänzenden Körpern. Vom Rhythmus und den Texten und den wundervollen Harmonien. Von den alten Liedern John Lee Hookers und Robert Johnsons und Son Houses und Mama Thorntons, die Dee umgeschrieben und zu ihren eigenen gemacht hatte. Zuerst sah ich sie noch im Licht der Erinnerung, doch dann zog sie mich mit jedem Lied tiefer in die Gegenwart.

Das ist ihre Begabung. Sie läßt den Zuhörer durch ihre Musik alles andere vergessen. Sie bringt ihn dazu, sich in die Texte einzufühlen, die ein Pachtfarmer vor siebzig Jahren irgendwo in Mississippi geschrieben hat, und macht sie wichtiger als einen schlechten Tag im Büro oder einen Krach mit den Kindern. Dee geht ganz und gar in ihrer Musik auf.

Ich stand in der Pause nicht auf, sondern blieb sitzen, bis die letzte Zugabe verklungen war. Ich erhob mich erst, als alle anderen weg waren. Dann teilte ich einen roten Samtvorhang und ging die Treppe hinauf, die hinter die Bühne führte.

Die Garderoben befanden sich oben, acht Stück, zwei pro Stockwerk, also vier Stockwerke. Der »Chauffeur« hatte mir die Räume genau beschrieben. Ich wußte, welche Garderobe Dee gehörte: die hintere im ersten Stock. Doch ich ging noch eine Treppe weiter. Dann klopfte ich einmal und trat ein. Ich sprach leise, weil ich nicht wollte, daß Dee mich hörte.

Der Raum war spartanisch eingerichtet; von den nackten Wänden blätterte die Farbe, und auf dem Boden lag Linoleum. Ein Air Freshener kämpfte gegen die Körperausdünstungen an, ohne sich durchsetzen zu können.

Dee und mir haben schon immer dieselben Männer gefallen: großgewachsene, schmale, musikalische Typen. Ron, der mittlerweile Anfang Vierzig war, und mein Exmann Cal sahen einander auf den ersten Blick betrachtet so ähnlich, daß man sie für Brüder hätte halten können.

Ron knöpfte gerade ein purpurfarbenes Seidenhemd über seinem dünnen Körper zu und stopfte das Hemd in die enge Jeans.

Ihre Beine verschwanden in hohen Schlangenlederstiefeln. Seine Gitarre lag auf dem Tisch. Ich strich über eine Saite, um seine Aufmerksamkeit zu erregen.

Er sah mich im Spiegel und sank auf einen Holzstuhl.

»Carlotta«, sagte er. Sowohl sein Grinsen als auch sein Tonfall wirkten gezwungen.

»Mach dir nicht die Mühe, mich anzulächeln, Ron.«

»Ist kein Problem«, log er.

»Ich hab mich mit Clay unterhalten.«

Er suchte nach einer Erwiderung, nach einer Ausrede. »Clay hat keine Ahnung«, sagte er nach langem Schweigen. »Und Clay hat nichts mit mir zu tun.«

»O doch. Schließlich weiß er, wer ihn angeheuert hat, Ron.«

»Du hast keine Ahnung«, sagte der Leadgitarrist und ließ die Faust auf den Tisch sausen.

»Ich weiß, daß du sie liebst, Ron. Und ich weiß, daß das gar nicht so leicht ist.«

Er nickte, fast unmerklich.

»Ich meine die Sache mit Clay«, sagte er. »Wer will Dee schon begreifen. Ich hab's jedenfalls aufgegeben. Aber die Sache mit Clay hat sich verselbständigt, Carlotta. Ich wollte das nicht.«

»Nein, Ron? Du hast jemanden fast zu Tode erschreckt. Ein Mann hat Dee verfolgt und vorgestern nacht versucht, mich umzubringen.«

»Scheiße.«

»Hast du ihm gesagt, daß ich kommen würde?«

»Ich hab's ihm bloß gesagt, damit er Schiß kriegt, Carlotta. Ich hab ihm erzählt, Dee hätte einen Profi angeheuert, jemanden, der es ihm zeigen würde. Ich hab mir gedacht, daß ihn das abschrecken würde. Weißt du, er hat sich verändert. Die Menschen verändern sich einfach . . . Ich kenne ihn noch von früher. Hab auf der High-School Football mit ihm gespielt. Das ist alles.«

»In Hazlehurst«, sagte ich.

»Auf der Hazlehurst High, ja. Er war damals ein ganz schön harter Kerl. Und der ist er immer noch.«

»Hast du ihn geholt?«

»Er war in einem Konzert. Ganz plötzlich. Hinterher sind wir auf einen Drink gegangen. Er wollte, daß ich ihm Dee vorstelle. Das wünscht sich jeder Trottel in diesem Land, daß er Dee vorgestellt wird.«

»Und?«

»Also hab ich ihm gesagt, Dee und ich sind . . . zusammen, aber wir haben Probleme. Aber das weißt du ja, das ist nichts Neues.«

»Du meinst, es gab Probleme mit der Treue?«

»Du kennst sie ja.«

Ich verschränkte die Arme vor der Brust und sah ihn an. »Wogegen du selber immer ein Heiliger gewesen bist, Ron. Daran kann ich mich deutlich erinnern.«

»Für mich zählt nur Dee. Wenn sie . . .«

»Hast du ihr je einen Heiratsantrag gemacht?«

»Ich frage sie die ganze Zeit, ob sie meine Frau werden will. Sie sagt, sie will keine Kinder, also was soll's?«

»Und außerdem mag sie die Männer«, sagte ich.

»Wahrscheinlich lutscht sie grade wieder einen Schwanz«, erwiderte er sofort. »Zur Feier des Tages, weil Clay nicht aufgetaucht ist«, sagte Ron mit Grabesstimme. »Willst du nachschauen? Weißt du, für mich wär's nichts Neues, sie mit einem andern zu erwischen.«

»Lenk nicht ab, Ron. Es ist nicht ungesetzlich, sich durch alle Betten zu schlafen. Allerdings ist es ungesetzlich, jemanden mit dem Tod zu bedrohen.«

»Ehrenwort, Carlotta, ich hab versucht, ihn zurückzuhalten. Das können dir alle Leute von der Band sagen. Aber er war wie ein Hund, der eine Fährte aufgenommen hat. Er wollte mir einen Gefallen tun, egal, ob mir das recht war oder nicht.«

»Du hättest die Polizei informieren sollen.«

Ron schluckte. »Daran hab ich auch gedacht. Ich habe ihm gesagt, daß ich zu weit gegangen bin. Er hat gelacht, und dann hat er gesagt, er würde mir die Sehnen in den Händen durchschneiden, dann könnte ich nie mehr spielen. Er hat geschworen, daß er allen erzählen würde, es sei von Anfang an meine Idee gewesen, wenn ich ihn verpfeife.«

»Und – war's vielleicht nicht deine Idee?«

»Carlotta, ich *liebe* sie. Vielleicht habe ich etwas zu Clay gesagt, wahrscheinlich sogar, nachdem ich ein paar Schnäpse getrunken hatte. Weißt du, ich würde mir wirklich wünschen, daß sie mit der Rumbumserei aufhört. Clay hat die Sache ziemlich persönlich genommen. Er hat gesagt, er hat zwei Scheidungen hinter sich; jedesmal hat seine Frau ihn betrogen. Sie ist mit irgendeinem anderen Kerl ins Bett gegangen, während er zum Broterwerb außer Haus war.«

»Und du hast ihm das abgekauft?«

Ron starrte seine Stiefel an. Einer davon hatte eine tiefe Schramme vorne am Zeh. »Wenn seine Frauen ihm weggelaufen sind, haben sie wahrscheinlich einen Grund gehabt. Ich kenne eine Frau, mit der er damals auf der High-School gegangen ist. Wenn sie einen anderen Mann bloß angeschaut hat, hat er sie geschlagen. Sie ist weggezogen und hat niemandem gesagt, wohin. Soweit ich weiß, ist eine von Clays Frauen gerichtlich gegen ihn vorgegangen. Vielleicht existiert sogar ein Haftbefehl gegen ihn. Er hat mir erzählt, daß er seine Kinder nicht sehen darf, und er hat seine Frau eine Hexe genannt, die ihn kastriert. Er hat sich richtig reingesteigert, wie gemein sie war. Immer wieder hat er über sie geredet.«

Gut, dachte ich, in der Hoffnung auf diesen Haftbefehl. Ich wollte, daß dieses Schwein hinter Gitter kam, aber nicht auf Kosten von Dee. Sie konnte die Schlagzeilen in der Boulevardpresse nicht gebrauchen. Nicht jedes Arschloch, das den *Star* oder den *Enquirer* lesen konnte, sollte auf die Idee kommen, daß es sich auszahlen könnte, Dee Willis zu verfolgen.

»Und – ist sie dir auch gemein vorgekommen?« fragte ich Ron. »Ich meine die Frau.«

Er schüttelte den Kopf. »Sie hat nur so geklungen, als würd sie sich nicht alles gefallen lassen. Hat sich angehört, als hätte sie die Schnauze voll.«

Ich wiederholte: »Du hättest die Polizei informieren sollen.«

Er starrte mich mit seinen eisblauen Augen an. Seine Stimme klang leise und heiser, erschöpft. Er schüttelte den Kopf, immer wieder, ganz langsam, während er sprach. »Ich hab gedacht, er würde ein paar Abende dableiben und ihr eins klarmachen: daß die Welt da draußen sich verändert hat. Das weißt du auch, Carlotta.«

»Ja, Ron? Ich weiß nicht mehr so genau, wie's früher gewesen ist.«

»Früher hat man sich Filzläuse geholt oder den Tripper. Tja, und dann hat man sich Penicillin geben lassen. Das war keine große Sache.«

»Hast du Angst, daß sie Aids anschleppt? Dann hör auf, mit ihr zu schlafen. Oder verwende ein Kondom.«

»Meinst du, ich mache mir nur meinetwegen Sorgen? Verdammt, ich liebe sie.«

»Und deshalb heuerst du ein Schwein an, das sie zu Tode erschrecken soll. Was sollte er denn machen? Sie entführen? Sie vergewaltigen?«

»Das hab ich nie . . . Ich hab nur gedacht, daß sie dann abends zu Hause bleiben würde. Ich hab gedacht, sie würde sich hilfesuchend an mich wenden. Tja, und wen hat sie angerufen? Dich.«

Sein Blick verriet mir, daß Dees Hilferuf an mich für ihn eine bittere Pille gewesen war. Wieder einmal war sein Stolz verletzt worden.

»Und was genau sollte Clay mit mir machen, Ron?«

»Keine Ahnung«, sagte er und musterte dabei das Linoleum, als handle es sich um ein Kunstwerk. »Der Mann ist ein Idiot. Wahrscheinlich hat er gedacht, er könnte dir einen Schrecken einjagen.«

Ich dachte an die Zeit im Kofferraum. Besonders an die Augenblicke, in denen ich nicht gewußt hatte, ob Clay ihn öffnen oder einfach weggehen würde . . .

Er hatte seine Sache gut gemacht.

Ron sagte: »Ich glaube, Clay macht sich keine Gedanken mehr über mich. Ich fürchte, er ist auf Dee scharf. Ich habe schreckliche Angst, daß er ihr weh tut.« Er schluckte hörbar. »Ich glaube, ich bin soweit, daß ich zur Polizei gehe.«

Ich sagte: »Dazu besteht kein Anlaß, Ron. Um die Polizei habe ich mich bereits gekümmert. Du mußt etwas viel Schlimmeres machen. Erzähl's Dee. Und zwar alles.«

»Nein.«

»Tja, dann pack deine Siebensachen und mach dir Gedanken über deine Zukunft, weil sie dich vor die Tür setzen wird. Ich weiß, daß sie das machen wird, wenn ich es ihr erzähle.«

Er sagte nichts, starrte nur in den Spiegel, als verabschiede er sich vom besten Teil seiner selbst.

»Na los, Ron. Entschuldige dich. Bleib bei ihr.«

»Sie hat nie etwas anderes geliebt als die Musik, Carlotta«, sagte er, und dabei hüpfte sein Adamsapfel auf und ab. »Sie liebt mich nicht.«

»Aber sie kommt immer wieder zurück zu dir, Ron.«

»Ja, aber nur zurück.«

»Vielleicht ist das ihre Art, Liebe zu zeigen. Vielleicht hat sie nicht mehr Liebe zu bieten.«

»Ich weiß nicht, ob ich damit leben kann«, sagte er.

Ich war mir nicht sicher, ob er mit mir redete oder mit dem blassen, dürren Mann im Spiegel.

»Ich gebe dir zwei Tage, Ron«, sagte ich. »Zwei Tage, sonst erzähl ich's ihr.«

Ich winkte ein Taxi heran und fuhr geradewegs zum Flughafen. Es war kein Problem, die Tickets umändern zu lassen. In der ersten Klasse ist so etwas eine Lappalie.

Dee rief mich spät in der Nacht an und weckte mich aus dem Tiefschlaf. Wahrscheinlich wird Ron immer ihr Leadgitarrist bleiben.

Miss Gibson wurde mir von einem Kurier überbracht. Ich habe sie gestreichelt und im Arm gehalten, aber ich kann mich nicht überwinden, darauf zu spielen. Ich versuche es, doch irgend etwas läßt mich verstummen. Wenn ich die Saiten berühre, einen Akkord anschlage, überkommt mich ein Gefühl der Ehrfurcht.

Vielleicht auch der Angst. Diese wertvolle, zerbeulte Gitarre in der Hand, habe ich wahrscheinlich Angst, daß ich dem Zauber nie näher kommen werde als jetzt.

Das Geheimnis der Braut

Thomas Adcock

Es war eine schwüle Nacht im August. In dem windschiefen, alten Schindelhaus, das einsam zwischen einem freien Gelände und einem Schrottplatz stand, staute sich die Wärme. Mike und Franny saßen draußen auf den Treppenstufen der Veranda, wo es etwas kühler war, wenn auch nicht viel. Von hier aus konnten sie die matt schimmernden Sterne am Himmel sehen, und das half ihnen, sich von ihren unausgesprochenen Ängsten abzulenken. Hin und wieder sahen sie ein Glühwürmchen, und wenn man ein Glühwürmchen sieht, darf man sich etwas wünschen.

»Da ist noch eins, Mike.«

Franny hob den Kopf von seiner Schulter. Mike wußte, daß sie die Augen fest geschlossen hielt und sich auf ihren Wunsch konzentrierte. Dann lehnte sie sich wieder an ihn und seufzte.

»Ich habe mir gewünscht, daß wir reich und frei genug wären, um eine lange, lange Reise irgendwohin zu machen... nur du und ich. Das stelle ich mir wunderschön vor... du nicht auch, Mike? Irgendwann mal...«

Warum nicht jetzt? wollte er ausrufen. Statt dessen sagte er: »Doch, ich glaube schon.«

Er platzte beinahe vor dem Bedürfnis, ihr seine Sorgen mitzuteilen, die ihn so sehr quälten, aber er konnte keine Worte finden. Und es war so heiß.

»Ach, du bist so süß, Mike. Ich glaube, auch wenn ich mein ganzes Leben suchen würde, könnte ich keinen süßeren Ehemann finden als dich.«

Wenn er nur endlich einen Weg finden könnte, es ihr zu sagen... endlich den Anfang fände!

Franny sagte verträumt: »Es ist komisch, wie natürlich es mir vorkommt, daß wir beide zusammen sind, so als ob wir uns seit unserer Kindheit kennen würden und schon jahrelang verheiratet wären. Ich weiß, das klingt verrückt, wo wir doch erst vor einem Monat geheiratet haben.«

»Das ist überhaupt nicht verrückt, Franny«, sagte er und zog sie an sich. Bei ihr fühlte er sich immer wie ein Held. Dabei war er ein recht unscheinbarer Mann mit braunem Haar, groß und schwerfällig; niemand wäre jemals auf die Idee gekommen, ihn als den schönsten jungen Mann von Newburgh zu beschreiben. Und trotzdem war er sich seit jenem Tag im April, als er Franny zum erstenmal gesehen hatte, immer irgendwie wichtig vorgekommen. Manchmal fragte er sich, ob dieses Gefühl, das sie ihm vermittelte, der eigentliche Grund dafür war, daß er sie so sehr liebte, und überlegte, ob dies nicht auch eine Art der Selbstsucht war.

»Mike, wo bist du?«

Das war ein alter Scherz zwischen ihnen. Die Frage bedeutete eigentlich: »Was denkst du gerade?« Und jetzt, wo er ständig über diese Sache nachdachte, sie ihm solches Kopfzerbrechen bereitete und er unbedingt herausfinden wollte, was dahintersteckte, würde er sie wohl einfach fragen müssen. Vielleicht noch heute nacht.

Vielleicht würde sich alles als viel weniger schrecklich herausstellen, als er es sich ausmalte. Vielleicht gab es ja eine einfache Erklärung dafür, die auch einige andere Sachen aufklären würde; all das, was ihm Sorgen machte und Furcht einjagte – und sein Mißtrauen gegen ihren Vater weckte.

»Ich habe auch nachgedacht, Franny . . . Also, ich wirke vielleicht ab und zu etwas kalt, wenn ich . . .« Er würde sich Stück für Stück herantasten müssen, weil er sie nicht verletzen oder unglücklich machen wollte, wie es normalerweise der Fall war, kaum daß sie auf dieses Thema zu sprechen kamen. »Ich will nur sagen, daß ich mich deinem Vater gegenüber manchmal etwas abweisend verhalte. Versteh mich nicht falsch, Franny, es ist nicht, weil ich ihn nicht mag. Und auch nicht, weil ich denke, daß du und ich besser alleine leben sollten. Es ist nur . . . nun, vielleicht vermische ich einiges und stelle mir halt komische Dinge über ihn vor. Ach, wenn du mir doch einige Sachen erklären könntest . . .«

Eine gespannte Stille entstand zwischen ihnen. Mike fühlte, wie Franny trotz der Hitze erstarrte und sich von ihm entfernte, obwohl ihr Kopf weiterhin auf seiner Schulter ruhte. Er spürte ihr weiches, blondes Haar an seiner Wange und atmete ihren leichten Duft ein. Aber nun war es Franny, die abwesend wirkte.

Er verstärkte den Druck seiner Umarmung und fragte: »Franny?« Aber sie antwortete nicht.

Die Grillen auf dem freistehenden Gelände waren plötzlich überdeutlich zu hören, genauso wie jedes andere nächtliche Geräusch. Und die Hitze schien noch schwerer auf ihm zu lasten als vorher. Er nahm das Gemurmel zweier Stimmen wahr, das durch das offene Fenster aus dem Zimmer ihres Vaters drang, genau über dem Vordereingang, wo sie saßen.

Die eine Stimme gehörte ihrem Vater, die andere Nicky Maltin, der wie jede Woche vorbeigekommen war. Es klang, als seien sie in einen Streit verwickelt. Mike schämte sich ein wenig, als er feststellte, daß er sie heimlich belauschte.

Aber ich muß es herausfinden! sagte er sich selbst. Er mußte Franny all die Fragen stellen, die ihn in diesem ersten Monat ihrer Ehe gequält hatten – andernfalls waren sie gar nicht richtig verheiratet, auf jeden Fall nicht für sein Empfinden. Ehepartner sollten ihre Probleme teilen, ebenso selbstverständlich wie sie Freude teilten. Sie sollten keine Geheimnisse haben – so wie Franny. Sie sollten nicht so geheimnisvoll und undurchschaubar tun.

Mike dachte, daß er Franny all das erst einmal würde erklären müssen, schließlich war sie kaum achtzehn Jahre alt. Wahrscheinlich kannte sie das Leben eben noch nicht so gut wie er, der schon zweiundzwanzig war und allmählich zu durchschauen begann, um was es eigentlich ging. Das glaubte er jedenfalls. Und er würde es ihr ganz vorsichtig erklären.

»Franny«, begann er sanft, »wenn du mir zuhören willst, würde ich dir gerne einiges sagen.«

Sie schwieg eine Minute. Dann sagte sie mit belegter Stimme: »Okay, Mike.«

»Also . . .«

Er brach ab und legte seine Hände auf ihr Haar, strich ihr einige Strähnen aus dem leicht verschwitzten Gesicht. Sein Herz zog sich zusammen vor Liebe und Anspannung. Jetzt konnte er nicht mehr mit ihr reden, wie es ihm immer mit anderen Leuten geschah; so war er meistens, groß und schwerfällig und ganz und gar nicht der schönste Junge der Stadt. Normalerweise verstand sie ihn, sie verstand ihn wie kein anderer; und gewöhnlich ermutigte sie ihn, ihr alles zu erzählen und seine Gefühle zu offenbaren. Doch diesmal nicht. Denn sie wußte, daß er über ihren Vater reden wollte.

Von Anfang an war es so gewesen. Schon bevor sie geheiratet hatten und Mike davon gesprochen hatte, daß er gerne eine kleine Wohnung in der Nähe des Broadways im Zentrum der Stadt mieten würde, hell und sauber und umgeben von Geschäften; und daß sie neue Freunde haben würden, die sonntags zum Essen vorbeischauen könnten oder abends auf einen Drink. Schon damals hatte es dieses Geheimnis gegeben, alles war irgendwie falsch gelaufen, und Mike hatte nicht verstanden, warum, und aus Angst, sie zu verlieren, hatte er nicht gewagt, Franny zu fragen.

Sie hatte zu ihm gesagt, ohne ihn anzuschauen: »Wir müssen meinen Vater zu uns nehmen, Mike. Wir können ihn nicht alleine lassen.«

»Aber, Franny . . . können wir nicht wenigstens eine Zeitlang nur für uns sein? Zumindest am Anfang sollten junge Paare doch alleine sein, oder? Ich kann mir nicht vorstellen, daß dein Vater uns das übelnehmen würde.«

Ihr Vater sah nicht aus wie einer, der überhaupt irgend etwas übelnahm. Er war sanftmütig und hatte die Schultern immer leicht eingezogen, seine Augen waren wässerig blau und ausdruckslos, und er hatte graues, dünnes Haar wie Spinnweben. Franny sah ihm überhaupt nicht ähnlich. Sie war gut fünf Zentimeter größer als er und hatte lebhafte grüne Augen, graziöse athletische Schultern wie eine Schwimmerin und lange, muskulöse Gliedmaßen. Sie lächelte häufig. Ihr Vater hingegen verzog fast nie den Mund, und wenn er es tat, zitterten seine Lippen; er hustete die meiste Zeit und schien darauf zu warten, daß jemand käme und ihn dafür anbrüllte.

Wie unterschiedlich sie waren, war niemals stärker ins Auge gefallen als an dem Tag ihrer Hochzeit. Franny hatte ein helles, geblümtes Kleid getragen und Mike einen neuen blauen Anzug. Es war eine recht kleine Hochzeitsfeier, da Mike im Waisenhaus aufgewachsen war und es auf der anderen Seite nur Franny und ihren Vater gab. In dem Büro des Standesbeamten hatten sich sechs Gäste versammelt, Freunde von Mike aus der Kiesgrube, wo er arbeitete. Franny und ihr Vater waren erst in diesem Monat nach Newburgh gezogen und hatten noch keine Freunde hier. Als der Standesbeamte nach amerikanischer Art fragte: »Wer übergibt die Braut?«, dauerte es mehrere Sekunden, bis dieser sanfte, kleine, gebeugte Mann begriff, daß dies sein Stichwort war, und es wirkte mehr als unnatürlich, als er aufstand und mit zitternden Lippen sagte: »Ihr Vater.« Dann hustete er.

Doch Mike hatte nichts gegen diesen Mann; es gab auch keinen Anlaß, etwas gegen ihn zu haben. Er wollte bloß nicht mit ihm zusammenleben, das war alles. Deshalb fing er immer wieder davon an, wie schön es wäre, wenn Franny und er ihre eigene Wohnung hätten.

Schließlich konnte Mike seine Frau nicht gut in sein winziges Zimmer einziehen lassen, nur eine Straßenecke von dem Hotel entfernt, in dem sich Franny und ihr Vater bei ihrer Ankunft in der Stadt eingemietet hatten. Und das Hotelzimmer war zu klein für drei, zu klein eigentlich auch schon für zwei.

Doch sobald er von einer Wohnung anfing, antwortete Franny: »Ach, Mike . . .« Und die leise, flehende Stimme, die niedergeschlagenen Augen und das blonde Haar, das ihre Wangen umspielte, ließen sie irgendwie verlassen und verloren aussehen.

»Ich muß aber unbedingt bei meinem Vater bleiben, Mike. Das ist so furchtbar wichtig. Und du weißt, daß ich das nicht sagen würde, wenn es nicht so wäre. Bitte.«

»Aber, Liebling . . .«

»Bitte sag nicht nein, Mike. Ich würde sterben, wenn du nein sagst. Es ist wirklich wichtig!«

Er sah, daß sie Angst hatte, wenn sie dies sagte. Eine für Mike geradezu irrationale Angst bei dem bloßen Gedanken, einen Ort für sie alle drei finden zu müssen und die Schwierigkeiten, die es geben würde.

»Okay, Franny.«

Einige Tage später, als er erneut von einer Wohnung für sie beide anfing, war die Angst sofort wieder in ihrem Blick, so daß er das Thema fallenließ. Es gab wichtigere Dinge zu bereden, zum Beispiel, daß Mike und Franny in ihrer kurzen Bekanntschaft vor der Hochzeit festgestellt hatten, wie allein sie beide waren, und daß sie es auf verschiedene Art und Weise immer gewesen waren und daß sie nie wirkliche Freunde gehabt hatten, auch nicht als Kinder; und daß das Gefühl der Einsamkeit alles andere in der Erinnerung verdrängte, so daß sie beide plötzlich erwachsen gewesen waren, ohne sich an das Älterwerden erinnern zu können.

Eines Tages, ein paar Wochen vor der Hochzeit, hatte Franny bei einem Abendessen in der Hotelbar Mikes Hand ergriffen, sie festgehalten und gesagt: »Mike, wir . . . wir müssen meinen Vater das Haus aussuchen lassen, wo wir leben werden, wir drei zusammen.«

»Müssen . . .?«

»Wir müssen, daran ist nichts zu ändern. Ach, Liebling, ärger dich nicht. Außerdem bin ich sicher, daß er einen netten Ort finden wird, und die Miete können wir dann teilen. Bitte.«

»Aber Franny, ich verstehe einfach nicht, warum.« Dann sah er, wie sie mit den Tränen kämpfte und gleichzeitig lächelte, damit er den Kampf, den sie mit sich austrug, nicht bemerkte. Und er konnte nichts anderes sagen als das übliche »Okay, Franny.«

Viele Dutzend Male wollte er sie fragen. Warum waren Franny und ihr Vater von New York nach Newburgh gezogen, wo sie weder Familie hatten noch sonst jemanden kannten? Und warum wohnten sie in diesem Hotel und nicht in einer normalen Wohnung? Und warum konnte Mike sie nur in der Hotelbar treffen oder in der Lobby oder direkt vor dem Hotel? Warum wollte Franny sich nicht von dem Hotel oder von ihrem Vater entfernen?

Doch vor all diesen Dingen hatte er in der Zeit vor ihrer Hochzeit die Augen verschlossen. Mike hatte gehofft, daß sie nach der Hochzeit richtig zusammensein würden und die Dinge sich dann von selber klärten. Und sich vielleicht als gar nicht so fürchterlich herausstellten . . .

Aber warum hatte ihr Vater ausgerechnet dieses windschiefe, alte Schindelhaus in einer einsamen, heruntergekommenen Straße ausgesucht, voll mit alten, abgewetzten Möbeln, die Franny sich vergeblich mühte sauberzuhalten? Ohne direkte Nachbarn? Nur ein Schrottplatz lag auf der einen und ein freistehendes Gelände auf der anderen Seite, die meisten Häuser und Geschäfte waren mit Brettern vernagelt, und davor führte eine verlassene, mit Schlaglöchern übersäte Straße hinab zum Fluß und der Kiesgrube, in der Mike arbeitete.

Mike wußte, daß dies kein Leben für ein junges Paar war. Doch Franny beklagte sich nie, und auch das verstand er nicht.

Er selbst war den ganzen Tag bei der Arbeit, und auch ihr Vater war die meiste Zeit unterwegs. Und da war sie nun, ein achtzehnjähriges Mädchen allein zu Hause, und konnte nichts tun, als ein hoffnungslos verdrecktes Loch zu putzen und Fernsehen zu gukken, was sie nicht einmal besonders mochte. Sie war jung und hätte sich mit Leuten treffen sollen, reden, lachen, alberne Späße machen oder wenigstens mit irgendwelchen Nachbarn tratschen sollen.

Und zwei weitere Dinge gab es, die Mike wissen wollte: Frannys Vater schien über genügend Geld zu verfügen, obwohl er keiner geregelten Arbeit nachging und niemals über seine Arbeit sprach. Und der einzige Besucher, den er regelmäßig in dem schmuddeligen Haus empfing, war dieser merkwürdige Nick Maltin, den Mike nie zuvor in Newburgh gesehen hatte. Maltin war ungefähr so alt wie ihr Vater. Er war ein dicker Mann voller Energie, ganz anders als ihr Vater. Aber er war genauso ruhig. Nick Maltin tauchte immer abends auf, wollte aber nie mit ihnen essen.

Als Nick zum zweitenmal vorbeikam, hatte Mike zu Franny gesagt: »Laß uns doch mal ein paar Leute hierhin einladen, Leute in unserem Alter.«

Doch sie hatte geantwortet: »Mein Vater haßt Besuch.« Und ihre Augen waren voller Trauer.

Aus all dem schloß er, daß sie ihm etwas über ihren Vater verheimlichte.

Den ganzen Monat ihrer Ehe hatte er es gewußt, als sie in dem schmutzigen Schindelhaus in dieser üblen Straße wohnten. Und er hatte versucht, sich vorzumachen, daß alles seine Richtigkeit hatte und Franny so glücklich war, wie es unter diesen Umständen möglich erschien. Doch nun waren ihre Flitterwochen, die eigentlich gar keine gewesen waren, vorüber, und sie waren weder weggefahren, noch hatten sie eine Nacht ohne ihren Vater unter demselben Dach verbracht.

Nun würden sie wie ein richtiges Ehepaar leben müssen. Sie würden Freunde kennenlernen und das Haus mit Lachen erfüllen, und sie würden Vertrauen in den anderen gewinnen müssen, da sie für Geheimnisse beide zu jung waren.

Außerdem war Mike ziemlich sicher, daß er einen Teil von Frannys Geheimnis gelüftet hatte.

Er hatte eine wichtige Entdeckung gemacht. Eine Entdeckung, die er nicht verschweigen konnte, so sehr er es auch versuchte und so sehr das Schweigsame in der Natur eines großen, einfachen Mannes wie ihm lag.

An diesem schwülen Abend auf der Verandatreppe sagte Mike: »Franny . . .« Es kam unvermittelt und ein wenig lauter, als er beabsichtigt hatte.

Sie zuckte zusammen, und die Treppenstufe, auf der sie saßen, knarrte. Als sie sich bewegte, nahm Mike wieder ihren leichten Duft wahr, der Geist einer Blüte in der heißen Nacht. Wie er sich danach sehnte, alles vergessen zu können außer diesem Duft, wie gern er ihr einfach gesagt hätte, daß er sie liebte . . . und vielleicht war das auch das einzige, was wirklich zählte.

Doch so war es nicht. Das war ihm in den letzten Wochen klargeworden.

»Hör zu, Liebes«, begann er hastig, seinen Arm eng um sie geschlungen. »Ich weiß nicht, wie ich dir das alles sagen soll, und ich bin sicher, daß das meiste von dem, was ich sage, irgendwie falsch bei dir ankommen muß. Ich kann mich nie richtig ausdrükken, außer vielleicht, wenn ich sage: ›Ich bin verrückt nach dir, Franny‹, und das würde jeder Mann sagen, der dich kennt . . . Also, ich muß dir etwas sagen und möchte, daß du genau zuhörst und nicht weggehst, denn wir müssen uns diesen Dingen gemeinsam stellen, Franny. Die Leute halten uns vielleicht für Kinder, aber das sind wir nicht und sind es auch niemals wirklich gewesen. Wir haben uns immer den Dingen gestellt und müssen es auch jetzt tun.«

»Klar, Mike, das ist wohl richtig.«

»Also«, fuhr er ernst fort, »dann werde ich dir jetzt erzählen, was ich in diesem Haus gefunden habe, Franny. In dem Zimmer deines Vaters habe ich eine Waffe gefunden, einen Revolver. Er lag in seinem Schrank unter einigen Dingen versteckt, und er war geladen. Und ich habe noch einen gefunden, unten im Wohnzimmer, in dem Schreibtisch, den dein Vater immer verschlossen hält. Ich mußte die ganze Schublade durchwühlen, um ihn zu finden, und . . .«

In diesem Augenblick klangen die Stimmen der beiden Männer, Vater und Nick Maltin, in dem Zimmer über der Veranda lauter; doch das war nicht der Grund, warum Mike plötzlich schwieg. Er verstummte, weil Franny zu weinen anfing. Still und leise rannen ihr die Tränen, während sie an seine Schulter gelehnt dasaß. Ab und zu schluchzte sie auf wie ein kleines Mädchen. Mike tätschelte hilflos ihre Schulter und sagte nichts.

Schließlich hob sie den Kopf und schaute ihn an, und er konnte in der Dunkelheit die Tränen sehen, die silberne Spuren auf ihren Wangen hinterließen.

»Ach Mike«, flüsterte sie, »warum hast du das getan? In Vaters Zimmer herumschnüffeln und seine Schublade aufbrechen. Ich dachte . . .«

»Ich weiß, was du gedacht hast, Franny«, sagte er sanft. »Du hast geglaubt, ich würde deinen Vater niemals wegen irgend etwas verdächtigen, nicht wahr, Liebling? Ich habe niemals etwas gegen ihn gesagt, aber irgendwie hatte ich wohl immer den Verdacht, daß er ein Gauner ist und ihr auf der Flucht seid oder so. Ich habe versucht, das wegzuschieben, bis . . . ja, bis ich die Waffen im Haus gefunden habe. Aber tief in mir drin hab ich wohl immer geahnt, daß nicht alles so ist, wie es sein soll.«

»Ich hätte es dir wohl von Anfang an erzählen müssen, Mike. Es tut mir furchtbar leid. Aber er ist nun mal mein Vater, verstehst du? Ich konnte einfach nicht . . . Das hier ist die ganze Wahrheit, Mike: Mein Vater und dieser Mann da oben waren . . . Also, sie waren Partner. Sie haben Einbrüche gemacht, solange ich mich erinnern kann, schon als ich ein kleines Mädchen war, und seit dem Tod meiner Mutter gab es nur uns zwei, meinen Vater und mich. Das ist nicht sehr schön, Mike.«

Er sagte leise: »Erzähl weiter, vielleicht fühlst du dich dann besser, Liebes.«

»Ich hätte in einem Waisenhaus aufwachsen können wie du, Mike. Statt dessen durfte ich bei meinem Vater bleiben. Wir hatten keine Freunde, nie, denn wir konnten es uns nicht leisten, daß jemand uns zu nahe kam, und deshalb mußten wir ständig unterwegs sein. Ich glaube, wir haben schon überall zwischen Mittlerem Westen und Ostküste gewohnt.«

»Und Nicky Maltin war immer bei euch?« fragte Mike.

»Ja, mein Vater war der Kopf, und Nicky setzte die Dinge in die Tat um.«

»Und wie sah das aus?« wollte Mike wissen.

»Mein Vater hatte die Aufgabe, herauszufinden, wo in der Stadt es etwas Wertvolles zu stehlen gab. Er wußte solche Sachen von den Geschäftsleuten, für die er bei Versicherungsgesellschaften Geld anlegte, oder von den örtlichen Polizisten und Richtern. Nicky war dann der Partner, der das richtige Gespür hatte, um herauszukriegen, wie man am besten an die Sachen herankam. Es war, als würden sie ihr Geld selber drucken.«

»Dann seid ihr also nach Newburgh gekommen, um . . .«

»Nicht für das, was du denkst, Mike. Wir sind hierhergekommen, um Nicky loszuwerden.«

Mike sagte langsam: »Das verstehe ich nicht.«

»Nun, das hat mit dem anderen Unterschied zwischen Nicky Maltin und meinem Vater zu tun. Vater war klug genug, um zu wissen, wie er das Geld aus den Anteilen bei den Einbrüchen über die Jahre hin anlegen mußte, um sich eines Tages freiwillig aus dem Geschäft zurückziehen zu können. Nicky hingegen ist eher der Typ, der seinen ganzen Anteil sofort bis auf den letzten Penny ausgibt, sobald er das Geld in den Händen hat, bis er dann wieder mittellos dasteht und den nächsten Bruch machen will. Je älter ein Einbrecher wird, desto gefährlicher wird die Arbeit für ihn . . . und desto verzweifelter wird er. Nicky war nicht sehr vorausschauend, und deshalb . . .«

».... ist er gefährlich«, beendete Mike den Satz für sie.

»Genau.«

Mike sagte: »Und jetzt hat Nicky Maltin irgendwie herausgefunden, wo ihr lebt.«

»Ich dachte mir, daß es so kommen würde, aber nicht, daß es so schnell gehen würde. Außerdem glaubte ich, jetzt wo mein Vater ... ich meine, man sieht doch, daß er nicht mehr der Gesündeste ist ...«

Franny war bedrückt und abwesend. Sie schlang die Arme um ihre Knie, biß sich auf die Lippen und weinte leise. Sie schaukelte hin und her, als spürte sie tief in ihrem Inneren Schmerzen. Mike hielt sie fest. Die Stimmen im Obergeschoß wurden lauter.

»Seit einem Jahr ungefähr läßt er sich von Ärzten untersuchen«, sagte Franny. »Und alle sagen ihm, daß er nicht mehr viel Zeit hat ... verstehst du?« Sie wischte sich die Tränen vom Gesicht. Dann fragte sie: »Mike, hast du noch mehr in Vaters Zimmer gefunden, in dem Schrank, den du durchwühlt hast?«

Mike rief sich den Schrank in Erinnerung. Ein paar Kleider auf Bügeln, darüber das Bord. Die Waffe hatte er unter einem Stapel Pullover gefunden. »Kleider waren da und eine kleine Geldkassette, die ich aber nicht aufbrechen wollte.«

Franny nickte in der Dunkelheit. Sie blickte zum Fenster hoch, von wo das Licht und die Stimmen herüber drangen. »Mein Vater und ich haben gehört, daß Nicky auf eigene Faust einen Bruch gemacht und dabei jemanden umgebracht hat. Verstehst du jetzt unsere Situation?«

»Oh, Liebling ...«

»Nun, es betrifft uns nicht, nicht direkt auf jeden Fall. Mein Vater war vorsichtig genug, mit Nicky nur solche Dinge zu drehen, bei denen es um versicherte Gegenstände ging und niemand zu Schaden kam, so daß sich nach einigen Jahren niemand mehr dafür interessiert. Dennoch leben wir ständig am Abgrund, und du kannst einfach niemals entspannen und Polizei und Gesetz vergessen, ganz zu schweigen von den ehemaligen Kollegen, die weder Hirn noch Verstand haben ... Du weißt das wahrscheinlich nicht, Mike, da mein Vater nicht besonders mitteilsam ist und an die Decke gehen würde, wenn er wüßte, daß ich es dir erzähle.

Aber er ist so glücklich, daß er sich jetzt zurückgezogen hat und von seinen Zinsen leben kann; und er weiß, daß er nicht mehr lange Zeit hat, aber da er nie wirklich jemanden verletzen mußte, hat er ein reines Gewissen . . . und, Mike, er ist ganz unglaublich froh, daß ich dich gefunden habe und daß sein kleines Mädchen vielleicht ein halbwegs normales Leben führen kann . . .«

Und dann fing sie wieder an zu weinen, was mehr besagte als alle Worte.

Mike hielt sie behutsam in den Armen und strich ihr das Haar zurück. Und er fühlte sich wieder selbstsüchtig, weil er sah, daß diese merkwürdige und geheimnisvolle Situation sie viel stärker bedrückt hatte als ihn. Arme Franny, sie hatte niemals nach ihren eigenen Wünschen leben können, ebensowenig wie er es im Waisenhaus gekonnt hatte. Menschen, die so aufgewachsen waren, konnten als Erwachsene entweder irre daran werden oder aber andere lieben und verstehen, die genauso wie sie waren – andere, die auch keine Vergangenheit hatten, an der sie sich festhalten konnten. Auf diese Art hatte sie ihn so schnell und so heftig liebengelernt. Er war blind gewesen. Arme Franny, ihr Vater hatte sie wahrscheinlich als eine Art Deckmantel für seine verbrecherischen Aktivitäten bei sich behalten, anstatt sie in ein Waisenhaus zu geben; er hatte sie um ihre Kindheit betrogen, um Freunde und Nachbarn und Vergnügen; er hatte sie dazu gebracht, sich vor ihrem eigenen Ehemann zu schämen und schuldig zu fühlen.

Verdammt, dachte Mike in einem Ausbruch stillen Zorns, *wenn er schon ein Gauner sein mußte, warum hatte er seine Tochter mit hineinziehen müssen!*

Er zog Franny enger an sich, als ob die Kraft seiner Umarmung ihr all das geben könnte, was sie nie besessen hatte, und als ob er sie damit vor allen Verletzungen bewahren könnte. Und er legte seinen Kopf auf den ihren.

»Nicht weinen, Franny«, flüsterte er.

»O Mike, ich wünschte . . .« Er fühlte, wie ihr Körper sich anspannte, dann packte sie ihn am Arm. »Hör doch!«

Die zwei Stimmen von oben waren jetzt deutlich zu verstehen. Und in der Stimme von Nicky Maltin schwang eine Menge Ärger; als ob er sich nur durch Gewalt würde Luft machen können.

»Und du glaubst, ich würde dir diesen Aus-dem-Geschäft-zurückziehen-Quatsch abnehmen?« hörte Mike ihn sagen. »Du kleine miese Ratte, ich könnte jederzeit die Bullen auf dich hetzen und . . .«

»Und? Was ist mit dem Typen, den du in New York erledigt hast?« Die Stimme ihres Vaters war schrill vor Zorn. Er hustete und sagte: »Ich habe davon gehört.«

»Von wem weißt du das?«

»Ich habe so meine Quellen. Genauso wie du deine Quellen hast, um mich hier in Newburgh aufzustöbern.«

»Okay, vergiß es. Aber du mußt mir bei diesem letzten Dreh helfen, oder ich schwöre dir, ich werde mich an deine kleine Tochter und ihren bescheuerten Mann heranmachen!«

»Oh, einen Moment, Nicky, hör mir zu . . .«

»Ich habe dir oft genug zugehört! Ich hab die Nase voll von deinen . . .«

»Nicht so laut, sonst kriegen die da unten noch was mit!«

Ihre Stimmen wurden wieder leiser, und Franny wandte Mike ihr von Panik verzerrtes Gesicht zu, das genau verriet, was als nächstes passieren würde.

Und es passierte schnell.

Mike hörte Geräusche einer Rauferei aus dem Zimmer ihres Vaters, dann den Schuß und Frannys Schrei, den Mike niemals vergessen würde: »*Pa, o Pa . . .!*« Sie schrie und schrie und zerrte an Mike, als hätte sie Krallen an den Fingern. Dann hörte Mike Schritte auf dem Dach über sich und entnahm aus ihrer Schwere, daß der größere Mann den Schuß überlebt hatte – und schon war Nicky Maltin aus dem Fenster geklettert, gleich würde er zu Boden gesprungen und verschwunden sein, wenn nicht . . .

Innerhalb weniger Sekunden war Mike wieder auf der Veranda. In einer Hand hielt er ungeschickt den Revolver aus dem Wohnzimmer. Er rannte nach draußen und sah, wie Maltins stämmiger Körper sich auf den Rand des Vordaches zubewegte, ein schwarzer Schatten vor dem hellerleuchteten Fenster.

Er rief: »Wirf die Waffe weg!«

Dann, als Maltin den Rand des Daches erreicht hatte, fanden seine Finger den Abzug. Als er sah, daß der Schuß sein Ziel verfehlt hatte, feuerte er noch einmal. Nicky Maltin taumelte und fiel schwer und leblos zu Boden.

Mike stand bewegungslos in der Dunkelheit und starrte auf den Körper des Mörders. Keine Zeugen zeigten sich auf der leeren Straße, keine Lichter gingen in den benachbarten Fenstern an. Der Revolver lag kalt in Mikes Hand, obwohl er gerade zweimal abgefeuert worden war, kalt wie eine Leiche.

Er wußte nicht, wie lange er dort gestanden hatte, als Franny kam und ihre Hand in seine legte. Er sah sie nicht an. Es war etwas mit ihm geschehen, und er spürte, daß er nun, nachdem er einen Menschen getötet hatte, ein anderer war. Er hatte sich verändert und wußte, daß dies auch sein Leben verändern würde, zum Guten oder zum Bösen. Er konnte Franny jetzt nicht in den Arm nehmen und trösten und sagen, wie leid ihm alles tue. Sie kam ihm vor wie ein Kind, das er vor sehr langer Zeit gekannt hatte; ein Kind, das einen Helden aus ihm machen wollte und das er wahrscheinlich besser vergessen sollte.

Doch schließlich konnte er nicht mehr anders und drehte sich langsam zu ihr um. In ihrem Gesicht sah er, daß auch sie sich verändert hatte, für immer.

Sie waren nicht mehr so jung. Und sie waren nicht allein.

»Komm rein, Mike«, sagte Franny ruhig. »Wir müssen uns beeilen.«

Er versuchte, ihr zuzulächeln, und sie war getröstet, da sie verstand, daß er es nicht konnte, obwohl er es wollte. Und wie war noch der Satz von der Sandkastenliebe? *Wir sind zusammen aufgewachsen.*

»Wir sind zusammen aufgewachsen, Franny. Gerade eben sind wir erwachsen geworden.«

»Komm rein, Mike.«

Er schüttelte den Kopf und folgte ihr in die Küche auf der Rückseite des Hauses, wo ein Telefon an der Wand hing. Sie drückte ihn auf einen Stuhl an dem wackligen Tisch, auf den sie die Geldkassette ihres Vaters gelegt hatte. Sie war geöffnet, und in ihr lagen Papiere, Ausweise und Akten. Mike schloß die Augen und versuchte, sich an etwas zu erinnern, doch er stand noch zu sehr unter Schock. Er wußte nur, daß es etwas Wichtiges war, etwas von wirklich großer Bedeutung. Etwas, das er Franny fragen wollte.

»Vater ist tot, Mike.«

Ja, das war es gewesen, was er hatte fragen wollen! Während er in seiner Benommenheit draußen in der Hitze der Nacht gestanden hatte, war ihm nicht bewußt geworden, daß Franny nach oben gelaufen war. »Es tut mir so leid, Liebling.«

Sie schwiegen eine Weile. Dann sagte Franny: »Die beiden Revolver, der, den du in der Hand hältst, und der andere oben in Vaters Schrank . . .«

Mike ließ die Waffe auf den Küchentisch fallen.

». . . sind nicht registriert, was aber nicht weiter schlimm sein dürfte, weil dies ein eindeutiger Fall von Mord und Notwehr ist. Nickys Waffe ist wahrscheinlich auch nicht registriert . . . Vielleicht wird man sie mit dem Mord in New York in Verbindung bringen, womit mein Vater aber auf keinen Fall etwas zu tun hat. Das müssen wir uns immer vor Augen halten . . . Und du brauchst dir keine Sorgen zu machen. Alles, was du getan hast, ist, die Waffe zu benutzen, um Vaters Leben zu verteidigen, und du kennst dich nun mal nicht mit Waffenscheinen und so etwas aus, stimmt's?«

»Stimmt.«

Sie wies auf die Geldkassette. »Das hier sind seine Versicherungsunterlagen mit seinen Policen, alles Dinge, die er den Geschäftsmännern im Tausch gegen heiße Tips vermittelt hat. Er hatte eine Lebensversicherung, mehrere befristete und sogar einige Versicherungen mit doppeltem Schadensersatz, aber nicht viele, denn er war nicht geldgierig und wollte sich auch nicht unnötig verdächtig machen. Und ich bin die Alleinerbin von allem . . .«

Frannys Augen füllten sich mit Tränen. Sie wischte sie fort und fuhr fort: »Na ja, ich hätte ihm ein anderes Ende gewünscht. Aber, Mike, wir wußten beide, daß er sterben würde, und jetzt bin ich eine wohlhabende Frau.«

»Aber . . .«

»Mach dir keine Sorgen, Mike. Ich rufe jetzt die Polizei an, weil das geschehen muß, bevor zuviel Zeit verstrichen ist. Dir wird nichts passieren und mir auch nicht. Schlimmstenfalls werden die Polizisten herausbekommen, daß Nicky und mein Vater Komplizen waren; aber beide sind jetzt tot. Und du kannst mir glauben: So wie mein Vater mit den Versicherungsgesellschaften zusammengearbeitet hat, wird niemand Interesse daran haben, die Sache aufzurollen.«

Dann ergriff sie den Telefonhörer und wählte die Nummer der Polizei. Zu Mike sagte sie: »Mach dir keine Sorgen, wir werden es ihnen erklären, und alles kommt in Ordnung.«

»Okay, Franny.«

Als sie fertig war, stand Mike auf, und sie gingen langsam durch das Haus zurück auf die Veranda, setzten sich dicht nebeneinander auf die Stufen und warteten auf den Polizeiwagen, der die einsame Straße entlangkommen würde.

Und sie fanden es merkwürdig und traurig, daß sie vor nur einer Stunde noch auf Glühwürmchen gewartet hatten, um sich etwas wünschen zu können.

Tod in der Pine Street

Dashiell Hammett

Ein pummeliges Dienstmädchen mit kecken, grünen Augen und einem losen, prallen Mund führte mich die zwei Treppen hinauf in ein stilvoll möbliertes Boudoir, in dem eine schwarzgekleidete Frau an einem Fenster saß. Es war eine magere Frau von etwas über Dreißig, die Witwe des Ermordeten, und ihr Gesicht war bleich und abgehärmt.

»Sie sind von der Continental Detective Agency?« fragte sie, ehe ich zwei Schritte in den Raum hinein getan hatte.

»Ja.«

»Ich möchte, daß Sie den Mörder meines Mannes finden.« Ihre Stimme war schrill, und in ihren dunklen Augen blitzte es wild. »Die Polizei hat nichts unternommen. Vier Tage, und sie haben nichts unternommen. Sie sagen, es war ein Räuber, aber sie haben ihn nicht gefunden. Sie haben überhaupt nichts gefunden!«

»Aber Mrs. Gilmore«, begann ich, nicht gerade hocherfreut über diesen Ausbruch, »Sie müssen . . .«

»Ich weiß! Ich weiß!« fiel sie mir ins Wort. »Aber man hat nichts unternommen. Ich sage Ihnen – nichts. Ich glaube, sie haben nicht die geringste Anstrengung gemacht. Ich glaube, man will si-ihn gar nicht finden!«

»Ihn?« fragte ich, denn offensichtlich hatte sie gerade *sie* sagen wollen. »Sie meinen, es war ein Mann?«

Sie biß sich auf die Lippen und blickte von mir weg aus dem Fenster, vor dem die San Francisco Bay – die Entfernung ließ die Schiffe darauf wie Spielzeug erscheinen – blau unter der Sonne des frühen Nachmittags lag.

»Ich weiß nicht«, sagte sie zögernd, »es könnte möglicherweise . . .«

318

Ihr Gesicht fuhr zu mir herum – ein zuckendes Gesicht –, und es schien unmöglich, daß jemand so schnell reden, Worte so rasch hintereinander hinausschleudern konnte.

»Ich werde es Ihnen sagen. Sie können sich dann selbst ein Urteil bilden. Bernard war mir nicht treu. Er hatte eine andere. Sie heißt Cara Kenbrook, und sie war nicht die erste. Allerdings habe ich erst vorigen Monat von ihrer Existenz erfahren. Wir hatten einen Streit. Bernard versprach, sie zu verlassen. Womöglich hat er es aber nicht getan. Doch wenn, würde ich ihr die Tat ohne weiteres zutrauen. So eine Frau ist zu allem fähig – allem. Und tief in meinem Herzen glaube ich wirklich, sie hat es getan!«

»Und Sie meinen, die Polizei will sie nicht festnehmen?«

»Das wollte ich so direkt nicht sagen. Ich bin mit den Nerven völlig fertig und zu jeder Äußerung imstande. Bernard war in politische Vorgänge verwickelt, verstehen Sie; und wenn die Polizei herausfände oder der Meinung wäre, diese politischen Vorgänge hätten irgend etwas mit seinem Tod zu tun, könnte sie vielleicht – ich weiß einfach nicht, was ich sagen will. Ich bin eine nervöse, gebrochene Frau, voller verrückter Ideen.« Sie streckte mir ihre magere Hand entgegen. »Entwirren Sie dieses Durcheinander für mich! Finden Sie den Menschen, der Bernard ermordet hat!«

Ich nickte völlig unverbindlich, noch immer ganz und gar nicht von meiner Mandantin eingenommen.

»Kennen Sie diese Kenbrook?« fragte ich.

»Ich hab sie auf der Straße gesehen, und das reicht mir, um zu wissen, was für ein Mensch sie ist!«

»Haben Sie der Polizei von ihr erzählt?«

»N-nein.« Wieder blickte sie aus dem Fenster, und als ich wartete, fügte sie zu ihrer Entschuldigung noch hinzu: »Die Kriminalbeamten, die hergekommen sind, verhielten sich, als dächten sie, *ich* hätte Bernard womöglich umgebracht. Ich hatte Angst, ihnen zu erzählen, daß ich Grund zur Eifersucht hatte. Vielleicht hätte ich diese Frau nicht verschweigen sollen, aber erst hinterher kam mir der Gedanke, sie könnte es getan haben – als es der Polizei nicht gelang, den Mörder zu finden. Da kam mir die Idee, sie könnte es gewesen sein; aber ich konnte mich nicht dazu aufraffen, zuzugeben, daß ich Informationen zurückgehalten hatte. Ich weiß schon, was die Polizei denken würde. Und deshalb – Sie können die Sache doch so drehen, daß es aussieht, als hätte ich von der Frau nichts gewußt, oder?«

»Möglich. Also, wie ich höre, ist Ihr Mann auf der Pine Street, zwischen Leavenworth und Jones, erschossen worden, und zwar am Dienstag morgen gegen drei Uhr. Ist das richtig?«

»Ja.«

»Wohin war er unterwegs?«

»Nach Hause, vermute ich, aber ich weiß nicht, wo er gewesen ist. Niemand weiß das. Die Polizei hat es nicht herausgefunden, wenn sie es überhaupt versucht hat. Am Montag abend hat er mir gesagt, er habe eine geschäftliche Verabredung. Er war Bauunternehmer, verstehen Sie. Er verließ das Haus gegen halb zwölf und sagte, er wäre wahrscheinlich vier bis fünf Stunden weg.«

»War das keine ungewöhnliche Uhrzeit für eine geschäftliche Verabredung?«

»Nicht bei Bernard. Es kam oft vor, daß Leute um Mitternacht herkamen.«

»Haben Sie denn gar keine Vermutung, wo er in jener Nacht hingegangen ist?«

Sie schüttelte den Kopf mit Nachdruck.

»Nein. Von seinen geschäftlichen Angelegenheiten weiß ich überhaupt nichts, und selbst die Leute in seinem Büro scheinen nicht zu wissen, wo er gewesen sein könnte.«

Das war nicht unwahrscheinlich. Die meisten Aufträge der B. F. Gilmore Construction Company kamen von der Stadt oder vom Staat, und es ist ja nicht allzu ungewöhnlich, daß derlei Unternehmungen mit Geheimbesprechungen verbunden sind. So ein Politiker-Unternehmer bewegt sich nicht ausschließlich in der Öffentlichkeit.

»Wie sieht es mit Feinden aus?« fragte ich.

»Ich kenne niemanden, der ihn genügend gehaßt hätte, um ihn zu ermorden.«

»Und wo wohnt diese Mrs. Kenbrook, wissen Sie das?«

»Ja – in den Garford Apartments in der Bush Street.«

»Nichts, was Sie mir zu erzählen vergessen haben, oder?« fragte ich mit leichter Betonung auf dem *mir*.

»Nein, ich habe Ihnen alles gesagt, was ich weiß – jede Einzelheit.«

Auf dem Weg zur California Street durchstöberte ich mein Gedächtnis nach allem, was ich hier und da über Bernard Gilmore gehört hatte. Mir fiel auch einiges ein – die Oppositionspresse hatte es sich zur Gewohnheit gemacht, in jedem Wahljahr Enthüllungen über ihn zu bringen –, aber nichts davon brachte mich weiter. Ich kannte ihn vom Sehen: ein lauter, rotgesichtiger Mann, der sich vom Ziegelschlepper zum Eigentümer eines eine halbe Million Dollar schweren Unternehmens und einem netten Plätzchen in der Kommunalpolitik hochgeboxt hatte. »Ein Rauhbein mit manikürten Fingernägeln«, hatte ihn mal jemand genannt, ein Mann mit einer Menge Feinde und noch mehr Freunden, ein großer, starker, gutmütiger, energisch zupackender Rohling.

Alle möglichen Details eines runden Dutzends von Bestechungsskandalen, in die er verwickelt gewesen war, ohne daß ihm jemals wirklich etwas nachgewiesen werden konnte, schossen mir durch den Kopf, während ich auf dem viel zu kleinen Außensitz eines Cable-cars durch die Innenstadt fuhr. Dann hatte es irgendwelches Gerede über ein illegales Schnapshandelssyndikat gegeben, dessen Kopf er angeblich war . . .

Ich verließ die Bahn an der Kearny Street und lief hinüber zum Justizpalast. Im Versammlungszimmer für Kriminalbeamte fand ich O'Gar, den mit der Leitung der Mordkommission beauftragten Detective Sergeant: einen untersetzten Mann von fünfzig Jahren, der für breitkrempige Hüte à la Film-Sheriff schwärmte, dessen kleine blaue Augen und dessen eigensinniger Kopf durch seine verrückte Kopfbekleidung allerdings nicht beeinträchtigt wurden.

»Ich brauch 'n paar Informationen über den Gilmore-Mord«, sagte ich zu ihm.

»Ich auch«, konterte er. »Aber wenn du mitkommst, erzähl ich dir das, was ich weiß, beim Essen, auch wenn's wenig ist. Ich habe noch nichts zu Mittag gehabt.«

Im Geklapper einer Imbißstube an der Sutter Street vor Lauschern sicher, beugte sich der Detective Sergeant über seine Muschelsuppe und erzählte mir, was er über den Mord wußte, was wirklich nicht viel war.

»Einer von den Jungs, Kelly, machte Dienstag früh gerade seine Runde und kam den Jones-Street-Hügel von der California zur Pine Street runter. Es war ungefähr drei Uhr – kein Nebel oder so was, eine klare Nacht. Kelly ist vielleicht fünf Meter von der Pine Street entfernt, als er einen Schuß hört. Er flitzt um die Ecke, und da liegt ein Mann sterbend auf dem nördlichen Bürgersteig der Pine Street, genau zwischen Jones und Leavenworth. Sonst ist niemand zu sehen. Kelly rennt zu dem Mann rüber und stellt fest, daß es Gilmore ist. Gilmore stirbt, ehe er ein Wort herausbringen kann. Die Ärzte sagen, er wurde erst niedergeschlagen und dann erschossen, denn er hatte eine Prellung auf der Stirn, und die Kugel drang schräg aufwärts in seinen Brustkorb ein. Verstehst du, was ich meine? Er lag schon auf dem Rücken, als ihn die Kugel traf, wobei seine Füße in die Richtung der Pistole zeigten, aus der die Kugel kam. Es war eine .38er.«

»Irgendwelches Geld bei sich?«

O'Gar führte sich zwei Löffel Suppe zu Gemüte und nickte.

»Sechshundert Piepen, ein paar Diamanten und eine Uhr. Nichts angerührt.«

»Was hat er denn so früh morgens in der Pine Street gemacht?«

»Wenn ich das verdammt noch mal wüßte, Kumpel. Möglich ist, daß er nach Hause wollte, aber wir kriegen einfach nicht raus, wo er gewesen ist. Wissen nicht mal, in welche Richtung er gegangen ist, als er niedergeschlagen wurde. Er lag quer auf dem Bürgersteig, mit den Füßen zur Bordsteinkante, was aber nichts heißen will, er kann sich noch drei-, viermal gedreht haben, nachdem der den Schlag abgekriegt hatte.«

»Alles Wohnhäuser in dem Block da, stimmt's?«

»Hm-hm. An der Südseite gehen ein, zwei Gassen ab, aber Kelly sagt, er konnte beide Einmündungen sehen, als der Schuß fiel – ehe er um die Ecke bog –, und niemand ist da weggelaufen.«

»Meinst du, jemand, der in dem Block wohnt, hat den Schuß abgegeben?« fragte ich.

O'Gar neigte den Teller, schöpfte die letzten Tropfen Suppe heraus, steckte den Löffel in den Mund und knurrte.

»Vielleicht. Aber wir haben keinerlei Beweise, daß Gilmore da jemanden gekannt hat.«

»Haben sich hinterher viele Leute drumherum versammelt?«

»Ein paar. Es gibt immer zwei, drei Typen auf der Straße, die angelaufen kommen, wenn was passiert. Aber Kelly sagt, es war keiner drunter, der verdächtig ausgesehen hätte – nur die normalen Nachtschwärmer. Die Jungs haben das Viertel durchgekämmt, haben aber nichts gefunden.«

»Irgendwelche Autos unterwegs?«

»Kelly sagt nein, er hat keine gesehen, und es wär ihm sicher auch nicht entgangen, wenn eins in der Gegend gewesen wäre.«

»Was denkst du?« fragte ich.

O'Gar erhob sich und funkelte mich an.

»Ich denke nicht«, sagte er mißgelaunt, »ich bin Kriminalbeamter.«

Woraus ich schloß, daß er von jemandem gerüffelt worden war, weil er den Mörder noch nicht gefunden hatte.

»Ich hab 'n Hinweis auf eine Frau«, sagte ich zu ihm. »Willst du mitkommen und ihr mit mir zusammen auf den Zahn fühlen?«

»Ich würde schon«, sagte er, »aber ich kann nicht. Ich muß noch zum Gericht.«

In der Vorhalle der Garford Apartments drückte ich mehrere Male auf den Knopf mit dem Schildchen »Miss Cara Kenbrook«, ehe die Tür mit einem Klick aufging. Ich nahm die Treppe in den ersten Stock und ging einen Flur entlang zu ihrer Tür, die kurz darauf von einem großen drei- oder vierundzwanzigjährigen Mädchen in einem schwarzweißen Crêpe-de-Chine-Kleid geöffnet wurde.

»Miss Cara Kenbrook?«

»Ja.«

Ich reichte ihr eine Karte – eine von denen, die die Wahrheit über mich sagen.

»Ich würde Ihnen gern ein paar Fragen stellen. Darf ich reinkommen?«

»Bitte.«

Sie trat ungerührt zur Seite, um mich eintreten zu lassen, schloß die Tür hinter mir und führte mich nach hinten in ein Wohnzimmer, in dem überall Zeitungen herumlagen und Zigaretten in allen Gebrauchsstadien von unangezündeter Frische bis zu kalter

Asche und diverse weibliche Kleidungsstücke verstreut waren. Sie machte mir auf einem Stuhl Platz, indem sie ein Paar rosa Seidenstrümpfe und einen Hut auf den Boden warf, und sie selbst setzte sich auf ein paar Zeitschriften, die einen anderen Stuhl belegten.

»Ich bin an Bernard Gilmores Tod interessiert«, sagte ich und musterte ihr Gesicht.

Es war kein schönes Gesicht, obwohl es das hätte sein sollen. Alles war vorhanden – vollkommene Gesichtszüge, glatte, weiße Haut, große, nahezu riesige braune Augen –, aber die Augen waren völlig teilnahmslos, das Gesicht ausdruckslos wie ein Türknauf aus Porzellan, und was ich sagte, änderte auch nichts daran.

»Bernard Gilmore«, sagte sie ohne Interesse. »Ah, ja.«

»Sie beide waren doch ziemlich eng befreundet, nicht wahr?«, fragte ich, über ihre Teilnahmslosigkeit verwundert.

»Das sind wir mal gewesen – ja.«

»Was meinen Sie mit *sind wir gewesen*?«

Lässig schob sie eine Locke ihres kurzgeschnittenen braunen Haares zurück.

»Ich habe ihm letzte Woche den Laufpaß gegeben«, sagte sie so beiläufig, als rede sie von etwas, das sich vor Jahren zugetragen hatte.

»Wann haben Sie ihn das letztemal gesehen?«

»Vorige Woche – Montag, glaube ich –, eine Woche, bevor er ermordet wurde.«

»War das, als Sie mit ihm Schluß gemacht haben?«

»Ja.«

»Hatten Sie Streit, oder haben Sie sich in Freundschaft voneinander getrennt?«

»Im Grunde weder noch. Ich hab ihm nur gesagt, daß ich mit ihm fertig wäre.«

»Wie hat er das aufgenommen?«

»Es hat ihm nicht das Herz gebrochen. Er hatte wohl auch schon früher mal so was zu hören gekriegt.«

»Wo waren Sie in der Nacht, als er ermordet wurde?«

»Im Coffee Cup. Ich habe da mit Freunden bis gegen neun gegessen und getanzt. Dann fuhr ich heim und ging ins Bett.«

»Warum haben Sie sich von Gilmore getrennt?«

»Konnte seine Frau nicht ausstehen.«

»Hm?«

»Sie ist eine Nervensäge.« Ohne das geringste Fünkchen Gereiztheit oder Humor. »Eines Abends kam sie her und haute auf den Putz; also hab ich zu Bernard gesagt, wenn er nicht in der Lage sei, sie mir vom Leibe zu halten, müsse er sich eine neue Gespielin suchen.«

»Haben Sie irgendeine Vermutung, wer ihn ermordet haben könnte?« fragte ich.

»Nein, es sei denn, es war seine Frau – solche leicht erregbaren Weiber machen immer Dummheiten.«

»Wenn Sie mit Mr. Gilmore gebrochen hatten, welchen Grund würde seine Frau dann haben, ihn umzubringen, was meinen Sie?«

»Das entzieht sich nun wirklich meiner Kenntnis«, erwiderte sie vollkommen gleichgültig. »Aber ich bin nicht das einzige Mädchen, auf das Bernard je ein Auge geworfen hat.«

»Sie meinen, es gab noch andere? Wissen Sie da was Genaueres, oder ist das nur 'ne Vermutung?«

»Ich weiß zwar keine Namen«, sagte sie, »aber es ist auch nicht nur eine Vermutung.«

Ich ließ es dabei bewenden und brachte das Gespräch wieder auf Mrs. Gilmore. Ich fragte mich, ob das Mädchen nicht womöglich voller Informationen steckte. »Was passierte an dem Abend, als seine Frau hierherkam?«

»Nichts weiter. Sie war Bernie gefolgt, klingelte, rauschte an mir vorbei, als ich die Tür aufmachte, und fing an zu schreien und Bernie zu beschimpfen. Anschließend machte sie sich über mich her, und ich sagte zu ihm, wenn er sie nicht fortschaffe, würde ich ihr weh tun, und er brachte sie nach Hause.«

Ich gab mich für diesmal geschlagen, stand auf und ging zur Tür. Im Moment konnte ich mit der Kleinen nicht mehr anfangen. Ich glaubte zwar nicht, daß sie mir die ganze Wahrheit erzählt hatte, aber andererseits war nicht anzunehmen, daß jemand derart hölzern lügen sollte – mit so wenig Anstrengung, glaubwürdig zu erscheinen.

»Kann sein, ich komme später noch mal wieder«, sagte ich, als sie mich hinausließ.

»In Ordnung.«

Ihr Verhalten ließ nicht einmal vermuten, daß sie hoffte, ich käme nicht.

Von diesem unbefriedigenden Gespräch begab ich mich zum Schauplatz des Mordes, der nur ein paar Blocks entfernt lag, um einen Blick auf die Gegend zu werfen. Ich fand den Teil der Straße so, wie ich ihn in Erinnerung und O'Gar ihn mir geschildert hatte: auf beiden Seiten von Wohnhäusern gesäumt und die zwei Sackgassen – von denen eine mit einem Namen geziert war, Touchard Street –, die von der Südseite abgingen.

Der Mord war vier Tage her, also verplemperte ich keine Zeit damit, in der Gegend herumzuschnüffeln, sondern bestieg, nachdem ich den ganzen Block entlanggeschlendert war, in der Hyde Street einen Cable-car, fuhr hinüber zur California Street und ging noch einmal zu Mrs. Gilmore hinauf. Ich wollte zu gern wissen, warum sie mir nichts von ihrem Besuch bei Cara Kenbrook erzählt hatte.

Dasselbe pummelige Dienstmädchen, das mich schon früher am Nachmittag hereingelassen hatte, öffnete die Tür.

»Mrs. Gilmore ist nicht zu Hause«, sagte sie. »Aber ich denke, sie wird so in einer halben Stunde wieder zurück sein.«

»Dann warte ich«, beschloß ich.

Das Mädchen führte mich in die Bibliothek, einen riesigen Raum im ersten Stock, der kaum genügend Bücher enthielt, um die Bezeichnung zu verdienen. Sie knipste eine Lampe an – die Fenster waren zu dicht verhängt, um viel Tageslicht hereinzulassen –, ging hinüber zur Tür, blieb stehen, trat an ein Regal, um ein paar Bücher geradezurücken, sah mich mit einem halb fragenden, halb auffordernden Blick aus ihren grünen Augen an, ging wieder in Richtung Tür und blieb stehen.

Ich begriff, daß sie mir etwas sagen wollte und Ermunterung brauchte. Ich lehnte mich zurück und grinste sie an; und entschied, daß ich einen Fehler gemacht hatte – das Lächeln, zu dem sich ihre schlaffen Lippen verzogen, enthielt mehr Koketterie als alles andere. Sie kam mit übertrieben schwingenden Hüften zu mir herüber und blieb dicht vor mir stehen.

»Was haben Sie auf dem Herzen?« fragte ich.

»Angenommen – angenommen, jemand weiß was, was niemand sonst weiß, was wäre Ihn' das denn wert?«

»Das«, sagte ich zögernd, »würde davon abhängen, was es ist.«

»Angenommen, ich wüßte, wer den Chef umgelegt hat?« Sie beugte ihr Gesicht dicht zu meinem herunter und sprach heiser flüsternd. »Was wäre das wert?«

»In der Zeitung steht, einer von Gilmores Clubs hat eine Belohnung von tausend Dollar ausgesetzt. Die würden Sie kriegen.«

Ihre grünen Augen wurden gierig, dann mißtrauisch.

»Wenn *Sie* sie nicht kriegen.«

Ich zuckte die Achseln. Ich wußte, sie würde damit rausrücken – was immer es auch war; deshalb machte ich mir gar nicht erst die Mühe, ihr zu erklären, daß die Continental Belohnungen nicht anrührt und auch nicht zuläßt, daß die bei ihr angestellten Leute sie anrühren.

»Ich gebe Ihnen mein Wort«, sagte ich, »aber Sie müssen sich auf Ihr eigenes Urteil verlassen, ob Sie mir vertrauen wollen.«

Sie leckte sich die Lippen.

»Ich nehme an, Sie sind 'n netter Kerl. Ich wollte es nicht der Polizei sagen, weil ich weiß, die würden mich um das Geld betrügen. Aber Sie sehen so aus, als könnte ich Ihnen vertrauen.« Sie grinste mir anzüglich ins Gesicht. »Ich hatte mal 'n sehr feinen Herrn als Freund, der war Ihn' wie aus dem Gesicht geschnitten, und er war der großartigste . . .«

»Es wäre besser, Sie sagen, was Sie zu sagen haben, ehe jemand reinkommt«, schlug ich vor.

Sie warf einen raschen Blick zur Tür, räusperte sich, leckte sich wieder ihren losen Mund und ließ sich neben meinem Sessel auf ein Knie nieder.

»Ich kam grade letzten Montag nachts nach Hause – die Nacht, in der der Chef umgebracht worden ist – und stand im Schatten und sagte meinem Freund gute Nacht, als der Chef aus dem Haus kam und die Straße runterging. Und er war kaum an der Ecke angelangt, da kam sie – Mrs. Gilmore – ebenfalls raus und lief die Straße runter, hinter ihm her. Versuchte nicht, ihn einzuholen, verstehen Sie, sondern sie folgte ihm. Was denken Sie darüber?«

»Was denken *Sie* denn darüber?«

»*Ich* denke, daß ihr endlich klargeworden ist, daß all die Verabredungen von ihrem Bernie nichts mit dem Baugeschäft zu tun hatten.«

»Wissen Sie denn, daß sie nichts damit zu tun hatten?«

»Ob ich das weiß? Ich habe diesen Mann gekannt! Er liebte sie – liebte sie alle.« Sie lächelte mir ins Gesicht, ein Lächeln, das an alle Sünden der Welt denken ließ. »*Das* hab ich rausgefunden, gleich nachdem ich hier angefangen hab.«

»Wissen Sie, wann Mrs. Gilmore in dieser Nacht wieder nach Hause gekommen ist – um wieviel Uhr?«

»Ja«, antwortete sie, »um halb vier.«

»Sicher?«

»Absolut! Nachdem ich mich ausgezogen hatte, nahm ich mir eine Decke und setzte mich oben auf den Treppenabsatz. Mein Zimmer liegt in der obersten Etage nach hinten raus. Ich wollte sehen, ob sie zusammen nach Hause kämen und ob sie sich stritten. Als sie allein kam, ging ich zurück in mein Zimmer, und da war's genau fünf nach halb vier. Ich habe auf meinen Wecker geguckt.«

»Haben Sie Mrs. Gilmore gesehen, als sie ins Haus kam?«

»Bloß den Kopf von oben und die Schultern, als sie sich auf der Treppe ihrem Zimmer zudrehte.«

»Wie heißen Sie?« fragte ich.

»Lina Best.«

»In Ordnung, Lina«, sagte ich. »Wenn das der entscheidende Hinweis ist, werde ich dafür sorgen, daß Sie die Belohnung kriegen. Halten Sie die Augen offen, und wenn sich noch irgendwas ergeben sollte, können Sie mich in der Dienststelle der Continental erreichen. Jetzt verduften Sie am besten, damit niemand spitzkriegt, daß wir miteinander gesprochen haben.«

Allein in der Bibliothek, warf ich einen schrägen Blick zur Decke hinauf und dachte über das nach, was Lina Best mir erzählt hatte. Aber das ließ ich bald sein – hat keinen Zweck, über Dinge Vermutungen anzustellen, die sich über kurz oder lang von alleine klären. Ich nahm mir ein Buch und verbrachte die nächste halbe Stunde mit der Lektüre der Geschichte eines süßen, jungen Gäns-

chens und eines großen, starken Dummkopfs und aller ihrer Miß-
geschicke.

Dann kam Mrs. Gilmore herein, offensichtlich direkt von der
Straße. Ich erhob mich und schloß die Tür hinter ihr, während sie
mich mit weit aufgerissenen Augen ansah.

»Mrs. Gilmore«, sagte ich, als ich mich ihr wieder zuwandte,
»warum haben Sie mir nicht erzählt, daß Sie Ihrem Gatten in der
Nacht, als er ermordet wurde, nachgegangen sind?«

»Das ist eine Lüge!« schrie sie, aber ihre Stimme klang nicht
echt. »Das ist eine Lüge!«

»Glauben Sie nicht, Sie machen einen Fehler?« drängte ich.
»Meinen Sie nicht, daß es besser wäre, wenn Sie mir alles erzählten?«

Sie machte den Mund auf, aber es kam nur ein trockenes
Schluchzen heraus; und sie begann in einer hysterischen Schau-
kelbewegung zu schwanken, während sie mit den in einen
schwarzen Handschuh steckenden Fingern der einen Hand an ihrer Unterlippe zupfte, daran drehte und zog.

Ich trat neben sie und setzte sie in den Sessel, in dem ich geses-
sen hatte, wobei ich mit der Zunge alberne Schnalzgeräusche er-
zeugte, die sie beruhigen sollten. Unangenehme zehn Minuten –
dann nahm sie sich allmählich wieder zusammen; ihre Augen verloren ihre Glasigkeit, und sie hörte auf, an ihrem Mund herumzu-
zerren.

»Ich bin ihm gefolgt.« Es war ein heiseres Flüstern, kaum hörbar. Dann war sie aus ihrem Sessel hoch, auf ihren Knien und
streckte mir die Arme entgegen, und ihre Stimme war ein schwa-
cher Schrei.

»Aber ich habe ihn nicht getötet! Ich war's nicht! Bitte glauben
Sie mir, daß ich es nicht getan habe!«

Ich hob sie auf und setzte sie wieder in den Sessel.

»Ich habe ja nicht gesagt, daß Sie es waren. Erzählen Sie mir einfach, was passiert ist.«

»Ich glaubte ihm nicht, als er mir sagte, er habe eine geschäftliche Verabredung«, stöhnte sie. »Ich habe ihm nicht vertraut. Er
hatte mich schon früher belogen. Ich folgte ihm, um zu sehen, ob
er zu dieser Frau ging.«

»Tat er es?«

»Nein. Er ging in ein Apartmenthaus in der Pine Street, in dem Block, wo er ermordet wurde. Ich weiß nicht genau, welches es war – ich war zu weit hinter ihm, um es zu erkennen. Aber ich habe gesehen, wie er eine Treppe hochging – etwa in der Mitte des Blocks.«

»Und was haben Sie dann gemacht?«

»Ich habe mich in einem dunklen Eingang auf der anderen Straßenseite versteckt und gewartet. Ich wußte, die Wohnung dieser Frau war in der Bush Street, aber ich dachte, vielleicht wäre sie umgezogen oder träfe sich jetzt da mit ihm. Ich hab lange gewartet und gefroren und gezittert. Es war kalt, und ich hatte Angst – Angst, irgend jemand könnte aus dem Hausflur kommen, vor dem ich hockte. Aber ich zwang mich zum Bleiben. Ich wollte sehen, ob er allein wieder herauskam oder ob diese Frau auftauchte. Ich hatte ein Recht dazu – er hatte mich auch früher schon betrogen.

Es war schrecklich, gräßlich, da im Dunkeln zu hocken, kalt und verängstigt, wie ich war. Dann – es muß etwa halb drei gewesen sein – hielt ich es nicht länger aus. Ich beschloß, in der Wohnung dieser Frau anzurufen, um herauszukriegen, ob sie zu Hause war. Ich ging zu einem Vierundzwanzig-Stunden-Imbiß in der Ellis Street und rief bei ihr an.«

»War sie zu Hause?«

»Nein! Ich ließ es fünfzehn Minuten, vielleicht auch noch länger klingeln, aber niemand ging ans Telefon. Da *wußte* ich, daß sie in dem Haus in der Pine Street war.«

»Und was haben Sie dann gemacht?«

»Ich ging zurück, entschlossen zu warten, bis er herauskam. Ich lief die Jones Street entlang. Als ich zwischen der Bush und der Pine war, hörte ich einen Schuß. Ich dachte, es wäre der Knall eines Automobils, aber jetzt weiß ich, daß es der Schuß war, der Bernie getötet hat.

Als ich an die Ecke Pine und Jones kam, sah ich, wie sich ein Polizist über Bernie beugte, der auf dem Bürgersteig lag, und wie sich drumherum langsam Leute sammelten. Allerdings wußte ich noch nicht, daß es Bernie war, der da lag. Im Dunkeln und aus der

Entfernung konnte ich nicht einmal sehen, ob es sich um einen Mann oder eine Frau handelte.

Ich fürchtete, Bernard könnte aus dem Haus kommen, um zu sehen, was passiert war, oder aus einem Fenster sehen und mich entdecken, deshalb ging ich nicht weiter. Ich hatte mit einemmal auch Angst, in dem Viertel zu bleiben, weil ich fürchtete, die Polizei könnte mich fragen, warum ich um drei Uhr morgens auf der Straße herumbummelte – und daß dabei herauskäme, daß ich meinem Mann gefolgt war. Und so ging ich die Jones einfach weiter geradeaus zur California und dann direkt nach Hause.«

»Und was dann?« lockte ich.

»Dann bin ich ins Bett. Ich schlief nicht gleich ein, sondern lag da und grübelte über Bernie nach; aber ich dachte immer noch nicht, daß er es gewesen sein könnte, den ich auf der Straße hatte liegen sehen. Am nächsten Morgen um neun kamen zwei Kriminalbeamte und teilten mir mit, Bernie sei ermordet worden. Sie stellten ein so scharfes Verhör mit mir an, daß ich Angst hatte, ihnen die volle Wahrheit zu sagen. Wenn sie gewußt hätten, daß ich Grund zur Eifersucht hatte und meinem Mann in der Nacht nachgegangen war, hätten sie mich sicher beschuldigt, ihn erschossen zu haben. Und was hätte ich dann tun können? Jeder hätte mich doch für schuldig gehalten.

Darum hab ich denen kein Wort von der Frau gesagt. Ich dachte, sie würden den Mörder finden, und dann wäre alles in Ordnung. Ich dachte auch noch nicht, daß *sie* es getan hatte, sonst hätte ich doch alles erzählt, als sie das erstemal hier waren. Aber dann verstrichen vier Tage, ohne daß die Polizei den Mörder fand, und so langsam kam mir der Gedanke, sie verdächtigten *mich*! Es war schrecklich! Ich konnte doch nicht einfach hingehen und sagen, ich hätte sie belogen, dabei war ich mittlerweile sicher, daß die Frau ihn umgebracht und die Polizei sie nur nicht im Verdacht hatte, weil ich ihnen nichts von ihr erzählt hatte.

Darum hab ich Sie engagiert. Aber ich hatte sogar Angst, Ihnen die ganze Wahrheit zu erzählen. Ich dachte, wenn ich Ihnen sagen würde, daß es eine andere Frau gegeben habe und wer sie sei, würden Sie schon alles übrige erledigen, ohne unbedingt wissen zu müssen, daß ich Bernie in jener Nacht gefolgt war. Ich fürchtete, wenn ich Ihnen alles erzählte, würden auch *Sie* womöglich denken, ich hätte ihn umgebracht, und mich der Polizei übergeben. Und nun tun Sie es wirklich! Und lassen mich verhaften! Und man wird mich hängen! Ich weiß es! Ich weiß es!«

Sie begann in ihrem Sessel wie verrückt von einer Seite zur anderen hin und her zu schaukeln.

»Schsch«, besänftigte ich sie. »Noch sind Sie ja nicht verhaftet. Schsch.«

Was ich mit ihrer Geschichte anfangen sollte, wußte ich nicht. Das Schwierige bei derart nervösen, hysterischen Frauen ist, daß man unmöglich feststellen kann, wann sie lügen und wann sie die Wahrheit sagen, wenn man keine äußeren Anhaltspunkte hat – die Hälfte der Zeit wissen sie es selbst nicht mal.

»Als Sie den Schuß hörten«, begann ich wieder, nachdem sie sich etwas beruhigt hatte, »gingen Sie die Jones Street zwischen Bush und Pine in Richtung Norden? Sie konnten also die Ecke Pine und Jones Street sehen?«

»Ja – deutlich.«

»Irgend jemanden beobachtet?«

»Nein – erst als ich an der Ecke ankam und die Pine Street runterblickte. Da sah ich den Polizisten, der sich über Bernie beugte, und zwei Männer, die in ihre Richtung liefen.«

»Wo befanden sich die beiden Männer?«

»Auf der Pine Street, östlich von der Jones. Sie trugen keine Hüte – als wären sie, nachdem sie den Schuß gehört hatten, aus einem der Häuser gekommen.«

»Waren Automobile zu sehen, sowohl bevor Sie den Schuß hörten als auch danach?«

»Ich habe keins gesehen oder gehört.«

»Ich hab noch mehr Fragen, Mrs. Gilmore«, sagte ich, »aber im Moment bin ich ziemlich in Eile. Verlassen Sie das Haus bitte nicht, ehe Sie nicht wieder von mir hören.«

»Werde ich nicht«, versprach sie, »aber . . .«

Ich hatte keine Antworten auf Fragen von wem auch immer, zog den Kopf ein und verließ die Bibliothek.

In der Nähe der Haustür tauchte mit leuchtenden, neugierigen Augen Lina Best aus dem Dunkeln auf.

»Halten Sie sich zur Verfügung«, sagte ich, ohne damit irgendwas Spezielles zu meinen, machte einen Schritt um sie herum und trat auf die Straße.

Ich kehrte noch einmal zu den Garford Apartments zurück, und zwar zu Fuß, weil ich noch etliches in meinem Kopf zu sortieren hatte, ehe ich Cara Kenbrook wieder gegenübertrat. Und obwohl ich langsam ging, hatte ich noch längst nicht alles in alphabetische Reihenfolge gebracht, als ich dort ankam. Sie hatte das schwarzweiße Kleid mit einer leuchtendgrünen, plüschartigen Robe vertauscht, aber ihr seelenloses Puppengesicht war noch dasselbe.

»Noch ein paar Fragen«, erklärte ich ihr, als sie die Tür öffnete.

Sie ließ mich ohne ein Wort oder eine Bewegung herein und führte mich nach hinten in das Zimmer, in dem wir uns zuvor schon unterhalten hatten.

»Miss Kenbrook«, fragte ich, neben dem Sessel stehend, den sie mir angeboten hatte, »warum haben Sie mir erzählt, Sie hätten zu Hause im Bett gelegen, als Gilmore ermordet wurde?«

»Weil es stimmt.« Ohne das Zucken einer Wimper.

»Und Sie wollten auf das Läuten an der Tür nicht öffnen?«

Ich mußte die Fakten verdrehen, um zu meinem Ziel zu gelangen. Mrs. Gilmore hatte angerufen, aber ich durfte diesem Mädchen nicht die Möglichkeit geben, die Schuld, warum sie auf das Klingeln nicht reagiert hatte, der Telefonvermittlung zuzuschieben.

Sie zögerte den Bruchteil einer Sekunde.

»Nein – weil ich's nicht gehört habe.«

Ganz schön kaltblütig, die Kleine! Ich wurde aus ihr nicht schlau. Ich wußte in dem Moment nicht und weiß es auch heute noch nicht, ob sie die Besitzerin des weltbesten Pokergesichts oder einfach von Natur aus dämlich war. Aber egal, was sie war, das war sie durch und durch und vollkommen!

Ich hörte auf herumzuraten und setzte meine Nachforschungen fort: »Und das Telefon wollten Sie auch nicht abnehmen?«

»Es hat nicht geklingelt – oder nicht lange genug, um mich zu wecken.«

Ich gluckste in mich hinein – ein aufgesetztes Glucksen –, denn die Vermittlung hätte es ja bei der falschen Nummer klingeln lassen können. Trotzdem . . .

»Ihr Telefon, Miss Kenbrook«, log ich, »hat an dem Morgen um halb drei und um zwanzig vor drei geklingelt. Und an Ihrer Wohnungstür wurde fast ununterbrochen von etwa zehn vor bis nach drei geschellt.«

»Mag sein«, sagte sie, »aber ich würde doch gern wissen, wer mich um die Uhrzeit zu erreichen versuchen sollte.«

»Sie haben auch das nicht gehört?«

»Nein.«

»Aber Sie waren hier?«

»Ja – aber wer war es denn?« Gleichgültig.

»Nehmen Sie Ihren Hut«, bluffte ich, »und ich zeige sie Ihnen unten im Polizeipräsidium.«

Sie blickte hinunter auf ihr grünes Gewand und ging auf eine offene Schlafzimmertür zu.

»Es wäre wohl besser, ich holte mir auch einen Mantel«, sagte sie.

»Ja«, riet ich ihr, »und bringen Sie gleich auch Ihre Zahnbürste mit.«

Da drehte sie sich um und sah mich an, und einen Moment lang schien es, als wolle irgendein Ausdruck – vielleicht Erstaunen – in ihre großen, braunen Augen treten, tatsächlich aber wurde nichts sichtbar. Die Augen blieben teilnahmslos und leer.

»Soll das heißen, daß Sie mich verhaften?«

»Nicht ganz. Aber wenn Sie an Ihrer Geschichte festhalten, daß Sie letzten Dienstag nachts um drei zu Hause im Bett gelegen haben, kann ich Ihnen versprechen, daß Sie *wirklich* verhaftet werden. Ich an Ihrer Stelle würde mir was anderes ausdenken.«

Sie trat von der Tür langsam wieder ins Zimmer zurück, das heißt bis zu einem Stuhl, der zwischen uns stand, legte ihre Hände auf dessen Lehne, beugte sich darüber und sah mich an. Etwa eine Minute lang sprach keiner von uns ein Wort – wir standen nur da und sahen uns an, und ich versuchte, mein Gesicht genauso ausdruckslos zu machen wie ihres.

»Meinen Sie wirklich«, fragte sie schließlich, »daß ich nicht hier war, als Bernie erschossen wurde?«

»Ich bin ein beschäftigter Mann, Miss Kenbrook.« Ich legte alle Sicherheit, die ich vortäuschen konnte, in meine Stimme. »Wenn Sie bei Ihrer komischen Geschichte bleiben wollen, soll's mir recht sein. Aber erwarten Sie bitte nicht, daß ich hier rumstehe und mit Ihnen deswegen rumstreite. Holen Sie sich Hut und Mantel.«

Sie zuckte die Schultern und kam um den Stuhl herum, auf den sie sich gelehnt hatte.

»Sie wissen wohl *tatsächlich* etwas«, sagte sie und setzte sich. »Na ja, es ist gemein gegen Stan, aber Frauen und Kinder zuerst.«

Meine Ohren zuckten bei dem Namen *Stan*, aber ich unterbrach sie nicht.

»Ich *war* bis eins im Coffee Cup«, sagte sie, und ihre Stimme war immer noch flach und gefühllos. »Und danach *bin* ich nach Hause gegangen. Ich hatte den ganzen Abend *vino* getrunken, und davon werde ich immer melancholisch. Als ich zu Hause war, fing ich an, über alles mögliche nachzugrübeln. Seit Bernie und ich uns getrennt hatten, waren meine Finanzen nicht mehr in allzu gutem Zustand. Ich machte in der Nacht – oder an dem Morgen – 'n Kassensturz und fand nur noch vier Dollar in meinem Portemonnaie. Die Miete war fällig, und die Welt sah verdammt traurig aus.

Von irgendwelchem Itaker-Wein beschwipst, wie ich war, beschloß ich, zu Stan rüberzugehen, ihm alle meine Probleme zu beichten und ihn um was anzupumpen. Stan ist ein feiner Kerl und immer bereit, für mich bis zum Äußersten zu gehen. Nüchtern wäre ich nachts um drei nicht zu ihm gegangen, aber so schien mir das vollkommen vernünftig zu sein.

Von hier zu Stan ist es nur ein Fußweg von wenigen Minuten. Ich ging die Bush Street bis zur Leavenworth, dann die Leavenworth rauf zur Pine Street. Ich war gerade in der Mitte des Blocks, als Bernie erschossen wurde – ich hörte es. Und als ich um die Ecke in die Pine Street bog, sah ich, wie ein Polyp sich über einen Mann beugte, der genau vor Stans Haus auf dem Pflaster lag. Ich wartete ein paar Minuten im Schatten eines Laternenpfahls, bis sich drei, vier Leute um den Mann geschart hatten. Dann ging auch ich rüber.

Es war Bernie. Und gerade, als ich da ankam, hörte ich, wie der Polizist zu einem von den Leuten sagte, Bernie sei erschossen worden. Es war ein furchtbarer Schock für mich. Sie wissen ja, wie einen solche Dinge treffen!«

Ich nickte, auch wenn in Gesicht, Verhalten oder Stimme des Mädchens weiß Gott nichts zu entdecken war, das an einen Schock auch nur denken ließ. Sie hätte genausogut übers Wetter reden können.

»Wie benommen, ohne zu wissen, was ich tun sollte«, fuhr sie fort, »blieb ich nicht einmal stehen. Ich lief weiter, so nahe an Bernie vorbei, wie wir jetzt voneinander entfernt sind, und klingelte bei Stan. Er ließ mich herein. Er war schon halb ausgezogen gewesen, als ich schellte. Seine Wohnung liegt auf der Rückseite des Hauses, und er hatte den Schuß nicht gehört, sagte er. So erfuhr er erst, als ich es ihm erzählte, daß Bernie ermordet worden war. Es verschlug ihm so ziemlich den Atem. Stan sagte, Bernie sei seit Mitternacht bei ihm gewesen – in seiner Wohnung – und gerade erst gegangen.

Er fragte mich, was mich denn zu ihm gebracht habe, und ich erzählte ihm mein Leid. Und da erfuhr Stan auch erst, daß Bernie und ich so dick befreundet gewesen waren. Ich hatte Bernie zwar durch ihn kennengelernt, aber Stan hatte nicht mitgekriegt, daß wir uns so angefreundet hatten.

Stan war sehr besorgt, es könnte herauskommen, daß Bernie in der Nacht bei ihm gewesen war, denn das würde ihm wohl 'ne Menge Scherereien einbringen – wahrscheinlich hatten sie irgendein zwielichtiges Geschäft vorgehabt. Deshalb ging er auch nicht raus, um sich Bernie anzusehen. Nun, das wäre so ungefähr alles, was ich zu erzählen hätte. Ich bekam von Stan etwas Geld und blieb noch bei ihm, bis sich die Polizei wieder aus der Gegend verdrückt hatte, denn keiner von uns beiden wollte in irgendwas reingezogen werden. Dann ging ich wieder nach Hause. Das ist die Wahrheit – schlicht und einfach.«

»Warum haben Sie sich das alles denn nicht schon früher von der Seele geredet?« fragte ich, obwohl ich die Antwort kannte.

Sie kam.

»Ich hatte Angst. Angenommen, ich hätte erzählt, daß Bernie mich hatte sausenlassen, und hätte gesagt, ich war nicht nur dicht hinter ihm – ungefähr einen Block entfernt –, als er ermordet wurde, sondern auch noch halb voll *vino*? Das erste, was jeder gesagt hätte, wäre doch gewesen, daß ich ihn erschossen hätte! Ich wollte alles abstreiten, egal, ob ich nun dachte, Sie würden mir glauben oder nicht.«

»Also, Bernie war derjenige, der das Verhältnis gelöst hat, nicht Sie?«

»Aber ja«, sagte sie leichthin.

Ich zündete mir eine Fatima an und inhalierte eine Weile schweigend den Rauch, während das Mädchen dasaß und mich gelassen beobachtete.

Da waren also diese beiden Frauen – und keine von beiden war normal. Mrs. Gilmore war hysterisch, abnormal nervös, und das Mädchen ohne jede Regung, weniger als normal. Eine war die Frau des Toten, die andere seine Geliebte, und beide hatten Grund zur Annahme, ihnen sei wegen der anderen der Stuhl vor die Tür gesetzt worden. Lügnerinnen alle beide, und beide gestanden sie schließlich, daß sie zum Zeitpunkt des Verbrechens in der Nähe des Tatorts gewesen waren, wenn auch keine von ihnen angab, die andere gesehen zu haben. Und beide waren nach eigenen Angaben zu dem Zeitpunkt vom Normalzustand weiter entfernt als üblich – Mrs. Gilmore voller Eifersucht, Cara Kenbrook voller *vino*.

Wie lautete die Antwort? Beide konnten Gilmore getötet haben, kaum jedoch beide zusammen – es sei denn, sie wären so etwas wie eine seltsame Partnerschaft eingegangen, und in diesem Falle . . .

Plötzlich fügten sich sämtliche Fakten, die ich gesammelt hatte – wahre und falsche –, in meinem Kopf zusammen, und ich hatte die Antwort, die einfache, befriedigende Antwort!

Ich schenkte dem Mädchen ein Grinsen und machte mich daran, die Lücken in meinem Puzzle auszufüllen.

»Wer ist Stan?« fragte ich.

»Stanley Tennant – er hat irgendwas mit der Stadt zu tun.«

Stanley Tennant. Ich kannte ihn dem Namen nach, ein . . .

Ein Schlüssel klapperte in der Korridortür.

Die Wohnungstür öffnete und schloß sich, und die Schritte eines Mannes kamen auf die offene Tür des Zimmers zu. Ein großer, breitschultriger Mann in einem Tweedanzug füllte den Türrahmen – ein etwa fünfunddreißigjähriger Mann mit einem roten Gesicht, dessen athletische, blonde, vor Gesundheit strotzende Erscheinung von einem Paar dicht beieinander stehender Augen von unbestimmtem Blau ziemlich beeinträchtigt wurde.

Kaum sah er mich, blieb er stehen, einen Schritt weit im Zimmer.

»Hallo, Stan!« sagte das Mädchen munter. »Der Herr hier ist von der Continental Detective Agency. Ich hab ihm gerade über Bernie mein Herz ausgeschüttet. Hab zuerst versucht, ihn hinzuhalten, hatte aber keinen Zweck.«

Die ausdruckslosen Augen des Mannes sausten zwischen dem Mädchen und mir hin und her. Um die blasse Iris herum waren seine Augäpfel rosa.

Er reckte seine Schultern und lächelte viel zu fröhlich.

»Und zu welchem Schluß sind Sie gekommen?« erkundigte er sich.

Das Mädchen antwortete für mich.

»*Meine* Einladung zu einer Autofahrt habe ich schon.«

Tennant beugte sich vor. Mit dem voll durchgezogenen Schwung seiner Arme fetzte er mir einen Stuhl vom Boden hoch ins Gesicht. Nicht viel Kraft dahinter, aber blitzschnell.

Ich wich zur Wand zurück und wehrte den Stuhl mit beiden Armen ab, schleuderte ihn zur Seite – und blickte in die Mündung eines vernickelten Revolvers.

Eine Tischschublade stand offen, die Schublade, aus der er sich die Pistole geschnappt hatte, während ich mit dem Stuhl beschäftigt war. Der Revolver, bemerkte ich, war ein .38er.

»Und jetzt«, seine Stimme war dumpf wie die eines Betrunkenen, »umdrehen.«

Ich drehte ihm meinen Rücken zu, spürte, wie eine Hand über meinen Körper strich und mir meine Pistole abnahm.

»In Ordnung«, sagte er, und ich wandte mich wieder zu ihm um.

Er machte einen Schritt zurück neben das Mädchen, während er unverwandt den vernickelten Revolver auf mich richtete. Meine Pistole war nicht zu sehen – in seiner Tasche vielleicht. Er atmete geräuschvoll, und die Farbe seiner Augäpfel war von Rosa in Rot

übergegangen. Auch sein Gesicht war rot, und an seiner Stirn traten die Adern hervor.

»Sie kennen mich?« bellte er.

»Ja, das tue ich. Sie sind Stanley Tennant, stellvertretender
Stadtbaurat, und Ihr Strafregister sieht nicht besonders reizend
aus.« Ich plapperte drauflos, getreu der Theorie, daß Konversation
immer irgendwie von Vorteil ist für den, der in die Pistole blickt.
»Sie sollen der Kerl sein, der letztes Jahr das Bataillon gut abge-
richteter Zeugen aufgefahren hat, durch die die Schmiergeldun-
tersuchung gegen das Stadtbauamt zur Posse wurde. Ja, Mr. Tennant, ich kenne Sie. Sie sind die Antwort darauf, warum Gilmore
immer solches Glück hatte, wenn's darum ging, Aufträge der
Stadt mit Angeboten nur wenige Dollar unter denen seiner Kon-
kurrenten an Land zu ziehen. Ja, Mr. Tennant, ich kenne Sie. Sie
sind der kluge Knabe, der . . .«

Ich hatte ihm noch viel mehr zu erzählen, aber er schnitt mir das
Wort ab.

»Das langt mir jetzt von deinem Gequatsche!« schrie er. »Oder
willst du, daß ich dir mit der Pistole 'ne Ecke aus deinem Kopf
schlage?«

Dann wandte er sich, ohne den Blick von mir zu nehmen, an das
Mädchen.

»Steh auf, Cara.«

Sie erhob sich aus ihrem Sessel und stellte sich neben ihn. Er
hielt die Pistole in seiner Rechten, und auf der Seite stand auch sie.
Er ging um sie herum.

Die Finger seiner linken Hand hakte er in das grüne Kleid des
Mädchens, da, wo es über dem Ansatz ihrer Brüste tief ausge-
schnitten war. Seine Pistole wich keinen Augenblick um einen
Schlenker von mir ab. Er machte mit der Linken einen Ruck und
riß ihr das Kleid bis zur Taille auf.

»Das war *er*, Cara«, sagte Tennant.

Sie nickte.

Er ließ die Finger in das fleischfarbene Unterkleid gleiten, das
sichtbar geworden war, und zerriß es ebenfalls.

»Das war *er*.«

Wieder nickte sie.

Seine blutunterlaufenen Augen schossen ihr kleine, taxierende Blicke ins Gesicht – rasche Blicke, die sich nie auch nur für die Sekunde von mir abwandten, die ich gebraucht hätte, um mich auf ihn zu stürzen.

Dann, Augen und Pistole auf mich gerichtet, schmetterte er dem Mädchen seine linke Faust in das ausdruckslose, weiße Gesicht.

Ein Wimmerton – leise und nicht lang ausgehalten – entrang sich ihr, als sie an der Wand nach unten sackte. Ihr Gesicht – na ja, *viel* veränderte sich darin nicht. Stumm blickte sie zu Tennant hoch.

»Das war *er*«, sagte der gerade.

Sie nickte, stand auf und ging zurück zu ihrem Sessel.

»Und so lautet unsere Geschichte.« Der Mann redete schnell, die Augen angespannt auf mich gerichtet. »Gilmore war sein Leben lang nie in meiner Wohnung, Cara, und du ebenfalls nicht. In der Nacht, als er ermordet wurde, warst du kurz nach eins zu Hause und bist auch hier geblieben. Dir ging's schlecht – wahrscheinlich von dem Wein, den du getrunken hattest –, und du riefst einen Arzt. Sein Name ist Howard. Ich sorge dafür, daß er mitspielt. Er kam um halb drei her und blieb bis halb vier.

Dieser Schnüffler hier, der erfahren hatte, daß du eng mit Gilmore befreundet warst, kam heute her, um dich auszufragen. Er wußte, daß du Gilmore nicht getötet hast, aber er machte dir gewisse Anträge – du kannst sie aufbauschen, wie du willst, vielleicht sagst du, daß er dich schon seit Monaten belästigt –, und als du ihm einen Korb gabst, hat er gedroht, daß er dir was anhängt.

Du hast dich geweigert, dich mit ihm einzulassen, und er packte dich, zerriß dir die Kleider und schlug dir das Gesicht blau, als du dich gegen ihn gewehrt hast. In dem Moment kam ich zufällig vorbei, da ich eine Verabredung mit dir hatte, und hörte dich schreien. Deine Wohnungstür war nicht verschlossen, und ich kam hereingerannt, riß den Kerl von dir weg und entwaffnete ihn. Dann hielten wir ihn fest, bis die Polizei kam, die wir jetzt anrufen. Verstanden?«

»Ja, Stan.«

»Gut! Jetzt hör zu: Wenn die Polizei erst einmal da ist, wird der Kerl natürlich auspacken, was er weiß, und es ist möglich, daß wir alle drei ins Kittchen wandern. Deswegen möchte ich, daß du genau weißt, was Sache ist. Ich sollte eigentlich genug Einfluß haben, um dich und mich heute abend noch auf Kaution wieder freizubekommen oder, wenn alle Stricke reißen, zumindest dafür zu sorgen, daß mein Anwalt heute abend zu mir gelassen wird – damit ich mich um die Zeugen kümmern kann, die wir brauchen werden. Und eigentlich sollte ich es auch so einrichten können, daß unser kleiner, dicker Freund einen oder zwei Tage dabehalten wird und bis morgen abend niemanden sehen darf – was uns ihm gegenüber einen ziemlichen Vorteil verschafft. Ich weiß nicht, wieviel er weiß, aber mit deiner Geschichte und den Geschichten von noch ein paar feschen Dämchen, an die ich denke, hänge ich ihm einen Ruf an, der jede Geschworenenbank auf der Welt davon abhalten wird, ihm je wieder ein Wort zu glauben.«

»Wie gefällt Ihnen das?« fragte er triumphierend.

»Sie großer Witzbold«, lachte ich ihn aus, »ich find's ungeheuer komisch.«

Aber in Wirklichkeit fand ich das gar nicht. Trotz allem, was ich über den Mord an Gilmore zu wissen meinte – trotz meiner einfachen, befriedigenden Lösung –, verschaffte mir irgendwas eine Gänsehaut, meine Knie fühlten sich zittrig an, und meine Hände waren schweißnaß. Es hatte auch früher schon Leute gegeben, die versucht hatten, mir was anzuhängen – kein Detektiv ist lange im Geschäft, ohne daß ihm das passiert –, aber gewöhnt hatte ich mich nie dran. Es hat was merkwürdig Tödliches an sich, vor allem, wenn man weiß, wie unberechenbar Geschworenenjurys sein können, und es überläuft einen kalt, ganz egal, wie sicher man nach eigenem Urteil auf beiden Beinen steht.

»Ruf die Polizei an«, sagte Tennant zu dem Mädchen, »und merk dir um Gottes willen die Geschichte gut!«

Während er Cara Kenbrook diese Notwendigkeit nochmals deutlich zu machen versuchte, wanderte sein Blick von mir weg.

Ich war vielleicht anderthalb Meter von ihm und seiner auf mich gerichteten Pistole entfernt.

Ein Sprung – nicht direkt auf ihn zu, sondern ein bißchen zur Seite – brachte mich in seine Nähe.

Unter meinem Arm donnerte die Pistole los. Zu meiner Überraschung spürte ich die Kugel nicht. Mir schien, daß er mich getroffen haben *mußte*.

Ein zweiter Schuß fiel nicht.

Im Sprung noch holte ich mit der rechten Faust zu einem Schwinger aus. Der landete, als ich landete. Zwar erwischte ich ihn etwas zu hoch – oben am Backenknochen –, trotzdem wurde er ein paar Schritte nach hinten geschleudert.

Was mit seiner Pistole passiert war, wußte ich nicht. In seiner Hand war sie nicht mehr. Ich hielt mich aber nicht damit auf, erst lange nach ihr zu suchen. Ich hatte zu tun, ihn zurückzudrängen, ihn nicht zur Besinnung kommen zu lassen, dicht bei ihm zu bleiben und mit beiden Fäusten auf ihn einzuschlagen.

Er war einen Kopf größer und hatte längere Arme, aber er war nicht schwerer und nicht stärker. Ich nehme an, auch er traf mich ab und zu, während ich ihn quer durchs Zimmer hämmerte. Er hat mich bestimmt erwischt. Aber ich spürte nichts.

Ich trieb ihn in eine Ecke. Zwängte ihn rückwärts hinein und quetschte ihm die Beine ein, so daß ihm nicht viel Raum zum Ausholen blieb. Dann legte ich ihm meinen linken Arm um den Körper, hielt ihn, wo ich ihn haben wollte, und fing an, ihn mit meiner rechten Faust zu bearbeiten.

Das gefiel mir. Sein Bauch war schwabbelig und wurde mit jedem Treffer weicher. Ich traf ihn oft.

Er schlug nach meinem Gesicht, aber ich vergrub meine Nase in seinem Brustkorb und behielt sie auch da, und so bewahrte ich meine Schönheit davor, vollkommen ruiniert zu werden. Unterdessen bohrte ich meine rechte Faust in ihn hinein.

Dann bemerkte ich, daß Cara Kenbrook hinter mir herumwuselte, und mir fiel der Revolver wieder ein, der irgendwo hingefallen war, als ich auf Tennant losging. Das gefiel mir weniger, aber ich konnte im Moment nichts daran ändern – nur in meine Schläge noch mehr Gewicht legen. Meine Pistole, überlegte ich, steckte in einer seiner Taschen. Aber keiner von uns beiden hatte Zeit, danach zu suchen.

Als ich Tennant den nächsten Schlag verpaßte, gaben seine Knie nach.

Noch einen, sagte ich mir, dann trete ich einen Schritt zurück, gebe ihm einen auf die Kinnspitze und sehe mir an, wie er umfällt.

Aber so weit kam ich nicht.

Etwas, von dem ich wußte, es war der vermißte Revolver, knallte mir von oben gegen den Kopf. Ein wirkungsloser Hieb, nicht gezielt genug, um mich aus dem Verkehr zu ziehen, aber er nahm den Dampf aus meinen Schlägen.

Noch einer.

Sie waren wirklich nicht hart, diese Klapse, aber um einem Schädel mit einem Metallklotz weh zu tun, muß man gar nicht fest zuschlagen.

Ich versuchte mich von dem nächsten Bums wegzudrehen, was mir mißlang. Und nicht nur das, zudem gelang es Tennant, sich mir zu entwinden.

Das war das Ende.

Ich drehte mich gerade rechtzeitig zu dem Mädchen herum, um noch eins über den Kopf gezogen zu kriegen, und dann erwischte mich eine von Tennants Fäusten über dem Ohr.

Ich ging auf die Art zu Boden, nach der Boxer Drückeberger genannt werden – die Augen offen, der Geist wach, aber Beine und Arme weigerten sich, mir wieder hochzuhelfen.

Tennant nahm meine eigene Pistole aus seiner Tasche und zielte damit auf mich, während er sich in einen Morris-Sessel setzte und nach der Luft schnappte, die ich aus ihm herausgeprügelt hatte. Das Mädchen nahm in dem anderen Sessel Platz, und ich, nachdem ich festgestellt hatte, ich schaff's, setzte mich mitten auf dem Fußboden aufrecht hin und sah die beiden an.

Tennant redete, noch immer keuchend: »Großartig – alle Anzeichen eines Kampfes, die wir brauchen, damit unsere Geschichte plausibel erscheint!«

»Wenn man Ihnen nicht glaubt, daß Sie sich geprügelt haben«, schlug ich schlecht gelaunt vor und drückte meinen schmerzenden Kopf mit beiden Händen, »können Sie sich ja ausziehen und Ihr kleines Bäuchlein vorzeigen.«

»Und Sie können ihnen das hier zeigen!«

Er beugte sich nach unten und spaltete mir die Lippe mit einem Schlag, der mich der Länge nach niederstreckte.

Die Wut brachte wieder Leben in meine Beine. Ich erhob mich auf sie. Tennant nahm hinter dem Morris-Sessel Deckung. Meine schwarze Pistole lag ohne zu zittern in seiner Hand.

»Seien Sie vorsichtig«, warnte er mich. »Meine Geschichte funktioniert auch, wenn ich Sie umlegen muß, vielleicht sogar besser.«

Das war logisch. Ich blieb stehen.

»Ruf die Polizei, Cara«, befahl er.

Sie ging aus dem Zimmer, machte die Tür hinter sich zu, und ich konnte von dem, was sie sagte, nichts weiter als ein undeutliches Gemurmel hören.

Zehn Minuten später trafen drei uniformierte Polizisten ein. Alle drei kannten Tennant und behandelten ihn voller Respekt. Tennant spulte die Geschichte ab, die er und das Mädchen sich ausgedacht hatten, mit ein paar Veränderungen, um den Schuß, der aus der vernickelten Pistole abgefeuert worden war, und unsere Keilerei zu berücksichtigen. Das Mädchen nickte jedesmal heftig mit dem Kopf, wenn ein Polizist sie ansah. Tennant händigte beide Pistolen dem weißhaarigen Sergeant aus, der den Einsatz leitete.

Ich machte keine Einwände, stritt nichts ab, sagte dem Sergeant aber: »Ich arbeite mit Detective Sergeant O'Gar an einem Fall. Ich würde gern mit ihm telefonieren, und dann möchte ich, daß Sie uns alle drei rüber aufs Revier schaffen.«

Tennant protestierte natürlich dagegen, nicht, weil er tatsächlich erwartete, damit etwas zu erreichen, sondern nur für den Fall – man wußte ja nie. Der weißhaarige Sergeant sah uns verdutzt einen nach dem anderen an. Mich mit meinem aufgeschürften Gesicht und der geplatzten Lippe, Tennant mit einer roten Schwellung unter dem Auge, wo mein erster Schlag gelandet war, und das Mädchen, dem die Kleider über der Taille größtenteils weggefetzt waren, mit einer blau geschwollenen Backe.

»Sieht wirklich komisch aus, diese Sache«, stellte der Sergeant laut fest, »und es sollte mich nicht wundern, wenn das Revier genau der richtige Ort für euch alle wäre.«

Einer von den Streifenbeamten ging mit mir in die Diele, und ich bekam O'Gar bei sich zu Hause ans Telefon. Es war inzwischen fast zehn, und er war gerade dabei, ins Bett zu gehen.

»Bin auf bestem Wege, den Mord an Gilmore aufzuklären«, berichtete ich ihm. »Komm bitte ins Präsidium. Und wenn du Kelly erwischst, den Streifenbeamten, der Gilmore gefunden hat, bring ihn doch gleich mit. Ich möchte, daß er sich ein paar Leute ansieht.«

»Wird gemacht«, versprach O'Gar.

Die grüne Minna, mit der die drei Polizisten auf Cara Kenbrooks Anruf hin angerückt waren, brachte uns runter zum Justizpalast, wo wir uns alle zusammen ins Büro des Captain begaben. Dienst hatte McTighe, ein Lieutenant.

Ich kannte McTighe, und wir verstanden uns ziemlich gut, aber ich war kein einflußreicher Mann in der Kommunalpolitik, und genau das war Tennant. Ich will damit nicht sagen, daß McTighe Tennant mutwillig dabei geholfen hätte, mich anzuschwärzen, aber wenn's darauf hinauslief, entweder ich oder der stellvertretende Stadtbaurat, wußte ich, wer den Vorteil aus irgendwelchen möglicherweise vorhandenen Zweifeln ziehen würde.

In meinem Schädel pochte und dröhnte es entsetzlich, und überall, wo das Mädchen ihn bearbeitet hatte, hatte er Beulen. Ich setzte mich, hielt den Mund und befühlte meinen Kopf, während Tennant und Cara Kenbrook unter Hinzufügung etlicher Einzelheiten, die sie an die Uniformierten nicht verschwendet hatten, ihr Märchen erzählten und ihre Verletzungen vorzeigten.

Tennant sprach gerade – er schilderte den schrecklichen Anblick, auf den sein Auge gefallen war, da er, von den Schreien des Mädchens alarmiert, in ihre Wohnung geeilt war –, als O'Gar das Büro betrat. Mit hochgezogener Augenbraue nahm er von Tennant Notiz, dann kam er herüber und setzte sich neben mich.

»Was zum Teufel soll das denn?« flüsterte er.

»Ein irrer Schlamassel«, flüsterte ich zurück. »Hör zu, in der Nickelpistole dort auf dem Schreibtisch steckt eine leere Hülse. Hol sie mir.«

Er kratzte sich unschlüssig am Kopf, hörte sich die nächsten Worte von Tennants Räubermärchen an und warf mir einen Blick aus dem Augenwinkel zu, dann ging er an den Schreibtisch und griff nach dem Revolver.

McTighe sah ihn an, mit einem scharfen, fragenden Blick.

»Hat was mit dem Gilmore-Mord zu tun«, sagte der Detective Sergeant und klappte die Pistole auf.

Der Lieutenant wollte etwas sagen, besann sich jedoch anders, und O'Gar brachte die Patronenhülse zu mir herüber.

»Danke«, sagte ich und steckte sie in die Tasche. »Jetzt hör dir meinen Freund dort an. Eine fabelhafte Nummer, wenn du so was magst.«

Tennant kam mit seiner Geschichte zum Ende.

». . . natürlich ist ein Mann, der so etwas bei einer wehrlosen Frau versucht, ein Feigling, es war also nicht sehr schwierig, mit ihm fertig zu werden, nachdem ich ihm seine Pistole abgenommen hatte. Ich versetzte ihm ein paar Faustschläge, und er gab auf – flehte mich an aufzuhören, indem er auf die Knie sank. Dann riefen wir die Polizei.«

McTighe sah mich mit kalten, harten Augen an. Tennant hatte ihn überzeugt, und nicht nur ihn: auch der Polizeisergeant und seine zwei Männer sahen mich finster an. Ich befürchtete fast, daß selbst O'Gar, mit dem ich ein Dutzend Stürme durchgestanden hatte, halbwegs überzeugt wäre, hätte der Baurat nicht als hübsches Detail meinen Kniefall hinzugefügt.

»So, und was haben *Sie* dazu zu sagen?« forderte mich McTighe in einem Ton auf, der ahnen ließ, daß es ziemlich egal war, was ich sagte.

»Diesem Traum habe ich nichts hinzuzufügen«, teilte ich kurz angebunden mit. »Ich bin am Mord an Gilmore interessiert, nicht an solchem Kram.« Ich drehte mich zu O'Gar um. »Ist der Streifenbeamte da?«

Der Detective Sergeant ging an die Tür und rief: »Jetzt, Kelly!«

Kelly kam herein – ein großer, starker, sich sehr gerade haltender Mann mit eisgrauem Haar und einem intelligenten, dicken Gesicht.

»Sie haben Gilmores Leiche gefunden?« fragte ich.

»Ja, Sir.«

Ich zeigte auf Cara Kenbrook.

»Schon mal gesehen?«

Seine grauen Augen musterten sie sorgfältig.

»Nicht, daß ich wüßte«, antwortete er.

»Kam sie die Straße herauf, während Sie sich um Gilmore kümmerten, und ging in das Haus, vor dem er lag?«

»Nein, Sir.«

Ich zog die leere Patronenhülse hervor, die O'Gar mir verschafft hatte, und warf sie vor dem Streifenbeamten auf den Schreibtisch.

»Kelly«, fragte ich, *warum haben Sie Gilmore erschossen?«*

Kellys rechte Hand fuhr unter den Rockschoß und an seine Hüfte.

Ich sprang auf ihn zu.

Jemand packte mich am Genick. Jemand anderer hängte sich an meinen Rücken. McTighe zielte mit seiner dicken Faust auf mein Gesicht, verfehlte es aber. Plötzlich wurden mir die Beine unter dem Leib weggetreten, und ich ging mit sämtlichen Männern über mir hart zu Boden.

Als ich mit einem Ruck wieder auf die Füße gestellt wurde, stand der mächtige Kelly kerzengerade neben dem Schreibtisch und wog seinen Dienstrevolver in der Hand. Sein klarer Blick traf auf meinen, und er legte die Waffe auf den Tisch. Dann nahm er seine Plakette ab und legte sie zu der Pistole.

»Es war ein Unfall«, sagte er schlicht.

Inzwischen kriegten die Burschen, die mich mißhandelt hatten, mit, daß ihnen das Schauspiel womöglich teilweise entging – daß ich vielleicht gar kein Wahnsinniger war. Hände ließen von mir ab, und wenig später hörten alle Kelly zu.

Ruhig und gelassen erzählte er seine Geschichte, ohne daß seine Augen auch nur ein einziges Mal zuckten oder sich trübten. Ein bedachtsamer Mann, wenn auch vom Pech verfolgt.

»Ich machte neulich in der Nacht meine Runde, un' als ich von der Jones in die Pine bog, sah ich, wie 'n Mann von der Treppe eines Hauses in die Eingangshalle zurücksprang. 'n Einbrecher, dachte ich un' schlich mich näher. Es war 'ne dunkle Eingangshalle un' tief, un' ich sah was, das wie 'n Mann da drin aussah, aber ich war mir nich sicher.

›Kommen Sie raus!‹ rief ich, aber es kam keine Antwort. Ich nahm meine Pistole in die Hand un' stieg die erste Stufe der Treppe hoch. Genau in dem Moment sah ich, wie sich der Mann auf mich zubewegte. Un' ich rutschte aus. Sie war blankgetreten, die untere Stufe, un' ich rutschte mit dem Fuß weg. Ich fiel nach vorn, die Pistole ging los, un' die Kugel traf den Mann. Er war mittlerweile 'n Stück aus dem Haus rausgekommen, un' als die Kugel ihn erwischte, kippte er nach vorn un' stürzte die Treppe runter auf den Bürgersteig.

Ich sah ihn mir an und stellte fest, daß es Gilmore war. Ich kannte ihn vom Grüßen, un' er kannte mich – das muß auch der Grund sein, warum er sich versteckt hat, als er mich um die Ecke komm' sah. Er wollte wohl nich, daß ich ihn aus dem Haus komm' sah, in dem, wie ich weiß, Mr. Tennant wohnt, weil er dachte, ich zähle zwei un' zwei zusamm' un' fang vielleicht an zu plaudern.

Ich sag ja nicht, daß ich mit meiner Lügerei richtig gehandelt hab, aber weh getan hat's niemand. Es war ein Unfall, und er war ein Mann mit 'ner Menge Freunde oben in den höheren Gefilden, un' – Unfall oder nich – ich hatte gute Aussichten, entlassen zu werden und vielleicht sogar für 'ne Zeitlang innen Knast zu wandern. Deshalb erzählte ich die Geschichte so, wie Sie sie kenn'. Ich konnte doch nicht sagen, ich hätte was Verdächtiges gesehn, ohne vielleicht jemand Unschuldigem die Schuld zuzuschieben, un' das wollte ich auch nicht. Ich war entschlossen, wenn man jemand wegen dem Mord verhaften würde un' die Sache stünde schlecht für ihn, dann würde ich mich melden und sagen, ich war's. Bei mir zu Hause finden Sie 'n ausführliches Geständnis aufgeschrieben – für den Fall, daß mir was passiert –, damit niemand anderer jemals die Schuld in die Schuhe geschoben kriegt.

Deshalb mußte ich auch sagen, ich hätte die Dame hier nie gsehn. Ich *hab* sie aber gesehn, hab sie in der Nacht in das Haus gehn sehen, das Haus, aus dem Gilmore gekommen iss. Aber das konnte ich doch nicht sagen, ohne daß es für sie schlecht ausgesehn hätte. Deshalb hab ich gelogen. Ich hätt mir 'ne bessere Geschichte ausdenken könn', wenn ich mehr Zeit gehabt hätte, daran zweifle ich nich, aber ich mußte schnell schalten. Auf jeden Fall bin ich froh, daß es vorüber iss.«

Kelly und die anderen uniformierten Polizisten hatten das Büro verlassen, in dem nun nur noch McTighe, O'Gar, Cara Kenbrook,

Tennant und ich waren. Tennant war neben mich getreten und entschuldigte sich.

»Ich hoffe, Sie lassen mich die Geschichte von heute abend wieder gradebiegen. Aber Sie wissen ja, wie das ist, wenn jemand, den man mag, in der Klemme sitzt. Ich hätte Sie umgebracht, wenn ich der Meinung gewesen wäre, es könnte Cara helfen – keine Frage. Warum haben Sie uns denn nicht gesagt, daß Sie sie gar nicht im Verdacht hatten?«

»Aber ich hatte Sie alle beide im Verdacht«, sagte ich. »Es sah zwar so aus, als müßte Kelly der Schuldige sein, aber Sie beide führten sich dermaßen kindisch auf, daß mir Zweifel kamen. Eine Zeitlang war's komisch – Sie dachten, Miss Kenbrook hätte es getan, und sie dachte, Sie wären's gewesen, auch wenn Sie vermutlich beide die Unschuld des anderen beschworen hätten. Aber nach 'ner Zeit fand ich es nicht mehr komisch. Sie haben die Geschichte zu weit getrieben.«

»Wie bist du denn auf Kelly gekommen?« fragte O'Gar neben mir.

»Miss Kenbrook ging auf der Leavenworth in Richtung Norden und war auf halbem Weg zwischen der Bush und der Pine Street, als der Schuß fiel. Sie sah niemanden, auch kein Auto, bis sie um die Ecke kam. Mrs. Gilmore, die auf der Jones in Richtung Norden lief, war etwa genausoweit vom Tatort entfernt, als *sie* den Schuß hörte, und auch sie sah niemanden, bis sie zur Pine Street kam. Hätte Kelly die Wahrheit gesagt, hätte sie ihn auf der Jones sehen müssen. Er hat ausgesagt, er sei erst um die Ecke gebogen, als der Schuß schon gefallen war.

Beide Frauen hätten Gilmore getötet haben können, aber kaum beide gemeinsam, und ich bezweifelte, daß eine von beiden ihn hätte erschießen und weglaufen könne, ohne Kelly oder der anderen in die Arme zu laufen. Angenommen, beide sagten die Wahrheit – was dann? Dann mußte Kelly gelogen haben! Er war sowieso der logische Verdächtige – die Person, die unserer Kenntnis nach am nächsten beim Ermordeten war, als der Schuß fiel.

Und um das alles noch weiter zu untermauern, hatte er Miss Kenbrook am Morgen um drei das Apartmenthaus betreten lassen, vor dem eben erst jemand erschossen worden war, ohne Fragen an sie zu richten oder sie in seinem Bericht zu erwähnen. Das sah so aus, als *wisse* er, wer den Mord begangen hatte. Und so riskierte ich den Trick mit der leeren Patronenhülse, weil die Wahrscheinlichkeit hoch war, daß er seine weggeworfen hatte und nun denken würde, daß . . .«

McTighes dröhnende Stimme unterbrach mich in meinen Erläuterungen.

»Was ist jetzt mit dieser Anzeige wegen tätlicher Beleidigung?« fragte er, wobei er den Anstand aufbrachte, meinem Blick auszuweichen, als ich mich mit den anderen zu ihm umdrehte.

Tennant räusperte sich.

»Tja – äh – in Anbetracht dessen, wie alles abgelaufen ist, und da ich weiß, daß Miss Kenbrook gern das lästige Aufsehen vermeiden würde, das mit so einer Affäre verbunden ist, nun, da würde ich vorschlagen, daß wir die ganze Sache fallenlassen.« Sein strahlendes Lächeln wanderte von McTighe zu mir. »Es ist ja noch nichts aktenkundig gemacht worden.«

»Zwing den Saftsack dazu, die Hosen runterzulassen«, brummte O'Gar mir ins Ohr. »Laß nicht zu, daß er die Sache fallenläßt.«

»Natürlich, wenn Miss Kenbrook den Vorwurf nicht weiter verfolgen möchte«, sagte McTighe gerade und beobachtete mich aus dem Augenwinkel, »würde ich meinen . . .«

»Wenn wir alle hier uns darauf verständigen, daß die ganze Angelegenheit ein Schwindel war«, sagte ich, »und wenn die Beamten, die die Geschichte gehört haben, reingerufen werden und Tennant und Miss Kenbrook sie darüber aufklären, daß alles eine Lüge war – dann bin ich bereit, es dabei bewenden zu lassen. Andernfalls wäre ich mit einer Vertuschung nicht einverstanden.«

»Du bist wirklich ein Vollidiot«, flüsterte O'Gar. »Leg ihnen doch die Daumenschrauben an!«

Aber ich schüttelte den Kopf. Ich sah keinen Sinn darin, mir selber eine Menge Scherereien aufzuladen, nur um jemand anderem welche zu bereiten – und angenommen, Tennant *bewies* seine Darstellung . . .

Also wurden die Polizeibeamten zusammengesucht, wieder ins Büro zurückgeholt und über die Wahrheit unterrichtet.

Und wenig später schlenderten Tennant, das Mädchen und ich einträchtig wie alte Freunde durch die Gänge auf den Ausgang zu, während Tennant mich immer noch bat, eine Wiedergutmachung für den Abend von ihm anzunehmen.

»Sie *müssen* gestatten, daß ich etwas tue!« beharrte er. »Das ist nur recht und billig!«

Seine Hand tauchte in seine Jacke und kam mit einem dicken Bündel Geldscheine zum Vorschein.

»Hier«, sagte er, »lassen Sie mich . . .«

Wir schritten in diesem freudigen Augenblick gerade die Treppe in der Vorhalle runter, die auf die Kearny Street führt – sechs oder sieben Stufen sind das.

»Nein«, erwiderte ich, »lassen Sie mich . . .«

Tennant befand sich auf der zweitobersten Stufe, als ich nach oben langte und die Hand schießen ließ.

Er setzte sich als ziemlich schlaffer Haufen auf seinen Hintern.

Ich überließ es seiner verdatterten Geliebten, sich um ihn zu kümmern, und spazierte über den Portsmouth Square auf ein Restaurant zu, wo die Steaks besonders dick sind.

Tod und Diamanten

Susan Dunlap

»Was mir am Beruf des Privatdetektivs den größten Spaß macht, ist die Erregung des Spiels. Als Kind war ich hervorragend im Sport. Nicht von ungefähr liebe ich Fälle mit viel Action. Aber leider kann man nicht immer haben, was man möchte.« Kiernan O'Shaughnessys Blick wanderte zu ihrem dick bandagierten Fuß und zu den Krücken, die griffbereit an ihrem Sitz lehnten.

»Sie haben wohl jemanden zu kräftig in den Hintern getreten, wie?« Der Mann, der mit ihr vor dem Flugsteig der Southwest Airlines saß, grinste sie an. Er hatte etwas Jungenhaftes. Mittelgroß, geschmeidig, muskulös, mit der zu intensiven Sonnenbräune dessen, den die Zukunft nicht kümmert. Er mußte über vierzig sein, doch die Linien um die strahlenden, grünen Augen und den Mund waren eher Hinweis auf jäh auftretende Stimmungstiefs und plötzliche Lachanfälle, als ein Zeichen für fortschreitende Jahre. Inmitten der Leute aus San Diego in ihren Shorts und T-Shirts, auf denen für den Zoo, für Tijuana und die Chargers geworben wurde, wirkte er in seinen Chinos mit Sportjacke und tannengrünem Polo-Shirt fast förmlich. Er schlug die Beine übereinander, stellte sie wieder nebeneinander und sah ungeduldig zum Steward hinüber, der am Ende der Gateway Aufstellung genommen hatte.

Im Warteraum von Flugsteig 10 drängten sich braungebrannte Familien, die vom sonnigen San Diego ins noch sonnigere Phoenix fliegen wollten.

Das allgemeine Stimmengewirr wurde von schrillem Kindergeschrei und genervten Eltern, die die Namen dieser Kinder mit drohendem Unterton riefen, übertönt.

Alle Passagiere der Southwest Airlines, Flug 1244 nach Oakland, bitte zum Flugsteig 9.

Eine Horde der nach Oakland eingecheckten Passagiere drängte näher an den Ausgang heran, die blauen Bordkarten aus Plastik an sich gedrückt.

Der Mann neben Kiernan seufzte, während seine Augen ein Zwinkern signalisierten. »Die Glücklichen! Ich hasse diese Warterei – eine meiner Schwächen. Ich fliege deshalb so gern mit der Southwest, weil die freie Sitzwahl haben. Wenn man flink genug ist, kriegt man jeden gewünschten Platz.«

»Und welches ist Ihr Lieblingsplatz?«

»Eins B oder eins C. Damit ich rasch wieder von Bord kann. Wenn man uns überhaupt je an Bord läßt.«

Der Flug nach Phoenix hatte eine halbe Stunde Verspätung. Mit jeder Ankündigung eines Southwest-Abfluges zu einem anderen Ziel stieg der Grad des Unwillens in dem für Phoenix bestimmten Wartebereich. Der Frust stieg, die Luft wurde dicker und zugleich verbraucht und abgestanden, so als hätte sie gerade nur so viel Sauerstoff enthalten, wie für die vorgesehene Wartezeit nötig gewesen wäre und als sei sie jetzt, eine halbe Stunde später, nur mehr gut, Nasen auszutrocknen und Launen zu verschlechtern.

Über Lautsprecher hieß es, für den Flug nach Albuquerque könne man an Bord gehen. Eine Frau mit straßbesetzter Jeansjacke lief an ihnen vorüber zum Albuquerque-Flugsteig. Straß. Nicht zu vergleichen mit Diamanten, aber immerhin ähnlich genug, um Kiernan das Bild Melissa Jessups ins Gedächtnis zu rufen. Als sie Melissa das letztemal gesehen hatte, war diese schon ein halbes Jahr tot gewesen, erschlagen und erstochen. Der Leichnam war zur Verwesung im Freien liegengelassen worden. Verschwunden waren die Diamanten ihrer Mutter, jene Steine, die diese ihr als Sicherheit hinterlassen hatte. Melissa hatte es nicht übers Herz gebracht, sie zu verkaufen, nicht einmal dafür, um ihre Flucht aus einem Leben in Furcht zu finanzieren und vor einem Mann zu flüchten, dem mehr an den Steinen lag als an ihr. Wenn die Erinnerung an Melissa in ihr wach wurde, rief Kiernan sich immer ins Gedächtnis, daß dies der Beweis dafür sei, daß Diamanten nicht die besten Freunde eines Mädchens sind, daß eine Mutter (oder zumindest eine Mutter, die sagt »verkauf sie niemals«) es nicht am besten weiß, und daß eine Frau sich nie mit einem Mann, mit dem sie zusammenarbeitet, einlassen sollte. Melissa Jessup aber hatte alles getan. Ihr Liebhaber war ihr gefolgt, hatte sie getötet, die Diamanten ihrer Mutter an sich genommen und nicht eine einzige Spur hinterlassen. Melissas Bruder hatte Kiernan engagiert in der Hoffnung, sie würde mit ihrer gerichtsmedizinischen Erfahrung im Autopsiebericht irgendeinen Hinweis entdecken oder beim Anblick von Melissas Leichnam etwas sehen, das dem örtlichen Leichenbeschauer entgangen war. Sie hatte nichts feststellen können. Der Schlüssel, der zu Melissas Mörder führte, stand nicht im Zusammenhang mit der Leiche, sondern mit den Diamanten. Die Suche nach den Diamanten und nach dem Mörder, der sie bei sich hatte, war zum frustrierendsten Fall in Kiernans Laufbahn als Privatdetektivin geworden.

Sie verdrängte das Bild von Melissa Jessup aus ihrem Bewußtsein. Dies war nicht die Zeit für Wut oder für eines der anderen Gefühle, die der Gedanke an Melissas Tod unweigerlich hervorrief. Jetzt ging es darum, den Koffer in Phoenix in die richtigen Hände gelangen zu lassen. »Der Auftrag, den ich im Moment bearbeite, besteht darin, quasi als Babysitter für diesen Koffer von San Diegeo nach Phoenix zu fliegen. Dieser Ausflug beinhaltet keinen ›Tritt‹.«

»Hätten Sie nicht warten können, bis Sie die Krücken loswerden?« fragte er mit einem Blick auf ihren bandagierten Fuß.

»Das Verbrechen wartet nicht.« Sie lächelte, voll auf das Gespräch konzentriert. »Außerdem ist ein Kurierauftrag geradezu ideal für eine humpelnde Frau, meinen Sie nicht auch, Mr. . . .?«

Er sah den schlichten schwarzen Koffer an, dann wieder sie. »Sie vermitteln wohl immer, wie?« In seinen Augen lag unverkennbar ein Zwinkern, als er lachte. »Also, ein ganz einfacher Fall. Meinen Namen herauszufinden, beweist nicht, ob Sie als Detektivin etwas taugen. Ich bin Jeff Siebert. Und Sie?«

»Kiernan O'Shaughnessy. Aber diesen Hieb lasse ich nicht auf mir sitzen. Einen Namen kann tatsächlich jeder herausbekommen. Ein Detektiv-Profi muß mehr können. Also, erstens gehe ich davon aus, daß Sie ledig sind.«

Er lachte das entzückte Lachen eines kleinen Jungen, der seine Eltern beim Rommé schlagen konnte.

»Kein Ehering, kein weißer Streifen am Finger, der verrät, daß ich den Ring nicht trage. Richtig?«

»Zugegeben, das war ein Punkt. Aber Sie tragen einen roten Gürtel. Da Weihnachten noch nicht in Sicht ist, nehme ich an, daß die Kombination roter Gürtel und grüner Rolli nicht beabsichtigt ist. Sie sind farbenblind.«

»Nun ja«, sagte er und knöpfte seine Jacke über dem unpassenden Gürtel zu. »Aber man wird ja nicht aufgefordert, Rot und Grün zu unterscheiden, ehe man die Heiratserlaubnis bekommt. Also?«

»Wären Sie verheiratet, würde Ihre Frau Sie vielleicht nicht jeden Morgen kontrollieren, aber sehr wahrscheinlich würde Sie Ihre Accessoires so ordnen, daß Sie sich ohne fremde Hilfe anziehen könnten und sich nicht Bemerkungen von wildfremden Frauen, wie ich eine bin, über Ihren Gürtel anhören müßten.«

Letzter Aufruf der Southwest Airlines für den Flug 1244 nach Oakland, Flugsteig 9.

Kiernan warf den letzten drei nach Oakland fliegenden Passagieren einen neidischen Blick zu, als diese Flugsteig 9 passierten. Hätte der Flug nach Phoenix sich nicht so verspätet, wäre sie jetzt schon in der Luft und ihrem Ziel, den Koffer in die richtigen Hände gelangen zu lassen, näher. Wieder zu Siebert gewandt sagte sie: »Überdies schätze ich, daß Sie mit einer Frau meiner Größe verheiratet oder sonstwie liiert waren. Mit einer Blondine.«

Er lehnte sich in seinem Sitz zurück. Es war das erste Mal, daß es ihm die Sprache verschlug.

»Jetzt wird's interessant, nicht wahr?« Kiernan lachte. »Aber ich sollte nicht so angeben. Das nervt manche Menschen. Andere, wie Sie, macht es sprachlos. Aber eigentlich war es ganz einfach. Sie haben an der Ecke Ihres Jackenaufschlages einen winzigen violetten Lidschattenfleck. Ich hatte einmal einen Freund Ihrer Größe, der alle seine Jacken regelmäßig zur Reinigung geben mußte. Aber außer mir würde es niemandem einfallen, die Ecken Ihres Jackenaufschlages anzusehen. Sie selbst hätten die Jacke jahrelang tragen können, ohne überhaupt den Fleck zu bemerken.«

»Aber warum eine Blondine?«

»Weil Blondinen gern violette Lidschatten tragen.«

Er lächelte sichtlich erleichtert.

Die Passagiere des Flugs 1767, Abflug Flugsteig 10, nach Phoenix gehen in wenigen Minuten an Bord. Wir danken Ihnen für Ihre Geduld.

Er stöhnte auf. »Na, wir werden sehen, wie wenige Minuten es sein werden.« Ihnen gegenüber zog eine Frau ihre elefantengroße Reisetasche näher zu sich heran. Siebert drehte sich zu Kiernan um und sagte mit jenem vertrauten Lächeln, das sie nun schon als seinen typischen Ausdruck einstufte: »Es sieht aus, als hätten Sie viel Spaß am Detektivberuf.«

Das Bild von Melissa Jessup platzte in ihr Bewußtsein. Melissa hatte sich von einem Dieb umgarnen lassen. Sie hatte nicht auf ihre Warnung gehört, die Juwelen ihrer Mutter zu verkaufen, bis es zu spät war, und ihr nichts übrig blieb als zu packen, was ihr in die Hände fiel und davonzulaufen.

Kiernan zog ihren Koffer näher zu sich. »Ermittlungen können viel Spaß machen, wenn man ungewöhnliche Arbeitszeiten gern in Kauf nimmt, wenn man die Erregung liebt, die sich einstellt, wenn alles von einem einzigen richtigen Schachzug abhängt. Ehrlich gesagt, wird damit das Kind in mir angesprochen, besonders wenn ich so tun kann, als sei ich etwas oder eine andere. Es macht Spaß zu sehen, ob man es schafft.«

»Und woher soll ich wissen, daß Sie nicht eine andere sind?«

»Ich könnte Ihnen meinen Ausweis zeigen, aber das würde gar nichts beweisen.« Sie lachte. »Sie müssen mir schon trauen, wie ich Ihnen traue. Sie haben sich ja den Platz neben mir ausgesucht.«

»Nun ja, weil Sie die hübscheste alleinsitzende Frau waren.«

»Oder zumindest diejenige, die dem Eingang am nächsten saß, durch den Sie hereinkamen. Und das hier ist der einzige Sitz, wo Sie Platz haben, um sich die Füße zu vertreten. Sie sehen aus, als könnten Sie nicht lange stillsitzen.« Wieder lachte sie. »Aber Ihre eigene Erklärung sagt mir mehr zu.«

Ein kleines Mädchen in Gelb rannte kreischend vor den Sitzen hin und her. Mit munterem Geschrei folgte ihr eine etwas größere männliche Ausgabe. Der Kleine, der seiner Schwester nachlief, verfing sich mit dem Fuß in Kiernans Krücke, die nach hinten umfiel, während er vorwärtshechtete und gegen einen Mann am Ende der Warteschlange stolperte. Seine Schwester kam schlitternd zum Stehen. »Geschieht dir recht, Jason. Mami, sieh mal, was Jason angestellt hat!«

Siebert beugte sich herüber und richtete Kiernans Krücke auf. »Reisen kann gefährlich werden, nicht?«

»Verdammte Krücken! Es ist, als hätten sie einen eigenen Willen«, sagte sie. »Als ob die eine Krücke eine andere attraktive Krücke gegenüber entdeckt, und plötzlich ist sie verschwunden. Und sie verführen obendrein minderjährige Jungen.«

Wieder zwinkerten seine grünen Augen lausbübisch, als er lachte.

»Sie werden zu Ihnen zurückkehren. Im ganzen Raum ist keine Krücke, die sich Ihnen entziehen könnte.«

Sie zögerte kurz, ehe sie sagte: »Meine Krücken und ich danken Ihnen.« Es ist jene Art von Geplauder, das sich wundervoll verführerisch angehört hatte, als ich neunzehn war, dachte sie. Und Jeff Siebert war jener rastlose, impulsive Männertyp, der seinerzeit für sie gleichbedeutend mit Freiheit gewesen war. Aber 20 Jahre voller Irrtümer – ihre eigenen und die von anderen, so tödliche wie jener von Melissa Jessup – hatten ihr das unausweichliche Ende solcher Flirts vor Augen geführt.

Siebert stand auf und stützte einen Fuß auf die Tischkante. »Also, was macht Ermittlungen sonst noch so amüsant?«

Sie verschob den Koffer zwischen ihren Füßen. »Nun ja . . . zu versuchen, sich über Menschen ein Bild zu machen, so wie ich es eben jetzt mit Ihnen gemacht habe. Sehr viel hängt dabei vom gesunden Menschenverstand ab, wie beispielsweise die Annahme, daß Sie vermutlich kein gelassener Autofahrer sind. Wahrscheinlich sind Sie oft im Halteverbot erwischt worden oder mußten wegen Geschwindigkeitsübertretungen schon kräftig bezahlen.«

Er nickte ruckartig.

»Andererseits«, fuhr sie fort, »weiß ich hin und wieder Fakten vorher und kann dann Sherlock Holmes mimen und mit ungewöhnlichen Schlußfolgerungen glänzen. Die Gefahr dabei ist, daß man keck wird und Sachen hinausposaunt, noch ehe man die Beweise dafür in der Hand hat.«

»Ist Ihnen das schon passiert?«

Sie lachte auf und schaute vielsagend auf ihren Fuß. »Ich

möchte nicht, daß mein Klient zu diesem Schluß gelangt. Wir haben eine lange Diskussion darüber geführt, ob eine Frau auf Krücken mit dieser Übergabe betraut werden könnte.«

»Mit Ihrem Klienten?« fragte er laut, da er die Ansage für den Flug nach Yuma am Flugsteig nebenan übertönen mußte. In normalem Ton fügte er hinzu: »Den Klienten, der Ihre Kurierdienste in Anspruch nimmt, meinen Sie? Was enthält denn der Koffer Ihres Klienten, das so wertvoll ist?«

Sie bewegte ihre Füße, bis sie die Kofferseiten berührten. Siebert lehnte sich näher zu ihr herüber. Entschieden der Typ Mann, mit dem man sich Ärger einhandelt, dachte sie, doch das Schulbubengrinsen und der Verschwörerton wirkten sehr verführerisch, besonders an einem Ort wie diesem, wo jede Ablenkung willkommen war. Es wunderte sie nicht, daß er sich zu ihr hingezogen fühlte. Ganz klar, er war ein Mann mit einer Vorliebe für kleine Frauen. Sie sah um sich, erfreut, daß sonst niemand sich für diese Sitze entschieden hatte. Die nächsten Passagiere, ein junges Paar, das zwei Meter entfernt saß, war zu sehr ineinander vertieft, um die Zeit mit dem Belauschen von Gesprächen Fremder zu vertun. »Ich habe den Koffer nicht gepackt. Ich befördere ihn nur.«

Er bückte sich, um sein Ohr dem Koffer zu nähern. »Na, wenigstens tickt nichts darin.« Nachdem er sich wieder aufgerichtet hatte, sagte er: »Aber im Ernst, ist das nicht ziemlich gefährlich? Frauen, die Gepäck für Fremde befördern – auf diese Weise haben Terroristen Bomben in Flugzeuge geschafft.«

»Nein!« fuhr sie ihn an. »Ich tue es nicht für einen Liebhaber, der eine M1 besitzt. Ich bin ein Kurier, der einen Auftrag ausführt.«

Einem unaufmerksamen Beobachter wäre vielleicht gar nicht aufgefallen, daß Sieberts Schultern sich leicht strafften, ganz kurz nur, aus Ärger über ihre Zurechtweisung. Wortlos blickte er auf ihren Koffer hinunter. »Macht sich Kurierdienst denn auch bezahlt?«

»Nicht besonders, gemessen am Wert dessen, was ich befördere. Andererseits ist mit einem solchen Auftrag nicht viel Mühe verbunden. Die Gefahr eines Diebstahls ist minimal. Und ich komme damit viel herum. Vergangenen Herbst schaffte ich ein

Päckchen in den Norden. Das war ein günstiges Arrangement, da ich ohnehin dort oben zu tun hatte, um in einem Fall, den ich bearbeitete, Motel-Eintragungen zu kontrollieren. Ich brauchte eine Woche, um die Motels zu erledigen, ohne Ergebnis leider.« Eine ganze Woche, um festzustellen, daß Melissas Mörder in keinem Hotel oder Motel zwischen San Diego und Eureka abgestiegen war. »Hätte ich nicht den Kurierauftrag gehabt, wäre die ganze Sache eine Pleite gewesen.«

Er sah auf den Koffer hinunter. Vermutlich wäre er entsetzt gewesen, hätte er gewußt, wie deutlich erkennbar sein gieriger Blick war. Schließlich sagte er: »Was war denn in dem Päckchen, das Sie abliefern mußten?«

Sie warf einen Blick zu dem Pärchen hinüber. Von denen war nichts zu befürchten. Dennoch senkte Kiernan die Stimme. »Diamanten ungeklärter Herkunft. Das ist der eigentliche Grund, warum man sich einen Kurier leistet.«

»Ungeklärter Herkunft?« Er feixte. »Ist Ihnen nie der Gedanke gekommen, mit den Dingern über die Grenze zu verschwinden?«

»Schon möglich«, gab sie gedehnt zurück. »Wenn ich sicher hätte sein können, daß ihr Wert ausreicht, um mich für den Rest meines mir statistisch zugebilligten Lebens zu sanieren, dann hätte ich es vielleicht getan.«

Wir beginnen mit der Abfertigung des Southwest Airlines-Flugs 1767 nach Phoenix. Bitte behalten Sie Platz, bis die Abfertigung beendet ist.

Sie stemmte sich hoch und steckte die Krücken unter die Arme. Es dauerte einen Moment, bis der Mann seinen Blick vom Koffer losriß und aufrecht dastehend nervös mit dem Fuß auf den Teppich klopfte. Ringsum wuchteten Familien Gepäckstücke hoch und brachten ihre Kinder für den Wettlauf zum Ausgang in Position. Er seufzte laut. »Hoffentlich sind Sie ein Ellbogenmensch.«

Sie lachte und lehnte sich gegen die Armlehne des Sitzes. Sein Blick wanderte zurück zum Koffer. »Ich dachte, Kuriere wären mit Handschellen an ihre Fracht gekettet«, bemerkte er.

»Sie sitzen zu viel vor der Mattscheibe.« Sie senkte die Stimme. »Bei Handschellen spielt der Metalldetektor verrückt. Summende Alarmsignale und aufgeregtes Sicherheitspersonal, das von allen Seiten heranstürmt, ist das Allerletzte, was man in dieser Branche brauchen kann. Ich bevorzuge die unauffällige Vorgangsweise. Immer den Koffer im Blickfeld haben, immer in Reichweite.«

Er tat, als wollte er den Koffer unversehens packen. »Was würde passieren, wenn, sagen wir, der Koffer gestohlen würde?«

»Gestohlen!« Sie zog den Koffer näher zu sich heran. »Also, erstens würde ich keinen Auftrag mehr bekommen. Wäre der Inhalt versichert, dann wäre die Geschichte damit erledigt. Wenn es sich allerdings um etwas handelt, dessen Herkunft ungeklärt ist« – sie sah auf den Koffer hinunter –, »könnte es viel schlimmer ausfallen.« Mit einem Lächeln, das sich mit seinem messen konnte, fragte sie: »Sie sind doch kein Dieb, oder?«

Er zog die Schultern hoch. »Sehe ich so aus?«

»Sie sehen aus wie der attraktivste anwesende Mann.« Sie ließ eine Pause eintreten, lange genug, um seinen Blick festzuhalten. »Natürlich kann das Aussehen täuschen.« Sie ließ es unausgesprochen, aber sie konnte sich ihn gut auf einer großen Party vorstellen, wie er nach einem Collier faßte, das achtlos in einer Schmuckkassette zurückgelassen worden war, oder wie er eine unter einem Badetuch am Pool liegende Seiko-Uhr mitgehen ließ. Einen Raub traute sie ihm nicht zu, um so eher aber, daß er sich nahm, was ihm zwischen die Finger geriet.

Er erwiderte ihr Lächeln. »Gibt man Ihnen nicht Rückendeckung, wenn Sie mit wertvoller Kurierfracht unterwegs sind?«

»Nein! Ich bin ein Profi, ich brauche keine Rückendeckung.«

»Und mit einer Fußverletzung?«

»Ach, ich kann ganz gut mit Krücken umgehen. Und außerdem bieten sie eine gewisse Tarnung. Wer würde vermuten, daß eine Frau auf Krücken mit einem abgenutzten Koffer eine halbe Mil – Achtung! Das kleine Mädchen samt Bruder ist wieder in Fahrt!« Sie zog die Krücken enger an sich, als das Duo den freien Raum vor ihnen entlanglief.

Die Passagiere des Flugs Southwest Airlines 1767 nach Phoenix werden an Bord gebeten. Passagiere mit Kleinkindern sowie Gehbehinderte bitte zuerst.

Die Passagiere applaudierten. Erstaunlich, dachte sie, wieviel Sarkasmus eine solche nonverbale Reaktion ausdrücken kann.

Sie bückte sich nach dem Koffer. »Bevorzugt und behindert. Das gilt für mich.«

»Kommen Sie mit Krücken und Koffer zurecht?« fragte er.

»Das Köfferchen fasziniert Sie wohl ziemlich, nicht?«

»Ich bekenne mich schuldig.« Er grinste wieder. »Soll ich es wagen, Ihnen mit dem Vorschlag zu kommen, daß ich es trage? Ich würde in Griffweite bleiben.«

Sie zögerte.

Im Gang bugsierte eine Frau in knallroten Shorts, die zwei Zwillingskoffer schleppte, zwei Zwillingskleinkinder zum Ausgang. Vor ihr bewegte sich ein älterer Mann vorsichtig auf einen Stock gestützt weiter. Die Familie mit dem Jungen und dem Mädchen war noch mit dem Einsammeln ihres Gepäcks beschäftigt.

»Sie täten mir einen großen Gefallen, wenn ich mit Ihnen bevorzugt an Bord könnte. Ich möchte mir einen Sitz in der ersten Reihe am Mittelgang sichern.«

»Der Platz für den Typ, der nicht warten kann?«

»Richtig. Aber ich bin hier so spät drangewesen, daß ich in die letzte Passagiergruppe geriet: Helfen Sie mir bitte«, sagte er lächelnd. »Ich werde Sie schon nicht bestehlen.«

»Na, mein Auftraggeber dürfte das aber nicht sehen. Ich garantierte ihm, daß ich keine Hilfe in Anspruch nehmen würde. Aber . . .« Sie schob die Schultern hoch.

»Für Überlegungen ist jetzt keine Zeit. Vor uns ist schon eine ganze Horde von einsteigenden Passagieren.« Er faßte nach dem Koffer. »Na, das sind aber schwere Diamanten.«

»Eine gute Tarnung, nicht? Natürlich besteht nicht der gesamte Inhalt aus Diamanten.«

»Sondern auch aus anderen Objekten ungeklärter Herkunft?«

Sie gönnte ihm ein halbes Blinzeln. »Vielleicht gar nicht so ungeklärt. Vielleicht nicht mal wertvoll.«

»Und Sie sind vielleicht nur ein ganz normaler Postkurier«, sagte er schon unterwegs zum Ausgang.

Sie humpelte ihm nach. Die Krücken waren kein Problem, und der dick bandagierte Knöchel sah schlimmer aus, als er war. Trotzdem machte es alles viel einfacher, wenn er den Koffer trug. Wenn sich die Gelegenheit ergab, würde er vielleicht der Versuchung nachgeben und ihn stehlen, aber sicher nicht an einem bevölkerten Ausgang des Flughafens, inmitten von Sicherheitspersonal und Flughafenangestellten. Er ging langsam weiter, hielt sich stetig vor ihr und schaffte ihr Raum. Als sie sich dem Ausgang näherten, lief ihnen ein blonder Mann mit einem unruhigen Kind auf dem Arm vor die Füße. Das Telefon am Ausgang summte. Ein Angestellter der Fluggesellschaft hob ab und nickte. Dem blonden Mann, dem älteren Ehepaar, das sich vorgedrängt hatte, und Kiernan und Siebert eröffnete er: »Tut mir leid, Leute. Der Reinigungstrupp macht heute ein bißchen langsam. Es dauert noch eine Minute.«

Wut verzerrte plötzlich Sieberts Züge. »Reinigungstrupp? Was meinen die wirklich? Schaut man nach einem verlorenen Reifen? Hat man einen Riß im Motorblock entdeckt, und sucht man nach einer Möglichkeit, es uns zu verschweigen?«

Kiernan lachte. »Jede Wette, daß kein Mensch mit Ihnen zweimal eine Reise unternimmt!«

Auch er lachte. »Ich mag es nicht, wenn ich auf jemanden angewiesen bin. Aber wenn wir hier eine Weile warten müssen, warum tun Sie dann nicht das, was Sie noch mehr lieben als Diamanten, Frau Detektivin? Sagen Sie mir, zu welchen Schlußfolgerungen Sie in bezug auf meine Person gelangt sind.«

»Soll ich in Ihrer Hand lesen?« Die Krücken drückten in ihren Armhöhlen. Sie verschob sie und verlegte das Gewicht stärker auf den bandagierten Fuß. Sie musterte seinen schlanken Körper, die schmalen, agilen Hände, Gaunerhände, Hände, die nie stillhielten, immer bereit waren, zuzugreifen. »Also gut. Sie nehmen die Freitagabendmaschine von San Diego nach Phoenix. Es wäre also möglich, daß Sie geschäftlich hier zu tun hatten. Aber Sie tragen weder Cowboystiefel noch Stetson. Sie sind braungebrannt, doch ist es nicht die trockene Bräune, die man sich in der Wüste holt. Tatsächlich könnte man Sie für einen ständigen Bewohner von San Diego halten. Fast hätte ich gedacht, daß Reisen Ihr Beruf ist, aber dazu sind Sie zu ungeduldig. Wenn Sie diesen Flug schon ein paarmal gebucht hätten, dann würde die Verspätung Sie nicht dermaßen aufregen. Sie hätten zum Lesen Ihre Geschäftsberichte oder eine Zeitung dabei. Nein, Sie üben eine Tätigkeit aus, bei der

Sie keine Anweisungen entgegennehmen müssen, und Sie lassen sich nicht viel gefallen.« Sie schnitt eine Grimasse. »Na, wie war es?«

»Das ist ziemlich bruchstückhaft, Sherlock«, sagte er mit einem Anflug von Gereiztheit. Er trommelte mit den Fingern gegen sein Bein. Aber alles in allem sah er nur eine Spur wachsamer aus als jeder andere in der Warteschlange, dessen Geheimnisse man enthüllt hätte.

Die Passagiere des Fluges 1767 der Southwest Airlines nach Phoenix werden gebeten, an Bord zu gehen.

»Okay, Leute«, rief der Angestellte der Fluggesellschaft. »Wir bitten Sie, die Verspätung zu entschuldigen.«

Der Mann mit dem zappeligen Kind auf dem Arm hielt dem Angestellten seine Bordkarte hin und ging die Rampe entlang weiter.

Das Kind brüllte. Ein älteres Paar, das sich ruckartig vorwärtsbewegte, schob die offenen Reisetaschen bei jedem Schritt zurecht. Eine Familie drängte sich vor die beiden und zwang den Alten, plötzlich innezuhalten und seine Umhängetasche über die andere Schulter zu tun. Siebert trat von einem Fuß auf den anderen.

Kiernan streckte sich und flüsterte ihm ins Ohr: »Es würde schlimm aussehen, wenn Sie die alten Leutchen aus dem Weg schöben.«

»Wie schlimm?« murmelte er mit einem Lächeln, um dann dem Angestellten der Fluggesellschaft an der Tür seine Bordkarte zu geben.

Als sie ihre Karte übergab, sagte sie zu Siebert: »Los, beeilen Sie sich. Wir treffen uns in Eins C und D.«

»Danke.« Er tippte ihr auf die Schulter.

Sie sah ihm nach, wie er mit weit ausgreifenden Schritten die leere Rampe entlangging. Seine braune Jacke war über einer Hüfte hochgerutscht, während er mit ihrem und seinem eigenen Koffer herumjonglierte. Doch weder verlangsamte er den Schritt noch machte er den Versuch, seine hochgerutschte Jacke herunterzuziehen. Ihren Koffer an sich drückend, überholte er das ältere Paar mit den kraftvollen Schritten eines geübten Läufers. Bis sie selbst die Rampe hinter sich brachte, hatten sich das ältere Paar und eine

Familie mit zwei kleinen Kindern und einem Baby, das lautstark an einem Schnuller saugte, hinter Siebert gedrängt.

Verärgert beobachtete Kiernan, wie die Stewardess erst Siebert, dann ihren großen Koffer beäugte. Die Chef-Stewardess hatte das letzte Wort beim Bordgepäck, das wußte sie. Bei all dem Ärger, der mit diesem Auftrag verbunden war, wollte sie keine Konfrontation mit der Stewardess. Urplötzlich ließ sie die Krücken fallen und prallte rücklings gegen die Wand. Mit den Armen hilflos rudernd glitt sie zu Boden. Die Stewardess erspähte sie, ehe sie auf dem Boden auftraf. »Sind Sie in Ordnung?«

»Nein, in Verlegenheit«, antwortete Kiernan wahrheitsgemäß. Es war ihr zuwider, einen unbeholfenen Eindruck zu machen, auch wenn dieser nur gespielt war, um Siebert und ihren Koffer auf diese Weise unbehelligt in die Maschine gelangen zu lassen. »Ich kann mich an den Umgang mit diesen Dingern nur schwer gewöhnen.«

»Sind Sie sicher, daß Sie in Ordnung sind? Kommen Sie, lassen Sie sich helfen«, drängte die Stewardess. »Ihre Krücken muß ich während des Fluges vorne im Abteil für hängendes Gepäck aufbewahren. Gehen Sie erst mal vor. Ich komme dann und hole die Krücken.«

»Schon gut. Ich lasse sie vorne stehen und setze mich auf einen der Vordersitze«, sagte sie. Sie ergriff die Krücken und schwang sich an Bord der Maschine. Vom Gepäckabteil war es nur ein einziger langer Schritt auf dem linken Fuß bis zur Reihe eins. Sie schwang um Siebert herum, der seinen eigenen Koffer in das Gepäckfach über den Sitzen neben den ihren hob und sich in Sitz eins D, einen Fensterplatz, fallen ließ. Das ältere Paar machte es sich auf eins A und eins B bequem. Noch eine Minute und Southwest würde die ersten 30 Passagiere aufrufen, die Horde würde dahergetrampelt kommen, das Bordgepäck in die Fächer stopfen und die 30 begehrtesten Plätze besetzen.

»Das mit der Stewardess war eine glatte Sache«, sagte Siebert, der sich in seinem heißersehnten fußfreien Sitz bequem zurechtsetzte.

»Der Koffer überschreitet knapp die Grenze dessen, was man an Bord nehmen darf. Ich hatte deshalb schon etliche Kämpfe durchzustehen. Und ich sah schon den nächsten voraus. Außerdem hatte ich das Gefühl, daß Sie« – sie tätschelte seinen Arm – »keine Geduld für ein Problem dieser Art aufbringen würden. Sie haben die Stewardess selbst sehr geschickt umgangen. Ich würde sagen, Sie haben sich einen Drink auf Kosten meines Klienten verdient.«

Lächelnd legte er eine Hand auf die ihre. »Vielleicht könnten wir uns den in Phoenix genehmigen«, sagte er und beugte sich ganz nahe zu ihr.

Zum erstenmal verspürte sie tief im Innern ein Gefühl des Unbehagens in seiner Nähe. Sie entzog ihm die Hand und hob sie zu einem spöttischen Gruß. »Ja, möglich.« Ihr Blick wanderte an ihm vorüber zu dem älteren Paar.

Sieberts Blick folgte dem ihren. »Glauben Sie, daß es sich bei denen um Diebe handelt?« fragte er grinsend. »Daß die hinter Ihrem Koffer her sind? Kleine alte Spinner?«

»Nicht sehr wahrscheinlich. Aber Wachsamkeit ist immer angebracht.« Sie rang sich ein Lachen ab. »Ich fürchte, ständiger Argwohn gehört zu den Begleiterscheinungen meines Berufes.«

Die erste Welle der Passagiere schwappte vorüber. Die Luft an Bord wies bereits die Trockenheit und den leicht abgestandenen Geruch auf, der sich einstellt, wenn sie zu oft durch die Filter geschleust wird. In stillschweigendem Einverständnis sahen sie zu, wie die Passagiere an Bord drängten, innehielten, ihre Chancen abschätzten und weiterdrängten. Kiernan dachte genüßlich an den Drink in Phoenix. Sie würde an einem kleinen Tisch sitzen und durch getönte Fensterscheiben hinausblicken. Der Flug würde hinter ihr liegen, der Koffer in die richtigen Hände gelangt sein. Und mit jedem Schluck Scotch würde sie spüren, wie die Anspannung, die sich in ihrem Rücken zusammengeballt hatte, nachließ. Zumindest hoffte sie es. Der ganze nervenzerreibende Fall hing von der Kofferübergabe ab. Einen anderen Weg gab es nicht. Vermasselte sie die Sache, würde der Mörder von Melissa Jessup wieder entwischen.

Diese Anspannung war es, die ihr normalerweise Spaß machte, die dem Spiel die Würze gab. Aber dieser Fall war kein Spiel mehr. Diesmal hatte sie sich erlaubt, die Regeln zu überschreiten. Sie hatte ihre ehemaligen Kollegen von der Gerichtsmedizin kontaktiert. Sie hatte ihre Hoffnungen auf einen neuen Test gesetzt, der den Schuldigen überführen würde. Sie hatte gehofft, das Labor in San Diego würde etwas finden. Man hatte nichts gefunden. Blieb die Tatsache, daß Diamanten der einzige Köder waren, der den Mörder in die Falle zu locken vermochte, Melissas Liebhaber, der Edelsteine höher schätzte als seine Geliebte, einen Mann, der sich nie um sie bemüht hätte, wären da nicht die Diamanten gewesen. Affären mögen kurz sein, Diamanten sind ewig. Die Steine würden sie zum Haus des Mörders führen und zu den Beweisen, die ihn an Melissa fesselten. Vorausgesetzt, sie ging mit äußerster Behutsamkeit vor.

Sie ließ den Sicherheitsgurt zuschnappen und stemmte die Füße gegen den Boden, als die Maschine zur Startbahn rollte. Siebert trommelte mit den Fingern auf die Armstützen. Die Triebwerke dröhnten, die Maschine machte einen Satz vorwärts, und die Passagiere wurden in die Sitze gedrückt, als das Flugzeug auf der Kurzpiste beschleunigte.

Die Leuchtanzeige »Bitte anschnallen« erlosch. Der alte Mann auf der anderen Seite des Mittelganges stemmte sich hoch und schob auf die vordere Toilette zu. Sieberts Gurt war bereits offen. Mit einem gemurmelten »Bin gleich wieder da« sprang er auf und blieb unter dem Gepäckfach geduckt stehen, bis der Alte den Mittelgang freigab. Sofort lief Siebert nach hinten. Kiernan beobachtete ihn, wie er den Mittelgang entlanglief, mit Schritten, die fester und sicherer waren, als man sie bei einem in einem schwankenden Flugzeug zur Toilette laufenden Mann erwartet hätte. Man konnte sich ihn gut beim Wandern in einem Redwood vorstellen, mit jemandem, der ihr ähnelte, mit einer kleinen, zierlichen Frau. Die blonde Frau mit dem violetten Lidschatten. Sie in Jeans und einer der weichen Patagonia-Jacken, die Kiernan im Katalog von L. L. Bean gesehen hatte, violett mit blauem Besatz. Er in Jeans, Rollkragenpulli, den geschmeidigen Körper von einer tannengrünen Daunenjacke verhüllt. Tannengrün paßte zu seiner Augenfarbe und betonte sein dunkles, gelocktes Haar. In ihrer Vorstellung war sein Haar mit den ersten Flocken des Herbstschnees durchsetzt, und der Boden war noch weich wie der schwammartige Teppichboden unter seinen Füßen.

Als er zurückkam, ließ er keine Bemerkung über sein eiliges Verschwinden fallen. Er hatte sich kaum gesetzt, als die Stewardess sich über ihn beugte und fragte: »Möchten Sie etwas trinken?«

Kiernan legte eine Hand auf seinen Arm. »Das geht auf Kosten meines Klienten.«

»Jenes Klienten, der darauf besteht, daß Sie seinen Koffer transportieren, obwohl Sie noch auf Krücken gehen? Da bedaure ich nur, daß es nicht Lafite-Rothschild sein kann. Gin und Tonic muß reichen.« Er schenkte der Stewardess ein Lächeln. Kiernan konnte sich ihn in einer Bar vorstellen, wie er mit diesem Lächeln eine große Rothaarige oder vielleicht wieder eine Blondine ansah. Sie konnte sich ihn gut mit dem Schweiß eines Sommers in San Diego auf der Stirn vorstellen, mit sonnengebräunter Haut als Folge zu langen Verweilens an einem Strand, der eine zu große Verlockung für echte Genießer darstellte.

»Scotch und Wasser«, bestellte Kiernan. Zu ihm sagte sie: »Mir fällt auf, daß Sie die Fragen stellen, obwohl ich Detektiv bin. Also, was ist mit Ihnen, womit bestreiten Sie Ihren Lebensunterhalt?«

»Ich habe meinen Job in San Diego aufgegeben und ziehe nach Phoenix um. Die erste Freitagabendmaschine nehme ich nicht, um wieder nach Hause, sondern in meine neue Heimat zu kommen. In San Diego verlebte ich eine herrliche Zeit – Strand, Segeln, Balboa Park. Als ich mich dort vor einigen Jahren niederließ, dachte ich, ich würde ewig bleiben. Aber die Wüste zieht einen zurück. Ich vermisse das rote Felsgestein von Sedona, die Föhren des Mogollon Rim und das Wüstenhochplateau um Tucson.« Er lachte. »Das lässige Leben in Kalifornien kann einem zuviel werden.« Man konnte sich ihn gut vorstellen . . . unweit Show Low auf dem Mogollon Rim, im Föhrenwald, beim Brennholzmachen, die Axt auf dem Baumstumpf, in der Hand eine Schaufel. Oder in einer Hütte bei Sedona, beim Anheben einer Falltür in den Dielenbrettern.

Die Stewardess brachte die Drinks und die Tüten mit Erdnüssen. Sie schenkte Jeff Siebert ein Lächeln, das Kiernan rasend gemacht hätte, wäre sie Sieberts Freundin gewesen. Wie oft war es zu dieser Situation gekommen? Hatte sein Charme diese Reaktion automatisch bewirkt, daß sich in ihm die Meinung festsetzte, Frauen seien einfach so? Waren ihm die Klagen einer Freundin erst ungerechtfertigt erschienen, dann melodramatisch, bis sie ihn zur Raserei brachten? Er war ungeduldig und neigte zu Jähzorn. Hatte der Alkohol ihn noch heftiger reagieren lassen? Und hatte die Aussicht auf ungeteilten Profit sein Gewissen beruhigt?

Er goß den Inhalt der kleinen Ginflasche über das Eis und fügte Tonic hinzu. »Cheers!«

Sie stießen an und tranken. »Werden Sie länger in Phoenix bleiben?«

»Glaube ich nicht. Ich bin zu etwas Geld gekommen und könnte mir vorstellen, daß ich öfter unterwegs sein werde ... so wie Sie. Um einen Ort zu finden, wo es mir gefällt.«

»Dann bleibt uns also nur wenig Zeit für unseren Drink in der Stadt?«

Wieder legte er seine Hand auf die ihre. »Tja, vielleicht wird sich ein Grund finden, nach einer Weile wieder zurückzukommen. Oder aber nach San Diego. Aber im Moment ist mir nach einer einschneidenden Veränderung zumute.«

Sie zwang sich, reglos auszuharren und unter seiner Berührung nicht zusammenzuzucken. Einschneidend – welch passender Ausdruck! Sie stellte sich seine sonnengebräunte Hand am Griff eines Küchenmessers vor, das rosiges Fleisch durchschneidet, bis es keine Ähnlichkeit mehr mit Fleisch hat, bis das Fleisch sich mit Blut und Organgewebe vermengt, bis das Messer zum Knochen dringt und die Metallspitze das Brustbein trifft. Sie stellte sich Melissa Jessups blondes Haar vom Blut gerötet vor.

Wie ihr Körper in den Wäldern um Eureka in Nordkalifornien gelegen hatte, brauchte sie sich nicht vorzustellen. Sie hatte Fotos gesehen. Sie brauchte sich nicht vorzustellen, wie die eingedrückten Rippen, das gebrochene Schlüsselbein und das von der Messerspitze getroffene Brustbein jetzt aussahen. Auch Jeff Siebert hatte es gesehen, und er hatte abgestritten, was Melissas Bruder und der Sheriff von Eureka genau wußten, aber nicht beweisen konnten – daß nämlich Melissa nicht mit der Absicht nach Eureka gekommen war, dort allein zu kampieren, wie er behauptete, sondern daß sie auf dem Campingplatz, auf dem sie und Jeff sich im

Sommer zuvor aufgehalten hatten, nur übernachtete, weil sie kein Geld hatte und es nicht über sich brachte, die von ihrer Mutter hinterlassenen Diamanten zu verkaufen. Anstatt hier Ruhe auf dem Weg in die Freiheit zu finden, hatte sie hier Siebert gefunden.

Und jetzt flog Siebert nach Phoenix, um unterzutauchen. Er würde Melissas Diamanten aus ihrem Versteck holen und auf Nimmerwiedersehen verschwinden.

»Was ist mit Ihrem Klienten?« fragte er. »Holt er Sie am Flughafen ab?«

»Nein, ich werde von niemandem abgeholt. Ich liefere meine Ware nur ab, bekomme mein Geld und bin frei. Und was ist mit Ihnen?«

»Nichts. Auf mich wartet auch niemand. So kann ich Ihnen wenigstens mit dem Koffer helfen. In Phoenix gibt es keine Gangway, die zum Terminal führt. Dort muß man auf die Rollbahn hinunterklettern. Mit dem Koffer und zwei Krücken über Metallstufen – ein richtiger Balanceakt.«

Jetzt hieß es nur noch, den Koffer in die richtigen Hände gelangen zu lassen. Sie schüttelte den Kopf. »Danke. Ich muß ihn selbst durch den Flughafen schleppen – für alle Fälle. Mein Klient hat den Koffer zwar nicht an mich gekettet, aber er erwartet, daß ich ihn nicht aus der Hand gebe.«

Er grinste. »Sie würden die ganze Zeit in Reichweite sein, wie Sie so schön sagten.«

»Nein«, sagte sie mit Bestimmtheit. »Ich weiß Ihr Angebot zu schätzen, Jeff, denn der Koffer wiegt eine Tonne. Aber leider muß ich ihn selbst in der Hand behalten.«

Seinen grünen Augen, in denen eben noch Humor aufblitzte, wurden schmal. Er preßte die Lippen zusammen. »Na schön«, sagte er gedehnt. Dann entspannte sich seine Miene fast wieder zu jenem lausbübischen Lächeln, das ehedem vielleicht vermocht hätte, sie zu bezaubern, wie es Melissa Jessup bezaubert hatte. »Sie sollen wissen, daß ich Sie auch noch attraktiv finden werde, wenn Ihnen der Koffer die Schulter auskugelt.« Er tätschelte ihre Hand und setzte sich dann in seinem Sitz so zurecht, daß sein Oberarm den ihren fast berührte.

Die Stewardess fing an, die Gläser einzusammeln, als die Maschine rüttelnd zum Sinkflug ansetzte. Kiernan stemmte die Füße gegen den Boden. Durch ihre Jacke spürte sie die Hitze seines Armes, des Armes, der das Küchenmesser in Melissa Jessups Körper gestoßen hatte. Sie atmete ganz flach und rührte sich nicht.

»Auf dem Sky Harbor Airport gibt es eine große Bar, die Sky Lounge«, sagte er. »Sollen wir dort unseren Drink zu uns nehmen?«

Sie nickte nur. Ihr Mund war zu ausgedörrt, als daß sie ein Wort herausgebracht hätte.

Mit einem Ruck setzte die Maschine auf. Gleich darauf drängten sich die Passagiere im Mittelgang und ignorierten die Bitte der Stewardess, auf ihren Sitzen zu bleiben. Siebert stand auf und zog ihren Koffer auf den leeren Sitz. »Ich hole Ihre Krücken«, sagte er, als der ältere Herr von der anderen Seite des Ganges sich vor ihn drängte. Siebert schüttelte den Kopf. Mit beiden Koffern kämpfte er sich um den Mann herum und um die Ecke zum großen Gepäckabteil.

Siebert hatte ihren Koffer genommen. Um die Krücken zu holen, brauchte man nicht beide Koffer zu nehmen. Kiernan starrte ihm nach, die Schultern angespannt. Ihre Hände krampften sich um die Armlehnen. Ihre Kehle war wie zugeschnürt, sie konnte kaum atmen. Einen Augenblick empfand sie jenes lähmende Entsetzen, das auch Melissa überfallen hatte, kurz bevor er sie erstach.

»Jeff!« rief sie ihm mit einem Anflug von Panik nach. Er gab keine Antwort. Statt dessen hörte sie einen dumpfen Aufprall, dann ein Murmeln als Reaktion und besänftigende Worte der Stewardess.

Die Passagiertür schwang auf. Der ältere Mann trat vor Kiernan in den Gang und bedeutete seiner Frau, sie möge ihm vorausgehen. Dann bewegten sich beide auf die Tür zu.

Kiernan riß sich den Verband vom Fuß und trat in den Gang. »Entschuldigen Sie«, sagte sie zu dem Paar. Indem sie sich an den beiden so vorbeidrängte, wie Siebert es sich gewünscht hatte, nahm sie die Ecke zum Ausgang.

Die Stewardess hob einen Kleidersack auf. Vier weitere dieser Säcke lagen auf dem Boden. Das also war das dumpfe Plumpsen gewesen, das sie gehört hatte. Daneben lag eine Krücke.

Die Bitte der Stewardess, zu warten, nahm sie nur halb wahr, auch ihre verärgerten Äußerungen über den ungeschickten Kerl. Kiernan sah aus der Tür auf die Rollbahn hinunter.

Jeff Siebert und der Koffer waren weg. In diesen wenigen Sekunden war er die Metallstufen hinuntergerannt und im Flughafengebäude verschwunden. Bis sie es in die Sky Lounge schaffte, war er sicher schon auf halbem Weg nach Show Low oder Sedona.

Jetzt erfaßte sie eine andere Art von Panik. Diese Situation war im Plan nicht vorgesehen. Sie durfte Siebert nicht verlieren. Sie übersprang die Säcke, packte eine Krücke, lief hinaus auf die Treppe, über deren Geländer sie ihre Krücke quer als provisorische Sitzstange legte. Während die Krücke das Geländer entlang hinunterglitt, hielt sie die Knie fest angezogen, um unten nicht auf dem Kopf zu landen. Statt dessen traf sie wie seinerzeit beim Schulsport dank des Schwungs auf den Füßen auf. Bei diesen Übungen hatte sie damals den Schwung abbremsen müssen, jetzt nützte sie ihn aus und lief los, so schnell sie konnte.

Sie lief durch den Korridor ins Hauptgebäude, vorüber an Geschäftsleuten, zwischen Eltern hindurch, die Kinder mitschleppten. Siebert lief irgendwo weit vor ihr. Aber niemand würde ihn aufhalten, niemand auf dem ganzen Flughafen. Auf Flughäfen wimmelte es von Leuten, die es eilig haben. Neben den Metalldetektoren sah sie einen Mann in brauner Jacke. Nicht Siebert. Am Gepäckband wieder einer, der ihm ähnelte. Den echten Siebert erspähte sie erst, als er durch den Ausgang hinaus zum Parkplatz lief.

Siebert querte so waghalsig die Fahrbahn, daß ein Lieferwagen quietschend anhalten mußte. Ehe Kiernan über die Straße gelangte, durch den fließenden Verkehr, schob sich ein Hotelbus vor sie. Sie umlief ihn. Sie spürte, wie ein Mann ihr folgte. Doch jetzt war keine Zeit, sich darum zu kümmern. Siebert hatte jetzt die Hälfte der von Wagen gesäumten Zufahrt hinter sich. Gebückt lief sie die nächste Wagenreihe entlang. Die heiße, staubige Wüstenluft trocknete ihre Kehle aus.

Bis sie auf Sieberts Höhe war, saß er bereits in einem hellblauen Kombi und stieß aus der Parklücke zurück. Er gab Gas und schoß mit quietschenden Reifen davon.

Sie blieb stehen, beide Arme nach dem Kombi ausgestreckt. Siebert hielt nicht an. Sie stand da und mußte zusehen, wie er in den Sonnenuntergang hineinfuhr.

Niemand folgte ihr, als sie langsam zurück ins Flughafengebäude und in die Sky Lounge schlenderte. Sie bestellte die zwei Drinks, die Siebert vorgeschlagen hatte, und als sie serviert wurden, stieß sie mit »ihrem« Glas gegen »seines« und trank einen Schluck auf Melissa Jessup. Dann trank sie das Glas in zwei Zügen leer.

Inzwischen würde Jeff Siebert schon auf der Schnellstraße sein. Er würde sich sehr zusammennehmen müssen, die Geschwindigkeitsbegrenzung einzuhalten. Die Angst des Diebes vor der Autobahnpolizei würde sein Verlangen, die Schlösser des Koffers aufzubrechen, zunächst zügeln. Aber Jeff Siebert war ein von Ungeduld erfüllter Mensch, der sich dennoch gezwungen hatte, ein ganzes Jahr zu warten, ehe er Kalifornien verließ. Sein Vorrat an Selbstbeherrschung mußte nahezu aufgebraucht sein. Trotzdem würde er eine Weile warten, ehe er wagte, anzuhalten. Dann würde er ein Messer zwischen Ober- und Unterteil des Koffers zwängen, würde es stoßen und drehen, bis der Koffer aufging. Er würde Diamanten vor sich sehen. Noch mehr Diamanten, Diamanten, die er mitnehmen konnte, während er jene von Melissa Jessup aus seinem Versteck holte.

Sie wünschte, Melissa Jessup hätte ihn sehen können, wenn er die zwei Kollektionen verglich und feststellte, daß die neuen, die gerade gestohlenen, falsch waren. Sie wünschte, sie selbst hätte sein Gesicht sehen können, wenn ihm aufging, daß eine Frau auf Krücken es so rasch aus der Maschine geschafft hatte, um ihm zu folgen und festzustellen, daß er einen blauen Kombi fuhr.

Kiernan griff zu »Jeffs« Glas und trank nun langsamer. Wie schön wäre es gewesen, Melissa hätte sehen können, wie sein Grinsen erstarrte, das Überwachungsteam ihn umstellte, ans Ziel geführt von den Piepsern, die in den falschen Diamanten versteckt waren. Er würde dastehen, die Beweise an sich gedrückt, die ihn hinter Gitter bringen würden. Nur auf Lebenszeit, nicht auf alle Ewigkeit. Melissa hätte ihm sagen können, daß nur der Tod und die Diamanten ewig sind.

Guten Abend, Mr. Tibbs

John Ball

Es war erst kurz nach zehn. Der Polizeibeamte Rick Sorenson glaubte, in der Mitte der Straße etwas zu erkennen, einen halben Block weiter vorne. Die Straße war schlecht beleuchtet, und es dauerte einige Sekunden, bis die Scheinwerfer des Streifenwagens es erfaßten. Dann bestand kein Zweifel mehr. Er hielt fünfzehn Meter von der Stelle entfernt und überprüfte es rasch. Dann setzte er sein Funkgerät in Gang. »Ich habe da ein Opfer, liegt mitten auf der Straße«, berichtete er. »Weiblich, weiß, schätzungsweise fünfunddreißig bis vierzig Jahre alt. Keine Lebenszeichen, keine sichtbaren Verletzungen. Bitte um Verstärkung, Vorgesetzten und Krankenwagen. Möglicherweise eins/siebenundachtzig.«

Diese Meldung brachte einiges in Bewegung, und es ging schnell. In der nächsten Minute kam ein zweiter der weißen Pasadena-Streifenwagen mit blinkenden Lichtern angefahren, Sekunden später noch einer aus der anderen Richtung. Der diensthabende Sergeant meldete sich innerhalb von drei Minuten. In dem Augenblick, als die beiden zur Verstärkung entsandten Streifenwagen die Straße abgeriegelt hatten, konnte man die Sirene des Krankenwagens hören, der den Colorado Boulevard hochfuhr. Das vollständige Team der Mordkommission wurde erst eingesetzt, wenn der diensthabende Sergeant die Lage bestätigte, aber das eins/siebenundachtzig wog schwer. Diese grimmige Zahl bedeutete Mord, und das wäre ein ganz anderes Ding. Als Sergeant Hetherington zum Tatort fuhr, dachte er bereits, daß ein Opfer mitten auf der Straße vermutlich viel eher das Opfer eines Überfalls war. Aber das bedeutete immer noch Totschlag und erforderte sämtliche Maßnahmen. Er hatte oft mit solchen Fällen zu tun gehabt, und er wußte genau, was zu tun war.

Sergeant Hetherington steuerte den Wagen möglichst nahe an die Stelle, wo das Opfer lag. Er achtete darauf, dem Team des Krankenwagens genügend Platz zu lassen, das den Vortritt hatte. Er richtete die Scheinwerfer auf die Gestalt am Boden. Er war sich bereits sicher, daß es eine Leiche war. Wäre da noch irgendein Anzeichen von Leben gewesen, würden die vier Beamten nicht im Kreis um sie herumstehen – sie würden bis zur Ankunft des Krankenwagens Erste Hilfe leisten.

Der rote Krankenwagen kam mit Code drei – Blinklicht und Sirene – und hielt in sechs Meter Entfernung von der Frau, die auf der Straße lag. Die Männer sprangen aus dem Wagen, griffen nach ihrer Ausrüstung und beugten sich über die stille, leblose Gestalt. Etwa zwei Minuten später erhob sich der eine und schüttelte den Kopf. Hetherington bemerkte es und griff nach dem Mikrophon. Schnell machte er die Ortsangaben und fügte hinzu: »Das Opfer ist S-5. Sagt Virgil Bescheid.« Dieses letztere war nicht unbedingt Polizei-Code, aber er wußte, daß man ihn verstehen würde. Heutzutage, wo eine Menge Leute einen Scanner im Haus oder im Auto hatten, war es besser, nicht direkt die Mordkommission anzufordern. Je weniger Schaulustige, desto besser.

Natürlich standen da bereits einige Leute. Sorenson und je ein Mann aus den ersten beiden Streifenwagen hielten sie zurück. Inzwischen befanden sich fünf Streifenwagen am Tatort und somit genügend Beamte, die möglicherweise alle zum Einsatz kamen.

Virgil Tibbs brauchte sechs Minuten, um zum Tatort zu gelangen, nachdem Hetheringtons Bericht eingegangen war. Er sprang in einen der Wagen, die dorthin fuhren, und war als erster draußen, als das Fahrzeug anhielt. Die unvermeidlichen Schaulustigen, die sich ruhig und ordentlich verhielten, erblickten einen gepflegten, sehr schick gekleideten Schwarzen, der offensichtlich wußte, was er zu tun hatte. Bei der Polizei in Pasadena gab es keinerlei Rassendiskriminierung. Seit einer Generation nicht mehr. Tibbs nickte der Mannschaft des Krankenwagens zu und wurde gleich informiert.

»Das Opfer ist tot, seit einer guten halben Stunde. Der Körper ist noch sehr warm, und irgend jemand müßte ihn bemerkt haben, wenn er schon länger hier gelegen hätte.«

Tibbs war bereits selbst zu diesem Schluß gekommen, aber er hörte weiterhin zu. »Es gehört in Ihr Ressort, aber ich glaube nicht, daß es sich um einen Überfall handelt«, fügte der Arzt hinzu. »Sieht so aus, als wäre sie da hingefallen, wo sie liegt. Viel Glück.«

Der Krankenwagen entfernte sich, bereit, seine reguläre und wichtige Aufgabe als Lebensretter zu erfüllen. Der Rest war nun Sache der Gerichtsmedizin und des Pasadena Police Department.

Hetherington kam zur Besprechung herüber. Er hatte selbst schon viele Morduntersuchungen durchgeführt und kannte sich aus. Er blieb stehen, während Tibbs sich auf ein Knie niederließ und anfing, die Leiche sorgfältig zu untersuchen.

Während Virgil arbeitete, gab er seine Feststellungen an seinen Kollegen weiter. »Keine Anzeichen von Schürfwunden, weder an den Handflächen noch an den Knien. Das heißt, das Opfer ist vermutlich da hingefallen, wo es liegt. Keine Schleuder- oder Reifenspuren, die auf einen Überfall deuten würden. Keine direkt erkennbaren Spuren auf der Kleidung. Handtasche, wenn überhaupt, fehlt.« Er brauchte nicht hinzuzufügen, daß sie mit größter Wahrscheinlichkeit eine Handtasche bei sich gehabt hatte, es sei denn, sie hätte in einem Haus in der unmittelbaren Nachbarschaft gewohnt. Es sah nicht so aus, aber Beamte waren bereits dabei, an den Haustüren zu klingeln und nach möglichen Zeugen zu suchen, oder nach jemandem, der die Tote identifizieren konnte.

Nach weiteren fünf Minuten erhob sich Tibbs. Inzwischen war das ganze Team anwesend, und der Fotograf wartete darauf, daß er seine Aufnahmen machen konnte. Virgil rückte zur Seite, um ihm Platz zu machen, und unterhielt sich mit Hetherington. »Tod ist im Lauf der letzten Stunde eingetreten«, sagte er. »Sorensons Angaben stimmen: Es handelt sich um eine Weiße, etwa vierzig, schätzungsweise eins-dreiundfünfzig, hundertdreißig Pfund. Ist Arbeit gewohnt, die Fingernägel sind abgescheuert, nicht abgekaut. Das Kleid stammt aus diesem großen Versandhaus in Pennsylvania. Vernünftige Schuhe, gute Qualität, aber mehr nicht. Sparsamer Gebrauch von Schminke und kein teures Parfum. Offensichtlich eine ehrbare Frau, verheiratet, der Ring an ihrem Finger sitzt fest und kann vermutlich nicht ohne weiteres abgenom-

men werden. Eingeschränkte Lebensumstände, hat sich ange-
paßt.«

»Also kein Sexualverbrechen oder eins aus Leidenschaft«, bemerkte Hetherington. »Irgendwas Besonderes?«

»Zwei Dinge«, antwortete Virgil. »Ihre Haare: Sie war blond
von Natur aus, was skandinavische Abstammung vermuten läßt.
Sie hätte sehr viel attraktiver sein können, für Männer, wenn sie
sich die Mühe gemacht hätte, aber offenbar lag ihr nichts daran.«

»Und was ist das andere?«

»Oh, die Lage des Körpers. Ist dir nicht aufgefallen, Ben, daß sie
in einem Winkel von zehn Grad zum Gehsteig liegt? Was schließt
du daraus?«

»Ehrlich gesagt, im Moment nichts. Sag schon.«

Tibbs sah so aus, als wolle er die Frage beantworten. Aber statt
dessen hielt er sich zurück. »Ich will den Bericht des Gerichtsmediziners abwarten«, sagte er. »Und ich will mich bei der Telefongesellschaft erkundigen.«

Auf dem ganzen Weg zurück ins Hauptquartier hatte Tibbs das
Bild des Opfers vor sich, das er gerade untersucht hatte. Alles an
ihr verriet Ehrbarkeit im Rahmen eines bescheidenen Einkom-
mens. Sie hatte das Beste aus dem gemacht, was sie besaß, und dieser Gedanke quälte Tibbs. Er konnte sich einfach nicht an den Anblick von Menschen gewöhnen, die mitten aus einem normalen
und anständigen Leben herausgerissen worden waren.

In seinem Büro angekommen, begann er sofort den Apparat in
Gang zu setzen, um das Opfer zu identifizieren. Sowohl der
diensthabende Sergeant wie auch der nachfolgende Commander
waren informiert und würden jeden Anruf mit der üblichen Dis-
kretion entgegennehmen. Es kam vor, daß man jemanden telefonisch von einem Todesfall benachrichtigte. Die Chance, daß im
Lauf der Nacht ein Anruf kam, der eine Identifikation ermög-
lichte, betrug 90 Prozent. Da er im Augenblick nichts mehr unter-
nehmen konnte, ging Virgil Tibbs nach Hause, um ein wenig zu
schlafen.

Am nächsten Morgen war er kurz nach acht wieder da, ungeachtet der Tatsache, daß er eigentlich in der zweiten Schicht arbei-

tete, die nachmittags um vier begann. Aber er hatte einen Fall in Händen, und er war nicht derjenige, der die Drecksarbeit anderen überließ. Während der Nacht waren einige Anrufe gekommen, die interessant aussahen. Tibbs las die Berichte sorgfältig und erwog jede Möglichkeit, selbst wenn sie unwahrscheinlich wirkte.

Vermißtenmeldung: Madeline King, Schauspielerin. War auf einer Party und ist früh gegangen, sagte, sie fühle sich nicht gut. Kam nicht nach Hause zurück. Wohnort: Hollywood. Alter: neunundzwanzig. Geschieden. Anzeige erfolgte durch ihren Freund, mit dem sie zusammenlebt. Bisherige Nachforschungen ergeben, daß sie trotz der frühen Stunde bereits ziemlich betrunken gewesen war und daß man ihr geraten hatte, im Taxi nach Hause zu fahren. Niemand wußte, was passiert war, nachdem sie die Party verlassen hatte. Ihr Wagen steht noch dort. Größe: eins-achtundsechzig. Haarfarbe: braun.

Tibbs legte die Meldung erst mal beiseite.

Vermißtenmeldung: Mrs. Esther Sommers, neunundvierzig Jahre alt, schwarz. Hat angeblich in Claremont Freunde besucht. Ehefrau des Reverend Henry Sommers aus South Pasadena, schwarz, Pastor einer kleinen Kirchengemeinde von Weißen. Wird von seiner Gemeinde sehr geschätzt. Eins-sechzig, 135 Pfund. Ihr Mann hatte sie nicht gesehen, als sie wegging, und konnte nicht mit Sicherheit sagen, was sie anhatte. Wenn sie beschlossen hätte, bei ihren Freunden zu übernachten, hätte sie angerufen. Wie immer.

Auch diese Meldung legte er erst mal beiseite.

Vermißtenmeldung: Ms. Yvonne Didelot (Anrufer verweigert die Aussage, ob es sich um eine Miss oder eine Mrs. handelt. Bezeichnet den Beamten, der die Anzeige aufnimmt, als Chauvi-Schwein). Fünfundzwanzig Jahre alt, eins-achtundsechzig, schlank, Besitzerin eines Schönheitssalons. Yvonne Didelot zugegebenermaßen ein Künstlername, Anrufer weigert sich, richtigen Namen anzugeben. Gibt nach einigem Drängen zu, daß »Ms.« Didelot zweimal geschieden ist und zur Zeit mit dem Anrufer zusammenlebt.

Es sah nicht sehr vielversprechend aus, aber Tibbs rief unter der angegebenen Nummer an. Eine affektiert klingende Frauenstimme meldete sich. Sie wirkte besorgt und gleichzeitig betont snobistisch. Das Gespräch dauerte nicht lange. Er gab sich als Polizeibeamter zu erkennen und fragte nach den Fingernägeln der vermißten Frau. Man versicherte ihm, daß sie lang und formvollendet waren. Er kam zu dem Schluß, daß Didelot, oder wie immer sie hieß, eine Affäre hatte, und vergaß die Angelegenheit.

Vermißtenmeldung: Marion Horowitz alias Marcy Dawn. Zweiunddreißig Jahre alt, geschieden, eins-dreiundsechzig, bei der Polizei in Burbank als Prostituierte registriert. Das erforderte einen weiteren Anruf. Den zuständigen Beamten in Burbank kannte er.

Er erfuhr, daß es sich bei »Marcy« um eine Prostituierte handelte, die als anständig galt und nicht unangenehm auffiel, die weder ihre Klienten bestahl noch fiese Tricks versuchte. Eine unbescholtene Person, abgesehen von ihrem Beruf. Sie war verheiratet gewesen mit einem Flugzeugingenieur, einem Alkoholiker.

Als Tibbs um eine genauere Beschreibung bat, erwähnte der Lieutenant, daß »Marcy« eine Schwäche für teure Kosmetik und Parfum hatte. Wahrscheinlich Berufsauslagen, die sie von der Steuer abzog. Jemand aus ihrem Bekanntenkreis äußerte die Vermutung, sie sei mit einem Kunden, der sie regelmäßig aufsuchte, nach Las Vegas gefahren.

Tibbs ließ diese Möglichkeit fallen und rief im Büro des Gerichtsmediziners an. Als er einen der Ärzte am Telefon hatte, stellte er seine Frage. »Bei Ihnen liegt eine graue Maus, die vergangene Nacht eingeliefert wurde. Fünfunddreißig bis vierzig Jahre alt, unauffällig gekleidet, keine sichtbaren Verletzungen.«

»Ich weiß, wen Sie meinen«, sagte der Arzt. »Wir nehmen sie gleich dran.«

»Halten Sie mich auf dem laufenden. Würden Sie bitte mal schnell überprüfen, ob es irgendwelche Anzeichen dafür gibt, daß das Opfer eine Schwarze ist?«

»Es ist eine Weiße, Virgil.«

»Ja, aber man kann sich täuschen. Erinnern Sie sich an Walter White?«

»Vage.«

»Er war einer der ersten Anführer der Schwarzen. Er hatte eine sehr helle Hautfarbe, und man hielt ihn immer wieder für einen Weißen. Es gibt eine berühmte Geschichte über ihn: Er befand sich in einem Zug, der aus dem Süden kam, und hatte im Speisewagen sein Abendessen eingenommen. Kurz darauf hielt der Zug, und einige weiße Proleten gingen durch die Wagen. Als White sich erkundigte, ob etwas nicht in Ordnung wäre, sagten sie, sie wären auf der Suche nach einem hellhäutigen Nigger, der gewagt hätte, den Speisewagen zu betreten.«

»Großer Gott«, sagte der Arzt.

»Ja, so war es«, sagte Tibbs ungerührt. »Und nun würden Sie sich bitte meine graue Maus genau angucken und sehen, ob Sie irgendein Anzeichen dafür finden können, daß sie ganz oder teilweise schwarzer Abstammung ist?«

»Ich rufe zurück.«

Zwanzig Minuten später hielt er sein Versprechen. »Ich habe sie sehr genau untersucht, Virgil, und ich wette meinen guten Ruf, daß, wenn überhaupt, ihre schwarze Abstammung mehrere Generationen zurückliegen muß, und so was läßt sich nicht feststellen. Sie ist eindeutig der nordische Typ, und da ist noch was: Sie hat Zahnfüllungen, die eindeutig europäischer Herkunft sind.«

Tibbs bedankte sich und legte auf. Er hatte vier weitere Fälle in Arbeit, die seine Aufmerksamkeit verlangten, und deshalb schob er sein Problem mit der grauen Maus erst mal beiseite. Die Chancen, daß jemand anrief und sich die Sache von selbst klärte, stiegen mit jeder Minute. Nachmittags um zwei kam noch ein Anruf aus dem Büro des Gerichtsmediziners. »Was Ihre graue Maus angeht, Virgil, so können Sie beruhigt sein. Sie ist eines natürlichen Todes gestorben. Sie hatte ein sehr schlechtes Herz, vielleicht als Folge eines früheren rheumatischen Leidens, und es hat sie erwischt. Es gibt keinerlei Anzeichen von physischer Gewaltanwendung oder irgendwelche Verletzungen. Ich habe eben das Attest unterschrieben.«

»Das hab ich mir gedacht«, sagte Virgil, »aber ich wollte es bestätigt haben, bevor ich weitere Schritt unternehme.«

»Wie kommen Sie darauf?«

»Einmal wegen der Lage des Körpers, als er gefunden wurde. Nun muß ich mich bei der Telefongesellschaft erkundigen.«

Er fuhr zum Schauplatz des Geschehens und parkte den Wagen. In der Mitte der Straße schützte eine Absperrung die Kreidestriche, die man in der vergangenen Nacht gezogen hatte. Zuerst ging er zur südöstlichen Ecke am Nordende des Häuserblocks. Dort fand er eine öffentliche Telefonzelle. Er steckte eine Münze in den Apparat, und die Angestellte bestätigte, daß die Nummer außer Betrieb gewesen war. Tibbs bedankte sich und legte auf. Dann betrachtete er prüfend die Straße auf der ganzen Länge des Blocks und bemerkte eine Tankstelle auf der gegenüberliegenden Straßenseite. Von seinem Standort aus konnte man sie deutlich erkennen, und er war sicher, daß sie bis Mitternacht geöffnet hatte.

Wenn die arme Frau plötzlich Schmerzen verspürt hatte, während sie an der Ecke stand und auf den Bus wartete, hätte sie als erstes versucht zu telefonieren. Wahrscheinlich hätte sie dann versucht, zur Tankstelle zu gehen, um jemanden zu finden, der ihr hätte helfen können. In ihrem Zustand wollte sie instinktiv den kürzesten Weg nehmen und quer über die Straße gehen. Falls ein Auto vorbeifuhr, um so besser, dann hätte sie signalisieren können, daß sie Hilfe brauchte.

Die Lage des Körpers stimmte mit dieser Richtung überein. Jemand mußte sie gefunden haben, bevor Sorenson in seinem Streifenwagen vorbeikam, und hatte ihre Handtasche entwendet. Dem Dieb war es vermutlich scheißegal, ob sie tot oder noch am Leben war. Er war einzig und allein an ihren bescheidenen Habseligkeiten interessiert.

Als wäre sie eine Puppe, die jemand umgestoßen hatte. Tibbs fühlte sich erleichtert bei dem Gedanken, daß sie zwar verfrüht, aber eines natürlichen Todes gestorben war.

Er ging zurück zu seinem Wagen und fuhr zu der kleinen Kirche, wo Reverend Sommers als Pastor amtierte. Der Mann, den er sehen wollte, war nicht da, aber die Sekretärin der Kirchengemeinde. Sie war eine Frau mittleren Alters und wirkte etwas unbeholfen. Als sie sich erhob, um Auskunft zu geben, bemerkte er, daß sie ein lahmes Bein hatte. Aber sie war sehr nett und hilfsbereit.

Tibbs zeigte seinen Ausweis. »Ich habe gehört, daß Mrs. Sommers vermißt wird«, sagte er. »Ich bin der Beamte, der sich um den Fall kümmert.«

»Oh, ich bin sehr froh, daß Sie gekommen sind, Sir. Der Pastor ist nicht da. Natürlich ist er sehr in Sorge, aber er macht seine

Krankenbesuche – diese Woche sind es eine ganze Menge. Wissen Sie, er nimmt seine Pflichten sehr ernst. Zwischendurch ruft er an, um zu erfahren, ob es was Neues gibt.«

»Tut mir leid«, sagte Tibbs, »ich habe Ihren Namen nicht verstanden.«

»Oh, Verzeihung, ich bin Miss Morgan, Dorothy Morgan.« Sie sah ihn an, eifrig bestrebt zu helfen.

»Miss Morgan, ich nehme an, Sie kennen Mrs. Sommers.«

»Natürlich. Eine wunderbare Frau und sehr beliebt. Wir sind eng befreundet.«

Tibbs zögerte einen Augenblick. »Miss Morgan, meines Wissens ist Pastor Sommers ein Schwarzer.«

»Ja, aber bei uns spielt das keine Rolle. Wir könnten uns keinen besseren Pastor für unsere Kirche wünschen. Und er hat einen Doktortitel, wußten Sie das?«

»Nein, danke für die Information. Entschuldigen Sie meine Frage, aber ich hatte nie das Vergnügen, den Pastor oder Mrs. Sommers kennenzulernen. Ist sie ebenfalls eine Schwarze?«

Die Sekretärin sah ihn kurz an, als wäre es eine beleidigende Frage. Dann begriff sie. »Nein – Mr. Tibbs, nicht wahr? Mrs. Sommers ist Schwedin. Aber sie sind ein wunderbares Paar und . . .«

Jetzt gab es nur noch etwas zu erledigen. Virgil fuhr zur Polizeiwache von South Pasadena und fragte nach dem Beamten, der die Vermißtenmeldung aufgenommen hatte. Er war nicht da, er arbeitete in der Spätschicht, aber sie erreichten ihn zu Hause.

»Der Pastor ist persönlich vorbeigekommen«, berichtete der Beamte. »Als er mir sagte, seine Frau werde vermißt, habe ich die Meldung aufgenommen. Er hat ihr Alter angegeben, Größe und Gewicht, aber ich habe nicht nach ihrer Hautfarbe gefragt. Ich habe einfach angenommen, sie sei schwarz. Ich bin gar nicht auf die Idee gekommen . . .«

»Verstehe«, sagte Tibbs. »Er hätte es Ihnen sagen müssen, aber wahrscheinlich nahm er an, daß es in dieser relativ kleinen Gemeinde und bei seiner Position allgemein bekannt war. Aber beim nächstenmal fragen Sie bitte danach.«

»Bestimmt.«

Virgil saß am Schreibtisch, als ihm mitgeteilt wurde, der Reverend Dr. Sommers sei im Vorzimmer und erkundige sich, ob man etwas über seine Frau erfahren habe. Virgil bat, ihn einen Augenblick warten zu lassen.

Er stand auf, zog sein Jackett an und gab sich einen Ruck. Eine unangenehme Pflicht, die er jetzt erfüllen mußte. Manchmal war der Polizeikaplan dabei, wenn man einen Tod bekanntgeben mußte, aber in diesem Fall erübrigte sich das wohl.

Er ging die Treppe hinunter zum Hauptgeschoß, dann den Flur entlang und öffnete die Tür zum Vorzimmer.

Ein großer, sehr proper gekleideter Mann erwartete ihn. Er trug keine geistliche Tracht, aber sein Beruf stand ihm ins Gesicht geschrieben. Und da es Virgil war, der ihn empfing, wußte er vermutlich bereits Bescheid.

Er machte ihm die Sache leicht, denn das war seine Lebensaufgabe. Dr. Sommers streckte die Hand aus, um ihm moralischen Beistand anzubieten. »Guten Abend, Mr. Tibbs«, sagte er.

Quellenverzeichnis

Thomas Adcock: »Das Geheimnis der Braut« (Who Gives This Bride?), aus: Mary Higgins-Clark BRAVE MÄDCHEN MORDEN ANDERS, Copyright © 1989 by Thomas Adcock. Econ Verlag, München. Aus dem Englischen übersetzt von Esther Hansen. (Veröffentlicht mit der Genehmigung der Agentur Marsh, London.)

John Ball: »Guten Abend, Mr. Tibbs« (Good Evening, Mr. Tibbs), aus: Jon L. Breen/John Ball (Hrsg.) MORD IN KALIFORNIEN, Copyright © 1987 by John Ball. Rowohlt Verlag GmbH, Reinbek. Aus dem Englischen übersetzt von Christa Früh. (Veröffentlicht mit der Genehmigung der Agentur Thomas Schlück GmbH, Garbsen.)

Linda Barnes: »Miss Gibson« (Miss Gibson), aus: Sara Paretsky/Martin Greenberg (Hrsg.) HÄNDE HOCH, KLEINER, Copyright © 1996 by Linda Barnes. Piper Verlag GmbH, München. Aus dem Englischen übersetzt von Sonja Hauser. (Veröffentlicht mit der Genehmigung der Agentur Mohrbooks, Zürich.)

Raymond Chandler: »Spanisches Blut« (Spanish Blood), aus: Raymond Chandler DER KÖNIG IN GELB, Copyright © 1976 by Diogenes Verlag, Zürich. Aus dem Englischen übersetzt von Hans Wollschläger.

Agatha Christie: »Der vierte Mann« (The Fourth Man), aus: Agatha Christie DIE BESTEN CRIME STORIES, Copyright © 1925 by Agatha Christie. Scherz Verlag, Bern, München, Wien. Aus dem Englischen übersetzt von Marfa Berger.

Roald Dahl: »Einsatz« (Dip in the Pool), aus: Roald Dahl ... UND NOCH EIN KÜSSCHEN, Copyright © 1963 by Rowohlt Verlag GmbH, Reinbek. Aus dem Englischen übersetzt von Hans-Heinrich Wellmann.

Susan Dunlap: »Tod und Diamanten« (Death and Diamonds), aus: Sara Paretsky (Hrsg.) SISTERS IN CRIME, Copyright © by Susan Dunlap. Piper Verlag GmbH, München. Aus dem Englischen übersetzt von Ingrid Rothmann.